El club Dante

Seix Barral

Matthew Pearl
El club Dante

Traducción del inglés por Vicente Villacampa

Obra editada en colaboración con Editorial Seix Barral – España

El club Dante es una obra de ficción. Muchos personajes están inspirados
en figuras históricas y otros son creaciones enteramente imaginarias del
autor. Excepto en el caso de las figuras históricas, todo parecido entre los
personajes de ficción y personas reales, vivas o muertas, es pura coincidencia.

Título original: *The Dante Club*

Copyright © 2003, Matthew Pearl

www.thedanteclub.com

Derechos exclusivos de edición en castellano reservados
para todo el mundo:
© 2004, Editorial Seix Barral, S.A. - Barcelona, España
© 2004, Vicente Villacampa, por la traducción

Primera edición: mayo 2004
ISBN: 84-322-9632-5

Editorial Planeta Mexicana, S.A. de C.V.
Avenida Insurgentes Sur núm. 1898, Piso 11
Colonia Florida, 01030 México, D.F.

Segunda reimpresión (México): junio del 2004
ISBN: 968-6941-98-3

Impreso en los talleres de Litográfica Eros, S.A. de C.V.
Av. Tlatilco núm. 78, colonia Tlatilco, México, D.F.
Impreso y hecho en México-*Printed and made in Mexico*

www.editorialplaneta.com.mx

Certificado No. 02-2082

A Lino, mi profesor, y a Ian, mi maestro

ADVERTENCIA AL LECTOR

PREFACIO DE C. LEWIS WATKINS

PROFESOR DE LA CÁTEDRA BAKER-VALERIO
DE CIVILIZACIÓN Y LITERATURA DE ITALIA Y DE RETÓRICA

Pittsfield Daily Reporter,
«Notas locales», 15 de septiembre de 1989

EL INSECTO QUE INFECTÓ AL MUCHACHO DE LEXINGTON
DESENCADENA UNA «RENOVACIÓN»

El martes por la tarde, los equipos de búsqueda recuperaron sano y salvo a Kenneth Stanton, de diez años, en un remoto paraje de las montañas Catamount. El muchacho, alumno de quinto de primaria, fue atendido en el centro médico Berkshire de inflamación y molestias producidas por la deposición en sus heridas de larvas de insectos en principio no identificados.

El entomólogo doctor K. L. Landsman, del Instituto y Museo Harve-Bay, de Boston, informa de que las muestras de mosca azul halladas en el lugar son históricamente desconocidas en Massachusetts. Lo más notable, afirma Landsman, es que los insectos y sus larvas parecen corresponder a una especie que los entomólogos consideraban extinguida desde hace casi cincuenta años, la *Cochliomyia hominivorax*, conocida comúnmente como gusano barrenador primario del Nuevo Mundo, clasificado en 1859 por un médico francés en una isla sudamericana. A finales del siglo XIX, la presencia de esta peligrosa especie alcanzó niveles de epidemia, causando la muerte de cientos de miles de cabezas de ganado en todo el hemisferio occidental, y asimismo, según se informó, de algunos seres humanos. Durante la década de 1950, un masivo programa impulsado por Norteamérica erradicó la especie, introduciendo entre la población moscas macho esterilizadas mediante radiaciones gamma. De esta manera se puso fin a la capacidad reproductora de las hembras.

El caso de Kenneth Stanton puede haber contribuido a lo que se conoce como una «renovación», producida en el laboratorio a partir de insectos utilizados por los investigadores. «Aunque la erradicación fue una inteligente iniciativa de salud pública —dice Landsman—, hay mucho que aprender en una instalación controlada y equipada con nuevas técnicas de observación.» Preguntado por su reacción ante su buena suerte taxonómica, Stanton replicó: «¡Mi profesor de ciencias cree que soy muy bueno!»

Usted podrá preguntarse, a la vista del título del presente volumen, qué relación existe entre Dante y el artículo que antecede, pero no tardará en advertir que dicha relación es alarmante. Como autoridad reconocida en la recepción norteamericana de la *Divina Comedia* de Dante, fui contratado el pasado verano por Random House para escribir, a cambio de su acostumbrada mísera retribución, algunas observaciones preliminares a este libro.

El texto del señor Pearl deriva de los orígenes de la presencia de Dante en nuestra cultura. En 1867, el poeta H. W. Longfellow completó la primera traducción norteamericana de la *Divina Comedia*, el revolucionario poema de Dante sobre el más allá. En la actualidad existen más traducciones al inglés de la poesía de Dante que a cualquier otro idioma, y Estados Unidos edita más traducciones del autor que cualquier otro país. La Dante Society of America, de Cambridge, Massachusetts, se enorgullece de ser la organización más antigua existente en el mundo dedicada al estudio y promoción de Dante. Como señalaba T. S. Eliot, Dante y Shakespeare se reparten entre los dos el mundo moderno, y la mitad del mundo correspondiente a Dante se ensancha de año en año. Pero antes del trabajo de Longfellow, Dante permanecía casi desconocido en Norteamérica. No hablábamos la lengua italiana ni ésta solía enseñarse, no viajábamos al extranjero en número significativo, y los italianos que vivían en Estados Unidos no pasaban de un puñado disperso.

Con toda la fuerza de mi perspicacia crítica, observé, más allá de estos hechos esenciales, que en los extraordinarios acontecimientos que se narran en *El club Dante* prevalecía la fábula sobre la historia. No obstante, buscando en la base de datos Lexis-Nexis para confirmar mi valoración, descubrí la inquietante noticia periodística reproducida más arriba del *Pittsfield Daily Reporter*. Inmediatamente me puse en contacto con el doctor Landsman, del Instituto Harve-Bay, y reconstruí un cuadro completo del accidente que había ocurrido casi catorce años antes.

Kenneth Stanton se alejó de su familia, que había salido de excursión para pescar en los Berkshires, y tropezó con una extraña sucesión de animales muertos en un sendero cubierto de hierba: primero, un mapache con el ombligo rebosando de sangre; luego, un zorro; más allá, un oso negro. El muchacho contó después a sus padres que experimentó una especie de hipnosis ante aquella grotesca visión. Perdió el equilibrio y cayó, golpeándose con una hilera de rocas puntiagudas. Quedó inconsciente y con fractura de un tobillo, y lo atacaron los gusanos barrenadores primarios de las moscas azules. Cinco días más tarde, Kenneth Stanton, de diez años de edad, sucumbió a unas súbitas convulsiones mientras convalecía en su cama. La autopsia encontró doce larvas de *Cochliomyia hominivorax*, una de las especies de insectos más mortífera, extinguida desde hacía cincuenta años, o eso se creía.

La especie rediviva de mosca, mostrando una capacidad de supervivencia en distintos climas de la que no se tenía noticia previa, ha sido introducida desde entonces en el Próximo Oriente, al parecer en cargamentos de mercancías, y mientras escribo diezma el ganado y la economía del norte de Irán. Con posterioridad se ha formulado la teoría, a partir de hallazgos científicos publicados en *Abstracts of Entomology*, del pasado año, de que la evolución divergente manifestada por las moscas se originó en el noreste de Estados Unidos en torno a 1865.

Para la pregunta de cómo empezó allí, al parecer no hay respuesta salvo, ahora estoy dolorosamente convencido, en los detalles de *El club Dante*. Desde hace más de cinco semanas, me he impuesto la tarea de someter el original de Pearl a un examen adicional a cargo de ocho de los catorce colegas docentes que tengo este semestre. Han analizado y catalogado los aspectos filológicos e historiográficos línea por línea, señalando con interés desigual los pequeños errores achacables únicamente al ego del autor. Cada día que pasa, somos testigos de alguna prueba más del notable grado de tristeza y de gloria que experimentaron Longfellow y sus protectores el año del sexto centenario del nacimiento de Dante. He renunciado a cualquier retribución, pues esto ya no era el prefacio que empecé a escribir como una advertencia. La muerte de Kenneth Stanton ha abierto de par en par la puerta cerrada de la llegada de Dante a nuestro mundo y de los secretos que aún permanecen por desvelar en nuestro tiempo. De ellos sólo quiero prevenirlo a usted, lector. Por favor, si continúa, recuerde ante todo que las palabras pueden sangrar.

Profesor C. Lewis Watkins
Cambridge, Massachusetts

CANTO PRIMERO

I

John Kurtz, jefe de la policía de Boston, hizo un esfuerzo por acomodarse entre las dos criadas. A un lado, la irlandesa que había descubierto el cadáver lloraba a lágrima viva y gimoteaba plegarias que no resultaban familiares (porque eran católicas) ni inteligibles (a causa del llanto), y con sus cabellos producía picazón en la oreja de Kurtz. Al otro lado se sentaba la sobrina, muda y desesperada. La sala estaba profusamente amueblada con butacas y canapés, pero las mujeres se habían colocado muy apretadas contra el visitante mientras aguardaban. Él tenía que concentrarse en no derramar su té, pues las criadas imprimían fuertes sacudidas al diván de tela de crin negra.

Como jefe de policía, Kurtz se había enfrentado a otros asesinatos. Pero no a los suficientes para que aquello se convirtiera en una rutina: por lo general se pepetraban uno o dos al año, y en Boston podía transcurrir un período de doce meses sin un homicidio digno de señalarse. Los pocos asesinados eran de baja extracción, de manera que consolar no había formado parte de las funciones de Kurtz. De todos modos era un hombre demasiado impaciente con las emociones para haberse desempeñado bien en ese terreno. El subjefe de policía, Edward Savage, que ocasionalmente escribía poesía, hubiera podido hacerlo mejor.

Aquello —*aquello* era el único nombre que el jefe Kurtz podía permitirse dar a la horrible situación que iba a cambiar la vida de una ciudad— no se limitaba a un asesinato. Era el asesinato de un brahmán de Boston, un miembro de la casta de los salones de Nueva Inglaterra, pasada por Harvard y bendecida por el unitarismo. Y la víctima era más que eso: se trataba del más alto magistrado de los tribunales de Massachusetts. *Aquello* no sólo había matado a un hombre, como en ocasiones hacen los asesinos casi compasivamente, sino que lo había destrozado por completo.

La mujer a la que estaban aguardando en el mejor salón de Wide Oaks, había tomado el primer tren que pudo en Providence, después de recibir el telegrama. Los vagones de primera avanzaban ruidosamente, con irresponsable lentitud, pero ahora aquel viaje, como todo cuanto lo había antecedido, parecía formar parte de algo irreconocible y olvidado. Ella había hecho una apuesta consigo misma y con Dios: que el ministro de su familia no habría llegado a su casa antes que ella, y que el mensaje contenido en el telegrama sería una equivocación. Aquella apuesta suya no tenía ningún sentido, pero debía inventar algo en lo que creer, algo para mantener alejado al difunto de figura borrosa. Ednah Healey, basculando en el umbral del terror y el sentimiento de pérdida, miraba al vacío. Al entrar en su salón sólo percibió la ausencia de su ministro y se agitó con un irreal sentimiento de victoria.

Kurtz, un hombre robusto, que exhibía una coloración mostaza bajo su híspido bigote, se dio cuenta de que él también estaba temblando. Había ensayado el encuentro en el carruaje que lo llevaba a Wide Oaks:

—Señora, nos sentimos muy apenados por reclamar su presencia para esto. Comprenda que el juez presidente Healey... —No debía intentar anteponer una introducción a aquello—. Creímos mejor —continuó— explicarle las tristes circunstancias aquí, ¿sabe?, en su propia casa, donde usted se sentiría más cómoda.

Pensó que esa idea era generosa.

—Usted no hubiera encontrado al juez Healey, jefe Kurtz —dijo ella, y lo invitó a sentarse—. Lamento que haya hecho esta llamada en vano, pero se trata de una simple equivocación. El juez presidente estaba..., está pasando unos días en Beverly para trabajar con tranquilidad, mientras yo visitaba Providence con nuestros dos hijos. No se espera su regreso hasta mañana.

Kurtz no se sintió responsable por llevarle la contraria.

—Su doncella —dijo, señalando a la más corpulenta de las dos criadas— encontró su cadáver, señora. Fuera, cerca del río.

Nell Ranney, la criada, lloraba sintiéndose culpable por el descubrimiento. No se dio cuenta de que había restos de unas pocas larvas ensangrentadas en el bolsillo de su delantal.

—Parece que sucedió hace varios días. Me temo que su marido no llegó a partir hacia el campo —dijo Kurtz, preocupado por no parecer demasiado brusco.

Ednah Healey lloró contenidamente al principio, como una mujer puede hacerlo por un animal de compañía muerto: reflexivamente y dominándose, pero sin ira. La pluma entre marrón y verde oliva que sobresalía de su sombrero se inclinaba con digna resistencia.

Nell miró a la señora Healey nerviosamente y luego dijo en tono conmiserativo:

—Debería usted volver más tarde, jefe Kurtz. Por favor.

John Kurtz agradeció el permiso para escapar de Wide Oaks. Caminó con apropiada solemnidad hacia su nuevo conductor, un joven y apuesto patrullero que mantenía bajados los estribos del carruaje policial. No había razón para apresurarse; no con lo que ya debería estar incubándose a propósito de aquello en la comisaría central entre los furiosos concejales y el alcalde Lincoln. Éste ya se había enemistado con él por no hacer suficientes redadas en los garitos de tahúres y en los prostíbulos para contentar a los periódicos.

Un terrible grito hendió el aire antes de que hubiera llegado muy lejos. Salió en ligeros ecos a través de la docena de chimeneas de la casa. Kurtz se volvió y observó con obtuso distanciamiento a Ednah Healey, a quien el sombrero con la pluma se le volaba y que, con el pelo suelto en mechones indómitos, corría por la escalinata principal y lanzaba directamente a su cabeza, como un rayo, algo blanco y borroso.

Kurtz recordaría más tarde que parpadeó. Parecía que parpadear era lo único que podía hacer para evitar la catástrofe. Aceptó su propia indefensión. El asesinato de Artemus Prescott Healey había acabado con él. No la muerte en sí; la muerte era un visitante tan común en Boston, en 1865, como siempre: enfermedades infantiles; fiebres consuntivas, innominadas e inexorables; incendios incontenibles; disturbios que estallaban; mujeres jóvenes que morían de parto en tan gran número que parecía que su destino no fuera permanecer en este mundo, y —hasta sólo seis meses antes— la guerra, que había reducido a miles y miles de muchachos de Boston a nombres escritos en notas enmarcadas en negro y enviadas a sus familias. Pero la meticulosa e insensata —*la elaborada y desprovista de sentido*— destrucción de un ser humano en concreto a manos de un desconocido...

Kurtz tropezó con su abrigo y rodó por el blando césped bañado por el sol. El jarrón arrojado por la señora Healey se rompió en mil fragmentos azules y marfileños contra el panzudo tronco de un roble (uno de los árboles que se decía habían dado nombre a la finca).* Quizá, pensó Kurtz, después de todo debería haber mandado al subjefe Savage para ocuparse de aquello.

El patrullero Nicholas Rey, conductor de Kurtz, lo tomó del brazo y lo levantó hasta que se puso de pie. Los caballos dieron un bufido y piafaron al final del sendero para carruajes.

—¡Él lo hizo todo lo mejor que supo! ¡Nosotros lo hicimos! ¡Nosotros no merecíamos esto, jefe, sea lo que sea lo que le hayan dicho! ¡No merecíamos nada de esto! ¡Y ahora yo estoy completamente sola!

Nell Ranney rodeó con sus gruesos brazos a la mujer que gritaba, la invitó a callar y la acarició, acunándola como hiciera con uno de los niños de Healey muchos años antes. Ednah Healey, a cambio, le clavó las uñas y la empujó, obligando a intervenir al apuesto y joven agente de policía, el patrullero Rey.

Pero la rabia de la viuda reciente se extinguió, y ella se dobló sobre la amplia blusa negra de la criada, ocupada sólo por su abultado pecho.

La vieja mansión nunca había parecido tan vacía.

Ednah Healey había partido para una de sus frecuentes visitas al hogar de su familia, los industriosos Sullivan, de Providence, mientras su marido se quedaba para trabajar sobre un litigio a propósito de una propiedad entre dos de las más importantes entidades bancarias de Boston. El juez se despidió de los suyos según su acostumbrada manera balbuciente y afectuosa, y se mostró lo bastante generoso como para prescindir del servicio una vez que la señora Healey estuvo fuera. La esposa nunca renunciaría a los criados, pero él disfrutaba de breves momentos de autonomía. Además, le gustaba tomarse

* *Wide Oaks* significa «robles anchos» (gruesos, en este caso). (*N. del t.*)

un trago de jerez en aquellas ocasiones, y estaba seguro de que los domésticos informarían a su señora de cualquier infracción en materia de templanza, pues él les gustaba, pero ella les inspiraba un miedo que les llegaba a la médula.

Al día siguiente daría comienzo a un fin de semana de estudio tranquilo en Beverly. La siguiente vista que requería la presencia de Healey no se iniciaría hasta el miércoles, y entonces regresaría en tren a la ciudad y se reintegraría al palacio de justicia.

El juez Healey no se daba cuenta de nada, pero Nell Ranney, que llevaba veinte años de criada, desde que escapó del hambre y la enfermedad de su Irlanda natal, sabía que un entorno bien ordenado era esencial para un hombre tan importante como el juez presidente. Así que Nell se presentó el lunes, que fue cuando encontró la primera salpicadura roja y seca cerca de la alacena, y un reguero junto al pie de la escalera. Supuso que algún animal herido se había introducido en la casa y quizá se había ido después.

Luego vio una mosca en las tapicerías del salón. La echó fuera, por la ventana, al tiempo que producía un fuerte chasquido con la lengua y lo acompañaba blandiendo el plumero. Pero la mosca reapareció mientras limpiaba la larga mesa de caoba del comedor. Pensó que las nuevas pinches de cocina negras habrían dejado negligentemente algunas migas. El contrabando —que es como seguía considerando a las mujeres liberadas de la esclavitud, y siempre las consideraría así— no se preocupaba de la verdadera limpieza; sólo de su apariencia.

A Nell el insecto le pareció que zumbaba tan fuerte como una locomotora. Mató la mosca con una *North American Review* enrollada. El aplastado espécimen tenía un tamaño doble del de una mosca común y presentaba tres rayas negras que le cruzaban el cuerpo verde azulado. *¡Y qué pinta tiene!*, pensó Nell Ranney. La cabeza de la criatura era algo ante lo que el juez Healey hubiera emitido un murmullo de admiración antes de arrojar la mosca al cesto de los papeles. Los ojos saltones, de un llamativo color naranja, ocupaban casi la mitad del torso. Se apreciaba un brillo de un extraño tono también anaranjado o rojo. Algo entre ambos, y también con matices de amarillo y negro. *Cobre*: el fulgor del fuego.

Regresó a la casa a la mañana siguiente para limpiar la escalera.

En el momento de trasponer la puerta, otra mosca pasó volando como una flecha ante la punta de su nariz. Molesta, se proveyó de otra de las pesadas revistas del juez y persiguió a la mosca por la escalera principal. Nell utilizaba siempre la escalera de servicio, incluso cuando estaba sola en casa. Pero aquella situación reclamaba cambios en las prioridades. Se descalzó, y sus grandes pies se apoyaron ligeramente en los cálidos y alfombrados peldaños, y siguió a la mosca hasta el dormitorio de los Healey.

Los ojos de fuego miraban irritados, el cuerpo se retorcía como el de un caballo a punto de partir al galope, y el rostro del insecto por un momento se asemejó al de un hombre. Fue el último momento en muchos años en que, al oír el monótono zumbido, Nell Ranney experimentó algo de paz.

Lanzó un gruñido y aplastó la *Review* contra la ventana y la mosca. Pero durante el ataque dio un traspié con algo, y ahora miró el obstáculo y sus pies descalzos imprimieron una sacudida a su cuerpo. Recogió aquella masa confusa, todo un surtido de dientes humanos pertenecientes al maxilar superior.

Los soltó en seguida, pero permaneció atenta, como si aquello pudiera censurarla por su descortesía.

Eran dientes postizos, realizados con el cuidado de un artista por un eminente odontólogo de Nueva York, a fin de complacer el deseo del juez Healey de presentar un aspecto más elegante en el estrado. Se sentía muy orgulloso de ellos, y explicaba su procedencia a cualquiera que quisiera oírlo, sin comprender que poner la vanidad en cosas tan accesorias sólo disuade a los demás de hablar de ellas. Eran demasiado brillantes y nuevos, como hechos para incidir sobre ellos el sol de verano, entre los labios de un hombre.

Nell advirtió con el rabillo del ojo un gran charco de sangre coagulada y convertida en una costra sobre la alfombra. Y cerca de él, un montoncito de ropas de calle cuidadosamente dobladas. Esas ropas eran tan familiares para Nell Ranney como su propio delantal blanco, su blusa negra y su ondulante falda también negra. Había hecho mucho trabajo de aguja en aquellos bolsillos y en aquellas mangas, pues el juez no encargaba trajes nuevos al señor Randridge, el excepcional sastre de la calle School, a menos que fuera absolutamente imprescindible.

Bajó de nuevo las escaleras para calzarse, y sólo ahora la criada se dio cuenta de las salpicaduras de sangre en el pasamano y de las camufladas por la lujosa alfombra roja que cubría los peldaños. Al otro lado de la amplia ventana oval del salón, más allá del inmaculado jardín, donde el terreno descendía hacia los valles, los bosques, los campos resecos y, al final, llegaba hasta el río Charles, vio un enjambre de moscas azules. Nell salió a inspeccionar.

Las moscas se concentraban sobre un montón de desperdicios. El tremendo hedor le arrancó lágrimas de los ojos mientras se acercaba. Se hizo con una carretilla y, mientras la tomaba, recordó el ternero que los Healey habían permitido criar en los campos al mozo de establo. Pero eso sucedió años atrás. Tanto el mozo como el ternero habían crecido en Wide Oaks y lo habían abandonado a su monotonía de siempre.

Las moscas eran de aquella nueva variedad, de ojos de fuego. También había moscardones amarillos que habían concebido cierto interés morboso por la carne putrefacta que pudiera haber debajo. Pero más numerosas que las criaturas voladoras eran las bullentes masas de blancas bolitas que, al moverse, producían chasquidos: eran gusanos con púas en el dorso, que se retorcían apretadamente sobre algo; no, no es que se retorcieran, sino que estallaban, horadaban, se sumergían, *se comían* allá dentro unos a otros, allá dentro... Pero ¿qué *era* lo que sostenía aquella horrenda montaña viviente de viscosidad blanca? Un extremo del montón parecía un arbusto espinoso con franjas de color castaño y marfil de...

En lo alto del montón había hincado un corto palo de madera con una bandera hecha jirones, blanca por ambas caras: ondeaba impulsada por la brisa indecisa.

No pudo averiguar en qué consistía aquel montón, pero en su temor rezó para encontrar el ternero del mozo de establo. Sus ojos no podían resistir desvelar la desnudez, la amplia y ligeramente encorvada espalda que formaba declive hacia la hendidura de las enormes y níveas nalgas que rebosaban de larvas arrastrándose, pálidas, en forma de alubia, y soportadas por las piernas, desproporcionadamente cortas, abiertas en direcciones opuestas. Una densa formación de moscas, cientos de ellas, volaba en derredor, protectoramente. La parte posterior de la cabeza estaba por completo envuelta en gusanos blancos que debían de sumar, más que centenares, miles.

Nell apartó de un puntapié aquel avispero y cargó al juez en la carretilla. A medias empujando ésta y a medias arrastrando el cuerpo desnudo, atravesó los prados, el jardín, el vestíbulo y llegó al estudio del juez. Descargó el cadáver sobre un montón de documentos legales, y apoyó la cabeza de Healey sobre su regazo. Las larvas llovieron a puñados de su nariz, sus oídos y su boca abierta y floja. Empezó a arrancar las larvas luminiscentes de la parte posterior de la cabeza. Los gusanos, como bolitas, estaban húmedos y calientes. También agarró algunas de las moscas de ojos ígneos que la habían seguido hasta el interior de la casa, y las aplastó con la palma de la mano, dejándolas con las alas abiertas, arrojándolas una tras otra por la habitación como en una venganza sin sentido. Lo que oyó y vio luego le hizo proferir un alarido como para dejarse oír en toda Nueva Inglaterra.

Dos mozos de establo de la casa vecina encontraron a Nell saliendo del estudio a gatas, llorando desesperadamente.

—Pero ¿qué es esto, Nellie, qué es esto? ¡Dios! ¿Estás herida?

Más tarde, cuando Nell Ranney le contó a Ednah Healey que el juez se había quejado antes de morir en sus brazos, la viuda echó a correr y arrojó un jarrón al jefe de la policía. Que su marido hubiera podido permanecer consciente durante aquellos cuatro días, aunque fuera de manera atenuada, era demasiado para que ella pudiera admitirlo.

El conocimiento que la señora Healey manifestó tener del asesino de su marido resultó más bien impreciso:

—Boston lo mató —le reveló más tarde, aquel mismo día, al jefe Kurtz, cuando su agitación cesó—. Toda esta espantosa ciudad. Se lo comió vivo.

Insistió en que Kurtz le mostrara el cadáver. Los ayudantes del forense invirtieron cuatro horas en extraer las larvas, de cuerpo en espiral y de seis milímetros de longitud, de los lugares donde se hallaban en el interior del cuerpo. Las pequeñas bocas córneas debían ser arrancadas. Las oquedades de carne devorada que dejaron en su recorrido, permanecían abiertas. La terrible hinchazón en la parte posterior de la cabeza aún parecía latir con las larvas después de que éstas fueron retiradas. Las ventanas de la nariz estaban ahora netamente divididas y los codos, comidos. Desprovista de los dientes postizos, la cara se hundía, caída y floja como un acordeón. Lo más humillante y lastimoso no era su quebranto, y ni siquiera que el cadáver hubiera sido invadido por las larvas y cubierto de moscas y avispas, sino el simple hecho de la desnudez. A veces un cadáver, se dice, semeja para quienes lo contemplan un rábano ahorquillado con una cabeza fantásticamente tallada encima. El juez Healey tenía uno de esos cuerpos que nunca se le ocurriría a nadie ver desnudo excepto a su mujer.

En el frío viciado de las dependencias del forense, Ednah Healey lo vio y supo en aquel instante lo que significaba ser viuda, el recelo atroz que inspiraba. Con una súbita torsión del brazo, agarró de un manotazo, de una repisa, la cizalla del forense, afilada como una navaja. Kurtz, acordándose del jarrón, retrocedió y se arrojó sobre el confuso forense, que soltó una maldición.

Ednah se arrodilló y, tiernamente, cortó un mechón de los revueltos cabellos de la coronilla del juez. De rodillas, con su voluminosa falda desparramada por todos los rincones de la pequeña habitación, una mujer menuda se inclinaba sobre un cuerpo frío y purpúreo, con una mano enfundada en un guante de gasa apretando las cuchillas y con la otra acariciando el mechón cortado, grueso y seco como pelo de caballo.

—Bueno, nunca había visto a un hombre tan comido por los gusanos —dijo Kurtz con una voz tenue, en el depósito de cadáveres, una vez que dos de sus hombres hubieron acompañado a Ednah Healey a su casa.

Barnicoat, el forense, tenía una cabeza informe y pequeña, cruelmente punteada por unos ojos de langosta. Las ventanas de su nariz estaban rellenas hasta el doble de su capacidad con bolas de algodón.

—Larvas —dijo Barnicoat, haciendo una mueca. Tomó una de las «alubias» blancas que se retorcían y que habían caído al suelo. Luchó contra la carnosa palma de la mano antes de que Barnicoat la lanzara al incinerador, donde produjo un sonido sibilante, se volvió negra y luego reventó convirtiéndose en humo—. No es corriente que los cadáveres se dejen pudrir en un campo. Pero es cierto que la muchedumbre alada que nuestro juez Healey atrajo sobre sí es más común en los cuerpos de ovejas y cabras abandonados a la intemperie.

Lo cierto era que la cantidad de larvas que habían criado en el interior de Healey durante los cuatro días que permaneció en su campo era asombrosa, pero Barnicoat no poseía suficientes conocimientos para admitirlo. Su nombramiento como forense obedecía a razones políticas, y el cargo no requería una especial pericia médica o científica; sólo soportar los cuerpos muertos.

—La criada que trasladó el cadáver a la casa —explicó Kurtz— trató de limpiar de insectos la herida, y creyó ver, no sé cómo decirlo...

Barnicoat tosió para que Kurtz recobrara el hilo.

—Ella oyó al juez Healey murmurar antes de morir —dijo Kurtz—. Eso es lo que dice, señor Barnicoat.

—¡Oh, es imposible! —replicó Barnicoat riendo despreocupadamente—. Las larvas de la mosca azul sólo pueden vivir en tejido muerto, jefe.

Por eso, explicó, las moscas hembra buscaban heridas en el ganado para anidar en ellas, o bien en la carne estropeada. Si se hallaban en la herida de un ser vivo que no era consciente de ellas o que era incapaz de quitarlas, las larvas podían ingerir solamente las partes muertas del tejido, lo que causaba pocos daños.

—Esta herida de la cabeza parece haber duplicado o triplicado su circunferencia, lo cual quiere decir que todo el tejido estaba muerto, o sea, que el juez presidente sin duda había fallecido cuando los insectos se dieron el festín.

—Pero el golpe en la cabeza que causó la herida original, ¿fue lo que lo mató? —preguntó Kurtz.

—Oh, es muy probable, jefe —dijo Barnicoat—. Y lo bastante fuerte como para que se le saltaran los dientes. ¿Dice usted que lo encontraron en su campo?

Kurtz asintió. Barnicoat pensó en la posibilidad de que la muerte no hubiera sido intencionada. Un asalto con el propósito de matar hubiera incluido algo que garantizara la empresa más allá de un golpe, como una pistola o un hacha.

—Incluso un puñal. No, parece más probable que se trate de un vulgar acto de fuerza. El delincuente golpea al juez presidente en la cabeza en su dormitorio; lo golpea hasta dejarlo inconsciente, luego lo saca afuera para quitarlo de en medio mientras él registra la casa en busca de objetos de valor, probablemente sin pensar ni por un momento que la herida de Healey fuera tan grave.

Lo dijo casi con simpatía hacia el equivocado ladrón. Kurtz dirigió a Barnicoat una mirada fija y torva.

—Pero no se llevaron nada de la casa. Ni eso. La ropa del juez presidente fue retirada y doblada cuidadosamente, incluso colocada en sus cajones. —Carraspeó para recobrar su voz natural, que antes había sonado apagada—. ¡Con su cartera, su cadena de oro y su reloj dejados en orden sobre su ropa!

Uno de los ojos de langosta se clavó muy abierto en Kurtz.

—¿Lo desnudaron? ¿Y no se llevaron nada?

—Una auténtica locura —dijo Kurtz, y el hecho le chocó de nuevo por tercera o cuarta vez.

—¡Sin duda! —exclamó Barnicoat, mirando en derredor como si buscara otros interlocutores.

—Usted y sus ayudantes deben considerar que esto es completamente confidencial, por orden del alcalde. Usted ya lo sabe, ¿verdad, señor Barnicoat? ¡Ni una sola palabra fuera de estas paredes!

—Oh, muy bien, jefe Kurtz. —Barnicoat profirió una risa rápida, irresponsable, infantil—. Bien, el viejo Healey pudo haber sido un hombre terriblemente gordo, difícil de levantar. Al menos eso se han ahorrado.

Kurtz se rindió a la lógica y a la emoción cuando explicó, en Wide Oaks, por qué necesitaba tiempo para estudiar el asunto antes de hacer público lo sucedido. Pero Ednah Healey no le respondió mientras su doncella le arreglaba la ropa de cama en torno al cuerpo.

—Ya ve... Bueno, si se monta un circo a nuestra costa, si la prensa ataca ferozmente nuestros métodos, como suele hacer, ¿qué puede descubrirse?

Los ojos de ella, por lo general como dardos y dispuestos a juzgar, estaban tristemente inmóviles. Incluso las criadas, que temían su fiera mirada de censura, lloraban por su actual estado tanto como por la pérdida del juez Healey.

Kurtz retrocedió, casi dispuesto a rendirse. Se dio cuenta de que la señora Healey cerraba apretadamente los ojos cuando Nell Ranney entró en la habitación con el té.

—El señor Barnicoat, el forense, dice que la idea de su sirvienta de que el juez presidente estaba vivo cuando lo encontró, es sencillamente imposible, una alucinación. Barnicoat puede afirmar, por el número de larvas, que el juez presidente ya había fallecido.

Ednah Healey se volvió hacia Kurtz con una mirada abiertamente interrogadora.

—Cierto, señora Healey —continuó Kurtz con recobrado aplomo—. Las larvas de mosca, por su propia naturaleza, sólo se alimentan de *tejido muerto*, ¿sabe usted?

—Entonces, ¿no pudo haber sufrido mientras estaba allí? —preguntó la señora Healey en tono de súplica, con la voz rota.

Kurtz negó firmemente con la cabeza. Antes de que abandonara Wide Oaks, Ednah llamó a Nell Ranney y le prohibió repetir la parte más horrible de su relato.

—Pero, señora Healey, yo sé que... —protestó Nell con voz apagada, sacudiendo la cabeza.

—¡Nell Ranney! ¡Haz lo que te digo!

Luego, para contentar al jefe, la viuda se mostró de acuerdo en ocultar las circunstancias de la muerte de su marido.

—Pero debe hacerlo —le dijo, agarrándole la manga de la chaqueta—, debe jurarme que va a encontrar al asesino.

Kurtz asintió.

—Señora Healey, para empezar, el departamento está aportando todos nuestros recursos, y en nuestra situación actual...

—No. —Su mano pálida seguía agarrando, inmóvil, la chaqueta, como si cuando abandonara Kurtz la habitación aquella mano fuera a continuar colgando allí, impertérrita—. No, jefe Kurtz. Nada de empezar. Terminar. Encontrar. Júremelo.

Ella apenas le dejaba elección.

—Le juro que lo haremos, señora Healey. —No tenía intención de decir nada más, pero la torturante duda que albergaba lo impulsó a añadir—: De un modo u otro.

* * *

J. T. Fields, editor de poetas, estaba apoyado en el asiento junto a la ventana de su despacho en el New Corner, estudiando los cantos que Longfellow había seleccionado para la noche, cuando un oficinista joven apareció con un visitante. La delgada figura de Augustus Manning se materializó procedente del vestíbulo, aprisionado en una rígida levita. Entró en el despacho desorientado, como si no tuviera idea de cómo había llegado al segundo piso de la recién renovada mansión de la calle Tremont que ahora albergaba Ticknor, Fields y Compañía.

—Aquí hay mucho espacio, señor Fields, mucho. Pero para mí usted será siempre el socio joven instalado tras su cortina verde en el Old Corner, predicando a su reducida congregación de autores.

Fields, ahora socio principal y el editor de más éxito de Estados Unidos, sonrió y se dirigió a su mesa, extendiendo su pie suavemente hasta el tercero de cuatro pedales —A, B, C y D— que se alineaban bajo su silla. En una dependencia distante de la oficina, una campanilla marcada con una «C» emitió una ligera nota, llamando a un recadero. La campana «C» significaba que el editor debía ser interrumpido al cabo de veinticinco minutos; la campana «B», que en diez minutos; la «A», en cinco. Ticknor y Fields era el selecto editor oficial de los textos, folletos, memorias e historiales académicos de la Universidad de Harvard. Así que el doctor Augustus Manning, que manejaba el dinero de la institución, recibió aquel día la más generosa «C».

Manning se quitó el sombrero y se pasó la mano por el desnudo canal que se abría entre oleadas de cabello rizado que se derramaban desde ambos lados de la cabeza.

—Como tesorero de la corporación de Harvard —dijo—, debo plantearle a usted un posible problema que recientemente ha llamado nuestra atención, señor Fields. Usted comprende que una empresa editorial comprometida con la Universidad de Harvard debe gozar de una reputación impecable.

—Doctor Manning, me atrevería a afirmar que no hay ninguna empresa que nos aventaje en reputación.

Manning juntó sus dedos ganchudos dirigiéndolos hacia arriba y dejó escapar un largo y estridente suspiro o golpe de tos; Fields no hubiera podido decir de qué se trataba.

—Hemos sabido de una nueva traducción literaria que tiene usted intención de publicar, señor Fields, realizada por el señor Longfellow. Por supuesto que apreciamos los años de colaboración del señor Longfellow con nuestra universidad, y sus poemas poseen el mayor mérito, sin duda. Pero hemos oído algo sobre ese proyecto, sobre ese tema, y abrigamos alguna preocupación acerca de esa bobada...

Fields le dirigió una fría mirada, ante la que los dedos levantados de Manning se deslizaron hasta separarse. El editor oprimió con el tacón el cuarto y más urgente llamador.

—Usted sabe bien, mi querido doctor Manning, hasta qué punto la sociedad valora la obra de mis poetas: Longfellow, Lowell, Holmes...

Aquel triunvirato reforzaba su postura.

—Señor Fields, precisamente estoy hablando en nombre de la *sociedad*. Sus autores dependen de usted. Aconséjeles adecuadamente. Si lo desea no mencione esta visita, y yo tampoco lo haré. Sé que usted desea que su empresa siga gozando de estima, y sin duda considerará todas las repercusiones de su publicación.

—Gracias por su lealtad, doctor Manning. —Fields respiró profundamente, luchando por conservar su famosa diplomacia—. He considerado muy bien las repercusiones y las he previsto. Si no desea usted seguir adelante con las publicaciones pendientes de la universidad, con mucho gusto le devolveré de inmediato los clisés sin cargo alguno. Espero que comprenda que me sentiría ofendido ante cualquier alusión desconsiderada hecha en público a propósito de mis autores. Ah, señor Osgood...

El jefe administrativo de Fields, J. R. Osgood, se coló en el despacho y Fields dispuso que el doctor Manning visitara las nuevas oficinas.

—No es necesario. —La palabra se filtró a través de la tiesa barba patricia de Manning, que iba a durar tanto como el siglo, mientras se ponía de pie—. Espero que disfrute de días placenteros en este lugar, señor Fields —dijo, lanzando una fría mirada al reluciente enmaderado de nogal negro—. Recuerde que vendrán tiempos en los que no podrá usted proteger a sus autores de sus propias ambiciones.

Se inclinó con extremada cortesía y dirigió la mirada al hueco de la escalera.

—Osgood —dijo Fields, cerrando la puerta—, coloque un poco de chismorreo en el *New York Tribune* a propósito de la traducción.

—Ah, ¿no lo ha hecho ya el señor Longfellow? —preguntó vivamente Osgood.

Fields frunció sus gruesos y arrogantes labios.

—¿Sabía usted, señor Osgood, que Napoleón le disparó a un vendedor de libros por ser demasiado agresivo?

Osgood se quedó pensativo.

—No, nunca lo había oído, señor Fields.

—La gran ventaja de una democracia es que somos libres para exagerar sobre nuestros libros todo lo que queramos, y quedar perfectamente a salvo de cualquier perjuicio. Quiero que ninguna familia respetable duerma tranquila cuando mandemos el libro al encuadernador. —Y cualquiera que en una milla a la redonda hubiera podido oír su voz, habría creído que se saldría con la suya—. Al señor Greeley, de Nueva York, para su inmediata inclusión en la sección «Boston literario».

Los dedos de Fields punteaban y rasgaban el aire, como un músico que tocara un piano imaginario. Su muñeca le producía calambres al escribir, de modo que Osgood era la mano sustituta para la mayor parte de los escritos del editor, incluidos sus versos.

Llegó a su mente en una forma casi definitiva:

—«QUÉ ESTÁN HACIENDO LOS HOMBRES DE LETRAS EN BOSTON. Se rumorea que una nueva traducción está en las prensas de Ticknor, Fields y Compañía, la cual atraerá considerable atención en muchos ámbitos. Se dice que el autor es un caballero de nuestra ciudad, cuya poesía ha conquistado desde hace muchos años al público de ambas orillas del Atlántico. Nos consta además que dicho caballero ha contado con la ayuda de los más finos talentos literarios de Boston...» Alto, Osgood. Sustituya «de Boston» por «de Nueva Inglaterra». No queremos que el viejo Greene ponga una sonrisita tonta, ¿verdad?

—Desde luego que no, señor —consiguió responder Osgood mientras garabateaba.

—«... los más finos talentos literarios de Nueva Inglaterra para llevar a cabo la tarea de revisar y completar su nueva y elaborada traducción poética. El contenido del trabajo de momento se desconoce, pero podemos afirmar que nunca se había leído en nuestro país, y que transformará el panorama literario». Etcétera. Que Greeley ponga «Fuente anónima». ¿Ha tomado usted nota de todo?

—Mañana por la mañana lo enviaré con el primer correo —dijo Osgood.

—Cablegrafíelo a Nueva York.

—¿Para que se imprima la semana próxima? —Osgood creyó haber oído mal.

—¡Sí, sí! —Fields levantó las manos. El editor raras veces se ponía nervioso—. ¡Y le aviso de que habrá que tener listo otro texto para la semana siguiente!

Osgood se volvió con cautela cuando se dirigía a la puerta.

—Señor Fields, ¿qué ha traído aquí esta tarde al doctor Manning, si puedo preguntarlo?

—Nada por lo que haya que preocuparse.

Fields emitió un suspiro contenido que desmentía sus palabras. Regresó al abultado montón de originales que se apilaban en su asiento junto a la ventana. Abajo se veía el Boston Common, donde los peatones seguían fieles a sus ropas veraniegas de lino y algunos incluso se tocaban con sombreros de paja. Cuando Osgood se disponía a marcharse, Fields sintió el deseo de explicarse.

—Si seguimos adelante con el Dante de Longfellow, Augustus Manning hará que se cancelen todos los contratos de edición entre Harvard y Ticknor y Fields.

—¡Pero eso representa miles de dólares; decenas de miles, si pensamos en los próximos años! —dijo Osgood, alarmado.

Fields asintió pacientemente.

—Hummm... ¿Sabe usted, Osgood, por qué no publicamos a Whitman cuando nos trajo *Hojas de hierba*? --No aguardó la respuesta—. Porque Bill Ticknor no quiso crearle problemas a la casa debido a los pasajes carnales.

—¿Puedo preguntarle si ahora lo lamenta, señor Fields?

Se sintió complacido por la pregunta. Moduló el tono de su voz, que pasó de la propia del patrón a la del mentor.

—No, mi querido Osgood. Whitman pertenece a Nueva York, como perteneció Poe. —Este nombre lo pronunció con más amargura, por razones que todavía permanecían latentes—. Y les dejaré conservar lo poco que tienen. Pero ante la verdadera literatura no debemos retroceder. En Boston, no. Y ahora no lo haremos.

Quiso decir «ahora que Ticknor nos ha dejado». No es que el

difunto William D. Ticknor no tuviera sentido de la literatura. De hecho, podía decirse que los Ticknor llevaban la literatura en la sangre, o al menos en algún órgano vital, y su primo George Ticknor había sido en otro tiempo una autoridad en materia de literatura en Boston, como predecesor de Longfellow y de Lowell en la cátedra Smith de Harvard. Pero William D. Ticknor había empezado en Boston en el campo complejo de las finanzas, y había trasladado a la edición, que por aquel tiempo era poco más que vender libros, la mentalidad de un sutil banquero. Era Fields quien reconocía el genio en los manuscritos y las monografías a medio terminar, y era Fields quien había alimentado amistades entre los grandes autores de Nueva Inglaterra, cuando otros editores echaban el cierre por falta de beneficios o porque dedicaban mucho tiempo a la venta al por menor.

Cuando Fields era un joven empleado se decía que mostraba capacidades sobrenaturales (o «muy extrañas», como puntualizaban los demás asalariados): podía predecir, por el porte y apariencia de un cliente, qué libro desearía. Al principio eso se lo reservaba, pero cuando los otros empleados descubrieron su don, se convirtió en fuente de frecuentes apuestas, y los que apostaban contra Fields siempre acababan mal el día. Poco después Fields transformaría la industria al convencer a William Ticknor para que retribuyera a los autores en lugar de engañarlos, y le hizo darse cuenta de que la publicidad podía convertir a los poetas en personalidades notorias. Como socio, Fields adquirió *The Atlantic Monthly* y *The North American Review* como tribunas para sus autores.

Osgood nunca sería un hombre de letras como Fields, un literato, y por eso dudaba al comparar ideas en materia de verdadera literatura.

—¿Por qué Augustus Manning habría de amenazar con semejante medida? Eso es extorsión, ni más ni menos —dijo, indignado.

Al oír esto, Fields sonrió para sus adentros, pensando cuánto le quedaba aún por aprender a Osgood.

—Nosotros extorsionamos a todos los que conocemos, Osgood; de lo contrario no se haría nada. La poesía de Dante es extranjera y desconocida. La corporación vela por la reputación de Harvard controlando toda palabra que se permita atravesar las puertas de la universidad, Osgood: cualquier cosa desconocida o que no se pueda conocer los atemoriza sobremanera. —Fields tomó la edición de bolsillo de la *Divina Commedia* de Dante que había encontrado en Roma—. Entre estas dos cubiertas hay suficiente rebelión para desenmarañarlo todo. La mentalidad de nuestro país está cambiando con la velocidad de un telégrafo, Osgood, y nuestras grandes instituciones van por detrás, a paso de diligencia.

—Pero ¿por qué habría de verse afectado su buen nombre en este asunto? Nunca han impugnado una traducción de Longfellow. El editor fingió indignación.

—Así es, pero ellos siguen asociando ese texto con algo de lo más temible, algo que difícilmente puede ser eliminado.

La relación de Fields con Harvard era la de editor de la universidad. Los demás eruditos tenían lazos más estrechos: Longfellow había sido su más famoso profesor hasta que se retiró, unos diez años antes, para dedicarse plenamente a su poesía; Oliver Wendell Holmes, James Russell Lowell y George Washington Greene eran ex alumnos; y Holmes y Lowell, profesores prestigiosos: Holmes, titular de la cátedra Parkman en la facultad de Medicina, y Lowell encabezaba la sección de lenguas modernas y literatura en Harvard, que había sido el anterior puesto desempeñado por Longfellow.

—Esto se considerará una obra maestra surgida del corazón de Boston y del alma de Harvard, querido Osgood. Incluso Augustus Manning no está tan ciego como para no tenerlo en cuenta.

El doctor Oliver Wendell Holmes, profesor de medicina y poeta, se apresuraba por los senderos despejados del Boston Common, en dirección al despacho de su editor, como si lo estuvieran persiguiendo (aunque se detuvo dos veces para firmar unos autógrafos). Si uno pasaba cerca del doctor Holmes o fuera uno de aquellos paseantes que esgrimían la pluma en demanda de una firma en un libro, se le podía oír canturrear en tono resuelto. En el bolsillo de su chaleco de moaré ardía el doblado rectángulo de papel que impulsaba al pequeño doctor al Corner (o sea, al despacho de su editor) y que le producía temor.

Cuando se encontraba con sus admiradores, los animaba a que

nombraran a sus favoritos. «Oh, eso. Dicen que el presidente Lincoln recitaba ese poema de memoria. Bien, verdaderamente, él mismo me dijo...» La forma del rostro juvenil de Holmes, la boca pequeña apretada contra la mandíbula floja, le hacían parecer que realizaba un esfuerzo para mantener la boca cerrada por un período de tiempo apreciable.

Después de dejar atrás a los demandantes de autógrafos, se detuvo una sola vez, vacilante, en la librería Dutton y Cía, donde contó tres novelas y cuatro volúmenes de poesía completamente nuevos y (con toda probabilidad) de jóvenes autores de Nueva York. Todas las semanas, las noticias literarias anunciaban que acababa de publicarse el libro más extraordinario de la época. «Profunda originalidad» se había convertido en algo común que, en caso de no saber más, uno podía considerar el producto nacional más corriente. Unos pocos años antes de la guerra, parecía que el único libro del mundo era su *Autocrat of the Breakfast-Table* [El autócrata de la mesa del desayuno], el ensayo seriado con el que Holmes sobrepasó todas las expectativas al inventar una nueva actitud hacia la literatura, hecha de observación personal.

Holmes irrumpió en la amplia sala de exposiciones de Ticknor y Fields. Como los antiguos judíos recordaban ante el Segundo Templo las glorias que éste había reemplazado, el doctor Holmes no podía resistir la brillantez aceitada y pulida ni dejar que se filtraran en sus evocaciones sensoriales los rancios locales de la librería Old Corner, en las calles Washington y School, en las que la editorial y sus autores estuvieron apretujándose durante décadas. Los autores de Fields llamaban al nuevo palacete, en la esquina de la calle Tremont y la plaza Hamilton, Corner o el New Corner, en parte por costumbre pero también como una afilada nostalgia de sus comienzos.

—Buenas tardes, doctor Holmes. ¿Viene usted a ver al señor Fields?

La señorita Cecilia Emory, la agradable joven de recepción, tocada con un sombrero azul, recibió al doctor Holmes con una nube de perfume y con una cálida sonrisa. Fields había tomado a varias mujeres como secretarias cuando se inauguró el Corner, un mes antes, a pesar de que un coro de críticos condenaba esa práctica en un edificio repleto de hombres. La idea, casi con certeza, tuvo su origen en la esposa de Fields, Annie, voluntariosa y bella (cualidades que por lo general son aliadas).

—Sí, querida —dijo Holmes inclinándose—. ¿Está?

—Ah, ¿es que el gran autócrata de la mesa del desayuno desciende a presentarse ante nosotros?

Samuel Ticknor, uno de los empleados, se despidió de Cecilia Emory con un gesto demasiado prolongado mientras se ponía los guantes. No era el típico empleado de editorial, y poco después sería bienvenido por su esposa y sus sirvientes en uno de los rincones más deseables de Back Bay.

Holmes estrechó su mano.

—New Corner es un gran pequeño lugar, ¿no es así, mi querido señor Ticknor? —Se rió—. Estoy algo sorprendido de que el señor Fields no se haya perdido aquí todavía.

—No se ha perdido.

Samuel Ticknor se alejó murmurando en tono serio, a lo que siguió una ligera risita o gruñido.

J. R. Osgood acudió para guiar a Holmes arriba.

—No haga usted caso, doctor Holmes —dijo Osgood sorbiendo por la nariz y mirando al sujeto en cuestión salir a la calle Tremont y lanzar al aire una moneda destinada al vendedor de palomitas de la esquina, como si fuese un pordiosero—. Me atrevería a decir que el joven Ticknor cree que puede adoptar en el Common las mismas actitudes que su difunto padre, sólo por llevar el nombre que lleva. Y pretende que todo el mundo se entere.

El doctor Holmes no tenía tiempo para el cotilleo, al menos aquel día.

Osgood informó de que Fields estaba reunido, así que Holmes sufrió el purgatorio de la Sala de Autores, una estancia lujosa para la comodidad y placer de los escritores de la casa. Un día corriente, Holmes hubiera podido pasar el tiempo allí admirando los recuerdos literarios y los autógrafos que colgaban de la pared, entre los cuales se contaba su nombre. En lugar de eso, su atención se volvió hacia el cheque que sacó de su bolsillo con gesto vacilante. En el insultante número escrito con mano descuidada, Holmes vio sus propios fallos. Veía en los divagantes puntos de tinta su vida como poeta, agitada por los acontecimientos de los últimos años, incapaz de igualar los logros del pasado. Se sentó en silencio y se frotó la mejilla con rude-za, entre el índice y el pulgar, como Aladino pudo hacerlo con su vie-ja lámpara. Holmes imaginaba a todos los autores audaces y llenos de frescura a los que Fields estaba cortejando, convenciendo y dando forma.

Salió en dos ocasiones de la Sala de Autores y se dirigió al des-pacho de Fields, que encontró cerrado. Pero antes de que se retirase la segunda vez, se dejó oír la voz de James Russell Lowell, poeta y re-dactor. Lowell hablaba alto (como siempre), incluso dramáticamen-te, y el doctor Holmes, en lugar de llamar o de marcharse, optó por enterarse de la conversación, pues creía que casi con seguridad tenía algo que ver con él.

Entornando los ojos, como si pudiera trasladar la capacidad de éstos a los oídos, Holmes acababa de captar una palabra que le intri-gaba, cuando algo lo golpeó y lo tiró al suelo.

El joven que se había detenido de repente frente al hombre que escuchaba furtivamente, agitó las manos en un gesto de estúpido arrepentimiento.

—La culpa es toda mía, querido muchacho —dijo el poeta, rien-do—. Soy el doctor Holmes, y usted es...

—Teal, doctor, señor...

El joven tembloroso era un mozo de la tienda, que logró pre-sentarse antes de volverse amarillo y desaparecer.

—Veo que ha conocido a Daniel Teal —dijo Osgood, el jefe ad-ministrativo, que apareció procedente del vestíbulo—. No podría re-gentar un hotel, pero es de lo más trabajador que tenemos.

Holmes bromeó con Osgood: pobre chico, ¡un novato en la fir-ma y casi se topa de cabeza con Oliver Wendell Holmes! Esta recupe-ración de su importancia hizo sonreír al poeta.

—¿Quiere usted que compruebe si el señor Fields está libre? —preguntó Osgood.

Entonces la puerta se abrió desde dentro. James Russell Lowell, majestuosamente desaliñado, con sus penetrantes ojos grises que apar-taban la atención de su cabello ensortijado y de la barba que se alisaba con dos dedos, echó una mirada desde el umbral. Estaba en el despa-cho de Fields solo, con el periódico del día.

Holmes imaginó lo que diría si trataba de hacerle partícipe de su inquietud: *Es el momento de concentrar todas las energías en Longfel-low y en Dante, Holmes, no en nuestras mezquinas vanidades...*

—¡Venga, venga, Wendell! —lo invitó Lowell, que se dispuso a prepararle una bebida.

—¿Por qué, Lowell —preguntó Holmes—, creí oír voces aquí hace un instante? ¿Fantasmas?

—Cuando a Coleridge le preguntaron si creía en fantasmas, res-pondió negativamente, explicando que ya había visto demasiados. —Se echó a reír y sacudió el extremo ardiente de su cigarro—. Oh, el club Dante celebrará reunión esta noche. Yo estaba leyendo esto en voz alta para comprobar cómo sonaba, ¿sabe?

Lowell señaló el periódico que había sobre la mesa. Explicó que Fields había bajado al café.

—Dígame, Lowell, ¿sabe usted si *The Atlantic* ha cambiado su política de pagos? Quiero decir que no he oído si envió usted ver-sos para el último número. Claro que bastante ocupado está con *The Review*.

Los dedos de Holmes se enredaban con el cheque que llevaba en el bolsillo. Lowell no le escuchaba.

—¡Holmes, debe echar un vistazo a esto! Fields se ha superado a sí mismo. Aquí, mire.

Holmes asintió con gesto de conspirador y observó cuidadosa-mente. El periódico estaba doblado en la página literaria y olía como el cigarro de Lowell.

—Pero lo que quiero saber, querido Lowell —insistió Holmes, apartando el periódico—, es si recientemente... Oh, gracias —dijo, al tiempo que aceptaba un brandy con agua.

Fields regresó, sonriendo ampliamente, atusándose su barba ri-zada. Se mostraba tan inexplicablemente animoso y complaciente como Lowell.

—¡Holmes! No esperaba tener el placer de verlo hoy. Estaba a punto de avisarlo en la facultad de Medicina para que viera al señor Clark. Se produjo un desdichado error en algunos de los cheques co-rrespondientes al último número de *The Atlantic*. Usted pudo recibir uno de setenta y cinco en lugar de uno de cien por su poema.

Desde que se inició la rápida inflación a consecuencia de la gue-rra, los mejores poetas percibían 100 dólares por poema, con la excepción de Longfellow, a quien se pagaban 150. Los autores menores cobraban entre veinticinco y cincuenta.

—¿De veras? —preguntó Holmes con un suspiro de alivio que en seguida consideró embarazoso—. Bueno, a mí siempre me hace feliz cobrar más.

—Estos oficinistas de la nueva hornada son criaturas como usted nunca ha visto. —Fields movió la cabeza—. Me encuentro al timón de un barco enorme, amigos míos, que se estrellará contra las rocas a menos que yo vigile todo el tiempo.

Holmes se sentó satisfecho y, finalmente, dirigió una mirada al *New York Tribune* que tenía en la mano. Guardó silencio, sorprendido, y se deslizó hasta el fondo del sillón, como permitiendo que sus gruesos repliegues de cuero se lo tragaran.

James Russell Lowell había venido al Corner desde Cambridge para cumplir unas obligaciones largo tiempo desatendidas en *The North American Review*. Lowell abandonaba el grueso de su trabajo en la *Review*, una de las dos revistas principales de Fields, a un equipo de redactores auxiliares cuyos nombres confundía, hasta que su presencia era requerida para revisar las pruebas finales. Fields sabía que Lowell apreciaría el avance publicitario más que nadie, más que el propio Longfellow.

—¡Exquisito! ¡Usted conserva algo de judío, mi querido Fields! —dijo Lowell, arrancándole a Holmes el periódico de un manotazo.

Sus amigos no prestaron particular atención al extraño comentario de Lowell, pues estaban acostumbrados a su tendencia a teorizar que el mundo con capacidad, incluido él, era judío por algún camino desconocido, o al menos descendiente de judíos.

—Mis vendedores de libros se van a poner las botas —se jactó Fields—. ¡Sólo con los beneficios que saquemos en Boston nos vamos a forrar!

—Mi querido Fields —dijo Lowell, riendo animadamente y acariciando el periódico como si contuviera un premio secreto—, ¡si usted hubiera sido el editor de Dante, me atrevo a decir que habría sido bienvenido en Florencia y le habrían dedicado una fiesta en plena calle!

Oliver Wendell Holmes se rió, pero alimentaba también algún deseo de discutir cuando dijo:

—Si Fields hubiera sido el editor de Dante, Lowell, el poeta nunca hubiera sido desterrado.

Cuando el doctor Holmes se excusó para reunirse con el señor Clark, el contable, antes de marchar a casa de Longfellow, Fields pudo ver que Lowell estaba preocupado. El poeta no era de los que ocultaban su desagrado en ninguna circunstancia.

—¿No encuentra usted a Holmes muy apesadumbrado? —preguntó Lowell—. Se diría que ha estado leyendo un obituario —disparó, sabiendo que Fields era receptivo a sus chanzas—. El suyo.

Fields emitió una risa breve.

—Está preocupado por su novela, eso es todo: a ver si los críticos lo tratan bien esta vez. Y, bueno, él siempre tiene cien cosas en la cabeza. Eso ya lo sabe usted, Lowell.

—¡De eso se trata! Si Harvard se propone seguir intimidándonos... —empezó a decir Lowell, y tras una pausa prosiguió—: No quiero que alguien crea que no vamos a llevar esto hasta el final, Fields. ¿No ha pensado que esto podría llevar a Wendell a integrarse en otro club?

A Lowell y a Holmes les gustaba dar muestras de ingenio el uno frente al otro, y Fields hacía lo que podía para desanimarlos. Competían sobre todo para atraer la atención. Después de un reciente banquete, la señora Fields informó de que había oído a Lowell demostrar a Harriet Beecher Stowe por qué *Tom Jones* era la mejor novela que se había escrito, mientras que Holmes probaba ante el marido de Stowe, profesor de teología, que la religión era responsable de todas las desdichas del mundo. El editor estaba preocupado porque volviera a producirse una tensión grave entre dos de sus mejores poetas. Estaba preocupado también porque Lowell trataba tercamente de demostrar que sus dudas a propósito de Holmes eran fundadas. Fields no podía soportar que alguien que no fuera él pudiera ser causa de inquietud para Holmes.

Fields hizo una exhibición de su orgullo a propósito de Holmes, permaneciendo en pie junto a un daguerrotipo del pequeño doctor, enmarcado y colgado de la pared. Puso la mano sobre el vigoroso hombro de Lowell y le habló con sinceridad:

—Nuestro club Dante estaría vacío sin él, mi querido Lowell. Ciertamente, tiene sus rarezas, pero eso le confiere brillantez. Es un hombre al que el doctor Johnson hubiera considerado *clubable*. Pero ha estado siempre con nosotros, ¿no es así? Y con Longfellow.

El doctor Augustus Manning, tesorero de la corporación de Harvard, permaneció en la universidad hasta más tarde que otros colegas. A menudo volvía la cabeza desde su escritorio hacia la ventana, cada vez más oscura, que reflejaba la incierta luz de su lámpara, y pensaba en los peligros que a diario amenazaban con sacudir los cimientos de la institución. Precisamente aquella tarde, mientras estaba fuera, dando su caminata de diez minutos, hizo una lista mental con los nombres de varios de sus ofensores. Tres estudiantes charlaban entre ellos cerca de Grays Hall. Cuando se dieron cuenta de que se les aproximaba ya era demasiado tarde. Como un fantasma, no hacía ruido, ni siquiera cuando caminaba sobre hojas secas. Serían amonestados por la junta de facultad por «congregarse», o sea, por permanecer en el recinto de pie, parados, en grupos de dos o más.

Aquella mañana, en la obligada asistencia de los universitarios a la capilla, a las seis, Manning había llamado la atención del tutor Bradlee sobre un estudiante que leía un libro disimulado bajo su Biblia. El infractor, un alumno de segundo año, sería amonestado en privado por leer en la capilla, así como por la tendencia a la agitación del autor del libro, un filósofo francés que sustentaba ideas políticas inmorales. En la siguiente reunión de la junta de facultad, se sometería a juicio al joven, al que se impondría una multa de varios dólares, y se le restarían puntos de su clasificación en la clase.

Ahora Manning pensaba en cómo enfrentarse al problema de Dante. Leal a toda prueba a los estudios y lenguas clásicos, se decía que Manning una vez pasó un año entero llevando todos sus asuntos personales y de negocios en latín. Algunos lo dudaban, y señalaban que su esposa ignoraba esa lengua, en tanto otros conocidos señalaban que ese hecho confirmaba la veracidad de la historia. Las lenguas vivas, como las denominaban los compañeros de Harvard, eran poco más que imitaciones baratas, torpes distorsiones. El italiano, al igual que el español y el alemán, en particular, representaban bajas pasiones políticas, apetitos carnales y la ausencia de moral propia de la decadente Europa. El doctor Manning no tenía intención de permitir que los venenos extranjeros se extendieran bajo el disfraz de la literatura.

Mientras permanecía sentado, el doctor Manning oyó un sorprendente ruido de golpes secos procedente de su antesala. A aquella hora no cabía esperar ruido alguno, pues el secretario de Manning se había ido a su casa. Manning caminó hacia la puerta y accionó el pomo, pero estaba cerrada. Miró arriba y vio una punta de metal clavada en el marco y luego otra unos centímetros hacia la derecha. Manning dio repetidos tirones violentos, cada vez más fuertes, hasta que el brazo le dolió y la puerta crujió y se abrió como de mala gana. Al otro lado, un estudiante, armado con un tablero de madera y algunos tornillos, se balanceaba sobre un taburete, riendo mientras trataba de condenar la puerta de Manning.

Quienes acompañaban al ofensor echaron a correr a la vista de Manning. Éste agarró al estudiante subido al taburete.

—¡Tutor! ¡Tutor!

—¡Le digo que sólo es una travesura! ¡Déjeme ir!

El muchacho de dieciséis años pareció rejuvenecer otros cinco en un instante y, con los ojos de mármol de Manning clavados en él, fue presa del pánico.

Golpeó a Manning varias veces y luego le hundió los dientes en la mano, que soltó su presa. Pero llegó un tutor residente y, ya en la puerta, agarró al estudiante por el cuello de la camisa.

Manning se aproximó como calculando sus pasos y con una mirada gélida. Mantuvo esa mirada tanto rato, presentando un aspecto cada vez más menudo y endeble, que hasta el tutor se sintió incómodo y preguntó en voz alta qué debía hacer. Manning se miró la mano, donde dos brillantes puntos de sangre apuntaban entre los huesos: eran las marcas de los dientes.

Las palabras de Manning parecían emerger directamente de su híspida barba más que de su boca.

—Sonsáquele los nombres de sus cómplices en esta hazaña, tutor Pearce. Y averigüe dónde ha estado tomando bebidas alcohólicas. Luego, entréguelo a la policía.

Pearce dudó.

—¿A la policía, señor?

El estudiante protestó.

—¡Llamar a la policía por un asunto interno de la universidad! ¡A menos que se trate de un sucio truco...!

—¡Cuanto antes, tutor Pearce!

Augustus Manning cerró la puerta tras él. Volvió a ocupar su lugar, ignorando su respiración pesada a causa de la furia, y se sentó tieso, con dignidad. Tomó de nuevo el *New York Tribune* para recordar los asuntos que necesitaban desesperadamente su atención. Mientras leía el cotilleo de J. T. Fields en la sección «Boston literario», y su mano latía en los puntos donde la piel estaba desgarrada, por la mente del tesorero pasaron, más o menos, los pensamientos siguientes: Fields se considera invencible en su nueva fortaleza... Esa misma arrogancia la lleva orgullosamente Lowell como si fuera una chaqueta nueva... Longfellow sigue siendo intocable; el señor Greene, una reliquia desde hace mucho, un parapléjico mental... *Pero el doctor Holmes...* El Autócrata busca la controversia sólo por temor, no por principio... El pánico en la carita del doctor cuando miraba lo que le sucedió al profesor Webster hace tantos años... No por la convicción del asesinato o por el ahorcamiento, sino por la pérdida de su lugar, que se había ganado en la sociedad por su buen nombre, por formación y por la carrera como hombre de Harvard... *Sí, Holmes; el doctor Holmes resultará nuestro mayor aliado.*

II

Por todo Boston, a lo largo de la noche, los policías reunieron a «personas sospechosas», una media docena, por orden del jefe. Cada oficial contemplaba a los sospechosos de sus colegas con gesto adusto, mientras los registraban en la comisaría central, como si temiera que sus propios rufianes fueran juzgados inferiores. Los detectives de paisano, porque se habían evitado los uniformes, subían a zancadas desde las tumbas —las celdas de detención subterráneas— y se comunicaban mediante códigos silenciosos y señales de aprobación con la cabeza.

La oficina de detectives, derivada de un modelo europeo, se había establecido en Boston con la finalidad de suministrar la más completa información sobre el paradero de los delincuentes; por tanto, la mayor parte de los detectives escogidos eran ellos mismos antiguos bribones. Sin embargo, desconocían los métodos perfeccionados de investigación, de modo que recurrían a los viejos trucos (sus favoritos eran la extorsión, la intimidación y la mentira) para procurarse su cuota de arrestos y ganarse así el sueldo. El jefe Kurtz había hecho cuanto estaba en su mano para asegurarse de que los detectives, junto con la prensa, creyeran que la nueva víctima del asesino era un don nadie. El último problema con el que hubiera querido enfrentarse era que sus detectives trataran de sacar dinero de la desgracia del rico Healey.

Algunos de los sujetos reunidos cantaban canciones obscenas o se cubrían el rostro con las manos. Otros gritaban maldiciones y amenazas a los agentes que los habían llevado allí. Unos pocos se apretujaban en los bancos de madera alineados en un lado de la estancia. Allí había toda clase de delincuentes, desde estafadores de altos vuelos, los más clásicos, hasta los practicantes del robo con fractura, ladrones de guante blanco y fulanas con bonitos sombreros, que atraían al peatón a callejuelas donde sus cómplices hacían el resto. Pálidos golfillos irlandeses arrodillados en la galería pública, arriba, sostenían grasientas bolsas de papel de las que extraían cacahuetes calientes con los que hacían puntería a través de la reja. Alternaban esos proyectiles con andanadas de huevos podridos.

—¿No has oído a nadie irse de la lengua sobre un tipo al que han apiolado? Eh, ¿has oído algo?

—¿De dónde has sacado esta cadena de oro, chico? ¿Y este pañuelo de seda?

—¿Qué estás pensando hacer con esta cachiporra?

—¿Qué pasa con eso? Socio, ¿no has tratado nunca de matar a un hombre, aunque sólo sea para ver cómo es la cosa?

Los agentes, de rostros enrojecidos, gritaban al formular estas preguntas. Entonces el jefe Kurtz empezó a detallar la muerte de Healey, eludiendo hábilmente la identidad de la víctima, pero no tardó mucho en ser interrumpido.

—Eh, jefecito. —Un corpulento bribón negro tosió, pensativo, mientras mantenía sus ojos saltones fijos en un rincón de la estancia—. Eh, jefecito, ¿qué hay con el nuevo poli moreno? ¿Dónde está su uniforme? No me creo que estéis a punto de reclutar detectives negros. ¿Puedo yo apuntarme también?

Nicholas Rey se puso en pie muy tieso ante la carcajada que siguió. De pronto fue consciente de su falta de participación en el interrogatorio y de sus ropas de paisano.

—Pero si no es moreno, compadre —dijo un hombre vivaz, alto y delgado, mientras avanzaba y examinaba al patrullero Rey con la mirada de un experto en valoraciones—. Me parece que es mestizo, y un hermoso ejemplar de mestizo: madre esclava, padre peón de una plantación. Es así, ¿verdad, amigo?

Rey se acercó más a la fila.

—¿Qué contesta a la pregunta del jefe, señor? A ver si somos capaces de colaborar.

—Muy bien dicho, blanquito.

El hombre alto y delgado, en un gesto apreciativo, se llevó un dedo a su fino bigote, que se curvaba hacia las comisuras de la boca, como para señalar el arranque de una barba, pero acababa por caer abruptamente antes de llegar a la barbilla.

El jefe Kurtz apoyó su porra en el botón de diamante que lucía sobre el esternón de Langdon Peaslee.

—¡No me hagas enfadar, Peaslee!

—Tenga cuidado —advirtió Peaslee, el mayor ladrón de cajas fuertes de Boston, sacudiéndose el polvo del chaleco—. El pedrusco vale ochocientos dólares, jefe, ¡y legítimamente adquirido!

Brotaron carcajadas por doquier; incluso por parte de algunos detectives. Kurtz no debió permitir que Langdon Peaslee le provocara; aquel día, no.

—Me da la impresión de que tuviste algo que ver con la serie de cajas reventadas el domingo pasado en la calle Commercial —dijo Kurtz—. Te voy a empapelar ahora mismo por quebrantar la ley sobre descanso dominical y podrás dormir en los calabozos junto con los rateros de poca monta.

Willard Burndy, unos puestos más allá de la fila, prorrumpió en risotadas.

—Bueno, yo le contaré algo sobre eso, mi querido jefe —dijo Peaslee, alzando la voz teatralmente, en atención a todos los reunidos en la sala (incluido el súbito arrebato que se produjo en los asientos de arriba)—. Seguro que, aquí, nuestro amigo el señor Burndy no sería capaz de hacer algo parecido a lo de la calle Commercial. ¿O es que esas cajas fuertes pertenecen a una asociación de damas?

Los brillantes ojos rosados de Burndy doblaron su tamaño mientras se abría paso en medio de los hombres a empujones, a zarpazos, en dirección a Langdon Peaslee, y a punto estuvo de encender un motín a su paso entre los malandrines más camorristas. Los muchachos harapientos de arriba lo vitoreaban y le lanzaban gritos. El espectáculo prosiguió y acabó sacando a la luz los secretos del hampa que operaba en las bodegas de North End, y a los que cobraban 25 centavos por una cabeza.

Mientras los agentes contenían a Burndy, un hombre desorientado fue empujado fuera de la fila. Dio un tremendo traspié, y Nicholas Rey lo agarró antes de que llegara a caer.

Tenía una complexión frágil y unos ojos oscuros, hermosos pero cansados, con expresión vacilante. El desconocido desplegó una dentadura como un tablero de ajedrez, con dientes inexistentes y carcomidos, y emitía una especie de silbido que desprendía olor a aguardiente de Medford. Ni siquiera se daba cuenta de que toda su ropa estaba manchada de huevos podridos, o eso no le preocupaba.

Kurtz avanzó hacia la reorganizada hilera de delincuentes y se explicó de nuevo. Contó lo del hombre hallado desnudo en un campo cerca del río, con el cuerpo bullendo de moscas, avispas, larvas que se alimentaban bajo su piel y se empapaban en su sangre.

Uno de los presentes, les informó Kurtz, lo mató de un golpe en la cabeza, lo transportó allí y lo abandonó a los efectos de la intemperie. Mencionó otro extraño detalle: una bandera, blanca y andrajosa, plantada sobre el cadáver.

Rey paró la caída de su desorientado pupilo con los pies. La nariz y la boca del hombre eran rojas e irregulares, sobreponiéndose a su fino bigote y a su barba. Era cojo de una pierna, resultado de un accidente o de una pelea olvidados desde hacía tiempo. Sus manos anchas se agitaron en gestos salvajes. El temblor del desconocido se acentuaba con cada detalle aportado por el jefe de policía.

El subjefe Savage dijo:

—¡Oh, ese sujeto! ¿Quién lo ha traído? ¿Usted lo sabe, Rey? No quiso dar ningún nombre antes, cuando estaban fotografiando a los nuevos para la galería de retratos de delincuentes. ¡Silencioso como una esfinge egipcia!

El cuello de papel de la esfinge casi estaba oculto bajo su harapienta bufanda negra, que lo envolvía cayendo floja a un lado. Fijaba una mirada vacía y sacudía sus desproporcionadas manos en el aire describiendo aproximados círculos concéntricos.

—¿Tratas de dibujar algo? —preguntó Savage bromeando.

En efecto, sus manos dibujaban una especie de mapa, algo que hubiera ayudado enormemente a la policía en las semanas que siguieron, pues habría sabido qué buscar. Aquel desconocido había sido durante mucho tiempo asiduo del escenario del asesinato de Healey, pero no de los salones ricamente enmaderados de Beacon Hill. No; el hombre no estaba trazando en el aire una imagen terrenal, sino una lóbrega antecámara del inframundo. Porque fue allí, allí, tal como comprendió el hombre, donde la imagen de la muerte de Artemus Healey se filtraba en su mente y crecía con cada detalle; sí, allí se había descargado el castigo.

—Yo diría que es sordo y mudo —susurró el subjefe Savage a Rey, después de que varios meditados gestos con la mano resultaran infructuosos—. Y por el olor, todo un personaje. Le traeré un poco de pan y queso. No le quite ojo a ese Burndy, Rey.

Savage movió la cabeza en dirección al perturbador que se había destacado de los demás y que ahora se frotaba los ojos rosados con sus manos esposadas, fascinado por las grotescas descripciones de Kurtz.

El subjefe separó con suavidad al hombre tembloroso de la custodia del patrullero Rey, y lo condujo a través de la estancia. Pero el hombre se agitó, prorrumpió en llanto y luego, con lo que pareció un esfuerzo impremeditado, apartó a gritos al subjefe de policía, enviándolo de cabeza contra un banco.

Entonces el hombre saltó detrás de Rey, le echó el brazo izquierdo alrededor del cuello, con los dedos engarfiados bajo el codo derecho del patrullero, apartó con la otra mano su sombrero y se inmovilizó ante sus ojos. Torció la cabeza de Rey hacia él, para que la oreja del oficial quedara atrapada frente al aliento que salía de sus labios. El susurro del hombre era tan bajo, tan desesperado y gutural, tan parecido a una confesión, que sólo Rey pudo captar las palabras que pronunció.

Entre los hampones estalló un divertido caos.

De repente, el desconocido soltó a Rey y se agarró a una columna estriada. Se lanzó con fuerza, girando en torno a ella, catapultándose hacia delante. Las incomprensibles palabras que pronunciaba entre silbidos atrajeron la atención de Rey: era un código de sonidos sin sentido, tan estridente y enérgico como para sugerir un significado más allá de lo que Rey podía imaginar. *Dinanzi*. Rey luchó por recordar, por oír de nuevo el susurro, al tiempo que se esforzaba *(etterne etterno, etterne etterno)* a fin de no perder el equilibrio mientras jadeaba para atrapar al fugitivo. Pero éste se había lanzado con tal impulso, que no hubiera podido detenerse de haberlo querido en aquel último instante de su vida.

Se estrelló contra el grueso cristal de una de las amplias ventanas. Un fragmento desprendido de cristal, con una perfecta forma de guadaña, giró en un movimiento de danza casi gracioso, alcanzando la bufanda negra y penetrando limpiamente en la tráquea. El golpe hizo que el hombre inclinara hacia delante su lacia cabeza. Luego se lanzó con fuerza a través del cristal hecho añicos y cayó al patio.

Todo quedó en silencio. Los trozos de cristal, delicados como copos de nieve, cayeron bajo los zapatos de punteras desgastadas de Rey mientras se aproximaba al marco de la ventana y miraba abajo. El hombre estaba tendido sobre un grueso colchón de hojas otoñales, y los cristales rotos de la ventana fragmentaban el cuerpo y su lecho en un caleidoscopio de amarillo, negro y rojo pálido. Los golfillos harapientos, que fueron los primeros en bajar al patio, señalaban y vociferaban, danzando en torno al cadáver. Mientras descendía, Rey no podía olvidar las torpes palabras que el hombre había escogido, por alguna razón, para legárselas a él como el último acto de su vida. *Voi Ch'intrate. Voi Ch'intrate.* Vosotros, los que entráis. Vosotros, los que entráis.

* * *

James Russell Lowell se sentía como sir Launfal, el héroe en busca del Grial de su poema más popular, mientras atravesaba al galope la cancela de hierro del patio de Harvard. Por supuesto, el poeta hubiera podido considerar que representaba el papel de caballero galante cuando entró aquel día, alto en su blanco corcel, perfilado por los vivos colores del otoño, de no haber sido por sus peculiares preferencias en materia de imagen: su barba estaba cortada en forma cuadrada, dos o tres pulgadas por debajo del mentón, pero su bigote crecía más largo, dejándolo colgar. Algunos de sus detractores, y muchos amigos, señalaban en privado que ésa no era quizá la elección más adecuada para su rostro, por lo demás gallardo. La opinión de Lowell era que debía llevarse barba, puesto que Dios la había dado, aunque no especificaba si aquel peculiar estilo era lo requerido teológicamente.

Su caballerosidad imaginada era sentida con una pasión más fuerte aquellos días, cuando la universidad se presentaba como una ciudadela crecientemente hostil. Unas pocas semanas antes, la corporación intentó convencer al profesor Lowell para que adoptara una propuesta de reformas que eliminaría muchos de los obstáculos a los que su departamento se enfrentaba (por ejemplo, que los estudiantes recibieran la mitad de créditos por matricularse en una lengua extranjera moderna en lugar de hacerlo en una clásica). En contrapartida, la corporación garantizaría la aprobación final de todas las clases de Lowell, el cual rechazó de plano la oferta. Si querían imponer su propuesta, deberían seguir el largo procedimiento de someterla a la Mesa de Supervisores de Harvard, la hidra de veinte cabezas.

Una tarde, el presidente le dio a Lowell un consejo que le hizo comprender que recurrir a la Mesa para la aprobación de todas sus clases era un despropósito.

—Lowell, al menos cancele ese seminario suyo sobre Dante, y Manning puede mejorarle a usted las cosas —le dijo el presidente, tomándolo del codo confidencialmente.

Lowell entornó los ojos.

—¿De eso se trata? ¡Andan detrás de eso! —Se volvió, indignado—. ¡A mí no me engatusarán para que me incline ante ellos! Se libraron de Ticknor y vive Dios que dieron motivos a Longfellow para que se sintiera ofendido. Creo que todo hombre que se tenga por un caballero debe estar en contra de ellos; todo hombre, claro, que no haya obtenido su doctorado mediante apaños.

—Usted me considera un cero a la izquierda, profesor Lowell, porque no controlo la corporación más que usted mismo, y las más de las veces dirigirse a sus miembros es como hablar a la pared. Ah, y eso a pesar de que yo presido esta universidad —añadió, riendo entre dientes. En efecto, Thomas Hill era el presidente de Harvard, y nuevo en el cargo, el tercero en una década, una muestra de que los miembros de la corporación acumulaban mucho más poder del que él poseía—. Ellos creen que Dante es un tema inadecuado dentro de las actividades de su departamento, eso está claro. Le darán un escarmiento, Lowell. ¡Manning convertirá eso en un escarmiento! —advirtió, y agarró de nuevo el brazo de Lowell, como si en determinado momento hubiera que apartar al poeta de algún peligro.

Lowell manifestó que no toleraría que los miembros de la corporación sometieran a juicio una literatura sobre la que no sabían nada. Y Hill ni siquiera trató de discutir este punto. Era una cuestión de principios para el claustro de Harvard ignorarlo todo en materia de lenguas vivas.

La siguiente ocasión en que Lowell vio a Hill, el presidente iba provisto de un trozo de papel azul con una anotación manuscrita de un poeta británico recientemente fallecido, acerca de algún aspecto del poema de Dante. «¡Qué odio hacia la entera raza humana! ¡Qué exaltación y qué gozo ante los sufrimientos eternos cuyo rigor no disminuye! Contenemos el aliento mientras leemos y nos tapamos los oídos. ¿Alguien reunió con anterioridad tan ofensivos olores, suciedades, excrementos, sangre, cuerpos mutilados, alaridos y monstruos míticos como castigo? A la vista de ello, no puedo dejar de considerar este libro como el más inmoral e impío jamás escrito.» Sonrió satisfecho, como si aquello lo hubiera escrito él mismo. Lowell se echó a reír.

—¿Mandan los ingleses en lo que tenemos en nuestros anaqueles? ¿Por qué no entregamos Lexington a los casacas rojas y ahorramos al general Washington el inconveniente de la guerra? —Lowell advirtió algo en la mirada de Hill, algo que vio a veces en la expresión inexperta de un estudiante, que lo indujo a pensar que el presidente podría llegar a comprender—. Mientras Estados Unidos no aprenda a amar la literatura no como una diversión, no como unas simples coplillas para aprendérselas de memoria en un aula universitaria, sino para alimentar su energía humanizadora y ennoblecedora, mi querido y reverendo presidente, no habrá alcanzado ese alto designio que consiste en hacer de un pueblo una nación. Y eso se logra transformando un nombre muerto en una fuerza viva.

Hill se esforzó en no apartarse de su propósito.

—Esa idea de viajar por el más allá, de enumerar los castigos del infierno, eso es una absoluta crueldad, Lowell. ¡Y una obra como ésa es muy impropio titularla «Comedia»! Es medieval, escolástica y...

—Católica —esta palabra tapó la boca a Hill—. ¿Es eso lo que quiere usted decir, reverendo presidente? ¿Que es demasiado italiana, demasiado católica para la Universidad de Harvard?

Hill levantó una de sus blancas cejas con gesto socarrón.

—Usted mismo debería saber que esas aterradoras ideas sobre Dios no pueden soportarlas nuestros oídos protestantes.

La verdad era que Lowell experimentaba tan poca simpatía como sus colegas de Harvard por los papistas irlandeses que se amontonaban a lo largo de los muelles y en los distantes suburbios de Boston. Pero la idea de que el poema era una especie de edicto del Vaticano...

—Sí, nosotros más bien condenamos a la gente para la eternidad sin la cortesía de informarla. Y Dante llama a su obra *commedia*, querido señor, porque está escrita en su rústica lengua italiana en lugar de en latín y porque termina felizmente, con el poeta elevándose a los cielos, en oposición a la tragedia. En lugar de esforzarse en crear un gran poema sobre algo ajeno y artificioso, deja que el poema brote por sí mismo de él.

A Lowell le gustó advertir que el presidente estaba exasperado.

—Por favor, profesor, ¿no cree usted que es fruto del rencor, que es algo malévolo por parte de alguien infligir torturas inmisericordes a todos los que practican una lista de pecados en concreto? ¡Imagine a un hombre público de nuestros días asignando a sus enemigos lugares en el infierno! —replicó Hill.

—Mi querido y reverendo presidente, lo imagino incluso mientras hablamos. Y no me malinterprete. Dante también manda a sus amigos allá abajo. Puede usted decirle esto a Augustus Manning. La piedad sin rigor sería egoísmo cobarde, mero sentimentalismo.

Los miembros de la corporación de Harvard, el presidente y seis piadosos hombres de negocios escogidos fuera del claustro universitario, se mostraban firmes en su defensa de un currículo de larga duración que a ellos les había servido bien —griego, latín, hebreo, historia antigua, matemáticas y ciencias— y afirmaban, como corolario de lo anterior, que las lenguas y literaturas modernas, inferiores, se quedarían como una novedad, como algo para engordar sus catálogos. Longfellow había abierto algún camino tras la partida del profesor Ticknor, incluido un seminario de iniciación a Dante, y contrató a un brillante exiliado italiano llamado Pietro Bachi como profesor de su lengua. El seminario sobre Dante fue, con mucho, el menos popular debido a la falta de interés por el tema y por el idioma. Aun así, el poeta gozó del entusiasmo de unas pocas mentes que siguieron aquel curso. Uno de los entusiastas fue James Russell Lowell.

Ahora, al cabo de diez años de peleas con la administración, Lowell se enfrentaba a un acontecimiento que había estado esperando, y para el cual los tiempos estaban maduros: el descubrimiento de Dante en Estados Unidos. Pero no sólo Harvard se apresuraba a obstaculizar concienzudamente el asunto, sino que también el club Dante se enfrentaba a un obstáculo interno: Holmes y su ambigua posición.

En ocasiones Lowell paseaba por Cambridge con el hijo mayor de Holmes, Oliver Wendell Holmes Junior. Dos veces por semana, el estudiante de leyes salía de la facultad de Derecho Dane en el mismo momento en que Lowell concluía su clase en el edificio principal de la universidad. Holmes era incapaz de apreciar su buena suerte por tener un hijo como Junior, porque había conseguido que éste lo odiara. Hubiera bastado que Holmes lo *escuchara*, en lugar de hacerle *hablar*. Lowell preguntó una vez al joven si el doctor Holmes había hablado en alguna ocasión en casa sobre el club Dante.

—Oh, claro que sí, señor Lowell —dijo el joven, apuesto y de elevada estatura, haciendo una mueca—, y también del club Atlantic, del club Union, del club del Sábado, del club Científico, de la Asociación Histórica, de la Sociedad Médica...

Phineas Jennison, uno de los hombres de negocios más ricos de Boston, se sentó junto a Lowell en una reciente cena del club del Sábado, en la casa Parker, cuando todo esto ensombreció la mente de Lowell.

—Harvard está acosándolo de nuevo —dijo Jennison. Lowell estaba molesto porque en su rostro pudiera leerse con la misma facilidad que en una pizarra—. No lo tome usted así, querido amigo —prosiguió Jennison riendo, con el profundo hoyuelo de su barbilla moviéndose de un lado a otro. Quienes conocían íntimamente a Jennison sostenían que su cabello dorado como el lino y su regio hoyuelo presagiaban su vasta fortuna desde los tiempos en que era un muchacho, pues, hablando con propiedad, quizá aquél era un hoyuelo regicida, heredado supuestamente de un antepasado que había decapitado a Carlos I—. Es que el otro día tuve ocasión de hablar con algunos miembros de la corporación. Usted sabe que yo acabo por enterarme de todo cuanto ocurre en Boston o en Cambridge.

—Va usted a construir otra biblioteca para nosotros, ¿no es así?

—Los miembros de la corporación parecían haber discutido

acaloradamente entre ellos a propósito del departamento de usted. Parecían muy decididos. Yo no osaría inmiscuirme en sus asuntos, desde luego, pero...

—Entre nosotros, mi querido Jennison, ellos se proponen librarse de mí con el pretexto de mi curso sobre Dante —lo interrumpió Lowell—. En ocasiones temo que se hayan puesto en contra de Dante en la misma medida en que yo estoy a favor de él. Incluso han ofrecido incrementar la matrícula para los estudiantes de mi curso si someto a su aprobación el contenido de los temas de mi seminario.

La expresión de Jennison reflejó inquietud.

—Me negué, por supuesto —aclaró Lowell.

Jennison desplegó su amplia sonrisa.

—¿De veras?

Los interrumpieron algunos brindis, entre los que se incluyó la más aclamada rima improvisada de la noche, que la regocijada concurrencia había solicitado al doctor Holmes, dispuesto como siempre, aunque excusándose por el tosco estilo de la composición.

Un verso exquisito no consigue emocionar,
y sí lo logra una carambola de billar.

—Estos versos de sobremesa podrían acabar con cualquier poeta, pero no con Holmes —comentó Lowell con una mueca de admiración. En sus ojos había una mirada borrosa—. A veces siento que no tengo madera de profesor, Jennison. Soy mejor en unos aspectos y peor en otros. Demasiado sensible y no lo bastante vanidoso; podría decir que no físicamente vanidoso. Me consta que todo eso me perjudica. —Hizo una pausa—. ¿Y por qué estos años sentado en la cátedra no me han entumecido para el mundo? ¿Qué ha de pensar alguien como usted, príncipe de la industria, sobre una existencia tan mezquina?

—¡Chácharas infantiles, mi querido Lowell! —Jennison parecía cansado del tema pero, tras permanecer pensativo un momento, su interés se renovó—. ¡Usted tiene una gran deuda con el mundo y con usted mismo, para limitarse a ser un mero espectador! ¡No quiero saber nada de sus dudas! No me interesa lo que tenga que ver Dante con la salvación de mi alma. Pero un genio como usted, mi querido

52

amigo, adquiere la divina *responsabilidad* de luchar por todos los desterrados del mundo.

Lowell murmuró algo inaudible, pero sin duda una profesión de modestia.

—Ahora, ahora, Lowell —dijo Jennison—. ¿No fue usted el único que convenció al club del Sábado de que un simple comerciante era lo bastante bueno como para cenar con unos inmortales como sus amigos?

—¿Hubieran podido rechazarlo después de haberse ofrecido usted a adquirir la casa Parker? —replicó Lowell riendo.

—Hubieran podido rechazarme, y yo habría desistido de mi lucha por pertenecer al círculo de los grandes hombres. Permítame que cite a mi poeta favorito: «Y lo que ellos osan soñar, osan llevarlo a cabo.» ¡Oh, qué bueno es esto!

Lowell arreció en sus carcajadas ante la idea de que a su interlocutor lo inspirase su poesía, pero lo cierto era que, en efecto, lo inspiraba. ¿Y por qué no? En la mente de Lowell, la justificación de la poesía era que reducía a la esencia de una sola línea la vaga filosofía que flotaba en las mentes de todos los hombres, como para hacerla asequible y útil, como para tenerla a mano.

Ahora, cuando se dirigía a dar una clase más, bostezó ante el mero pensamiento de entrar en una estancia repleta de estudiantes que aún creían posible aprenderlo todo sobre algo.

Lowell espoleó su caballo hacia la vieja bomba de agua situada en el exterior del edificio Hollis.

—Dales de coces si vienen, muchacho —dijo, al tiempo que encendía un cigarro.

Los caballos y los cigarros figuraban en el catálogo de las cosas prohibidas en el patio de Harvard.

Un hombre se apoyaba perezosamente en un olmo. Vestía un chaleco de cuadros amarillos y presentaba unas facciones flacas o más bien gastadas. El hombre, que se ofrecía al poeta en una postura sesgada, era demasiado mayor para ser estudiante, y su ropa estaba demasiado gastada para tratarse de un miembro del claustro. Lo contemplaba con el familiar e insaciable brillo en la mirada del admirador literario.

La fama no significaba mucho para Lowell, a quien le gustaba pensar que sólo sus amigos hallaban algo bueno en lo que escribía, y que Mabel Lowell se sentiría orgullosa de ser su hija una vez que él hubiese muerto. Por lo demás se consideraba *teres atque rotundus*: un microcosmos en sí mismo, su propio autor, público, crítico y posteridad. Aun así, el elogio de hombres y mujeres por la calle no dejaba de halagarlo. En ocasiones se paseaba por Cambridge con el corazón tan anhelante, que una mirada indiferente, aunque se la dirigiera un completo extraño, le arrancaba lágrimas de los ojos. Pero había algo igualmente doloroso en el encuentro con la mirada opaca y ofuscada del reconocimiento. Eso le hacía sentirse del todo transparente y ajeno: el poeta Lowell, una aparición.

El observador del chaleco amarillo, apoyado en el árbol, se llevó la mano al ala de su hongo negro cuando pasó Lowell. El poeta, confundido, inclinó la cabeza y sintió hormiguillo en las mejillas. Mientras se apresuraba por el campus universitario para atender a las obligaciones del día, Lowell no se dio cuenta de la extraña atención que aquel observador le dedicaba.

El doctor Holmes se coló en el empinado anfiteatro. Una andanada de ruido de botas, producido por aquellos cuyos lápices y cuadernos les impedían aplaudir con las manos, retumbó a su entrada. A esto siguieron unos rápidos hurras procedentes de los camorristas (Holmes los llamaba los jóvenes bárbaros), reunidos en aquellas alturas del aula conocidas como la Montaña (a semejanza de la Asamblea durante la Revolución Francesa). Aquí Holmes construía el cuerpo humano volviendo del revés cada elemento. Aquí, cuatro veces por semana había cincuenta hijos que lo adoraban y que aguardaban cada una de sus palabras. En pie frente a su clase, en el centro del anfiteatro, sintió que alcanzaba los doce pies de estatura, en lugar de quedarse en sus cinco-cinco (y eso contando las botas, particularmente altas, hechas por el mejor zapatero de Boston).

Oliver Wendell Holmes era el único miembro de la facultad que desde siempre pudo dar clase a la una, cuando el hambre y el cansancio se combinaban con el aire narcotizado del edificio de ladrillo, de dos plantas, de North Grove. Algunos colegas envidiosos decían que su fama literaria se imponía sobre sus estudiantes. En efecto, la mayoría de los muchachos que escogían medicina en lugar de derecho o teología eran rústicos, y si hubieran conocido algo de verdadera literatura antes de llegar a Boston, se habría tratado de algún poema de Longfellow. Aun así, la voz de la reputación literaria de Holmes se había extendido como un cotilleo sensacional, y alguien se procuraba un ejemplar de *Autocrat of the Breakfast-Table* y lo hacía circular, señalando con mirada incrédula a un compañero: «¿No has leído el *Autocrat*?» Pero esta reputación literaria entre los estudiantes era más la reputación de una reputación.

—Hoy —dijo Holmes— empezaremos con un tema que confío en que no les resulte a ustedes en absoluto familiar, muchachos.

Apartó de un manotazo una limpia sábana blanca que cubría un cadáver de mujer y levantó las palmas de las manos ante los pateos y las voces que siguieron.

—¡Respeto, señores! ¡Respeto hacia la obra más divina de la humanidad y de Dios!

El doctor Holmes estaba demasiado perdido en el océano de atención para advertir al intruso entre los estudiantes.

—Sí, el cuerpo femenino será el tema de hoy —prosiguió Holmes.

Un joven tímido, Alvah Smith, uno de la media docena de alumnos brillantes a los que, en toda clase, el profesor dirige su explicación de forma natural, como si fueran intermediarios del resto, se ruborizó visiblemente en la primera fila, donde sus vecinos se mostraban felices mofándose de su turbación. Holmes se dio cuenta.

—Aquí, en la persona de Smith, advertimos una muestra de la acción inhibidora de los nervios vasomotores sobre las arteriolas, que, de pronto, se relajan y llenan los capilares superficiales con sangre; el mismo agradable fenómeno del que algunos de ustedes son testigos en la mejilla de esa persona joven a la que esperan visitar esta noche.

Smith se echó a reír con el resto. Pero Holmes también oyó una involuntaria carcajada que estalló con la lentitud propia de la edad. Miró hacia uno de los laterales y descubrió al reverendo doctor Putnam, uno de los miembros con menos poder de la corporación de Harvard. Quienes la componían, aunque representaban el más alto nivel de supervisión, jamás acudían a las clases de su universidad: trasladarse desde Cambridge hasta el edificio de la facultad de Medicina, que se levantaba al otro lado del río, en Boston, por su proximidad a los hospitales, hubiera sido una idea inaceptable para la mayoría de los administradores.

—Ahora —dijo Holmes distraídamente, dirigiéndose a su clase y disponiendo el instrumental para el cadáver, junto al que se encontraban sus dos ayudantes— sumerjámonos en las profundidades de nuestro tema.

Una vez concluida la clase y después de que los bárbaros se abrieran paso a codazos a través de los pasillos laterales, Holmes condujo al reverendo doctor Putnam a su despacho.

—Usted, mi querido doctor Holmes, representa el referente máximo para los hombres de letras norteamericanos. Nadie ha trabajado tan arduamente para destacar en tantos ámbitos. Su nombre se ha convertido en un símbolo de erudición y autoría. Precisamente ayer estaba yo hablando con un caballero inglés que me decía la estima en que lo tienen en la madre patria.

Holmes sonrió, distraído.

—¿Y qué dijo? ¿Qué dijo, reverendo Putnam? Usted sabe que me gustan los cumplidos exagerados.

Putnam frunció el ceño ante la interrupción.

—Pese a ello, Augustus Manning está preocupado por algunas de sus actividades literarias, doctor Holmes.

Holmes se sorprendió.

—¿Se refiere usted al trabajo del señor Longfellow sobre Dante? Longfellow es el traductor. Yo soy uno más de sus ayudantes, por así decirlo. Le sugiero que aguarde y que lea la obra; seguro que disfrutará con ella.

—James Russell Lowell, J. T. Fields, George Greene y el doctor Oliver Wendell Holmes. ¡Vaya «ayudantes» selectos!

Holmes estaba disgustado. No había pensado que su club fuera materia de interés general y no gustaba de hablar de él con alguien ajeno. El club Dante era una de sus escasas actividades sin proyección pública.

—Oh, arroje usted una piedra en Cambridge y por fuerza acertará al autor de un par de volúmenes, querido Putnam.

Putnam se cruzó de brazos y aguardó. Holmes agitó una mano sin apuntar a ninguna dirección en concreto.

—El señor Fields es quien se ocupa de esos asuntos.

—Le ruego que se aleje de esa precaria asociación —dijo Putnam con sombría seriedad—. Hábleles en ese sentido a sus amigos. El profesor Lowell, por ejemplo, sólo se ha avenido a...

—Si anda usted buscando a alguien a quien Lowell escuche, mi querido reverendo —Holmes se interrumpió para dejar escapar una carcajada—, se ha equivocado al dirigirse a la facultad de Medicina.

—Holmes —dijo Putnam con amabilidad—, he venido principalmente para advertirle, porque lo considero un amigo. Si el doctor Manning supiera que le estaba hablando como lo hago, él... —Putnam hizo una pausa y bajó la voz adoptando un tono elogioso—. Querido Holmes, su futuro está vinculado a Dante. Temo lo que, en su actual situación, pueda ocurrir con su poesía y con su nombre desde el momento en que Manning intervenga.

—Manning no tiene por qué atacarme personalmente aunque ponga objeciones a los selectos intereses de nuestro pequeño club.

Putnam replicó:

—Estamos hablando de Augustus Manning. Considérelo.

Cuando el doctor Holmes se fue, tenía el aspecto de haberse tragado un globo. Putnam se preguntaba a menudo por qué no todos los hombres llevaban barba. Estaba contento, aun con la agitación de su cabalgada de regreso a Cambridge, pues sabía que el doctor Manning se mostraría muy complacido con su informe.

Artemus Prescott Healey, nacido en 1804, muerto en 1865, fue depositado en una gran parcela, una de las primeras que se adquirieron, unos años antes, en la colina principal del cementerio del monte Auburn.

Aún eran muchos los brahmanes que recriminaban a Healey por sus cobardes decisiones antes de la guerra. Pero todos coincidían en que sólo los antiguos radicales más extremistas ofenderían la memoria del juez presidente de su estado desdeñando sus ceremonias fúnebres.

El doctor Holmes se inclinó hacia su esposa.

—Sólo cuatro años de diferencia, Melia.

Ella respondió a la observación con un breve ronroneo.

—El juez Healey tenía sesenta —continuó susurrando Holmes—. O estaba a punto de cumplirlos. Sólo cuatro años más que yo, querida, ¡casi día por día!

Realmente casi un mes, pero aun así el doctor Holmes tomaba en consideración la edad de las personas fallecidas y su cercanía a la suya. Amelia Holmes, con un movimiento de los ojos, le advirtió que permaneciese en silencio durante los panegíricos. Holmes calló y miró al frente, a los tranquilos campos.

Holmes no podía presumir de una amistad íntima con el difunto: pocos hombres podían hacerlo, incluso entre los brahmanes. El juez presidente Healey había pertenecido a la Mesa de Supervisores de Harvard, con lo que el doctor Holmes había mantenido alguna relación rutinaria con el juez, relativa a la función de Healey como administrador. Holmes había conocido también a Healey por ser miembro de Phi Beta Kappa, pues Healey había presidido una vez esa orgullosa sociedad. El doctor Holmes mantuvo su llave ΦBK en la cadena de su reloj, un objeto con el que sus dedos luchaban ahora, mientras el cuerpo de Healey era colocado en el lugar donde iba a yacer. Con una simpatía propia de un médico, Holmes pensaba que, al menos, el pobre Healey no sufrió al morir.

El contacto más prolongado del doctor Holmes con el juez se había producido en el palacio de justicia, en una época agitada para Holmes, que lo indujo a desear retirarse por completo a un mundo de poesía. La defensa del proceso Webster, presidido, como todas las causas de delitos mayores, por un tribunal compuesto por tres jueces y el presidente, convocó al doctor Holmes como testigo de carácter de John W. Webster. Durante la acalorada vista, celebrada muchos años antes, Wendell Holmes tuvo ocasión de conocer el estilo de discurso grave y agotador con que Artemus Healey exponía sus conclusiones legales.

«Los profesores de Harvard no cometen asesinatos.» Esto fue lo que testimonió en favor de Webster el entonces presidente de Harvard, que subió al estrado inmediatamente antes que el doctor Holmes.

El asesinato del doctor Parkman se había perpetrado en el laboratorio situado bajo el aula de Holmes, mientras éste daba clase. Ya era bastante penoso que Holmes hubiera sido amigo tanto del criminal como de la víctima, pues no sabía por quién lamentarse más. Al menos las acostumbradas risas contagiosas de los estudiantes del doctor Holmes ahogaron la descripción de cómo el profesor Webster descuartizó el cadáver.

—Un hombre devoto, temeroso de Dios como toda su familia...

Las chillonas promesas celestiales del predicador, con la expresión apropiada de quien encabeza la comitiva fúnebre, no le cayeron bien a Holmes. Por una cuestión de principios, pocos eran los aspectos de las ceremonias religiosas que le caían bien, como hijo que era de uno de esos leales ministros cuyo calvinismo se mantuvo duro y alerta frente a la rebelión unitarista. Oliver Wendell Holmes y su huraño hermano menor, John, fueron criados ateniéndose a aquella descomunal necedad que aún zumbaba en los oídos del doctor: «Con la caída de Adán, pecamos todos.» Afortunadamente, se vieron protegidos por la rápida agudeza de su madre, que les susurraba en sensatos apartes mientras el reverendo Holmes y los ministros que eran sus huéspedes predicaban la condenación predestinada y el pecado innato. Ella les prometió que llegarían nuevas ideas, en particular a Wendell, cuando quedó impresionado por cierta historia acerca del control del diablo sobre nuestras almas. Y, en efecto, las nuevas ideas llegaron para Boston y para Oliver Wendell Holmes. Sólo los unitaristas hubieran podido construir el cementerio del monte Auburn, un lugar de enterramiento que era también un jardín.

Mientras el doctor Holmes observaba a los numerosos notables presentes y no se ocupaba de sí mismo, otros muchos volvían la cabeza en dirección al doctor Holmes, pues formaba parte de un puñado de celebridades conocidas con diversos nombres: los Santos de Nueva Inglaterra o los Poetas Junto a la Chimenea. Cualquiera que fuese el nombre que se les diera, eran los más altos representantes literarios del país. Junto a los Holmes se hallaba James Russell Lowell, poeta, profesor y editor de textos, retorciéndose perezosamente la larga guía del bigote, hasta que Fanny Lowell le tiró de la manga. Al otro lado, J. T. Fields, el editor que publicaba a los mayores poetas de Nueva Inglaterra, con la cabeza y la barba señalando hacia abajo en un perfecto triángulo de seria contemplación, una figura llamativa para ser yuxtapuesta a las angélicas mejillas rosadas y el perfecto equilibrio de su joven esposa. Lowell y Fields no eran más íntimos del juez presidente Healey de lo que lo era Holmes, pero asistían a la ceremonia por respeto a la posición y a la familia de Healey (de esta última, además, los Lowell eran primos en algún grado).

Los presentes, al ver a aquel trío de literatos, buscaron en vano al más ilustre de sus colegas. A decir verdad, Henry Wadsworth Longfellow estaba dispuesto a acompañar a sus amigos al monte Auburn, adonde se llegaba desde su casa dando un paseo, pero, como tenía por costumbre, se había quedado junto a su chimenea. Pocas cosas en el mundo, fuera de la casa Craigie, podían presumir de atraer a Longfellow. Después de tantos años dedicado a aquel proyecto, la realidad de la inminente publicación le imponía una plena dedicación. Además, Longfellow temía (y con razón) que, de haber ido al monte Auburn, su fama hubiera apartado de la familia Healey la atención de los asistentes al luctuoso acto. Siempre que Longfellow caminaba por las calles de Cambridge, la gente murmuraba, los niños se arrojaban en sus brazos y los sombreros eran levantados en tan gran número, que se diría que todo el condado de Middlesex penetraba simultáneamente en una capilla.

Holmes podía recordar que una vez, años atrás, antes de la guerra, viajando con Lowell en un traqueteante carruaje, pasaron frente a la ventana de la casa Craigie, que enmarcaba a Fanny y a Henry Longfellow al amor de la lumbre, rodeados de sus cinco hermosos niños junto al piano. Detrás, el rostro de Longfellow aún estaba abierto al mundo.

—Tiemblo al mirar la casa de Longfellow —dijo Holmes.

Lowell, que se había estado quejando de un defectuoso ensayo de Thoreau de cuya edición se encargaba, respondió con una risa ligera que contrastaba con el tono de Holmes.

—Su felicidad es tan perfecta —prosiguió Holmes— que ningún cambio, ninguno de los cambios que lleguen a afectarlo puede dejar de ser para peor.

Cuando la oración fúnebre del reverendo Young tocó a su fin, un solemne murmullo se alzó sobre las tranquilas extensiones del cementerio. Mientras Holmes se sacudía unas hojitas amarillas de su cuello de terciopelo y dejaba vagar sus ojos por los pétreos rostros de los dolientes, advirtió que el reverendo Elisha Talbot, el ministro más prominente de Cambridge, aparecía abiertamente irritado por la cálida recepción que había tenido la oración fúnebre de Young. Sin duda estaba ensayando lo que él hubiera dicho de haber sido el ministro de Healey. Holmes admiró la expresión contenida de la viuda de Healey. Las viudas de lágrima fácil eran las que menos tardaban en encontrar nuevo marido. Holmes también se entretuvo en observar al señor Kurtz, pues el jefe de policía se había colocado confiadamente junto a la viuda de Healey y se la llevaba aparte, al parecer con el propósito de convencerla de algo, pero de una forma abreviada, como si su intercambio de palabras fuera una recapitulación de alguna conversación previa. El jefe Kurtz no estaba argumentando sino más bien recordando algo amablemente a la viuda de Healey. Ésta asentía con deferencia; oh, pero muy *tensa*, pensó Holmes. El jefe Kurtz terminó con un suspiro de alivio que Eolo hubiera envidiado.

La cena de aquella noche en el 21 de la calle Charles fue más tranquila de lo acostumbrado, pues nunca era *tranquila*. Los huéspedes solían departir atolondradamente, por no mencionar el bajo volumen de la conversación de los Holmes, lo que llevaba a preguntarse si algún miembro de aquella familia había escuchado al otro. El doctor había implantado la tradición de recompensar con una ración extra de mermelada al mejor conversador de la velada. Hoy la hija del doctor Holmes, la «pequeña» Amelia, charlaba más de lo habitual, contando el último compromiso matrimonial, el de la señorita B... con el coronel F..., y contando lo que su círculo de costura había estado haciendo para los regalos de boda.

—Padre —dijo Oliver Wendell Holmes Junior, el héroe, con un pequeño visaje—, creo que esta noche te vas a quedar sin mermelada.

Junior estaba fuera de lugar en la mesa de los Holmes. No sólo medía un metro ochenta en una casa de personas vivaces y de baja estatura, sino que era deliberadamente parco en palabras y en movimientos.

Holmes sonrió pensativamente sobre su asado.

—Wendy, no te he oído hablar mucho esta noche.

Junior odiaba que su padre lo llamara así.

—Oh, yo no ganaré la ración extra, pero tú tampoco. —Se volvió a su hermano menor, Edward, que sólo estaba en casa de vez en cuando, pues se alojaba en la universidad—. Dicen que están recogiendo firmas para dar el nombre del pobre Healey a una cátedra en la facultad de Derecho. ¿Tú lo crees, Neddie? ¡Después de que eludió su responsabilidad en la Ley de Esclavos Fugitivos todos estos años! Morirse es la única manera de que Boston perdone tu pasado, por lo poco que sé.

En su paseo de después de la cena, el doctor Holmes se detuvo para dar a algunos niños que jugaban a las canicas un puñado de monedas con las que formar una palabra en la acera. Eligió *nudo* (¿por qué no?), y cuando dibujaron correctamente las letras con las piezas de cobre, los obsequió con las monedas. Estaba satisfecho de que el verano en Boston tocara a su fin y, con él, aquel calor asfixiante que agravaba su asma.

Holmes se sentó bajo los altos árboles situados detrás de su casa, pensando en «los más finos talentos literarios de Nueva Inglaterra», según el exagerado elogio de Fields en el *New York Tribune*. Su club Dante era importante para la misión de Lowell de introducir la poesía de Dante en Estados Unidos, y para los planes de edición de Fields. Sí, estaban en juego intereses académicos y empresariales. Pero para Holmes el triunfo del club consistía en la unión de intereses de aquel grupo de amigos que él se sentía afortunado de tener. Le gustaba más que nada la libre charla y la brillante chispa que brotaba cuando daban libre curso a la poesía. El club Dante era una asociación curativa —pues en los últimos años todos habían envejecido de pronto— que unía a Holmes y a Lowell tras sus diferencias a propósito de la guerra; que unía a Fields con sus mejores autores en su primer año sin su socio William Ticknor, para proporcionarles seguridad; y que unía a Longfellow con el mundo exterior, o al menos con alguno de sus embajadores con más inclinaciones literarias.

El talento de Holmes para traducir no era extraordinario. Poseía la imaginación necesaria, pero carecía de aquella cualidad que adornaba a Longfellow y que permitía que un poeta se abriera plenamente a la voz de otro poeta. Además, en una nación con escaso intercambio de pensamiento con países extranjeros, Oliver Wendell Holmes se sentía feliz por considerarse versado en Dante, un «dantesco» más que un erudito especialista en Dante. Cuando Holmes estudiaba en la universidad, el profesor George Ticknor, el literato aristócrata, se aproximaba al límite de la tolerancia ante la constante obstrucción de la corporación de Harvard a su acceso al puesto de primer profesor de la cátedra Smith. Wendell Holmes, mientras tanto, habiendo llegado a dominar el griego y el latín a la edad de doce años, estaba ahogado por el aburrimiento durante las obligadas horas de recitación en las que se memorizaban y se repetían a coro versos de la *Hécuba* de Eurípides, en cuyo significado se llevaba largo tiempo insistiendo.

Cuando se conocieron en el salón de la familia Holmes, los ojos del profesor Ticknor, fijos y negros, se posaron en el estudiante, que descargaba su peso alternativamente en uno y otro pie.

—No para un momento —dijo suspirando Oliver Wendell Holmes padre, el reverendo Holmes.

Ticknor sugirió que el italiano podría disciplinarlo. En esa época, los recursos del departamento eran demasiado restringidos para ofrecer una enseñanza formal de la lengua. Pero Holmes no tardó en recibir en préstamo una gramática y un vocabulario preparados por Ticknor, junto con una edición de la *Divina Commedia* de Dante, un poema dividido en partes llamadas *cantica: Inferno, Purgatorio y Paradiso.*

Holmes temía ahora que las eminencias de Harvard hubieran dado con algo sobre Dante desde su insondable ignorancia. En la facultad de Medicina, las ciencias habían permitido a Oliver Wendell Holmes descubrir cómo obraba la naturaleza cuando se liberaba de la superstición y el temor. Él creía que, de la misma manera que la astronomía había reemplazado a la astrología, la «teonomía» algún día haría otro tanto con su gemela corta de talento. Con esta fe, Holmes prosperó como poeta y como profesor.

Entonces la guerra tendió una emboscada al doctor Holmes y también a Dante Alighieri.

Empezó una noche de invierno de 1861. Holmes se hallaba sentado en Elmwood, la mansión de Lowell, inquieto por las noticias de la partida de Wendell Junior con el regimiento 25 de Massachusetts. Lowell era el antídoto adecuado a su nerviosismo: impetuoso y confiando a gritos en que, en todo momento, el mundo era exactamente como él había dicho que era. En caso necesario, si las preocupaciones de uno eran excesivas, ese mundo era risible.

Desde aquel verano, la sociedad se lamentaba porque echaba de menos la presencia consoladora de Henry Wadsworth Longfellow.

Éste escribió a sus amigos declinando todas las invitaciones que lo hubiesen obligado a abandonar la casa Craigie, explicando que se hallaba ocupado. Había empezado a traducir a Dante, dijo, y no tenía previsto parar: *Hago este trabajo porque no puedo hacer otra cosa.*

Viniendo del reticente Longfellow, esas notas eran gritos lastimeros. Era tranquilo por fuera, pero por dentro se desangraba hasta morir.

Y Lowell, plantado en el escalón de acceso a la casa de Longfellow, insistía en ayudar. Lowell se había lamentado de que los norteamericanos, poco conocedores de las lenguas modernas, no tenían acceso ni siquiera a las pocas y lamentables traducciones británicas existentes.

—¡Necesito el nombre de un poeta para vender un libro así a este público de asnos! —había replicado Fields a las apocalípticas advertencias de Lowell sobre la ceguera de Estados Unidos respecto a Dante.

Siempre que Fields se proponía apartar a sus autores de un proyecto arriesgado, invocaba la estupidez del público lector.

A lo largo de los años, Lowell había insistido muchas veces a Longfellow para que tradujera el poema tripartito, incluso amenazándolo una vez con hacerlo él mismo, algo para lo que carecía de fuerza interior. Ahora no podía dejar de ayudar. Después de todo, Lowell era uno de los pocos eruditos norteamericanos que sabían algo de Dante; incluso parecía saberlo todo.

Lowell detalló a Holmes de qué forma tan notable Longfellow estaba captando a Dante, a juzgar por los cantos que le había mostrado.

—Nació para esa tarea, estoy convencido, Wendell.

Longfellow estaba empezando con el *Paradiso,* luego pasaría al *Purgatorio* y, finalmente, al *Inferno.*

—¿Va para atrás? —preguntó Holmes, intrigado.

Lowell asintió y se sonrió.

—Me atrevería a decir que nuestro querido Longfellow quiere asegurarse el cielo antes de mandarse a sí mismo al infierno.

—Yo nunca recorrería el camino para llegar a Lucifer —dijo Holmes, refiriéndose al *Inferno*—. El Purgatorio y el Paraíso son todo música y esperanza, y te sientes flotar hacia Dios. ¡Pero el horror y la barbarie de esa pesadilla medieval! Alejandro Magno debiera haber dormido con ese libro bajo la almohada.

—El infierno de Dante forma parte tanto de nuestro mundo como del inframundo, y no debería eludirse —dijo Lowell—, sino más bien compararse. Alcanzamos las profundidades del infierno muy a menudo en esta vida.

La fuerza de la poesía de Dante resonaba más en quienes no profesaban la fe católica, pues sería inevitable que la teología del autor se prestara a equívocos entre los creyentes. Pero para los más distantes teológicamente, la fe de Dante era tan perfecta, tan firme, que un lector se sentiría captado por la poesía como para tomarla muy a pecho. Por eso Holmes temía al club Dante: temía, en efecto, que abriera la puerta a un nuevo infierno, avalado por el puro genio literario de los poetas. Y, peor aún, temía que él mismo, tras una vida huyendo del diablo predicado por su padre, se mostrara parcial rechazándolo.

En el estudio de Elmwood, aquella noche de 1861, un mensajero interrumpió el té del poeta. El doctor Holmes supo sin la menor duda que era un telegrama que se había dirigido a sí mismo desde su casa, en un alarde de complejidad, informándose de la muerte del pobre Wendell Junior en algún campo de batalla helado, probablemente por agotamiento: ésta era la explicación en la lista de bajas. Holmes encontró que «muerto por agotamiento» era lo más terrible y lo más vívido. Se trataba, en cambio, de un sirviente enviado por Henry Longfellow, cuya propiedad, la casa Craigie, estaba a la vuelta de la esquina: una simple nota solicitando la ayuda de Lowell en algunos cantos ya traducidos. Lowell persuadió a Holmes de que lo acompañara.

—Tengo tantos asuntos entre manos, que me aterra una nueva tentación —dijo Holmes, riendo al principio—. Temo contraer su dantemanía.

Lowell convenció a Fields de que se ocupara también de Dante. Aunque no era especialista en cultura italiana, el editor contaba con un útil conocimiento del idioma gracias a sus viajes de negocios (tales viajes obedecían más a su placer y al de Annie, pues era escaso el comercio de libros entre Roma y Boston), y ahora se sumergió en diccionarios y en comentarios. El interés de Fields, como le gustaba decir a su mujer, era lo que interesaba a los demás. Y el viejo George Washington Greene, que había facilitado a Longfellow el primer ejemplar de Dante, mientras ambos recorrían tierras italianas treinta años antes, empezó a parar a todo el que llegaba a la ciudad procedente de Rhode Island, y le ofrecía cumplida información acerca de su tarea. Fue Fields, muy necesitado de establecer horarios, quien sugirió las noches de los miércoles para las reuniones sobre Dante en el estudio de la casa Craigie; y el doctor Holmes, muy diestro en poner nombres a las cosas, bautizó la empresa como club Dante. Aunque el propio Holmes solía referirse a las reuniones como sus *séances*, insistiendo en que, si uno se esforzaba lo bastante en mirar, podría encontrarse frente a frente con Dante junto a la chimenea de Longfellow.

La nueva novela de Holmes le devolvería el favor del público. Sería la historia norteamericana que los lectores esperaban en cada librería y en cada biblioteca; la que Hawthorne no había conseguido hallar antes de morir; la que espíritus prometedores como Herman Melville enturbiaron con lo peculiar, adentrándose en la vía del anonimato y el aislamiento. Dante se atrevió a hacer de sí mismo un héroe casi divino, transformando su propia personalidad defectuosa a través de la jactancia de la poesía. Pero para esto el florentino sacrificó su hogar, su vida con su mujer y sus hijos, su lugar en la retorcida ciudad que amaba. En su pobreza y su soledad definió su nación: sólo en su imaginación experimentó la paz. El doctor Holmes, a su manera habitual, lo realizaría todo, todo de una vez.

Y después de que su novela obtuviera el apoyo nacional, entonces, ¡que el doctor Manning y otros buitres del mundo trataran de picotear su reputación! Sobre la cresta de una redoblada adoración, Oliver Wendell Holmes, con un escudo sostenido con una sola mano, podría defender a Dante frente a sus atacantes y asegurar el triunfo de Longfellow. Pero si la traducción de Dante iniciaba demasiado aprisa una batalla que ahondara las heridas que ya estaban afectando a su buen nombre, entonces la historia norteamericana podría pasar inadvertida o algo peor.

Holmes vio con la claridad de un veredicto judicial lo que tenía que hacer. Debía frenarlos lo bastante como para terminar su novela antes de que la traducción estuviera completada. Aquello no era el asunto de Dante; era el asunto de Oliver Wendell Holmes, su sino literario. Además, Dante, lamentablemente, había retrasado su momento varios cientos de años antes de aparecer en el Nuevo Mundo. ¿Qué podían significar unas semanas más?

En el vestíbulo de la comisaría de policía de Court Square, Nicholas Rey miraba por encima de su cuaderno de notas, bizqueando a la luz de gas tras una prolongada tarea sobre una hoja de papel. Un hombre fornido como un oso, con uniforme añil, agitando una hojita de papel como si acunara a un niño, aguardaba frente al escritorio.

—Es usted el patrullero Rey, ¿verdad? Soy el sargento Stoneweather. No quisiera interrumpirlo. —El hombre se adelantó y extendió su impresionante mano—. Creo que hay que ser un hombre de temple para convertirse en el primer policía negro, con todo lo que algunos dicen. ¿Qué está usted escribiendo ahí, Rey?

—¿Puedo serle de alguna utilidad, sargento? —preguntó Rey.

—Puede, ya lo creo que puede. Usted ha estado preguntando por las comisarías sobre ese mendigo del demonio que ha saltado por la ventana, ¿no es así? Fui yo quien lo trajo para el reconocimiento.

Rey se aseguró de que la puerta del despacho de Kurtz estaba cerrada. El sargento Stoneweather sacó de su envoltorio un pastel de arándanos y fue comiendo a ratos mientras hablaba.

—¿Recuerda usted dónde lo detuvo? —preguntó Rey.

—Sí. Estaba buscando a alguien que pudiera ser de interés, tal como se nos ordenó. En las tabernuchas y en las posadas. Yo estaba en la estación de tranvías de Boston Sur, porque sabía que allí operaban algunos carteristas. Su mendigo estaba tirado en uno de los bancos, medio dormido, pero agitándose, como si tuviera *tremulus demendus* o *delirius tremendus* o algo así.

—¿Sabía usted quién era? —preguntó Rey.

Stoneweather respondió, mientras masticaba:

—Son muchos los vagos y los borrachos que continuamente van y vienen en el tranvía. Así que no me resultan familiares. A decir verdad, ni pensé en llevármelo, de tan inofensivo que parecía.

A Rey esto le sorprendió.

—¿Y qué le hizo cambiar de parecer?

—¡Ese maldito mendigo, eso fue! —farfulló Stoneweather, deján-
dose algunas migas en la barba—. Me ve moverme entre algunos de
aquellos bribones, y corre hacia mí con las muñecas juntas y se pone
delante de ellos como si quisiera que lo esposaran y se le formularan
cargos allí mismo ¡por asesinato! Así que yo pensé para mí: el cielo me
ha enviado para que me las vea en este sarao. Y el maldito estúpido se
derrumba. Todo ocurre por alguna razón que Dios sabe; yo lo creo
así. ¿Usted no, patrullero?

Rey tenía dificultad para imaginar al saltador en cualquier circunstancia que no fuera huyendo.

—¿Le dijo algo durante el camino? ¿Hacía algo? ¿Habló con alguien más? ¿Quizá leía un periódico? ¿Un libro?

Stoneweather se encogió de hombros.

—No me fijé.

Mientras Stoneweather buscaba en los bolsillos de su guerrera
un pañuelo para secarse las manos, Rey advirtió con distraído interés
el revólver que sobresalía de su cinturón de cuero. El día en que Rey
fue admitido en la policía por el gobernador Andrew, el consejo rector dictó una resolución por la que se le aplicaban restricciones. Rey
no podía vestir uniforme, portar un arma que fuera más allá de una
porra ni detener a una persona de raza blanca sin la presencia de otro
oficial.

Aquel primer mes, la ciudad destinó a Nicholas Rey a hacer
guardia en el Distrito Segundo. El capitán de la comisaría decidió
que Rey sólo podría efectuar patrullas en Nigger Hill. Pero allí había
suficientes negros que alimentaban resentimiento hacia un oficial
mulato y desconfiaban de él, de tal manera que los demás patrulleros de la zona temían disturbios. La comisaría no era mucho mejor.
Sólo dos o tres policías le dirigían la palabra, y los demás firmaron
una carta al jefe Kurtz solicitando que se pusiera fin al experimento
de un oficial de color.

—¿Realmente desea usted saber qué lo llevó a hacer lo que hizo,
patrullero? —preguntó Stoneweather—. Según mi experiencia, a veces un hombre no puede averiguar el porqué de las cosas.

—Murió en el edificio de esta comisaría, sargento Stoneweather
—replicó Rey—. Pero en su cerebro él estaba en algún otro lugar... lejos de nosotros, lejos de la seguridad.

Eso era más de lo que Stoneweather podía digerir.

—Me gustaría saber más sobre ese pobre tipo, sí.

Aquella tarde, el jefe Kurtz y el subjefe Savage visitaron Beacon Hill. Rey, en el pescante, permanecía más tranquilo de lo habitual. Cuando se apearon, Kurtz dijo:

—¿Sigue usted pensando en aquel maldito vagabundo, patrullero?

—Puedo averiguar quién era, jefe —dijo Rey.

Kurtz frunció el ceño, pero su mirada y su voz se suavizaron.

—Bien, ¿qué sabe usted de él?

—El sargento Stoneweather lo encontró en una estación de tranvías. Podría ser de esa zona.

—¡Una estación de tranvías! Pudo haber llegado de cualquier sitio.

Rey no discrepó y se abstuvo de discutir. El subjefe Savage, que había estado escuchando, dijo evasivamente:

—También nosotros tenemos nuestra idea, jefe, desde inmediatamente antes del reconocimiento.

—Escúchenme bien ustedes dos —dijo Kurtz—. Esa gallina vieja de Healey me agarrará de las orejas si no queda satisfecha. Y no quedará satisfecha hasta que un día le dejemos hacer de verdugo. Rey, no quiero que ande usted hurgando en el asunto del saltador. ¿Se entera? Ya tenemos bastantes quebraderos de cabeza sin provocar que todos se nos echen encima por un hombre que se nos murió ante nuestras narices.

Las ventanas de la mansión Wide Oaks estaban cubiertas con pesadas telas negras que sólo permitían que penetrase la luz del día atravès de estrechas franjas a lo largo de sus lados. La viuda de Healey levantó la cabeza de un montón de almohadones en forma de hojas de loto.

—Ha encontrado usted al asesino, jefe Kurtz —aseveró más que preguntó cuando entró Kurtz.

—Mi querida señora —dijo el jefe Kurtz quitándose el sombrero y colocándolo sobre una mesa a los pies de la cama—, tenemos hombres trabajando en todas direcciones. La investigación está aún en sus primeras etapas...

Kurtz explicó cuáles eran las posibilidades. Había dos hombres que debían dinero a Healey y un notorio delincuente cuya sentencia había sido confirmada por el juez presidente cinco años antes.

La viuda permaneció con la cabeza lo bastante quieta como para mantener una compresa caliente equilibrada sobre las blancas eminencias de sus sienes. Desde el funeral y las diversas ceremonias en memoria del juez presidente, Ednah Healey se negaba a abandonar la habitación y no recibía más visitas que las de sus familiares más allegados. De su cuello colgaba el broche de cristal de roca que encerraba el enmarañado mechón de cabellos del juez, un adorno que la viuda había pedido a Nell Ranney que ensartara en un collar.

Sus dos hijos, de hombros y cabezas tan voluminosos como los del juez presidente Healey, pero ni con mucho tan corpulentos, se sentaban como desplomados en sendos sillones que flanqueaban la puerta, como dos bulldogs de granito. Roland Healey interrumpió a Kurtz:

—No comprendo por qué han avanzado tan despacio, jefe Kurtz.

—¡Sólo con que hubiéramos ofrecido una recompensa! —añadió a la queja de su hermano Richard, el primogénito—. ¡Seguro que hubiéramos atrapado a alguien de haber puesto suficiente dinero! La diabólica codicia, eso es lo que impulsa a la gente a colaborar.

El subjefe los oía con paciencia profesional.

—Dios mío, señor Healey, si revelamos las verdaderas circunstancias del fallecimiento de su padre, a ustedes los abrumarían con informaciones falsas personas que no pretenderían otra cosa que ganarse algún dólar. Deben ustedes mantener todo el asunto velado para el público y dejarnos a nosotros continuar. Créanme, amigos míos —añadió—; a ustedes no les gustarían las consecuencias de una amplia divulgación del caso.

—El hombre que murió en su reconocimiento —dijo la viuda—. ¿Ya han descubierto su identidad?

Kurtz levantó las manos.

—Muchísimos de nuestros buenos ciudadanos pertenecen a la misma familia cuando comparecen en un reconocimiento de la policía —dijo, y sonrió haciendo una mueca—. Smith o Jones.

—Y ése —preguntó la señora Healey—, ¿a qué familia pertenecía?

—No nos dio ningún nombre, señora —respondió Kurtz, replegando compungidamente su sonrisa bajo su bigote enmarañado y colgante—. Pero no tenemos razones para creer que tuviera alguna información sobre el asesinato del juez Healey. Sencillamente, estaba mal de la cabeza y también un poco bebido.

—Al parecer, sordo y mudo —añadió Savage.

—¿Por qué estaría tan desesperado como para tirarse, jefe Kurtz? —preguntó Richard Healey.

Ésa era una excelente pregunta, aunque Kurtz no quería admitirlo.

—No acabaría nunca de contarles a cuántos hombres encontramos en la calle que se creen perseguidos por los demonios y nos dan descripciones de sus perseguidores, cuernos incluidos.

La señora Healey se inclinó hacia delante y miró de través.

—Jefe Kurtz, ¿y su mozo?

Kurtz invitó a entrar a Rey, que permanecía en el vestíbulo.

—Señora, le presento al patrullero Nicholas Rey. Usted nos pidió que nos acompañara hoy, por lo del hombre que pereció durante el reconocimiento.

—¿Un agente de policía negro? —preguntó con visible incomodidad.

—En realidad, mulato —precisó Savage con orgullo—. El patrullero Rey es el primero del país. El primero en toda Nueva Inglaterra, dicen.

Alargó la mano e hizo que Rey se la estrechara. La señora Healey se volvió y alzó el cuello lo suficiente para ver a placer al mulato.

—¿Es usted el agente que estaba a cargo del vagabundo, del que murió allí?

Rey asintió.

—Entonces, dígame, agente. ¿Qué cree usted que le hizo actuar de aquel modo?

El jefe Kurtz tosió nerviosamente en dirección a Rey.

—No puedo decírselo con precisión, señora – respondió Rey sinceramente—. No puedo decir qué creyó o si consideró que corría algún peligro su integridad física en aquel momento.

—¿Le habló a usted? —preguntó Roland.

—Sí, señor Healey. Al menos trató de hacerlo. Pero me temo que lo que susurró no podía entenderse.

—¡Ja! ¡Ustedes ni siquiera son capaces de descubrir la identidad de un vagabundo que se les muere en sus propias dependencias! ¡Creo que usted, jefe Kurtz, considera que mi marido tuvo el fin que merecía!

—¿Yo? —Kurtz se volvió y miró inerme a su subjefe—. ¡Señora!

—Yo soy una mujer enferma, a punto de comparecer ante Dios, ¡pero a mí no me engañan! ¡Usted cree que somos tontos y unos palurdos, y está deseando mandarnos a todos al diablo!

—¡Señora! —exclamó Savage haciendo eco al jefe.

—¡No le daré el placer de verme muerta, jefe Kurtz! ¡Usted y su desagradable policía negro! ¡Él hizo todo lo que sabía hacer y no tenemos que avergonzarnos de nada!

La compresa cayó al suelo cuando ella se hurgó el cuello con las uñas. Era una nueva convulsión, provocada por las costras recientes y las marcas rojas que cubrían su piel. Se rascó el cuello, ahondando en la carne y escarbando en un enjambre de insectos invisibles que aguardaban en los recovecos de su mente.

Sus hijos saltaron de sus asientos, pero sólo pudieron retroceder hacia la puerta. Kurtz y Savage habían hecho otro tanto, indefensos, como si a la viuda pudieran consumirla las llamas en cualquier instante.

Rey aguardó un momento más y luego, tranquilamente, dio un paso hacia un lado de la cama.

—Señora Healey. —Sus arañazos habían aflojado las cintas de su camisa de dormir. Rey se acercó y rebajó la llama de la lámpara hasta que sólo pudo distinguirse la silueta de la viuda—. Señora, quiero que sepa que su marido me ayudó en una ocasión.

Se había tranquilizado.

Kurtz y Savage intercambiaron miradas de sorpresa junto a la puerta. Rey habló demasiado bajo para que desde el otro lado de la habitación se oyeran todas las palabras, pero los otros estaban demasiado asustados para adelantarse y provocar un nuevo acceso en la viuda. Aun en la oscuridad pudieron percibir hasta qué punto se había tranquilizado, lo apaciguada y silenciosa que estaba salvo por su agitada respiración.

—Cuéntemelo, por favor —dijo.

—De niño me trajo a Boston una mujer de Virginia que viajó

aquí con motivo de una festividad. Algunos abolicionistas me apartaron de su lado para hacerme comparecer ante el juez presidente. Éste dictaminó que un esclavo quedaba emancipado legalmente en cuanto cruzaba a un estado libre. Me puso al cuidado de un herrero negro, Rey, y de su familia.

—Antes de que nos impusieran esa desdichada Ley de Esclavos Fugitivos. —Los párpados de la señora Healey se cerraron mientras suspiraba, y su boca se torció de una manera extraña—. Sé lo que piensan los amigos de su raza a propósito de aquel chico, Sims. Al juez presidente no le gustaba que yo acudiera a las vistas, pero fui. Había mucho que decir, entonces. Sims era como usted, un negro apuesto, pero tan oscuro como lo que mucha gente tiene dentro de la cabeza. El juez presidente nunca lo hubiera mandado de vuelta de no haberse visto obligado a hacerlo. No tuvo elección, compréndalo. Pero a usted le proporcionó una familia. Esa familia, ¿le hizo a usted feliz?

Él asintió.

—¿Por qué las equivocaciones sólo se subsanan después? ¿Acaso no pueden remediarse alguna vez con antelación? Eso produce mucho cansancio. Mucho cansancio.

Recobró en parte la lucidez, y ahora se dio cuenta de lo que había que hacer una vez los agentes se hubiesen marchado. Pero necesitaba una cosa más de Rey.

—Por favor, ¿le dijo algo a usted cuando era niño? Al juez Healey lo que más le gustaba era hablar con los niños.

Recordaba a Healey con sus propios hijos.

—Me preguntó si quería quedarme aquí, señora Healey, antes de poner por escrito sus conclusiones. Dijo que siempre estaría seguro en Boston, pero que era yo quien tenía que elegir ser un bostoniano, un hombre que cuidara de sí mismo y velara por la ciudad al mismo tiempo; de lo contrario sería siempre un marginal. Me dijo que, cuando un bostoniano alcanza las puertas del cielo, llega un ángel y le previene: «Aquí no estarás a gusto; esto no es Boston.»

Percibió el susurro al tiempo que oía a la viuda de Healey caer dormida. Lo oyó en la desnudez de su gélida casa de huéspedes. Despertaba cada mañana con las palabras en la punta de la lengua. Podía saborearlas, podía oler el penetrante aroma que las arropaba, podía frotarse contra las híspidas barbas que las recitaban, pero cuando trataba de hablar él mismo en susurros, en ocasiones mientras conducía el carruaje, otras veces ante un espejo, aquello carecía de sentido. Se sentaba a todas horas con su pluma, gastando tinteros, pero la falta de sentido era peor por escrito que de palabra. Podía ver al hombre que susurraba, inquieto por aquel disparate, los ojos atónitos brillando ante él antes de que el cuerpo se lanzara a través del cristal. El hombre innominado había caído del cielo, desde un lugar lejano en el que Rey no podía pensar, a los brazos de Rey, desde donde había vuelto a caer. Se impuso apartarlo de su mente. Pero podía ver con toda claridad la caída a plomo por el patio, donde el hombre era todo sangre y hojas, una y otra vez; tan suave y constante como las imágenes de las transparencias de una linterna mágica. Debía detener la caída, maldita orden del jefe Kurtz. Debía encontrar algún sentido a las palabras que quedaron colgando en el aire muerto.

*   *   *

—No quisiera dejarlo ir —dijo Amelia Holmes, con un fruncimiento en su carita, mientras subía el cuello del abrigo de su marido para cubrir la bufanda—. Señor Fields, él no debería salir esta noche. Estoy preocupada por lo que pueda sucederle. Oiga cómo resuella a causa del asma. ¿Cuándo volverás a casa, Wendell?

El bien equipado carruaje de J. T. Fields se dirigió al 21 de la calle Charles. Aunque estaba a sólo dos manzanas de su casa, Fields nunca hacía caminar a Holmes. El doctor respiraba con dificultad en el escalón de la entrada, acusando el tiempo frío, como a menudo le ocurría también con el calor.

—Oh, no lo sé —respondió el doctor Holmes, algo fastidiado—. Me pongo en manos del señor Fields.

—Bien, señor Fields —dijo ella en tono grave—, ¿cuándo le permitirá regresar?

Fields consideró la pregunta con la mayor seriedad. El apoyo de una esposa era tan importante para él como el de un autor, y Amelia Holmes hacía poco que se había vuelto aprensiva.

—Quisiera que Wendell no publicara nada más, señor Fields —había dicho Amelia durante un almuerzo en casa de los Fields a principios de aquel mes, en la hermosa estancia que, a través de hojas y flores, daba al apacible río—. Lo único que consigue es regañar por las críticas de los periódicos, ¿y de qué sirve eso?

Fields abrió la boca para dejarle a ella descansar la mente, pero Holmes fue demasiado rápido. Cuando estaba agitado o asustado, nadie podía hablar tan aprisa, especialmente de sí mismo:

—¿Qué quieres decir, Melia? He escrito algo nuevo que no suscitará las quejas de los críticos. Se trata de la «Historia norteamericana». El señor Fields ha estado presionándome mucho tiempo para escribirla. ¿Sabes, querida?, será mejor que cualquier otra cosa que haya hecho.

—Oh, eso es lo que dices siempre, Wendell. —Agitó la mano tristemente—. Pero yo quiero que lo dejes.

Fields sabía que Amelia había reforzado la decepción de Holmes cuando la continuación de la serie el *Autocrat, The Professor at the Breakfast-Table* se consideró repetitiva, pese a las promesas de éxito hechas por Fields. Holmes planeó una tercera parte, que se titularía *The Poet at the Breakfast-Table*. Se sintió derrotado por los ataques de la crítica, y sólo obtuvo el modesto éxito de *Elsie Veneer*, su primera novela, que había escrito de un tirón y que publicó poco antes de la guerra.

A la nueva tropa de críticos bohemios de Nueva York le gustaba atacar la estructura establecida de Boston, y Holmes representaba a su orgullosa ciudad mejor que nadie; él, después de todo, había llamado a Boston el Eje del Universo y denominado a su propia clase social los brahmanes de Boston, inspirándose en tierras más exóticas. Ahora, los rufianes que se llamaban a sí mismos la Joven América y habitaban las tabernas subterráneas de Manhattan, a lo largo de Broadway, habían declarado irrelevante para la próxima era el prolongado dominio de los Poetas junto a la Chimenea patrocinados por Fields. ¿Qué había hecho para evitar la guerra civil la camarilla de Longfellow, con sus rimas anticuadas y sus estampas aldeanas?, preguntaban. Holmes, por su parte, años antes de la guerra había abogado por el compromiso e incluso firmó, junto con Artemus Healey, un manifiesto en apoyo de la Ley de Esclavos Fugitivos, que propugnaba la devolución a sus amos de los esclavos huidos, como una esperanzadora medida para evitar el conflicto.

—Pero es que no lo entiendes, Amelia —continuaba Holmes a la mesa del desayuno—. Eso me dará dinero, lo cual nunca está de más. —De pronto dirigió la mirada a Fields—. Si me ocurriera algo antes de que tuviera la historia terminada, no vendría a reclamarle el dinero a la viuda, ¿verdad?

Todos se echaron a reír. Ahora, sentados juntos en el carruaje, Fields miraba el cielo de colores como si pudiera darle la respuesta que Amelia seguía esperando.

—Alrededor de las doce —dijo—. ¿Qué le parece las doce, mi querida señora Holmes?

La miró con sus amables ojos castaños, aunque sabía que más bien sería a las dos de la madrugada. El poeta tomó del brazo al editor.

—Eso está muy bien para una noche dedicada a Dante, Melia. El señor Fields cuidará de mí. Uno de los mayores cumplidos que un hombre ha dedicado nunca a otro es mi visita a Longfellow esta noche, después de todo lo que he hecho últimamente, entre mis clases y mi novela y los almuerzos elegantes. ¿Por qué no debería ir esta noche?

Fields decidió no dar por oído este último comentario, aunque fuera pronunciado con despreocupación.

Era una leyenda popular en Cambridge, en 1865, que Henry Wadsworth Longfellow decidiría divinamente cuándo mostrarse fuera de su mansión colonial de color amarillo sol, para saludar a quienes llegaban, tanto si se trataba de huéspedes largamente esperados como de imprevistos peticionarios. Por supuesto que las leyendas a menudo decepcionan, y por lo general uno de los sirvientes del poeta atendía la maciza puerta de la casa Craigie, así llamada por sus anteriores dueños. En años recientes hubo ocasiones en que Henry Longfellow optó sencillamente por no recibir a nadie en absoluto.

Pero aquella tarde, confiando lo suficiente en la sabiduría popular aldeana, Longfellow permanecía en el escalón de entrada cuando los caballos de Fields remolcaron su carga por el camino para carruajes de la casa Craigie. Holmes, asomándose a la ventanilla, percibió desde lejos la figura antes de que el seto cubierto de blancura se partiera en dos y describiera una curva. Su agradable visión de Longfellow de pie, serenamente, bajo la luz de la lámpara en la nieve blanda, con el peso de su leonina barba flotante y su levita de impecable hechura, se ajustaba a la representación que del poeta se hacía el público. La imagen había cristalizado en la estela de la pérdida irreparable de Fanny Longfellow, y el mundo parecía intentar consagrar al poeta (como si el muerto hubiera sido él, en lugar de su mujer) cual una divina aparición enviada para responder a la raza humana, cuando sus admiradores trataran de esculpir su efigie en una permanente alegoría de genio y sufrimiento.

Las tres niñas Longfellow llegaron corriendo de jugar con la nieve inesperada, haciendo una pausa lo bastante larga a la entrada del vestíbulo como para sacudirse los chanclos antes de trepar por las escaleras bruscamente angulosas.

> *Desde mi estudio veo a la luz de la lámpara*
> *descender la amplia escalera del vestíbulo*
> *a la grave Alice y a la reidora Allegra,*
> *y a Edith con su cabello dorado.*

Holmes acababa de pasar ante esa amplia escalera, y ahora estaba de pie junto a Longfellow en aquel estudio, donde la luz de la lámpara iluminaba el escritorio del poeta. Mientras tanto, las tres niñas desaparecieron de la vista. *Todavía camina a través de un poema vivo.* Holmes sonrió para sí y tomó la pata del perrito ladrador de Longfellow, que mostraba todos sus dientes y sacudía su cuerpo porcino.

Luego Holmes saludó al lánguido erudito de barba caprina que se sentaba, inclinado, en una butaca junto a la chimenea, con la mirada perdida en un enorme infolio.

—¿Cómo va el George Washington más vivo de la colección de Longfellow, mi querido Greene?

—Mejor, mejor, gracias, doctor Holmes. Me temo que no me encontraba lo suficientemente bien para asistir al funeral del juez Healey.

A George Washington Greene solían referirse los demás como

«el viejo», pero en realidad tenía sesenta años, cuatro más que Holmes y dos más que Longfellow. Las enfermedades crónicas habían envejecido varias décadas al ministro unitarista retirado e historiador. Pero todas las semanas viajaba en ferrocarril desde East Greenwich, Rhode Island, con tanto entusiasmo por las veladas de los miércoles en la casa Craigie como por los sermones que pronunciaba allá donde era invitado o por las historias de la guerra revolucionaria que su propio nombre le había impulsado a reunir.

—Longfellow, ¿acudió usted?

—Me temo que no, señor Greene —respondió Longfellow, el cual no había estado en el cementerio del monte Auburn desde antes del funeral de Fanny Longfellow, ceremonia en cuyo transcurso permaneció confinado en su cama—. Pero imagino que estuvo muy concurrido.

—Oh, sí, mucho, Longfellow —dijo Holmes juntando los dedos sobre el pecho, pensativo—. Un hermoso y adecuado tributo.

—Demasiado concurrido, tal vez —intervino Lowell, entrando, procedente de la biblioteca, con un montón de libros e ignorando el hecho de que Holmes ya había contestado a la pregunta.

—El viejo Healey se conocía bien a sí mismo —señaló Holmes con suavidad—. Sabía que su lugar era el palacio de justicia, no la bárbara arena de la política.

—¡Wendell! Usted no puede decir eso —replicó Lowell con tono autoritario.

—Lowell —le advirtió Fields, clavando en él la mirada.

—Y pensar que nos convertimos en cazadores de esclavos... —Lowell se apartó de Holmes sólo un segundo. Lowell era primo en sexto o séptimo grado de los Healey, porque los Lowell eran primos en sexto o séptimo grado, al menos, de las mejores familias de brahmanes, y esto sólo incrementaba su insistencia—. ¿Se hubiera usted comportado tan cobardemente como Healey, Wendell? De haber podido usted decidir, ¿habría mandado a aquel chico, Sims, de vuelta a su plantación cargado de cadenas? Dígamelo, dígame sólo eso, Holmes.

—Debemos respetar la pérdida que ha sufrido la familia —dijo tranquilamente Holmes, dirigiendo su comentario principalmente al medio sordo señor Greene, que asentía con gesto cortés.

Longfellow se excusó cuando sonó una campanilla en el piso de arriba. Podía haber profesores o reverendos, senadores o reyes entre sus huéspedes, pero ante aquella señal Longfellow se ausentaría para escuchar las oraciones de Alice, Edith y Annie Allegra antes de acostarse.

Cuando regresó, Fields había reconducido hábilmente la conversación a asuntos más ligeros, de modo que el poeta se integró en una ronda de carcajadas motivadas por una anécdota narrada al alimón por Holmes y Lowell. El anfitrión dirigió una mirada a su reloj de caoba Aaron Willard, una antigua pieza por la que sentía debilidad, no por su exactitud, sino porque su tictac le parecía más agradable que el de otros relojes.

—Empieza la clase —dijo con tono suave.

Los reunidos guardaron silencio. Longfellow cerró los postigos verdes de las ventanas y Holmes bajó la intensidad de las lámparas destinadas al moderador, mientras los demás ayudaban a disponer una hilera de velas. Esta serie de halos que se solapaban se fundía con el tembloroso brillo del fuego. Los cinco eruditos y *Trap* —el rollizo terrier escocés de Longfellow— ocuparon sus lugares establecidos resiguiendo la circunferencia de la pequeña estancia.

Longfellow tomó un fajo de papeles de su cajón y pasó unas pocas páginas de Dante en italiano a cada invitado, junto con un juego de pruebas de imprenta con su correspondiente traducción línea por línea. En el claroscuro delicadamente tejido por el hogar, la lámpara y la mecha, la tinta parecía despegarse de las pruebas de Longfellow, como si una página de Dante de pronto cobrara vida bajo los ojos de cada uno. Dante había escrito su verso en una *terza rima*: cada tres líneas un contenido poético, la primera y la tercera rimando entre ellas y la de en medio proyectando una rima con la primera línea del siguiente terceto, de tal manera que los versos se inclinaban adelante en un movimiento de avance.

Holmes siempre disfrutaba con la manera como Longfellow iniciaba sus reuniones sobre Dante, con una recitación de las primeras líneas de la *Commedia* con un inimitable y perfecto italiano.

—«En medio del camino de nuestra vida, me encontré en una selva oscura, pues había extraviado el recto sendero.»

III

Como primer punto del orden del día en una reunión del club Dante, el anfitrión revisaba las pruebas de la sesión de la semana anterior.

—Buen trabajo, mi querido Longfellow —dijo el doctor Holmes.

Estaba satisfecho siempre que una de las correcciones que había sugerido resultaba aprobada, y dos del miércoles anterior se habían impuesto en las pruebas finales de Longfellow. Holmes dirigió su atención a los cantos de aquella noche. Había puesto un cuidado especial en su preparación, porque hoy debía convencerlos de que él había acudido allí para proteger a Dante.

—En el séptimo círculo —dijo Longfellow—, Dante nos dice cómo él y Virgilio van a parar a una selva oscura.

En cada región del infierno, Dante seguía a su adorado guía, el poeta romano Virgilio. A lo largo del camino, supo del sino de cada grupo de pecadores, escogiendo a uno o dos para dirigirse al mundo de los vivos.

—La selva perdida que ha ocupado las pesadillas de todos los lectores de Dante en un momento u otro —dictaminó Lowell—. Dante escribe como Rembrandt, con un pincel mojado en la oscuridad y con un brillo de fuego infernal como luz.

Lowell, según su costumbre, tenía cada pulgada de Dante en la punta de la lengua; vivía la poesía de Dante en cuerpo y alma. Holmes, en una de las pocas ocasiones en su vida, envidiaba el talento de otra persona.

Longfellow leyó su traducción. Su voz, mientras leía, sonaba honda y veraz, sin aspereza, como el rumor del agua fluyendo bajo una capa de nieve reciente. George Washington Greene parecía particularmente adormecido, pues el erudito, en su espacioso sillón verde del rincón, se deslizaba hacia el sueño en medio de las suaves entonaciones del poeta y del calor benigno del fuego. *Trap*, el pequeño terrier, que se había enroscado sobre su rechoncho estómago bajo el asiento de Greene, también dormitaba, y sus ronquidos, como en un arreglo para dúo, sonaban como el gruñido del contrabajo en una sinfonía de Beethoven.

En el canto que se estaba tratando, Dante se encontró en el Bosque de los Suicidas, donde las «sombras» de los pecadores habían sido convertidas en árboles, manando sangre en lugar de savia. Luego llegó un castigo más: arpías bestiales, con rostros y cuello de mujer y cuerpo de ave, pies con garras y vientres prominentes, se abrían paso quebrando la maleza, comiéndose y desgarrando por el camino cada uno de los árboles. Pero, junto con el gran sufrimiento, los desgarros y las lágrimas de los árboles aportaban a las sombras el único desahogo para exteriorizar su dolor, para contar sus historias a Dante.

—La sangre y las palabras deben brotar a la vez.

Así habló Longfellow. Después de dos cantos de castigos de los que Dante era testigo, a los libros se les pusieron puntos de lectura y se guardaron, los papeles se mezclaron y se intercambiaron muestras de admiración. Longfellow dijo:

—La clase ha terminado. Sólo son las nueve y media y merecemos algún refrigerio por nuestro trabajo.

—¿Saben? —intervino Holmes—. El otro día estaba pensando en la obra de nuestro Dante bajo una nueva luz.

Peter, el criado de Longfellow, llamó a la puerta y entregó un mensaje a Lowell con un susurro indeciso.

—¿Que alguien quiere verme? —protestó Lowell, interrumpiendo a Holmes—. ¿Quién viene a buscarme aquí? —Cuando Peter balbució una vaga respuesta, Lowell dio voces atronadoras para que todos en la casa lo oyeran—: ¿Quién diablos osa presentarse la noche en que se reúne nuestro club?

Peter se inclinó y se acercó más.

—Señor Lowell, dice que es policía.

En el vestíbulo principal, el patrullero Nicholas Rey se sacudió la nieve de las botas, y luego se quedó helado ante la profusión de esculturas y pinturas de George Washington que tenía Longfellow. La casa había servido de cuartel a Washington en los primeros días de la Revolución norteamericana.

Peter, el sirviente negro, irguió la cabeza dubitativamente cuando Rey le mostró la placa. A Rey se le dijo que las reuniones de los miércoles del señor Longfellow no podían ser perturbadas y que, policía o no, debería aguardar en la sala. La habitación a la que fue conducido estaba envuelta en una decoración intangiblemente ligera: paredes empapeladas con dibujos de flores y cortinas colgadas de bulbos góticos. Un busto de mármol crema de una mujer estaba enmarcado por un arco junto a la chimenea, con rizos de pétreo cabello cayendo graciosamente sobre unas formas suavemente cinceladas.

Rey permanecía de pie cuando dos hombres entraron en la estancia. Uno tenía una barba fluvial y una dignidad que le hacía aparecer muy alto, aunque era de estatura media. Su compañero era robusto, de porte resuelto, con un bigote como unos colmillos de morsa que se proyectaban adelante como para presentarse ellos primero. Se trataba de James Russell Lowell, el cual se detuvo un momento, como para establecer una distancia, y luego avanzó apresuradamente. Se echó a reír con la afectación de quien sabe de antemano cuál es la situación.

—Longfellow, ¡a que no sabe! Me he enterado de todo acerca de este mozo leyéndolo en el periódico de los hombres libres. Fue un héroe del regimiento de los negros, el Cincuenta y Cuatro, y Andrew lo admitió en el departamento de policía la semana de la muerte del presidente Lincoln. ¡Es un honor conocerlo, amigo!

—El regimiento Cincuenta y Cinco, profesor Lowell, el regimiento «de las dos hermanas». Gracias —dijo Rey—. Profesor Longfellow, le pido excusas por privarlo de su compañía.

—Acabábamos de terminar la parte seria, agente —replicó Longfellow sonriendo—, y el señor hará muy bien lo que tenga que hacer.

Su cabello plateado y su suelta barba le conferían un aspecto patriarcal, propio de alguien mayor de cincuenta y ocho años. Los ojos eran azules y sin edad. Longfellow vestía una impecable levita oscura, con botones dorados y un chaleco de ante ajustado.

—Yo me despojé de mi toga profesoral hace años, y el profesor Lowell ha ocupado mi lugar.

—Yo aún no me he acostumbrado a ese detestable título —murmuró Lowell.

Rey se volvió hacia él.

—En su casa, una joven dama me ha encaminado amablemente hasta aquí. Dijo que un miércoles por la noche no se le podría encontrar en ningún otro lugar.

—¡Ah, ha debido de ser Mabel! —comentó Lowell riendo—. Al menos no lo echó de casa, ¿verdad?

Rey rió también.

—Es una dama joven de lo más encantador, señor. Me enviaron aquí, profesor, desde el edificio principal de la universidad.

Lowell pareció sorprendido.

—¿Qué? —murmuró. Luego explotó, sus mejillas y sus orejas adquirieron un color de vino de Borgoña y su voz pareció abrasarle la garganta—. ¡Que me han mandado a un agente de policía! ¿Con qué posible justificación? ¿No son hombres capaces de hablar por su cuenta, sin mover los hilos de alguna marioneta municipal? ¡Explíquese, señor!

Rey permaneció tan inmóvil como la estatua de mármol de la esposa de Longfellow situada junto a la chimenea.

Longfellow colgó una mano de la manga de su amigo.

—Ya ve, agente, que el profesor Lowell es tan amable que, junto con algunos de nuestros colegas, me ayuda en un empeño literario que en el momento presente no cuenta con el favor de ciertos miembros de la junta de gobierno de la universidad. Pero se debe a que...

— Lo lamento —dijo el policía, dejando que su mirada recayera en el hombre que había hablado anteriormente, cuyo rubor había desaparecido de su rostro de manera tan súbita como apareció —. Fui al edificio principal de la universidad directamente. Ando buscando a un experto en lenguas, ¿sabe?, y allí algunos estudiantes me han dado su nombre.

—En ese caso, agente, acepte mis excusas —dijo Lowell—, pero ha tenido usted suerte y me ha encontrado. Sé hablar seis idiomas como un nativo... de Cambridge.

El poeta se echó a reír y depositó el papel que le entregó Rey en el escritorio de Longfellow, de marquetería de palisandro. Rey vio fruncirse en pliegues la despejada frente de Lowell.

—Un caballero me dijo ciertas palabras. Las pronunció en voz baja, fuera lo que fuese lo que pretendía comunicar, y además todo ocurrió de repente. Sólo puedo concluir que era alguna lengua rara y extranjera.

—¿Cuándo? —preguntó Lowell.

—Hace unas semanas. Fue un encuentro extraño e inesperado. —Rey entornó los ojos. Evocó la prolongada presión del hombre que susurraba sobre su cráneo. Podía oír formarse las palabras de manera muy clara, pero no era capaz de repetir ninguna de ellas—. Me temo que sólo se trata de una transcripción aproximada, profesor.

—¡Desde luego, menudo galimatías! —dijo Lowell pasando el papel a Longfellow—. No podrá sacarse gran cosa de este jeroglífico. ¿No puede usted preguntarle a esa persona qué quiso decir? O al menos averiguar en qué lengua pretendía hablar.

Rey dudó antes de contestar. Longfellow dijo:

—Agente, tenemos un gabinete de eruditos hambrientos ahí dentro, cuya sabiduría podría ser sobornada con ostras y macarrones. ¿Sería tan amable de dejarnos una copia de este papel?

—Le quedo muy reconocido, señor Longfellow —dijo Rey. Estudió a los poetas antes de añadir—: Debo pedirles que no mencionen a nadie mi visita de hoy. Tiene relación con un caso policial delicado.

Lowell levantó las cejas, escéptico.

—No faltaba más —aseguró Longfellow, e inclinó la cabeza en una señal que daba a entender que la confianza era algo inherente a la casa Craigie.

—Aleje usted esta noche de la mesa al buen ahijado de Cerbero, querido Longfellow.

Fields se introducía la punta de una servilleta en el cuello de la camisa. Ocupaban sus sitios en torno a la mesa del comedor. *Trap* protestó con un quejido ahogado.

—Oh, es muy amigo de los poetas, Fields —objetó Longfellow.

—¡Ah! Tenía que haberlo visto la semana pasada, señor Greene —dijo Fields—. Cuando usted guardaba cama, este amigable compañero se hizo con una perdiz que estaba en la mesa de la cena, mientras nosotros, en el estudio, nos ocupábamos del canto undécimo.

—Eso fue resultado de su visión de la *Divina Commedia* —explicó Longfellow sonriendo.

—Un extraño encuentro —observó Holmes, vagamente interesado—. ¿Qué dijo de esto el agente de policía?

Estaba estudiando la nota del agente, sosteniéndola bajo la cálida luz del candelabro y dándole vueltas antes de pasársela a otro. Lowell asintió.

—Al igual que Nimrod, todo cuanto nuestro agente Rey oyó es como la infancia gigantesca del mundo.

—Quisiera decir que el escrito es una pobre tentativa de emplear el italiano.

George Washington Greene se encogió de hombros como excusándose, y entregó la nota a Fields con un hondo suspiro.

El historiador volvió a concentrarse en la comida. Se mostraba cohibido cuando tenía que competir con las estrellas brillantes que habitaban la constelación social de Longfellow. El club Dante había incorporado sus libros a sus anaqueles y, en contrapartida, lo hacía objeto de chanzas durante las cenas. La vida de Greene había estado pavimentada de escasas promesas y grandes reveses. Sus conferencias públicas nunca tuvieron la consistencia suficiente como para asegurarle una plaza de profesor, y su trabajo como ministro jamás quedó lo bastante definido como para ganarse una parroquia propia (sus detractores afirmaban que sus conferencias se parecían demasiado a sermones y que sus sermones contenían un exceso de historia). Longfellow observaba a su viejo amigo confiadamente, y pasó a través de la mesa los bocados escogidos que creyó que Greene preferiría.

—El patrullero Rey —dijo Lowell con admiración—. La imagen de un hombre de verdad, ¿eh, Longfellow? Soldado en la mayor de nuestras guerras y ahora el primer miembro de color de la policía. Ah, nosotros, los profesores, nos limitamos a permanecer en el portalón observando a los pocos que se embarcan en el vapor.

—Oh, pero viviremos mucho más a través de nuestras pesquisas intelectuales —dijo Holmes—, según un artículo del último número de *The Atlantic* acerca de los saludables efectos de la erudición sobre la longevidad. Felicidades por otro estupendo número, mi querido Fields.

—¡Sí, ya lo vi! Un excelente trabajo. Cuide a ese joven autor, Fields —dijo Lowell.

—Hummm. —Fields sonrió al oír estas palabras—. Al parecer debería consultarle a usted antes de permitir que un autor ponga la pluma sobre el papel. Ciertamente, *The Review* se apresuró a acabar con nuestra *Vida de Percival*. ¡Un extraño podría muy bien preguntarse por qué no me muestra usted la mínima consideración!

—Fields, yo no lisonjeo a nadie por sentimentalismo —declaró Lowell—. Usted sabe muy bien que conviene publicar un libro que es pobre en sí pero que está en el camino de un trabajo mejor sobre el tema.

—Pregunto a los presentes si es justo que Lowell publique en *The North American Review*, una de mis revistas, un ataque contra un libro de mi casa.

—Bueno, pues yo, a mi vez, pregunto si alguien de los presentes ha leído el libro y está dispuesto a discutir mis conclusiones —replicó Lowell.

—Me arriesgaría a contestar con un resonante no en nombre de todos los que están a la mesa —admitió Fields—, pero yo les aseguro que desde el día en que apareció el artículo de Lowell ¡no se ha vendido un solo ejemplar del libro!

Holmes golpeó el vaso con el tenedor.

—Aquí mismo formulo una acusación contra Lowell por asesinato, pues ha matado irremisiblemente la *Vida*.

Todos rieron.

—Oh, lo que murió fue un nonato, juez Holmes —replicó el defensor—; ¡yo me limité a clavar los clavos de su ataúd!

—Díganme —intervino Greene, que trató de conferir a su voz un tono despreocupado, volviendo a su tema preferido—. ¿Alguien ha advertido un carácter dantesco en los días y fechas de este año?

—Corresponden exactamente a los del dantesco 1300 —respondió Longfellow asintiendo—. En ambos años Viernes Santo cayó el veinticinco de marzo.

—¡Gloria! —exclamó Lowell—. Este año hace quinientos sesenta y cinco que Dante descendió a la *città dolente*, a la ciudad doliente. ¿No había de ser éste el año de una traducción, aunque sea mala? —preguntó con una sonrisa infantil.

Pero su comentario le recordó la persistencia de la corporación de Harvard, y su amplia sonrisa se marchitó. Longfellow dijo:

—Mañana, con nuestros últimos cantos del *Inferno* en la mano, descenderemos entre los diablos de la imprenta* (los Malebranches de Riverside Press) y nos aproximaremos, arrastrándonos, al final. He prometido enviar una edición limitada del *Inferno* a la Comisión Florentina a fines de año, para que se sume, humildemente, por supuesto, a la conmemoración del sexto centenario del nacimiento de Dante.

—Ustedes saben, mis queridos amigos —dijo Lowell frunciendo el entrecejo—, que esos malditos estúpidos de Harvard aún están tratando por todos los medios de suspender mi curso sobre Dante.

—Y después de que Augustus Manning me advirtiera sobre las consecuencias de publicar la traducción —precisó Fields, tamborileando sobre la mesa con gesto de frustración.

—¿Por qué habrían de llegar a tales extremos? —inquirió Greene, alarmado.

—De una u otra forma tratan de mantener todo lo lejos posible a Dante —explicó Longfellow amablemente—. Temen su influencia porque es extranjero y católico, querido Greene.

Holmes, exhibiendo una simpatía espontánea, dijo:

—Supongo que podría entenderse, en parte, porque hay algo dantesco que nos afecta. ¿Cuántos padres fueron al cementerio del monte Auburn a visitar la tumba de sus hijos el pasado junio, en lugar de acudir a su fiesta de graduación? En muchos casos creo que ya tenemos bastante con el infierno del que acabamos de salir.

Lowell se estaba sirviendo su tercer o cuarto vaso de falerno tinto. Al otro lado de la mesa, Fields trataba sin éxito de calmarlo con una mirada de apaciguamiento. Pero Lowell dijo:

—¡Una vez empiecen a arrojar libros al fuego, nos mandarán a

---

* Juego de palabras: *devil* significa «demonio»; *printer's devil*, «mozo o aprendiz de imprenta». (*N. del t.*)

nosotros a un infierno del que nos costará escapar, querido Holmes!

—Oh, no crea que me gusta la idea de tratar de impermeabilizar la mente norteamericana contra cuestiones que el cielo le hace llover encima, querido Lowell. Pero acaso... —Holmes dudó. Aquélla era su oportunidad. Se volvió a Longfellow—: Acaso deberíamos considerar un plan de publicación menos ambicioso, querido Longfellow... Una edición limitada, al principio, a unas docenas de ejemplares, para que nuestros amigos y colegas estudiosos pudieran apreciarla, pudieran comprender su fuerza antes de divulgar la obra entre las masas...

Lowell saltó en su asiento.

—¿Es que el doctor Manning ha hablado con usted? ¿Acaso Manning le envió a alguien para meterle miedo, Holmes?

—Por favor, Lowell —intervino Fields, sonriendo diplomáticamente—. Manning nunca acudiría a Holmes con ese propósito.

—¿Qué? —El doctor Holmes hizo como que no se enteraba. Lowell aún estaba aguardando la respuesta—. Desde luego que no, Lowell. Manning es precisamente uno de esos hongos que siempre crecen en las universidades más antiguas. Pero me parece que no pretendemos suscitar un conflicto innecesario. Sólo serviría para apartarnos de Dante, que es lo que nos interesa. Tendría que ver con la lucha, no con la poesía. Demasiados médicos utilizan la medicina para atiborrar a sus pacientes con todos los potingues posibles. Deberíamos ser juiciosos con nuestras honradas curas, y cautelosos en nuestros progresos literarios.

—Cuanto más unidos, mejor —sentenció Fields, dirigiéndose a todos los presentes.

—¡No podemos mostrarnos cautelosos ante los tiranos! —protestó Lowell.

—Ni tampoco deseamos formar un ejército de cinco personas contra el mundo entero —añadió Holmes.

Estaba ansioso porque Fields empezaba a considerar su idea de esperar. Completaría su novela antes de que la nación llegara a oír hablar de Dante.

—¡Yo quiero que me quemen en la hoguera! —exclamó Lowell—. ¡No! Quisiera que me encerraran a solas una hora con la corporación de Harvard al completo antes que retrasar la publicación de la traducción.

—Por supuesto que no cambiaremos los planes de edición —dijo Fields. El viento dejó de soplar a favor de las velas de Holmes—. Pero Holmes tiene razón en lo de sacar esto adelante nosotros solos. Podríamos tratar de conseguir apoyo. Podría llamar al anciano profesor Ticknor para que ejerza la influencia que pueda quedarle. Y quizá al señor Emerson, que leyó a Dante hace años. Nadie en el mundo sabe si de un libro se venderán cinco mil ejemplares o no cuando se publique. Pero si se venden esos cinco mil ejemplares, bien pueden venderse veinticinco mil.

—¿Pueden tratar de despojarlo de su plaza de profesor, señor Lowell? —interrumpió Greene, preocupado todavía por la corporación de Harvard.

—Jamey es demasiado famoso para eso —rechazó Fields.

—¡Me importa un rábano lo que hagan conmigo, en todos los sentidos! No entregaré Dante a los filisteos.

—¡Ni ninguno de nosotros! —se apresuró a declarar Holmes.

Para su sorpresa, nadie lo contradijo; antes bien, todos parecían más decididos a darle la razón y más convencidos de que podría salvar a sus amigos de Dante, y a Dante del ardor de sus amigos. El animoso volumen de sus exclamaciones contagió a los circunstantes, que prorrumpieron en «Oigan, oigan» y «¡Eso, eso!». La voz de Lowell era la más fuerte.

Greene, viendo un resto de relleno de tomate en su tintineante tenedor, se inclinó para compartir aquella riqueza con *Trap*. Desde debajo de la mesa, Greene vio que Longfellow se ponía de pie.

Aunque sólo eran cinco amigos reunidos en el comedor de Longfellow, en la extrema intimidad de la casa Craigie, lo insólito de que el anfitrión se pusiera de pie para proponer un brindis suscitó un silencio total.

—A la salud de los reunidos a la mesa.

Eso es todo cuanto dijo. Pero ellos lanzaron hurras como si estuvieran ante otra proclamación de la Independencia. Llegaron luego la tarta de cerezas, el helado y el coñac con terrones de azúcar flameantes, se desenvolvieron los cigarros y se encendieron con las velas del centro de la mesa.

Antes de que acabara la noche, Lowell había convencido a Longfellow de que contara a los reunidos la historia de los cigarros. Como nadie tenía la habilidad de halagar a Longfellow para hacerle hablar de sí mismo, debía centrarse su interés en un tema neutro, como el de los cigarros.

—Yo había sido convocado para tratar asuntos en el Corner —empezó a decir Longfellow, mientras Fields se reía por adelantado—, cuando el señor Fields me convenció de que lo acompañara a un tabaquero próximo para adquirir algunos regalos. El tabaquero sacó una caja de cierta marca de cigarros de la que les juro que nunca había oído hablar. Y dijo, con toda la seriedad del mundo: «Éstos, señor, son la clase preferida de Longfellow.»

—¿Y qué replicó usted? —preguntó Greene, elevando la voz sobre las muestras de regocijo.

—Miré al hombre, luego los cigarros y dije: «Muy bien, pues los probaré.» Y le pagué una caja para que me la enviara.

—¿Y qué piensa ahora, mi querido Longfellow? —preguntó Lowell riendo, de tal modo que se le atragantó el postre.

Longfellow exhaló un suspiro.

—Oh, creo que aquel hombre estaba completamente en lo cierto. Los encuentro buenos.

* * *

—«Así pues, es bueno que me arme de prudencia, pues si soy arrojado del lugar que me es más querido, yo...» —declamó el estudiante en tono de frustración, desplazando el dedo atrás y adelante bajo el texto italiano.

Desde hacía varios años, el estudio de Lowell en Elmwood se había desdoblado en aula para su curso sobre Dante. En su primera etapa como profesor de la cátedra Smith, solicitó un local y le asignaron un sombrío espacio situado en el sótano del edificio principal de la universidad, con largos tableros de madera en lugar de pupitres y un púlpito para el profesor, que, seguro, provenía de los tiempos de los puritanos. Al curso no asistían suficientes alumnos, se le dijo a Lowell, para merecer una de las aulas más deseadas. Dar clase en Elmwood le aportó la comodidad de una pipa y el calor de una chimenea, y era otra razón para no tener que salir de casa.

La clase se daba dos veces por semana en días escogidos por Lowell, algunas veces en domingo, pues le gustaba la idea de reunirse el mismo día de la semana que Boccaccio, siglos antes, había acudido a las primeras conferencias de Dante en Florencia. Mabel Lowell a menudo se sentaba y escuchaba las lecciones de su padre desde la habitación contigua, comunicada con la otra a través de dos arcadas.

—Recuerde, Mead —dijo el profesor Lowell cuando el estudiante frustrado se detuvo—. Recuerde que en esta quinta esfera del cielo, la esfera de los mártires, Cacciaguida ha profetizado a Dante que el poeta será desterrado de Florencia en cuanto regrese al mundo de los vivos, y que la sentencia será de muerte en la hoguera si vuelve a cruzar las puertas de la ciudad. Ahora, Mead, traduzca la frase siguiente, «*io non perdessi li altri per i miei carmi*», teniendo eso en cuenta.

El italiano de Lowell era fluido y siempre técnicamente correcto. Pero a Mead, un alumno de penúltimo año de Harvard, le gustaba pensar que la condición de norteamericano de Lowell se manifestaba en la escrupulosa pronunciación de cada sílaba, como si cada una de ellas no tuviera relación con la siguiente.

—«No perderé otros lugares a causa de mis poemas.»

—¡Aténgase al texto, Mead! *Carmi* son cantos, no precisamente sus poemas, sino la auténtica musicalidad de su voz. En los tiempos de los ministriles, usted, pagando un dinero, habría podido escoger entre sus historias cantadas o un sermón. Un sermón que canta y una canción que predica; eso es la *Commedia* de Dante. «Para que por causa de mis cantos yo no pierda los otros lugares.» Una hermosa lectura, Mead —dijo Lowell con un gesto que parecía forzado y que comunicaba su aprobación general.

—Dante se repite —dijo en tono monótono Pliny Mead. Edward Sheldon, el estudiante sentado junto a él, se revolvió al oírlo. Mead continuó—: Como usted dice, un profeta divino ya ha previsto que Dante hallará refugio y protección con Can Grande. Entonces, ¿qué «otros» lugares podría necesitar Dante? Se incurre en falta de sentido por causa de la poesía.

Lowell replicó:

—Cuando Dante se refiere a un nuevo hogar en el futuro gracias a su trabajo, cuando alude a que busca otros lugares, no habla de su vida en 1302, el año de su destierro, sino de su segunda vida, su vida como la vivirá a través del poema por cientos de años.

Mead insistió:

—Pero Dante nunca alcanza de verdad el «lugar más querido», sino que se aparta de él. Florencia le ofreció una oportunidad de retornar al hogar, junto con su esposa y su familia, ¡y él la rechazó!

Pliny Mead nunca era de los que impresionan a los profesores o a sus iguales por su genialidad, pero desde la mañana que recibió las notas de su último período académico —que le produjeron una triste desilusión— había puesto la mirada con acritud sobre Lowell. Mead atribuía su baja calificación —y su consiguiente caída en la clasificación de la promoción de 1867 del duodécimo al decimoquinto puesto— al hecho de haberse mostrado en desacuerdo con Lowell en varias ocasiones durante los debates de literatura francesa, y a que el profesor no pudo soportar que se le considerase equivocado. Mead hubiera renunciado a su curso de lenguas vivas, pero el reglamento de la corporación establecía que, una vez matriculado en un curso de lengua, el estudiante debía permanecer tres períodos académicos más en el departamento; un recurso adoptado para disuadir la inconstancia de los muchachos. Así pues, Mead tropezó con el gran saco hinchado de Russell Lowell. Y con Dante Alighieri.

—¡Menudo ofrecimiento le hicieron! —replicó Lowell riendo—. Clemencia plena para Dante y restauración de su posición en Florencia, y a cambio el poeta ¡debía solicitar la absolución y pagar una crecida suma de dinero! ¡Qué cosa tan degradante! Es impensable que un hombre que clama justicia acepte un compromiso tan corrupto con sus perseguidores.

—Bueno, ¡Dante sigue siendo florentino, digamos nosotros lo que digamos! —afirmó Mead, tratando de obtener el apoyo de Sheldon mediante una mirada de complicidad—. ¿No lo ves así, Sheldon? Dante escribe incesantemente sobre Florencia, y de los florentinos a los que conoce y con los que habla en su visita al más allá, ¡y todo eso lo escribe mientras está desterrado! Para mí está claro, amigos, que sólo anhela el retorno. La muerte del hombre en el destierro y la pobreza es un gran fracaso final.

Con irritación, Edward Sheldon observó que Mead hacía muecas que daban a entender que había dejado sin argumentos a Lowell, el cual se levantó y hundió las manos en su más bien raído batín. Pero Sheldon pudo ver en Lowell, pudo advertirlo en la manera de exhalar el humo de su pipa, que su mente estaba ocupada en elevados pensamientos. Parecía vagar por otro plano de percepción mental, muy por encima del estudio de Elmwood, mientras daba zancadas sobre la alfombra con sus botas de gruesos cordones. Era propio de Lowell no admitir a principiantes en una clase avanzada de literatura, pero el joven Sheldon había insistido, y Lowell le dijo que ya se vería si conseguía manejarse. Sheldon le guardó agradecimiento por la oportunidad y esperó la ocasión de defender a Lowell y a Dante en contra de Mead, de la misma manera que, de pequeño, había colocado monedas de cobre en las vías del tren. Sheldon abrió la boca, pero Mead lo acalló con una mirada y Sheldon se guardó sus pensamientos para sí.

Lowell no pudo disimular una mirada de decepción hacia Sheldon, y luego se volvió hacia Mead.

—¿Dónde está en usted el judío, muchacho? —preguntó.

—¿Qué? —exclamó Mead, ofendido.

—No, no se preocupe. No era eso en lo que estaba pensando, Mead. El tema de Dante es el hombre, no un hombre —aclaró finalmente con la tierna paciencia que sólo reservaba para los estudiantes—. Los italianos siempre se agarran a Dante para tratar de que diga que está a favor de su política y de su manera de pensar. ¡Su manera de pensar, claro! Confinarlo en Florencia o en Italia es sustraerlo a las simpatías de la humanidad. Leemos el *Paraíso perdido* como un poema, pero la *Commedia* de Dante la leemos como una crónica para nuestras vidas interiores. ¿Conocen, muchachos, Isaías 38, 10?

Sheldon se esforzó en pensar. Mead permanecía sentado con una terca inexpresividad, empeñado en no pensar en si conocía o no el pasaje.

—*Ego dixi: In dimidio dierum meorum vadam ad portas inferi!* —cacareó Lowell, y luego se apresuró hacia sus repletos anaqueles, donde encontró al instante el capítulo que había citado y el versículo en una Biblia latina—. ¿Lo ven? —preguntó, colocándola abierta sobre la alfombra, a los pies de sus estudiantes, encantado de demostrar que había recordado la cita con exactitud—. ¿Debo traducir? —preguntó—. «Yo dije: En medio de mis días iré a las puertas del infierno.» ¿Hay algo en lo que los autores de nuestras viejas Escrituras no hubieran pensado? Alguna vez, en mitad de nuestras vidas, todos y cada uno de nosotros viajamos para enfrentarnos a nuestro propio infierno. ¿Cuál es el primer verso del poema de Dante?

—«En medio del camino de nuestra vida» —se prestó a recitar un Edward Sheldon feliz, que había leído una y otra vez este inicio del *Inferno* en su habitación de Stoughton Hall, sin haberse sentido nunca tan atrapado por verso alguno, tan captado por el llanto ajeno—. «Me encontré en una selva oscura, pues había extraviado el recto sendero.»

—*Nel mezzo del cammin di nostra vita.* En medio del camino de nuestra vida —repitió Lowell dirigiendo una amplia mirada en dirección a la chimenea, que Sheldon veía por encima de su hombro, pensando que la linda Mabel Lowell debía de haber entrado detrás de él, pero su sombra demostraba que seguía sentada en la habitación contigua—. Nuestra vida. Desde el primer verso del poema de Dante, estamos metidos en un viaje, estamos emprendiendo la peregrinación a la vez que él, y debemos enfrentarnos a nuestro infierno con la firmeza con que Dante se enfrentó al suyo. Ya ven ustedes que el gran valor y la perdurabilidad del poema es la autobiografía de un alma humana. Las de ustedes y la mía, tal vez, tanto como la del propio Dante.

Lowell pensó para sí, mientras oía a Sheldon leer los siguientes quince versos en italiano, en lo bien que se sentía enseñando algo real. En lo tonto que fue Sócrates al pensar en ¡expulsar a los poetas de Atenas! En lo mucho que gozaría asistiendo a la derrota de Augustus Manning cuando la traducción de Longfellow tuviera un éxito inmenso.

Al día siguiente, Lowell abandonaba el edificio principal de la universidad, después de pronunciar una conferencia sobre Goethe. Apenas experimentó sorpresa cuando se encontró frente a un italiano de baja estatura, corriendo, vestido con chaqueta planchada de cualquier manera, pues conservaba las arrugas.

—¿Bachi? —preguntó Lowell.

Pietro Bachi había sido contratado años antes por Longfellow como lector de italiano. A la corporación nunca le agradó la idea de emplear a extranjeros, en particular a un italiano papista: el hecho de que Bachi hubiera sido reprobado por el Vaticano no le hacía cambiar de criterio. En la época en que Lowell se hizo con el control del departamento, la corporación había hallado motivos razonables para eliminar a Pietro Bachi: su intemperancia y su insolvencia. El día que fue despedido, el italiano había murmurado al profesor Lowell:

—A mí no me vuelven a ver por aquí ni muerto.

Aunque no las tomara al pie de la letra, Lowell dio por buenas las palabras de Bachi.

—Mi querido profesor.

Bachi ofrecía ahora su mano a su antiguo jefe de departamento, y la sacudió vigorosamente, como era usual en él.

—Bien —empezó Lowell, que no estaba seguro de si debía preguntar cómo Bachi, manifiestamente vivo y coleando, había ido a parar al recinto de Harvard.

—He salido a dar una vuelta, profesor —explicó Bachi.

Como parecía mirar ansiosamente más allá de Lowell, el profesor abrevió sus muestras de simpatía. Lowell advirtió, al volverse brevemente y cada vez más extrañado de la aparición de Bachi, que éste dirigía la mirada a una figura vagamente familiar. Se trataba del individuo del bombín negro y el chaleco de cuadros, el amante de la poesía al que Lowell había visto apoyado ociosamente en un olmo americano unas semanas antes. ¿Qué negocio se traería con Bachi? Lowell aguardó para ver si Bachi saludaba al desconocido, quien ciertamente parecía estar aguardando a alguien. Pero entonces un mar de estudiantes, encantados de haberse liberado de las recitaciones de griego, los rodeó como un enjambre y Lowell perdió de vista a la curiosa pareja, si es que ambos hombres iban juntos.

Lowell, olvidando por completo la escena, se encaminó a la facultad de Derecho, donde Oliver Wendell Junior se encontraba rodeado de sus condiscípulos, a los que aclaraba algún aspecto legal que no entendían bien. En general, su aspecto no era distinto del que presentaba el doctor Holmes, pero era como si alguien hubiera cogido al pequeño doctor y, en un potro de tortura, lo hubiera alargado hasta el doble de su estatura.

El doctor Holmes se paseaba al pie de la escalera de servicio de su casa. Se detuvo ante un espejo colgado a baja altura y, con un peine, se echó su espesa mata de pelo oscuro hacia un lado. Consideraba que su rostro no componía un retrato muy lisonjero de su persona. «Es algo útil más que un adorno», gustaba de decirle a la gente. Con una tez algo más oscura, la nariz mejor formada en su inclinación y el cuello más largo, hubiera podido considerarse un reflejo de Wendell Junior. Neddie, el hijo menor de Holmes, había sido lo bastante infortunado como para presentar el mismo aspecto que el doctor Holmes y para heredar sus problemas respiratorios. El doctor Holmes y Neddie eran Wendell, hubiera dicho el reverendo Holmes; y Wendell Junior, un Holmes puro. Con esa sangre, Junior no dudaba que aventajaría a su padre en renombre; no sólo sería el caballero Holmes, sino Su Excelencia Holmes o el presidente Holmes. El doctor Holmes se irguió al percibir los pasos de unas pesadas botas, y se apresuró a introducirse en una habitación próxima. Luego reanudó sus paseos junto a la escalera, con andares despreocupados y la mirada fija en un viejo libro. Oliver Wendell Holmes Junior entró en la casa y pareció dar un gran salto hasta el segundo piso.

—Ah, Wendy —le llamó Holmes, dibujando una rápida sonrisa—. ¿Eres tú?

Junior se detuvo a mitad de la escalera.

—Hola, padre.

—Tu madre me preguntaba si te había visto hoy, y me di cuenta de que no. ¿De dónde vienes tan tarde, muchacho?

—De dar un paseo.

—¿De veras?

Junior se detuvo de mala gana en el descansillo. Bajo sus cejas oscuras, dirigió una mirada airada a su padre, que manoseaba el balaustre de madera al final de los peldaños.

—En realidad estuve hablando con James Lowell.

Holmes exteriorizó su sorpresa.

—¿Lowell? ¿Habéis estado juntos hasta tan tarde? ¿Tú y el profesor Lowell?

Levantó ligeramente el hombro.

—Bien, ¿y de qué tenías que hablar con nuestro común y querido amigo, si puedo preguntarlo?

En el rostro del doctor Holmes se dibujó una sonrisa amistosa.

—De política, de mi participación en la guerra, de mis clases de derecho. Yo diría que lo pasamos bien.

—Estos días pierdes mucho el tiempo, estás muy ocioso. Te ordeno que renuncies a esas excursiones tontas con el señor Lowell. —No hubo réplica—. Te roban el tiempo para estudiar, ¿sabes? Y eso no puede ser, ¿estamos?

Junior se echó a reír.

—Todas las mañanas lo mismo: «¿Para qué, Wendy? Un abogado nunca llega a ser un gran hombre, Wendy.» —Esto lo dijo con una voz ligera, ronca—. ¿Y ahora quieres que me esfuerce en estudiar derecho?

—Así es, Junior. Hacer algo que merezca la pena cuesta sudor, nervios y fósforo. Y ya tendré yo algunas palabras con el señor Lowell sobre vuestras costumbres, en nuestra próxima sesión del club Dante. Estoy seguro de que se mostrará de acuerdo conmigo. Él también fue abogado y sabe lo que eso implica.

Holmes echó a andar hacia el vestíbulo, más bien satisfecho de su firmeza. Junior refunfuñó y el doctor Holmes se volvió:

—¿Algo más, muchacho?

—Sólo que me gustaría —dijo Junior— saber más sobre vuestro club Dante, padre.

Wendell Junior nunca había mostrado el menor interés por sus actividades, tanto literarias como profesionales. Nunca había leído los poemas del doctor ni su primera novela, ni tampoco asistió a sus conferencias en el liceo acerca de los avances médicos o de la historia de la poesía. El caso más significativo se dio después de que Holmes publicara «My Hunt After the Captain» en *The Atlantic Monthly*, narración de su viaje al Sur después de recibir un telegrama equivocado en el que se le informaba de la muerte de Junior en el campo de batalla.

De hecho, Junior había hojeado las pruebas de imprenta, sintiendo la palpitación de sus heridas mientras lo hacía. No podía creer que su padre creyera que encerraba toda la guerra en unos pocos miles de palabras que, en su mayoría, narraban anécdotas de rebeldes que morían en camas de hospital, y de recepcionistas de hoteles de ciudades pequeñas preguntando si él no era el autócrata de la mesa del desayuno.

—Quiero decir —continuó Junior, irguiéndose— si realmente te sientes molesto porque se te considere miembro del club.

—No te entiendo, Wendy. ¿Qué significa eso? ¿Qué sabes del asunto?

—Sólo que el señor Lowell dice que tu voz se oye más durante la cena que en el estudio. Para el señor Longfellow, ese trabajo es toda su vida; para Lowell, su vocación. Ya ves que actúa según sus creencias; no se limita a hablar de ellas. Así lo hizo cuando, ejerciendo de abogado, defendió a los esclavos. Para ti el club no pasa de ser otro lugar donde dejar oír tu voz.

—Así que Lowell dijo... —empezó el doctor Holmes—. ¡Mira, Junior...!

Junior terminó de subir la escalera y se encerró en su cuarto.

—¡Cómo vas a saber algo del club Dante! —gritó el doctor Holmes.

Holmes vagó por la casa como desvalido, antes de retirarse a su estudio. ¿Su voz se dejaba oír principalmente a la mesa? Cuanto más repetía para sí esta observación, más molesto se sentía. Lowell estaba tratando de conservar su lugar a la derecha de Longfellow, mostrándose superior a expensas de Holmes.

Con las palabras de Junior pronunciadas por la voz de barítono de Lowell resonándole encima, escribió tenazmente las siguientes semanas, avanzando de una forma sostenida que no era la natural en él. Su momento sibilino le llegaba cuando se le ocurría un nuevo pensamiento, pero solía entregarse al acto de componer con una desagradable sensación de embotamiento en la frente. Esa sensación se veía interrumpida sólo de vez en cuando por el simultáneo descenso de algún grupo de palabras o una imagen inesperada, lo cual producía una llamarada del entusiasmo y la autocomplacencia más insana. En tales ocasiones, llegaba a incurrir en pueriles excesos de lenguaje y acción.

En cualquier caso, no podía trabajar muchas horas seguidas sin trastornar todo su sistema. Sus pies se enfriaban, su cabeza se calentaba, sus músculos se fatigaban y sentía que debía levantarse. Por la noche tenía que renunciar a cualquier trabajo arduo antes de las once y tomar un libro de lectura ligera, a fin de vaciar la mente de sus contenidos previos. Demasiado trabajo cerebral le producía una sensación de desagrado, como comer demasiado. Atribuía eso, en parte, al clima, agotador y causante de tensión nerviosa. Brown-Séquard, un colega médico de París, había dicho que los animales no sangran tanto en América como en Europa. ¿No daba miedo pensarlo? A pesar de ese inconveniente biológico, ahora Holmes se dedicó a escribir como un loco.

—Como usted sabe, yo he sido el único que ha hablado con el profesor Ticknor sobre su ayuda a nuestra causa en favor de Dante —le dijo Holmes a Fields.

Se había detenido en el despacho de Fields, en el Corner.

—¿Y qué? —Fields estaba leyendo tres cosas a la vez: un manuscrito, un contrato y una carta—. ¿Dónde están esos acuerdos sobre derechos?

J. R. Osgood le alargó otro montón de papeles.

—Está muy ocupado, Fields, y tiene usted que pensar en el próximo número del *Atlantic*; en cualquier caso, debe dar descanso a su fatigado cerebro —dijo Holmes—. El profesor Ticknor fue mi maestro, después de todo. Es muy posible que sea yo quien ejerza mayor influencia sobre el viejo compañero, en favor de Longfellow.

Holmes aún recordaba un tiempo en que Boston era conocido como Ticknorville en los ambientes literarios: si a uno no lo invitaban a las veladas que se celebraban en la biblioteca de Ticknor, uno no era nadie. Esa estancia fue conocida otrora como el Salón del Trono de Ticknor. Ahora era más frecuente que se hablara del Iceberg de Ticknor. Entre gran parte de su sociedad, el antiguo profesor había perdido la reputación de ocioso refinado y de antiabolicionista, pero su posición como uno de los primeros maestros literarios de la ciudad permanecería siempre. Su influencia podría revivir para beneficio de los integrantes del club.

—Mi vida la amargan más criaturas de las que puedo aguantar, mi querido Holmes —dijo Fields suspirando—. Hoy día, la vista de un manuscrito es como un pez espada: me parte en dos. —Se quedó mirando a Holmes un buen rato, y luego se mostró conforme con enviarlo en su lugar al número 9 de la calle Park—. Pero refiérase a mí con amabilidad cuando hable con él, ¿eh, Wendell?

Holmes sabía que Fields se sentía aliviado por traspasarle la tarea de hablar con George Ticknor. El profesor Ticknor —en ese título aún se insistía, aunque no se había dedicado a la enseñanza desde su jubilación, treinta años antes— nunca tuvo en gran consideración a su primo, más joven, William D. Ticknor, y esa pobre opinión se extendía al socio de William, J. T. Fields, como manifestó a Holmes después de que el doctor fuera introducido hasta lo alto de la curvada escalera del cercano número 9 de la calle Park. El profesor Ticknor dijo, con sus resecos labios fruncidos en una mueca de repugnancia:

—¡La escandalosa falacia de los beneficios, que considera los libros según las ventas y las pérdidas! Mi primo William sufría de esa enfermedad, doctor Holmes, y contagió a mis sobrinos. Estoy asustado. Los que se dedican a esas tareas no deben controlar el arte literario. ¿No lo cree usted así, doctor Holmes?

—Pero el señor Fields tiene una mirada perspicaz, ¿no le parece? Él sabía que la *Historia* que usted escribió conseguiría una buena acogida, profesor. Él cree que el Dante de Longfellow tendrá aceptación.

En efecto, la *Historia de la literatura española* de Ticknor halló escasos lectores fuera de los colaboradores de las revistas, pero el profesor consideraba eso una exacta medida de su éxito.

Ticknor ignoró la lealtad de Holmes y, delicadamente, apartó las manos de la voluminosa máquina. Le construyeron aquella máquina de escribir —una especie de imprenta en miniatura, como él la describía— cuando sus manos empezaron a temblar demasiado para utilizar la pluma. Como resultado de ello, no había visto su caligrafía en varios años. Estaba ocupado con una carta cuando llegó Holmes.

Ticknor, sentado, con su gorro púrpura de terciopelo y en zapatillas, dejó que su ojo crítico se detuviera por segunda vez en el corte del traje de Holmes y en la calidad de su corbatín y su pañuelo.

—Me temo, doctor, que el señor Fields sabe qué clase de gente lee, pero nunca comprenderá por qué. Se deja llevar por el entusiasmo de sus amigos íntimos, lo cual resulta peligroso.

—Usted siempre dijo lo importante que era extender el conocimiento de las culturas extranjeras entre la clase culta —le recordó Holmes.

Con las cortinas echadas, al anciano profesor lo iluminaba vagamente el fuego de la chimenea de la biblioteca, cuya amortiguada luz era compasiva con sus patas de gallo. Holmes se daba golpecitos en la frente. El Iceberg de Ticknor en realidad estaba en ebullición por efecto de su hogar, que nunca se apagaba.

—Debemos esforzarnos en comprender a nuestros extranjeros, doctor Holmes. Si no adaptamos a los recién llegados a nuestro carácter nacional y los llevamos a aceptar de buen grado la sujeción a nuestras instituciones, algún día las multitudes de forasteros harán que seamos nosotros quienes nos adaptemos a ellos.

Holmes insistía:

—Pero, entre nosotros, profesor, ¿qué piensa usted de las posibilidades de que la traducción del señor Longfellow sea bien acogida por el público?

Holmes presentaba un aspecto de tan obstinada concentración que Ticknor hizo una pausa para reflexionar de veras. Su avanzada edad le había procurado, como defensa contra la tristeza, una tendencia a ofrecer la misma docena, aproximadamente, de respuestas automáticas a cualesquiera preguntas relativas a su edad o al estado del mundo.

—No cabe duda alguna, creo, de que el señor Longfellow logrará algo sorprendente. Por algo lo elegí para sucederme en Harvard. Pero, recuerde, hubo un tiempo en que yo consideré la posibilidad de presentar a Dante aquí, y la respuesta de la corporación fue vaciar de contenido mi cátedra... —Una niebla ensombreció los ojos azabache de Ticknor—. No creí llegar a vivir para ver una traducción norteamericana de Dante, y no puedo entender cómo Longfellow llevará a cabo la tarea. Que las masas la acepten es un asunto diferente que la voz popular se encargará de establecer, al margen de los amantes eruditos de Dante. Yo no puedo erigirme en juez de eso —dijo Ticknor, con una indisimulada altivez que le hizo animarse—. Pero alcanzo a creer que, cuando alentamos la esperanza de que Dante será ampliamente leído, incurrimos en una pedantería estúpida, doctor Holmes. Yo he dedicado a Dante muchos años de mi vida, como lo está haciendo Longfellow. No pregunte qué es lo que Dante le da al hombre, sino lo que el hombre aporta a Dante: penetrar personalmente en su esfera, aunque eso sea siempre duro e inolvidable.

IV

Aquel domingo, bajo las calles, entre los muertos, el reverendo
Elisha Talbot, ministro de la Segunda Iglesia Unitarista de Cambridge,
sostenía una linterna en lo alto, mientras se abría paso por el pasadizo esquivando los ataúdes en precario equilibrio y los montones de
huesos rotos. Se preguntaba si necesitaba ya la guía de su linterna
de queroseno, pues se había acostumbrado por completo a la oscuridad del intrincado y ventoso pasadizo subterráneo, pese a las inven-
cibles contracciones nasales que le provocaba el hedor de la descomposición. Algún día se atrevería a hacer el recorrido sin lámpara, armado sólo con su confianza en Dios.

Por un momento, pensó haber oído un crujido. Giró en redondo, pero las tumbas y las columnas de pizarra permanecían incon-
movibles.

—¿Quién vive?

Su voz, famosa por su tono melancólico, golpeó la negrura. Quizá era un comentario inapropiado viniendo de un ministro, pero la
verdad era que, de pronto, sintió miedo. Talbot, como todos los
hombres que han vivido la mayor parte de su vida solos, sufría de
muchos temores ocultos. La muerte siempre lo había asustado más
allá de toda medida normal, y ésa era su gran vergüenza. Lo cual podía aportar una razón para que caminara entre las tumbas subterráneas de su iglesia: se proponía superar su temor irreligioso por la
mortalidad del cuerpo. Quizá eso contribuyera a explicar, si alguien
se propusiera escribir su biografía, con qué ansiedad Talbot sostenía
los preceptos racionalistas del unitarismo frente a los demonios calvinistas de las viejas generaciones. Talbot alentó nerviosamente su

linterna, y no tardó en aproximarse a la escalera, situada al final de la bóveda, que le prometía el regreso a las cálidas luces de gas y un recorrido más corto hasta su casa que yendo por las calles.

—¿Quién está ahí? —preguntó, moviendo su linterna en círculo, esta vez seguro de haber oído un rumor.

Nada otra vez. Pero el movimiento era demasiado ruidoso para que lo produjeran roedores, y demasiado leve para ser obra de golfillos de la calle. «¿Qué podrá ser?», pensó. El reverendo Talbot sostuvo la susurrante linterna al nivel de los ojos. Había oído que bandas de vándalos, desplazados por el desarrollo urbanístico y por la guerra, últimamente se reunían en cámaras funerarias abandonadas. Talbot decidió que a la mañana siguiente enviaría a un policía para que investigara el asunto. Aunque ¿de qué le había servido dar parte el día anterior del robo de mil dólares de su propia caja fuerte? Estaba seguro de que la policía de Cambridge no había hecho nada al respecto. Su única satisfacción era que la incompetencia de los ladrones de Cambridge corría pareja con la policial, pues habían desdeñado el restante y valioso contenido de la caja.

El reverendo Talbot era virtuoso, siempre hacía lo adecuado para sus vecinos y su congregación. Sólo que, en ocasiones, mostraba quizá un celo excesivo. Treinta años antes, al comienzo de su servicio en la Segunda Iglesia, aceptó reclutar hombres en Alemania y en los Países Bajos para que se trasladaran a Boston, con la promesa de acogerlos en su congregación y facilitarles un trabajo bien pagado. Si los católicos podían diseminarse procedentes de Irlanda, ¿por qué no traer algunos protestantes? Sólo que el trabajo consistía en construir ferrocarriles, y decenas de los reclutados murieron de fatiga y a causa de enfermedades, dejando huérfanos y viudas desamparadas. Talbot se distanció cautelosamente de la iniciativa y se pasó años borrando las huellas de su responsabilidad en ella. Pero había aceptado pagos «por consultas» de los constructores de ferrocarriles, y aunque se había prometido a sí mismo devolver el dinero, no lo hizo. En lugar de eso, apartó el asunto de su mente, y todas las decisiones de su vida las tomó mirando siempre de reojo la obstinación ajena.

Cuando el reverendo Talbot, cauteloso y escéptico, retrocedió unos pasos, tropezó con algo duro. Mientras permanecía inmóvil, pensó por un momento que había extraviado su brújula interna y optó por reseguir un muro. A Elisha Talbot no lo había sujetado ninguna persona, ni siquiera tocado —excepto para estrecharle la mano— desde hacía muchos años. Pero ahora no cabía duda —ni siquiera él lo dudaba— de que el calor de los brazos que le rodeaban el pecho y apartaban la linterna pertenecía a otro ser. La presa era viva y apasionada, ofensiva.

Cuando Talbot recobró la conciencia, se dio cuenta, en un instante que le pareció una eternidad, de que lo envolvía una negrura diferente e impenetrable. El penetrante hedor de la bóveda persistía en sus pulmones, pero ahora una fría y blanda humedad se frotaba contra sus mejillas, y se arrastraba dentro de su boca una salobridad que reconoció como su propio sudor. Sintió asimismo que las lágrimas fluían de las comisuras de los ojos hacia su frente. Hacía frío, frío como en un depósito de hielo. Su cuerpo, despojado de toda vestidura, tiritaba. Pero el calor se apoderó de su aterida carne, proporcionándole una insoportable sensación que nunca había conocido. ¿Se trataba de alguna horrible pesadilla? ¡Sí, desde luego! Era aquella basura espantosa que últimamente estaba leyendo antes de acostarse, sobre demonios, bestias y demás. Pero no podía recordar cómo salió de la bóveda, cómo llegó hasta su modesta casa de madera, pintada de color melocotón, ni cómo transportó agua a su lavabo. En realidad, no había emergido del mundo bajo las aceras de Cambridge. De algún modo, comprendió, el latido de su corazón se había desplazado arriba. Estaba suspendido sobre él, golpeando desesperadamente, bombeando la sangre a su cuerpo hacia su cabeza. Respiraba con débiles exhalaciones.

El ministro se sintió dando puntapiés en el aire como un loco, y por el calor supo que aquello no era un sueño. Estaba a punto de morir. Resultaba extraño. La emoción más alejada de él en aquel momento era el miedo. Quizá lo había gastado por completo en vida. En lugar de eso, le embargaba una ira profunda y rabiosa porque aquello pudiera ocurrirle, porque nuestra condición fuera tal que un hijo de Dios pudiera morir mientras todos los demás continuaban despreocupados y sin experimentar cambios.

En su último momento, trató de rezar con una voz entrecortada por el llanto: «Señor, perdóname si he pecado», pero en lugar de eso un penetrante alarido escapó de sus labios, y quedó ahogado por el implacable fragor de su corazón.

V

El domingo 22 de octubre de 1865, la última edición del *Boston Transcript* publicaba en primera plana un anuncio en el que se ofrecía una recompensa de diez mil dólares. Aquella estupefacción, aquellas paradas de ruidosos carruajes junto a los vendedores de periódicos, no se habían conocido en lo que parecía toda una vida, desde que fuera atacado el fuerte Sunter, cuando se tenía la seguridad de que una campaña de noventa días podía acabar con la salvaje rebelión del Sur.

La viuda de Healey envió al jefe Kurtz un simple telegrama revelándole sus planes. Ella insistió en recurrir al telegrama, pues era sabido que en la comisaría muchos ojos lo verían antes que el jefe. Escribió a cinco periódicos de Boston, le dijo a Kurtz, describiendo la verdadera naturaleza de la muerte de su marido y anunciando una recompensa por cualquier información que condujera a la captura del asesino. Debido a la pasada corrupción en la oficina de detectives, los concejales habían aprobado normas prohibiendo a los policías recibir recompensas, pero el público ciertamente podía enriquecerse. Kurtz no tenía motivos para sentirse feliz, manifestaba la viuda, pues había incumplido la promesa que le hizo. La última edición del *Transcript* fue la primera en dar la noticia.

Ahora Ednah Healey imaginaba los concretos mecanismos capaces de suscitar en el villano sufrimiento y contrición. Su favorito consistía en conducir al criminal a Gallows Hill, pero en lugar de ahorcarlo, se lo desnudaba, se lo mandaba a la hoguera y luego se le daba a escoger (sin éxito, por supuesto) entre seguir o apagar las llamas.

Tales pensamientos la inquietaban y aterrorizaban. Servían al propósito adicional de distraerse de pensar en su marido y de alimentar el creciente odio que sentía hacia él por haberla abandonado.

Llevaba mitones que le cubrían las muñecas, a fin de evitar que se arrancara más piel a arañazos. Su manía se había vuelto constante, y la ropa ya no podía cubrir las cicatrices de su automutilación. Tras una pesadilla nocturna, había salido corriendo de su dormitorio y, desesperada, halló un escondite para el broche con el mechón de cabello de su marido. Por la mañana, sus sirvientes y sus hijos buscaron por todo Wide Oaks, debajo del parqué y entre la estructura de madera, pero no pudieron encontrar nada. Fue mejor, pues con tales pensamientos colgándole del cuello la viuda de Healey nunca hubiera podido volver a dormir.

Por suerte para ella no pudo saber que durante aquellos agitados días, en aquellos días cálidos del otoño, el juez presidente Healey había murmurado lentamente «Señores del jurado...» una y otra vez, mientras las larvas hambrientas se arrojaban a cientos sobre la herida abierta en la palpitante esponjosidad de su cerebro, y cada una de las fértiles moscas daba nacimiento a más larvas devoradoras de carne. Primero, el juez presidente Artemus Prescott Healey no pudo mover un brazo. Luego movió los dedos, cuando comprendió que estaba dando puntapiés. Al cabo de un rato, sus palabras no le salían coherentes: «Juradores bajo nuestros señores...» Alcanzó a percibir que aquello carecía de sentido, pero no pudo hacer nada para evitarlo. La porción de su cerebro que ordenaba la sintaxis estaba siendo ingerida por criaturas que ni siquiera disfrutaban con su alimento, aunque lo necesitaban. Cuando la lucidez volvía brevemente a lo largo de los cuatro días, la angustia hacía recordar a Healey que estaba muerto, y rezaba para morir otra vez. «Mariposas y el último lecho...» Miró la raída bandera encima de él y, con el escaso sentido que quedaba en su mente, se sorprendió.

A última hora de la tarde, tras la partida del reverendo Talbot, el sacristán de la Segunda Iglesia Unitarista de Cambridge estuvo anotando los actos de la semana en el diario de la iglesia. Aquella mañana, Talbot había pronunciado un porfiado sermón. Luego pasó el tiempo en la iglesia, solazándose con las entusiastas noticias de los diáconos. Pero el sacristán Gregg refunfuñó cuando Talbot le pidió que quitara el cerrojo de la pesada puerta de piedra situada al final del ala de la iglesia donde se habían celebrado los oficios.

Parecía como si sólo hubieran pasado unos minutos desde que el sacristán oyó un llanto de intensidad creciente. El ruido no parecía provenir de ningún lugar en concreto, pero sin duda de dentro de la iglesia. Luego, casi por capricho, pensando en los que llevaban largo tiempo enterrados, el sacristán Gregg aplicó la oreja a aquella puerta de pizarra que conducía a las bóvedas sepulcrales subterráneas, las sombrías catacumbas de la iglesia. Lo notable era que el ruido, aunque ahora extinguido, parecía tener su origen, por sus reverberaciones, en la cavidad que se abría al otro lado de la puerta. El sacristán tomó el tintineante manojo de llaves que llevaba al cinto y abrió la puerta, como había hecho para Talbot. Respiró hondo y bajó.

El sacristán Gregg llevaba trabajando allí doce años. La primera vez que oyó hablar al reverendo Talbot fue en una serie de debates públicos con el obispo Fenwick sobre los peligros del auge de la Iglesia Católica en Boston.

En aquellos discursos, Talbot había articulado su vigorosa argumentación sobre tres puntos principales:

1. Que los rituales supersticiosos y las fastuosas catedrales de la fe católica constituían una idolatría blasfema.

2. Que la tendencia de los irlandeses a congregarse en barrios alrededor de sus catedrales y conventos podría dar lugar a conspiraciones secretas contra Estados Unidos y oponía una marcada resistencia a la norteamericanización.

3. Que el pontificado, la gran amenaza extranjera que controlaba todos los aspectos de la actuación de los católicos, amenazaba la independencia de las religiones norteamericanas con su proselitismo y su propósito de extenderse a todo el país.

Por supuesto, ningún ministro unitarista anticatólico disculpó las acciones de los airados trabajadores de Boston, que prendieron fuego a un convento católico después de que unos testigos dijeran que unas muchachas protestantes habían sido raptadas y encerradas en mazmorras para convertirlas en monjas. Los revoltosos escribieron con yeso en los muros de mampostería ¡AL INFIERNO CON EL PAPA! Se trataba menos de un desacuerdo con el Vaticano que de una advertencia al creciente número de irlandeses que ocupaban puestos de trabajo.

En pleno auge de sus debates, sermones y escritos anticatólicos, el reverendo Talbot fue apoyado por algunos para suceder al profesor Norton en la facultad de Teología de Harvard. Declinó el ofrecimiento. Talbot disfrutaba demasiado con la sensación de penetrar en su atestada iglesia un domingo por la mañana, procedente de la quietud sabatina de Cambridge, y oír los solemnes acordes del órgano mientras permanecía en el púlpito revestido con su sencilla toga universitaria, que le confería un aspecto sublime. Aunque bizqueaba terriblemente y hablaba con voz profunda y melancólica, como si empleara perpetuamente el tono que adopta una persona cuando en la casa yace un difunto, la presencia de Talbot en el púlpito infundía confianza y él desempeñaba con lealtad su labor pastoral. Ahí era donde sus poderes contaban. Desde que su esposa murió de parto en 1825, Talbot nunca tuvo una familia ni quiso tenerla, porque sus satisfacciones se las procuraba su congregación.

La lámpara de aceite del sacristán Gregg perdió tímidamente su brillo a la vez que él perdía su valor.

—¿Hay alguien ahí? Se supone que usted no...

La voz del sacristán parecía no tener entidad física en medio de la negrura de la bóveda, y se apresuró a cerrar la boca. Esparcidos a lo largo de las esquinas advirtió los puntitos blancos y, cuando su número se incrementó, se inclinó para inspeccionar aquella proliferación; sin embargo, su atención se dirigió a otra parte cuando, más allá, se produjo un brusco crujido. Hasta él llegó una pestilencia tan horrible como para imponerse a la atmósfera de la propia bóveda sepulcral.

Colocándose el sombrero delante de la cara, el sacristán siguió adelante entre féretros alineados sobre el sucio pavimento, a través de los tristes pasadizos abovedados de pizarra. Ratas gigantescas se escabullían a lo largo de los muros. Un fulgor vacilante, que no provenía de su lámpara, iluminaba el camino por delante de él, allá donde el crujido se transformaba en un chirrido.

—¿Hay alguien ahí?

El sacristán siguió avanzando cautelosamente, aferrándose a los sucios ladrillos de la pared cuando doblaba una esquina.

—¡Dios Santo! —gritó.

De la boca de un agujero irregularmente excavado en el suelo, más adelante, asomaban los pies de un hombre. De las piernas sólo era visible la pantorrilla, y el resto del cuerpo permanecía embutido en el agujero. Las plantas de ambos pies ardían en llamas. Las articulaciones temblaban tan violentamente que parecía que el hombre daba puntapiés a diestro y siniestro a causa del dolor. La carne de los pies se derretía, mientras las voraces llamas empezaban a extenderse a los tobillos.

El sacristán Gregg cayó de costado. En el frío suelo, junto a él, había un montón de ropa. Agarró la prenda que estaba encima y la golpeó contra los pies ardiendo, hasta que se apagó el fuego.

—¿Quién es usted? —exclamó, pero el hombre, que para el sacristán no era más que un par de pies, ya estaba muerto.

El sacristán precisó un momento para darse cuenta de que la prenda que había utilizado para apagar el fuego era una toga de ministro. Arrastrándose por un sendero de huesos humanos desenterrados, regresó hasta la bien ordenada pila de ropa y escarbó en ella: prendas interiores, una capa que le resultaba familiar, el corbatín blanco, el chal y los zapatos negros bien lustrados del querido reverendo Elisha Talbot.

Al cerrar la puerta de su despacho, en el segundo piso de la facultad de Medicina, Oliver Wendell Holmes estuvo a punto de chocar con un patrullero municipal en el pasillo. Holmes se había demorado más de lo previsto a fin de dejar listo su trabajo del día siguiente. Esperaba empezar más temprano y dedicar un tiempo a Wendell Junior antes de que llegara el acostumbrado grupo de amigos de su hijo. El patrullero buscaba a alguien con autoridad, y le explicó que el jefe de policía solicitaba permiso para utilizar la sala de disecciones de la escuela; y que se había enviado al profesor Haywood para colaborar en la indagatoria sobre un cadáver que se había descubierto, el cual correspondía a un infortunado caballero. El forense, señor Barnicoat, no pudo ser localizado. No dijo que Barnicoat era conocido por frecuentar las tabernas los fines de semana, y que a buen seguro no estaría en condiciones de conducir una pesquisa. Como encontró vacías las dependencias del decanato, Holmes llegó a la conclusión de que, como el anterior decano fue él, podía legítimamente atender la petición del patrullero. («Sí, sí, cinco años al mando del barco fue suficiente para mí, y a los cincuenta y seis, ¿quién necesita tanta responsabilidad?», decía Holmes llevando él las dos partes de la conversación.)

Llegó un carruaje policial que transportaba al jefe Kurtz, al subjefe Savage y una camilla cubierta con una sábana, que fue introducida a toda prisa, acompañada por el profesor Haywood y su estudiante auxiliar. Haywood enseñaba práctica quirúrgica y sentía gran interés por las autopsias. Ante las objeciones de Barnicoat, la policía llamaba ocasionalmente al profesor al depósito de cadáveres para que diera su opinión, como cuando hallaron a un niño emparedado en una bodega o a un hombre ahorcado en un retrete.

Holmes observó con interés que el jefe Kurtz apostó a dos agentes estatales. ¿Quién se preocuparía por introducirse en la facultad de Medicina a aquellas horas de la noche? Kurtz sólo subió la sábana hasta las rodillas del cadáver. Era suficiente. Holmes se quedó sin aliento a la vista de los pies descalzos del hombre, si tal palabra podía aún aplicárseles.

Los pies —y sólo los pies— habían sido quemados después de empaparlos hábilmente con algo que olía a queroseno. Carbonizados hasta convertirlos en algo quebradizo, pensó Holmes, horrorizado. Los dos muñones que quedaban sobresalían torpemente de los tobillos, desplazados de las articulaciones. La piel, apenas reconocible como tal, estaba hinchada y agrietada a causa del fuego y de ella asomaba un tejido rosado. El profesor Haywood se inclinó para ver mejor.

Aunque había abierto cientos de cadáveres, el doctor Holmes no tenía el estómago de hierro de sus colegas médicos ante semejantes trances, y hubo de apartarse de la mesa de reconocimiento. Como profesor, Holmes más de una vez había abandonado el aula cuando un conejo vivo debía ser cloroformizado, y le suplicaba a su ayudante que no lo dejara chillar.

A Holmes empezó a darle vueltas la cabeza, y le pareció que de repente había muy poco aire en la estancia, y ese poco estaba cargado de éter y cloroformo. No sabía cuánto tiempo podía durar la indagatoria, pero estaba completamente seguro de que él no resistiría mucho sin caer al suelo. Haywood descubrió el resto del cuerpo, presentando el rostro doliente y escarlata del muerto, y limpió la suciedad de sus ojos y sus mejillas. Holmes permitió que sus ojos recorrieran todo el cuerpo desnudo.

Se limitó a reconocer como familiar aquella cara, mientras Haywood se inclinaba sobre el cadáver y el jefe Kurtz formulaba a aquél una pregunta tras otra. Nadie pidió a Holmes que se tranquilizara, y como profesor de Anatomía y Fisiología de la cátedra Parkman, de Harvard, podía haber hecho su contribución al asunto. Pero Holmes sólo podía concentrarse en aflojar el pañuelo de seda que llevaba alrededor del cuello. Parpadeaba convulsivamente, ignorando si debía contener la respiración para conservar el oxígeno que ya había aspirado, o bien respirar a pequeñas bocanadas para almacenar las últimas bolsas de aire disponibles antes que los demás, cuya aparente despreocupación respecto a la densa atmósfera dio a Holmes la seguridad de que se derrumbarían de un momento a otro.

Uno de los presentes preguntó al doctor Holmes si se encontraba mal. Tenía un rostro amable y llamativo, y unos ojos brillantes, y al parecer era mulato. Hablaba con un matiz de familiaridad, y en medio de su aturdimiento Holmes recordó: era el agente que se había presentado durante la reunión del club Dante para ver a Lowell.

—Profesor Holmes, ¿coincide usted con la valoración hecha por el profesor Haywood? —preguntó el jefe Kurtz, quizá como un intento cortés de incluirlo en el procedimiento, pues Holmes no se había acercado lo bastante al cuerpo como para formular el menor diagnóstico.

Holmes trató de pensar si había captado el diálogo de Haywood con el jefe Kurtz, y le parecía recordar que Haywood señalaba que el difunto había permanecido vivo mientras sus pies ardían, pero que debió de mantenerse en una postura que le impedía detener la tortura y que, por el aspecto de la cara y la ausencia de otras heridas, no era improbable que hubiese muerto de un ataque al corazón.

—Claro, por supuesto —dijo Holmes—. Sí, desde luego, agente. —Retrocedió hasta la puerta, como para escapar de un peligro mortal—. Por favor, caballeros, ¿podrían continuar un momento sin mí?

El jefe Kurtz prosiguió su diálogo con el profesor Haywood, en tanto Holmes alcanzaba la puerta y se apresuraba a salir al patio, donde inhaló tanto aire como pudo con una respiración rápida y desesperada.

Mientras la hora violeta se extendía por Boston, el doctor vagaba entre las hileras de carretones, caminaba sin rumbo más allá de las tortas de semillas aromáticas, de las jarras de cerveza de jengibre y de los hombres de blanco que ofrecían sus monstruosidades: ostras y langostas. No podía sufrir pensar en su comportamiento junto al cadáver del reverendo Talbot. Una vez superada su turbación, aún no se había descargado del peso que suponía saber que Talbot había sido asesinado, y no había corrido a compartir la sensacional noticia con Fields o con Lowell. ¿Cómo pudo él, el doctor Oliver Wendell Holmes, doctor y profesor de medicina, renombrado docente y reformador médico, echarse a temblar así ante la vista de un cadáver como si se tratara de un fantasma en una rebuscada novela sentimental? Wendell Junior se quedaría estupefacto ante la pusilánime turbación paterna. El más joven de los Holmes no guardaba en secreto su idea de que hubiera sido un médico mejor que el viejo, y también un mejor profesor y un mejor padre.

Si bien aún no contaba veinticinco años, Junior había estado en el campo de batalla y había visto cuerpos hechos trizas, boquetes en sus filas abatidas a cañonazos, miembros cayendo como hojas y amputaciones realizadas con sierras por cirujanos aficionados, mientras enfermeras voluntarias, cubiertas de salpicaduras de sangre, sujetaban a los pacientes, que no dejaban de gritar, a puertas que se empleaban como mesas de operaciones. Cuando su primo le preguntó a Wendell Junior cómo pudo dejarse crecer el bigote con tanta facilidad, mientras que él no lograba pasar de las primeras etapas, Junior replicó secamente: «El mío se alimentó de sangre.»

Ahora el doctor Holmes pasaba revista a todos sus conocimientos sobre el proceso de cocer el pan de mejor calidad. Evocó todas las informaciones que tenía para encontrar a los vendedores que ofrecían la mejor calidad en el mercado de Boston, por su forma de vestir, su porte o su origen. Agarraba y palpaba la mercancía de los vendedores con precipitación, como ausente, pero con el toque experto de la mano del médico. Su frente empapaba el pañuelo a medida que se daba golpecitos con él. En el siguiente puesto, una anciana de horrible aspecto hurgaba con los dedos en la carne salada. Pero Holmes no debía ceder a distracciones que lo apartaran de la tarea que se había impuesto.

Cuando se aproximaba al tenderete de una matrona irlandesa, el doctor se percató de que sus temblores en la facultad de Medicina eran más profundos de lo que al principio pareció. No los causaba simplemente su desagrado por el cuerpo distorsionado y su silencioso relato de horror. Y no sólo se debían a que Elisha Talbot, una institución en Cambridge equiparable al Olmo de Washington, hubiera sido eliminado y de una manera tan brutal. No; algo en aquella muerte resultaba *familiar*, muy familiar.

Holmes compró un pan moreno caliente y emprendió el regreso a casa. Consideraba si podía haber soñado con la muerte de Talbot en alguna extraña pincelada de presciencia. Pero Holmes no creía en tales paparruchas. Debió de haber leído alguna vez una descripción de aquel horrendo acto, cuyos detalles fluyeron de nuevo a él involuntariamente cuando vio el cadáver de Talbot. Pero ¿qué texto podía contener semejante horror? Ninguna revista médica. Tampoco, con seguridad, el *Boston Transcript*, pues el crimen acababa de perpetrarse. Holmes se detuvo en medio de la calle y evocó al predicador agitando en el aire sus pies en llamas mientras éstas danzaban...

—*Dai calcagni a le punte* —murmuró Holmes.

«Desde los talones hasta los dedos de los pies.» Allá era donde los clérigos corruptos, los simoníacos, ardían para siempre en sus escarpados fosos. Su corazón se llenó de zozobra.

—¡Dante! ¡Es Dante!

Amelia Holmes colocó la empanada de caza fría en el centro del servicio de la mesa del comedor. Dio algunas instrucciones al servicio, se alisó el vestido y se inclinó sobre el escalón de entrada para ver si llegaba su marido. Estaba segura de haber visto a Wendell cinco minutos antes, desde la ventana del piso de arriba, doblar hacia la calle

Charles, al parecer con el pan que le había encargado ella para la cena, a la que asistirían algunos amigos, entre ellos, Annie Fields. (¿Y cómo podía una anfitriona estar a la altura del salón de Annie Fields sin disponerlo todo a la perfección?) Pero la calle Charles estaba vacía salvo por las sombras de los árboles, que se iban disolviendo. Quizá había visto por la ventana a otro hombre de baja estatura y vistiendo un largo frac.

Henry Wadsworth Longfellow probó con la nota dejada por el patrullero Rey. Espigó en el revoltijo de letras y copió el texto varias veces en una hoja aparte, juntando palabras de diferentes maneras para formar nuevas combinaciones, apoyándose en pensamientos del pasado. Sus hijas estaban de visita en casa de la hermana de él, en Portland, y sus dos hijos viajaban separadamente por el extranjero, así que dispondría de unos días de soledad, de los que gozaba más como idea que en la práctica.

Aquella mañana, el mismo día en que fue asesinado el reverendo Talbot, el poeta se sentó en la cama inmediatamente antes del alba, con la borrosa conciencia de no haber dormido en absoluto. Era algo corriente en él. El insomnio de Longfellow no lo causaban sueños espantosos ni lo agitaban sacudidas ni vueltas. De hecho, él describiría la neblina en la que penetraba durante la noche como algo más bien apacible, como algo análogo al sueño. Estaba agradecido de que, después de prolongadas vigilias insomnes durante la noche, aún pudiera sentirse descansado al amanecer, tras haber permanecido tendido tantas horas. Pero en ocasiones, en el pálido nimbo de la lámpara de noche, Longfellow pensaba que podía ver el amable rostro de ella contemplándolo desde el rincón del dormitorio, allí, en la misma habitación donde había muerto. En tales ocasiones, se levantaba de un salto. La zozobra del corazón que seguía a su insinuada alegría, se transformaba en un terror peor que cualquier pesadilla que Longfellow pudiera recordar o inventar, pues cualquier imagen fantasmal que pudiera ver durante la noche podría evocarla todavía por la mañana. Mientras Longfellow se deslizaba en su batín de calamaco, sentía los rizos plateados de su barba más pesados que cuando se acostó.

Cuando Longfellow bajó la escalera, vestía frac y llevaba una rosa en el ojal. No le gustaba ir desarreglado ni siquiera en casa. En el descansillo inferior había un grabado del retrato de Dante joven hecho por Giotto, con un hueco en lugar de ojo. Giotto pintó el fresco en el Bargello, en Florencia, pero con el paso de los siglos se había extendido un revoque encima y permaneció olvidado. Ahora sólo quedaba una litografía del fresco dañado. Dante posó para Giotto antes de su doloroso destierro y de ser derrotado en su lucha contra el destino; todavía era el silencioso admirador de Beatriz, un joven de mediana estatura, con un rostro apagado, melancólico y pensativo. Sus ojos son grandes; su nariz, aquilina; su labio inferior, prominente, y sus facciones poseen una blandura casi femenina.

Según la leyenda, el joven Dante raras veces hablaba, a menos que fuera preguntado. Un peculiar gusto por lo contemplativo cerraba su atención a cuanto fuera ajeno a sus pensamientos. En cierta ocasión, Dante encontró un raro volumen en una botica de Siena, y pasó todo el día leyendo, sentado en un banco, afuera, sin percatarse siquiera de la fiesta callejera que se desarrollaba delante mismo de donde él estaba, sin reparar en los músicos ni en las mujeres que danzaban.

Una vez acomodado en su estudio, con un tazón de gachas de avena y leche, un alimento que se contentaba con repetir para almorzar la mayor parte de los días, Longfellow no podía dejar de pensar en la nota del patrullero Rey. Imaginó un millón de posibilidades diferentes y una docena de lenguas para aquellos garabatos, antes de enviar el jeroglífico —como ya hiciera Lowell— a su lugar en el fondo del cajón. De ese mismo cajón sacó las pruebas de imprenta de los cantos decimosexto y decimoséptimo del *Inferno*, claramente anotados con las sugerencias de la última sesión del Dante. Su escritorio permanecía vacío de poemas originales desde hacía tiempo. Fields había publicado una nueva «edición doméstica» de los más famosos poemas de Longfellow, y lo había convencido para que completase *Tales of a Wayside Inn*, esperando que eso estimulara la creación de nuevos poemas. Pero a Longfellow le parecía que nunca volvería a escribir algo original, y no se preocupaba por intentarlo. En otro tiempo, la traducción de Dante fue un interludio en su propia poesía, en sus Minehahas, sus Priscilas, sus Evangelinas. Había comenzado veinte años antes. Ahora, desde hacía cuatro, Dante se había convertido en su plegaria matutina y su trabajo diario.

Mientras Longfellow se servía su segunda y última taza de café, pensó en las noticias que Francis Child decía haber difundido entre sus amigos de Inglaterra: «Longfellow y su círculo están tan aquejados de la enfermedad toscana, que se atreven a clasificar a Milton como un genio de segundo rango en comparación con Dante.» Milton era el estandarte de oro de los poetas religiosos para los eruditos ingleses y norteamericanos. Pero Milton escribió sobre el infierno y el cielo desde arriba y desde abajo, respectivamente, no desde dentro, lo que era más seguro. Fields, diplomático, para que nadie se sintiera herido, se rió cuando Arthur Hugh Clough dio cuenta del comentario en la Sala de Autores, en el Corner; pero, al enterarse, Longfellow sí se sintió un poquito mortificado.

Longfellow mojó su pluma de ave. De sus tres tinteros, bellamente decorativos, aquél era el que más apreciaba, pues en otro tiempo perteneció a Samuel Taylor Coleridge y luego a lord Tennyson, que se lo envió a Longfellow como un regalo de buenos deseos para la traducción de Dante. El solitario Tennyson pertenecía al demasiado reducido contingente que, en aquel país, comprendía de veras a Dante y lo tenía en alta estima, y que sabía de la *Commedia* algo más que unos pocos episodios del *Inferno*. España mostró un temprano aprecio por Dante, hasta que éste fue estrangulado por el dogma y maltratado bajo el reinado de la Inquisición. Voltaire dio inicio a la animosidad francesa hacia la «barbarie» de Dante, que aún continuaba. Incluso en Italia, donde Dante era más ampliamente conocido, el poeta fue utilizado en provecho propio por diversas facciones en lucha por el control del país. A menudo pensaba Longfellow sobre las dos cosas por las que Dante debió de haber suspirado más mientras escribía la *Divina Commedia*, desterrado de su amada Florencia: la primera, conseguir el retorno a la patria, lo que jamás se hizo realidad; la segunda, ver de nuevo a su Beatriz, lo cual nunca le fue posible al poeta.

Dante fue de un lado a otro como un vagabundo mientras componía su poema, y casi tuvo que pedir prestada la tinta para escribirlo. Cuando se aproximaba a las puertas de una ciudad extraña, seguro que no podía dejar de recordar que nunca más traspasaría las de

Florencia. Cuando percibía las torres de los castillos feudales asomando en colinas distantes, pensaba cuán arrogantes son los fuertes y cómo abusan de los débiles. Cada arroyo y cada río le recordaban el Arno; cada voz que oía le decía con su acento extraño que permanecía en el destierro. El poema de Dante no era otra cosa que su búsqueda del hogar.

Longfellow era metódico en el reparto de su tiempo, y reservaba las primeras horas para escribir y, entrada la mañana, se dedicaba a sus asuntos personales, negándose a admitir visitantes hasta pasadas las doce. Excepto, claro está, a sus hijos.

El poeta hizo una criba en sus montones de cartas sin contestar, y se acercó la caja con sus autógrafos estampados en cuadraditos de papel. Desde la publicación de *Evangelina*, años antes, su popularidad había crecido, y Longfellow recibía regularmente correo de extraños, la mayoría de los cuales le solicitaba un autógrafo. Una joven de Virginia incluía su propio retrato, tamaño tarjeta de visita, en cuyo reverso estaba escrito: «¿Qué defecto puede hallarse en esto?», con su dirección debajo. Longfellow levantó una ceja y le mandó un autógrafo estándar sin comentario. «El defecto de una excesiva juventud», consideró responder. Después de sellar un par de docenas de sobres, escribió un gracioso desaire a otra dama. No le gustaba ser descortés, pero aquella peculiar peticionaria solicitaba cincuenta autógrafos, explicando que deseaba ofrecerlos en lugar de tarjetas de colocación para sus invitados a una cena. Estuvo encantado, en cambio, con una mujer que relataba la historia de su hija corriendo al salón después de encontrar un papaíto piernas largas sobre su almohada. Cuando se le preguntó qué ocurría, la niña anunció: «¡El señor Longfellow está en mi cuarto!»

A Longfellow le complació hallar en su montón de correo reciente una nota de Mary Frere, una joven dama de Auburn, Nueva York, a quien había conocido recientemente mientras veraneaban en Nahant. Pasearon juntos muchas noches, después de que las niñas se hubieran dormido, a lo largo de la costa rocosa, conversando sobre la nueva poesía o sobre música. Longfellow le escribió una larga carta, en la que le contaba que las tres niñas preguntaban a menudo por ella. También le pedían que consiguiera que la señora Frere volviera el próximo verano al mismo sitio.

Le distraía de sus cartas la siempre presente tentación de la ventana frente a su escritorio. El poeta esperaba en todo momento un rebrote de fuerza creativa con el advenimiento del otoño. Su chimenea apagada rebosaba de hojas otoñales que imitaban unas llamas. Se dio cuenta de que el cálido y claro día se iba desvaneciendo con más rapidez de lo que parecía entre las paredes marrones de su estudio. La ventana daba a los prados abiertos, de los que Longfellow había adquirido recientemente varios acres, con lo cual quedaba despejado el camino hasta las nítidas aguas del río Charles. Encontró divertido pensar en la superstición popular de que había efectuado la compra con vistas a una revalorización de la propiedad, cuando en realidad él pretendía asegurarse la vista.

En los árboles ya no había hojas sino frutos castaños, y en los arbustos no había flores sino racimos de bayas rojas. El viento emitía una voz broncamente humana; el tono de un marido, no de un amante.

La jornada de Longfellow se desarrolló a su ritmo adecuado. Después de cenar, despachó al servicio y decidió dedicarse a la lectura de los periódicos. La última edición del *Transcript* publicaba el inquietante anuncio de Ednah Healey. El artículo contenía detalles del asesinato de Artemus Healey, que hasta entonces habían sido ocultados por la viuda «siguiendo el consejo de la oficina del jefe de policía y de otros funcionarios». Longfellow no pudo seguir leyendo, aunque ciertos detalles del artículo, como comprendería en las próximas y memorables horas, acudieron a su mente sin ser invocados. Lo que hizo insoportable para Longfellow la historia no fue tanto la pena por el juez presidente cuanto por la viuda.

Julio de 1861. Los Longfellow debían haber estado en Nahant. Soplaba una fresca brisa marina que acariciaba Nahant, pero, por razones que nadie recordaba, los Longfellow aún no habían abandonado el implacable sol y el calor de Cambridge.

Un grito de dolor llegó hasta el estudio procedente de la biblioteca contigua. Dos niñas chillaban aterrorizadas. Fanny Longfellow estaba sentada con la pequeña Edith, a la sazón de ocho años, y con Alice, de once, sellando paquetitos con sus rizos recién cortados para guardarlos como recuerdo. La pequeña Annie Allegra dormía profundamente arriba. Fanny había abierto una ventana con la vana esperanza de un soplo de aire. La conjetura más probable en los días que siguieron —pues nadie vio con exactitud qué sucedió; en realidad, nadie hubiera podido ver algo tan breve y arbitrario— era que una gota de cera caliente para sellar cayó sobre su ligero vestido veraniego. En un instante estaba ardiendo.

Longfellow se hallaba de pie junto a su escritorio, en el estudio, vertiendo arena negra sobre un poema recién escrito, a fin de secar la tinta. Fanny corrió gritando, procedente de la habitación contigua. Su vestido era ahora todo llamas, amoldándose a su cuerpo como seda oriental. Longfellow la envolvió en una alfombra y la tendió en el suelo.

Una vez apagado el fuego, transportó el cuerpo tembloroso al dormitorio. Más tarde, aquella noche, los médicos la hicieron descansar administrándole éter. Por la mañana, asegurando a Longfellow en un susurro aventurado que experimentaría muy poco dolor, la enferma tomó un poco de café y se sumergió en el coma. El servicio fúnebre, celebrado en la biblioteca de la casa Craigie, coincidió con el decimoctavo aniversario de boda. La cabeza fue la única parte del cuerpo que el fuego respetó, y en su hermoso cabello se colocó una guirnalda de flores de azahar.

El poeta estuvo confinado en su cama aquel día, sufriendo sus propias quemaduras, pero pudo oír llorar sin restricciones a sus amigos, mujeres y hombres, abajo, en la sala. Lloraban por él, le constaba, lo mismo que por Fanny. En su estado mental, abatido pero alerta, resultó que podía identificar a las personas por su llanto. Sus quemaduras faciales requerirían que se dejara una barba abundante, no sólo para ocultar las cicatrices, sino también porque ya no podría afeitarse. La decoloración de las palmas de sus flojas manos, ahora anaranjadas, duraría mucho, recordándole su desgracia antes de adquirir de nuevo su tono blanco.

Longfellow, recuperándose en su alcoba, levantó sus manos vendadas. Durante casi una semana, sus hijos pudieron oír palabras delirantes flotando en el vestíbulo, siempre que pasaban por él. La pequeña Annie, afortunadamente, era demasiado pequeña para comprender.

—¿Por qué no pude salvarla? ¿Por qué no pude salvarla?

Una vez la muerte de Fanny se hubo convertido en algo real para él, después de que pudo mirar a sus niñas de nuevo sin derrumbarse, Longfellow abrió su cajón de notas, cerrado con llave, donde en otro tiempo depositó fragmentos de traducciones de Dante. La mayor parte de lo que había hecho como ejercicios de clase en tiempos más llevaderos, no servía. Era alimento para el fuego. Aquello no era la poesía de Dante Alighieri, sino la de Henry Longfellow —el lenguaje, el estilo, el ritmo—, la poesía de alguien satisfecho de su vida. Cuando reemprendió la tarea, empezando por el *Paradiso*, esta vez no perseguía un estilo adecuado para trasladar las palabras de Dante. Era a este último a quien perseguía. Longfellow se apartaba del escritorio y vigilaba a sus tres hijas pequeñas, al aya, a sus pacientes hijos —ahora hombres inquietos—, al servicio que había contratado y a Dante. Longfellow comprendió que apenas podría escribir una sola palabra de su propia poesía, pero que era incapaz de dejar de trabajar sobre Dante. Sentía la pluma en su mano como un mazo. Difícil de manejar con agilidad, pero ¡qué fuerza explosiva!

Longfellow no tardó en encontrar refuerzos en torno a su mesa: en primer lugar a Lowell, y luego a Holmes, Fields y Greene. Longfellow decía a menudo que habían formado el club Dante para entretenerse durante los crudos inviernos de Nueva Inglaterra. Ésta era la manera modesta con que expresaba la importancia que para él tenía aquel trabajo. La atención a los defectos y deficiencias no era en ocasiones para Longfellow el principal motivo de acuerdo, pero cuando las críticas eran ásperas, la subsiguiente cena actuaba como desagravio.

Reanudando su revisión de aquellos últimos cantos del *Inferno*, Longfellow oyó un golpe hueco procedente de fuera de la casa Craigie. *Trap* dejó escapar un agudo ladrido.

—¿*Trap*? ¿Qué ocurre, viejo amigo?

Pero *Trap*, no hallando razón para inquietarse, bostezó y volvió a escarbar en el cálido forro de paja de su cesto de color champán. Longfellow miró en el comedor sin iluminar pero no vio nada. Luego, un par de ojos surgieron de la negrura, seguidos por lo que parecía un relámpago cegador. El corazón de Longfellow dio un vuelco, no tanto por la aparición de un rostro sino por el rostro mismo, si es que era tal, y que se desvaneció de pronto, después de que los ojos se fijaran en él. El cristal se empañó por causa del suspiro de

Longfellow, el cual retrocedió, golpeándose con una vitrina y derribando al suelo toda una colección de platos de la familia Appleton (un regalo de boda, como lo fue la propia casa Craigie, del padre de Fanny). El acumulativo estrépito que siguió resonó tumultuosamente, provocando que Longfellow emitiera un irracional grito de angustia.

Trap dio un brinco y ladró con lo que daban de sí sus escasas fuerzas. Longfellow huyó del comedor en dirección a la sala, y luego junto al perezoso fuego de leña de la biblioteca, donde examinó las ventanas en busca de otra señal de aquellos ojos. Esperaba que Jamey Lowell o Wendell Holmes aparecieran en la puerta y le pidieran excusas por el involuntario susto y por la hora tardía. Pero mientras le temblaba la mano que utilizaba para escribir, todo cuanto Longfellow podía distinguir más allá de la ventana era negrura.

Mientras el grito de Longfellow sonaba en la calle Brattle, las orejas de James Russell Lowell estaban medio sumergidas en la bañera. Escuchaba el hueco gotear del agua y dejaba que se le cerraran los párpados, preguntándose adónde había ido a parar su vida. El tragaluz de lo alto estaba abierto y sujeto con un puntal, y la noche era fría. Si Fanny entrara, sin duda lo mandaría en seguida a la cama caliente.

Lowell se había alzado a la fama cuando la mayor parte de los poetas célebres eran considerablemente mayores que él, incluidos Longfellow y Holmes, que lo aventajaban en unos diez años. Se había mostrado tan satisfecho con su título de Joven Poeta, que a los cuarenta y ocho le parecía haber cometido algún error para perderlo.

Fumó indiferente su cuarto cigarro del día, sin cuidar de que la ceniza ensuciara el agua. Podía recordar ocasiones, tan sólo unos pocos años antes, cuando la bañera le parecía demasiado espaciosa para su cuerpo. Se preguntaba por las hojas de navaja que años atrás guardó, escondiéndolas, en la repisa superior y ahora desaparecidas. ¿Acaso Fanny o Mab, más perspicaces de lo que él se permitía creer, sospecharon de los negros pensamientos que a menudo le rondaban mientras se bañaba? En su juventud, antes de conocer a su primera esposa, Lowell llevaba estricnina en el bolsillo del chaleco. Decía haber heredado aquella gota de sangre negra de su pobre madre. Hacia la misma época, Lowell se apoyó una pistola amartillada en la frente, pero estaba demasiado asustado para apretar el gatillo, circunstancia de la que seguía avergonzándose de corazón. Tan sólo había estado presumiendo ante sí mismo de que era capaz de una acción tan definitiva.

Cuando murió Maria White Lowell, su marido, con el que llevaba casada nueve años, se sintió viejo por vez primera, como si de repente tuviera un pasado; algo ajeno a su vida actual, de la que ahora se veía desterrado. Lowell consultó al doctor Holmes para que le diera un diagnóstico profesional sobre sus oscuras emociones. Holmes le recomendó acostarse puntualmente a las diez y media de la noche, y tomar agua fresca en lugar de café por la mañana. Le fue bien, pensaba Lowell ahora, que Wendell cambiara el estetoscopio por el atril profesoral; no hubiera tenido paciencia para presenciar el sufrimiento hasta el final.

Fanny Dunlap había sido la pequeña aya de Mabel tras la muerte de Maria, y quizá alguien al margen de su vida hubiera sabido que era inevitable que acabara sustituyendo a Maria a los ojos de Lowell. La transición a una nueva y más sencilla esposa no resultó tan difícil como Lowell había temido, y eso muchos amigos se lo recriminaron. Pero él no iba a llevar el dolor prendido en la manga. Lowell aborrecía el sentimentalismo desde el fondo de su alma. Además, la verdad era que a Maria ya no la sentía como algo real la mayor parte del tiempo. Era una visión, una idea, un débil destello en el cielo, como las estrellas que se van difuminando antes del crepúsculo matutino. «Mi Beatriz», había escrito Lowell en su diario. Pero incluso esa doctrina demandaba toda la energía del alma para creer en ella, y desde mucho antes sólo el más vago espectro de Maria ocupaba sus pensamientos.

Además de Mabel, Lowell tuvo tres hijos con Maria, el más sano de los cuales vivió dos años. La muerte de este último niño, Walter, precedió en un año a la de Maria. Fanny tuvo un aborto poco después de su matrimonio y quedó incapacitada para la maternidad. Así pues, a James Russell Lowell sólo le vivía un vástago, una hija, criada desde el principio por una segunda esposa estéril.

Cuando era pequeña, Lowell pensó que bastaba esperar que Mabel fuera una mozuela corpulenta, fuerte, vulgar, que amasara barro y trepara a los árboles. Le enseñó a nadar, a patinar y a caminar veinte millas por día, tal como él podía hacerlo.

Pero desde tiempo inmemorial los Lowell habían tenido hijos varones. El propio Jamey Lowell tenía tres sobrinos que habían servido y muerto en el ejército de la Unión. Tal era su destino. El abuelo de Lowell fue el autor de la original ley antiesclavitud de Massachusetts. Pero J. R. Lowell no había tenido hijos varones, no había un James Lowell Junior que contribuyera a la mayor causa de su época. Walt había sido un niño fornido durante unos pocos meses, y seguro que hubiera llegado a ser tan alto y valeroso como el capitán Oliver Wendell Holmes Junior.

Lowell dejó que sus manos se recrearan en atusarse las guías de su bigote, semejante a unos colmillos de morsa, y cuyos extremos empapados se rizaban como los de un sultán. Pensó en *The North American Review* y en cuánto tiempo le robaba. Organizar originales y juzgarlos era como abusar de su talento, y ya había delegado esas tareas en su codirector, más puntilloso, Charles Eliot Norton, antes de que éste emprendiera un viaje a Europa a fin de que la señora Norton recuperase la salud. Todo apartaba a Lowell de la escritura: las cuestiones de estilo, gramática y puntuación en los artículos ajenos, así como la presión de las solicitudes personales de amigos cualificados y no cualificados, todos los cuales deseaban publicar. Y también la rutina de la enseñanza contribuía a malograr sus impulsos poéticos. Más que nunca, sentía que la corporación de Harvard estaba mirando por encima de su hombro, atormentando, cribando, zapando, cavando y excavando, dragando y arañando (y temía que también maldiciendo) su cerebro, como a los muchos inmigrantes californianos. Todo lo que él necesitaba para recobrar su imaginación era tumbarse bajo un árbol durante un año, sin otro quehacer que contemplar las manchas de sol sobre la yerba. Envidió a Hawthorne en su última visita a su amigo en Concord, por la torre que se había hecho construir sobre el tejado, a la que sólo él podía acceder a través de una trampa secreta sobre la que el novelista colocaba una pesada butaca.

Lowell no oyó las ligeras pisadas que ascendían por la escalera, y no advirtió que se abría de par en par la puerta del baño. Fanny la cerró tras ella. Lowell se enderezó con un sentimiento de culpabilidad.

—Aquí entra demasiado aire, querido.

Había un brillo de inquietud en sus ojos grandes, casi orientales.

—Jamey, está aquí el hijo del encargado del campus. Le he preguntado qué ocurre, pero dice que quiere hablar contigo. Lo he hecho pasar a la sala de música. El pobre viene jadeando.

Lowell se envolvió en su batín y bajó las escaleras de dos en dos. El joven, torpe, con grandes dientes caballunos que le sobresalían del labio superior, permanecía junto al piano con los brazos cruzados, como si, nervioso, se dispusiera a dar un concierto.

—Le ruego que me perdone, señor, por la molestia... Venía yo por Brattle y creí oír un ruido fuerte en la vieja casa Craigie... Pensé llamar al profesor Longfellow para comprobar que todo estaba en orden (todos los compañeros dicen que es una persona amable), pero como no lo conozco...

El corazón de Lowell se aceleró a causa del pánico. Agarró al muchacho por los hombros.

—¿Qué era ese ruido que oíste, chico?

—Un gran golpe. Y luego un estrépito de algo que se rompía. —El joven trató sin éxito de demostrar mediante un gesto cómo fue el ruido—. El perrito, uh, *Trap*, ¿no se llama así?, ladró lo bastante como para excitar a *Pluto*. Y luego, un grito fuerte. Creo que lo fue, señor. Yo nunca había oído un alarido así, señor.

Lowell le pidió al muchacho que aguardara y corrió a su vestidor, tomando las zapatillas y los pantalones de tartán a los que, en circunstancias normales, Fanny hubiera puesto objeciones estéticas.

—Jamey, no irás a salir a estas horas —insistía Fanny Lowell—. ¡Últimamente ha habido una oleada de asaltos!

—Se trata de Longfellow. Este chico cree que ha podido ocurrirle algo.

Ella se quedó tranquila, y Lowell le prometió que cogería su fusil de caza y, con él al hombro, se encaminaría a la calle Brattle acompañado por el hijo del encargado del campus.

Longfellow aún estaba temblando cuando acudió a la puerta, y aún tembló más al ver el arma de Lowell. Se excusó por el lío y describió el incidente sin adornos, insistiendo en que su imaginación se había visto agitada momentáneamente.

—Karl —dijo Lowell, y tomó de nuevo por los hombros al hijo

del encargado del campus—. Corre a la comisaría y que venga un patrullero.

—Oh, no será necesario —objetó Longfellow.

—Ha habido una oleada de robos, Longfellow. La policía inspeccionará todo el vecindario y se asegurará de que todo está en orden. Ande, no sea obstinado.

Lowell esperó que Longfellow opusiera más resistencia, pero no lo hizo. Lowell dirigió un gesto de asentimiento a Karl, que salió a todo correr hacia la comisaría con el entusiasmo infantil por las emergencias. En el estudio de la casa Craigie, Lowell se desplomó en la butaca junto a Longfellow y se ajustó el batín sobre los pantalones. Longfellow se excusó por haber molestado a Lowell con un asunto tan baladí, e insistió en que regresara a Elmwood. Pero también insistió en preparar un té.

James Russell Lowell captó que no había nada de baladí en el temor de Longfellow.

—Probablemente, Fanny está agradecida —dijo, riendo—. Protesta por mi costumbre de abrir la ventana del baño mientras estoy en la bañera. Por lo de la «muerte en el baño».

Aun ahora Lowell se sentía incómodo al pronunciar el nombre de Fanny delante de Longfellow, e inconscientemente trataba de alterar su inflexión de voz. El nombre le robaba algo a Longfellow; sus heridas aún eran recientes. Nunca hablaba de su propia Fanny. No escribió sobre ella, ni siquiera un soneto o un poema elegíaco en su memoria. Su diario no contenía una sola mención a la muerte de Fanny Longfellow en la primera entrada tras su fallecimiento, Longfellow copió unas líneas de un poema de Tennyson: «Duerme dulcemente, en paz, tierno corazón.» Lowell creía haber comprendido bien por qué Longfellow escribió tan poca poesía original en los últimos años, en su retiro dedicado a Dante. Si Longfellow escribiera sus propias palabras, la tentación de incluir el nombre de ella sería demasiado fuerte, y entonces ella sería simplemente una palabra.

—Quizá era un simple turista que vino para ver la casa de Washington —aventuró Longfellow riendo amablemente—. ¿Le dije que la semana pasada se presentó uno a ver «el cuartel del general Washington, por favor»? Cuando se iba, supongo que planeando su próxima parada, preguntó si Shakespeare vivió en los alrededores.

Ambos rieron.

—¡Santo Dios! ¿Y qué le contestó?

—Le dije que, si Shakespeare se había mudado por aquí cerca, no me lo había encontrado.

Lowell se recostó en la butaca.

—Buena contestación, vaya que sí. Creo que la luna nunca se pone en Cambridge, a juzgar por la cantidad de lunáticos que hay por aquí. ¿Estaba trabajando en Dante a estas horas? —Las pruebas que Longfellow había sacado estaban sobre su mesa verde—. Mi querido amigo, su pluma está siempre mojada. Se está consumiendo poco a poco.

—No me fatigo excesivamente. Desde luego que, a veces, siento los obstáculos, como las ruedas atascadas en la arena profunda. Pero algo me urge a continuar con este trabajo, Lowell, y no me dejará reposar.

Lowell estudió la prueba de imprenta.

—Canto decimosexto —dijo Longfellow—. Debe ir a la imprenta, pero me resisto. Cuando Dante se encuentra con los tres florentinos dice: «*S'i' fossi stato dal foco coperto...*»

—«Si yo hubiera estado a cubierto del fuego —leyó Lowell en la traducción de su amigo, a la vez que Longfellow recitaba en italiano—, me hubiera arrojado entre ellos, y creo que mi guía lo habría tolerado.» Sí, nunca deberíamos olvidar que Dante no es un mero observador del infierno; también corre peligro físico y metafísico a lo largo del recorrido.

—No consigo dar con la correcta versión en inglés. Algunos dirían, supongo, que en la traducción la voz del autor extranjero debería ser modificada en favor de la suavidad del verso. Por el contrario, yo quiero, como traductor, ser como un testigo en el estrado, alzando la mano derecha y jurando decir la verdad, toda la verdad y nada más que la verdad.

Trap empezó a ladrar junto a Longfellow y le arañó la pernera del pantalón. Longfellow sonrió.

—*Trap* ha ido tantas veces a la imprenta, que cree haber traducido a Dante desde el principio.

Pero *Trap* no ladraba por la filosofía de la traducción de Longfellow. El terrier corrió al vestíbulo. Una llamada atronadora sonó en la puerta de Longfellow.

—Ah, la policía —dijo Lowell, impresionado por la rapidez de su llegada y retorciéndose el empapado bigote.

Longfellow abrió la puerta principal.

—Vaya, esto sí que es una sorpresa —dijo con el tono de voz más hospitalario que pudo hallar en aquel momento.

—¿Qué ocurre? —preguntó J. T. Fields, de pie en el amplio umbral, frunciendo el ceño y quitándose el sombrero—. Recibí un mensaje en mitad de nuestra partida de *whist*, ¡precisamente en un momento en que le estaba ganando a Bartlett! —Sonrió brevemente, mientras colgaba el sombrero—. Se me pedía que viniera en seguida. ¿Todo está en orden, mi querido Longfellow?

—Yo no mandé ese mensaje, Fields —dijo Longfellow en tono de excusa—. ¿Estaba Holmes con usted?

—No, y lo estuvimos esperando media hora antes de empezar.

Un susurro de hojas secas avanzó hacia ellos. En un momento, se hizo visible la menuda figura de Oliver Wendell Holmes, con sus botas altas aplastando las hojas, media docena a un tiempo, recorriendo el sendero enladrillado de Longfellow con un paso dos veces más rápido de lo habitual en él. Fields se apartó y Holmes se apresuró a rebasarle y a entrar en el vestíbulo jadeando.

—¡Holmes! —se sorprendió Longfellow.

El frenético doctor advirtió horrorizado que Longfellow jugueteaba con un fajo de cantos de Dante.

—¡Por *Dios*, Longfellow! —exclamó el doctor Holmes—. ¡Aparte eso!

VI

Después de asegurarse de que la puerta estaba bien cerrada, Holmes explicó en un apresurado discurso cómo, regresando a casa procedente del mercado, la idea se le había ocurrido como en un relámpago; y cómo había regresado corriendo a la facultad de Medicina, donde se encontró —¡gracias a Dios!— con que la policía se había marchado a la comisaría de Cambridge. Holmes envió un mensaje a casa de su hermano, donde se celebraba la partida de *whist*, a fin de que Fields acudiera a la casa Craigie cuanto antes.

El doctor agarró la mano de Lowell y la sacudió precipitadamente, más agradecido de que estuviera allí de lo que hubiese admitido.

—Estaba a punto de mandar por usted a Elmwood, querido Lowell —dijo Holmes.

—¿Le ha dicho algo a la policía, Holmes? —preguntó Longfellow.

—Por favor, Longfellow, vamos todos al estudio. Prométanme que todo cuanto les diga lo mantendrán en la más estricta confidencialidad.

Nadie puso objeciones. Resultaba insólito ver al pequeño doctor tan serio. Su papel de gracioso aristocrático había cristalizado hacía mucho tiempo, en gran parte para diversión de Boston y para incomodidad de Amelia Holmes.

—Hoy se ha descubierto un asesinato —anunció Holmes con un tenue susurro, como para probar si en la casa había oídos furtivos o para proteger su terrible historia de los atestados anaqueles de folios. Se apartó de la chimenea, sin duda temeroso de que la conversación pudiera subir tiro arriba—. Estaba yo en la facultad de Medicina —empezó al cabo—, adelantando algún trabajo, cuando llegó la policía solicitando una de nuestras aulas para una investigación. El cuerpo que trajeron estaba cubierto de suciedad, ¿comprenden?

Holmes hizo una pausa, no buscando un efecto retórico, sino para recobrar el aliento. A causa de la emoción había hecho caso omiso de los zumbidos de su asma.

—Holmes, ¿qué tiene eso que ver con nosotros? ¿Por qué me ha hecho abandonar a toda prisa la partida en casa de John? —preguntó Fields.

—¡Aguarden! —dijo Holmes con un brusco movimiento de la mano. Apartó el pan que le había encargado Amelia y sacó el pañuelo—. El cadáver, el hombre muerto, sus pies... ¡Que Dios nos ampare!

Los ojos de Longfellow se iluminaron con un brillante azul. Apenas había hablado, pero prestaba la mayor atención al comportamiento de Holmes. Le propuso amablemente:

—¿Un trago, Holmes?

—Sí, gracias —aceptó Holmes, secándose su frente sudorosa—. Les pido excusas. Me he apresurado a venir como una flecha; estaba demasiado intranquilo para tomar un coche de punto, demasiado impaciente y atemorizado para encontrarme con alguien al ir a tomarlo.

Longfellow se encaminó con paso tranquilo a la cocina. Holmes esperó a que le trajera la bebida y los otros dos esperaron a Holmes. Lowell sacudió la cabeza con gesto de seria conmiseración hacia el trastorno de su amigo. El anfitrión reapareció con un vaso de brandy con hielo, que era como lo prefería Holmes, quien se apresuró a cogerlo y apurarlo.

—Aunque una mujer tentó a un hombre a que comiera, mi querido Longfellow —dijo Holmes—, nunca se ha oído que Eva tuviera algo que ver con la bebida, de manera que ésta fue cosa sólo del hombre.

—Venga, Wendell, a lo nuestro —lo urgió Lowell.

—Muy bien. Yo lo vi. ¿Comprenden? Yo vi el cadáver de cerca, tan de cerca como estoy viendo a Jamey ahora mismo —precisó Holmes acercándose a la butaca de Lowell—. Ese cuerpo había sido quemado vivo, cabeza abajo, con los pies en el aire. Y las plantas de ambos pies, señores, estaban horriblemente quemadas. Estaban tostadas hasta quedar crujientes, algo que nunca... Bueno, algo que nunca olvidaré hasta que la naturaleza me mande a criar malvas.

—Mi querido Holmes —dijo Longfellow, pero Holmes ya no iba a detenerse, ni siquiera para ceder la palabra a Longfellow.

—Estaba sin ropa. No sé si la policía se la quitó... No, creo que lo encontraron así, por algunas cosas que dijeron. Vi su cara, ¿saben? —Holmes fue a tomarse otro trago pero sólo encontró un resto de bebida y agarró con los dientes un trozo de hielo.

—Era un reverendo —dijo Longfellow.

Holmes se volvió, con una expresión incrédula, y cascó el hielo con las muelas.

—Sí, exactamente.

—Longfellow, ¿cómo lo ha sabido? —preguntó Fields volviéndose a su vez, muy confuso de repente ante el relato, el cual seguía creyendo que no le concernía en absoluto—. Eso no ha podido publicarlo ningún periódico, y sólo Wendell fue testigo...

Y entonces Fields se dio cuenta de lo que había sabido Longfellow. También Lowell lo captó. Lowell se encaró con Holmes, como si fuera a pegarle.

—¿Cómo pudo usted saber que el cuerpo estaba cabeza abajo, Holmes? ¿Se lo dijo la policía?

—Bueno, no exactamente.

—Ha estado usted buscando una razón para detener la traducción a fin de no tener problemas con Harvard. Todo eso es una conjetura.

—Nadie puede negarme lo que vi —replicó Holmes con brusquedad—. La medicina es una materia que ninguno de ustedes ha estudiado. Yo he dedicado la mejor parte de mi vida en Europa y Norteamérica al estudio de mi profesión. Si usted o Longfellow empezaran a hablar de Cervantes, yo admitiría mi ignorancia; bueno, no, yo estoy adecuadamente informado sobre Cervantes, pero les escucharía a ustedes porque han dedicado tiempo a su estudio.

Fields se dio cuenta de lo nervioso que estaba Holmes.

—Lo entendemos, Wendell. Por favor, continúe.

Si Holmes no se hubiera detenido para respirar, se habría desmayado.

—Ese cadáver se colocó cabeza abajo, Lowell. Yo vi que los regueros de lágrimas y de sudor le habían corrido por la frente; escuche bien, por la frente arriba. La sangre se había concentrado en la cabeza. Entonces percibí el horror reflejado en el rostro, que reconocí como el del reverendo Elisha Talbot.

El nombre los sorprendió a todos. El viejo tirano de Cambridge puesto cabeza abajo, prisionero, cegado por la suciedad, incapaz de moverse excepto, tal vez, para agitar desesperadamente sus pies llameantes, al igual que los simoníacos de Dante, los clérigos que aceptaban dinero por abusar de sus títulos...

—Pero hay más, por si esto no les basta. —Holmes masticaba ahora el hielo con gran celeridad—. Un policía de la indagatoria dijo que lo encontraron en el cementerio de la Segunda Iglesia Unitarista, ¡o sea, de la iglesia de Talbot! El cuerpo estaba cubierto de suciedad de la cintura para arriba, *pero no había ni una sola mota por debajo de la cintura.* ¡Lo enterraron desnudo, cabeza abajo, con los pies al aire!

—¿Cuándo lo encontraron? ¿Quién estaba allí? —preguntó Lowell.

—¡Por Dios! —exclamó Holmes—. ¿Cómo podría saber yo esos detalles?

Longfellow observó la gruesa manecilla de su reloj, que emitía su tictac despreocupadamente, aproximándose con desgana a las once.

—La viuda de Healey anunció una recompensa en el periódico de la noche. El juez Healey no murió de muerte natural. Ella cree que también fue asesinado.

—¡Pero el de Talbot no es un simple *asesinato*, Longfellow! ¿Puedo decir lo que está claro como el agua? ¡Es Dante! ¡Alguien ha utilizado a Dante para matar a Talbot! —exclamó Holmes, con la frustración pintada en sus enrojecidas mejillas.

—¿Ha leído usted la última edición, mi querido Holmes? —preguntó Longfellow pacientemente.

—¡Desde luego! Bueno, creo que sí. —En efecto, había echado una rápida mirada al periódico en el vestíbulo de la facultad de Medicina, cuando se dirigía a preparar unos dibujos anatómicos para la clase del lunes—. ¿Qué decía?

Longfellow encontró el periódico. Fields lo tomó y leyó en voz alta, después de calarse un par de gafas cuadradas que sacó del bolsillo del chaleco:

—«Nuevas revelaciones relativas a la espantosa muerte del juez presidente Artemus S. Healey.» Una típica errata de imprenta. El segundo nombre de Healey era Prescott.

—Por favor, Fields —dijo Longfellow—, pase de largo la primera columna. Lea cómo fue hallado el cadáver, en los prados que se extienden tras la casa de Healey, no lejos del río.

—«Ensangrentado..., totalmente despojado de su traje y de su ropa interior..., hallado hecho un tremendo hervidero de...»

—Continúe, Fields.

—¿De insectos?

Moscas, avispas, larvas, tales eran en concreto los insectos catalogados por el periódico. Y cerca, en los terrenos de Wide Oaks, se encontró una bandera que los Healey no lograban explicar. Lowell pretendió negar los pensamientos que habían cundido en la habitación con la lectura del periódico, y en lugar de eso recuperó su anterior postura, repantigado en la butaca, temblándole el labio inferior, como siempre sucedía cuando no se le ocurría qué decir.

Intercambiaron miradas inquisitivas, esperando que entre ellos hubiera uno que aventajara a los demás en perspicacia y fuera capaz de explicar todo aquello como una coincidencia, con un argumento bien fundamentado o con una ocurrencia inteligente que invalidara la conclusión de que el reverendo Talbot había sido asado con los simoníacos y el juez presidente Healey, arrojado entre los tibios. Cada detalle añadido confirmaba lo que ellos no podían negar.

—Todo encaja —dijo Holmes—. Todo encaja en el caso de Healey: el pecado de tibieza y el castigo. Durante demasiado tiempo se negó a aplicar la Ley de Esclavos Fugitivos. Pero ¿qué hay con Talbot? Nunca oí un solo rumor de que abusara del poder que le otorgaba el púlpito. ¡Ayúdame, Febo! —Holmes dio un salto cuando se percató del fusil apoyado en la pared—. Longfellow, ¿qué demonios hace eso ahí?

Lowell se sobresaltó al evocar el motivo que lo había llevado el primero a la casa Craigie.

—Verá, Wendell, Longfellow creyó que podía haber un ladrón acechando fuera. Hemos mandado al chico del encargado del campus a avisar a la policía.

—¿Un ladrón? —preguntó Holmes.

—Un fantasma —corrigió Longfellow sacudiendo la cabeza.

Fields golpeó la alfombra con movimiento nada gracioso del pie.

—¡Bien, muy oportuno! —Y volviéndose a Holmes—: Mi querido Wendell, usted será recordado como un buen ciudadano por esto. Cuando llegue el agente, le decimos que tenemos información sobre esos crímenes y le pedimos que regrese con el jefe de policía.

Fields había empleado su tono más autoritario, pero lo atenuó y dirigió una mirada a Longfellow demandando su respaldo.

Longfellow no se movió. Sus pétreos ojos azules miraban adelante, a los lomos ricamente decorados de sus libros. No estaba claro si había atendido a la conversación. Aquella mirada rara, remota, mientras permanecía sentado en silencio, paseando su mano por los mechones de su barba, cuando su invencible tranquilidad se enfriaba, cuando su cutis femenil parecía oscurecerse ligeramente, hizo sentirse incómodos a sus amigos.

—Sí —dijo Lowell, tratando de proyectar algún alivio colectivo a las palabras de Fields—. Desde luego que informaremos a la policía de nuestras suposiciones. Sin duda eso aportará información vital para aclarar esta confusión.

—¡No! —exclamó Holmes—. No, no debemos decírselo a nadie, Longfellow —dijo el doctor con tono de desesperación—. ¡Debemos mantener esto entre nosotros! ¡Todos los que estamos en esta habitación hemos de mantener el asunto en secreto, como prometimos, aunque el cielo se hunda!

—¡Vamos, Wendell! —Lowell se inclinó hacia el menudo doctor—. ¡No es cuestión de actuar como si no pasara nada! ¡Han sido asesinados dos hombres, dos hombres de nuestra clase!

—Sí, ¿y quiénes somos nosotros para meternos en este horrendo asunto? —se lamentó Holmes—. ¡La policía está investigando, seguro, y encontrará al responsable sin nuestra intervención!

—¡Que quiénes somos nosotros para meternos! —remedó Lowell—. ¡No hay posibilidad de que a la policía se le ocurra *eso*, Wendell! ¡Debe de estar dando palos de ciego mientras nosotros permanecemos aquí sentados!

—¿Preferiría usted que dieran palos a nuestros disparatados *cuentos*, Lowell? ¿Qué sabemos nosotros de asesinatos?

—Entonces, ¿por qué viene usted a inquietarnos con eso, Wendell?

—¡Porque debemos protegernos! Les he hecho un favor —dijo Holmes—. ¡Esto puede ponernos en peligro!

—Jamey, Wendell, por favor... —terció Fields.

—Si van ustedes a la policía no cuenten conmigo —añadió Holmes alzando la voz, mientras tomaba asiento—. Háganlo, pero me opongo por principio y dejo bien clara mi negativa.

—Observen, caballeros —dijo Lowell con un elocuente ademán que señalaba a Holmes—. El doctor Holmes adopta su postura habitual cuando el mundo lo necesita: se sienta sobre sus posaderas.

Holmes paseó la mirada por la habitación, esperando que alguien hablara en su favor, y luego se hundió más en su butaca, removiendo suavemente su cadena de oro de la que pendía su llave Phi Beta Kappa, y comparando la hora de su reloj de bolsillo con el reloj de caoba de Longfellow, casi seguro de que en cualquier momento todos los relojes de Cambridge iban a pararse.

Lowell extremó sus dotes de persuasión cuando habló en tono suave pero seguro, volviéndose hacia Longfellow:

—Mi querido Longfellow, cuando llegue el agente de policía deberíamos tener preparada una nota dirigida a su jefe, explicando lo que creemos haber descubierto aquí esta noche. Luego, podemos olvidarnos de ello, tal como desea nuestro querido doctor Holmes.

—Voy a empezar —decidió Fields, dirigiéndose al cajón donde Longfellow guardaba el material de escritorio.

Holmes y Lowell reemprendieron su discusión. Longfellow respiraba con pequeños suspiros. Fields se detuvo con la mano en el cajón. Holmes y Lowell callaron.

—Por favor, no demos un salto a ciegas. Primero escúchenme —dijo Longfellow—. ¿Quién está enterado de esos crímenes en Boston y Cambridge?

—Bien, ésa es la cuestión —replicó Lowell, a quien atemorizaba mostrarse ineducado con el único hombre, después de su difunto padre, al que veneraba—. ¡Todos en esta bendita ciudad, Longfellow! Uno aparece en primera plana de todos los periódicos. —Señaló los titulares con la muerte de Healey—. Y le seguirá el crimen de Talbot antes de que cante el gallo. ¡Un juez y un predicador! ¡Mantener al público alejado de eso sería tanto como privarlo del bistec y la cerveza!

—Muy bien. ¿Y quién más en la ciudad tiene conocimiento de Dante? ¿Quién más sabe que *le piante erano a tutti accese intrambe*? ¿Cuántos de los que pasean por las calles Washington y School, mirando las tiendas o deteniéndose en Jordan y Marsh para ver la última moda de sombreros, piensan que *rigavan lor di sangue il volto, che, mischiato di lagrime*, y se imaginan el espanto de esos *fastidiosi vermi*, esos enojosos gusanos?

»Díganme quién en nuestra ciudad, no, en Norteamérica hoy día, conoce las palabras de Dante en su obra, en cada canto, en cada terceto. ¿Saben lo suficiente para empezar a pensar en cómo convertir los detalles de los castigos del *Inferno* de Dante en modelos de asesinato?

En el estudio de Longfellow, el más apreciado de Nueva Inglaterra por los amantes de la conversación, se hizo un misterioso silencio. Nadie en la estancia pensó en responder a la pregunta, porque la estancia misma era la respuesta: Henry Wadsworth Longfellow, el profesor James Russell Lowell, el profesor doctor Oliver Wendell Holmes, James Thomas Fields y un reducido número de amigos y colegas.

—¡Santo Dios! —exclamó Fields—. Sólo un puñado de personas sería capaz de leer italiano, por no hablar del italiano de Dante, e incluso, entre los que pudieran sacar algo en limpio con la ayuda de libros de gramática y diccionarios, ¡la mayoría nunca ha tenido en las manos un ejemplar de las obras de Dante! —Fields debía saberlo. El negocio del editor consistía en conocer los hábitos de lectura de cada literato y erudito de Nueva Inglaterra y de los que, fuera, contaran para algo—. Ni lo tendrá —continuó— mientras no se publique en Norteamérica una completa traducción de Dante...

—¿Como esta en la que estamos trabajando? —Longfellow tomó las pruebas del canto decimosexto—. Si desvelamos a la policía la precisión con que esos asesinos se han inspirado en Dante y han actuado, ¿a quién podría señalar con suficiente conocimiento para cometer los crímenes?

»No sólo seremos los primeros sospechosos —concluyó Longfellow—. Seremos los principales sospechosos.

—Vamos, mi querido Longfellow —replicó Fields con una risa

desesperadamente seria—. Señores, no nos dejemos llevar por las emociones. Miren a su alrededor en esta habitación: profesores, representantes de las fuerzas vivas, poetas, huéspedes frecuentes de senadores y dignatarios, hombres de libros... ¿Quién pensaría realmente que estamos implicados en un asesinato? He hinchado un poco nuestra relevancia para recordarnos que somos hombres de elevada posición en Boston, ¡hombres de la alta sociedad!

—Como el profesor Webster. El patíbulo nos enseña que ninguna ley impide que a un hombre de Harvard lo cuelguen —respondió Longfellow.

El doctor Holmes se puso blanco. Aunque se sintió aliviado porque Longfellow se colocara de su lado, el último comentario lo afectó.

—Yo llevaba pocos años en mi puesto en la facultad de Medicina —dijo Holmes, dirigiendo hacia delante una mirada vidriosa—. En principio, cada uno de los profesores y el claustro en su conjunto eran sospechosos, incluso un poeta como yo. —Holmes trató de reír, pero sólo exteriorizó su amargura—. Me incluyeron en la lista de posibles agresores. Fueron a casa a interrogarme. Wendell Junior y la pequeña Amelia eran unos niños y Neddie, apenas un bebé. Fue el peor susto de mi vida.

Longfellow dijo en tono tranquilo:

—Mis queridos amigos, les rogaría que estuvieran de acuerdo, si pueden, en este punto: aunque la policía quisiera confiar en nosotros, aunque efectivamente confiara y nos creyera, estaríamos bajo sospecha hasta que se capturara al asesino. Y entonces, incluso con el criminal detenido, Dante quedaría manchado de sangre aun antes de que los norteamericanos conocieran sus palabras, y ello en una época en que nuestro país ya no puede soportar más muerte. El doctor Manning y la corporación ya desean sepultar a Dante para preservar su currículo, y eso representaría enterrarlo en un sarcófago de hierro. A Dante le aguardaría en Norteamérica la misma suerte que corrió en Florencia y para los próximos mil años. Holmes tiene razón: no se lo diremos a nadie.

Fields se volvió sorprendido a Longfellow.

—Hemos hecho voto, bajo este mismo techo, de proteger a Dante —dijo Lowell pausadamente, a la vista del rostro tenso del editor.

—¡Asegurémonos de que nos protegemos a nosotros primero, y a nuestra ciudad, o a Dante no le quedará nadie! —dijo Fields.

—Protegernos a nosotros y a Dante es ahora una sola y misma cosa, mi querido Fields —afirmó Holmes con sentido práctico, tentado por la vaga sensación de que había tenido razón a lo largo de toda la disputa—. Una y la misma. No seríamos nosotros los únicos en ser vituperados si todo esto llegara a saberse, sino también los católicos, los inmigrantes...

Fields sabía que sus poetas estaban en lo cierto. Si acudían ahora a la policía, su posición estaría en el limbo, si no en peligro real.

—Que el cielo nos ayude. Sería nuestra ruina.

Suspiró. Fields no estaba pensando en la ley. En Boston, la reputación y el rumor podían acabar con un caballero de manera más eficaz que el verdugo. Por muy queridos que fueran sus poetas, el público siempre abrigaba un insano prurito de celos contra las celebridades. Las noticias de la más ligera asociación con aquella muerte escandalosa se extenderían con más rapidez que si las transmitiera el telégrafo. A Fields le hubiera desagradado ver unas reputaciones inmaculadas afanosamente arrastradas por el fango de las calles, basándose en meras habladurías.

—Ya deben de estar al llegar —dijo Longfellow—. ¿Recuerdan ustedes esto? —Sacó una hoja de papel del cajón—. ¿Y si le echamos un vistazo ahora? Creo que se revelará por sí mismo.

Longfellow aplanó el papel del patrullero Rey con la palma de la mano. Los eruditos se inclinaron sobre la hoja para examinar la transcripción garabateada. La luz del hogar hizo brillar líneas carmesí en los atónitos rostros.

Rey había escrito: *Deenan see amno atesennone turnay eeotur nodur lasheeato nay*. Estas palabras les llegaron desde la sombra bajo la barba leonina de Longfellow.

—Es el segundo verso de un terceto —murmuró Lowell—. ¡Sí! ¿Cómo nos pudo pasar por alto?

Fields se hizo con el papel. El editor no estaba dispuesto a admitir que no conseguía verlo: su cabeza estaba demasiado afectada por todo lo sucedido para desenvolverse con su italiano. El papel se agitó en la mano de Fields. Delicadamente, lo devolvió a la mesa y apartó de él sus dedos.

—*Dinanzi a me non fuor cose create se non etterne, e io etterno duro, lasciate ogne* —recitó Lowell a Fields—. Es de la inscripción sobre la puerta del infierno, ¡es precisamente un fragmento de ella! *Lasciate ogne speranza, voi ch'intrate.*

Lowell cerró los ojos mientras traducía:

> *Antes que yo no hubo cosas creadas*
> *sino eternas, y yo duraré eternamente.*
> *Abandonad toda esperanza los que entráis.*

También el saltador vio este signo aparecer ante él en la comisaría central de policía. Había visto a los tibios: *Ignavi.* Indefensos, golpeaban el aire y luego golpeaban sus propios cuerpos. Las avispas y las moscas revoloteaban en torno a sus formas blancas y desnudas. Grandes larvas se deslizaban desde los pútridos huecos de sus dentaduras, amontonándose abajo, succionando su sangre mezclada con la sal de sus lágrimas. Las almas seguían un estandarte blanco que las encabezaba como símbolo de sus anodinos senderos. El saltador sentía su propia piel bullente de moscas, aleteando de acá para allá con trocitos de piel mordisqueada, y él tenía que escapar..., al menos intentarlo.

Longfellow encontró su prueba con la traducción corregida del canto tercero, y la depositó en la mesa para efectuar la comparación.

—¡Santo cielo! —exclamó Holmes jadeando, y agarrando a Longfellow por la manga—. Ese oficial mulato asistió a la indagatoria del reverendo Talbot. ¡Y se nos presentó con esto tras la muerte del juez Healey! ¡Ya debe de saber algo!

Longfellow sacudió la cabeza.

—Recuerden que Lowell es profesor de la cátedra Smith del colegio. El patrullero quería identificar una lengua desconocida que, en ese momento, todos estuvimos demasiado ciegos para descifrar. Algunos estudiantes lo encaminaron a Elmwood la noche de nuestra sesión del club Dante, y Mabel lo envió aquí. No hay razón para creer que sabe algo de la naturaleza dantesca de estos crímenes, o que tiene noticias de nuestro proyecto de traducción.

—¿Y cómo hemos podido no darnos cuenta antes? —preguntó Holmes—. Greene pensó que esto podía ser italiano, y no le hicimos caso.

—¡Gracias al cielo —exclamó Fields—, porque la policía se nos hubiera echado encima allí mismo!

Holmes continuó, con renovado pánico:

—Pero ¿quién habría recitado la inscripción de la puerta al patrullero? Eso no puede ser una mera coincidencia. ¡Debe tener *algo* que ver con esos asesinatos!

—Sospecho que tiene razón —dijo Longfellow asintiendo con calma.

—¿Quién pudo haber dicho eso? —insistía Holmes, volviendo el trozo de papel una y otra vez en su mano—. Esa inscripción... —continuó—. La puerta del infierno, eso viene en el canto tercero, ¡el mismo canto en el que Dante y Virgilio caminan entre los tibios! ¡El modelo para el asesinato del juez presidente Healey!

Se multiplicaron las pisadas en el sendero de acceso a la casa Craigie, y Longfellow abrió la puerta al hijo del encargado del campus, que entró corriendo, rechinándole sus dientes salidos. Al mirar hacia el escalón de entrada, Longfellow se encontró frente a frente con Nicholas Rey.

—Me ha pedido que lo trajera, señor Longfellow —relinchó Karl al advertir la sorpresa de Longfellow, y luego miró a Rey con una mueca triste.

—Estaba en la comisaría de Cambridge —dijo Ray— ocupado en otro asunto, cuando este chico llegó para informarme de su preocupación. Otro agente está inspeccionando el exterior.

Rey casi pudo oír el pesado silencio que se hizo en el estudio al sonido de su voz.

—¿Quiere pasar, agente Rey? —Longfellow no supo qué más decir, y le explicó la causa de su alarma.

Nicholas Rey estaba de nuevo entre la profusión de imágenes de George Washington en el vestíbulo. Con la mano en el bolsillo del pantalón, manoseaba los trocitos de papel desparramados en la bóveda subterránea, húmedos aún de la arcilla empapada de la cripta. Algún fragmento de papel tenía una o dos letras escritas; otros estaban tan manchados que su contenido era irreconocible.

Rey entró en el estudio y pasó revista a los tres caballeros: Lowell, con sus bigotes como colmillos de morsa, se envolvía con el abrigo encima de su batín y de unos pantalones de tartán; y los otros dos llevaban los cuellos flojos y los corbatines enmarañados. Un fusil de dos cañones estaba apoyado en la pared, y un pan aguardaba en la mesa.

Rey posó los ojos en el hombre agitado, de fisonomía aniñada, el único que no se escudaba tras una barba.

—El doctor Holmes nos ayudó en una autopsia esta tarde, en la facultad de Medicina —explicó Rey a Longfellow—. De hecho, es ese mismo asunto el que me trae ahora a Cambridge. Gracias otra vez, doctor, por su ayuda en el caso.

El doctor se puso en pie de un salto e hizo una tambaleante inclinación, doblándose por la cintura.

—De nada, señor. Y si alguna vez necesita usted más ayuda, avíseme sin dudarlo. —Lo dijo torpemente, con tono de humildad, y luego tendió a Rey su tarjeta, olvidando por un momento que no había prestado ayuda alguna. Pero Holmes estaba demasiado nervioso para hablar con sensatez—. Quizá eso que suena como a inútil latín, *prognosis*, pudiera ayudar modestamente a atrapar a ese asesino que merodea por la ciudad.

Ray permaneció quieto y asintió apreciativamente.

El hijo del encargado del campus tomó a Longfellow por el brazo y se lo llevó aparte.

—Lo siento, señor Longfellow —dijo el muchacho—. No creí que fuera policía porque no lleva uniforme, sino una chaqueta corriente. Pero el otro oficial de allí me dijo que los concejales le hacen ir de paisano para que nadie se sienta molesto porque es un poli negro y le pegue.

Longfellow despidió a Karl con la promesa de unos dulces otro día.

En el estudio, Holmes, basculando de un pie a otro como si pisara ascuas, impedía que Rey viera la mesa del centro. Aquí, un periódico con los titulares del asesinato de Healey; allá, al lado, la traducción inglesa de Longfellow del canto tercero, el modelo de aquel crimen; y entre ambos, el trozo de papel con la nota de Nicholas Rey: *Deenan see amno atesennone turnay eeotur nodur lasheeato nay.*

Detrás de Rey, Longfellow traspuso el umbral del estudio. Rey notó su respiración entrecortada. Advirtió que Lowell y Fields miraban de forma extraña la mesa que había detrás de Holmes.

Rápidamente, con un movimiento casi imperceptible, el doctor Holmes alargó el brazo y agarró la nota del oficial.

—Oh, agente —dijo el doctor—. ¿Le devolvemos la nota?

Rey creyó ver un súbito rayo de esperanza, y preguntó tranquilamente:

—¿Han podido ustedes...?

—Sí, sí —dijo Holmes—. Pero sólo en parte. Hemos buscado los sonidos de todas las lenguas en los libros, mi querido agente, y me temo que nuestra conclusión más probable es que se trata de inglés chapurreado. —Holmes tomó aliento y con mirada grave recitó—: *See no one tour, nay, O turn no doorlatch out today.* Más bien shakespeariano y algo disparatado, ¿no cree usted?

Rey miró a Longfellow, que parecía tan sorprendido como él.

—Bien, le agradezco que se acordara, doctor Holmes —dijo Rey—. Sólo me queda desearles buenas noches, caballeros.

Todos se congregaron en la entrada mientras Rey se desvanecía en el sendero de acceso.

—¿*Turn no doorlatch?* —preguntó Lowell.

—¡Tenía que alejarlo de cualquier sospecha, Lowell! —exclamó Holmes—. Usted podía haber adoptado una actitud más convencida. Una buena regla para el actor que maneja marionetas es no dejar que el público le vea las piernas.

—Fue una buena ocurrencia, Wendell —dijo Fields palmeando calurosamente el hombro de Holmes.

Longfellow fue a hablar pero no pudo. Entró en el estudio y cerró la puerta, dejando a sus amigos, cohibidos, en el vestíbulo.

—Longfellow, querido Longfellow —lo llamó Fields, golpeando suavemente la puerta.

Lowell tomó del brazo a su editor y sacudió la cabeza. Holmes se dio cuenta de que tenía algo en la mano y se lo tendió a los demás. Era la nota de Rey.

—Miren. El agente Rey olvidó esto.

Pero ya no la miraban. Era la fría piedra grabada con letras oscuras en lo alto de las puertas abiertas del infierno, donde Dante se detuvo lleno de dudas y Virgilio lo empujó para proseguir.

Lowell, airado, arrugó el papel y arrojó las mutiladas palabras de Dante a la llama de la lámpara del vestíbulo.

VII

Oliver Wendell Holmes llegaba tarde a la siguiente reunión del club Dante, que él sabía iba a ser la última. No aceptó hacer el trayecto en el carruaje de Fields, aunque el cielo sobre la ciudad se había ennegrecido. El poeta y médico apenas emitió un suspiro cuando la tela de su paraguas crujió al verterse la lluvia que se deslizaba sobre las capas de hojas, las últimas depositadas aquel otoño frente a la casa de Longfellow. Muchas cosas iban mal en el mundo para que él se preocupara por sus achaques. En los ojos de Longfellow, que claramente le daban la bienvenida, había incomodidad, faltaba serenidad para comunicarse, no respondían a la pregunta que le tenía hecho un nudo en el estómago al doctor: ¿cómo continuamos *ahora*?

Les diría durante la cena que renunciaba a colaborar en la traducción de Dante. Lowell podía estar tan desorientado por los recientes acontecimientos como para acusarlo de deserción. Holmes temía que se le tomara por un diletante, pero no había modo de poder leer a Dante como de costumbre, con el «aroma» en el aire de la carne chamuscada del reverendo Talbot. En cierto sentido, resultaba chocante que si de algo eran responsables, que si en algo habían ido demasiado lejos, si sus lecturas semanales de Dante habían dado suelta a los castigos del *Inferno* en el aire de Boston, todo eso se debía a su gozosa fe en la poesía.

Un solo hombre había causado media hora antes la misma convulsión que un ejército de miles de hombres.

James Russell Lowell. Estaba calado, aunque sólo había ido a la vuelta de la esquina, pues consideraba ridículos los paraguas, aquellos artefactos sin sentido. El fuego suave de carbón mate con leños de nogal americano irradiaba de la amplia chimenea, y el calor hacía relucir la humedad de la barba de Lowell como si tuviera luz propia.

Lowell llevó aparte a Fields en el Corner aquella semana, y explicó que no podía vivir de aquella manera. Su silencio ante la policía era necesario; muy bien. El buen nombre de todos debía ser protegido; muy bien. Dante también debía ser protegido; muy bien. Pero ninguno de esos elevados razonamientos borraba un hecho elemental: había vidas en peligro.

Fields dijo que trataría de llegar a una idea sensata. Longfellow manifestó ignorar lo que Lowell imaginaba que pudieran hacer. Holmes tuvo éxito en eludir a su amigo. Lowell hizo cuanto pudo para conseguir que los cuatro se reunieran, pero hasta aquel día se habían resistido a juntarse, con la misma decisión que imanes que se repelieran.

Ahora que estaban sentados en círculo, el mismo círculo en torno al cual se sentaron durante dos años y medio, sólo había una razón para que Lowell no sacudiera los hombros de los presentes, uno tras otro. Y esa razón estaba delicadamente agazapada en la butaca verde y soportando el peso de los folios de Dante: todos habían prometido no revelar su descubrimiento a George Washington Greene.

Allí estaba él, con los frágiles dedos desplegados para calentarse al fuego. Los otros conocían la delicada salud de Greene, y no podían abrumarlo con las noticias de violencia que conocían. Así, el anciano historiador y predicador retirado, lamentando en tono despreocupado su falta de tiempo para ordenar sus pensamientos, debido a que Longfellow distribuyó los cantos a última hora, demostró ser el único miembro animoso de aquella velada del miércoles.

A principios de semana, Longfellow envió recado a sus eruditos para que revisaran el canto vigesimosexto, donde Dante se encuentra con el alma llameante de Ulises, el héroe griego de la guerra de Troya. Este canto era uno de los favoritos del grupo, de modo que cabía la esperanza de que les infundiera un renovado vigor.

—Gracias a todos por venir —dijo Longfellow.

Holmes recordó el funeral que, retrospectivamente, había anunciado el comienzo de la traducción de Dante. Cuando se difundió la noticia de la muerte de Fanny, algunos brahmanes de Boston experimentaron un involuntario toque de placer —algo que ellos jamás reconocieron o admitieron, ni siquiera ante sí mismos— cuando al despertarse una mañana se enteraron de que la desgracia había visitado a alguien tan increíblemente bendecido por la vida. Longfellow parecía haber alcanzado el talento y el lujo sin el menor contratiempo. Si el doctor Holmes hubiera experimentado algo menos respetable que la completa y total angustia por la pérdida de Fanny en aquel terrible incendio, quizá habría sentido algo que cabría calificar de sorpresa o de emoción egoísta, y se habría atrevido a ayudar a Henry Wadsworth Longfellow en un momento en que necesitaba curación.

El club Dante devolvió la vida a un amigo. Y ahora, ahora, se habían cometido dos asesinatos usando como pretexto a Dante. Y cabía suponer que habría un tercero o un cuarto, mientras ellos permanecían sentados junto al fuego, con las pruebas de imprenta en la mano.

—Cómo podemos ignorar... —espetó James Russell atolondradamente, antes de reprimir sus pensamientos con una amarga mirada al distraído Greene, que escribía una anotación al margen de su prueba.

Longfellow leyó y expuso el canto de Ulises, sin detenerse para darse por enterado del interrumpido comentario. Su imborrable sonrisa revelaba tensión y aparecía borrosa, como si la hubiese tomado prestada de una reunión anterior.

Ulises se encontró en el infierno entre los malos consejeros, como una llama incorpórea, ondulando su extremo de acá para allá como una lengua que se agitaba. Algunos, en el infierno, se resistían a contar a Dante sus historias, y otros se mostraban impúdicamente dispuestos. Ulises estaba por encima de esas vanidades.

Ulises le cuenta a Dante que después de la guerra de Troya, siendo ya un soldado mayor, no regresó a Ítaca junto a su esposa y su familia. Convenció a los escasos supervivientes de su tripulación para continuar más allá de la línea que ningún mortal debía traspasar, a fin de burlar al destino y obtener conocimiento. Se produjo un torbellino y el mar los engulló.

Greene era el único que tenía mucho que decir sobre el tema. Estaba pensando en el poema de Tennyson basado en aquel episodio de Ulises. Sonrió tristemente y comentó:

—Creo que deberíamos considerar la inspiración que Dante aporta a la interpretación de esta escena por lord Tennyson. «Qué pesado es detenerse, llegar al final —prosiguió Greene, recitando donosamente a Tennyson de memoria—. ¡Enmohecerse sin lustre, no brillar por el desgaste! ¡La vida sería como respirar! Una vida sobrepuesta a otra vida aún sería pequeña cosa, y de una sola de esas vidas —hizo una pausa, con una visible neblina en los ojos— poco es lo que me queda.» Dejemos que Tennyson sea nuestro guía, queridos amigos, pues en su aflicción vivió algo en común con Ulises; sintió el deseo de triunfar en el viaje final de la existencia.

Tras unas respuestas vehementes de Longfellow y Fields, el comentario del anciano Greene dio paso a sonoros ronquidos. Una vez hecha su contribución, se consumió. Lowell mantenía fuertemente agarradas sus pruebas y apretaba los labios como un escolar obstinado. Su frustración por la elegante charada iba en aumento, y su mal genio se manifestaba continuamente.

Cuando no pudo conseguir que alguien hablara, Longfellow dijo en tono de súplica:

—Lowell, ¿tiene usted algún comentario que hacer sobre este *terceto?*

Sobre uno de los espejos del estudio había una estatuilla de mármol blanco de Dante Alighieri. Los ojos huecos los miraban cruelmente. Lowell murmuró:

—¿No escribió el propio Dante que ninguna poesía puede ser traducida? Sin embargo, nosotros nos reunimos y asesinamos alegremente sus palabras.

—¡Por favor, Lowell! —dijo Fields suspirando, y a continuación se disculpó con la mirada ante Longfellow—. Hacemos lo que debemos —susurró el editor con voz ronca, en un tono lo bastante alto para reprender a Lowell pero sin despertar a Greene.

Lowell se inclinó ansiosamente.

—Necesitamos hacer algo... Necesitamos decidir...

Holmes abrió mucho sus vivaces ojos, los dirigió a Lowell y luego señaló a Greene o, con más precisión, a la velluda oreja de Greene. El anciano podía despertar en cualquier momento. Holmes agitó el dedo y se lo pasó por el largo cuello en señal de silencio sobre el tema.

—¿Y, en cualquier caso, qué quiere usted que hagamos? —preguntó Holmes.

Quiso que eso sonara lo bastante ridículo para contrarrestar aquellas digresiones hechas en tono apagado. Pero la pregunta retórica se cernía sobre la habitación con la enormidad de la techumbre de una catedral.

—Desgraciadamente, no hay nada que hacer —murmuró ahora Holmes, tirándose del corbatín y tratando de recuperar su pregunta.

Sin éxito.

Holmes había dado suelta a algo. Era el desafío que aguardaba ser planteado, el desafío que sólo podría evitarse hasta el momento en que se expresara en voz alta, cuando los cuatro hombres estuvieran respirando el mismo aire.

El rostro de Lowell enrojeció por efecto de una candente necesidad. Se quedó mirando la rítmica respiración de George Washington Greene y, simultáneamente, su mente se llenó con todos los sonidos de la reunión: el agradecimiento desesperado de Longfellow por su presencia; Greene recitando a Tennyson con voz cascada; los suspiros como resuellos de Holmes; las majestuosas palabras de Ulises, pronunciadas primero desde la cubierta de su predestinado navío y luego repetidas en el Infierno. Todo esto junto retumbaba en su cerebro y forjaba algo nuevo.

El doctor Holmes observó cómo Lowell abarcaba su frente con sus fuertes dedos. No supo qué indujo a Lowell a decir aquello el primero. Se sorprendió. Quizá esperaba que Lowell vociferase y gritase para animarlos; quizá esperaba eso como uno espera algo familiar. Pero Lowell tenía la exquisita sensibilidad de un gran poeta en tiempos de crisis. Empezó, pensativo, con un susurro, y las rígidas facciones de su rostro enrojecido se fueron relajando gradualmente.

—«Mis marineros, almas que os habéis afanado, que habéis trabajado, que habéis pensado conmigo...»

Era un verso del poema de Tennyson. Ulises animando a su tripulación a desafiar la condición de mortales.

Lowell se inclinó y, sonriendo, continuó con una seriedad que provenía en igual medida de su voz metálica y de las propias palabras.

> ... tú y yo somos viejos;
> pero la edad avanzada tiene su honor y su afán.
> La muerte lo clausura todo; pero algo queda antes del fin,
> aún puede llevarse a cabo alguna empresa noble...

Holmes estaba aturdido, aunque no por el poder de las palabras, pues hacía tiempo que había confiado el poema de Tennyson a la memoria. Estaba abrumado por el significado inmediato que tenía para él. Sintió un temblor interior. No hubo recital: Lowell estaba hablándoles. Longfellow y Fields también mantenían la mirada fija, que reflejaba un extremo embeleso y temor, porque comprendían con gran claridad. Con una sonrisa mientras hablaba, Lowell se atrevió a encontrar la verdad que había tras los dos asesinatos.

Los rociones de lluvia, fría y aulladora, golpeaban las ventanas. Al principio parecían concentrarse en una sola, pero luego desplazaban su ataque en el sentido de las manecillas del reloj. Descargó un relámpago, se produjo la ancestral traza del trueno y siguió el estrépito de las contraventanas. Antes de que Holmes se diera cuenta, la voz de Lowell emergió por un momento, pero ya no siguió recitando.

Entonces habló Longfellow, reanudando el poema de Tennyson con el mismo susurro suplicante:

... los profundos
lamentos rondan con muchas voces. Venid, amigos míos,
no es demasiado tarde para ir en busca de un mundo nuevo...

Longfellow volvió la cabeza hacia su editor, con una mirada inquisitiva: ahora es su turno, Fields.

Fields agachó la cabeza ante la invitación. Su barba descansó sobre su levita abierta y se frotó contra la cadena del chaleco. Holmes sentía pánico de que Lowell y Longfellow se hubieran lanzado a la causa imposible, pero había esperanza. Fields era el ángel guardián de sus poetas y no los arrastraría de cabeza al peligro. Fields había permanecido libre de traumas en su vida personal; nunca trató de tener hijos, y así se ahorró la pena por niños que no vivían más allá de su primer o segundo cumpleaños, o de madres convertidas en cadáveres en las mismas camas donde daban a luz. Libre de compromisos domésticos, dedicó sus energías protectoras a sus autores. Una vez, Fields pasó una tarde entera discutiendo con Longfellow sobre un poema que narraba el naufragio del *Hesperus*. El debate hizo que Longfellow olvidara su planeada excursión en el barco de lujo de Cornelius Vanderbilt, que horas más tarde se incendió y se fue a pique. Del mismo modo, Holmes rezaba para que llegara el momento en que Fields decidiera prescindir de consideraciones y se abriera paso a codazos hasta que pasara el peligro.

El editor debía saber que ellos eran hombres de letras, no de acción (y que seguirían siéndolo en los años siguientes). Aquella locura era la que leían, la que versificaban para alimentar a una audiencia anhelante, a una humanidad en mangas de camisa, a unos guerreros que se lanzaban a batallas que nunca podrían ganar; ése era el material de la poesía.

Fields abrió la boca, pero luego vaciló, como alguien que trata de hablar en un sueño agitado pero no puede. De pronto pareció mareado. Holmes emitió un suspiro de simpatía, como telegrafiando su aprobación por la duda. Pero luego Fields, mirando con ceño fruncido primero a Longfellow y después a Lowell, se puso en pie de un salto y susurró un vibrante poema de Tennyson. Era una aceptación de lo que estaba por llegar:

> *... y a pesar*
> *de que ahora no somos la fuerza que en días pasados*
> *movía tierra y cielo, lo que somos, lo somos...*

¿Somos lo bastante fuertes para esclarecer un asesinato?, se preguntaba el doctor Holmes. ¡Menudo disparate! Se habían producido asesinatos, algo horrendo, pero nada demostraba, pensó Holmes, recurriendo a su mente científica, que fuera a perpetrarse otro. Su relación con los hechos podía, para bien o para mal, ser fruto del azar. La mitad de él lamentaba incluso haber presenciado la indagatoria en la facultad de Medicina, y la otra mitad deploraba haber comunicado su descubrimiento a sus amigos. Sin embargo, no podía dejar de formularse preguntas. ¿Qué haría Junior? El capitán Holmes. El doctor entendía la vida desde muchos puntos de vista y podía moverse fácilmente de uno a otro, colocarse bajo o alrededor de una situación dada. Junior, en cambio, poseía el don y el talento de la estricta decisión. Sólo quienes son estrictos pueden mostrarse verdaderamente audaces. Holmes cerró los ojos, apretándolos.

¿Qué haría Junior? Pensó en ello mientras evocaba la compañía a cuyo mando estuvo Wendell Junior, con su brillo azul y oro mientras abandonaba su campo de instrucción. «Buena suerte. Ojalá yo fuera lo bastante joven para combatir.» Y así sucesivamente. Pero él no deseó eso. Había dado gracias al cielo por no ser ya joven.

Lowell se inclinó hacia Holmes y repitió las palabras de Fields con una paciente suavidad y un tono indulgente, raro en él, y forzado.

—«Lo que somos, lo somos...»

Lo que somos, lo somos: lo que elegimos ser. Esto calmó un poco a Holmes. Los tres amigos que lo esperaban se mostraron de acuerdo. Pero él podía marcharse con las manos en los bolsillos. Inhaló con una profunda respiración asmática, a la que siguió una no menos pronunciada exhalación de alivio. Pero en lugar de completar el movimiento, Holmes escogió. No reconoció su propia voz, una voz lo bastante serena como para pertenecer a la noble llama que habló a Dante. Se limitó a reconocer su razón por la decisión de sus palabras, las palabras de Tennyson, que cobraron vida:

—«... lo que somos, lo somos. / Un temple igual de corazones heroicos, / debilitados por el tiempo y el destino, pero con voluntad fuerte / para afanarse, para buscar, para encontrar —hizo una pausa— y para no ceder.»

—Afanarse —murmuró Lowell meditada, metódicamente, estudiando uno tras otro los rostros de sus compañeros y deteniéndose en el de Holmes—. Buscar. Encontrar...

El reloj dio la hora y Greene se agitó, pero no hubo necesidad de comunicación: el club Dante había renacido.

—Oh, mil perdones, mi querido Longfellow —murmuró Greene, despertándose con las lentas campanadas del viejo reloj—. ¿Me he perdido algo?

CANTO SEGUNDO

VIII

En los bajos fondos de Boston, casi todo siguió igual la semana en que se descubrió el cadáver del reverendo Talbot. Permaneció inalterado el triángulo de calles donde las viviendas pobres, las tabernas, los burdeles y los hoteles baratos habían alejado a aquellos residentes que podían permitirse ser alejados; donde un vapor blanco azulado manaba de tubos que salían formando codo de los cristales y las chapas de hierro; y donde las aceras estaban cubiertas de cáscaras de naranja y de gozosos cantos y bailes a horas desusadas. Hordas de negros iban y venían en los tranvías de caballos. Muchachas jóvenes, lavanderas y criadas llevaban el pelo recogido con pañuelos de colores, y sus bamboleantes adornos producían una música metálica. Podía verse a algún soldado o marinero negro de uniforme, lo cual todavía resultaba discordante. Lo mismo que cierto mulato que caminaba con un notable balanceo por las calles, ignorado por algunos y objeto de irrisión para otros, observado con ojos brillantes por los negros más viejos, que en su sabiduría sabían que Rey era policía y, por tanto, distinto de ellos tanto por esa razón como por su mezcla de razas. Los negros habían permanecido seguros en Boston, incluso se les permitía asistir a la escuela y utilizar el transporte público junto con los blancos, y por eso se mantenían tranquilos. Sin embargo, Rey hubiera podido concitar odio de haber hecho un movimiento erróneo o de haberse cruzado con la persona equivocada en el ejercicio de sus deberes. Los negros lo habían desterrado de su mundo por aquellas razones y, dado que tales razones eran correctas, nunca se le dio explicación alguna ni se le presentaron excusas.

Algunas jóvenes que charlaban, llevando cestos sobre la cabeza, hicieron una pausa para mirarlo de reojo, con su hermosa piel broncínea que parecía absorber toda la luz de las farolas mientras iba y venía. Al otro lado de la calle, Rey reconoció a un hombre corpulento holgazaneando en una esquina, un judío sefardí, reconocido ladrón a quien alguna vez había detenido para interrogarlo en la comisaría central. Nicholas Rey ascendió por la angosta escalera de su casa de huéspedes. Su puerta daba frente al descansillo del segundo piso, y aunque la lámpara estaba rota, pudo ver entre las sombras que alguien bloqueaba el acceso a la habitación.

Los acontecimientos de la semana habían sido inexorables. Cuando Rey condujo por primera vez al jefe Kurtz a ver el cadáver del reverendo Talbot, el sacristán guió a Kurtz y a varios sargentos escalera abajo. Kurtz se detuvo y sorprendió a Rey, porque se volvió y dijo: «Patrullero.» Había ordenado a Rey que lo siguiera. En el interior de la bóveda funeraria, el patrullero Rey solicitó un momento para examinar el escenario: el cadáver embutido en el agujero, cabeza abajo, antes incluso de darse cuenta del aspecto de los pies que sobresalían, hinchados, cubiertos de llagas y torcidos. El sacristán contó lo que había visto.

Los dedos de los pies estaban a punto de desprenderse y caer de las extremidades rosadas, despellejadas y deformadas, lo que hacía difícil distinguir entre los extremos de los pies donde se implantaban los dedos y los extremos que, anatómicamente, hubieran debido llamarse talones. Este detalle —los pies quemados, reveladores para los amigos de Dante, a unas pocas manzanas de allí— para el policía era algo meramente insano.

—¿Sólo les prendieron fuego a los pies? —preguntó el patrullero Rey, mirando de través, tocando delicadamente, con la punta del dedo, la carne carbonizada, que se desmenuzaba. Retrocedió por el calor humeante que seguía asando la carne, casi esperando que su dedo se chamuscara. Se preguntaba cuánto calor podía soportar el cuerpo humano antes de perder su forma física. Después de que dos sargentos retirasen el cuerpo, el sacristán Gregg, aturdido y entre lágrimas, recordó algo.

—El papel —dijo, agarrando a Rey, el único policía que se había quedado abajo—. Hay trocitos de papel a lo largo de las tumbas. No tienen por qué estar ahí. ¡Él no debería haber venido! ¡No debí permitírselo!

Rompió a llorar inconteniblemente. Rey levantó su linterna y vio el rastro de letras como un mudo remordimiento.

Los periódicos se ocuparon de ambos terribles asesinatos —el de Healey y el de Talbot— con tanta frecuencia que en la mente del público se emparejaron, hasta el punto de que en las conversaciones callejeras a menudo se hacía referencia a los asesinatos Healey-Talbot. ¿Presentaba el público el síndrome expuesto por el doctor Oliver Wendell Holmes en su extraña observación en casa de Longfellow, la noche en que fue descubierto el cuerpo de Talbot? Holmes ofreció su colaboración experta a Rey con tanto nerviosismo como si hubiese sido un estudiante de medicina: «Quizá eso que suena como a inútil latín, *prognosis*, pudiera ayudar modestamente a atrapar a ese asesino que merodea por la ciudad.» La palabra impresionó a Rey: *asesino*. El doctor Holmes daba por sentado que los crímenes habían sido perpetrados por la misma mano. Y sin embargo no había nada que los relacionara de forma evidente, aparte de su brutalidad. Contaba también la desnudez de los cuerpos y la ropa, de la que fueron despojados, cuidadosamente doblada, pero de eso no se había informado en los periódicos cuando Rey oyó las palabras de Holmes. Quizá el presuntuoso doctorcillo había tenido un desliz verbal. Quizá.

Los periódicos complementaban los titulares de los asesinatos con abundantes dosis de otras formas de violencia insensata: garrotazos, atracos, voladuras de cajas fuertes, una prostituta hallada medio estrangulada a pocos pasos de una comisaría, un niño molido a palos en una pensión de Fort Hill. Y estaba el extraño incidente del vagabundo llevado a la comisaría central, y al que la policía permitió darse muerte arrojándose por la ventana, ante los ojos del inoperante jefe Kurtz. Los periódicos clamaban: «¿Se hace responsable la policía de la seguridad de los ciudadanos?»

En la oscura escalera de su casa de huéspedes, Rey se detuvo a medio camino y se aseguró de que nadie lo seguía. Reanudó el ascenso asiendo su porra, oculta bajo la chaqueta.

—Sólo soy un pobre mendigo, buen señor.

El hombre de quien procedían estas palabras, pronunciadas en lo alto de la escalera, era fácilmente reconocible después de torcer

155

para subir el siguiente tramo y distinguir un par de piernas, embutidas en unos pantalones rayados y que arrancaban de unos zapatos con tacones de hierro: Langdon Peaslee, reventador de cajas fuertes, se tapaba descuidadamente su botón de diamante con el amplio puño de la camisa.

—¿Qué hay, blanquito? —saludó Peaslee sonriendo, mostrando un hermoso despliegue de dientes agudos como estalagmitas—. Chóquela. —Estrechó la mano de Rey—. No nos habíamos visto desde aquel espectáculo. Dígame, ¿no está su habitación por aquí arriba? —y señalaba inocentemente detrás de él.

—Hola, señor Peaslee. Tengo entendido que robó usted el banco Lexington hace dos noches.

Nicholas Rey lo dijo para demostrar que tenía tanta información como el propio ladrón. Peaslee no dejó pruebas que pudieran presentarse contra él ante el tribunal, y seleccionó y apartó cuidadosamente sólo aquellos valores a los que no se podía seguir la pista.

—Dígame, ¿quién es lo bastante hábil en estos tiempos para hacerse un banco él solito?

—Usted. Estoy seguro. ¿Ha venido para entregarse? —preguntó Rey con expresión seria.

Peaslee rió desdeñosamente.

—No, no, querido muchacho. Pero no entiendo esas restricciones a que lo someten. ¿Qué razón hay para ello? No va de uniforme, no puede detener a hombres blancos y así sucesivamente... Bueno, pues son injustas, injustas, sin duda. Pero hay algunos factores compensatorios. Usted y el jefe Kurtz se han vuelto compañeros inseparables, y eso puede acabar llevando a alguien ante la justicia. Como los asesinos del juez Healey y del reverendo Talbot, que en paz descansen. He oído decir a los diáconos de la iglesia de Talbot que han organizado una suscripción para ofrecer una recompensa.

Rey echó a andar hacia su habitación dando cabezadas que revelaban desinterés.

—Estoy cansado —dijo en voz baja—. A menos que tenga usted algo concreto que pueda presentarse ante la justicia en este mismo momento, le ruego que me excuse.

Peaslee jugueteó con la bufanda de Rey y luego mantuvo allí la mano quieta.

—Los policías no pueden aceptar recompensas, pero un simple ciudadano, como yo, sin duda podría. Y si alguien se abre paso por una puerta que valga la pena... —No hubo reacción en el rostro del mulato. Peaslee exteriorizó su irritación y prescindió de sus zalamerías. Apretó la bufanda como si manejara un nudo corredizo—. ¿Qué es lo que le dijo aquel pordiosero sordomudo en aquella reunión en la casa grande? Escuche bien. Hay un montón de gente en nuestra ciudad a la que se puede muy bien culpar de la muerte de Talbot, mi querido sabihondo. Yo los identificaría fácilmente. Ayúdeme en el negocio, y la mitad de la recompensa, para usted —añadió secamente—. Pasta en abundancia, y luego usted sigue su camino como le parezca. Las compuertas se han abierto, y todo va a cambiar en Boston. La guerra ha traído mucho dinero aquí y los tiempos son malos para andar solo.

—Discúlpeme, señor Peaslee —repetía Rey con aplomo estoico.

Peaslee aguardó un momento, y luego prorrumpió en una carcajada, como aceptando su derrota, y sacudió algún hilillo imaginario de la chaqueta de *tweed* de Rey.

—Pues muy bien, blanquito. Por la pinta, debí darme cuenta de que era un dechado de virtud. Pero lo siento por usted, amigo, lo siento mucho. Los negros lo odian por ser blanco y todos los demás lo odian por ser negro. En cuanto a mí, yo juzgo a un tipo por si es listo o no. —Se señaló un lado de la cabeza—. Una vez me encontré en un pueblo de Luisiana, blanquito, donde podía verse la sangre blanca en la mitad de los niños negros. Las calles estaban llenas de híbridos. Imagino que a usted le gustaría vivir en un sitio como ése, ¿verdad?

Rey lo ignoró y buscó la llave en su bolsillo. Peaslee le dijo que él le haría los honores, y con uno solo de sus dedos de araña empujó la puerta de Rey y la abrió.

Rey levantó la vista, alarmado por primera vez desde su encuentro.

—Las cerraduras son para mí un juego, ya sabe —dijo Peaslee irguiendo la cabeza orgullosamente. Luego fingió entregarse, presentando las muñecas vueltas—. Puede usted empapelarme por allanamiento, patrullero. Oh, no, no; usted no puede.

Una mueca de despedida.

En la habitación no faltaba nada. Aquel último truco había sido una exhibición de poder a cargo del gran ladrón de cajas fuertes, por si a Nicholas Rey se le ocurría alguna idea poco sensata.

A Oliver Wendell Holmes le resultaba extraño salir de aquella manera con Longfellow, verlo pasar entre los rostros y los sonidos comunes, y entre los olores maravillosos y terribles de las calles, como si formara parte del mismo mundo que el conductor de un tiro de caballos que arrastraba una máquina de riego para limpiar la calle. No era que el poeta nunca hubiese abandonado la casa Craigie en los últimos años, pero sus actividades en el exterior eran concretas y limitadas. Entregar pruebas de imprenta en Riverside Press, cenar con Fields a una hora con poco público en Revere o en casa Parker. Holmes se sentía avergonzado por haber sido el primero en tropezar con algo que de modo tan inconcebible pudo romper el pacífico retiro de Longfellow. Debió haberlo hecho Lowell. A él nunca se le hubiera ocurrido incurrir en la culpa de forzar a Longfellow a penetrar en el mundo, en la pavimentada Babilonia que desorientaba las almas. Holmes se preguntaba si Longfellow le guardaba resentimiento por eso; si era capaz de resentimiento o si era inmune a él, como lo era a tantas emociones desagradablemente humanas.

Holmes pensó en Edgar Allan Poe, que escribió un artículo titulado «Longfellow y otros plagiarios», acusando a Longfellow y a todos los poetas de Boston de copiar a todos los escritores, vivos y muertos, incluido el mismo Poe. Esto sucedía en la época en que Longfellow contribuía a mantener vivo a Poe prestándole dinero. Un Fields enfurecido prohibió definitivamente que apareciera cualquier escrito de Poe en las publicaciones de Ticknor y Fields. Lowell saturó los periódicos con cartas en las que demostraba sin lugar a dudas los ultrajantes errores en que habían incurrido los escritores de Nueva York. A Holmes lo atormentaba la idea de que cada palabra que escribía fuera, sin duda, un robo a algún poeta anterior, mejor que él, y en sus sueños no era infrecuente que el espectro de algún maestro desaparecido se le apareciera para pedirle cuentas. Longfellow, por su parte, no dijo nada públicamente, y en privado atribuía la actuación de Poe a la irritación de una naturaleza sensible mortificada por algún sentido indefinido del error. Y resultaba bastante notable para Holmes que Longfellow se entristeciera sinceramente por la melancólica muerte de Poe.

Ambos hombres llevaban al brazo ramos de flores y se dirigían a la parte de Cambridge que era menos pueblo y más ciudad. Rodearon la iglesia de Elisha Talbot, tratando de situar, a cada paso, el lugar de la terrible muerte de Talbot, deteniéndose bajo los árboles y sintiendo el terreno que pisaban entre las lápidas. Algunos transeúntes les pedían autógrafos en pañuelos o en el interior de los sombreros, a menudo al doctor Holmes, pero siempre a Longfellow. Aunque las horas nocturnas les hubieran garantizado un conveniente anonimato, Longfellow decidió que sería mejor aparecer como contritos visitantes al cementerio antes que exponerse a que los tomaran por ladrones de cadáveres.

Holmes estaba agradecido a Longfellow porque se había erigido en jefe los días que siguieron al acuerdo que... ¿Qué habían acordado hacer, con las vehementes palabras de Ulises quemándoles la lengua? Lowell dijo que era preciso investigar (siempre sacando pecho). Holmes prefería la expresión «hacer indagaciones», y así lo dejó puntualizado con Lowell.

Claro que era preciso contar con los escasos amigos de Dante aparte de ellos mismos. Algunos se hallaban en Europa, de forma temporal o permanente, incluido Charles Eliot Norton, el vecino de Longfellow, otro antiguo estudioso del poeta; y William Dean Howells, un joven acólito de Fields, enviado a Venecia. También estaba el profesor Ticknor, de setenta y cuatro años, encerrado en su biblioteca en soledad desde hacía tres décadas; y Pietro Bachi, antiguo lector de italiano dependiente tanto de Longfellow como de Lowell antes de ser despedido de Harvard; y todos los ex alumnos de los seminarios sobre Dante dictados por Longfellow y Lowell (más unos cuantos de la época de Ticknor). Se confeccionarían listas y se convocarían reuniones en privado. Pero Holmes rezaba para hallar una explicación antes de que pasaran por insensatos ante personas a las que respetaban y que, al menos hasta el presente, los habían respetado.

Si el escenario del crimen hubiera sido el entorno de la Segunda Iglesia Unitarista de Cambridge, aquel día sus huellas ya estarían borradas. Si sus cábalas eran rigurosas, y el hoyo donde fue enterrado

Talbot hubiera estado en el camposanto, los diáconos de la iglesia lo habrían cubierto de césped a toda prisa. Un predicador muerto colocado cabeza abajo no sería el mejor reclamo para una congregación.

—Ahora miremos dentro —sugirió Longfellow, al parecer conforme con su total falta de progresos.

Holmes siguió de cerca los pasos de Longfellow.

En la parte de atrás, donde se hallaba la sacristía, que albergaba las oficinas y los vestuarios, había una gran puerta de pizarra en un muro, pero no comunicaba con otra estancia y allí no había otra ala de la iglesia.

Longfellow se quitó los guantes y recorrió con la mano la fría piedra. Sintió un amargo escalofrío detrás de él.

—¡Sí! —susurró Holmes. El escalofrío penetró en él cuando abrió la boca para hablar—: ¡La bóveda, Longfellow! Ahí abajo está la bóveda...

Hasta tres años antes, las iglesias de la región acogían enterramientos en su subsuelo. Había allí lujosas bóvedas privadas que podían ser adquiridas por las familias, y había otras públicas, de categoría inferior, que albergaban a cualquier miembro de la congregación a cambio de una tarifa mínima. Durante años, esas bóvedas funerarias se consideraron un prudente uso del espacio en las ciudades muy pobladas, en las que los cementerios aumentaban la extensión. Pero cuando los bostonianos morían a cientos a causa de la fiebre amarilla, la Oficina de Sanidad Pública declaró que la causa era la proximidad de la carne en descomposición, y se prohibió rigurosamente la construcción de nuevas bóvedas bajo los terrenos de las iglesias. Las familias con suficiente dinero para permitírselo, trasladaron a sus queridos difuntos al monte Auburn y a otros bucólicos lugares recientemente acondicionados para el descanso eterno. Pero quedaron relegadas bajo el suelo las partes «públicas» —o sea, las más pobres— de las bóvedas, que eran la mayoría: hileras de féretros sin marcas, tumbas decrépitas, fosas comunes subterráneas.

—Dante encuentra a los simoníacos dentro de la *pietra livida*, la piedra lívida —dijo Longfellow.

Una voz temblorosa los interrumpió.

—¿Puedo ayudarlos, buenas gentes?

El sacristán de la iglesia, la primera persona que se acercó a Talbot mientras se estaba quemando, era un hombre alto y delgado, que vestía una túnica larga y negra, y tenía el cabello blanco. Más que de cabello podía hablarse con propiedad de cerdas que se mantenían erizadas en todas direcciones, como en un cepillo. Sus ojos parecían mirar completamente abiertos, de manera que se asemejaba en todo momento a la imagen de un hombre que ve un fantasma.

—Buenos días, señor.

Holmes se le aproximó, subiendo y bajando el sombrero que tenía en las manos. Holmes hubiera querido que Lowell estuviese allí, o Fields, ya que ambos desprendían autoridad natural.

—Señor, mi amigo y yo quisiéramos que nos permitiera entrar en su bóveda funeraria subterránea, siempre que eso no le ocasione problemas.

El sacristán no dio muestras de haber entendido.

Holmes miró atrás. Longfellow permanecía de pie, con las manos dobladas sobre el bastón, con gesto plácido, como si fuera alguien que estaba allí sin haber sido invitado.

—Como le iba diciendo, mi buen señor, debe saber que es muy importante que nosotros... Bueno, yo soy el doctor Oliver Wendell Holmes. Soy titular de una cátedra de Anatomía y Fisiología en la escuela de medicina... En realidad, más un canapé que una cátedra, por la envergadura de quienes la ocupan. Es probable que usted haya leído alguno de mis poemas en...

—¡Señor! —la chirriante voz del sacristán se aproximaba, al levantarla, a un grito de dolor—. ¿No sabe usted, jefe, que nuestro ministro fue hallado muerto...? —tartamudeó horrorizado y retrocedió—. Yo cuidaba del recinto y ni un alma entró o salió. ¡Por Dios, si llega a suceder ante mi vista! ¡Confieso que era un espíritu demoníaco que no necesitaba cuerpo físico, no era un hombre! —Se detuvo—. Los pies —añadió con una mirada fija, y por su aspecto parecía incapaz de continuar.

—Sus pies, señor —dijo el doctor Holmes, deseando oírlo, aunque él sabía muy bien que se refería a los de Talbot; lo sabía de primera mano—. ¿Qué pasa con ellos?

Los cuatro miembros del club Dante, dejando aparte al señor Greene, habían reunido todos los periódicos disponibles sobre la muerte de Talbot. Mientras que las verdaderas circunstancias de la muerte de Healey habían sido ocultadas durante varias semanas antes de su revelación, en las columnas de los diarios Elisha Talbot fue asesinado de todas las maneras concebibles, con una ligereza que hubiera hecho estremecerse a Dante, para quien cada castigo estaba ordenado por el amor divino. El sacristán Gregg, por su parte, no necesitaba conocer a Dante. Él era un testigo de aquello y depositario de la verdad. A su manera, poseía la fuerza y la sencillez de un antiguo profeta.

—Los pies —continuó el sacristán tras una prolongada pausa— estaban en llamas, jefe; eran carros de fuego en la oscuridad de las bóvedas. Por favor, caballeros.

Dejó caer la cabeza con gesto de desaliento y les dirigió un ademán invitándolos a marcharse.

—Señor mío —dijo Longfellow en tono suave—, lo que nos trae es el fallecimiento del reverendo Talbot.

De inmediato el sacristán aflojó los párpados. Holmes no tenía claro si el hombre reconoció el rostro de barba plateada del amado poeta, o si se tranquilizó como la bestia salvaje por obra de la voz de Longfellow, conmovedoramente serena, con sonido de órgano. Holmes comprendió que, si el club Dante iba a conseguir algún avance en aquella empresa, se debería a que Longfellow ejercía el mismo dominio celestial sobre las gentes, con sólo su presencia, que el que poseía sobre la lengua inglesa a través de su pluma.

Longfellow prosiguió:

—Señor mío, aunque sólo podemos ofrecerle nuestra palabra acerca de nuestros propósitos, le rogamos que nos preste su ayuda. Por favor, confíe en nosotros aunque no podamos aportarle prueba alguna, pero me temo que somos los únicos capaces de hallar algún sentido a lo ocurrido. No podemos ser más explícitos.

El vasto y vacío recinto desprendía neblina. El doctor Holmes se abanicaba para repeler el aire fétido que le picaba en los ojos y los oídos como pimienta molida, mientras avanzaban con pasos breves y cautelosos hacia la estrecha bóveda. Longfellow respiraba más o menos libremente. Su sentido del olfato era limitado, lo que constituía una ventaja para él: le deparaba el placer de las flores primaverales y otros aromas agradables, pero rechazaba cualquier cosa malsana.

El sacristán Gregg explicó que la bóveda pública se extendía bajo las calles de la ciudad a lo largo de varias manzanas y en dos direcciones.

Longfellow dirigió la luz de la linterna a las columnas de pizarra y luego la bajó para examinar los sencillos sarcófagos de piedra.

El sacristán empezó a hacer una observación sobre el reverendo Talbot, pero dudó.

—No crean que tengo una opinión pobre de él, jefes, si les digo esto, pero nuestro querido reverendo atravesaba esta bóveda, bueno, francamente, no para asuntos de la iglesia.

—¿Para qué venía *aquí*? —preguntó Holmes.

—Tomaba un camino más corto para llegar a su casa. A mí eso no me gustaba mucho, a decir verdad.

Uno de los fragmentos de papel desparramados por allí, con las letras «A» y «H», olvidado por Rey, había quedado aprisionado bajo la bota de Holmes y se hundía en el espeso suelo.

Longfellow preguntó si alguien más pudo haber entrado en la bóveda desde arriba, desde la calle, por el lugar que utilizaba el ministro para salir.

—No —rechazó de plano el sacristán—. Esa puerta sólo puede abrirse desde dentro. La policía lo revisó todo y no encontró señales de que alguien la hubiera manipulado. Tampoco las había de que el reverendo Talbot hubiese alcanzado la puerta que daba a las calles la noche que pasó por aquí.

Holmes apartó a Longfellow, de modo que el sacristán no pudiera oírlos, y dijo en susurros:

—¿No cree usted que es significativo que Talbot utilizara esto como atajo? Debemos preguntar algunas cosas más al sacristán. Todavía no nos consta la simonía de Talbot, ¡y esto podría ser un indicio de ella!

No habían encontrado nada que sugiriese que Talbot no fuera el buen pastor de su grey.

—Sin duda alguna —dijo Longfellow—, caminar por una bóveda funeraria no es un pecado en sí, por desaconsejable que resulte, ¿verdad? Además, sabemos que la simonía debe guardar relación con el dinero: tomarlo o pagarlo. El sacristán es un devoto de Talbot, como también la congregación, y formularle demasiadas preguntas sobre las costumbres de su ministro sólo serviría para que se cerrara en banda en lugar de facilitar información de buen grado. Recuerde que el sacristán Gregg, al igual que todo Boston, cree que la muerte de Talbot se ha debido al pecado de otro, no de la propia víctima.

—Pero ¿cómo logró entrar aquí nuestro Lucifer? Si la salida de la bóveda a la calle sólo se abre desde dentro... y el sacristán afirma que él estaba en la iglesia y que nadie entró en la sacristía...

—Quizá nuestro delincuente aguardó a que Talbot subiera las escaleras, saliera de la bóveda y luego lo empujara de nuevo al subterráneo desde la calle —aventuró Longfellow.

—Pero ¿excavar en el suelo tan rápidamente un hoyo lo bastante hondo como para que cupiera un hombre? Parece más probable que nuestro criminal acechara a Talbot, excavara el hoyo, aguardara y entonces lo agarrara, lo empujara al agujero, le empapara los pies con queroseno...

Delante de ellos, el sacristán se detuvo súbitamente. La mitad de sus músculos se paralizó y la otra mitad se agitó con violencia. Trató de hablar, pero sólo salió de su boca un triste gemido. Adelantando la barbilla, consiguió indicar una gruesa losa colocada sobre la suciedad que cubría el suelo de la bóveda. El sacristán retrocedió a toda prisa para acogerse a la seguridad de la iglesia.

El lugar estaba al alcance de la mano. Podía sentirse y olerse.

Longfellow y Holmes emplearon todas sus fuerzas para apartar la losa. En medio de la suciedad había un agujero redondo, suficientemente grande para acoger a una persona de mediana corpulencia. Conservado por la losa y liberado al ser retirada, el hedor de carne quemada se difundió como una pestilencia hecha de carne animal podrida y cebollas fritas. Holmes se cubrió el rostro con la bufanda.

Longfellow se arrodilló y tomó un puñado de cieno del borde del hoyo.

—Sí, tiene usted razón, Holmes. Este agujero es hondo y está bien formado. Debe haber sido excavado con antelación. El asesino hubo de aguardar la entrada de Talbot. Él, por su parte, penetra eludiendo de algún modo a nuestro agitado amigo el sacristán, golpea a Talbot dejándolo sin sentido, lo coloca cabeza abajo en el agujero y luego lleva a cabo su horrible acción —especuló Longfellow.

—¡Imagine qué refinado tormento! Talbot debió permanecer consciente de lo que estaba sucediendo, antes de que su corazón se detuviera. La sensación de la propia carne quemándose... —Holmes casi se tragó la lengua—. No quiero decir, Longfellow... —Se maldijo a sí mismo por hablar tanto y luego por no aceptar con tranquilidad una equivocación—. ¿Sabe? Yo sólo quería decir...

Longfellow no pareció oírlo. Dejó resbalar la sucia losa entre sus dedos. Con precauciones, depositó un brillante ramo de flores en un punto próximo al hoyo.

—«Permanece aquí, pues has sido justamente castigado» —dijo Longfellow, citando un verso del canto decimonoveno, como si lo estuviera leyendo en el aire frente a él—. Esto es lo que Dante le grita al simoníaco con quien habla en el infierno, Nicolás III, mi querido Holmes.

El doctor Holmes estaba dispuesto a marcharse. El aire espeso promovía una revuelta en sus pulmones, y sus propias palabras entrecortadas le habían roto el corazón.

Longfellow, no obstante, dirigió el haz de su linterna de gas por encima del hoyo, que había permanecido intacto. No se introdujo en él.

—Debemos cavar más hondo, por debajo de lo que podemos ver del hoyo. A la policía nunca se le ocurriría hacerlo.

Holmes le dirigió una mirada incrédula.

—¡No cuente conmigo! ¡A Talbot lo metieron *en* el agujero, no *debajo* de él, mi querido Longfellow!

—Recuerde lo que Dante le dice a Nicolás mientras el pecador se revuelve en el mísero agujero de su castigo.

Holmes susurró para sí algunos versos:

—«Quédate ahí, pues eres castigado justamente..., y guarda tu mal ganada moneda... —Se detuvo en seco—. Guarda tu *moneda*.» Pero ¿Dante no despliega aquí su habitual sarcasmo, recriminando al pobre pecador porque en vida aceptó dinero?

—Así es, en efecto, como yo he leído el verso —confirmó Longfellow—. Pero Dante podría ser leído admitiendo que hace su afirmación en sentido literal. Cabría argumentar que la frase de Dante revela *realmente* que parte del *contrapasso* de los simoníacos es que son enterrados cabeza abajo con el dinero que en vida acumularon por medios inmorales debajo de sus cabezas. Seguramente, Dante pensó en las palabras con que, en los Hechos, san Pedro replica a Simón el Mago: «Sea ése tu dinero para perdición tuya.» Según esta interpretación, el hoyo que acoge al pecador de Dante se convierte en su bolsa para la eternidad.

Ante esta interpretación, Holmes emitió una variedad de sonidos guturales.

—Si cavamos —dijo Longfellow, con una ligera sonrisa—, sus dudas podrán disiparse. —Trató de alcanzar con su bastón el fondo del agujero, pero era demasiado profundo—. Creo que no llego.

Longfellow calculó el tamaño del hoyo y luego miró al pequeño doctor, que se retorcía a causa del asma. Después, Holmes permaneció quieto.

—Oh, pero, Longfellow... —Se asomó al hoyo—. ¿Por qué la naturaleza no me pidió mi opinión sobre mis características corporales?

No había nada que discutir, y además con Longfellow no hubiera sido posible discutir en sentido estricto, pues su carácter era inquebrantablemente apacible. Si Lowell hubiera estado allí, se habría puesto a cavar el hoyo como un conejo.

—Diez contra uno a que me rompo una uña.

Longfellow asintió, con expresión valorativa. El doctor cerró los ojos y deslizó primero los pies por el agujero.

—Es demasiado estrecho. No puedo inclinarme. No creo que pueda moverme para cavar.

Longfellow ayudó a Holmes a salir del hoyo. El doctor volvió a introducirse en la angosta abertura, esta vez de cabeza, mientras Longfellow lo agarraba de los pantalones grises a la altura de los tobillos. El poeta era hábil en el manejo de marionetas.

—¡Con cuidado, Longfellow, con cuidado!

—¿Ve usted lo suficiente?

Holmes apenas le oía. Escarbó en la tierra con las manos, metiéndosele bajo las uñas la húmeda suciedad, a la vez repulsivamente cálida y fría y dura como el hielo. Lo peor era el hedor, la persistente hediondez de la carne quemada que se conservaba en la estrecha sima. Holmes trataba de contener la respiración, pero esta táctica, unida a su pesada asma, le hizo sentir ligera la cabeza, como si pudiera despegársele como un globo.

Estaba donde había estado el reverendo Talbot, y cabeza abajo, como él. Pero, en lugar de fuego expiatorio en los pies, sentía las manos decididas del señor Longfellow.

La voz apagada de Longfellow flotó formulando una pregunta que revelaba preocupación. El doctor no pudo oírla, y tuvo una sensación de que sonaba desvaída, por lo que se preguntó inútilmente si una pérdida de conciencia podría hacer que Longfellow le soltase los tobillos y si él, mientras tanto, podría escurrirse hasta el centro de la tierra. La sucesión de pensamientos flotantes pareció continuar indefinidamente hasta que las manos del doctor tropezaron con algo.

Con la sensación de un objeto material, volvió la dura lucidez. Una pieza de alguna clase de tela. No: una bolsa. Una bolsa de tejido liso.

Holmes se estremeció. Trató de hablar, pero la pestilencia y la suciedad oponían unos terribles obstáculos. Por un momento, el pánico lo dejó helado, y luego recuperó la sensatez y agitó las piernas frenéticamente.

Longfellow, comprendiendo que eso era una señal, levantó el cuerpo de su amigo fuera de la cavidad. Holmes dio boqueadas para aspirar aire, escupiendo y barboteando, mientras Longfellow se inclinaba hacia él solícitamente. Holmes cayó de rodillas.

—¡Vea esto, por Dios, Longfellow!

Holmes tiró del cordón que rodeaba el descubrimiento y abrió la bolsa incrustada de suciedad.

Longfellow miraba mientras el doctor Holmes depositaba mil dólares en billetes de curso legal sobre el suelo de la bóveda funeraria.

Y guarda tu mal ganada moneda...

En Wide Oaks, la vasta propiedad de la familia Healey desde hacía tres generaciones, Nell Ranney condujo a dos recién llegados a través del largo vestíbulo. Eran extrañamente esquivos. Sus cuerpos eran recios, eficientes, y sus ojos, rápidos e inquietos. Lo que más resaltaba a los ojos de la criada eran sus maneras de vestir, pues constituían una rareza aquellos dos estilos extravagantes y dispares.

James Russell Lowell, con una barba corta y un bigote caído, llevaba una más bien raída chaqueta cruzada, una chistera sin cepillar que parecía una burla dado lo informal de su vestimenta, y en su corbatín, anudado con un nudo marinero, una clase de alfiler que hacía tiempo no estaba de moda en Boston. El otro hombre, cuya abundante barba bermeja caía en cascada formando gruesos y fuertes rizos, se quitó los guantes, de color chillón, y se los echó al bolsillo de su levita de *tweed* escocés, impecablemente cortada, y bajo la cual, en torno a su vientre cubierto por un chaleco verde, se extendía una brillante cadena de oro de reloj, como un adorno de Navidad.

Nell se demoró en abandonar la estancia, incluso mientras Richard Sullivan Healey, el hijo mayor del juez presidente, saludaba a sus dos huéspedes.

—Dispensen el proceder de mi sirvienta —dijo Healey, después de ordenar a Nell Ranney que saliera—. Fue la que encontró el cuerpo de mi padre y lo trajo a la casa, y desde entonces me temo que examina a cada persona como si la considerase la responsable. Nos inquieta que imagine cosas casi tan demoníacas como las que se le ocurren a mi madre estos días.

—Desearíamos ver a la querida señora Healey esta mañana, si nos lo permites, Richard —dijo Lowell muy educadamente—. El señor Fields pensaba que podríamos tratar con ella sobre un libro conmemorativo en honor del juez presidente, y que podría editar Ticknor y Fields.

Era costumbre que los parientes, incluso los lejanos, visitaran a la familia de los recién fallecidos, pero el editor necesitaba un pretexto.

Richard Healey dibujó en su boca enorme una curva amigable.

—Me temo que sea imposible visitarla, primo Lowell. Hoy tiene uno de sus días malos. Guarda cama.

—Vaya, no sabía que estuviera enferma —dijo Lowell inclinándose hacia delante con un toque de curiosidad malsana.

Richard Healey dudó y compuso una serie de parpadeos.

—No físicamente, al menos según los doctores. Pero ha desarrollado una manía que me temo haya empeorado las últimas semanas y también puede considerarse algo físico. Siente una presencia constante sobre ella. Perdón por expresarme vulgarmente, caballeros, pero cree que algo se arrastra sobre su carne, e insiste en que debe rascarse y ahondar en su piel, por más que el diagnóstico atribuye eso a su imaginación.

—¿Hay algo que podamos hacer para ayudarla, mi querido Healey? —preguntó Fields.

—Encontrar al asesino de mi padre —respondió Healey esbozando una sonrisa triste.

Se dio cuenta, con cierta incomodidad, de que los dos hombres reaccionaban con miradas aceradas. Lowell deseaba ver dónde se había descubierto el cadáver de Artemus Healey. Richard Healey puso obstáculos a tan extraña demanda; pero, considerando las excentricidades de Lowell, atribuibles a la sensibilidad poética, acompañó a los dos hombres al exterior. Salieron por la puerta trasera de la mansión, pasaron el jardín de flores y se internaron en el prado que conducía a la orilla del río. Healey se dio cuenta de que James Russell Lowell caminaba con sorprendente rapidez, con una zancada atlética que no se esperaría en un poeta.

Un viento fuerte llevó granos de arena fina a la barba y a la boca de Lowell. Con su gusto áspero en la lengua y un quiebro en la garganta, y con la imagen de la muerte de Healey en la mente, a Lowell se le representó una idea muy vívida.

Los tibios del canto tercero de Dante no escogen ni el bien ni el mal; de ahí que sean rechazados a la vez por el cielo y por el infierno. Así pues, se les sitúa en una antecámara, no en el infierno propiamente dicho, y allí esas sombras cobardes flotan desnudas siguiendo un estandarte blanco, puesto que se habían negado a seguir una línea de acción en vida. Incesantemente padecen picaduras de tábanos y avispas, su sangre se mezcla con la sal de sus lágrimas y alimenta, a sus pies, a repugnantes gusanos. Esta carne pútrida da origen a más moscas y gusanos. Moscas, avispas y larvas eran los tres tipos de insectos hallados en el cuerpo de Artemus Healey.

Para Lowell, eso demostraba algo acerca de su asesino, que lo hacía real.

—Nuestro Lucifer sabía cómo transportar esos insectos —había dicho Lowell.

Hubo una reunión en la casa Craigie la primera mañana de su

investigación, con el pequeño estudio inundado de periódicos y los dedos de todos manchados de tinta y de sangre después de pasar demasiadas páginas. Fields, revisando las notas que Longfellow había tomado en un diario, quería saber por qué Lucifer, nombre que Lowell había dado al adversario del grupo, escogió a Healey entre los tibios.

Lowell se tocaba pensativamente una de las guías de su bigote en forma de colmillo de morsa. Adoptaba un tono plenamente pedagógico cuando sus amigos se convertían en su audiencia.

—Bien, Fields; la única sombra que Dante individualiza en este grupo de tibios o neutrales es, según dice, la que consumó el gran rechazo. Debe tratarse de Poncio Pilato, pues fue él quien opuso el gran rechazo (el acto de neutralidad más terrible de la historia cristiana), cuando ni autorizó ni impidió la crucifixión del Salvador. De la misma manera, al juez Healey se le pidió que asestara un buen golpe a la Ley de Esclavos Fugitivos y no hizo nada al respecto. Devolvió a Savannah al esclavo huido Thomas Sims, que era sólo un muchacho, y allí fue azotado hasta sangrar y luego paseado por la ciudad para mostrar sus heridas. Y el viejo Healey no paraba de rezongar que no le correspondía a él quebrantar una ley aprobada por el Congreso. ¡No! En nombre de Dios, eso nos correspondía a todos nosotros.

—No existe solución conocida para el rompecabezas de este *gran rifuto*, el gran rechazo. Dante no da ningún nombre —convino Longfellow, apartando la gruesa columna de humo del cigarro de Lowell.

—Dante no puede nombrar al pecador —insistió apasionadamente Lowell—. Estas sombras que ignoraron la vida, «que nunca estuvieron vivas», como dice Virgilio, deben ser ignoradas en la muerte, mortificadas sin tregua por las criaturas más viles e insignificantes. Ése es su *contrapasso*, su castigo eterno.

—Un erudito holandés ha sugerido que esa figura no es Poncio Pilato, mi querido Lowell, sino más bien el joven de Mateo 19, 22, a quien se ofrece la vida eterna y la rechaza —dijo Longfellow—. El señor Greene y yo nos inclinamos por atribuir el gran rechazo al papa Celestino V, otro hombre que optó por un camino neutral al renunciar al solio pontificio, dando paso de este modo al ascenso del corrupto papa Bonifacio, responsable último del destierro de Dante.

—¡Eso es limitar demasiado el poema de Dante a las fronteras de Italia! —protestó Lowell—. Típico de nuestro querido Greene. Es Pilato, casi puedo verlo ante nosotros, ceñudo, como debió de verlo Dante.

Fields y Holmes habían guardado silencio durante esta conversación. Ahora Fields manifestó amablemente, pero no sin reproche, que su trabajo no debía convertirse en una sesión del club. Tenían que encontrar la mejor manera de entender aquellas muertes, y para eso no debían limitarse a leer los cantos que daban pie a las muertes, sino meterse en ellos.

En ese momento, Lowell se mostró temeroso por primera vez ante lo que pudiera resultar de todo aquello.

—Bien, ¿qué es lo que sugiere?

—Debemos ver personalmente —dijo Fields— dónde se originaron las visiones de Dante.

Ahora, mientras avanzaba por la finca de los Healey, Lowell agarró por el brazo a su editor.

—*Come la rena quando turbo spira* —susurró.

Fields no comprendió.

—Dígalo otra vez, Lowell.

Lowell se adelantó apresuradamente y se detuvo donde la oscura línea de cieno daba paso a un círculo de arena blanca y ligera. Se inclinó.

—¡Aquí! —exclamó triunfalmente.

Richard Healey, que lo seguía a corta distancia, dijo:

—Sí, sí. —Cuando su mente comprendió, adoptó una expresión de pasmo—. ¿Cómo lo has sabido, primo? ¿Cómo has sabido que es aquí donde fue hallado el cadáver de mi padre?

—Oh —replicó Lowell disimulando—. Era fácil: tú parecías moderar el paso cuando yo he preguntado «¿Es aquí?». —Y volviéndose a Fields en busca de apoyo—: ¿Verdad que iba más despacio?

—Así lo creo, señor Healey —se apresuró a corroborar Fields, tomando aliento.

Richard Healey no creía haber acortado el paso.

—Ah, bien, pues la respuesta es sí —dijo, dando a entender que no ocultaba que se sentía impresionado por la intuición de Lowell y que ésta le inspiraba cautela—. Es aquí, en concreto, donde ocurrió, primo. En la parte más endiabladamente fea de nuestro terreno —añadió con amargura.

Era la única parte del prado donde nada podía crecer. Lowell pasó el dedo por la arena.

—Aquí fue —dijo, como si estuviera en trance.

Por vez primera, Lowell empezó a sentir una simpatía real y creciente por Healey. Allí lo habían dejado tendido, desnudo, para que fuera devorado. Lo peor era que tuvo un fin que él nunca hubiera comprendido, ni siquiera *a posteriori*, y tampoco su esposa o sus hijos.

Richard Healey creyó que Lowell estaba al borde de las lágrimas.

—Él siempre conservó un tierno lugar para ti en su corazón, primo —le dijo, y se arrodilló junto a Lowell.

—¿Qué? —preguntó Lowell, a quien la simpatía se le quebró rápidamente.

Healey retrocedió ante aquella brusca réplica.

—El juez presidente. Tú eras uno de sus parientes favoritos. Oh, leía tu poesía, le dedicaba grandes elogios y sentía por ella gran admiración. Y siempre que llegaba el nuevo número de *The North American Review*, cargaba la pipa y se la leía de cabo a rabo. Aseguraba ver en ti un elevado sentido de las cosas verdaderas.

—¿Eso decía? —preguntó Lowell algo azorado.

Lowell evitó la mirada sonriente de su editor, y musitó un forzado cumplido sobre la finura de criterio del juez presidente.

Cuando regresaron a la casa, se presentó un mozo con un bulto que había retirado de la oficina de correos. Richard Healey se excusó. Fields se llevó aparte a Lowell:

—¿Cómo demonios supo usted dónde asesinaron a Healey, Lowell? De eso no hablamos en nuestras reuniones.

—Bien, cualquier dantista decente apreciaría la proximidad del río Charles a la finca de los Healey. Recuerde, los tibios sólo se encuentran a unas pocas varas del Aqueronte, el primer río del infierno.

—Sí. Pero las noticias del periódico no eran nada concretas en cuanto al lugar de la finca donde se efectuó el hallazgo.

—Los periódicos no me han servido ni para encender un cigarro —comentó Lowell yéndose por las ramas, retrasando su respuesta para gozar con la impaciencia de Fields—. Fue la *arena* lo que me dio la clave.

—¿La arena?

—Sí, sí. *Come la rena quando turbo spira.* Recuerde a su Dante —le reprendió a Fields—. Imagine que penetra en el círculo de los tibios. ¿Qué vemos en cuanto dirigimos la mirada a la masa de pecadores?

Fields era un lector práctico y tendía a recordar las citas por la numeración de las páginas, el peso del papel, el diseño de la tipografía o el olor de la piel de becerro. Podía sentir en los dedos el roce de los cantos dorados de su edición de Dante.

—«Acentos de ira —recitó cuidadosamente el poema mientras iba traduciendo de memoria—, palabras de agonía y voces que gritaban y que enronquecían...»

No podía recordar. Lo que se empeñaba en recordar era lo siguiente, a fin de comprender lo que ahora Lowell sabía y que hacía la situación menos incontrolable. Había llevado consigo una edición de bolsillo de Dante en italiano y empezó a hojearla.

Lowell la apartó.

—¡Más adelante, Fields! *Facevano un tumulto, il qual s'aggira sempre in quell' aura senza tempo tinta, come la rena quando turbo spira.* «Formaban un tumulto, el cual gira / siempre en aquel aire sin tiempo, oscuro, / como la arena cuando el viento la arremolina.»

—Así pues... —dijo Fields digiriendo aquello.

Lowell exhaló impaciente.

—Los prados que se extienden detrás de la casa están ampliamente cubiertos de hierba ondulante o de cieno y rocas. Pero lo que soplaba sobre nuestras caras era algo muy diferente, arena de grano fino y suelto, así que seguí esa dirección. El castigo de los tibios se produce en el infierno de Dante acompañado por un tumulto *como la arena cuando el viento la arremolina.* ¡Esa metáfora de la arena no es lenguaje ocioso, Fields! Es el emblema de las mentes cambiantes e inestables de esos pecadores, que escogieron no hacer nada cuando tenían el poder de actuar, y así, en el infierno, ¡se desprendieron de ese poder!

—¡Caramba, Jamey! —dijo Fields alzando demasiado la voz. La criada pasaba un plumero por una pared adyacente. Fields no se percató de ello—. ¡Caramba y recaramba! ¡Arena que se arremolina! Los tres tipos de insectos, la bandera, el río cercano, todo encaja. Pero ¿la arena? Si nuestro diablo puede escenificar incluso una metáfora tan nimia de Dante y convertirla en hechos...

Lowell asintió con expresión sombría.

—Realmente es un dantista —concluyó con un deje de admiración.

—¿Señores?

Nell Ranney apareció junto a los poetas y ambos retrocedieron de un salto. Lowell le preguntó en tono brusco si había estado escuchando. Ella sacudió su robusta cabeza con un gesto de protesta.

—No, buen señor, se lo juro. Pero me pregunto si... —Miró nerviosamente por encima de un hombro y luego del otro—. Ustedes, caballeros, son diferentes de los demás que vienen a presentar sus respetos. La manera como miraban la casa... y el terreno donde... ¿Vendrán ustedes otra vez? Debo...

Richard Healey regresó y, dejando la frase a la mitad, la criada cruzó al otro lado del enorme vestíbulo, como una maestra del arte doméstico de la evasión.

Richard suspiró pesadamente, deshinchando la mitad del volumen de su amplio pecho, semejante a un barril.

—Desde que se anunció nuestra recompensa, cada mañana siento el insensato renacer de la esperanza, saltando de cabeza sobre el correo, pensando de veras que en algún sitio la verdad aguarda ser compartida. —Se dirigió a la chimenea y arrojó el último montón de cartas—. No podría decir si la gente es cruel o simplemente está loca.

—Dime, mi querido primo —dijo Lowell—, ¿la policía no tiene ninguna información que pueda ayudarte?

—La venerada policía de Boston. Te digo, primo Lowell, que agarran a todos los endiablados criminales que pueden encontrar, se los llevan a la comisaría ¿y sabes lo que resulta de eso?

Realmente Richard esperaba una respuesta. Lowell replicó que no lo sabía, ronco a causa de la ansiedad.

—Bien, pues yo te lo diré. Uno de ellos saltó por una ventana y se mató. ¿Puedes imaginarlo? El agente mulato que supuestamente trató de salvarlo dijo algo de que murmuró unas palabras que no pudo entender.

Lowell se adelantó y agarró a Healey como para sacar algo más de él, sacudiéndolo. Fields tiró a Lowell de la chaqueta.

—¿Has dicho un agente mulato? —preguntó Lowell.

—La venerada policía de Boston —repitió Richard con amargura contenida—. Deberíamos contratar a un detective privado —dijo frunciendo el ceño—, pero ésos son casi tan endiabladamente corruptos como la policía de la ciudad.

De una habitación de arriba llegaron unos lamentos, y Roland Healey bajó corriendo hasta la mitad de la escalera. Le dijo a Richard que su madre estaba sufriendo otro ataque.

Richard se fue a toda prisa, pero advirtió, mientras subía, que Nell Ranney se había quedado mirando en dirección a Lowell y Fields. Se inclinó sobre el amplio pasamano y le ordenó:

—Nell, haz el favor de acabar el trabajo en el sótano.

Aguardó hasta que ella bajó la escalera, que era la continuación de aquella en la que él se encontraba.

—Así que el patrullero Rey investigaba el asesinato de Healey cuando oyó el susurro —dijo Fields al quedarse él y Lowell solos.

—Y ahora sabemos quién era el que susurró, quién murió ese día en la comisaría. —Lowell se quedó pensativo un momento—. Debemos averiguar qué ha asustado tanto a esa criada.

—Cuidado, Lowell. La perjudicará gravemente si Healey lo ve. —La inquietud de Fields mantuvo quieto a Lowell—. En cualquier caso, él ha dicho que esa mujer imagina cosas.

En aquel momento se produjo un ruidoso estampido en la cercana cocina. Lowell se aseguró de que continuaban solos y se dirigió a la puerta de la cocina. Llamó con golpes ligeros. No hubo respuesta. Empujó la puerta y pudo oír un ruido residual por el lado del horno: la vibración del montaplatos, que acababan de hacerlo saltar desde el sótano. Abrió la puerta del camarín del montaplatos, de paneles de madera. Estaba vacío, salvo por una hoja de papel.

Pasó corriendo junto a Fields.

—¿Qué ha sido eso? ¿Qué ocurre? —preguntó Fields.

—¡Vaya con el montaplatos! Necesito encontrar el estudio. Quédese aquí y vigile, asegúrese de que el joven Healey aún no vuelve —dijo Lowell.

—Pero, Lowell —protestó Fields—, ¿qué hago si regresa?

Lowell no contestó, y alargó la nota al editor.

El poeta recorrió a toda prisa las salas, mirando por las puertas abiertas hasta que encontró una bloqueada por un sofá. Lo apartó y se coló dentro con rapidez. La habitación se había limpiado, pero someramente, como si en medio de la operación la perspectiva de permanecer allí hubiera sido demasiado dolorosa para Nell Ranney o para alguna de las sirvientas más jóvenes. Y no precisamente porque fuera allí donde Healey murió, sino por el recuerdo del juez Healey vivo, contenido en la fragancia del cuero de los viejos libros.

Lowell podía oír los gemidos de Ednah Healey, que le llegaban desde arriba en un terrible *crescendo*, y trató de ignorar que estaban en una casa mortuoria.

Fields, de pie en el vestíbulo, solo, leyó la nota escrita por Nell Ranney: *Me dijeron que esto debo guardármelo para mí, pero no puedo, y no sé a quién decírselo. Cuando llevé al juez Healey a su estudio, murmuró en mis brazos antes de morir. ¿Puede ayudarme alguien?*

—¡Santo Dios! —exclamó Fields, dejando caer involuntariamente la nota—. ¡Aún estaba vivo!

En el estudio, Lowell se arrodilló y acercó la cabeza al suelo.

—Aún estaba usted vivo —murmuró—. El gran rechazador. Por eso lo eliminaron. —Hablaba como dirigiéndose con amabilidad a Artemus Healey—. ¿Qué le dijo Lucifer? Usted trató de decirle algo a su criada cuando lo encontró. ¿O trataba de preguntarle algo?

Todavía vio motas de sangre en el pavimento. Y vio algo más a lo largo de los bordes de la alfombra: larvas semejantes a gusanos aplastadas, partes de extraños insectos que Lowell no reconoció; las alas y los tórax de unos pocos de los insectos de ojos ígneos que Nell Ranney había despanzurrado sobre el cuerpo del juez Healey. Revolvió en el atestado escritorio de Healey hasta que encontró una lupa, y con ella enfocó los insectos. También ellos tenían restos de la sangre del juez.

De repente, de debajo de unos montones de papeles, detrás de la mesa escritorio, surgieron cuatro o cinco moscas de ojos de fuego y enfilaron en hilera hacia Lowell.

Jadeó estúpidamente y tropezó con una pesada butaca, se golpeó la pierna con un paragüero de hierro colado y cayó al suelo.

Se apoderó de Lowell la sed de venganza, y descargó metódicamente un pesado libro de derecho sobre cada una de las moscas.

—No vayáis a creer que podéis meterle miedo a un Lowell.

Entonces sintió una leve picazón por encima del tobillo. Una mosca se había deslizado por dentro de la pernera del pantalón, y cuando Lowell la levantó, la mosca, desorientada, fue de un lado para otro tratando de escapar. Lowell la aplastó contra la alfombra con el tacón de la bota, experimentando un placer infantil. En ese momento advirtió una abrasión roja inmediatamente encima del tobillo, allá donde se había golpeado con el paragüero.

—¡Malditas seáis! —exclamó dirigiéndose a la difunta infantería de moscas.

Se paró en seco al observar que las cabezas de las moscas parecían tener expresiones de hombres muertos. Fields murmuró desde fuera que se diera prisa. Lowell, con la respiración entrecortada, ignoró las advertencias hasta que se oyeron pasos y voces procedentes del piso superior.

Lowell sacó su pañuelo, bordado por Fanny Lowell con las iniciales JRL, y recogió los insectos que acababa de matar, así como otras partes de insectos que pudo encontrar. Guardándose ese cargamento en la chaqueta, corrió fuera del estudio. Fields lo ayudó a mover de nuevo el sofá a su lugar cuando ya se acercaban las voces de sus atribulados primos.

El editor estaba ansioso de noticias.

—Bien, bien, Lowell. ¿Ha encontrado algo?

Lowell dio unos golpecitos sobre el bolsillo, donde llevaba el pañuelo.

—Testigos, mi querido Fields.

IX

La semana siguiente al funeral de Elisha Talbot, todos los ministros de Nueva Inglaterra hicieron, en sus predicaciones, un elogio de su fallecido colega. El siguiente domingo, los sermones se centraron en el mandamiento de no matar. Cuando los asesinatos de Talbot y de Healey no parecían hallarse cerca de su resolución, los clérigos de Boston predicaban sobre cada pecado cometido desde antes de la guerra, y culminaban con la fuerza del Juicio Final, invectivas contra el trabajo inútil del departamento de policía y una hipnótica fogosidad que hubiera hecho llorar de orgullo a Talbot, el viejo tirano del púlpito de Cambridge.

Los periodistas preguntaban cómo podía asesinarse sin consecuencias a dos prominentes ciudadanos. ¿Adónde había ido a parar el dinero que el pleno municipal había votado para mejorar la eficacia de la policía? A los relucientes números de plata de los uniformes de los oficiales, según escribía sardónicamente un periódico. ¿Por qué la ciudad había aprobado la petición de Kurtz de que se permitiera a los agentes portar armas, si no podían encontrar a delincuentes contra los que utilizarlas?

Nicholas Rey leía con interés esa y otras críticas en su escritorio de la comisaría central. En efecto, el departamento de policía estaba experimentando algunos progresos reales. Se instalaron timbres de alarma para convocar a toda la fuerza policial, o a parte de ella, a cualquier sección de la ciudad. El jefe había dispuesto también centinelas y escoltas para suministrar constantes informes a la comisaría central, donde todos los policías permanecían a la espera de la mínima señal de un potencial problema.

Kurtz preguntó en privado al patrullero Rey por su valoración de los asesinatos. Rey consideró la situación. Tenía el raro don en un hombre de permitirse el silencio antes de hablar, de manera que decía exactamente lo que se proponía:

—Cuando un soldado era capturado tratando de desertar del ejército, toda la división formaba en un campo, donde había una tumba abierta y un ataúd junto a ella. El desertor marchaba ante nosotros con un capellán a su lado y se le ordenaba sentarse sobre el ataúd, donde se le vendaban los ojos y se le ataban las manos. Un pelotón de ejecución compuesto por sus propios compañeros permanecía formado y a la espera de la voz de mando. Atentos, apunten... A la voz de fuego, caía muerto dentro del ataúd y era enterrado en el lugar, sin ninguna señal en el suelo. Y nos volvíamos, arma al hombro, al campamento...

—¿A Healey y Talbot se les puso como ejemplo de algo?

Kurtz parecía escéptico.

—Al desertor podían haberle disparado fácilmente en la tienda del general de brigada o en los bosques, o haberlo hecho comparecer ante un consejo de guerra. La escenificación pública tenía por objeto mostrarnos que el desertor era abandonado como él abandonó nuestras filas. Los dueños de esclavos utilizaban tácticas similares para dar ejemplo a los esclavos que trataban de escapar. El hecho de que Healey y Talbot fueran asesinados podría ser algo secundario. Lo primero y principal a lo que nos enfrentamos es el castigo a esos hombres. Se supone que estamos formados y observamos.

Kurtz se sentía fascinado pero no se daba por vencido.

—Supongamos que es así. Pero ¿castigos de quién, patrullero? ¿Y por qué errores? Si alguien quería darnos lecciones con esos actos, lo lógico es que hubiera actuado de modo que pudiéramos comprenderlos. El cuerpo desnudo abandonado bajo una bandera. Los pies quemados. ¡Eso no tiene ningún sentido!

—¿Qué sabe usted de Oliver Wendell Holmes? —preguntó Rey a Kurtz durante otra conversación, mientras escoltaba al jefe de policía bajando las escaleras del Parlamento del estado, camino del carruaje que leos aguardaba.

—Holmes —repitió Kurtz, encogiéndose de hombros, indiferente—. Poeta y médico. Un tábano social. Era amigo del profesor

Webster, aquel al que ahorcaron. Uno de los últimos en admitir la culpabilidad de Webster. Pero no ha sido de mucha ayuda en la indagatoria de Talbot.

—No, no lo ha sido —admitió Rey, pensando en el nerviosismo de Holmes a la vista de los pies de Talbot—. Creo que no se encontraba bien, que padece asma.

—Sí, asma mental.

Tras el descubrimiento del cadáver de Talbot, Rey mostró al jefe Kurtz las dos docenas de trozos de papel que recogió del suelo cerca de la tumba vertical de Talbot. Eran cuadraditos, cada uno de ellos no mayor que la cabeza de un clavo de tapicería, conteniendo al menos una letra impresa y algunos de ellos mostrando también en el reverso signos de impresión claramente discernibles. Algunos estaban manchados y era imposible reconocer lo que tenían escrito, a causa de la humedad constante de la bóveda. Kurtz se sorprendió del interés de Rey por la basura. Eso era un punto desfavorable en la confianza general que tenía en su patrullero mulato.

Pero Rey dispuso los trozos de papel cuidadosamente sobre la mesa. Aquellos desperdicios tenían importancia, y estaba seguro de que significaban algo; tan seguro como en el caso del susurro del saltador. Pudo identificar el contenido de doce de los fragmentos: *e, di, ca, t, L, vic, B, as, im, n, y* y otra *e*. Uno de los manchados contenía la letra *g*, aunque igualmente podía ser una *q*.

Cuando Rey no llevaba al jefe Kurtz a entrevistas con conocidos de los fallecidos o a reuniones con capitanes de comisarías, robaba unos minutos libres para sacar los papelitos del bolsillo del pantalón y esparcirlos por una mesa. En ocasiones podía formar palabras y anotaba puntualmente en una libreta las frases que surgían. Apretaba sus ojos dorados y luego los abría mucho con la esperanza inconsciente de que las letras se ordenaran por sí mismas para explicar lo que había pasado o lo que debía hacerse, como las tablillas de los espiritistas que, según se decía, deletreaban las palabras de los muertos cuando las manejaba un médium lo bastante dotado. Una tarde, Rey colocó las palabras finales del saltador de la comisaría, al menos tal como el patrullero las había transcrito, en medio del nuevo revoltijo de letras, esperando que las dos voces perdidas tuvieran algo en común.

Contaba con una agrupación favorita para los fragmentos sueltos de letras: *I cant die as im...* (No puedo morir como im...) Rey siempre se atascaba en este punto, pero ¿no había salida? Probó con otra combinación: *Be vice as I...* (Ser vicio como yo...) ¿Qué hacer con aquel trozo con la *g* o la *q*?

La comisaría central se inundaba a diario de cartas de las que se esperaba respondieran a todas las preguntas, con tal de que mostraran el mínimo rasgo de credibilidad. El jefe Kurtz asignó a Rey la tarea de revisar esa correspondencia, en parte para mantenerlo alejado de la «basura».

Cinco personas aseguraban haber visto al juez presidente Healey en el Music Hall una semana antes del descubrimiento de su castigado cuerpo. Rey localizó al asombrado sujeto en cuestión por el número de la butaca de su abono para la temporada. Era un pintor de carruajes de Roxbury con una masa de indómitos rizos algo parecidos a los del juez. Una carta anónima informaba a la policía de que el asesino del reverendo Talbot, conocido y pariente lejano del remitente, embarcó a Liverpool, con un gabán tomado sin permiso, y allí lo trataron de manera indecente y nunca se había vuelto a saber de él (y el abrigo cabe suponer que jamás volvió a manos de su legítimo dueño). Otra nota aseguraba que una mujer confesó espontáneamente en una sastrería haber asesinado al juez Healey en un rapto de celos, y que luego huyó en tren a Nueva York, donde podía encontrársela en uno de los cuatro hoteles que se detallaban.

Pero cuando Rey abrió una nota anónima que constaba de dos frases, experimentó la estimulante sensación de haber hecho un descubrimiento. El papel y el sobre eran de buena calidad, y el mensaje estaba escrito con una caligrafía gruesa y de trazo deficiente, un discreto disfraz de la verdadera escritura del remitente:

Caven más hondo en el hoyo del reverendo Talbot. Algo quedó olvidado bajo su cabeza.

La nota estaba firmada así: «Respetuosamente, un ciudadano de esta ciudad.»

—¿Algo olvidado? —comentó Kurtz en tono de mofa.

—Aquí no hay nada que probar ni historia inventada —replicó Rey con un entusiasmo que no le era característico—. El autor sencillamente tiene algo que decir. Y recuerde: los relatos de los periódicos diferían ampliamente acerca de lo que le ocurrió a Talbot. Ahora debemos utilizar eso como una ventaja. Esta persona conoce las verdaderas circunstancias, o, al menos, que Talbot fue enterrado en un hoyo y que estaba cabeza abajo. Mire aquí, jefe. —Rey leyó en voz alta y señaló—: «Bajo su cabeza.»

—Rey, ¡con la cantidad de problemas que tengo! El *Transcript* encontró a alguien en el ayuntamiento que confirmó que Talbot fue hallado con las ropas en un montón, como Healey. Mañana lo publicará, y toda esta maldita ciudad sabrá que nos las estamos viendo con un único asesino. La gente no se va a poner a exclamar «¡un delito!»; va a querer el nombre de alguien. —Kurtz volvió a mirar la carta—. Bien, supongamos que esta carta nos dice que podríamos encontrar «algo» en el agujero de Talbot. ¿Por qué, entonces, su ciudadano no acude a la comisaría y me dice a la cara lo que sabe?

Rey no contestó.

—Déjeme echar un vistazo en la bóveda, jefe Kurtz.

Kurtz sacudió la cabeza.

—Ya se ha enterado usted de cómo nos han puesto desde todos los malditos púlpitos de la comunidad, Rey. ¡No podemos ir a cavar en la bóveda de la Segunda Iglesia en busca de recuerdos imaginarios!

—Dejamos el agujero intacto cuando el suceso, y se requeriría una inspección más a fondo —argumentó Rey.

—Basta. No quiero oír una palabra más sobre eso, patrullero.

Rey asintió, pero su expresión de certidumbre no cedió. Las obstinadas negativas del jefe Kurtz no podían competir con la convencida desaprobación silenciosa de Rey. Avanzada la tarde, Kurtz echó mano del gabán, se encaminó al escritorio de Rey y le ordenó:

—Patrullero, Segunda Iglesia Unitarista, en Cambridge.

Un nuevo sacristán, un caballero con aspecto de comerciante, con patillas pelirrojas, los acompañó dentro. Les explicó que su predecesor, el sacristán Gregg, se había sumido en una desesperación cada vez mayor desde que descubrió el cadáver de Talbot, y que renunció al puesto para cuidar de su salud. El sacristán buscó torpemente las llaves de las bóvedas subterráneas.

—Será mejor que de aquí salga algo —advirtió Kurtz a Rey cuando el hedor de la bóveda llegó hasta ellos.

Y salió.

Depués de sólo unos pocos golpes con una pala de mango largo, Rey desenterró la bolsa con el dinero, exactamente donde Longfellow y Holmes la habían vuelto a enterrar.

—Mil. Exactamente mil, jefe Kurtz —dijo Rey contando el dinero bajo la viva luz de una linterna de gas. Luego, habiendo visto algo notable, añadió—: Jefe, jefe Kurtz, la comisaría de Cambridge... La noche en que fue encontrado el cadáver de Talbot. ¿Se acuerda usted de lo que nos dijeron? El reverendo denunció que le habían robado la caja fuerte el día anterior al asesinato.

—¿Cuánto se llevaron de su caja?

Rey señaló el dinero con un movimiento de cabeza.

—Mil. —Kurtz suspiró e hizo un gesto de incredulidad—. Bien, yo no sé si esto nos ayuda o confunde aún más el asunto. ¡No me puedo creer que Langdon W. Peaslee o Willard Burndy reventaran la caja fuerte de un ministro una noche y se lo cargaran la siguiente y, suponiendo que lo hicieran, que dejaran el dinero para que Talbot disfrutara de él en la tumba!

Fue entonces cuando Rey casi tropezó con un ramo de flores, el recuerdo dejado allí por Longfellow. Lo cogió y se lo mostró a Kurtz.

—No, no, yo no he dejado entrar a nadie más en estas bóvedas —aseguró el nuevo sacristán, una vez de regreso en la sacristía—. Han estado cerradas desde el... suceso.

—Quizá su predecesor lo hiciera. ¿Sabe usted dónde podemos encontrar al señor Gregg? —preguntó el jefe Kurtz.

—Aquí mismo. Todos los domingos, con absoluta seguridad.

—Bien. Cuando vuelva quiero que le diga que se ponga en contacto con nosotros inmediatamente. Aquí tiene mi tarjeta. Si permitió que alguien entrara ahí, debemos saberlo.

De nuevo en comisaría, había mucho que hacer. El patrullero de Cambridge a quien el reverendo Talbot había denunciado el robo debía ser interrogado de nuevo; tenían que seguir el rastro de los billetes a través de los bancos para confirmar que provenían de la caja fuerte de Talbot; indagar en el vecindario de Talbot para dar con algún dato relativo a la noche en que su caja fue violentada; y conseguir que un perito calígrafo analizara la nota que había suministrado la información.

Rey podía advertir que Kurtz experimentaba genuino optimismo, probablemente por vez primera desde que le comunicaron la muerte de Healey. Estaba casi aturdido.

—Esto es lo que caracteriza a un buen policía, Rey, un toque de instinto. A veces es todo cuanto tenemos. Se desvanece con cada decepción en la vida y en la carrera, me temo. Yo hubiera tirado esa nota junto con los demás desperdicios, pero usted no. Dígame, ¿qué deberíamos hacer que no hayamos hecho?

Rey sonrió agradecido.

—Debe haber algo. Vamos, vamos.

—A usted no le gustará lo que voy a decirle, jefe —respondió Rey.

Kurtz se encogió de hombros.

—Siempre que no se trate de sus malditos trozos de papel.

Por lo general, Rey rehusaba los favores, pero había algo que anhelaba. Caminó hasta la ventana, que enmarcaba los árboles del exterior de la comisaría, y los miró.

—Hay un peligro que no podemos percibir, jefe. Alguien a quien trajeron a nuestra comisaría lo antepuso a su propia vida. Quiero saber quién era el que murió en nuestro patio.

*　*　*

Oliver Wendell Holmes se sentía feliz por tener una tarea apropiada para él. No era entomólogo ni naturalista, y se interesaba por el estudio de los animales sólo en la medida en que revelaban más acerca de las interioridades de los seres humanos y, más específicamente, de él mismo. Pero dos días después de que Lowell le entregara la mezcolanza de insectos y larvas aplastados, el doctor Holmes había reunido todos los libros sobre insectos que pudo encontrar en las mejores bibliotecas científicas de Boston, e inició detenidos estudios.

Mientras tanto, Lowell concertó una cita con la criada de los Healey, Nell, en casa de su hermana, en las afueras de Cambridge. Ella le contó cómo fue el hallazgo del juez presidente Healey, cómo pareció querer hablar y sólo pudo barbotear antes de morir. Ella cayó de rodillas al oír la voz de Healey, como si la hubiera tocado algún poder divino, y se alejó caminando a gatas.

En cuanto al descubrimiento en la iglesia de Talbot, el club Dante decidió que la policía debía desenterrar por sí misma el dinero depositado en la bóveda. Holmes y Lowell se mostraban contrarios. Holmes, por miedo, y Lowell, por un sentimiento de posesión. Longfellow animó a sus amigos a no considerar la policía un rival, aunque podía resultar peligroso que tuviera conocimiento de sus actividades. Todos trabajaban con una misma finalidad: detener los asesinatos. Pero el club Dante trabajaba principalmente con lo que podía encontrar en sentido literal, y la policía, con lo que podía encontrar físicamente. Así, después de volver a enterrar la bolsa con sus despreciados mil dólares, Lowell compuso una sencilla nota dirigida a la oficina del jefe de policía: *Caven más hondo...* Esperaban que alguien en la comisaría, con ojo perspicaz, viera la nota y comprendiera lo suficiente, y quizá descubriera algo más sobre el crimen.

Cuando Holmes hubo finalizado su estudio de los insectos, Longfellow, Fields y Lowell se reunieron en su casa. Aunque desde las ventanas de su estudio Holmes podía ver llegar al 21 de la calle Charles a todos los visitantes, gustaba de la formalidad de que su sirvienta irlandesa acomodara a los recién llegados en el pequeño gabinete de recepción y luego subiera a anunciárselos. Entonces se apresuraba a bajar las escaleras.

—¿Longfellow? ¿Fields? ¿Lowell? ¿Están ustedes aquí? ¡Suban, suban! Les voy a enseñar mi trabajo.

El exquisito estudio estaba más ordenado que la mayoría de las habitaciones de los autores, con libros alineados desde el suelo hasta el techo, muchos de ellos —considerando la estatura de Holmes— accesibles sólo con la escalera corrediza que había mandado construir. Holmes les mostró su último invento: unos anaqueles al alcance de la mano, en el extremo de la mesa, de tal manera que no había que ponerse de pie para buscar algo.

—Muy bien, Holmes —dijo Lowell, que miraba en dirección a los microscopios.

Holmes preparó un portaobjeto.

—Desde que existen los seres vivos, la naturaleza ha colocado en todos sus logros esta inscripción limitadora: PROHIBIDA LA ENTRADA. Si algún observador fisgón se aventuraba a espiar en los misterios de sus glándulas, canales y fluidos, ella cubría su obra con nieblas cegadoras y halos desconcertantes, como las deidades antiguas.

Explicó que los especímenes eran larvas de las que salían moscas azules, tal como Barnicoat, el forense de la ciudad, había dicho el día en que fue descubierto el cadáver. Este tipo de mosca pone los huevos en tejido muerto. Los huevos se transforman en larvas que comen carne en descomposición, y se transforman a su vez en moscas, y así el ciclo se reanuda.

Fields, balanceándose en una de las butacas de Holmes, replicó:

—Pero Healey dijo algo antes de morir, según esa criada. ¡Eso significa que aún estaba vivo! Aunque supongo que sólo le quedaba un hilillo de vida. Cuatro días después de que fuera atacado... y todas las cavidades de su cuerpo estaban repletas de larvas.

Holmes hubiera sentido repulsión sólo con pensar en aquel sufrimiento, si la idea no hubiera sido tan fantástica. Sacudió la cabeza:

—Afortunadamente para el juez Healey y para la humanidad, eso no puede ser. En todo caso, aunque sólo hubiera habido un puñado de larvas, digamos cuatro o cinco, en la superficie de la cabeza herida, hubiera sido precisa la presencia de algo de tejido muerto, y él no habría permanecido con vida. Con las larvas alimentándose en su interior en las cantidades masivas de las que se ha informado, todo el tejido debía estar muerto. Así que él debía estar muerto.

—Tal vez la criada ve fantasmas —sugirió Longfellow, al advertir la expresión derrotada de Lowell.

—Si la hubiera usted visto, Longfellow —dijo Lowell—. Si hubiera visto el brillo de sus ojos, Holmes... ¡Fields, usted estaba allí!

Fields asintió, aunque ahora estaba menos seguro:

—Vio algo terrible o creyó haberlo visto.

Lowell se cruzó de brazos, en un gesto de desaprobación.

—Ella es la única que lo sabe, por Dios. Yo la creo. Debemos creerla.

Holmes habló con autoridad. Sus hallazgos al menos aportaban cierto orden —cierta razón— a sus actividades.

—Lo siento, Lowell. Ciertamente, ella vio *algo* horrible: el estado en que se hallaba Healey. Pero esto, *esto* es ciencia.

Más tarde, Lowell tomó el tranvía de caballos de regreso a Cambridge. Avanzaba bajo un dosel escarlata de arces, contrariado por su incapacidad para evitar que el relato de la criada fuera descartado, cuando Phineas Jennison, el gran príncipe del comercio bostoniano, pasó en su lujosa berlina. Lowell frunció el ceño. No estaba de humor para tener compañía, aunque en parte también ansiaba distraerse.

—¡Hola! ¡Venga esa mano!

Y Jennison extendió su bien confeccionada manga fuera de la ventanilla, al tiempo que sus finos caballos bayos acortaban el paso hasta reducirlo a un despreocupado trote.

—Mi querido Jennison...

—¡Oh, qué placer estrechar la mano de un viejo amigo! —dijo Jennison con sinceridad.

Aunque no apretaba la mano como Lowell, que parecía atornillarla, se la dio de la forma más bien ávida de los negociantes bostonianos, algo parecido a como se agita una botella. Se apeó y llamó con los nudillos a la portezuela verde del vehículo público, para que su conductor se detuviera.

El brillante gabán blanco de Jennison estaba descuidadamente abotonado, descubriendo una levita rojo oscuro sobre un chaleco de terciopelo verde. Tomó a Lowell del brazo.

—¿Va usted a Elmwood?

—Me ha pillado usted, milord.

—Dígame, la corporación a la que usted acusa, ¿aún le permite dar esa clase suya sobre Dante? —preguntó Jennison, con una seria preocupación reflejada en su frente voluntariosa.

—Supongo que ha cedido un poco, afortunadamente —respondió Lowell suspirando—. Sólo espero que no interprete como una victoria suya el hecho de que haya suspendido esa clase.

Jennison se detuvo en mitad de la calle, pálido el rostro. Hablaba en voz baja, apoyando la palma de la mano en la barbilla con su hoyuelo.

—¿Lowell? ¿Es éste el Jemmy Lowell que fue expulsado a Concord por desobediencia cuando estaba en Harvard? ¿Qué hay del enfrentamiento con Manning y con la corporación en nombre de los futuros genios de Estados Unidos? Usted debe actuar o ellos...

—No hay nada que hacer con esos detestables colegas —le aseguró Lowell—. En este momento debo dedicarme a algo que reclama mi total atención, y no puedo ocuparme de seminarios. Me limito a mis clases ordinarias.

—¡Un gato doméstico no servirá si lo que uno quiere es un tigre de Bengala! —comentó Jennison agitando la mano, satisfecho por haber dado con una imagen más bien poética.

—No es mi línea, Jennison. Yo no sé cómo trata usted a los hombres como los de la corporación. Pero hay que vérselas con holgazanes y estúpidos a cada paso.

—¿Y son distintos los del mundo de los negocios? —Jennison desplegó su enorme sonrisa—. Aquí está el secreto, Lowell. Usted arma una bronca hasta que consigue lo que anda buscando, de eso se trata. Usted sabe lo que es importante, lo que debe hacerse, ¡y todo lo demás puede irse al diablo! —añadió con furia—. Ahora, si yo pudiera ser de alguna ayuda en su lucha, si pudiera ayudar de algún modo...

Lowell estuvo tentado, por un breve segundo, de contárselo todo a Jennison y pedirle ayuda, aunque no supo exactamente por qué. El poeta era pésimo en materia de finanzas, siempre barajando su dinero entre inversiones desafortunadas, de tal manera que le parecía que los hombres de negocios de éxito poseían poderes sobrenaturales.

—No, no, he encontrado más ayuda para mis luchas de lo que una buena conciencia se permitiría, pero se lo agradezco igualmente. —Lowell dio unas palmaditas en el hombro del millonario, cubierto de paño fino—. Además, el joven Mead estará agradecido por dejarlo descansar de Dante.

—Toda buena batalla necesita un aliado fuerte —dijo Jennison, decepcionado. Luego pareció como si quisiera revelar algo y no pudiera—. He observado al doctor Manning. No detendrá su campaña, así que usted nunca podrá parar. No confíe en lo que ellos le digan. Recuerde que se lo advertí.

Lowell percibió una negra nube de ironía después de hablar de la clase que había luchado por conservar durante tantos años. Sintió más tarde la misma embarazosa confusión que el día en que atravesó las blancas puertas de madera de Elmwood, camino de la casa de Longfellow.

—¡Profesor!

Lowell se volvió y vio a un joven, con el negro frac propio de los universitarios, corriendo, con los puños arriba, los codos pegados a los costados y la boca con expresión grave.

—Señor Sheldon. ¿Qué está usted haciendo aquí?

—Tengo que hablar con usted en seguida.

El estudiante de primer año jadeaba a causa del esfuerzo. Long-fellow y Lowell habían pasado la última semana confeccionando listas de todos sus antiguos estudiantes de Dante. No podían utilizar los archivos oficiales de Harvard, pues con eso se arriesgarían a llamar la atención. Fue una tarea particularmente laboriosa para Lowell, que había perdido sus archivos y sólo recordaba unos pocos nombres y ningún período concreto de tiempo. Incluso un estudiante de unos pocos años antes podía recibir la felicitación más calurosa después de encontrarse en la calle con Lowell.

—¡Mi querido muchacho! —Y a continuación—: ¿Cómo se llamaba?

Afortunadamente, sus dos estudiantes actuales, Edward Sheldon y Pliny Mead, quedaron de inmediato al abrigo de cualquier posible sospecha, pues Lowell les había estado dando clase en su seminario sobre Dante coincidiendo (según sus más ajustados cálculos) con el asesinato del reverendo Talbot.

—Profesor Lowell. ¡He recibido este aviso en mi buzón! —Sheldon deslizó una hojita de papel en la mano de Lowell—. ¿Una equivocación?

Lowell lo miró con indiferencia.

—No es una equivocación. Tengo algunos asuntos que resolver, los cuales ocuparán todo mi tiempo, pero sólo una o dos semanas, o eso espero. No me cabe duda de que usted está lo bastante ocupado como para apartar a Dante de su mente durante ese período.

Sheldon sacudió la cabeza, desanimado.

—Pero ¿qué hay de lo que usted nos dice siempre? ¿Se ha ampliado su círculo de admiradores hasta el punto de inducirlo a dar un respiro al errabundo Dante? ¿No ha cedido usted ante la corporación? ¿No está usted cansado del estudio de Dante, profesor? —lo apremiaba el estudiante.

Lowell sintió que temblaba ante la pregunta.

—¡No conozco a ningún ser pensante que pueda cansarse de Dante, mi joven Sheldon! Pocos hombres tienen criterio suficiente por sí mismos para penetrar en una vida y una obra de tal profundidad. Cada día lo valoro más como hombre, poeta y maestro. En nuestro tiempo de oscuridad, proporciona la esperanza de una segunda oportunidad. Y hasta que me reúna con el propio Dante en la primera terraza del purgatorio, ¡por mi honor que nunca cederé una pulgada ante los malditos tiranos de la corporación!

Sheldon tragó saliva.

—No olvide mi entusiasmo por continuar con la *Commedia*.

Lowell pasó el brazo por el hombro de Sheldon y caminó con él.

—Usted conoce, joven, una historia que Boccaccio cuenta sobre una mujer que pasaba frente a una puerta en Verona, donde Dante vivió durante su destierro. Vio a Dante al otro lado de la calle y se lo señaló a otra mujer, diciendo: «Ése es Alighieri, el hombre que va al infierno cuando le place y trae noticias de los muertos.» Y la otra replicó: «Es muy probable. ¿No ves su barba rizada y su rostro oscuro? ¡Yo diría que eso se debe al calor y al humo!»

El estudiante rió a carcajadas.

—Esta conversación —prosiguió Lowell— se dice que hizo sonreír a Dante. ¿Sabe por qué dudo de la veracidad de esa historia, mi querido muchacho?

Sheldon consideró el asunto con la misma expresión seria que tenía durante sus clases sobre Dante. Luego manifestó:

—Quizá, profesor, porque esa mujer de Verona en realidad ignoraba el contenido del poema de Dante, pues sólo un selecto número de personas de su época, sus protectores ante todo, vio el manuscrito antes del final de su vida, e incluso, entonces, sólo en pequeños fragmentos.

—Yo no creo ni por un segundo que Dante sonriera —replicó Lowell satisfecho.

Sheldon fue a responder, pero Lowell levantó su sombrero y reanudó su camino hacia la casa Craigie.

—¡Recuerde mi deseo! —gritó Sheldon tras él.

El doctor Holmes, sentado en la biblioteca de Longfellow, se había fijado en un sorprendente grabado en el periódico, iniciativa de Nicholas Rey. La ilustración mostraba al hombre que había muerto en el patio de la comisaría central. El aviso del periódico no daba referencia alguna del incidente. Pero se reproducía el rostro extraviado y consumido del saltador, tal como era poco antes del reconocimiento, y se pedía que cualquier información sobre la familia de aquel hombre se comunicara a la oficina del jefe de policía.

—¿Cuándo esperan ustedes encontrar a la familia de un hombre antes que al hombre mismo? —preguntó Holmes a los demás—. Cuando está muerto —se respondió a sí mismo.

Lowell examinó el parecido.

—Un hombre de aspecto muy triste al que no recuerdo haber visto nunca. Y este asunto es lo bastante importante como para que intervenga el jefe de policía. Wendell, creo que tiene usted razón. El chico Healey dijo que la policía aún no ha identificado al hombre que susurró unas palabras al patrullero Rey antes de tirarse por la ventana. Tiene perfecto sentido que hayan querido insertar un aviso en los periódicos.

El editor del periódico debía un favor a Fields. Así que Fields se pasó por su despacho en el centro de la ciudad. Le dijeron que un agente de policía mulato fue quien puso el aviso.

—Nicholas Rey. —Fields encontró esto extraño—. Con todo lo que se ha armado a propósito de Healey y Talbot, parece un poco raro que un policía gaste energías por un vagabundo muerto. —Estaban cenando en casa de Longfellow—. ¿Podrían saber que guarda alguna relación con los crímenes? ¿Podría ese patrullero tener alguna idea de lo que susurró el hombre?

—Es dudoso —dijo Lowell—. Pero, si la tiene, podría encaminarlo hasta nosotros.

A Holmes eso lo puso nervioso.

—¡Entonces, debemos averiguar la identidad de ese hombre antes que el patrullero Rey!

—Bueno, pues entonces seis brindis por Richard Healey. Sabemos por qué razón el patrullero Rey acudió a nosotros con el jeroglífico —dijo Fields—. Ese saltador fue conducido al reconocimiento policial junto con una horda de otros mendigos y ladrones. Los oficiales debieron de preguntarle sobre el asesinato de Healey. Podemos concluir que ese pobre tipo reconoció a Dante, se asustó, vertió en el oído de Rey algunos versos en italiano del mismo canto que inspiró el asesinato y echó a correr; una carrera que terminó con su caída desde la ventana.

—¿Qué pudo asustarlo tanto? —preguntó Holmes.

—Podemos confiar en que él no fuera el propio asesino, pues estaba muerto dos semanas antes del crimen del reverendo Talbot —observó Fields.

Lowell se tiró del bigote pensativamente.

—Sí, pero pudo haber conocido al asesino y temería por su relación con él. Probablemente lo conocía muy bien, si ése fue el caso.

—Estaba atemorizado por su conocimiento, como lo hubiéramos estado nosotros. Pero ¿cómo averiguar antes que la policía quién era? —preguntó Holmes.

Longfellow había permanecido silencioso durante esta conversación. Ahora, puntualizó:

—Poseemos dos ventajas naturales sobre la policía para enterarnos de la identidad de ese hombre, amigos míos. Sabemos que reconoció la inspiración de Dante en los terribles detalles del asesinato y que, mientras sufría la crisis, los versos de Dante acudieron directamente a su boca. De todo lo cual podemos deducir la probabilidad de que fuese un mendigo italiano, con buena formación literaria y católico.

Un hombre con barba de tres días y un sombrero calado hasta los ojos y las orejas yacía al pie de la catedral de la Santa Cruz, uno de los templos católicos más antiguos de Boston, tan inmóvil en su postura como una imagen sagrada. Estaba tendido en la posición más cómoda que los huesos humanos pueden permitirse en una acera, y junto a él había un puchero con comida. Un peatón que pasaba le formuló una pregunta, pero él ni siquiera volvió la cabeza, ni mucho menos respondió.

—Señor. —Nicholas Rey se arrodilló junto a él y le acercó el periódico con el grabado del saltador—. ¿Reconoce usted a este hombre, señor?

Ahora el vagabundo volvió los ojos lo suficiente como para mirar. Rey sacó su placa.

—Señor, mi nombre es Nicholas Rey y soy agente de la policía municipal. Es importante que sepa el nombre de este hombre. Ha muerto. No está metido en ningún lío. Por favor, ¿lo conoce usted o sabe de alguien que pudiera conocerlo?

El hombre metió los dedos en su puchero, extrajo un bocado

sosteniéndolo entre el pulgar y el índice, y se lo llevó a la boca. Luego, meneó la cabeza con una breve e impasible negación.

El patrullero Rey echó a andar calle abajo, donde se alineaban ruidosos carretones de comestibles y de carniceros.

Diez minutos después, un tranvía de caballos vació su pasaje en un andén próximo, y dos hombres se acercaron al vagabundo inmóvil. Uno de ellos tenía el mismo periódico doblado para mostrar la misma ilustración.

—Buen hombre, ¿podría decirnos si conoce a esta persona? —preguntó Oliver Wendell Holmes en tono afable.

La insistencia casi bastó para romper la ensoñación del indigente.

Lowell se adelantó.

—¿Señor?

Holmes empujó de nuevo el periódico frente a él.

—Por favor, díganos si le resulta familiar y seguiremos tranquilamente nuestro camino, buen hombre.

Nada.

—¿Necesita usted una trompetilla para la sordera? —preguntó Lowell a gritos.

Eso no les hizo adelantar mucho. El hombre tomó de su puchero un trozo de comida irreconocible y lo deslizó al gañote, al parecer sin preocuparse de masticarlo.

—¿Qué le parece? —preguntó Lowell dirigiéndose a Holmes, que permanecía junto a él—. Tres días con esto, y nada. Este hombre no tenía muchos amigos.

—Ya hemos ido más allá de las Columnas de Hércules en el barrio de moda. Larguémonos.

Holmes había percibido algo en los ojos del vagabundo cuando le mostró el periódico. También descubrió una medalla colgando de su cuello: san Paolino, el patrono de Luca, Toscana. Lowell siguió la mirada de Holmes.

—¿De dónde es usted, *signore*? —preguntó Lowell en italiano.

El interrogado siguió mirando adelante, impasiblemente, pero su boca se abrió.

—*Da Lucca, signore.*

Lowell dedicó un cumplido a las bellezas de la tierra mencionada. El italiano no manifestó sorpresa por la lengua empleada. Aquel hombre, como todos los italianos orgullosos, había nacido convencido de que el mundo entero hablaría su idioma, así que para él aquello apenas merecía conversación. Lowell repitió entonces las preguntas relativas al hombre del grabado del periódico. El poeta explicó que era importante conocer su nombre, a fin de localizar a su familia y disponer un enterramiento digno.

—Creemos que este pobre tipo también era de Luca —dijo tristemente en italiano—. Merece ser sepultado en un cementerio católico, con su gente.

El luqués se tomó algún tiempo para considerarlo antes de cambiar trabajosamente de postura, apoyándose en el codo, a fin de señalar con su dedo de extraer la comida la maciza puerta de la iglesia, detrás mismo de donde él se hallaba.

El prelado católico que escuchó sus preguntas componía una figura digna pese a su corpulencia.

—Lonza —dijo, devolviendo el periódico—. Sí, ha estado aquí. Recuerdo que se llamaba Lonza. Sí... Grifone Lonza.

—¿Lo conoció usted personalmente? —preguntó Lowell, esperanzado.

—Era él quien conocía la iglesia, señor Lowell —respondió el prelado en tono afable—. El Vaticano nos ha confiado un fondo para atender a los inmigrantes. Les hacemos préstamos y damos algo de dinero para el pasaje a quienes necesitan regresar a la patria. Por supuesto que sólo podemos socorrer a un número reducido de personas. —Tenía más que decir, pero se contuvo—. ¿Por qué razón lo andan buscando, caballeros? ¿Por qué han publicado su retrato en el periódico?

—Me temo que ha fallecido, padre. Creemos que la policía ha estado tratando de identificarlo —dijo el doctor Holmes.

—Ah, pues sospecho que ni a mis feligreses ni a los de las iglesias de estos alrededores los van a encontrar ustedes muy dispuestos a hablar con la policía, sea del asunto que sea. Recuerden que la policía no colaboró en absoluto a que se hiciera justicia cuando se quemó hasta los cimientos el convento de las ursulinas. Y cuando hay un delito, se hostiga a los pobres, a los católicos irlandeses —dijo apretando los dientes con una ira apropiada para un clérigo—. Los irlandeses fueron enviados a la guerra a morir por unos negros que ahora les roban los puestos de trabajo, mientras los ricos se quedaron en sus casas a cambio de una pequeña cantidad.

Holmes quiso decir: «No mi Wendell Junior, padre.» Pero en realidad Holmes había tratado de convencer a Junior para hacer precisamente aquello.

—¿El señor Lonza quería regresar a Italia? —preguntó Lowell.

—Lo que cada uno *quiere* en su corazón, no puedo decirlo. Ese hombre vino por comida, que nosotros suministramos con regularidad, y si no recuerdo mal, por algunos pequeños préstamos para mantenerse a flote. Si *yo* fuera italiano, seguramente querría volver con los míos. La mayoría de nuestros feligreses son irlandeses. Me temo que los italianos no son bienvenidos entre ellos. En todo Boston y sus alrededores hay menos de trescientos italianos, según nuestros cálculos. Son pobrísimos, y requieren nuestra simpatía y nuestra caridad. Pero cuantos más inmigrantes haya de otros países, menos empleos habrá para los que ya están aquí. Comprendan ustedes el malestar potencial.

—Padre, ¿sabe usted si el señor Lonza tenía familia? —preguntó Holmes.

El prelado sacudió la cabeza pensativamente y luego dijo:

—¿Saben? Había un caballero que en ocasiones lo acompañaba. Lonza era, me temo, un beodo y necesitaba ser vigilado. Sí, ¿cómo se llamaba? Tenía un nombre típicamente italiano. —El prelado fue a su escritorio—. Deberíamos tener algunos papeles sobre él, pues también recibió algunos préstamos. Ah, aquí está... Un profesor de idiomas. Le dimos cincuenta dólares hace un año y medio. Recuerdo que afirmaba haber trabajado en otro tiempo en la Universidad de Harvard, aunque me permito dudarlo. Aquí está. —Leyó el nombre que figuraba en el papel—: Pietro Bak-ee.

Mientras Nicholas Rey interrogaba a unos niños andrajosos que se abrían paso con un caballo, vio a dos personajes encopetados salir muy animados de la catedral de la Santa Cruz y desaparecer doblando la esquina. Pese a la distancia, parecían fuera de lugar en medio de la deslucida aglomeración del lugar. Rey se encaminó a la catedral y preguntó por el prelado. Éste, al enterarse de que Rey era un agente de policía en busca de un hombre inidentificado, estudió la ilustración del periódico, observándola bien a través de sus gafas con montura de oro, antes de excusarse plácidamente:

—Me temo, agente, que no he visto a este pobre hombre en mi vida.

Rey, pensando en las dos figuras encopetadas, preguntó si alguien más había estado por los alrededores preguntando por el desconocido. El prelado, devolviendo la ficha de Bachi a su cajón, se sonrió amablemente y negó.

Después el patrullero Rey se trasladó a Cambridge. En la comisaría central se había recibido un cable en el que se informaba de un intento de robar de su ataúd, en plena noche, los restos de Artemus Healey.

—Yo ya les expliqué lo que podría pasar si se divulgaba el caso —dijo el jefe Kurtz refiriéndose a la familia Healey, con un inapropiado sentimiento vindicativo.

La dirección del cementerio del monte Auburn había colocado ahora el cuerpo en un ataúd de acero y contratado a otro vigilante nocturno, éste provisto de arma de fuego. En la colina, no lejos de la tumba de Healey, estaba la estatua del reverendo Talbot, erigida sobre su sepultura y sufragada por su congregación. La estatua tenía una gracia que mejoraba el verdadero rostro del ministro. En una mano, el predicador de mármol sostenía el Libro Sagrado y en la otra, unas gafas. Esto era un tributo a una de sus costumbres de púlpito, un extraño hábito que consistía en quitarse sus grandes gafas cuando leía un texto en el atril, y volvérselas a calar cuando predicaba libremente, sugiriendo de manera instructiva que uno necesitaba una visión más aguda para leer lo inspirado por el espíritu de Dios.

De camino para inspeccionar el monte Auburn, enviado por el jefe Kurtz, Rey se detuvo a causa de una leve alteración del orden. Le dijeron que un anciano, alojado en el segundo piso de un edificio próximo, llevaba ausente más de una semana, un período que no resultaba insólito, pues en ocasiones viajaba. Pero los residentes pedían que se hiciera algo a propósito de un pestilente hedor que emanaba de su habitación. Rey llamó con los nudillos y consideró la posibilidad de forzar la puerta cerrada por dentro, pero luego pidió prestada una escalera de mano y la colocó en el exterior. Subió por ella y levantó la ventana de la habitación, pero el terrible hedor que escapaba del interior casi le hizo precipitarse al suelo.

Cuando el piso se hubo aireado lo bastante para permitirle entrar, Rey tuvo que apoyarse contra una pared. Necesitó varios segundos para aceptar que no había nada que hacer. Un hombre permanecía tieso, con los pies colgando cerca del suelo y una soga en torno al cuello, la cual estaba fijada con un gancho en lo alto. Sus rasgos, rígidos y descompuestos, hacían imposible el reconocimiento. Pero Rey conoció al hombre por su ropa y por los ojos, todavía saltones y que reflejaban pánico: era el anterior sacristán de la cercana iglesia unitarista. Más tarde fue hallada una tarjeta en una silla: era la que el jefe Kurtz había dejado en la iglesia para que le fuera entregada a Gregg. En el dorso, el sacristán escribió un mensaje para la policía, insistiendo en que él no había visto a ningún hombre entrar en las bóvedas para matar al reverendo Talbot. A alguna parte de Boston, advertía, había llegado un alma demoníaca y él no podía continuar viviendo con el temor de su retorno en busca de los que quedaban.

Pietro Bachi, caballero italiano y graduado por la Universidad de Padua, se nutrió a regañadientes de todas las oportunidades que le brindaba Boston como profesor particular, aunque aquéllas eran escasas y desagradables. Trató de conseguir otra plaza universitaria tras su dimisión de Harvard.

—Puede que haya un puesto para un simple maestro de francés o alemán —le dijo, riendo, el rector de una nueva universidad en Filadelfia—, pero ¡italiano! Amigo mío, nosotros no esperamos que nuestros muchachos se hagan cantantes de ópera.

Universidades de arriba y abajo de la costa atlántica preveían escasos cantantes de ópera. Y las juntas académicas de gobierno estaban lo bastante ocupadas (gracias, señor Bakey) manejando el griego y el latín como para considerar la enseñanza de una lengua viva innecesaria, indecorosamente papista y vulgar.

Afortunadamente, en ciertos barrios de Boston, al término de la guerra, se materializó una moderada demanda. Unos pocos comerciantes yanquis estaban ansiosos por abrirse puertas con ayuda de cuantos conocimientos de idiomas pudieran procurarse. También una nueva clase de familias prominentes, enriquecidas por los beneficios y acaparamientos de la guerra, deseaba ante todo que sus hijas tuvieran una cultura. Algunas pensaban que sería sensato que las señoritas jóvenes se hicieran con un italiano básico, además del francés, pues parecía merecer la pena mandarlas a Roma cuando les llegara el tiempo de viajar (una moda reciente entre las bellezas bostonianas en flor). Así que Pietro Bachi, despojado sin más ceremonias de su plaza en Harvard, quedó a disposición de comerciantes emprendedores y damiselas mimadas. Estas últimas con frecuencia tenían su tiempo ocupado, pues los maestros de canto, dibujo y danza les atraían mucho más, con lo que Bachi se pasaba la vida reclamando a las jóvenes damas que le reservaran huecos de una hora y cuarto.

Esta vida mantenía consternado a Pietro Bachi.

Las lecciones no lo atormentaban tanto como tener que pedir sus honorarios. Los *americani* de Boston habían construido una Cartago, una tierra atiborrada de dinero pero vacía de cultura, destinada a desaparecer sin dejar rastro de su existencia. ¿Qué dijo Platón de los ciudadanos de Agrigento? Ese pueblo edifica como si fuera inmortal y come como si fuera a morir en el instante.

Unos veinticinco años antes, en la hermosa campiña de Sicilia, Pietro Batalo, como muchos italianos antes que él, se había enamorado de una mujer peligrosa. La familia de ella pertenecía a la facción política opuesta a la de los Batalo, que lucharon vigorosamente contra el control papal del Estado. Cuando la mujer sintió que Pietro la había agraviado, su familia estuvo más que encantada de arreglárselas para que fuera excomulgado y desterrado. Tras una serie de aventuras en varios ejércitos, Pietro y su hermano, un comerciante que deseaba liberarse de aquel destructivo paisaje político y religioso, cambiaron su nombre por el de Bachi y atravesaron el océano. En 1843, Pietro encontró un Boston que era una ciudad pintoresca, de rostros amistosos, diferente de la que emergería en 1865, cuando los nativistas vieron hacerse realidad su temor de la rápida multiplicación de extranjeros, y los escaparates se llenaron de este aviso: NO SE ADMITEN SOLICITUDES DE EXTRANJEROS. Bachi había sido bienvenido en la Universidad de Harvard, y por un tiempo él, lo mismo que el joven profesor Henry Longfellow, incluso se alojó en un tramo encantador de la calle Brattle. Entonces Pietro Bachi concibió una pasión, como ninguna que hubiera conocido, por una joven irlandesa y la hizo su esposa. Pero ella encontró pasiones suplementarias poco después de casarse con el profesor. Según decían los estudiantes de Bachi, lo abandonó dejándole en el baúl sólo los puños de sus camisas, y en el gañote, el sincero entusiasmo que ella sentía por la bebida. Así empezó la pronunciada y regular decadencia en el corazón de Pietro Bachi...

—Comprendo que ella es; bueno, digamos... —su interlocutor rebuscó una palabra delicada mientras corría detrás de Bachi— *difícil*.

—¿Que ella es difícil? —Bachi no se detuvo mientras bajaba las escaleras—. ¡Ja! No se cree que soy italiano. ¡Dice que no tengo aspecto de italiano!

La niña apareció en lo alto de la escalera y observó con expresión arisca a su padre titubeando detrás del pequeño profesor.

—Oh, estoy seguro de que la niña no quiere decir lo que dice —declamaba en el tono más grave posible.

—¡Sí quise decirlo! —gritó la niña desde el rellano del entresuelo, apoyándose en la barandilla de nogal y asomándose tanto, que parecía que iba a caer sobre el sombrero de punto de Pietro Bachi—. No se parece en nada a un italiano. ¡Es demasiado bajo!

—¡Arabella! —exclamó el hombre, y luego se volvió con una sonrisa teñida de amarillo, como si se lavara la boca con oro, hacia el vestíbulo, que refulgía a la luz de las velas—. ¡Le pido que aguarde un momento más, querido señor! Aprovechemos la ocasión para revisar sus honorarios, ¿de acuerdo, *signor* Bachi? —sugirió con la ceja tensa como una temblorosa flecha aguardando en su arco.

Bachi se volvió hacia él un momento, con el rostro encendido, agarrando fuertemente su bolsa, mientras trataba de dominar su mal humor. Las arrugas entrecruzadas se habían multiplicado en su rostro en los últimos años, y cada pequeño contratiempo le hacía dudar de que su existencia valiera la pena.

—*Amari cani!* —se limitó a decir Bachi.

Arabella miró abajo, confusa. No había aprendido lo bastante como para entender el juego de palabras: *americani*, «americanos», quedaba convertido en «amargos perros».

El tranvía de caballos, que a aquella hora iba en dirección al centro, cargaba al pasaje como ganado al que se lleva al matadero. El servicio de tranvías cubría Boston y sus suburbios, y aquéllos consistían en coches de dos toneladas capaces de transportar alrededor de cincuenta pasajeros. Iban provistos de ruedas de hierro, discurrían sobre raíles planos e iban tirados por un par de caballos. Los que habían conseguido asientos contemplaban con distante interés cómo otras tres docenas de personas, entre ellas, Bachi, pugnaban por doblarse sobre sí mismas, golpeando y siendo golpeadas en sus intentos de alcanzar los agarraderos de cuero que pendían del techo. Cuando el cobrador se abría paso para vender los billetes, el andén ya estaba repleto de gente que aguardaba el siguiente tranvía. En medio del recalentado y mal ventilado coche, dos borrachos desprendían el mismo olor que un montón de ceniza, y luchaban por cantar armónicamente una canción cuya letra desconocían. Bachi se llevó la mano a la boca y, comprobando que nadie lo miraba, alentó sobre ella y momentáneamente dilató las ventanas de la nariz.

Una vez llegado a su calle, Bachi se sumergió, desde la acera, en un sótano sombrío situado en una casa de vecindad llamada Half Moon Place, anhelando la feliz soledad que lo aguardaba. Pero en el último peldaño de la escalera se hallaban sentados, fuera de lugar pues no había sillones, James Russell Lowell y el doctor Oliver Wendell Holmes.

—Me gustaría saber qué está usted pensando, *signore* —dijo Lowell, con una sonrisa encantadora, mientras le estrechaba la mano.

—No merece la pena, *professore* —replicó Bachi, con la mano colgándole floja como un trapo húmedo bajo el apretón de Lowell—. ¿Se ha perdido camino de Cambridge?

Dirigió una mirada desconfiada a Holmes, pero estaba más sorprendido por aquella visita de lo que daba a entender.

—En absoluto —dijo Lowell al tiempo que se quitaba el sombrero, descubriendo su frente alta y blanca—. ¿Conocía usted al doctor Holmes? A los dos nos gustaría charlar un poco con usted, si no tiene inconveniente.

Bachi frunció el ceño y abrió la puerta de su apartamento, recibiendo como bienvenida el estrépito de unos botes colgados con pinzas detrás mismo de la puerta. La habitación era subterránea, con un cuadrado de luz diurna derramándose desde una media ventana que se abría por encima del nivel de la calle. Un olor de moho se desprendía de las ropas colgadas en todos los rincones, nunca totalmente exentos de humedad, con lo que los trajes de Bachi estaban siempre arrugados. Mientras Lowell reordenaba los botes de la puerta para colgar su sombrero, Bachi deslizó descuidadamente un montón de papeles de su escritorio y los introdujo en su bolsa. Holmes se esforzó para hacer cumplidos a tan degradada decoración.

Bachi puso una tetera con agua en la repisa interior de la chimenea y preguntó secamente:

—¿Qué los trae por aquí, caballeros?

—Venimos para rogarle que nos ayude, *signor* Bachi —dijo Lowell.

En el rostro de Bachi se dibujó una mueca divertida, mientras servía el té, y pareció más animado.

—¿Cómo lo tomarán?

Avanzó hasta el aparador, donde había media docena de vasos sucios y tres garrafas. Llevaban etiquetas con las inscripciones RON, GIN y WHISKEY.

—Té solo, gracias —dijo Holmes, y Lowell estuvo de acuerdo.

—¡Oh, vamos! —insistió Bachi, presentándole a Holmes una de las garrafas. Para contentar a su anfitrión, Holmes vertió en la taza de té la menor cantidad de gotas de whiskey que le fue posible, pero Bachi levantó el codo del doctor—. Creo que el amargo clima de Nueva Inglaterra nos acarrearía la muerte a todos, doctor —dijo—, si no fuera por la posibilidad de echarnos al coleto algo caliente de vez en cuando.

Bachi hizo como que iba a servirse té, pero acabó optando por un vaso colmado de ron. Los huéspedes se levantaron de las sillas, dándose cuenta simultáneamente de que ya se habían sentado.

—¡Por la universidad! —exclamó Lowell.

—La universidad me debía algo, ¿no creen ustedes? —preguntó Bachi con torpe afabilidad—. Además, ¿dónde puede uno encontrar un asiento tan singularmente incómodo, eh? Los hombres de Harvard pueden hablar todo lo que quieran como unitaristas, pero siempre serán calvinistas hasta las orejas, que gozan con su propio sufrimiento y con el ajeno. Díganme, ¿cómo es que ustedes, caballeros, me han encontrado aquí, en Half Moon Place? Creo que soy el único que no es dublinés en varias millas a la redonda.

Lowell desenrolló un ejemplar del *Daily Courier* y lo abrió por una página con una hilera de anuncios. En torno a uno de ellos había trazado un círculo.

> Caballero italiano, graduado por la Universidad de Padua, altamente calificado por sus numerosos trabajos y con larga práctica como profesor de español e italiano, se ofrece para clases particulares, en colegios masculinos y femeninos, etc. Referencias: honorable John Andrew, Henry Wadsworth Longfellow y James Russell Lowell, profesor de la Universidad de Harvard. Dirección: Half Moon Place, 2, calle Broad.

Bachi rió para sí.

—A nosotros, los italianos, nos gusta ocultar nuestros méritos como la lámpara bajo el celemín. En nuestro país, nuestro proverbio es: «El buen paño en el arca se vende.» Pero en América debería ser: *In bocca chiusa non entran mosche.* En boca cerrada no entran moscas. ¿Cómo puedo esperar que la gente venga y compre si ignora que tengo algo que vender? Así que abro la boca y soplo en la trompeta.

Holmes titubeó tras beberse un sorbo de té fuerte, y preguntó:

—¿John Andrews, es una de sus referencias, *signore*?

—Dígame, doctor Holmes, ¿qué alumno en busca de lecciones de italiano acudirá al gobernador para preguntarle por mí? Sospecho, en cualquier caso, que nadie se ha presentado tampoco ante el profesor Lowell.

Lowell lo admitió. Se inclinó para acercarse a los montones de textos de Dante y comentarios que cubrían el escritorio de Bachi, desordenadamente abierto por todos lados. Encima colgaba un pequeño retrato de la fugada esposa de Bachi. El pincel del artista había tenido la consideración de suavizarlo oscureciendo su dura mirada.

—Y ahora, ¿cómo puedo ayudarlos? Por más que una vez yo necesité su ayuda, *professore*.

Lowell sacó otro periódico de su chaqueta, y éste lo abrió por donde estaba el retrato de Lonza.

—¿Conoce usted a este hombre, *signor* Bachi? ¿O debo decir conoció?

Al observar el rostro cadavérico en aquella página desprovista de color, a Bachi lo invadió la tristeza. Pero cuando levantó la mirada, se había apoderado de él la ira.

—¿Imaginan ustedes que yo he de conocer a todos los palurdos andrajosos?

—El obispo de la catedral de la Santa Cruz pensaba que lo conocía —dijo Lowell en tono de estar bien enterado.

Bachi pareció sobresaltarse y se volvió a Holmes como si estuviera rodeado.

—Según creo, *signore*, usted tomó prestadas allí cantidades de dinero nada insignificantes —dijo Lowell.

Esto abochornó a Bachi hasta dejarlo blanco. Bajó la mirada con un gesto ovejuno.

—Así son los curas norteamericanos... No son como los de Italia. Tienen la bolsa más llena que el mismo papa. Si estuvieran ustedes en mi lugar, ni siquiera el dinero de los curas les ofendería el olfato. —Vació su ron, echó la cabeza atrás y silbó. Miró de nuevo el periódico—. Así que quieren ustedes saber algo sobre Grifone Lonza.

Hizo una pausa y luego señaló con el pulgar un montón de textos de Dante sobre su escritorio.

—Lo mismo que ustedes, caballeros literatos, siempre he encontrado a mis compañeros más agradables entre los muertos antes que entre los vivos. La ventaja consiste en que, cuando un autor se vuelve chato u oscuro o, simplemente, deja de entretenerlo a uno, puede decirle: «Cierra el pico.»

Estas últimas palabras las pronunció como si se recreara en ellas. Bachi se puso en pie y se sirvió ginebra. Bebió un buen trago, y dijo entre borborigmos:

—En Estados Unidos, ésa es una tarea en solitario. La mayoría de mis hermanos que se han visto forzados a venir aquí apenas pueden leer un periódico, y mucho menos la *Commedia di Dante*, que penetra en el alma misma del hombre, tanto en su mayor desesperación como en su mayor dicha. Éramos unos pocos en Boston, hace unos años; hombres de letras, hombres de intelecto: Antonio Gallenga, Grifone Lonza, Pietro d'Alessandro. —No pudo contener una sonrisa nostálgica, como si sus visitantes hubieran estado entre ellos—. Nos sentábamos en nuestras habitaciones y leíamos juntos a Dante en voz alta, primero uno y después otro, y de esta manera avanzábamos en el conjunto del poema, que contiene todos los secretos. Lonza y yo éramos los últimos del grupo que no se han marchado o han muerto. Ahora sólo quedo yo.

—Vamos, no menosprecie Boston —dijo Holmes.

—Pocos merecen pasar su vida entera en Boston —replicó Bachi con irónica sinceridad.

—¿Sabía usted, *signor* Bachi, que Lonza murió en la comisaría de policía? —preguntó amablemente Holmes.

Bachi asintió.

—Me han llegado vagas noticias al respecto.

Al tiempo que dirigía una mirada a los libros de Dante en el escritorio, Lowell dijo:

—*Signor* Bachi, ¿cómo reaccionaría usted si yo le dijera que Lonza recitó un verso del tercer canto del *Inferno* a un agente de policía antes de precipitarse al vacío y morir?

Bachi no pareció sorprendido en absoluto. En lugar de eso, se echó a reír sin contenerse. La mayor parte de los exiliados políticos de Italia se volvían más extremistas en su rectitud e incluso transformaban sus propios pecados en signos de santidad. En sus mentes, por otra parte, el papa era un perro miserable. Pero Grifone Lonza se había convencido a sí mismo de que de algún modo había traicionado su fe y tenía que encontrar la manera de arrepentirse de sus faltas a los ojos de Dios. Una vez establecido en Boston, Lonza contribuyó a extender una misión católica relacionada con el convento de las ursulinas, seguro de que su fe llegaría a oídos del papa y conseguiría su retorno. Entonces las turbas quemaron el convento hasta arrasarlo.

—En lugar de indignarse, Lonza, en una reacción típica de él, se vino abajo, convencido de que había cometido alguna gravísima equivocación en su vida para merecer el peor castigo de Dios. Su lugar aquí, en el exilio, se tornó confuso para él. Casi dejó de hablar inglés. Creo que una parte de él olvidó hablar y sólo conocía la verdadera lengua italiana.

—Pero ¿por qué el señor Lonza quiso recitar un verso de Dante antes de saltar por la ventana, *signore*? —preguntó Holmes.

—Un amigo mío regresó a la patria, doctor Holmes; un tipo jovial que regentaba un restaurante y que respondía a todas las preguntas sobre su comida con citas de Dante. Bien; resultaba divertido. Lonza se volvió loco. Dante se convirtió para él en una manera de librarse de los pecados que imaginaba haber cometido. Al final se sentía culpable por todo cuanto se le propusiera. En sus últimos años nunca leyó realmente a Dante; no tenía necesidad. Cada línea y cada palabra estaban fijadas permanentemente en su cerebro y para su terror. Nunca las había aprendido de memoria de forma intencionada, pero acudían a su mente como las advertencias de Dios acudían a las de los profetas. La más ligera imagen o palabra podía hacer que se deslizara al poema de Dante... En ocasiones podían pasar días sin que se le oyera decir otra cosa.

—No le sorprende a usted que se suicidara —señaló Lowell.

—A mí no me consta que fuera eso lo que sucedió, *professore* —atajó Bachi—. Pero no importa cómo lo llame usted. Toda su vida fue un suicidio. Renunció a su alma por miedo, poco a poco, hasta que en el universo no quedó ningún lugar para él salvo el infierno. Mentalmente, estaba en el precipicio del tormento eterno. No me sorprende que se cayera. —Hizo una pausa—. ¿Es ese caso tan diferente del de su amigo Longfellow?

—¿Qué puede usted saber de un hombre como Henry Longfellow, Bachi? —inquirió Lowell—. A juzgar por su escritorio, Dante parece haberle consumido también a usted no hace mucho, *signore*. ¿Qué es exactamente lo que está buscando? En sus escritos, Dante buscaba la paz. ¡Me atrevería a decir que ustedes andan detrás de algo menos noble! —concluyó, revolviendo las páginas descuidadamente.

Bachi apartó de un manotazo el libro, dejándolo fuera del alcance de Lowell.

—¡No toque mi Dante! ¡Puedo estar en una casa de vecindad, pero no tengo que justificar mis lecturas ante nadie, rico o pobre, *professore*!

Lowell se sonrojó, cohibido.

—No se trata... Si necesita usted un préstamo, *signor* Bachi...

—¡Oh, ustedes, los *amari cani*! —cloqueó Bachi—. ¿Cree que voy a aceptar la caridad de usted, un hombre que permaneció cruzado de brazos mientras Harvard me echaba para que fuera pasto de los lobos?

Lowell estaba espantado.

—¡Vamos, Bachi! ¡Yo luché con uñas y dientes por su empleo!

—Usted envió una nota a Harvard solicitando que me abonaran la liquidación. ¿Dónde estaba usted cuando yo no tenía adónde dirigirme? ¿Dónde estaba el gran Longfellow? Ustedes no han luchado por nada en toda su vida. Ustedes escriben poemas y artículos sobre la esclavitud y el asesinato de indios y esperan que algo cambie. Ustedes luchan por lo que no se acerca a su puerta, *professore.* —Amplió el alcance de su invectiva volviéndose al aturdido doctor Holmes, como si incluirlo a él fuera una cuestión de cortesía—. ¡Ustedes lo han heredado todo en sus vidas y no saben lo que es clamar por su pan! Bien, ¿y con qué otras expectativas vine yo a este país? ¿De qué podría quejarme? El más grande de los vates no tuvo hogar, sino exilio. Quizá llegue el día en que de nuevo pueda caminar por mis orillas, una vez más con verdaderos amigos, antes de abandonar esta tierra.

En los treinta segundos siguientes, Bachi bebió dos vasos de whiskey llenos, y se derrumbó en la silla de su escritorio, presa de un gran temblor.

—Fue la intervención de un extranjero, Carlos de Valois, la causa del exilio de Dante. Él es nuestra última propiedad, las postreras cenizas del alma de Italia. Yo no aplaudiré que usted y su adorado señor Longfellow arranquen a Dante del lugar que le corresponde y hagan de él ¡un norteamericano! ¡Recuerden solamente que él siempre volverá a *nosotros*! ¡El espíritu de supervivencia de Dante es demasiado poderoso para sucumbir ante cualquier hombre!

Holmes trató de preguntar por la actividad docente de Bachi. Lowell le interrogó sobre el hombre del bombín y el chaleco de cuadros a quien había visto acercarse ansiosamente a Bachi en el campus de Harvard. Pero por el momento ya habían sacado a Pietro Bachi todo cuanto pudieron. Cuando salieron del apartamento situado en el sótano, en éste reinaba un frío malsano. Se agacharon para pasar bajo la desvencijada escalera exterior, conocida por los moradores de la casa como la Escala de Jacob, porque conducía a un lugar algo mejor: la casa de vecindad de la plaza Humphrey, situada más arriba.

Un Bachi de rostro enrojecido sacó la cabeza por su media ven-

tana, de tal modo que parecía haber crecido del suelo. Se meneó sobre su cuello, y dijo con voz de borracho:

—¿Quieren ustedes hablar de Dante, *professori*? ¡Echen un vistazo a su clase sobre Dante!

Lowell se volvió y le pidió que le aclarase el significado de
aquello.

Pero dos manos temblorosas cerraron la ventana con un ruidoso golpe.

X

El señor Henry Oscar Houghton, un hombre de elevada estatura, piadoso, con una sotabarba al estilo cuáquero, revisaba sus cuentas en la ordenada saturación del escritorio de su oficina de contabilidad, la cual relucía bajo una lámpara con pantalla. A través de su incansable devoción por los pequeños detalles, su empresa, Riverside Press, situada en la orilla de Cambridge del río Charles, se había convertido en la imprenta más importante que trabajaba para prominentes editoriales, entre ellas la más notable, Ticknor y Fields. Uno de los recaderos de Houghton llamó a la puerta abierta.

Houghton no se movió hasta que hubo terminado de escribir y secar un número en su libro de costes. Se sentía orgulloso de sus laboriosos antepasados puritanos.

—Pasa, muchacho —dijo finalmente Houghton, levantando la vista de su trabajo.

El chico depositó una tarjeta en la mano de Oscar Houghton. Aun antes de leerla, al impresor le llamó la atención el papel pesado e inflexible. Leyendo bajo la lámpara lo escrito a mano, Houghton se envaró. Su paz, estrictamente defendida, quedaba ahora completamente rota.

Llegó el carruaje policial del subjefe Savage y se apeó el jefe Kurtz. Rey se reunió con él en la escalera de la Comisaría Central.

—¿Y bien? —preguntó Kurtz.

—He descubierto que el nombre de pila del saltador era Grifone, según otro vagabundo, quien afirma haberlo visto en ocasiones junto a la vía férrea —explicó Rey.

—Ya es un paso —admitió Kurtz—. ¿Sabe? He estado pensando en lo que dijo usted, Rey, sobre esos asesinatos como formas de *castigo*. —Rey esperó a que a esto siguiera algo concluyente, pero Kurtz se limitó a dejar escapar un suspiro—. He estado pensando en el juez presidente Healey.

Rey asintió.

—Bien, todos hacemos cosas que vivimos para lamentar, Rey. Nuestra propia fuerza de policía reprimió disturbios a porrazos durante el proceso Sims, desde la escalinata del palacio de justicia. Cazamos a Tom Sims como a un perro y, tras el juicio, lo trasladamos al puerto para devolverlo como esclavo a su amo. ¿Me sigue? Ése fue uno de nuestros momentos más oscuros, y todo a partir de una decisión del juez Healey, o de una ausencia de ella, al no declarar sin validez la ley del Congreso.

—Sí, jefe Kurtz.

Kurtz parecía entristecido por sus pensamientos.

—Piense en los hombres más respetables de la sociedad bostoniana, patrullero. Yo diría que, con toda probabilidad, no han sido unos santos, al menos en estos tiempos. Han vacilado, han prestado apoyo al bando equivocado durante la guerra, han antepuesto la cautela al coraje, y cosas peores.

Kurtz abrió la puerta de su despacho, dispuesto a continuar. Pero tres hombres vestidos con gabanes negros estaban de pie inclinados sobre su escritorio.

—¿Que pasa aquí? —inquirió Kurtz, y luego miró en derredor en busca de su secretario.

Los hombres se apartaron, descubriendo a Frederick Walker Lincoln sentado a la mesa de Kurtz.

Kurtz se quitó el sombrero e hizo una ligera reverencia.

—Honorable...

El alcalde Lincoln estaba completando una perezosa calada final a un cigarro, sentado entre las alas laterales de la mesa de caoba de John Kurtz.

—Espero que no le moleste que hayamos hecho uso de su despacho mientras esperábamos, jefe.

Una tos quebró la voz de Lincoln. Junto a él se sentaba el concejal Jonas Fitch. Una sonrisa beata parecía haber sido tallada en su rostro al menos desde hacía unas horas. El concejal despidió a dos de los hombres enfundados en gabanes, miembros de la oficina de detectives. Uno se quedó.

—Aguarde en el antedespacho, patrullero Rey —ordenó Kurtz.

Prudentemente, Kurtz tomó asiento a este lado del escritorio y esperó a que la puerta estuviera cerrada.

—¿De qué se trata? ¿Por qué han traído aquí a esos bribones?

El bribón que quedaba, el detective Henshaw, no se mostró particularmente ofendido. El alcalde Lincoln dijo:

—Estoy seguro de que tiene usted otros casos policiales que han permanecido descuidados durante este tiempo, jefe Kurtz. Hemos decidido que de la resolución de esos asesinatos no se encarguen sus detectives.

—¡No puedo permitirlo! —protestó Kurtz.

—Dé la bienvenida a los detectives que van a hacer el trabajo, jefe. Están capacitados para resolver casos como ése con rapidez y energía —dijo Lincoln.

—Particularmente con esas recompensas sobre la mesa —añadió el concejal Fitch.

Lincoln dirigió una mirada ceñuda al concejal.

Kurtz bizqueó.

—¿Recompensas? Los detectives no pueden aceptar recompensas, según la propia ley de ustedes. ¿Qué recompensas, alcalde?

El alcalde aplastó su cigarro, fingiendo pensar en el comentario de Kurtz.

—Mientras estamos hablando, el consejo municipal de Boston aprobará una resolución impulsada por el concejal Fitch, que elimina la restricción de que los miembros de la oficina de detectives reciban recompensas. También habrá un ligero incremento de tales recompensas.

—Un incremento, ¿de cuánto? —preguntó Kurtz.

—Jefe Kurtz... —empezó a decir el alcalde.

—¿Cuánto?

Kurtz creyó ver sonreírse al concejal Fitch antes de responder.

—La recompensa se eleva ahora a treinta y cinco mil por la detención del asesino.

—¡Que Dios nos proteja! —exclamó Kurtz—. ¡Habría hombres capaces de cometer un asesinato para echar mano de ese dinero! ¡Especialmente en nuestra maldita oficina de detectives!

—Nosotros hacemos el trabajo que alguien debió hacer y no hizo, jefe Kurtz —apuntó el detective Henshaw.

El alcalde Lincoln exhaló aire y su rostro entero se deshinchó. Aunque el alcalde no tenía un parecido exacto con su primo segundo, el difunto presidente Lincoln, presentaba el mismo aspecto esquelético y de persona infatigable pese a su fragilidad.

—Quiero retirarme después de otro mandato, John —dijo suavemente el alcalde—. Y quiero estar seguro de que mi ciudad me recordará con honor. Necesitamos atrapar a ese asesino o se abrirán las puertas del infierno. ¿Se lo imagina? Entre la guerra y el magnicidio, Dios sabe que los periódicos han vivido del sabor de la sangre durante cuatro años, y a fe mía que están más sedientos de ella que nunca. Healey era compañero mío de clase en la universidad, jefe, y creo que en cierto modo se espera de mí que me eche a la calle y encuentre yo mismo a ese loco. Y si no, ¡me colgarán en el Boston Common! Se lo ruego, deje que los detectives resuelvan esto y retire del caso al negro. No podemos sufrir otra perturbación.

—Perdone, alcalde —dijo Kurtz enderezándose en su silla—, ¿qué tiene que ver el patrullero Rey con todo esto?

—La rueda de reconocimiento en relación con el caso del juez Healey y que casi acabó en disturbios. —Al concejal Fitch le gustaban las frases rebuscadas—. Aquel mendigo que se arrojó desde la ventana de su comisaría. Supongo que eso le suena, jefe.

—Rey no tuvo nada que ver con eso —replicó Kurtz, plantándose.

Lincoln sacudió la cabeza con un gesto de simpatía.

—El concejal ha encargado una investigación para determinar su papel. Hemos recibido quejas de varios agentes de policía, en el sentido de que, para empezar, fue la presencia de su conductor lo que provocó la conmoción. Nos han informado de que el mulato custodiaba al mendigo cuando ocurrió aquello, jefe, y algunos creen... Bueno, hacen cábalas sobre si él pudo forzar la caída por la ventana. Probablemente de manera accidental...

—¡Malditas mentiras! —exclamó Kurtz enrojeciendo—. ¡Él trataba de calmar las cosas, como hacíamos todos! ¡El que saltó era una especie de maníaco! ¡Los detectives tratan de detener nuestra investigación para así hacerse con las recompensas! Henshaw, ¿qué sabe usted de esto?

—Sé que el negro no puede salvar a Boston de lo que está pasando, jefe.

—Quizá cuando el gobernador sepa que su candidato ha traído la división al departamento de policía, haga lo que debe y reconsidere su iniciativa —dijo el concejal.

—El patrullero Rey es uno de los mejores policías que he conocido.

—Lo cual, ya que estamos aquí, plantea otra cuestión. También se nos ha hecho saber que a usted lo ven por toda la ciudad en compañía de él, jefe. —El alcalde arrugó el ceño—. Incluido el lugar de la muerte de Talbot. Y no como su simple conductor, sino como un igual en sus actividades.

—¡Es un verdadero milagro que a ese moreno no lo haya perseguido una turba de linchadores tirándole adoquines cada vez que sale a la calle! —dijo el concejal Fitch riendo.

—Nosotros aplicamos a Nick Rey todas las restricciones que el consejo municipal sugirió y... ¡Yo no veo qué tiene que ver su posición con esto!

—Tenemos encima un delito que inspira horror —dijo el alcalde Lincoln, apuntando con un rígido dedo a Kurtz—. Y el departamento de policía está cayéndose a pedazos. Por eso tiene que ver. No permitiré que Nicholas Rey siga interviniendo de ninguna forma en este caso. Un error más y deberá enfrentarse a su separación del servicio. Hoy han ido a verme unos senadores del estado, John. Están constituyendo otra comisión para proponer la supresión de todos los departamentos de policía municipal del estado y sustituirlos por una fuerza de policía metropolitana dependiente del mismo estado, si no podemos acabar con esto. Los tenemos en contra. No podré saber lo que sucede allá donde tengo mando. ¡Compréndalo! No quiero ver el departamento de policía de mi ciudad desmantelado.

El concejal Jonas Fitch pudo advertir que Kurtz estaba demasiado anonadado para hablar. El concejal se inclinó y lo miró a los ojos.

—Si usted hubiera hecho cumplir nuestras leyes sobre templanza y antivicio, jefe Kurtz, ¡quizá a estas alturas todos los ladrones y los bribones habrían huido a Nueva York!

A primera hora de la mañana, las oficinas de Ticknor y Fields bullían de anónimos dependientes de la tienda —algunos, muchachos todavía, y otros con el pelo gris— y de oficinistas de menos categoría. El doctor Holmes fue el primer miembro del club Dante en llegar. Mientras paseaba por el vestíbulo para matar el tiempo, decidió instalarse en el despacho privado de J. T. Fields.

—Oh, perdón, mi buen señor —dijo, cuando advirtió que allí había alguien, y se dispuso a cerrar la puerta.

Un rostro anguloso y en la sombra se volvió hacia la ventana. Holmes tardó un segundo en reconocerlo.

—¡Mi querido Emerson! —saludó Holmes sonriendo ampliamente.

Ralph Waldo Emerson, con su perfil aquilino y su largo cuerpo, vestido con una capa y un mantón azules, volvió en sí de sus ensoñaciones y saludó a Holmes. Era una rareza encontrar a Emerson, poeta y conferenciante, fuera de Concord, un pueblecito que en un tiempo había rivalizado con Boston por su despliegue de talentos literarios, especialmente después de que Harvard le prohibiera hablar en su campus por haber declarado muerta la Iglesia Unitarista, durante una alocución en la facultad de Teología. Emerson era el único escritor de Estados Unidos que se aproximaba a la fama de Longfellow, e incluso Holmes, un hombre en el centro de todo el quehacer literario, se sentía halagado cuando se hallaba en compañía del autor.

—Acabo de regresar de mi Lyceum Express anual, organizado por nuestro mecenas de los poetas modernos. —Emerson levantó una mano sobre el escritorio de Fields, como si le diera la bendición, un gesto que recordaba sus días como reverendo—. El guardián y protector de todos nosotros. Yo le traía unos papeles.

—Bien, ya era tiempo de que regresara usted a Boston. Lo hemos echado de menos en el club del Sábado. ¡Estuvo a punto de convocarse una reunión de protesta para reclamar su compañía! —dijo Holmes.

—Muy agradecido; no sabe cuánto me halaga eso —replicó

213

Emerson sonriendo—. Nunca encontramos tiempo para escribir a los dioses ni a los amigos, sólo a los abogados, que pretenden cobrar deudas, y al hombre que ha de reparar el techo de nuestra casa.

A continuación, Emerson le preguntó a Holmes por sus asuntos y él contestó con largas y complicadas anécdotas.

—He estado pensando en escribir otra novela.

Lo dijo como tanteando, pues le intimidaban la fuerza y la rapidez de las opiniones de Emerson, que a menudo le hacían parecer a uno que estaba completamente equivocado.

—Oh, me gustaría que lo hiciera, querido Holmes —dijo Emerson sinceramente—. Su voz no puede dejar de agradar. Y hábleme del brillante capitán. ¿Sigue con su carrera de derecho?

Holmes rió nerviosamente por la mención de Junior, como si lo relativo a su hijo fuera algo cómico en sí, lo cual no tenía el menor fundamento, pues Junior carecía del mínimo sentido del humor.

—Yo me incliné una vez por las leyes, pero consideré todo aquello muy indigesto. Junior también escribía buenos versos; no tan buenos como los míos, pero buenos versos. Ahora vive de nuevo en casa. Es como un Otelo blanco, sentado en la mecedora de nuestra biblioteca e impresionando a las jóvenes Desdémonas con las historias de sus heridas. En ocasiones creo que me desprecia. ¿Ha tenido alguna vez esa sensación con su hijo, Emerson?

Emerson guardó silencio durante unos densos segundos.

—No hay paz para los hijos de los hombres, Holmes.

Observar los gestos del rostro de Emerson mientras hablaba era como mirar a un hombre maduro cruzar un arroyo saltando de piedra en piedra, y el cauteloso egocentrismo que evocaba esa imagen distrajo a Holmes de sus ansiedades. Deseaba que la conversación prosiguiera, pero sabía que los encuentros con Emerson podían concluir casi sin avisar.

—Mi querido Waldo, ¿puedo hacerle una pregunta? —Lo que Holmes quería realmente era su consejo, pero Emerson nunca daba ninguno—. ¿Qué le parecería a usted que nosotros, Fields, Lowell y yo, ayudáramos a Longfellow en su traducción de Dante?

Emerson alzó una de sus cejas, como cubiertas de escarcha.

—Si Sócrates estuviera aquí, Holmes, podríamos ir a hablar con él en la calle. Pero no podemos ir a hablar con nuestro querido Longfellow. Hay un palacio, servidores y una hilera de botellas de vino de distintos colores, vasos de vino y hermosas chaquetas. —Emerson inclinó la cabeza, pensativo—. A veces pienso en la época en que leía a Dante bajo la dirección del profesor Ticknor, como hizo también usted, pero no puedo dejar de considerar a Dante una curiosidad, un mastodonte, una reliquia para colocarla en un museo, no en una casa.

—¡Pero usted me dijo una vez que la introducción de Dante en Estados Unidos sería una de las realizaciones más significativas de nuestro siglo! —insistió Holmes.

—Sí. —Emerson consideró aquello. Le gustaba enfocar los asuntos desde todos los puntos de vista siempre que fuera posible—. También eso es verdad. Sólo que, ¿sabe, Wendell?, prefiero la sociedad de una persona fiel a una asociación de conversadores rápidos, que más que nada buscan la admiración mutua.

—Pero ¿qué sería de la literatura sin esas asociaciones? —replicó Holmes sonriendo. Tenía la integridad del club Dante a su cuidado—. ¿Quién puede decir lo que debemos a la sociedad de admiración mutua entre Shakespeare, Ben Jonson, Beaumont y Fletcher? ¿O a aquella sociedad que formaban Johnson y Goldsmith, Burke y Reynolds, Beauclerc y Boswell, el más admirador entre los admiradores, y que se reunían junto a la chimenea de un salón?

Emerson reordenó los papeles que había traído para Fields, a fin de mostrar que el objeto de su visita se había cumplido.

—Recuerde que, sólo cuando el genio del pasado se transmita a un poder actual, tendremos el primer poeta norteamericano. Y en alguna parte, nacido en las calles más que en el ateneo, encontraremos al primer verdadero lector. El espíritu del norteamericano se supone tímido, imitativo, domesticado; y al erudito, honrado, indolente, complaciente. Sin acción, el erudito ya no es un hombre. Las ideas pueden obrar a través de los huesos y de los brazos de los hombres buenos, o no pasan de meros sueños. Cuando leo a Longfellow, me siento muy a gusto, seguro. Pero eso no nos aportará nuestro futuro.

Cuando Emerson se hubo marchado, Holmes sintió que se había enfrentado a un enigma de la esfinge al que sólo podía darse una respuesta. Sintió también que, decididamente, aquella conversación era algo que le pertenecía, y no quiso compartirla con los otros cuando llegaron.

—Pero, realmente, ¿es eso posible? —preguntó Fields a sus amigos después de que hablaran de Bachi—. ¿Ese mendigo de Lonza pudo haber estado tan abrumado que antepuso el poema a la vida?

—No sería la primera ni la última vez que la literatura se apodera de una mente debilitada. Piensen en John Wilkes Booth —dijo Holmes—. Cuando disparó contra Lincoln, exclamó en latín: «Así les ocurra siempre a los tiranos.» Eso es lo que dice Bruto mientras asesina a Julio César. Lincoln era el emperador romano en la mente de Booth. Recuerden que Booth era shakespeariano. Igual que nuestro Lucifer es un maestro dantista. La lectura, la comprensión, el análisis que nosotros realizamos a diario lograron lo que en nuestro fuero interno esperábamos que se obrara en nosotros; y eso mismo actuó sobre los huesos y los músculos de ese hombre.

Longfellow enarcó las cejas al oír esto.

—Sólo que al parecer produjo ese efecto en Booth y Lonza de manera involuntaria.

—¡Bachi debe haber ocultado algo que él sabe acerca de Lonza! —dijo Lowell, contrariado—. Ya vio usted, Holmes, lo renuente que se mostraba. ¿Qué nos dice?

—Era como darse cabezazos —admitió Holmes—. Cuando un hombre empieza a atacar Boston, cuando vierte su amargura sobre el Estanque de las Ranas o el Parlamento del estado, pueden estar seguros de que no le queda mucho. El pobre Edgar Poe murió en el hospital poco después de haber empezado a hablar así. Si uno se encuentra a un sujeto reducido a esa condición, más le vale que no le preste dinero, porque está en las últimas.

—El hombre cascabel —murmuró Lowell a la mención de Poe.

—Siempre hubo un punto oscuro en Bachi —dijo Longfellow—. El pobre Bachi. La pérdida de su trabajo lo hizo más desgraciado y, sin duda, en su desesperación, considera nuestro papel de manera poco amable.

Lowell no miró a Longfellow a los ojos. Se había abstenido de contarle los detalles de la diatriba de Bachi contra él.

—Creo que en este mundo la gratitud escasea más que los buenos versos, Longfellow. Bachi no tiene más sentimientos que un rábano picante. Podría ser que Lonza sintiera tanto miedo en la comisaría de policía porque *sabía* quién mató a Healey. Sabía que Bachi era el culpable... O quizá incluso ayudó a Bachi a matar a Healey.

—La mención del trabajo de Longfellow sobre Dante no le hizo reaccionar como si le hubieran arrimado una cerilla —dijo Holmes, aunque se mostraba escéptico—. El asesino debe ser un hombre de gran fuerza, para haber transportado a Healey desde el dormitorio hasta el campo. Bachi apenas puede ir dando traspiés en línea recta, con su regimiento de licores. Además, no hemos encontrado ninguna relación entre Bachi y las dos víctimas.

—¡No la hemos necesitado! —dijo Lowell—. Recuerde que Dante sitúa en el infierno a muchas personas a las que no conoció. *Ser* Bachi tiene dos ingredientes más fuertes que una relación personal con Healey o Talbot. Primero: un excelente conocimiento de Dante. Él es el único, fuera de nuestro club, y aparte, supongo, de Ticknor, con un nivel de comprensión que rivaliza con el nuestro.

—Sin duda —corroboró Holmes.

—Segundo: el motivo —continuó Lowell—. Es pobre como una rata. Se encuentra abandonado por nuestra ciudad y sólo busca consuelo en la bebida. Sus ocasionales trabajos como profesor particular son todo cuanto lo mantiene a flote. Está resentido con nosotros porque cree que Longfellow y yo nos quedamos cruzados de brazos cuando lo despidieron. Y Bachi consideraría a Dante más echado a perder que recuperado por los traicioneros norteamericanos.

—¿Por qué, mi querido Lowell, eligió Bachi a Healey y a Talbot? —preguntó Fields.

—Pudo haber escogido a quien le pareciera, con tal de que se ajustara a los pecados que decide castigar. Si Dante llegara a revelarse como fuente, podría desprestigiar su nombre en Estados Unidos antes de que el poema se afianzara.

—¿Podría ser Bachi nuestro Lucifer? —preguntó Fields.

—¿Debe ser nuestro Lucifer? —replicó Lowell, estremeciéndose mientras se agarraba el tobillo.

Longfellow lo interpeló, mirándole la pierna.

—¿Lowell?

—Oh, no se preocupe, gracias. Ahora recuerdo que me golpeé contra una plataforma de hierro el otro día, en Wide Oaks.

El doctor Holmes se inclinó hacia delante e hizo un ademán para que Lowell se arremangara la pernera.

—¿Ha aumentado de tamaño, Lowell?

La abrasión roja había pasado del tamaño de una moneda de un centavo al de un dólar.

—¿Cómo podría saberlo?

Nunca se había tomado en serio sus propias lesiones.

—Quizá debiera prestarse más atención a usted mismo que a Bachi —le reprendió Holmes—. Esto no tiene el aspecto de una herida que se está curando. Todo lo contrario. ¿Dice que sólo se golpeó? No parece infectada. ¿Le ha estado molestando, Lowell?

De repente sintió el tobillo mucho peor.

—Ahora duele otra vez. —Se quedó pensativo—. Es posible que mientras estaba en casa de Healey una de aquellas moscas azules se me introdujese en la pernera. ¿Podría ser eso?

—Por lo que yo puedo imaginar, no —respondió Holmes—. Nunca he oído que una mosca azul de esa clase sea capaz de picar. ¿Y si fue otro tipo de insecto?

—No; me hubiera dado cuenta. La aplasté bien aplastada —explicó Lowell haciendo una mueca—. Era una de las que le llevé, Holmes.

Holmes meditó lo anterior.

—Longfellow, ¿ha regresado de Brasil el profesor Agassiz?

—Creo que precisamente esta semana —contestó Longfellow.

—Sugiero que enviemos al museo de Agassiz las muestras de insectos que usted recogió —dijo Holmes dirigiéndose a Lowell—. No hay nada que él no sepa sobre animales.

Lowell ya estaba más que harto del tema de su propio bienestar.

—Hágalo si cree que debe. Ahora propongo seguir a Bachi unos pocos días, suponiendo que no esté ya muerto de tanto beber. Habría que ver si nos conduce a algún lugar revelador. Dos de nosotros aguardarán frente a su casa en un carruaje, mientras los demás esperan aquí. Si no hay objeciones, yo me pondré al frente de los que vigilen a Bachi. ¿Quién me acompañará?

Nadie se ofreció voluntario. Fields tiró con gesto indolente de la cadena de su reloj.

—¡Oh, vamos! —dijo Lowell, dando palmaditas en el hombro al editor—. Usted se viene, Fields.

—Lo siento, Lowell. Me he comprometido con Oscar Houghton para un almuerzo hoy. También asistirá Longfellow. Houghton recibió anoche una nota de Augustus Manning advirtiéndole que deje de imprimir la traducción de Longfellow, o de lo contrario perderá el negocio con Harvard. Debemos hacer algo, y rápidamente, o Houghton cederá.

—Y yo tengo comprometida una charla en el Odeón sobre los últimos avances de la homeopatía y la alopatía, que no podría cancelar sin graves pérdidas económicas para los organizadores —dijo el doctor Holmes, dejando clara cuál era la prioridad—. ¡Todos están invitados a asistir, por supuesto!

—¡Pero podríamos averiguar algo decisivo! —protestó Lowell.

—Lowell —dijo Fields—. Si permitimos que el doctor Manning nos tome la delantera en lo de Dante mientras nosotros nos ocupamos de esto otro, todo nuestro trabajo de traducción, todo lo que hemos esperado quedará en nada. Nos llevará sólo una hora apaciguar a Houghton, y luego podremos hacer lo que usted dice.

Aquella tarde llegó hasta Longfellow el penetrante olor de los bistecs y los apagados y alegres ruidos propios del almuerzo, mientras aguardaba de pie frente a la pétrea fachada griega de la casa Revere. Un almuerzo con Oscar Houghton significaría al menos una hora de tregua sin hablar de crímenes ni de insectos. Fields, inclinándose sobre el pescante de su carruaje, daba instrucciones a su cochero para que regresara a la calle Charles, pues Annie Fields debía asistir a su club de señoras en Cambridge. Fields era el único miembro del círculo de Longfellow que tenía coche propio, no sólo porque el editor era el más rico, sino también porque valoraba el lujo por encima de los problemas causados por los cocheros malhumorados y los caballos achacosos.

Longfellow se fijó en una pensativa dama con velo negro que cruzaba Bowdoin Square. Llevaba un libro en la mano y caminaba deliberadamente despacio, con la mirada baja. Pensó en la época en que se encontraba con Fanny Appleton en la calle Beacon, cómo le dirigía un saludo cortés, sin pararse nunca a hablar con él. La había conocido en Europa, mientras se sumergía en los idiomas a fin de prepararse para la docencia, y ella se mostraba bastante agradable con aquel profesor amigo de su hermano. Pero de regreso en Boston, fue como si Virgilio le susurrara a ella al oído el consejo que dio al peregrino en el círculo de los tibios: «No hablemos; miremos y pasemos de largo.» Habiéndosele negado la conversación con la hermosa joven, Longfellow se encontró creando el personaje de una hermosa joven en su libro *Hyperion*, que modeló pensando en ella.

Pero transcurrieron los meses sin que la joven respondiera al gesto del hombre al que ella llamaba el profesor o el profe, aunque seguro que si hubiera leído el texto se habría reconocido en el personaje. Cuando finalmente encontró de nuevo a Fanny, ella dejó muy claro que no la entusiasmaba verse esclavizada en el libro del profesor, expuesta a la vista de todos. Él no pensó en excusarse, pero en los meses siguientes le abrió sus emociones como nunca lo había hecho, ni siquiera con Mary Potter, la joven que había muerto durante un aborto pocos años después de casarse con Longfellow. La señorita Appleton y el profesor Longfellow empezaron a verse con regularidad. En mayo de 1843 Longfellow le escribió una nota proponiéndole matrimonio. El mismo día, recibió su aceptación. *¡Oh, Día por siempre bendito, que me abrió a esta* Vita Nuova, *esta Nueva Vida de felicidad!* Repetía estas palabras una y otra vez hasta que tomaron forma, adquirieron peso y pudo abrazarlas y protegerlas como si fueran niños.

—¿Dónde se habrá metido Houghton? —preguntó Fields cuando partía su carruaje—. Más le vale no olvidarse de nuestro almuerzo.

—Quizá lo hayan retenido en Riverside. Señora... —Longfellow se quitó el sombrero al paso por la acera de una mujer corpulenta, la cual le devolvió una sonrisa tímida. Siempre que Longfellow se dirigía a una mujer, aunque fuera brevemente, era como si le ofreciera un ramo de flores.

—¿Quién era ésa? —preguntó Fields frunciendo el ceño.

—Ésa —respondió Longfellow— es la señora que nos sirvió una cena en Copeland's hace dos inviernos.

—Ah, bien, sí... De todos modos, si lo han retenido en Riverside, mejor sería que la causa fuera el trabajo con las páginas del *Inferno* que hemos de enviar a Florencia.

—Fields —dijo Longfellow apretando los labios.

—Lo siento, Longfellow —se excusó Fields—. La próxima vez que la vea le prometo que me quitaré el sombrero.

Longfellow sacudió la cabeza.

—No, no es eso. Mire allí.

Fields siguió la mirada de Longfellow, que se dirigía a un hombre extrañamente encorvado que llevaba una bolsa de hule brillante, y que caminaba con paso excesivamente vivo por la acera opuesta.

—Es Bachi.

—¿Y ése fue alguna vez profesor de Harvard? —replicó el editor—. Está tan encarnado como una puesta de sol en otoño.

Observaron el paso del profesor italiano, cada vez más rápido hasta convertirse en un trote que concluyó con un salto brusco frente a la fachada de una tienda, en una esquina. La tienda tenía una techumbre baja de tejas y un letrero ostentoso en el escaparate en el que se leía WADE E HIJO Y CÍA.

—¿Conoce usted esa tienda? —preguntó Longfellow.

Fields no la conocía.

—Parece tener mucha prisa, ¿verdad?

—Al señor Houghton no le importará aguardar unos momentos —dijo Longfellow tomando a Fields por el brazo—. Venga, podemos enterarnos de algo si lo cogemos por sorpresa.

Cuando echaron a andar hacia la esquina para cruzar la calle, vieron a George Washington Greene que salía con muchas precauciones de la farmacia Metcalf's llevando un cargamento. El hombre de las muchas enfermedades se ofrecía nuevas medicinas como otros se ofrecen helados. Los amigos de Longfellow a menudo se lamentaban de que las pociones de Metcalf's contra la neuralgia, la disentería y demás —vendidas con una imagen de marca que representaba la figura de un sabio con una nariz exagerada— contribuían en gran manera a los accesos de Rip Van Winkle* durante sus sesiones de traducción.

—¡Santo Dios, si es Greene! —le dijo Longfellow a su editor—. Es imperativo, Fields, que evitemos que hable con Bachi.

---

* Referencia al relato de este título incluido en el *Sketch Book* de Washington Irving (1783-1859). Narra la historia de un personaje norteamericano de origen holandés que permanece dormido durante veinte años en las montañas, ignorante de cuanto sucede en el país. Las «ausencias» de Greene durante las sesiones del club Dante darían lugar a una comparación jocosa con Rip Van Winkle. (*N. del t.*)

—¿Por qué? —preguntó Fields.

Pero la proximidad de Greene impidió seguir hablando.

—¡Mis queridos Fields y Longfellow! ¿Qué los trae hoy por aquí, caballeros?

—Mi querido amigo —dijo Longfellow, mirando ansiosamente la puerta, bajo la sombra de un dosel, de Wade e Hijo, al otro lado de la calle, aguardando a que Bachi diera señales de vida—. Veníamos a almorzar en la casa Revere. Pero ¿no debía usted estar en Greenwich este día de la semana?

Greene asintió y suspiró al mismo tiempo.

—Shelly quiere que permanezca bajo sus cuidados hasta que mi salud mejore. ¡Pero no puedo estar todo el día en cama, aunque el doctor insista! El dolor nunca mata a nadie, pero es el compañero de cama más molesto. —Entró en minuciosos detalles sobre sus síntomas más recientes. Longfellow y Fields fijaban sus ojos en el otro lado de la calle mientras Greene seguía con su cháchara—. Pero yo no debería aburrir a todo el mundo con cantilenas sobre mis males. No me quejaría si no me sintiera frustrado por perderme otra sesión de Dante, ¡y desde hace semanas no me han dicho una palabra al respecto! He empezado a preocuparme por si el proyecto se abandonaba. Por favor, dígame, querido Longfellow, que ése no es el caso.

—Tan sólo hemos hecho una breve pausa —dijo Longfellow, estirando el cuello para mirar al otro lado de la calle, donde a Bachi se le podía ver a través del escaparate. Estaba gesticulando enérgicamente.

—No tardaremos en reanudar las sesiones. Sin duda —añadió Fields. Un carruaje dobló la esquina de enfrente, privando de la visión del escaparate y de Bachi—. Lo siento, pero debemos irnos, señor Greene —se apresuró a decir Fields, dándole en el codo a Longfellow y tirando de él.

—¡Pero están ustedes confundidos, caballeros! ¡Han sobrepasado la casa Revere, que está en dirección opuesta! —dijo Greene riendo.

—Sí, bien...

Fields buscó una excusa verosímil mientras aguardaban a que un par de coches que se acercaban atravesaran el transitado cruce.

—Greene —interrumpió Longfellow—. Debemos hacer prime-

222

ro una breve parada. Por favor, vaya usted al restaurante y almuerce con nosotros y con el señor Houghton.

—Me temo que mi hija se pondría hecha una furia si no regreso —respondió Greene, preocupado—. ¡Oh, miren quién viene! —Greene dio un paso atrás, se tambaleó y quedó fuera de la estrecha acera—. ¡El señor Houghton!

—Mis más sentidas disculpas, caballeros. —Un hombre desgarbado, vestido de negro como un empresario de pompas fúnebres, apareció junto a ellos y bajó su brazo, insólitamente largo, para estrechar la primera mano, que resultó ser la de George Washington Greene—. Estaba a punto de entrar en la casa Revere cuando los vi a ustedes tres con el rabillo del ojo. Espero que su espera no haya sido prolongada. Mi querido señor Greene, ¿se une usted a nosotros? ¿Y cómo sigue usted, mi buen amigo?

—Muy mal alimentado —respondió Greene, revistiéndose de nuevo de sus padecimientos—. La mía era una vida en la que las reuniones de Dante los miércoles por la noche eran el primer y último sustento.

Longfellow y Fields alternaban su vigilancia con vistazos de quince segundos. La entrada de Wade e Hijo seguía bloqueada por el carruaje intruso, cuyo cochero permanecía sentado pacientemente, como si su misión primordial fuera obstruir la visión de los señores Longfellow y Fields.

—¿Ha dicho usted *eran*? —le preguntó Houghton a Greene, sorprendido—. Fields, ¿tiene eso algo que ver con el doctor Manning? Pero ¿qué hay de la celebración en Florencia y de la tirada especial del primer volumen? Debo saber si las fechas de publicación se han retrasado, ¡no puedo ir a ciegas!

—Desde luego que no, Houghton —dijo Fields—. Precisamente hemos aflojado las riendas un poco.

— ¿Y en qué puede ayudar, pregunto, un hombre habituado al placer de ese trocito semanal de paraíso? —se lamentó dramáticamente Greene.

—No lo sé —respondió Houghton—. Pero me preocupa imprimir ese libro, tal como se han puesto los precios... ¿Puedo preguntar si su Dante superará cualquier obstáculo que Manning y Harvard se propongan interponer en su camino?

Las manos de Greene se agitaron conforme las levantaba en el aire.

—Si fuera posible resumir una idea precisa de Dante en una sola palabra, señor Houghton, esa palabra sería *fuerza*. El paisaje de su mundo acaba por asentarse en la memoria de uno junto a su mundo real. Incluso los sonidos que se ha demorado en describir al oído del lector como ásperos, fuertes o suaves, al instante vuelven a usted siempre que oye el rumor del mar o el aullido del viento o el canto de los pájaros.

Bachi salió de la tienda, y ahora pudieron verlo examinando el contenido de su bolsa, con aspecto de gran emoción.

Greene se detuvo.

—¿Fields? Pero ¿qué ocurre? Parece usted esperar que ocurra algo al otro lado de la calle.

Longfellow hizo una seña a Fields, un golpecito con la muñeca, para que entretuviera a su interlocutor. Como compañeros en una situación crítica que de algún modo consiguen comunicar una compleja estrategia con el mínimo gesto. Fields ejecutó una maniobra de distracción para su amigo, pasando su brazo flojamente sobre sus hombros.

—Ya ve, Greene, ha habido varios cambios en el campo de la edición después de la guerra...

Longfellow empujó a un lado a Houghton y le dijo con un hilo de voz:

—Me temo que tendremos que posponer nuestro almuerzo para otra ocasión. Dentro de diez minutos sale un tranvía hacia Back Bay. Le ruego que acompañe hasta allí al señor Greene. Acomódelo y no se vaya hasta que salga el tranvía. Asegúrese de que no se apea.

Longfellow habló levantando ligeramente las cejas para que el otro comprendiera bien su urgencia.

Houghton respondió con un gesto militar, sin pedir mayores explicaciones. ¿Le había pedido alguna vez Henry Longfellow un favor personal o a alguien a quien él conociera? El dueño de Riverside Press deslizó su brazo bajo el de Greene.

—Señor Greene, ¿me permite que lo acompañe al tranvía? Creo que el próximo está a punto de salir y no le conviene esperar mucho rato con este frío de noviembre.

Con apresuradas despedidas, Longfellow y Fields esperaron a que dos grandes ómnibus pasaran atronando calle abajo, tocando las campanillas para avisar. Los dos poetas cruzaron la calle sólo para darse cuenta a la vez de que el profesor italiano ya no estaba en la esquina. Miraron una manzana por delante y otra por detrás, pero no lo vieron en ninguna parte.

—¿Dónde demonios...? —preguntó Fields.

Longfellow señaló y Fields miró a tiempo para ver a Bachi cómodamente sentado en el asiento trasero del mismo carruaje que había estado obstruyendo su vigilancia. El ruido de los cascos de los caballos se alejaba, al parecer sin compartir la impaciencia del pasajero.

—¡Y no hay un coche de punto a la vista! —se lamentó Longfellow.

—Podemos atraparlo —dijo Fields—. La caballeriza del cochero Pike está a pocas manzanas de aquí. El bribón pide un cuarto de dólar por un asiento en su carruaje, y medio dólar cuando se considera particularmente extorsionado. Nadie en la manzana puede sufrirlo salvo Holmes, y él no soporta a nadie excepto al doctor.

Fields y Longfellow, caminando con rapidez, encontraron a Pike no en su caballeriza, sino tercamente estacionado frente a la mansión de ladrillos del 21 de la calle Charles. El dúo solicitó los servicios de Pike, y Fields sacó dinero a puñados.

—No puedo servirles, caballeros, ni por todo el dinero de esta comunidad —dijo Pike en tono áspero—. Me he comprometido a transportar al doctor Holmes.

—Escúchenos atentamente, Pike —y Fields exageró el tono de mando que de forma natural tenía su voz—. Somos colaboradores muy estrechos del doctor Holmes. Él le diría que nos cogiera.

—¿Son ustedes amigos del doctor? —preguntó Pike.

—¡Sí! —exclamó Fields, aliviado.

—Entonces, como amigos suyos, no es probable que quieran quitarle el coche. Yo estoy comprometido con el doctor Holmes —repitió Pike amablemente, y se sentó de nuevo para sacar punta con los dientes a lo que quedaba de un palillo de marfil.

—¡Bien! —exclamó Oliver Wendell Holmes, contoneándose en el escalón de acceso a su casa, sosteniendo una cartera de mano, vestido con un traje oscuro de estambre, con una bufanda de seda blanca lindamente anudada como una corbata, y con una rosa blanca en el ojal—. ¡Fields, Longfellow, después de todo vienen ustedes a la conferencia sobre alopatía!

Los caballos de Pike avanzaban a todo correr por la calle Charles, en dirección a las intrincadas calles del centro, rozando las farolas y sobrepasando a los airados conductores de tranvías. El carruaje de Pike era un *rockaway** destartalado, con un asiento lo bastante ancho para acoger a cuatro pasajeros sin que tuvieran que aplastarse las rodillas unos contra otros. El doctor Holmes había dado instrucciones al cochero para llegar rápidamente a la una menos cuarto al Odeón, pero ahora el destino había cambiado, al parecer en contra de la voluntad del doctor, desde la perspectiva del cochero, y el número de pasajeros se había triplicado. Pike tenía el propósito de conducirlos de todos modos al Odeón.

—¿Y qué hay de mi conferencia? —preguntó Holmes a Fields una vez en la trasera del carruaje—. Están vendidas todas las entradas, ¿sabe?

—Pike puede dejarlo allí en un periquete en cuanto encontremos a Bachi y le hagamos un par de preguntas —respondió Fields—. Y le aseguro que los periódicos no informarán de que llegó usted tarde. ¡Si yo no hubiera despedido mi coche para dejárselo a Annie, no nos habríamos quedado atrás!

—Pero ¿qué cree usted que conseguirá si damos con él? —inquirió Holmes.

Fue Longfellow quien le contestó:

—Está claro que hoy Bachi está nervioso. Si conversamos con él lejos de su casa, y de su bebida, puede mostrarse menos renuente a hablar. De no habernos tropezado con Greene, es probable que hubiéramos atrapado a *Ser* Bachi sin estas prisas. Yo estaba por explicarle sencillamente al pobre Greene todo lo que ha ocurrido, pero, la verdad, sería un golpe para una constitución tan débil. Padece todas las

---

* Carruaje ligero, de piso bajo y cuatro ruedas, con techo pero abierto en los costados. *(N. del t.)*

calamidades y cree que tiene al mundo en contra. Sólo le falta que le caiga un rayo encima.

—¡Ahí va! —exclamó Fields, señalando un vehículo a unas cincuenta varas por delante—. Longfellow, ¿no es el carruaje?

Longfellow alargó el cuello por el costado del coche, sintiendo que el viento le golpeaba la barba, y dio señales de asentimiento.

—¡Cochero, siga recto! —gritó Fields.

Pike aflojó las riendas, y el carruaje recorrió la calle, bamboleándose, a una velocidad muy superior al límite permitido, que la Oficina de Seguridad de Boston había establecido recientemente en «un trote moderado».

—¡Nos estamos alejando mucho hacia el este! —advirtió Pike a gritos por encima del estrépito de los cascos sobre los adoquines—. Muy lejos del Odeón, ¿sabe, doctor Holmes?

Fields preguntó a Longfellow:

—¿Por qué habríamos de esconder a Bachi de Greene? No creo que se conozcan.

—Hace tiempo —dijo Longfellow asintiendo— el señor Greene conoció a Bachi en Roma, antes de que se manifestara lo peor de sus padecimientos. Me temo que, si nos hubiéramos acercado a Bachi estando Greene presente, Greene habría hablado demasiado del proyecto Dante, ¡como acostumbra hacer con todo el que esté dispuesto a aguantarlo!, y eso influiría en las ganas de hablar de Bachi, y le haría sentirse aún más desgraciado.

Pike perdió de vista su objetivo varias veces pero, después de unas rápidas vueltas, galopadas notablemente medidas y pacientes retrasos, recuperó la ventaja. El otro cochero también parecía tener prisa, pero permanecía completamente ajeno a la persecución. Cerca de las calles estrechas de la zona portuaria, su presa se les escapó de nuevo. Luego reapareció, arrancando a Pike una blasfemia, por la que se excusó, y acabó por pararse en seco, haciendo volar a Holmes a través de la cabina para dar en el regazo de Longfellow.

—¡Por ahí viene! —avisó Pike, mientras su colega conducía su coche hacia ellos, alejándose del muelle. Pero el asiento del pasajero estaba vacío.

—¡Ha debido de apearse en el muelle! —dijo Fields.

Pike retuvo el paso una vez más y sus pasajeros bajaron. El trío se abrió paso entre la aglomeración de gente que saludaba, iba de un lado a otro y contemplaba varios barcos desaparecer entre la niebla mientras los despedía agitando pañuelos.

—A esta hora, la mayoría de los barcos está por el Muelle Largo —dijo Longfellow.

Años antes, él paseaba con frecuencia por el puerto para ver los grandes veleros llegar de Alemania o de España, y oír a los hombres y mujeres hablar sus lenguas nativas. En Boston no había una gran Babilonia de idiomas y colores de piel comparable a su puerto.

Fields tenía dificultades para seguir.

—¿Wendell?

—¡Aquí, Fields! —exclamó Holmes, rodeado de una multitud.

Holmes encontró a Longfellow haciendo una descripción de Bachi a un estibador negro que estaba cargando barriles.

Fields decidió preguntar a los pasajeros en la otra dirección, pero al poco se detuvo a descansar al borde de un embarcadero.

—Lleva un traje muy bonito. —Un corpulento jefe de embarque, con una barba grasienta, agarró rudamente a Fields por el brazo y lo empujó fuera—. Apártese de los que suben a bordo si no ha sacado billete.

—Buen señor —dijo Fields—, necesito su ayuda inmediata. ¿Ha visto usted a un hombre de baja estatura, con una levita azul arrugada y ojos inyectados en sangre?

El jefe de embarque lo ignoró, ocupado en organizar la fila de pasajeros por clases y por camarotes. Fields observó al hombre mientras se quitaba la gorra (demasiado pequeña para su cabeza de mamut) y se pasaba una áspera mano por su cabello enredado.

Fields cerró los ojos como si estuviera en trance, escuchando las extrañas y nerviosas órdenes de aquel hombre. A su mente acudió una oscura habitación con una pequeña bujía incansable ardiendo en una repisa de chimenea.

—Hawthorne —dijo suspirando casi involuntariamente.

El jefe de embarque se detuvo y se volvió hacia Fields.

—¿Qué?

—Hawthorne —repitió Fields, sonriendo, sabiendo que estaba en lo cierto—. Usted es un admirador entusiasta de las novelas del señor Hawthorne.

—Bien, yo... —El jefe de embarque rezó o juró para el cuello de su camisa—. ¿Cómo lo ha sabido? ¡Dígamelo en seguida!

Los pasajeros a los que estaba organizando por categorías también se pararon a escuchar.

—No importa. —Fields sintió un impulso gozoso de que conservaba su habilidad para descubrir al público lector que de tanto provecho le había sido muchos años antes, cuando era un joven administrativo en una librería—. Escriba su dirección en esta hoja de papel y le enviaré la nueva colección Azul y Oro, con todas las grandes obras de Hawthorne, autorizada por su viuda. —Fields le tendió el papel y luego lo retiró cerrando la mano—. Si usted me ayuda hoy, señor.

El hombre, súbitamente supersticioso ante los poderes de Fields, rellenó la hoja.

Fields se puso de puntillas e hizo una seña a Longfellow y Holmes, que iban hacia él.

—¡Comprueben ese embarcadero! —les gritó.

Holmes y Longfellow abordaron a un capitán de puerto y le describieron a Bachi.

—¿Y quiénes son ustedes?

—Buenos amigos suyos —respondió Holmes dando voces—. Por favor, díganos si se ha ido.

Fields se reunió ahora con ellos.

—Bien, yo lo he visto venir al puerto —respondió el hombre, con una lentitud sinuosa y desesperante—. Creo que subió a bordo *ahí* y que estaba nervioso a más no poder —añadió, señalando un barquito en el mar que no hubiera podido transportar a más de cinco pasajeros.

—Bueno, ese barquichuelo no puede ir muy lejos. ¿Adónde se dirige? —preguntó Fields.

—¿Ése? Es sólo un transporte entre el muelle y el barco. El *Anonimo* es demasiado grande para atracar en este embarcadero. Así que está esperando fuera del puerto. ¿Lo ve?

Su silueta apenas resultaba visible en medio de la niebla, apareciendo y desapareciendo, pero era el vapor más grande que habían visto.

—Oh, me parece que su amigo se dio mucha prisa en subir a

bordo. Ese barquito que tomó está haciendo el último viaje, con los pasajeros que llegaban tarde. Luego zarpará.

—¿Hacia dónde zarpará? —preguntó Fields, dándole un vuelco el corazón.

—Hacia el otro lado del Atlántico, señor. —El capitán de puerto dirigió una mirada a su pizarra—. ¡Una escala en Marsella y, ah, sí, luego a *Italia*!

El doctor Holmes llegó al Odeón a tiempo para pronunciar una conferencia decididamente bien recibida. Su audiencia consideró que era un conferenciante importantísimo por haberse retrasado. Longfellow y Fields se sentaron en la segunda fila, muy atentos, junto al hijo menor del doctor Holmes, Neddie, las dos Amelias y John, el hermano de Holmes. En la segunda de una serie de tres conferencias de abono, organizadas por Fields, Holmes examinó los procedimientos médicos en relación con la guerra.

—La curación es un proceso vivo —dijo Holmes a su audiencia—, en gran parte bajo la influencia de las condiciones mentales. —Y explicó cómo a menudo la misma herida recibida en combate curaba bien en los soldados vencedores, pero resultaba fatal en los vencidos.

»De este modo emerge esa región media entre ciencia y poesía a la que los hombres considerados sensatos se guardan muy bien de acceder.

Holmes miró la fila ocupada por su familia y amigos y el asiento vacío reservado a Wendell Junior.

—Mi hijo mayor recibió más de una de esas heridas durante la guerra, y fue devuelto a casa por el Tío Sam con algunos ojales nuevos en su chaleco natural. —Risas—. Hubo también en esa guerra muchísimos corazones perforados que no muestran señal alguna de bala.

Tras la conferencia, y con la necesaria cantidad de elogios dirigidos al doctor Holmes, Longfellow y aquél acompañaron a su editor nuevamente a la Sala de Autores, en el Corner, a esperar a Lowell. Allí se decidió que debía organizarse en casa de Longfellow una reunión del club de traducción para el miércoles siguiente.

La sesión planeada serviría a un doble propósito. Primero, apaciguaría todas las inquietudes de Greene sobre el estado de la traducción y sobre la extraña conducta suya y de Houghton de la que había sido testigo, y así se minimizaría el riesgo de nuevas interferencias como la que les había costado perder la información que Bachi hubiera podido poseer. Segundo, y quizá lo más importante, les permitiría progresar en la traducción de Longfellow. Éste trataba de mantener su promesa de tener listo el *Inferno* para enviarlo al Festival Dante en Florencia, el último del año, con motivo del sexto centenario del nacimiento del poeta, en 1265.

Longfellow no quiso admitir que era improbable que terminara antes de concluir el año 1865, a menos que sus investigaciones experimentaran algún milagroso avance. Pero había empezado a trabajar en su traducción por la noche, solo, implorando interiormente a Dante que le aportara sabiduría para ver a través de los confusos finales de Healey y Talbot.

—¿Está el señor Lowell? —dijo una voz baja, acompañada de una llamada con los nudillos a la puerta de la Sala de Autores.

Los poetas estaban exhaustos.

—Me temo que no —respondió Fields con indisimulado fastidio al invisible inquisidor.

—¡Excelente!

El príncipe de los comerciantes de Boston, Phineas Jennison, apuesto como siempre, con traje y sombrero blancos, se deslizó dentro y cerró de golpe la puerta tras él, imperturbable.

—Uno de sus empleados me dijo que podría encontrarlo aquí, señor Fields. Deseo hablar libremente sobre Lowell y es mejor que el muchacho no esté presente. —Colgó su alta chistera en el perchero de hierro de Fields, con lo que su brillante cabello se derramó sobre el lado izquierdo en una soberbia caída—. El señor Lowell pasa por dificultades.

El visitante suspiró al advertir la presencia de los dos poetas. Estuvo a punto de caer sobre una rodilla mientras estrechaba las manos de Holmes y de Longfellow, manejándolas como si fueran botellas de vino de las más raras y delicadas cosechas.

Jennison disfrutaba dedicando sus cuantiosas riquezas al patrocinio de artistas y a su propio perfeccionamiento en materia de apreciación de las bellas letras. Nunca dejaba de sentirse abrumado ante los genios a los que sólo conocía gracias a su dinero. Jennison se acomodó en una butaca.

—Señor Fields, señor Longfellow, doctor Holmes —dijo nombrándolos con exagerada ceremonia—. Todos ustedes son buenos amigos de Lowell, mejores de lo que me es dado serlo a mí, pese a tener el privilegio de conocerlo, porque el verdadero conocimiento sólo se da entre genios.

Holmes lo interrumpió nerviosamente:

—Señor Jennison, ¿le ha sucedido algo a Jamey?

—Estoy enterado, doctor —dijo Jennison suspirando hondamente y buscando las palabras—, estoy enterado de los malhadados hechos relacionados con Dante, y estoy aquí porque deseo ayudarlos en lo que haga falta para contrarrestarlos.

—¿Hechos relacionados con Dante? —repitió Fields con voz rota.

Jennison asintió solemnemente.

—La maldita corporación y sus esperanzas de librarse de ese curso de Lowell sobre Dante. ¡Y su intento de detener su traducción, queridos señores! Lowell me habló de eso, aunque es demasiado orgulloso para solicitar ayuda.

Tres suspiros contenidos escaparon de debajo de los respectivos chalecos tras las palabras de Jennison.

—Ahora, como seguramente saben ustedes, Lowell ha cancelado temporalmente sus clases —dijo Jennison, mostrando su contrariedad al advertir la aparente indiferencia de sus interlocutores ante algo que los concernía—. Bien, pues yo digo que eso no puede ser. Eso no beneficia a un genio de la categoría de James Russell Lowell y no debe consentirse sin luchar. Temo que sea inminente la posibilidad de que a Lowell lo hagan pedazos si emprende una vía de conciliación. Y en la universidad oigo que Manning está exultante.

Esto último lo dijo con el ceño fruncido a causa de la preocupación.

—¿Qué quiere usted que hagamos nosotros, mi querido señor Jennison? —preguntó Fields con un movimiento deferente.

—Anímenlo a que se muestre más audaz. —Jennison subrayó su afirmación con un puñetazo en la palma de la mano—. Sálvenlo de su propia cobardía o nuestra ciudad perderá uno de sus corazones más vigorosos. Pero he tenido otra idea. Creen una organización permanente dedicada al estudio de Dante, ¡yo mismo aprendería italiano para ayudarlos! —Jennison desplegó una sonrisa, a la vez que su cinturón monedero de piel, del que sacó y contó unos billetes grandes—. Una asociación dantista de algún tipo, dedicada a proteger esa literatura tan querida para ustedes, caballeros. ¿Qué me dicen? Nadie tiene por qué saber que yo intervengo, y ustedes les ganarán la mano a los miembros de la corporación.

Antes de que alguien pudiera replicar, la puerta de la Sala de Autores se abrió de repente. Lowell se quedó parado ante ellos, pálido el rostro.

—¿Qué pasa Lowell? ¿Algo va mal? —preguntó Fields.

Lowell empezó a hablar pero luego reparó en Jennison.

—¿Phinny? ¿Qué está usted haciendo aquí?

Jennison dirigió una mirada a Fields, en demanda de ayuda.

—El señor Jennison y yo teníamos algunos asuntos pendientes —dijo Fields, poniéndole al hombre de negocios el cinturón monedero en las manos y empujándolo hacia la puerta—. Pero ya se iba.

—Espero que todo vaya bien, Lowell. ¡Pronto me pondré en contacto con usted, amigo mío!

Fields encontró en el vestíbulo a Teal, el dependiente del turno de tarde, y le pidió que acompañara abajo a Jennison. Luego cerró con pestillo la puerta de la Sala de Autores.

Lowell se sirvió una bebida en el mueble bar.

—Oh, no van a creer la mala suerte que he tenido, amigos míos. Casi me rompo la cabeza a fuerza de retorcerla buscando a Bachi en Half Moon Place, y acabé igual que empecé. No estaba en ninguna parte y nadie de los alrededores sabía dónde podría encontrarlo. No creo que los dublineses de la zona le dirigieran la palabra a un italiano aunque estuvieran hundiéndose allí mismo en una balsa y el italiano tuviera un corcho. Quizá haya ido a divertirse por ahí, como han hecho ustedes esta tarde.

Fields, Holmes y Longfellow guardaron silencio.

—¿Qué? ¿Qué pasa? —preguntó Lowell.

Longfellow sugirió que cenaran en la casa Craigie, y por el camino le explicaron a Lowell lo sucedido con Bachi. Después de la cena, Fields le dijo que había vuelto a hablar con el capitán de puerto y lo había convencido, con la ayuda de una moneda de oro del águila norteamericana, para que comprobara el registro y le informara sobre el viaje de Bachi. La entrada correspondiente indicaba que había adquirido un billete de ida y vuelta con descuento, que no le permitiría regresar antes de enero de 1867.

De nuevo en el salón de Longfellow, Lowell se dejó caer en una butaca, anonadado.

—Sabía que lo habíamos encontrado. Bien, le dimos a conocer que sabíamos lo de Lonza. ¡Nuestro Lucifer se nos ha escurrido entre los dedos, como si fuera arena!

—¡Pues deberíamos celebrarlo! —replicó Holmes riéndose—. ¿No comprende lo que eso significa, si *estuviera* usted en lo cierto? Vaya, que es un pobre final para sus gemelos de teatro enfocados a todo lo que parece estimulante.

—Jamey, si Bachi fuera el asesino... —dijo Fields inclinándose hacia Lowell.

Holmes completó el pensamiento con una sonrisa brillante:

—Entonces, estaríamos a salvo. Y la ciudad estaría a salvo. ¡Y Dante! Si gracias a nuestro conocimiento lo hemos ahuyentado, lo hemos derrotado, Lowell.

Fields se puso de pie, radiante.

—Oh, señores, voy a organizar una cena Dante que hará palidecer el club del Sábado. ¿Cómo va a ser la carne de cordero tan tierna como el verso de Longfellow? ¿Y puede chispear el Moët como el ingenio de Holmes, y los cuchillos de trinchar, rivalizar con la agudeza de la sátira de Lowell?

Se dedicaron tres brindis a Fields.

Todo esto alivió un tanto a Lowell, como también la noticia de una sesión de traducción de Dante, lo que equivalía a reanudar la normalidad, el regreso al puro disfrute de su erudición. Esperaba que ellos no hubieran perdido ese placer al aplicar su conocimiento sobre Dante a tan repugnantes asuntos.

Longfellow parecía saber lo que inquietaba a Lowell.

—En tiempos de Washington —dijo— fundieron los tubos de los órganos de las iglesias para fabricar balas, querido Lowell. No tenían elección. Ahora, Lowell, Holmes, ¿quieren acompañarme abajo, a la bodega, mientras Fields va a ver cómo sigue el trabajo en la cocina? —preguntó mientras tomaba una bujía de la mesa.

—¡Ah, los verdaderos cimientos de toda casa! —comentó Lowell levantándose de la butaca de un salto—. ¿Dispone usted de una buena cosecha, Longfellow?

—Ya conoce usted mi método práctico, señor Lowell:

> *Cuando invites a un amigo a cenar*
> *dale tu mejor vino.*
> *Cuando invites a dos,*
> *bastará el segundo mejor.*

Los presentes emitieron un repiqueteo de carcajadas, aumentadas con una sensación de alivio.

—¡Pero tenemos a cuatro sedientos a los que satisfacer! —objetó Holmes.

—Entonces no esperemos mucho, mi querido doctor —le aconsejó Longfellow.

Holmes y Lowell lo siguieron a la bodega, iluminándose con el fulgor plateado de la bujía. Lowell recurrió a las risas y a la conversación para distraerse del punzante dolor que irradiaba en su pierna, golpeándolo y trasladándose hacia arriba desde el disco rojo que le cubría el tobillo.

Phineas Jennison, con chaqueta blanca, chaleco amarillo y un obstinado sombrero blanco de ala ancha, bajó las escaleras de su mansión de Back Bay. Caminaba y silbaba. Daba vueltas a su bastón de paseo, con adornos de oro, y se reía de buena gana, como si acabara de oír un bonito chiste en su cabeza. Phineas Jennison se reía a menudo para sí de esa manera, mientras paseaba todas las noches por Boston, la ciudad que había conquistado. Le quedaba un mundo que conseguir, un mundo donde el dinero tenía graves limitaciones, donde la sangre determinaba gran parte de la posición de uno, y esta conquista debía realizarla, pese a los recientes impedimentos.

Desde el otro lado de la calle era observado, observado paso a paso desde el momento en que dejó atrás su mansión. La siguiente sombra que necesitaba castigo. Mira cómo camina, silba y ríe, como el que no sabe lo que es el error y no ha conocido ninguno. Paso a paso. La vergüenza de una ciudad que ya no podía dirigir el curso de su futuro. Una ciudad que había perdido su alma. El que sacrificó al único que pudo reunificarlos a todos. El observador lo llamó.

Jennison se detuvo, frotándose su famosa barbilla con hoyuelo. Miró de través en la noche.

—¿Alguien dice mi nombre?

Sin respuesta.

Jennison cruzó la calle, miró adelante y reconoció vagamente a la persona que permanecía en pie, inmóvil, junto a la iglesia. Se sintió tranquilo.

—Ah, es usted. Lo recuerdo. ¿Qué deseaba?

Jennison notó que el hombre hacía un quiebro y se le colocaba detrás. Luego, algo perforó la espalda del príncipe de los comerciantes.

—Tome mi dinero, señor, ¡tómelo todo! ¡Por favor! ¡Puede cogerlo y seguir su camino! ¿Cuánto quiere? ¡Dígalo! ¿Qué me dice?

—«A través de mí el camino discurre entre las gentes perdidas. A través de mí.»

Lo último que esperaba encontrar J. T. Fields cuando, a la mañana siguiente, se apeó de su carruaje, era un cadáver.

—Aquí mismo —le dijo Fields a su cochero.

Fields y Lowell bajaron y caminaron por la acera en dirección a Wade e Hijo.

—Aquí es donde entró Bachi antes de dirigirse a toda prisa al puerto —dijo Fields mostrándole el lugar a Lowell.

No habían encontrado ninguna mención de la tienda en las guías de la ciudad.

—Que me cuelguen si Bachi no vino aquí por algo turbio —dijo Lowell.

Llamaron con los nudillos tranquilamente, sin que hubiera respuesta. Al cabo de un rato, la puerta osciló, se abrió y salió un hombre con una larga guerrera azul con botones brillantes que no les prestó la menor atención. Llevaba una caja rebosante de objetos diversos.

—Usted perdone —dijo Fields.

Otros dos policías se aproximaban ahora y abrieron de par en par las puertas de Wade e Hijo, empujando dentro a Lowell y Fields. En el interior había un hombre muy anciano, de barbilla afilada, derrumbado sobre el mostrador, todavía con la pluma en la mano, como si se hubiera quedado a mitad de una frase. Las paredes y las estanterías estaban desnudas. Lowell se internó más. El poeta fijó la vista fascinado porque el hombre parecía estar vivo.

Fields corrió a su lado y lo cogió del brazo para conducirlo a la puerta.

—¡Está muerto, Lowell!

—Tan muerto como uno de los cuerpos que Holmes maneja en la facultad de Medicina —precisó Lowell, mostrándose de acuerdo—. Me temo que a nuestro dantista no le corresponde cometer un asesinato tan prosaico.

—¡Venga, Lowell! —A Fields le invadió el pánico ante el creciente número de policías afanándose en estudiar el local, sin percatarse todavía de la presencia de los dos intrusos.

—Fields, hay una maleta junto a él. Estaba preparándose para huir, exactamente igual que Bachi. —Miró de nuevo la pluma en la mano del muerto—. Estaba tratando de dejar listos sus asuntos pendientes, creo.

—¡Por favor, Lowell! —exclamó Fields.

—Muy bien, Fields. —Pero Lowell dio un rodeo en dirección al cadáver, se detuvo ante la bandeja del correo sobre el escritorio y deslizó en su bolsillo el sobre de encima—. Venga acá.

Lowell echó un vistazo a la puerta. Fields avanzó apresuradamente, pero se detuvo para mirar atrás cuando no advirtió la presencia de Lowell tras él. Lowell se había parado en medio del local con una temerosa y doliente expresión en el rostro.

—¿Qué le pasa, Lowell?

—La herida del tobillo.

Cuando Fields se volvió de nuevo hacia la puerta, un policía estaba aguardando allí con expresión de curiosidad.

—Acabábamos de venir en busca de un amigo nuestro, señor agente, al que vimos entrar en esta tienda ayer.

Después de oír su historia, el policía decidió tomar nota en su libreta.

—¿Cómo dice que se llamaba ese amigo, el italiano?

—Bachi. B-a-c-h-i.

Cuando a Lowell y a Fields se les permitió retirarse, llegaron el detective Henshaw y otros dos hombres de la oficina de detectives con el forense, el señor Barnicoat, y despidieron a la mayor parte de los policías.

—Que lo entierren en el cementerio de los pobres con el resto de la inmundicia —dijo Henshaw cuando vio el cuerpo—. Ichabod Ross. No quiero perder más tiempo; aún no he desayunado.

Fields se demoró hasta que Henshaw se encontró con sus ojos, que echaban fuego.

El periódico de la tarde contenía una breve reseña sobre el asesinato de Ichabod Ross, un pequeño comerciante, durante un robo.

El sobre que Lowell había escamoteado llevaba el membrete RELOJES VANE. Se trataba de una casa de empeños situada en una de las calles más indeseables del este de Boston.

Cuando a la mañana siguiente Lowell y Fields entraron en la tienda, desprovista de escaparates, se encontraron frente a un hombre corpulento, que pesaría unos ciento cuarenta kilos, con una cara tan encarnada como el tomate más maduro, y una barba verdosa brotándole de la barbilla. Un enorme surtido de llaves colgaba de una cuerda en torno a su cuello y tintineaba cada vez que se movía.

—¿Señor Vane?

—El mismo —replicó, pero su sonrisa se congeló cuando miró a sus interlocutores de arriba abajo y vio cómo vestían—. ¡Ya les he dicho a esos detectives de Nueva York que yo no pasé aquellos billetes falsos!

—Nosotros no somos detectives —dijo Lowell—. Creemos que esto le pertenece. —Colocó el sobre encima del mostrador—. Es de Ichabod Ross.

Desplegó una enorme sonrisa.

—¡Vaya, el pobre! Aunque al viejo lo han apiolado sin haber arreglado cuentas conmigo.

—Señor Vane, lamentamos la pérdida de su amigo. ¿Por qué cree usted que alguien desearía acabar así con el señor Ross? —preguntó Fields.

—Oh, investigadores curiosos, ¿eh? Bien, no se han equivocado al llamar a mi puerta. ¿Cuánto me van a pagar?

—Lo que le debiera el señor Ross —contestó Fields.

—¡Eso es lo que me corresponde legítimamente! —admitió Vane—. No me lo negarán.

—Todo hay que hacerlo por dinero, ¿verdad? —objetó Lowell.

—Lowell, por favor —murmuró Fields.

La sonrisa de Vane se congeló otra vez mientras miraba de frente. Sus ojos se abrieron hasta duplicar su tamaño.

—¿Lowell? ¡Lowell, el poeta!

—Bueno, sí... —admitió Lowell, un tanto desconcertado.

—¿Y qué hay tan raro como un día de junio? —recitó el hombre, que hizo una pausa para reírse y continuó:

¿Y qué hay tan raro como un día de junio?
Entonces, como siempre, llegan días perfectos;
entonces el cielo tienta la tierra por si está en sazón,
y sobre ella reclina suavemente su cálido oído;
si miramos o escuchamos,
percibimos el murmullo de la vida o lo vemos resplandecer.

—La palabra correcta en el cuarto verso es *blandamente* —le corrigió Lowell con cierta indignación—. Reclina *blandamente* su cálido oído, ¿sabe?

—¡Que no me digan que no hay un gran poeta norteamericano! ¡Oh, Dios, si hasta tengo su casa! —anunció Vane, sacando de debajo de su mostrador un ejemplar encuadernado en cuero de *Los hogares de nuestros poetas y los lugares que frecuentan*, y lo hojeó hasta llegar al capítulo sobre Elmwood—. Oh, incluso guardo su autógrafo en mi colección. Junto con Longfellow, Emerson y Whittier, usted es mi favorito. También está aquí ese bribón de Oliver Holmes, que sería mejor aún si no se dedicara a tantas cosas distintas.

El hombre, que se había sonrojado, adquiriendo un tono bardolfiano* a causa de la emoción, abrió un cajón con una de las llaves que llevaba colgando y extrajo una tira de papel en la que figuraba el nombre de James Russell Lowell.

---

* El adjetivo inglés *Bardolphian* deriva de Bardolph, personaje secundario de tres obras de Shakespeare notable por su prominente nariz roja. *(N. del t.)*

—¡Anda, pero si ésta no es mi firma, ni mucho menos! —dijo Lowell—. ¡Quienquiera que escribiese esto no sabía poner la pluma en el papel! Le pido, señor, que se deshaga en seguida de los autógrafos fraudulentos de todos los autores que conserve en su poder, o tendrá noticias hoy mismo del señor Hillard, mi abogado.

—¡Lowell! —le reclamó Fields empujándolo para apartarlo del mostrador.

—¡Qué bien dormiré esta noche sabiendo que tan distinguido ciudadano tiene ilustraciones suficientes en ese libro como para localizar mi casa! —exclamó Lowell.

—¡Necesitamos la ayuda de este hombre!

—Sí —admitió Lowell, acomodándose la chaqueta—. En la iglesia, con los santos; en la taberna, con los pecadores.

—Por favor, señor Vane —dijo Fields volviéndose hacia el propietario y abriendo su cartera—. Deseamos saber acerca del señor Ross y luego lo dejaremos tranquilo. ¿Cuánto aceptaría usted por transmitirnos sus conocimientos?

—¡No lo haría ni por un centavo! —replicó Vane riendo de buena gana, y con unos ojos que parecían retroceder muy lejos en su cerebro—. ¿Es que todo hay que hacerlo por dinero?

Vane propuso cuarenta autógrafos de Lowell como pago. Fields levantó una ceja en señal de advertencia dirigida a Lowell, que accedió de mala gana. Lowell se puso a firmar en las dos columnas de una libreta.

—Un artículo de primera calidad —declaró Vane con gesto de aprobación, viendo lo escrito por Lowell.

Vane le dijo a Fields que Ross, antiguo impresor de un periódico, cambió esa actividad por la de imprimir moneda falsa. Ross cometió la equivocación de pasar ese dinero a un círculo de jugadores que utilizaba los billetes falsos para engañar en los garitos de la ciudad, y que recurrió a algunas casas de empeños como involuntarios peristas de artículos adquiridos con el dinero conseguido en esa operación (la palabra involuntarios fue pronunciada con un acentuado movimiento de la boca del caballero, con la lengua tocándole los labios superior e inferior, alcanzando casi la nariz). Sólo era cuestión de tiempo que estos planes lo alcanzaran a él.

De nuevo en el Corner, Fields y Lowell repitieron todo eso a Longfellow y Holmes.

—Supongo que podemos adivinar lo que Bachi llevaba en la bolsa cuando abandonó la tienda de Ross —dijo Fields—. Una bolsa con billetes falsos como una especie de arreglo a la desesperada. Pero ¿cómo se mezclaría él en un asunto de falsificación?

—Si no puedes ganar dinero, supongo que puedes *hacerlo* —dijo Holmes.

—Fuese lo que fuese lo que llevara —concluyó Longfellow—, parece que el *signor* Bachi pudo marcharse a tiempo.

El miércoles por la noche, Longfellow dio la bienvenida a sus huéspedes en la puerta de la casa Craigie, a la vieja usanza. A medida que entraban, recibían una segunda bienvenida en forma de gañido de *Trap*. George Washington Greene confesó lo mucho que había mejorado su salud después de recibir el aviso de la reunión, y que esperaba que ahora se reanudara la regularidad prevista. Estaba tan diligentemente preparado como siempre para los cantos que se le habían asignado.

Longfellow dio por comenzada la reunión y los eruditos ocuparon sus asientos. El anfitrión hizo circular el canto de Dante en italiano y las correspondientes pruebas de su traducción al inglés. *Trap* observaba cómo se desarrollaba la sesión con agudo interés. Satisfecho por el orden en la acostumbrada distribución de los asientos y por la comodidad de su dueño, el centinela canino se instaló en el hueco bajo el aparatoso sillón de Greene. *Trap* sabía que el anciano sentía especial afecto por él, que se manifestaba en forma de comida de la cena, y además el sillón de terciopelo de Greene estaba en el lugar más próximo al intenso calor que difundía la chimenea del estudio.

«Ahí detrás hay un diablo que nos engalana.»

Después de despedirse de la comisaría central, Nicholas Rey se esforzó para no quedarse dormido en el tranvía. Sólo ahora sintió lo poco que había descansado todas las noches, aunque prácticamente había estado encadenado a su escritorio por orden del alcalde Lincoln, con poco quehacer para llenar el día. Kurtz había encontrado un nuevo conductor, un patrullero novato de Watertown. En el breve sueño de Rey en medio de los bruscos movimientos del coche, se le aproximó un hombre de aspecto bestial y le susurró: «No puedo morir mientras esté aquí», pero, aun soñando, Rey sabía que *aquí* no era una pieza del rompecabezas que le quedó por resolver en el asunto de la muerte de Elisha Talbot. *«No puedo morir mientras esté...»* Lo despertaron dos hombres, colgados de los agarraderos, que discutían sobre las ventajas del sufragio femenino, y luego, aún soñoliento, llegó a una conclusión; alcanzó a comprender que la figura bestial de su sueño tenía el rostro del saltador, aunque amplificado tres o cuatro veces su tamaño. La campanilla no tardó en tintinear, y el cobrador gritó: «¡Monte Auburn! ¡Monte Auburn!»

Mabel Lowell, que acababa de cumplir los dieciocho años, aguardó a que su padre saliera hacia la reunión del club Dante y revisó el escritorio de caoba, de estilo francés, cuya función había sido rebajada a almacén de papeles por su padre, quien prefería escribir sobre una vieja escribanía de cartón en su butaca de la esquina.

Echaba de menos los buenos espíritus paternos alrededor de Elmwood. Mabel Lowell no tenía interés en corretear tras los muchachos de Harvard o en reunirse con la pequeña Amelia Holmes en el círculo de costureras y hablar de a quién aceptaban y a quién rechazaban (excepto en el caso de jóvenes extranjeras, cuyo rechazo no requería discusión), como si todo el mundo civilizado estuviera esperando ser admitido en el club de costura. Mabel quería leer y viajar por el mundo para ver en persona aquello sobre lo que había leído en los libros, los de su padre y los de otros autores visionarios.

Los papeles de su padre estaban desordenados como de costumbre, lo cual reducía el riesgo de futuras inspecciones, pero requería especial delicadeza, pues los montones imposibles de manejar podían volcarse en un instante. Encontró plumas de ave gastadas al máximo y muchos poemas a medio completar, con frustrantes borrones de tinta tachando aquello que más hubiera querido leer ella. Su padre a menudo le advertía que nunca escribiera versos, pues la mayoría salían mal y los buenos eran tan imperfectibles como una persona hermosa.

Había un extraño dibujo; un dibujo a lápiz sobre un papel rayado. Estaba hecho con el cuidado rebuscado que uno dedicaba, según imaginaba ella, a trazar un mapa cuando se perdía en el bosque o, como también imaginaba, cuando se dibujaban jeroglíficos; estaba ejecutado con solemnidad, en un intento de descodificar algún significado o guía. Cuando era niña y su padre viajaba, siempre ilustraba los márgenes de las cartas a casa con figuras toscamente dibujadas de los organizadores de sociedades literarias o de dignatarios extranjeros con los que había cenado. Ahora, pensando en cómo aquellas humorísticas ilustraciones la hacían reír, en principio concluyó que el dibujo representaba las piernas de un hombre, con patines de hielo de desmesurado tamaño en sus pies, y una especie de superficie llana allá donde debía empezar el tórax. Insatisfecha con su interpretación, Mabel volvió el papel a los lados y luego lo invirtió. Se dio cuenta de que las líneas desiguales de los pies podrían representar remolinos de llamas en lugar de patines.

Longfellow leyó su traducción del canto vigesimoctavo, donde se habían quedado en la última sesión. Le hubiera gustado entregar las pruebas finales de este canto a Houghton, y eliminarlo de la lista que obraba en poder de Riverside Press. Era la sección físicamente más desagradable de todo el *Inferno*. Aquí Virgilio había guiado a Dante hasta el noveno foso infernal, conocido como Malebolge, el Zurrón del Mal. Aquí estaban los cismáticos, aquellos que dividieron naciones, religiones y familias en vida, y que ahora se encontraban divididos en el infierno —corporalmente—, mutilados y despedazados.

—«Vi uno... —Longfellow leía su versión de las palabras de Dante— roto desde la barbilla hasta el sitio por donde se expele viento.»
Longfellow inspiró largamente antes de continuar.

> *Entre sus piernas pendían las entrañas;*
> *y eran visibles el corazón y el triste saco*
> *que convierte en excrementos lo que se come.*

Antes de esto, Dante se había mostrado comedido. Este canto demostraba su sincera creencia en Dios. Sólo alguien que posee una fortísima fe en el alma inmortal podría concebir tan brutal tormento inferido al cuerpo mortal.

—La suciedad de algunos de estos pasajes —dijo Fields— degradaría al chalán más borracho.

> Otro, que tenía la garganta agujereada
> y cortada la nariz por debajo de las cejas
> y sólo tenía una oreja,
> se detuvo a mirar, maravillado,
> con los demás, y ante los demás abrió el gaznate,*
> que por fuera era rojo por todas partes...

—¡Y ésos eran hombres a los que Dante había conocido! Esta sombra con la nariz y la oreja cortadas, Pier da Medicina, de Bolonia, no había perjudicado a Dante pesonalmente, aunque había alimentado la disensión entre los ciudadanos de la Florencia de Dante. Éste nunca fue capaz de apartar Florencia de sus pensamientos, mientras escribía su viaje al inframundo. Necesitaba ver a sus héroes redimidos en el purgatorio y recompensados en el paraíso; anhelaba encontrar a los perversos en los círculos más bajos del infierno. El poeta no se limitaba a imaginar ese lugar como una posibilidad; sentía su realidad. Dante llegó a ver a un Alighieri, un pariente, entre los despedazados, señalándolo y pidiéndole venganza por su muerte.

La pequeña Annie Allegra se deslizó en la cocina del sótano de la casa Craigie, procedente del vestíbulo, frotándose los ojos para tratar de ahuyentar de ellos el sueño.

Peter echaba un cubo de carbón en la estufa de la cocina.

—Señorita Annie, ¿el señor Longfellow no la mandó ya a dormir?

Ella se esforzó por mantener los ojos abiertos.

---

* *Aprì la canna* no significa que se abriera la garganta, pese al contexto de carnes desgarradas, sino que habló (según el clásico comentario scartazziniano. (N. del t.)

—Quisiera un vaso de leche, Peter.

—Se lo traigo en seguida, señorita Annie —dijo uno de los cocineros, con una voz cantarina, mientras ella picoteaba en la cocción del pan—. Encantado, querida, encantado.

Un leve golpe llegó desde la puerta principal. Annie, emocionada, reclamó el privilegio de ir a abrir, empeñada, como siempre, en realizar tareas de ayuda, en especial recibir a las visitas. La niña trepó al vestíbulo principal y abrió la pesada puerta.

—¡Shhhhhh! —susurró Annie Allegra Longfellow antes, incluso, de poder ver el hermoso rostro del visitante. Éste se inclinó—. Hoy es *miércoles* —explicó ella en tono confidencial, juntando las manos—. Si viene usted a ver a papá, deberá esperar hasta que salga con el señor Lowell y los demás. Ésas son las reglas, ¿sabe? Puede usted aguardar aquí o en la salita, si lo desea —añadió, señalándole sus opciones.

—Pido excusas por la intrusión, señorita Longfellow —dijo Nicholas Rey.

Annie Allegra asintió graciosamente y, luchando para contrarrestar el peso que volvía a sentir en sus párpados, subió con paso indolente la angulosa escalera, olvidando para qué había hecho el largo viaje hasta abajo.

Nicholas Rey permaneció de pie en el vestíbulo principal de la casa Craigie, entre los retratos de Washington. Sacó los fragmentos de papel del bolsillo. Les pediría ayuda una vez más, en esta ocasión mostrándoles los trozos que había recogido del suelo alrededor del lugar donde murió Talbot, con la esperanza de que hubiera alguna relación que ellos fueran capaces de descubrir y que a él no le era posible. Había encontrado a varios extranjeros alrededor de los muelles que reconocieron el retrato del saltador, lo cual reforzó la convicción de Rey de que aquél era extranjero, y que lo que susurró en su oído era otro idioma. Y esta convicción no podía dejar de recordar a Rey que el doctor Holmes y los demás sabían algo más de lo que le dijeron.

Rey se dirigió a la salita, pero se detuvo antes de abandonar el vestíbulo principal. Se volvió, sorprendido. Algo lo indujo a pararse. ¿Qué acababa de oír? Regresó sobre sus pasos y se acercó más a la puerta del estudio.

—*Che le ferite son richiuse prima ch'altri dinanzi li rivada...*

Rey se estremeció. Se acercó otros tres silenciosos pasos hasta la puerta del estudio. *Dinanzi li rivada*. Sacó un papel del bolsillo del chaleco y encontró la palabra: *Deenanzee*. La palabra había sido para él como un reto desde que el mendigo se precipitó por la ventana de la comisaría. La oía en sueños y con el bombeo de su corazón. Rey se inclinó y apoyó la oreja caliente contra la fría madera blanca.

—Aquí Bertrand de Born, que cortó los vínculos de un hijo con su padre instigando la guerra entre ellos, sostiene en alto su propia cabeza cortada como si fuera una linterna, y con la boca de esa cabeza separada del cuerpo conversa con el peregrino florentino. —Era Longfellow hablando en voz alta.

—Como el jinete sin cabeza de Irving. —La inequívoca risa de barítono de Lowell.

Rey dio un golpecito sobre el papel y escribió lo que había oído.

> *Porque separé a personas tan unidas,*
> *separado llevo mi cerebro, ¡ay de mí!,*
> *de su principio que está en este tronco.*
> *Así se observa en mí el* contrapasso.

¿*Contrapasso*? Una pronunciación monótona y nasal. Como un ronquido. Rey se sintió cohibido y contuvo su propia respiración. Oyó una chirriante sinfonía de plumas garabateando.

—El más perfecto castigo de Dante —dijo Lowell.

—El propio Dante podría estar de acuerdo —corroboró otro.

A Rey lo abrumaban demasiado sus pensamientos como para continuar tratando de distinguir a quienes conversaban, y el diálogo acabó por transformarse en un coro.

—... Es la única vez que Dante presta tan explícita atención a la idea de *contrapasso*, una palabra para la que no hay traducción exacta, no hay definición precisa en inglés porque la palabra en sí misma es su propia definición... Bien, mi querido Longfellow, yo diría *contrasufrimiento*... La noción de que cada pecador debe ser castigado con una prolongación, contra él mismo, del mal causado por su pecado..., como esos cismáticos que eran despedazados...

Rey retrocedió hasta el vestíbulo principal.

—La clase ha terminado, caballeros.

Se cerraron los libros, los papeles crujieron y *Trap* empezó a ladrar a la ventana sin que nadie le prestara atención.

—Y nos hemos ganado una cena por nuestras tareas...

* * *

—¡Pero esto es como un faisán gordo!

James Russell Lowell, con agitado celo, tocaba un extraño esqueleto rematado por una cabeza descomunal y plana.

—No hay animal cuyas interioridades no haya sacado y luego las haya recompuesto —señaló el doctor Holmes jocosamente y, según creyó Lowell, con algo de sarcasmo.

Era la mañana siguiente, temprano, a la de su reunión del club Dante, y Lowell y Holmes estaban en el laboratorio del profesor Louis Agassiz, en el Museo de Zoología Comparada de Harvard. Agassiz los saludó y echó un vistazo a la herida de Lowell antes de regresar a su despacho privado para terminar cierto asunto.

—La nota de Agassiz daba a entender al menos que estaba interesado en las muestras de insectos.

Lowell trató de aparentar indiferencia. Ahora estaba seguro de que, en efecto, el insecto del estudio de Healey lo había picado, y le preocupaba lo que Agassiz pudiera decir acerca de sus terribles efectos: «Ah, no hay esperanza, pobre Lowell, qué pena.» Lowell no confiaba en la opinión de Holmes de que esa clase de insecto no podía picar. ¿Qué tipo de insecto que se precie mínimamente no pica? Lowell aguardaba el fatal pronóstico. Al menos hubiera sido un alivio escucharlo. No le había dicho a Holmes lo mucho que la herida había crecido en los últimos días, lo a menudo que la sentía latir dentro de la pierna, y cómo podía seguir el rastro del dolor hora tras hora permear todos sus nervios. No quería mostrarse tan débil ante Holmes.

—Ah, ¿le gusta eso, Lowell?

Louis Agassiz entró con las muestras de los insectos en sus manos carnosas, que siempre olían a aceite, pescado y alcohol, incluso tras un concienzudo lavado. Lowell había olvidado que se hallaba de pie junto al esqueleto, que semejaba una hiperbólica gallina. Agassiz dijo orgullosamente:

—¡El cónsul de Mauricio me trajo dos esqueletos de dodo mientras yo estaba de viaje! ¿No es un tesoro?

—¿Cree usted que era bueno para comer, Agassiz? —preguntó Holmes.

—Oh, sí. ¡Lástima que no pudiéramos tener dodo en nuestro club del Sábado! Una buena comida ha sido siempre la mayor bendición para la humanidad. Qué lástima. Bueno, ¿estamos listos?

Lowell y Holmes lo siguieron hasta una mesa y tomaron asiento. Agassiz extrajo cuidadosamente los insectos de los tubos de solución alcohólica.

—Ante todo dígame dónde encontraron estos bichitos tan especiales, doctor Holmes.

—En realidad los encontró Lowell —respondió Holmes con cautela—. Cerca de Beacon Hill.

—Beacon Hill —repitió Agassiz, aunque el nombre sonó completamente distinto, pronunciado con su espeso acento suizo alemán—. Dígame, doctor Holmes, ¿qué opina usted de ellos?

A Holmes no le gustaba la costumbre de formular preguntas tendentes a provocar respuestas erróneas.

—No es mi especialidad. Pero son moscas azules, ¿verdad, Agassiz?

—Ah, sí. ¿Género? —preguntó Agassiz.

—*Cochliomyia* —respondió Holmes.

—¿Especie?

—*Macellaria.*

—¡Ja, ja! —rió Agassiz—. En efecto, parecen eso si nos atenemos a los libros. ¿No es así, querido Holmes?

—Entonces, ¿no son... eso? —preguntó Lowell.

Parecía como si toda la sangre se le hubiera ido del rostro. Si Holmes estaba equivocado, las moscas podían no ser inofensivas.

—Las dos moscas son casi idénticas físicamente —dijo Agassiz, y suspiró de un modo que cortaba toda respuesta—. Casi.

Agassiz se dirigió a su estantería de libros. Sus facciones anchas y su figura corpulenta lo hacían parecer más un político de éxito que un biólogo y botánico. El nuevo Museo de Zoología Comparada era la culminación de toda su carrera, pues finalmente podía contar con recursos para completar su clasificación de la miríada de especies innominadas de animales y plantas.

—Permítanme que les muestre algo. Podemos nombrar unas dos mil quinientas especies de moscas norteamericanas. Pero, según mis estimaciones, ahora mismo hay diez mil especies de moscas viviendo entre nosotros.

Mostró algunos dibujos. Eran toscas, más bien grotescas representaciones de rostros humanos, con las narices reemplazadas por orificios extraños, como borrones oscuros. Agassiz explicó:

—Hace unos pocos años, el doctor Coquerel, cirujano de la Armada Imperial francesa, fue llamado a la colonia de la isla del Diablo, en la Guayana francesa, al norte de Brasil. Cinco colonos estaban ingresados en el hospital con síntomas graves e inidentificables. Uno de los hombres murió poco después de la llegada del doctor Coquerel. Cuando perfundió agua en los senos del cráneo del cadáver, se encontraron dentro trescientas larvas de mosca azul.

Holmes quedó desconcertado.

—¿Que las larvas estaban dentro de un hombre..., de un hombre vivo?

—¡No interrumpa, Holmes! —exclamó Lowell.

Agassiz asintió a la pregunta de Holmes con un pesado silencio.

—Pero la *Cochliomyia macellaria* sólo puede digerir tejido muerto —objetó Holmes—. No hay larvas capaces de parasitismo.

—¡Recuerde las ocho mil moscas no descubiertas a las que acabo de referirme, Holmes! —lo aleccionó Agassiz—. No se trataba de la *Cochliomyia macellaria*. Era una especie distinta, amigos míos. Una que nunca habíamos visto antes... o que no queríamos creer que existiera. Una hembra de esta especie pone huevos en las ventanas de la nariz del paciente, los huevos eclosionan, las larvas se metamorfosean en gusanos y se alimentan penetrando en el interior de la cabeza. Otros dos hombres de la isla del Diablo murieron por la misma infestación. El doctor sólo pudo salvar a los otros extrayéndoles los gusanos de la nariz. Los gusanos de *Macellaria* sólo pueden vivir en tejido muerto y prefieren por encima de todo los cadáveres, pero las larvas de *esta* especie de mosca, Holmes, sólo sobrevive en tejido *vivo*.

Agassiz aguardó a que las reacciones se reflejaran en los rostros de sus interlocutores. Luego continuó:

—La hembra se aparea una sola vez, pero puede poner un elevadísimo número de huevos cada tres días, diez u once veces a lo largo de su ciclo vital, que dura un mes. Una sola mosca hembra puede poner *cuatrocientos* huevos en una sola puesta. Busca heridas calientes en animales o humanos para anidar. Los huevos eclosionan y salen los gusanos, que se arrastran al interior de la herida, abriéndose paso a través del cuerpo. Cuanto más infestada está la carne con gusanos, más atraídas se sienten las moscas adultas. Los gusanos se alimentan de tejido vivo hasta que, unos días más tarde, se metamorfosean en moscas. Mi amigo Coquerel llamó a esta especie *Cochliomyia hominivorax*.

—Homini... *vorax* —repitió Lowell. Tradujo con voz ronca, mirando a Holmes—: Comedora de hombres.

—Exactamente —confirmó Agassiz con el contenido entusiasmo de un científico que tiene un terrible descubrimiento que anunciar—. Coquerel informó de esto a las publicaciones científicas, aunque pocos creyeron en sus pruebas.

—Pero ¿usted sí? —preguntó Holmes.

—Sin duda alguna —respondió Agassiz en tono grave—. Desde que Coquerel me envió estos dibujos, he estudiado historiales médicos y registros de los últimos treinta años, en busca de menciones de experiencias similares de personas que desconocían estos detalles. Isidore Sainte-Hilaire recogió un caso de una larva hallada bajo la piel de un niño. El doctor Livingston, según Cobbold, encontró varias larvas de dípteros en el hombro de un negro herido, en Brasil. En mis viajes he descubierto que esas moscas se llaman las *Waregas*, conocidas como una plaga tanto para hombres como para animales. En la guerra con México, se informó de las que el pueblo llamaba «moscas de carne», las cuales depositaban sus huevos en las heridas de los soldados que quedaban toda la noche a la intemperie. A veces los gusanos no causaban daño, pues se alimentaban sólo de tejido muerto. Éstas eran moscas azules comunes, gusanos de *Macellaria* comunes como aquellos con los que usted está familiarizado, doctor Holmes. Pero otras veces el cuerpo era invadido por oleadas enteras, y las vidas de los soldados no podían salvarse. Habían sido agujereados de dentro afuera. ¿Se dan cuenta? Ésas eran las *Hominivorax*. Esas moscas deben hacer su presa en las personas y los animales indefensos. Es la única fuente para la supervivencia de su prole. Su vida requiere la ingestión de vida. La investigación sólo está en sus comienzos, amigos míos, y es muy emocionante. Miren, yo recogí mis primeros especímenes de *Hominivorax* durante mi viaje a Brasil. Superficialmente, los dos tipos de moscas azules son, en muchos aspectos, el mismo. Hay que fijarse en la coloración viva y utilizar el instrumento de medición más sensible. Así fui capaz de reconocer ayer sus muestras.

Agassiz se arrastró a otro taburete.

—Ahora, Lowell, vamos a ver su pobre pierna otra vez. ¿Me hace el favor?

Lowell trató de hablar, pero sus labios temblaban demasiado violentamente.

—¡Oh, no se preocupe, Lowell! —dijo Agassiz rompiendo a reír—. ¿O sea, Lowell, que usted sintió el pequeño insecto en su pierna, y a continuación se lo sacudió?

—¡Y lo maté! —le recordó Lowell.

Agassiz sacó un bisturí de un cajón.

—Bueno, doctor Holmes, quiero que deslice esto por el centro de la herida y luego lo retire.

—¿Está usted seguro, Agassiz? —preguntó Lowell nerviosamente.

Holmes tragó saliva y se arrodilló. Colocó el bisturí en el tobillo de Lowell, luego levantó la vista hasta el rostro de su amigo. Lowell tenía la mirada fija y la boca abierta.

—Ni siquiera lo sentirá, Jamey.

Holmes lo prometió tranquilamente, para sentirse cómodos ambos. Agassiz, aunque sólo estaba unas pulgadas más allá, fingió amablemente no oír. Lowell asintió y agarró los bordes de su taburete. Holmes hizo lo que había dicho Agassiz. Insertó la punta del bisturí en el centro de la hinchazón en el tobillo de Lowell. Cuando retiró el bisturí, había un gusano duro y blanco, de cuatro milímetros o más, retorciéndose en la punta: vivo.

—¡Ahí está! ¡La hermosa *Hominivorax*! —exclamó Agassiz riendo triunfalmente. Inspeccionó la herida de Lowell en busca de algo más y luego vendó el tobillo. Tomó el gusano amorosamente en la mano—. ¿Ve usted, Lowell? A la pobre mosquita azul que usted vio le quedaban unos segundos antes de que usted la matara; por eso sólo tuvo tiempo de poner un huevo. Su herida no es profunda, sanará completamente y usted se recuperará del todo. Pero dése cuenta de cómo la lesión de su pierna creció con un solo gusano reptando en su interior, y cómo lo sentía a medida que se abría paso a través de algún tejido. Imagínelos a cientos. Ahora imagine cientos de miles expandiéndose dentro de usted cada pocos minutos.

Lowell sonrió ampliamente, lo bastante como para desplazar sus mostachos en forma de colmillos a los lados opuestos de su cara.

—¿Ha oído eso, Holmes? ¡Me recuperaré!

Reía y abrazaba a Agassiz y luego a Holmes. Después empezó a asimilar lo que todo aquello significó para Artemus Healey y para el club Dante.

También Agassiz se puso serio mientras se secaba las manos con una toalla.

—Hay otra cosa, queridos compañeros. Realmente, la más extraña. Estas criaturitas... no son de aquí, no son propias de Nueva Inglaterra ni de parte alguna de nuestra vecindad. Son nativas de este hemisferio, eso parece cierto. Pero sólo de entornos cálidos y pantanosos. He llegado a ver enjambres de ellas en Brasil, pero jamás en Boston. Nunca se ha registrado su presencia, ni con su nombre correcto ni con otro. No puedo imaginar cómo han llegado hasta aquí. Quizá accidentalmente en una importación de ganado o... —Agassiz estuvo a punto de dejarse llevar por su despegado sentido del humor a propósito de la situación—. No importa. Tenemos la suerte de que esos bichos no pueden vivir en un clima septentrional como el nuestro; no con este tiempo ni en sus alrededores. Estas *Waregas* no son buenas vecinas. Afortunadamente, las únicas que vinieron sin duda ya han muerto de frío.

Debido a que el miedo se transfiere rápidamente a otras sensaciones, Lowell había olvidado por completo que tuvo la certidumbre de su destino fatal, y el recuerdo de la prueba por la que acababa de pasar se había convertido en fuente de placer por haber sobrevivido. Y sólo podía pensar en eso mientras abandonaba en silencio el museo caminando junto a Holmes. Éste fue el primero en hablar:

—Estaba ciego cuando hice caso de las conclusiones de Barnicoat publicadas en los periódicos. ¡Healey no murió de un golpe en la cabeza! Los insectos no eran simplemente un *tableau vivant* dantesco, una especie de espectáculo decorativo para que nosotros pudiéramos reconocer el castigo imaginado por Dante. Fueron liberados a fin de causar dolor —dijo Holmes, hablando deprisa y con ardor—. Los insectos no fueron un adorno; ¡fueron su arma!

—Nuestro Lucifer no quiere que sus víctimas mueran y nada más, sino que sufran, como las sombras del *Inferno*. En un estado entre la vida y la muerte que comprenda ambas sin ser ninguna de ellas. —Lowell se volvió hacia Holmes y lo tomó del brazo—. Para que sean testigos de su propio sufrimiento, Wendell. Yo sentí esa criatura abrirse paso dentro de mí, devorándome. Ingiriéndome. Aunque sólo pudo comerse una pequeña cantidad de tejido, noté como si corriera directamente a través de mi sangre hasta mi misma alma. La doncella decía la verdad.

—Vive Dios que sí —corroboró Holmes, horrorizado—. Lo cual significa que Healey... Nadie podría expresar el sufrimiento que soportó Healey. Se dijo que el juez presidente salió para su casa de campo el sábado por la mañana, y su cadáver fue encontrado el martes. Estuvo vivo cuatro días, bajo los «cuidados» de decenas de miles de *Hominivorax* devorándolo por dentro... Su cerebro... Pulgada a pulgada, hora tras hora.

Holmes miró el frasco con las muestras de insectos que le había devuelto Agassiz.

—Lowell, debo decirle algo. Pero no pretendo provocar una discusión con usted.

—Pietro Bachi.

Holmes asintió, vacilante.

—Esto no parece encajar con lo que sabemos de él, ¿verdad? —preguntó Lowell—. ¡Lo cual echa por tierra todas nuestras teorías!

—Piense en esto: Bachi estaba amargado; Bachi tenía un temperamento ardiente; Bachi era un borracho. Pero esa crueldad metódica, profunda, ¿puede sinceramente imaginarla en él? Bachi pudo haber pensado escenificar algo para mostrar el error de haber venido a Estados Unidos. Pero ¿recrear los castigos de Dante de una manera tan extrema y completa? Los errores que hemos cometido deben de ser algo muy denso, Lowell, como las salamandras que salen después de la lluvia. Cada vez que levantamos una hoja, sale de debajo, arrastrándose, una nueva salamandra —dijo Holmes moviendo los brazos frenéticamente.

—¿Qué está usted haciendo? —preguntó Lowell.

La casa de Longfellow estaba cerca y era allí adonde debían ir.

—Veo un coche libre ahí delante. Quiero volver a mirar alguna de estas muestras en mi microscopio. Espero que Agassiz no haya matado al gusano... La naturaleza nos revelará mejor la verdad si sigue vivo. No creo en su conclusión de que estos insectos ya hayan muerto. Podemos aprender algo más sobre el asesinato a partir de estas criaturas. Agassiz no acepta la teoría de Darwin, y eso perjudica sus puntos de vista.

—Wendell, este tema es la especialidad de ese hombre.

Holmes ignoró la falta de fe de Lowell.

—Los grandes científicos pueden ser, en ocasiones, un impedimento en el sendero de la ciencia, Lowell. Las revoluciones no las hacen unos hombres con gafas, y los primeros susurros de una nueva verdad no son captados por quienes necesitan de trompetillas para el oído. Precisamente el mes pasado estaba yo leyendo, en un libro sobre las islas Sandwich, acerca de un anciano de Fiji que había sido llevado a tierra extranjera, pero que rogaba que lo devolviesen al hogar a fin de que su hijo pudiera saltarle en paz la tapa de los sesos a golpes, según la costumbre de aquellas islas. ¿No contó a todo el mundo Pietro, el hijo de Dante, tras la muerte de éste, que el poeta nunca quiso decir si realmente había ido al infierno y al cielo? Nuestros hijos golpean con mucha regularidad los sesos de sus padres.

«De algunos padres más que de otros», se dijo Lowell para sus adentros pensando en Oliver Wendell Holmes Junior, mientras miraba a Holmes montar en el coche de punto.

Lowell echó a andar apresuradamente hacia la casa Craigie, deseando haber tenido su caballo. Al cruzar una calle se volvió hacia atrás vacilando, poniendo súbita atención en lo que veía.

El hombre alto, con rostro ajado, tocado con bombín y vistiendo un chaleco de cuadros; el mismo hombre al que Lowell había visto mirándolo atentamente mientras se apoyaba en un olmo en el campus de Harvard; el hombre al que había visto acercarse a Bachi en el mismo lugar; ese hombre estaba en medio del trajín de la plaza del mercado. Eso pudo no haber bastado para mantener el interés de Lowell después de las revelaciones de Agassiz, pero el hombre estaba conversando con Edward Sheldon, el estudiante de Lowell. En realidad, Sheldon no se limitaba a hablar, sino que increpaba al hombre, como si estuviera dando órdenes a un doméstico recalcitrante para que llevara a cabo alguna tarea postergada.

Sheldon se fue luego dando un bufido, envolviéndose apretadamente en su capa negra. Al principio, Lowell no pudo decidir a quién seguir. ¿A Sheldon? Siempre podría encontrarlo en la universidad. Así que optó por seguir al desconocido, que se abría paso entre una aglomeración de peatones y carruajes que ocupaban la plaza redonda.

Lowell corrió a través de algunos puestos del mercado. Un vendedor le puso una langosta delante de la cara. Lowell la apartó de un manotazo. Una muchacha que repartía octavillas le introdujo una en el bolsillo del faldón del gabán.

—¿Propaganda, señor?

—¡Ahora no! —exclamó Lowell.

En otro momento, el poeta localizó al fantasma al otro lado de la calzada. Estaba subiendo a un tranvía repleto y aguardaba el cambio del cobrador.

Lowell corrió para montar en la plataforma trasera cuando el cobrador estaba accionando la campanilla y el vehículo arrancaba, siguiendo los raíles, en dirección al puente. Lowell no tuvo dificultad en atrapar el pesado vehículo echando una carrera a lo largo de las vías. Acababa de agarrarse al pasamano de la escalerilla de la plataforma trasera, cuando el cobrador se volvió en redondo.

—¿Leany Miller?

—Señor, mi nombre es Lowell, y debo hablar con uno de sus pasajeros —dijo, poniendo un pie en las salientes escalerillas posteriores, cuando los caballos apretaban el paso.

—¿Leany Miller? ¿Ya vuelves con tus trucos? —El cobrador sacó un bastón y empezó a martillear la mano enguantada de Lowell—. ¡No volverás a manchar nuestros lindos coches, Leany! ¡No mientras yo vigile!

—¡No! ¡Señor, mi nombre no es Leany!

Pero los golpes del cobrador obligaron a Lowell a desistir de su agarre. Esto hizo que los pies del poeta quedaran encima de los raíles.

Lowell gritó, tratando de imponerse al ruido y a la campanilla, para convencer al cobrador de su inocencia. Pero entonces se percató de que el campanilleo procedía de atrás, por donde se aproximaba otro tranvía de caballos. Cuando se volvió a mirar, los pasos de Lowell se volvieron más lentos y el tranvía que iba delante ganó distancia. Sin otra alternativa que exponerse a que los caballos que se acercaban le pisotearan los talones, Lowell saltó fuera de los raíles.

En ese momento, en la casa Craigie, Longfellow introducía en su salita a Robert Todd Lincoln, hijo del difunto presidente y uno de los tres estudiantes de Dante del curso de Lowell de 1864. Lowell había prometido reunirse con ellos en la casa después de visitar a Agassiz, pero se retrasaba, de modo que Longfellow optó por iniciar él solo la entrevista con Lincoln.

—Oh, querido papá —dijo Annie Allegra colándose de un brinco e interrumpiendo—. ¡Estamos a punto de terminar el último número de *The Secret*, papá! ¿Te gustaría verlo por adelantado?

—Sí, querida, pero me temo que en este momento estoy ocupado.

—Por favor, señor Longfellow —dijo el joven—. No tengo prisa.

Longfellow tomó la revista manuscrita «publicada» por entregas por las tres niñas.

—Oh, parece que es la mejor que habéis hecho. Muy bonita, Panzie. La leeré de cabo a rabo esta noche. ¿Es ésta la página que has dibujado tú?

—¡Sí! —respondió Annie Allegra—. Esta columna y esta otra. Y también esta adivinanza. ¿Puedes descifrarla?

—El lago de Norteamérica tan grande como tres estados —respondió Longfellow, y recorrió rápidamente el resto de la página: un jeroglífico y un artículo en primera plana evocando «Mi entero día de ayer (desde el desayuno hasta la noche)», por A. A. Longfellow—. Oh, es encantador, corazón —dijo Longfellow deteniéndose dubitativo en uno de los puntos de la lista—. Panzie, aquí dice que anoche abriste a una visita inmediatamente antes de irte a dormir.

—Oh, sí. Había bajado a tomarme un vaso de leche; eso hice. ¿Dijo que yo me comporté como una buena anfitriona, papá?

—¿Cuándo fue eso, Panzie?

—Durante vuestra reunión del club, naturalmente. Tú dices que no se te moleste durante tu reunión del club.

—¡Annie Allegra! —la llamó Edith desde el descansillo de la escalera—. Alice quiere revisar el sumario. ¡Debes traer tu ejemplar ahora mismo!

—Ella hace siempre de redactora —se lamentó Annie Allegra, reclamando la revista a Longfellow.

Arrastró a Annie al vestíbulo y se le adelantó en la escalera antes de que ella pudiera alcanzar la oficina privada de *The Secret*: el dormitorio de uno de sus hermanos mayores.

—Panzie, querida, ¿quién era la visita de anoche que mencionas?

—¿Qué, papá? Nunca lo había visto antes de ayer.

—¿Puedes recordar su aspecto? Quizá eso podrías añadirlo a *The Secret*. Quizá puedas entrevistarlo y preguntarle por sus experiencias.

—¡Qué bonito sería! Un negro alto, de muy buen ver, con una capa. Le dije que te esperara, papá. Eso hice. ¿Es que acaso él no hizo lo que le dije? Debió de aburrirse allí, de pie, y se volvió a su casa. ¿Sabes cómo se llama, papá?

Longfellow asintió.

—¡Dímelo, papá! Seré capaz de entrevistarlo tal como dices.

—Patrullero Nicholas Rey, de la policía de Boston.

Lowell entró en tromba por la puerta principal.

—Longfellow, tengo mucho que contarle... —Se detuvo cuando vio la expresión del rostro de su vecino—. Longfellow, ¿qué ha ocurrido?

* * *

El patrullero Rey había sido introducido en una sobria sala de espera a primera hora de aquel día, y allí se quedó contemplando las ramas, agitadas por el viento, de los olmos que daban sombra en el campus. Un grupo de hombres blancos empezó a desfilar por el vestíbulo, con sus gabanes negros hasta la rodilla y los sombreros altos que eran su uniforme, como hábitos monacales.

Rey entró en la sala de la corporación, de la que aquellos hombres habían salido. Cuando se presentó al presidente, el reverendo Thomas Hill, éste estaba en plena conversación con un miembro rezagado del consejo de gobierno de la universidad. Este otro hombre se detuvo en seco cuando Rey mencionó la policía.

—¿Guarda esto relación con alguno de nuestros estudiantes, señor? —preguntó el doctor Manning interrumpiendo su conversación con Hill.

Volvió su marmórea barba blanca hacia el agente mulato.

—Tengo unas pocas preguntas que formularle al presidente Hill. Relativas, en realidad, al profesor James Russell Lowell.

Los ojos amarillos de Manning se abrieron mucho, e insistió en quedarse. Cerró la puerta de doble hoja y se sentó junto al presidente Hill, a la mesa redonda de caoba, frente al oficial de policía. Rey pudo advertir en seguida que Hill, contrariado, permitía al otro dominar la situación.

—Me pregunto hasta qué punto conoce usted el proyecto en el que el señor Lowell ha estado trabajando, presidente Hill —empezó Rey.

—¿El señor Lowell? Es uno de los mejores poetas y satíricos de Nueva Inglaterra, desde luego —replicó Hill, echándose a reír—. «The Biglow Papers», «The Vision of Sir Launfal», «A Fable for the Critics», que confieso es mi favorita... Además de sus colaboraciones en *The North American Review*. ¿Sabe usted que fue el redactor jefe de *The Atlantic*? Bueno, estoy seguro de que nuestro trovador está ocupado en muchas iniciativas.

Nicholas Rey sacó un papel del chaleco y lo enrolló entre los dedos.

—Me refiero en particular a un poema que creo ha estado ayudando a traducir de una lengua extranjera.

Manning juntó sus torcidos dedos y fijó la mirada en el papel doblado en la mano del patrullero.

—Mi querido oficial —dijo Manning—. ¿Ha habido algún problema?

Era notorio por su mirada que deseaba que la respuesta fuera sí.

Dinanzi. Rey estudió el rostro de Manning, el modo como las elásticas comisuras de la boca del anciano profesor parecían contraerse a causa de la expectación.

Manning pasó la mano sobre la pulida superficie de su cuero cabelludo. *Dinanzi a me.*

—Lo que yo quería preguntar... —empezó a decir Manning, ensayando otra táctica; ahora estaba menos ansioso—. ¿Ha habido algún conflicto? ¿Alguna clase de queja?

El presidente Hill se pellizcó la barbilla, deseando que Manning se hubiera marchado con los demás miembros de la corporación.

—Me pregunto si no deberíamos llamar al propio profesor Lowell para hablar con él.

Dinanzi a me non fuor cose create
Se non etterne, e io etterno duro.

¿Qué significaba aquello? Si Longfellow y sus poetas habían reconocido las palabras, ¿por qué hicieron todo lo posible para alejarlo de ellas?

—No tiene sentido, reverendo —atajó Manning—. El profesor Lowell no puede ser molestado por cualquier nadería. Agente, debo insistir en que, si se ha producido alguna incidencia, nos la señale *ahora mismo*, y nosotros la resolveremos con la rapidez y la discreción adecuadas. ¿Comprende, patrullero? —dijo Manning, inclinándose hacia delante con afabilidad—. Ha habido intentos, por parte del profesor Lowell y de varios colegas literatos, de introducir cierta literatura en nuestra ciudad que no es la apropiada. Sus enseñanzas pondrían en peligro la paz de millones de buenas almas. Como miembro de la corporación, se me ha impuesto el deber de defender la buena reputación de la universidad contra esa clase de manchas. El lema de la universidad es *Christo et ecclesiae*, señor, y nosotros debemos procurar vivir según el espíritu cristiano de ese ideal.

Pero el lema solía ser *veritas* —dijo el presidente Hill tranquilamente—. La verdad.

Manning le dirigió una mirada afilada.

El patrullero Rey dudó otro momento y luego devolvió el papel a su bolsillo.

—He expresado algún interés por la poesía que el señor Lowell ha estado traduciendo. Él pensó que ustedes, caballeros, podrían orientarme sobre el lugar adecuado para su estudio.

Las mejillas del doctor Manning adquirieron color rápidamente.

—¿Quiere usted decir que ésta es una visita puramente literaria? —preguntó, contrariado.

Y como Rey no respondiera, Manning aseguró al oficial que Lowell quiso tomarle el pelo —a él y a la universidad— por diversión. Si Rey deseaba estudiar la poesía del diablo, podía hacerlo a los pies del propio diablo.

Rey atravesó el campus de Harvard, donde silbaban los vientos fríos alrededor de los viejos edificios de ladrillo. Se sintió abrumado y confuso en cuanto a su propósito. Entonces una campana de alarma empezó a sonar; sonaba, al parecer, desde todos los rincones del universo. Y Rey echó a correr.

XI

Oliver Wendell Holmes, poeta y médico, iluminó los insectos colocados en sus portaobjetos, sirviéndose de una bujía situada junto a uno de sus microscopios.

Se inclinó y observó a través de la lente una mosca azul, ajustando la posición del sujeto. El insecto estaba saltando y retorciéndose, como poseído por una extremada ira contra su observador.

No. No era el insecto.

Era la propia platina del microscopio lo que estaba temblando. Unos cascos de caballo atronaron el exterior, para estallar en una súbita parada. Holmes corrió a la ventana y apartó las cortinas. Amelia entró procedente del vestíbulo. Con temible gravedad, Holmes le ordenó permanecer allí, pero ella lo siguió hasta la puerta principal. La figura vestida de azul oscuro de un fornido policía se recortó contra el cielo, mientras tiraba de las riendas con todas sus fuerzas para apaciguar a las inquietas yeguas salpicadas de manchas grises, enganchadas al carruaje.

—¿Doctor Holmes? —le llamó desde el pescante—. Tiene que venir conmigo en seguida.

Amelia dio un paso adelante.

—¡Wendell! ¿Qué sucede?

Holmes ya estaba resollando.

—Melia, envía una nota a la casa Craigie. Diles que ha ocurrido algo y que se reúnan conmigo en el Corner dentro de una hora. Siento tenerme que ir así, pero no puedo evitarlo.

Antes de que ella pudiera protestar, Holmes montó de un salto en el carruaje policial, y los caballos emprendieron un tempestuoso galope, dejando un rastro de hojas muertas y polvo. Oliver Wendell Holmes Junior lo observó a través de las cortinas de la sala de estar de la tercera planta, y se preguntó en qué nueva insensatez andaba metido ahora su padre.

Un frío penetrante se había apoderado del aire. Los cielos se estaban abriendo. Un segundo carruaje galopó hasta detenerse en el mismo punto que el otro acababa de abandonar. Se trataba de la berlina de Fields. James Russell Lowell abrió la portezuela y preguntó a la señora Holmes, con una erupción de palabras, dónde encontrar al doctor. Ella se inclinó hacia delante lo suficiente para distinguir los perfiles de Henry Longfellow y de J. T. Fields.

—No sé adónde ha ido, señor Lowell. Pero vino a buscarlo la policía. Me encargó que enviara una nota a la casa Craigie pidiéndoles que se reunieran en el Corner. James Lowell, ¡me gustaría saber qué se traen entre manos!

Lowell miró en torno al carruaje, indefenso. En la esquina de la calle Charles, dos niños distribuían octavillas gritando: «¡Desaparecido! ¡Desaparecido! Tome una hoja, por favor, caballero, señora.»

Lowell introdujo la mano en el bolsillo del gabán, sintiendo el temor secándole la garganta. Sacó la mano con la octavilla arrugada que se había echado al bolsillo en la plaza del mercado de Cambridge, tras haber visto al fantasma en compañía de Edward Sheldon. La desarrugó frotándola contra la manga, y la boca de Lowell tembló al exclamar:

—Oh, Dios mío...

*　*　*

—Hemos distribuido patrulleros y centinelas por toda la ciudad desde el asesinato del reverendo Talbot. ¡Pero no se ha visto nada!

El sargento Stoneweather lo dijo a gritos desde el pescante, mientras los dos caballos, llenos de picaduras de pulgas, corrían alejándose de la calle Charles, con sus músculos danzando. Cada pocos minutos, el sargento echaba mano del látigo y lo hacía culebrear.

La mente de Holmes nadaba a contracorriente, con el fondo del contundente trote y del crujido de la grava bajo las ruedas. El único hecho comprensible del que el cochero le había informado, o al menos el único que el atemorizado pasajero había digerido, era que el patrullero Rey lo había enviado en busca de Holmes. En el puerto, el carruaje se detuvo bruscamente. Desde allí, un bote de la policía trasladó a Holmes a una de las islas del soñoliento puerto, donde se alzaba, fuera de uso, un castillo hecho de macizo granito de Quincy, desprovisto de ventanas y ahora dominio de las ratas. Los bastiones permanecían desiertos, y unos cañones aparecían tumbados junto a marchitas banderas de las barras y estrellas. Penetraron en el fuerte Warren, el doctor tras el sargento, pasaron ante una hilera de policías pálidos como espectros que ya habían estado en el escenario del suceso, atravesaron un laberinto de estancias y bajaron por un túnel de piedra, frío y negro como el betún, para llegar, finalmente, a un almacén instalado en una extraña cámara excavada en la roca.

El pequeño doctor tropezó y estuvo a punto de caerse. Su mente dio un salto en el tiempo. Cuando estudiaba en la École de Médecine de París, el joven Holmes había presenciado *combats des animaux*, una exhibición bárbara de bulldogs luchando entre ellos para luego dejarlos libres contra un lobo, un oso, un jabalí, un toro y un asno atado a un poste. Aun durante su audaz juventud, Holmes supo que nunca extirparía de su alma la marca al hierro del calvinismo, por más poesía que escribiera. Quedaba la tentación de creer que el mundo era una simple trampa para el pecado humano. Pero el pecado, tal como él lo veía, era tan sólo el fallo de un ser de factura imperfecta en su empeño por mantener una ley perfecta. Para los antepasados, el gran misterio de la vida era este pecado; para el doctor Holmes, era el sufrimiento. Pero nunca hubiera esperado hallar tanto sufrimiento. La memoria oscura, las alegrías y las risas irrumpieron como una estampida en la mente ofuscada de Holmes ahora, cuando miró adelante.

Del centro de la estancia, colgando de un gancho cuya función era almacenar sacos de sal o algún suministro similar que pudiera contenerse en ese tipo de envase, un rostro lo miraba. O, para más exactitud, lo que había sido un rostro. Se le había cortado limpiamente la nariz, desde el puente hasta el labio cubierto por un bigote, haciendo que la piel se doblara encima. Una de las orejas del hombre pendía, como si fuera a caerse, de un lado de la cara, lo bastante abajo como para rozarse con el hombro rígidamente arqueado. Ambas mejillas estaban cortadas de tal manera que la mandíbula caía en una posición que la hacía permanecer continuamente abierta, como si de un momento a otro fuera a hablar. En lugar de eso, de su boca manaba sangre negra. Una línea recta de sangre se dibujaba desde la barbilla, con un pronunciado hoyuelo, y el órgano reproductor del hombre —y este órgano era la única confirmación del sexo de aquella monstruosidad— estaba horriblemente hendido en dos, una disección inconcebible incluso para el doctor. Músculos, nervios y vasos sanguíneos se abrían con una invariable armonía anatómica y un desorden que inducía a confusión. Los brazos de aquel cuerpo colgaban inermes a los costados, terminando en oscuras pulpas envueltas en torniquetes empapados. No había manos.

Transcurrió un momento antes de que Holmes se diera cuenta de que había visto antes el rostro mutilado, y otro momento hasta que reconoció a la despedazada víctima, a partir del pronunciado hoyuelo que tenazmente permanecía en su barbilla. ¡Oh, no! El intervalo entre ambos momentos de conciencia fue una aniquilación.

Holmes dio un paso atrás, y su zapato resbaló con el vómito que había vertido el descubridor de la escena, un vagabundo en busca de refugio. Holmes hizo un quiebro para ocupar una silla próxima, como colocada adrede para observar todo aquello. Jadeó incontenibLemente y no se dio cuenta de que junto a sus pies había un chaleco de un color llamativo y brillante, cuidadosamente doblado sobre unos pantalones blancos hechos a medida y, en el suelo, fragmentos dispersos de papel.

Oyó pronunciar su nombre. El patrullero Rey se hallaba cerca. Incluso el aire de la estancia parecía temblar, como si fuera a poner toda aquella escenificación patas arriba.

Holmes se derrumbó desvanecido y su cabeza chocó contra Rey.

Un detective de paisano, de anchos hombros y con una poblada barba, avanzó hacia Rey y empezó a gritarle que no tenía por qué estar allí. Luego intervino el jefe Kurtz y empujó fuera al detective.

El resuello y las náuseas del doctor lo dejaron en un lugar más próximo de lo que hubiera querido a la retorcida carnicería, pero antes de que pudiera pensar en abandonar el lugar, sintió que algo húmedo le rozaba el brazo. Notó como una mano, pero en realidad era un muñón sangriento y sujeto con un torniquete. Sin embargo, Holmes no se había movido ni una pulgada; de eso estaba seguro. Estaba demasiado impresionado para moverse. Se sentía como si estuviera sumergido en esa clase de pesadilla en la que uno sólo puede rogarse a sí mismo que aquello sea un sueño.

—¡Que el cielo nos proteja! ¡Está vivo! —exclamó el detective, echando a correr fuera, con la voz estrangulada por su propia mano, con la que se apretaba el estómago para contener el vómito. También el jefe Kurtz desapareció, gritando.

Cuando Holmes se volvió en redondo, miró a los ojos incomprensiblemente saltones del cuerpo mutilado y desnudo de Phineas Jennison, y observó los ruines miembros sacudiéndose y dando tirones en el aire. Realmente fue sólo un momento, sólo una fracción de la décima parte de una centésima de segundo, antes de que el cuerpo dejara súbitamente de moverse para no volver a hacerlo, aunque Holmes nunca dudó de aquello de lo que fue testigo. El doctor permaneció quieto como un cadáver, con su boquita seca y contraída, los ojos parpadeando sin control y humedecidos involuntariamente, y retorciéndose los dedos con desesperación. El doctor Oliver Wendell Holmes sabía que el movimiento de Phineas Jennison no había sido el voluntario propio de un ser humano, la acción deseada por un hombre que siente. Se trataba de las convulsiones tardías y automáticas de una muerte indescriptible. Pero el ser consciente de ello no le hizo sentirse mejor.

El contacto con el muerto le había helado la sangre. Holmes apenas se dio cuenta de que se dejó llevar de regreso por las aguas del puerto o en el carruaje policial, llamado *Black Maria*, en el que conducían el cuerpo de Jennison a la facultad de Medicina. Allí se le explicó que el forense Barnicoat había contraído una terrible neumonía durante una manifestación en demanda de aumento de salario, y que el profesor Haywood de momento no podía ser localizado. Holmes asentía como si estuviera escuchando. El estudiante que ayudaba a Haywood se ofreció voluntario para asistir al doctor Holmes en la autopsia. Holmes apenas se percató de esos apresurados cambios y casi no pudo sentir sus manos cortando en el cuerpo, despedazado hasta lo imposible, en una oscura sala en el piso alto de la facultad de Medicina.

«Se observa en mí el *contrapasso*.»

La cabeza de Holmes se alzó como si un niño acabara de gritar pidiendo ayuda. Reynolds, el ayudante, miró atrás, e hicieron otro tanto Rey y Kurtz y otros dos agentes que habían entrado en la sala sin que Holmes se diera cuenta. Holmes miró de nuevo a Phineas Jennison, con su boca abierta a causa del corte en la mandíbula.

—Doctor Holmes —preguntó el ayudante—, ¿se siente usted bien?

La voz que acababa de oír, el susurro, la orden, no era más que un estallido de la imaginación. Pero las manos de Holmes temblaban demasiado, incluso, para trinchar un pavo y, después de excusarse, tuvo que dejar el resto de la operación al ayudante de Haywood. Holmes vagó por un callejón frente a la calle Grove, recuperando la respiración a pequeños impulsos y luego a chorros. Oyó que alguien se le aproximaba. Rey dio alcance al doctor más adelante, en el callejón.

—Por favor, en este momento no puedo hablar —dijo Holmes, con los ojos fijos en el suelo.

—¿Quién mató a Phineas Jennison?

—¡Cómo podría saberlo! —exclamó Holmes.

Había perdido su ecuanimidad, trastornado por las visiones de despedazamientos que bullían en su cabeza.

—Tradúzcame esto, doctor Holmes.

Rey abrió la mano de Holmes y puso en ella el papel.

—Por favor, patrullero Rey. Ya hemos...

Holmes agitó los brazos violentamente, mientras manoseaba el papel.

—«Porque separé a personas tan unidas —recitó Rey, recordando lo que oyó la noche anterior—, separado llevo mi cerebro... Así se observa en mí el *contrapasso*.» Esto es lo que acabamos de ver, ¿no es así? ¿Cómo traduce usted *contrapasso*, doctor Holmes? ¿Contrasufrimiento?

—No hay traducción exacta... ¿Cómo usted...? —Holmes se quitó la corbata de seda, para facilitar la respiración—. No sé nada.

Rey continuó:

—Usted leyó este crimen en un poema. Lo vio antes de que sucediera y no hizo nada por evitarlo.

—¡No! Todos hicimos lo que pudimos. Lo intentamos. Por favor, patrullero Rey, no puedo...

—¿Conocía a este hombre? —Rey sacó del bolsillo el periódico con el retrato de Grifone Lonza y se lo alargó al doctor—. Saltó por la ventana en la comisaría.

—¡Por favor! —Holmes se estaba sofocando—. ¡Basta! ¡Váyase ahora!

—¡Eh, eh! —Tres estudiantes de la facultad de Medicina, el tipo rústico al que Holmes se refería como sus jóvenes bárbaros, pasaban por el callejón saboreando cigarros baratos—. ¡Tú, burro, deja en paz al profesor Holmes!

Holmes trató de llamarlos al orden, pero no pudo superar la obstrucción que sentía en su garganta.

El más rápido de los bárbaros golpeó a Rey con el puño dirigido al estómago del agente. Rey agarró el brazo del otro muchacho y lo apartó con tanta suavidad como le fue posible. Los otros dos se arrojaron sobre Rey en el mismo momento en que Holmes recuperaba la voz.

—¡No! ¡No, chicos! ¡Quietos! ¡Váyanse de aquí ahora mismo! ¡Es un amigo! ¡Largo!

Se escabulleron obedientemente.

Holmes ayudó a Rey a levantarse. Necesitaba desagraviarlo. Tomó el periódico y lo sostuvo por la página del retrato.

—Grifone Lonza —informó.

El brillo en los ojos de Rey demostró que estaba impresionado y aliviado.

—Tradúzcame ahora la nota, doctor Holmes, hágame el favor. Lonza pronunció estas palabras antes de morir. Dígame qué eran.

—Italiano. El dialecto toscano. Mire, usted se equivocó con algunas palabras; pero, para alguien desconocedor de la lengua, es una transcripción bastante notable. *Deenan see am... Dinanzi a me... Dinanzi a me non fuor cose create se non etterne, e io etterno duro*: «Antes que yo no hubo cosas creadas, sino eternas, y yo duro eternamente.» *Lasciate ogne speranza, voi ch'intrate*: «Abandonad toda esperanza los que entráis.»

—Abandonad toda esperanza. Me estaba advirtiendo —dijo Rey.

—No... No lo creo. Probablemente creía que lo estaba leyendo sobre las puertas del infierno, por lo que sabemos de su estado mental.

—¡Debieron informar a la policía de que sabían algo! —exclamó Rey.

—¡De haberlo hecho, la confusión sería mayor! —exclamó a su vez Holmes—. Usted no comprende... No puede, patrullero. ¡Nosotros somos los únicos que podemos llegar a encontrarlo! Creíamos tener... Creíamos que había huido. ¡La policía no tiene ni idea! ¡Esto nunca se detendrá sin nuestra intervención!

Holmes se sentía abrumado mientras hablaba. Se pasó la mano por la frente y por el cuello, bañados en cálido sudor que le manaba de todos sus poros. Holmes preguntó a Rey si quería acompañarlo adentro. Tenía una historia que contarle que acaso Rey no creería.

Oliver Wendell Holmes y Nicholas Rey tomaron asiento en la vacía sala de conferencias.

—Era el año 1300. En medio del camino de su vida, un poeta llamado Dante despertó en una selva oscura, y se dio cuenta de que su vida había tomado un sendero equivocado. A James Russell Lowell le gusta decir, patrullero, que todos nosotros penetramos en la selva oscura dos veces: en algún momento de la mitad de nuestras vidas y, de nuevo, cuando miramos atrás...

La pesada puerta de cuarterones de la Sala de Autores se abrió una pulgada y los tres hombres del interior saltaron en sus asientos. Una bota negra se adelantó, como sondeando. Holmes ya no era capaz de pensar qué podía encontrar detrás de las puertas cerradas que hiciera saltar en pedazos su seguridad. Consumido y con la tez cenicienta, compartió el sofá con Longfellow, frente a Lowell y Fields, esperando que un simple asentimiento bastara para responder a cada uno de sus saludos.

—Me he detenido en casa antes de venir. Melia casi no me permite volver a salir al ver mi aspecto. —Holmes se echó a reír nerviosamente, mientras una gota de humedad le brillaba en el rabillo del ojo—. ¿Saben ustedes, señores, que los músculos con los que reímos y lloramos están el uno junto al otro? A mis jóvenes bárbaros siempre les interesa eso.

Aguardaron a que Holmes empezara. Lowell le alargó la arrugada octavilla en la que se anunciaba la desaparición de Phineas Jennison y se ofrecía una recompensa de muchos miles para quien diera razón.

—Entonces ustedes ya están enterados —dijo Holmes—. Jennison ha muerto.

Dio inicio a una narración errática, discontinua, comenzando con la llegada por sorpresa del carruaje policial a Charles, 21. Lowell, sirviéndose su tercera copa de oporto, dijo:

—El fuerte Warren.

—Una elección ingeniosa por parte de nuestro Lucifer —dijo Longfellow—. Me temo que el canto de los cismáticos podría no estar muy fresco en nuestras mentes. Apenas parece posible que sólo ayer lo tradujéramos entre nuestros cantos. Malebolge es una amplia superficie de piedra, y Dante la describe como una *fortaleza*.

—Cada vez más —dijo Lowell—, vemos que nos enfrentamos a una mente erudita y de excepcional brillantez, sorprendentemente preparada para transmitir los detalles de Dante sobre ambientes. Nuestro Lucifer aprecia la exactitud de la poesía de Dante. En el infierno de Milton, todo es salvaje, pero el de Dante está dividido en círculos, trazado con compases precisos. Tan real como nuestro propio mundo.

—*Ahora* lo es —subrayó Holmes con voz temblorosa.

Fields no quiso oír un debate literario en aquel momento.

—Wendell, ¿dice usted que la policía estaba desplegada alrededor de la ciudad cuando se perpetró el asesinato? ¿Cómo pudo pasar inadvertido Lucifer?

—Se necesitarían las manos gigantescas de Briareo y los cien ojos de Argos para tocarlo o verlo —comentó tranquilamente Longfellow.

Holmes les dio más detalles:

—Jennison fue hallado por un borracho que en ocasiones duerme en el fuerte desde que fue abandonado. El vagabundo estuvo allí el lunes y todo permanecía normal. Regresó el miércoles y allí se encontró con el horrible espectáculo. Estaba demasiado asustado y no informó hasta el día siguiente; quiero decir hasta hoy. Jennison fue visto por última vez el martes por la tarde, y no durmió en su cama esa noche. La policía entrevistó a todo el que pudo hallar. Una prostituta que estaba en el puerto dice haber visto a alguien salir de la niebla en dirección a los muelles la noche del martes. Trató de seguirlo, supongo que obligada por su profesión, pero sólo llegó hasta la iglesia, y no vio qué dirección tomó.

—Así que Jennison fue asesinado el martes por la noche. Pero el cadáver no lo descubrió la policía hasta el jueves —recapituló Fields—. Pero, Holmes, usted dijo que Jennison aún estaba... ¿Es posible que durante tanto tiempo...?

—Durante... Él... ¿Fue asesinado el martes y seguía vivo cuando yo llegué esta mañana? El cuerpo se sacudía con tales convulsiones que, aunque me bebiera hasta la última gota del Leteo, nunca seré capaz de olvidar aquella visión —reflexionó Holmes en tono desesperado—. El pobre Jennison había sido mutilado sin esperanza alguna de supervivencia, esto con toda seguridad, pero estaba cortado y atado de modo que perdiera sangre lentamente y, con ella, la vida. Era un trabajo como inspeccionar los restos de los fuegos artificiales del Cuatro de Julio, pero pude ver que no había sido afectado ningún órgano vital. En medio de semejante carnicería se advertía un cuidado artesano, realizado por alguien muy familiarizado con las heridas internas, quizá un médico —aventuró torpemente—, sirviéndose de un cuchillo afilado y ancho. Con Jennison, nuestro Lucifer perfecciona su condenación a través del sufrimiento, su más perfecto *contrapasso*. Los movimientos de los que fui testigo no eran vida, querido Fields, sino sencillamente que los nervios morían con un espasmo final. Era un momento tan grotesco que ningún Dante pudo haberlo imaginado. La muerte hubiera sido un regalo.

—Pero sobrevivir dos días después de la agresión... —insistió Fields—. Lo que quiero decir es... Desde el punto de vista médico, afortunadamente, ¡eso no es posible!

—«Supervivencia» significa aquí simplemente una muerte incompleta, no una vida parcial; estar atrapado en el abismo entre lo vivo y lo muerto. Si yo tuviera mil lenguas, no trataría de empezar a describir la agonía.

—¿Por qué castigar a Phineas como cismático? —Lowell se esforzó por expresarse en un tono distante, científico—. ¿A quién sitúa Dante en ese círculo infernal? A Mahoma, a Bertrand de Born, el perverso consejero que enfrentó a rey y príncipe, padre e hijo, como en otro tiempo les ocurrió a Absalón y a David; a aquellos que promovieron la disensión interna en religiones y familias. Pero ¿por qué Phineas Jennison?

—Después de todos nuestros esfuerzos, no hemos respondido a esa pregunta en relación con Elisha Talbot, mi querido Lowell —dijo Longfellow—. Su simonía de mil dólares, ¿para qué fue? Dos *contrapassi* con dos pecados invisibles. Dante tiene la ventaja de que pregunta a los propios pecadores qué los ha llevado al infierno.

—¿Usted tenía intimidad con Jennison? —preguntó Fields a Lowell—. ¿Y no se le ocurre nada?

—Era un amigo, y yo no andaba averiguando sus fechorías. Era mi paño de lágrimas cuando me quejaba de mis pérdidas en bolsa, de mis clases, del doctor Manning y de la maldita corporación. Era una máquina de vapor con pantalones, y admito que a veces se ponía el sombrero un poco al sesgo... Estaba metido desde hacía años en todos los negocios fulgurantes y supongo que tenía sus puntos vulnerables. Ferrocarriles, fábricas, acerías... Esos negocios me resultan difícilmente comprensibles, ya lo sabe usted, Fields —explicó Lowell, y bajó la cabeza.

Holmes suspiró ruidosamente.

—El patrullero Rey es agudo como una cuchilla, y probablemente ha sospechado desde el principio que sabemos algo. Reconoció las peculiaridades de la muerte de Jennison a partir de lo que escuchó en nuestra sesión del club Dante. La lógica del *contrapasso*, los cismáticos, todo eso lo relacionó con Jennison y, cuando le di más explicaciones, inmediatamente comprendió que Dante también se relacionaba con las muertes del juez presidente Healey y del reverendo Talbot.

—Como también comprendió Grifone Lonza cuando se dio muerte en la comisaría —dijo Lowell—. El pobre infeliz veía a Dante por todas partes. Esta vez resultó que estaba en lo cierto. A menudo he pensado, de manera parecida, en la propia transformación de Dante. La mente del poeta, sin hogar en la tierra por causa de sus enemigos, se fue construyendo su hogar cada vez más en ese espantoso inframundo. ¿No es natural que, desterrado de todo cuanto amó en esta vida, se cobijara exclusivamente en la *venidera*? Nos mostramos pródigos en la exaltación de su talento, pero Dante Alighieri no tuvo elección y hubo de escribir su poema, y escribirlo con sangre de su corazón. No es de maravillar que muriese poco después de terminarlo.

—¿Qué hará el agente Rey ahora que conoce nuestra relación con el caso? —preguntó Longfellow.

Holmes se encogió de hombros.

—Hemos ocultado información. Hemos obstruido la investigación de los dos crímenes más horrendos que Boston haya visto, ¡y que ahora se han convertido en tres! ¡Rey puede muy bien entregarnos, a nosotros *y* a Dante, mientras estamos hablando! ¿Qué lealtad le debe él a un libro de poesía? ¿Y hasta qué punto se la debemos nosotros?

Holmes se puso en pie, se ajustó la cintura de sus holgados pantalones y comenzó a pasear nerviosamente. Fields levantó la cabeza, que tenía apoyada en las manos, al advertir que Holmes estaba cogiendo el sombrero y el gabán.

—Quería compartir lo que he averiguado —dijo Holmes con voz suave, mortecina—. No puedo continuar.

—Quédese —empezó a decir Fields.

Holmes sacudió la cabeza.

—No, mi querido Fields; esta noche, no.

—¿Qué? —exclamó Lowell.

—Holmes —dijo Longfellow—. Sé que esto parece no tener respuesta, pero nos corresponde luchar.

—¡De ninguna manera puede salirse de esto! —gritó Lowell, cuya voz, que llenaba el espacio que compartían, sintió poderosa de nuevo—. ¡Hemos ido demasiado lejos, Holmes!

—Hemos ido demasiado lejos desde el principio, demasiado lejos de aquello a lo que pertenecemos. Así es, Jamey. Lo siento —dijo Holmes, calmado—. Ignoro lo que decidirá el patrullero Rey, pero colaboraré de cualquier forma que él diga y espero lo mismo de ustedes. Sólo ruego para que no nos entregue por obstrucción o, peor aún, como cómplices. ¿No es eso lo que hemos hecho? Cada uno de nosotros desempeñó un papel permitiendo que las muertes continuaran.

—¡Entonces usted no debiera habernos delatado a Rey! —y Lowell se puso en pie de un salto.

—¿Y qué hubiera hecho usted en mi lugar, profesor? —preguntó Holmes.

—¡Abandonar no es ahora una opción, Wendell! La leche se ha

derramado. Usted juró proteger a Dante, como hicimos todos, bajo el techo de Longfellow, ¡aunque se hunda el cielo! —Pero Holmes se calaba el sombrero y se abrochaba el gabán—. *Qui a bu boira* —sentenció Lowell—. Quien bebió beberá.

—¡Usted no lo vio! —Todas las emociones reprimidas en el interior de Holmes entraron en erupción cuando se volvió hacia Lowell—. ¿Por qué me ha tocado *a mí* ver dos cuerpos horriblemente mutilados en lugar de a usted, insigne erudito? ¡Fui *yo* quien se metió en el agujero de fuego de Talbot, con el hedor de la muerte en mis narices! ¡Fui *yo* quien tuvo que pasar por todo eso mientras *usted* podía hacer análisis cómodamente junto a su chimenea, filtrándolo todo a través de letras del alfabeto!

—¿*Cómodamente*? Yo fui atacado por unos raros insectos devoradores de hombres que me pusieron en el trance de jugarme la vida, ¡no debería usted olvidarlo! —le recriminó Lowell a gritos.

Holmes se echó a reír con sorna.

—¡Le cambio diez mil moscas azules por lo que me ha tocado ver a mí!

—Holmes —intervino Longfellow—. Recuerde: Virgilio le dice al peregrino que el miedo es el mayor impedimento para su viaje.

—¡No doy un centavo por eso! ¡Ya no, Longfellow! ¡Cedo mi plaza! ¡No somos los primeros en tratar de liberar la poesía de Dante, y quizá la nuestra sea siempre una causa perdida! ¿No han pensado alguna vez que Voltaire tenía razón cuando decía que Dante era un loco y su obra, un *monstruo*? Dante perdió su vida en Florencia y se vengó creando una literatura con la cual osó convertirse en Dios. Y ahora nosotros hemos liberado ese monstruo en la ciudad a la que decimos amar, ¡y viviremos para pagarlo!

—¡Ya basta, Wendell! ¡Basta! —chilló Lowell, poniéndose en pie frente a Longfellow, como si pudiera servirle de escudo ante aquellas palabras.

—¡El propio hijo de Dante pensaba que era engañoso creer que él había viajado por el infierno, y pasó toda su vida tratando de rechazar las palabras paternas! —continuó Holmes—. ¿Por qué deberíamos sacrificar nuestra seguridad para salvarlo a él? La *Commedia* no fue una carta de amor. ¡A Dante no le preocupaban Beatriz ni Florencia! ¡Estaba expresando la nostalgia por su exilio, imaginando a sus enemigos retorciéndose e implorando la salvación! ¿Le han oído aunque sea por una vez mencionar a su esposa? ¡Así es como cosechó sus decepciones! ¡Yo sólo quiero protegernos de perder cuanto nos es querido! ¡Eso es todo lo que he pretendido desde el principio!

—¡Usted no quiere admitir que alguien sea culpable —dijo Lowell—, del mismo modo que se negó a considerar culpable a Bachi, como usted imaginó inocente al profesor Webster aun estando colgado de una soga!

—¡No es así! —rechazó Holmes dando voces.

—Oh, es algo hermoso lo que está haciendo por nosotros, Holmes. ¡Algo hermoso! —exclamó Lowell—. ¡Ha estado usted tan formal como sus más divagatorias piezas líricas! Quizá deberíamos haber reclutado desde el principio a Wendell Junior para nuestro club en lugar de a usted. ¡Al menos hubiéramos tenido una oportunidad de vencer!

Estaba dispuesto a decir más, pero Longfellow lo tomó del brazo con una mano amable, pero firme como un guantelete de hierro.

—No hubiéramos podido llevar el asunto tan lejos sin usted, querido amigo. Por favor, tómese un descanso y dé recuerdos a la señora Holmes —dijo Longfellow con suavidad.

Holmes abandonó la Sala de Autores. Cuando Longfellow soltó su presa, Lowell fue tras el doctor hacia la puerta. Holmes se apresuró en dirección al vestíbulo, mirando de reojo a su amigo, que lo seguía, con una mirada fría. Al llegar a la esquina, Holmes chocó con un carro de papeles empujado por Teal, el mozo del turno de noche, adscrito a las oficinas de Fields, y cuya boca estaba siempre en movimiento, triturando o mascando. Holmes salió volando y dio en el suelo, y el carro volcó y desparramó papeles por todo el vestíbulo y sobre el doctor caído. Teal apartó a puntapiés algunos papeles y con una mirada llena de simpatía trató de ayudar a Oliver Wendell Holmes, que se hallaba a sus pies. Lowell corrió también junto a Holmes, pero se detuvo, sintiendo de nuevo su ira, pues estaba avergonzado de su momentánea debilidad.

—Ya es usted feliz, Holmes. ¡Longfellow nos necesitaba! ¡Finalmente lo ha traicionado! ¡Ha traicionado usted al club Dante!

Teal, mirando con temor mientras Lowell repetía su acusación, levantó a Holmes.

—Mil perdones —susurró en la oreja de Holmes.

Pese a que la culpa era enteramente del doctor, éste se limitó a corresponder con otro «perdón». Ya no sentía la pesadez ni el resuello de su asma. Ésta era opresiva y le producía calambres. Mientras que la anterior le hacía sentir que necesitaba inhalar más y más aire, esta de ahora convertía en veneno todo el aire.

Lowell irrumpió de nuevo en la Sala de Autores, dando un portazo tras él. Se encontró frente a una expresión indescifrable en el rostro de Longfellow. A la primera señal de tempestad, Longfellow cerraba todos los postigos de la casa, y explicaba que no le gustaba aquella discordancia. Ahora presentaba el mismo aspecto de batirse en retirada. Al parecer, Longfellow le había dicho algo a Fields, porque el editor permanecía de pie, expectante, inclinándose adelante como para seguir escuchando.

—Bien —se lamentó Lowell—, díganme si podía hacernos esto, Longfellow. ¿Cómo ha podido Holmes hacerlo?

Fields hizo un movimiento de cabeza.

—Lowell, Longfellow cree haberse dado cuenta de algo —dijo, traduciendo la expresión del poeta—. ¿Recuerda cómo enfocamos la pasada noche el canto de los cismáticos?

—Sí. ¿Y qué hay con eso, Longfellow? —preguntó Lowell.

Longfellow había echado mano de su gabán y miraba por la ventana.

—Fields, ¿estará todavía el señor Houghton en Riverside?

—Houghton está siempre en Riverside, al menos cuando no está en la iglesia. ¿Qué puede hacer él por nosotros, Longfellow?

—Tengo que ir allí en seguida —dijo Longfellow.

—¿Se ha dado usted cuenta de algo que pueda ayudarnos, querido Longfellow? —preguntó Lowell, esperanzado.

Pensó que Longfellow estaba considerando la pregunta, pero el poeta no dio respuesta alguna durante el recorrido hasta Cambridge, al otro lado del río.

Una vez en el gigantesco edificio de ladrillos que albergaba Riverside Press, Longfellow solicitó a H. O. Houghton que le facilitara todo el material impreso de la traducción del *Inferno* de Dante. La traducción, pese a que no se había revelado de qué obra se trataba, rompía años de virtual silencio por parte del poeta más amado de la historia de su país, y era ansiosamente esperada por el mundo literario. Fields le tenía reservado un lanzamiento a bombo y platillo: la primera edición de cinco mil ejemplares se pondría a la venta al cabo de un mes. Anticipándose a ello, Oscar Houghton había estado sacando pruebas a medida que Longfellow le entregaba las anteriores corregidas, llevando una detallada e irreprochable relación de las fechas.

Los tres eruditos se adueñaron de la oficina privada de contabilidad del impresor.

—No lo encuentro —dijo Lowell.

Ninguno estaba centrado en los puntos más concretos de sus propios proyectos de publicación y, por tanto, mucho menos en los ajenos. Fields le mostró el calendario previsto.

—Longfellow entrega sus pruebas corregidas la semana posterior a nuestras sesiones de traducción. Así pues, cualquier fecha que encontremos aquí que registre la recepción de las pruebas por parte de Houghton, significa que el miércoles de la semana *anterior* se celebró la reunión de nuestro círculo dantista.

La traducción del canto tercero, el de los tibios, se llevó a cabo tres o cuatro días después del asesinato del juez Healey. El del reverendo Talbot, tres días antes del miércoles reservado para la traducción de los cantos decimoséptimo, decimoctavo y decimonoveno: este último contenía el castigo de los simoníacos.

—¡Y entonces nos enteramos del crimen! —dijo Lowell.

—Sí, y yo adelanté nuestro trabajo hasta el canto sobre Ulises en el último momento, a fin de animarnos, y trabajé solo en los cantos intermedios. En cuanto al último crimen, la carnicería de la que ha sido víctima Phineas Jennison, ocurrió, según todos los cálculos, el martes, un día antes de la traducción, ayer, de los mismos versos relacionados con el trágico suceso.

Lowell se puso blanco y, luego, muy rojo.

—¡Me doy cuenta, Longfellow! —exclamó Fields.

—Cada crimen se produce inmediatamente antes de que nuestro club Dante traduzca el canto en el que el asesino se ha basado —concluyó Longfellow.

—¿Cómo no lo vimos antes? —se lamentó Fields.

—¡Alguien ha estado jugando con nosotros! —estalló Lowell. Luego se apresuró a bajar la voz hasta convertirla en un susurro—: ¡Alguien ha estado vigilándonos todo el tiempo, Longfellow! ¡Ha de ser alguien que conoce nuestro club Dante! ¡Quienquiera que sea ha hecho coincidir cada asesinato con nuestra traducción!

—Aguarden un momento. Esto podría ser tan sólo una terrible coincidencia —dijo Fields consultando de nuevo el calendario de entregas—. Miren aquí. Hemos traducido casi dos docenas de cantos del *Inferno*, pero sólo ha habido tres asesinatos.

—Tres coincidencias mortales —comentó Longfellow.

—No hay coincidencia —insistió Lowell—. Nuestro Lucifer ha emprendido una carrera con nosotros para ver quién llega primero: ¡Dante traducido con tinta o con sangre! ¡Hemos estado perdiendo la carrera por dos o tres cuerpos cada vez!

Fields protestó:

—Pero ¿quién tuvo la posibilidad de conocer nuestra previsión de trabajo por adelantado? ¿Y con suficiente tiempo para planear unos crímenes tan elaborados? Nosotros no dejamos por escrito un calendario. En ocasiones nos saltamos una semana. A veces Longfellow pasa por alto un canto o dos para los que no nos considera preparados, y quedan fuera de las sesiones.

—Mi Fanny ni sabe de qué cantos nos ocupamos ni se molesta en averiguarlo —comentó Lowell.

—¿Y quién podría conocer esos detalles, Longfellow? —preguntó Fields.

—Si todo esto fuera cierto —lo interrumpió Lowell—, ¡significa que de algún modo estamos implicados directamente en que empezaran los asesinatos!

Permanecieron en silencio. Fields miraba a Longfellow con aire protector.

—¡Una farsa! —dijo—. ¡Una farsa, Lowell!

Ése fue el único argumento que se le ocurrió. Longfellow manifestó, levantándose del escritorio de Houghton:

—Admito que no comprendo esa extraña pauta. Pero no podemos eludir sus consecuencias. Cualquiera que sea la iniciativa que tome el patrullero Rey, ya no podemos considerar nuestra intervención meramente como nuestra prerrogativa. Han pasado treinta años desde que me senté por primera vez a mi mesa, en tiempos más felices, para traducir la *Commedia*. La he tomado en mis manos con tal reverencia que en ocasiones se ha convertido en resistencia a proseguir. Pero ha llegado el momento de darse prisa, de completar el trabajo, o corremos el riesgo de más pérdidas.

Después de que Fields partiera en su carruaje hacia Boston, Lowell y Longfellow caminaron bajo la nieve hacia sus casas. La noticia del asesinato de Phineas Jennison se había extendido rápidamente por sus círculos sociales. El silencio en la calle, bordeada de olmos, era absoluto. Las ascendentes guirnaldas de humo de las chimeneas, blancas como la nieve, se desvanecían como fantasmas. Las ventanas que no mantenían cerrados los postigos, estaban cubiertas en su parte interior por ropa, camisas y blusas que colgaban flojamente, pues hacía demasiado frío para ponerlas a secar fuera. Las aldabillas de cuerdas estaban bajadas en todas las puertas. Las casas que habían instalado recientemente cerraduras de hierro y cadenas metálicas, por consejo de los patrulleros locales, se mantenían bien cerradas. Algunos residentes incluso habían montado un tipo de alarma en sus puertas, utilizando un sistema de corrientes, vendido de casa en casa por Jeremy Didlers, del Oeste. Ningún niño jugaba en los montones de nieve blanda. Con aquellos tres asesinatos, resultaba evidente que había una mano empeñada en la tarea. Las reseñas de los periódicos no tardaron en incluir la información de que se encontró la ropa de cada víctima cuidadosamente doblada en el escenario del crimen, y de súbito la ciudad entera se sintió desnuda. El terror que se desencadenó con la muerte de Artemus Healey se había apoderado ahora de Beacon Hill, siguiendo por la calle Charles, por Back Bay y cruzando el puente de Cambridge. De pronto, parecía haber motivos irracionales pero palpables para creer en un azote, en el apocalipsis.

Longfellow se detuvo a una manzana de la casa Craigie.

—¿Podríamos *nosotros* ser responsables?

Su voz sonaba temerosa, débil a sus propios oídos.

—No permita que ese gusano penetre en su cerebro. Dije eso sin pensarlo, Longfellow.

—Debe ser honrado conmigo, Lowell. ¿Cree usted...?

Las palabras de Longfellow se vieron interrumpidas. El grito de una niña se elevó en el aire y conmovió los cimientos mismos de la calle Brattle.

A Longfellow se le doblaron las rodillas mientras su mente trataba de determinar el origen del grito, lo que lo llevó hasta su casa. Sabía que debería lanzarse a una alocada carrera calle Brattle abajo, a través de la sábana virginal de la nieve. Pero por un momento sus pensamientos lo inmovilizaron en el sitio, acechándolo, haciéndolo temblar ante lo posible, como quien despierta de una terrible pesadilla y busca señales de sangrientas calamidades en la apacible habitación en torno. Los recuerdos inundaron el aire delante de él. *¿Por qué no pude salvarte, amor mío?*

—¿Voy a buscar mi fusil? —exclamó Lowell frenéticamente.

Longfellow salió a la carrera.

Ambos hombres llegaron al escalón de entrada de la casa Craigie casi al mismo tiempo, una notable hazaña de Longfellow, quien, a diferencia de su vecino, no había practicado ejercicio físico. Entraron corriendo en el vestíbulo. En el salón encontraron a Charley Longfellow arrodillado, tratando de calmar a la excitada Annie Allegra, la pequeña, que profería exclamaciones y chillaba alegremente ante los regalos que su hermano le había traído. *Trap* gruñía encantado y meneaba su rechoncho rabo en círculos, mostrando toda su dentadura en una expresión comparable a una sonrisa humana. Alice Mary salió al vestíbulo para saludarlos.

—¡Oh, papá! —exclamó—. ¡Charley acaba de llegar a casa para el día de Acción de Gracias! ¡Y nos ha traído chaquetas francesas, con rayas rojas y negras!

Alice se probó la chaqueta para Longfellow y Lowell.

—¡Vaya garbo! —aplaudió Charley, que abrazó a su padre—. Papá, ¿por qué estás blanco como un papel? ¿No te sientes bien? ¡Mi intención sólo era daros una sorpresita! Quizá te has hecho demasiado viejo para nosotros.

Y se echó a reír. El color volvió a la hermosa tez de Longfellow, quien, a la vez, empujaba a Lowell a un lado.

—Mi Charley ha vuelto a casa —le dijo en tono confidencial, como si Lowell no pudiera verlo por sí mismo.

Más avanzada la noche, cuando las niñas ya estaban durmiendo arriba y Lowell se había ido, Longfellow se sintió profundamente tranquilo. Se inclinó sobre el escritorio en el que trabajaba de pie, y pasó la mano por la suave madera sobre la que había escrito la mayor parte de su traducción. La primera vez que leyó el poema de Dante, tenía que confesárselo a sí mismo, no tuvo fe en el gran poeta. Temía cómo pudiera acabar, tras un inicio tan glorioso. Pero, a lo largo del texto, Dante se comportó tan valientemente, que Longfellow no pudo hacer otra cosa que maravillarse más y más, no sólo por su gran fuerza, sino por la continuidad de ésta. El estilo se elevaba con el tema, y se dilataba como las aguas de la marea cuyo flujo, a la larga, levantaban al lector, cargado de dudas y temores. Lo más frecuente era que pareciese que Longfellow estaba sirviendo al florentino, pero a veces Dante se burlaba, eludiendo toda palabra, todo lenguaje. En tales ocasiones, Longfellow se sentía como un escultor que, incapaz de representar en frío mármol la belleza viva del ojo humano, recurría a artificios como hundir más profundamente el ojo y hacer más prominente la frente, encima, rasgos que no eran los del modelo vivo.

Pero Dante se resistía a las intrusiones mecánicas, y se rehusaba a sí mismo, pidiendo paciencia. Siempre que traductor y poeta llegaban a este punto muerto, Longfellow se detenía y pensaba: «Aquí Dante descansó la pluma, y todo cuanto sigue aún está en blanco. ¿Cómo llenar la página? ¿Qué nuevas figuras aportará? ¿Qué nuevos nombres escribirá?» Entonces el poeta volvía a tomar su pluma y, con una expresión de gozo o de indignación en su rostro, seguía avanzando en la redacción de su libro, y Longfellow continuaba ahora sin timideces.

Un leve sonido de arañazo, como los dedos sobre un encerado, captó la atención de las orejas triangulares de *Trap*, que se acurrucó hecho una bola a los pies de Longfellow. Sonó como hielo rompiéndose contra una ventana a causa del viento.

A las dos de la madrugada, Longfellow seguía traduciendo. Con la caldera y la chimenea al máximo, no podía conseguir que el mercurio trepara por su pequeña escala más allá del sexagésimo peldaño,* y luego descendería, desanimado. Longfellow acercó una bujía a

* Sesenta grados Fahrenheit, equivalentes a algo menos de 16 ºC. (*N. del t.*)

279

una ventana y miró desde otra los encantadores árboles, como cubiertos de plumas por efecto de la nieve. El aire permanecía inmóvil, y con aquella iluminación parecían como un grande y aéreo árbol de Navidad. Cuando cerraba los postigos, advirtió unas insólitas marcas en una de las ventanas. Volvió a abrir los postigos. El sonido del hielo rompiéndose había sido algo más: un cuchillo deslizándose en el cristal. Y él había estado a unos pocos pies de quien lo manejó. Al principio, las palabras incisas en la ventana le resultaron ininteligibles: ƎИOIƧUᗡAᴙT AIM A⅃ . Pero Longfellow pudo descifrarlas casi inmediatamente. Aun así se puso el sombrero, la bufanda y el gabán y salió de la casa. Allí la amenaza podía leerse tan claramente como si resiguiera con los dedos los ásperos bordes de las letras:

ƎИOIƧUᗡAᴙT AIM A⅃ : «MI TRADUCCIÓN.»

XII

El jefe Kurtz anunció en la pizarra de la comisaría central que unas horas después tomaría el tren para iniciar una gira por los ateneos de Nueva Inglaterra, a fin de explicar a las comisiones locales y a los socios ateneístas los nuevos métodos policiales. Kurtz le confesó a Rey:

—Para salvar la reputación de la ciudad, quiero decir de los concejales. Embusteros.

—Entonces, ¿por qué?

—Para mantenerme lejos, para alejarme de los detectives. Por acuerdo, yo soy el único oficial del departamento con autoridad sobre la oficina de detectives. Así esos bribones tendrán las manos libres. Ahora esta investigación les corresponde por completo a ellos. Aquí no queda nadie con poder para frenarlos.

—Pero, jefe Kurtz, están buscando en el lugar equivocado. Sólo quieren una detención para lucirse.

Kurtz se lo quedó mirando.

—Y usted, patrullero, usted debe permanecer aquí, tal como se le ha ordenado. Ya lo sabe. Hasta que todo esto esté bien aclarado. Lo cual podría suceder dentro de muchos meses.

Rey guiñó el ojo.

—Pero yo tengo mucho que decir, jefe...

—Usted sabe que debo darle instrucciones para que comparta con el detective Henshaw y sus hombres todo cuanto sepa o crea saber.

—Jefe Kurtz...

—¡Todo, Rey! ¿Tendré que llevarlo yo mismo ante Henshaw?

Rey dudó, y luego sacudió la cabeza. Kurtz le puso la mano en el brazo.

—A veces la única satisfacción consiste en saber que nadie más que uno mismo puede hacerlo, Rey.

Cuando Rey regresaba a casa aquella noche, una figura envuelta en una capa se puso a caminar junto a él. Se quitó la capucha. Respiraba agitadamente, con el vaho que desprendía su aliento tropezando con su oscuro velo y saliendo a través de él. Mabel Lowell se despojó del velo y dirigió una mirada fogosa al patrullero Rey.

—Patrullero, ¿me recuerda de cuando fue a mi casa en busca del profesor Lowell? Tengo algo que creo debería usted ver —dijo, sacando un grueso paquete de debajo de su capa.

—¿Cómo me ha encontrado, señorita Lowell?

—Mabel. ¿Cree usted que es tan difícil encontrar a un agente de policía mulato en Boston?

Concluyó su frase con una retorcida mueca. Rey se detuvo y miró el envoltorio, del que separó algunas hojas de papel.

—No sé por qué debería aceptar esto. ¿Pertenece a su padre?

—Sí. —Eran las pruebas de la traducción de Dante por Longfellow, con abundantes notas marginales de Lowell—. Creo que mi padre ha descubierto algunos aspectos de la poesía de Dante en esos extraños asesinatos. Ignoro detalles que usted debe de conocer, y acerca de los cuales yo nunca podría hablar con él sin ponerlo furioso, así que no le diga que me ha visto. Me costó mucho trabajo, agente, introducirme a hurtadillas en el estudio de mi padre procurando que él no lo notara.

—Por favor, señorita Lowell —dijo Rey, suspirando.

—Mabel. —Enfrentada al brillo de honradez en los ojos de Rey, no pudo permitirse exteriorizar su desesperación—. Por favor, agente. Mi padre le cuenta pocas cosas a la señora Lowell y a mí, menos. Pero esto yo lo sé. Sus libros de Dante andan desparramados por allí a todas horas. Cuando le oigo con sus amigos estos días, sólo hablan de eso... y en un tono como si estuvieran coaccionados, un tono de angustia, inadecuado para unos hombres que se reúnen para hacer una traducción. Luego encontré el dibujo de unos pies humanos ardiendo, con algunos recortes de periódico sobre el reverendo Talbot.

Sus pies, dicen algunos, estaban carbonizados cuando lo encontraron. Y yo oí a mi padre revisar ese canto sobre los clérigos inicuos con Mead y Sheldon hace sólo unos meses.

Rey la condujo al patio de un edificio próximo, donde encontraron un banco desocupado.

—Mabel, no debe decir a nadie más que sabe esto. Sólo serviría para complicar la situación y proyectar una sombra peligrosa sobre su padre y sus amigos... y me temo que sobre usted misma. Intervienen intereses que se aprovecharían de esta información.

—Usted ya estaba enterado de esto, ¿verdad? Bien, pues debería idear algo para detener esta locura.

—Honradamente, no sé qué hacer.

—No puede quedarse quieto y observar; no mientras mi padre... Por favor. —De nuevo puso el paquete con las pruebas en sus manos. A pesar suyo, sus ojos se llenaron de lágrimas—. Tome esto. Léaselo antes de que él lo eche de menos. Su visita a la casa Craigie aquel día debe de tener algo que ver con todo esto, y sé que usted puede ser de ayuda.

Rey examinó el paquete. No había leído un libro desde antes de la guerra. En otro tiempo consumió literatura con alarmante avidez, especialmente tras la muerte de sus padres adoptivos y de sus hermanas. Leyó historias y biografías e incluso novelas. Pero ahora la misma idea de un libro le chocaba como ofensivamente represiva y arrogante. Prefería los periódicos y pliegos sueltos, que no tenían ocasión de dominar sus pensamientos.

—Mi padre es a veces un hombre difícil... Me doy cuenta de la impresión que puede causar —prosiguió Mabel—. Pero ha padecido mucha tensión, interna y externa, a lo largo de su vida. Vive con el temor de perder su capacidad para escribir, pero yo nunca pensé en él como poeta; sólo como mi padre.

—No tiene por qué preocuparse, señorita Lowell.

—Entonces, ¿va a ayudarlo? —preguntó, apoyando la mano en su brazo—. ¿Hay algo en lo que yo pueda ayudarlo a usted? ¿Algo para tener la certeza de que mi padre está seguro, patrullero?

Rey permaneció silencioso. Los transeúntes les dirigían miradas encendidas y él apartaba la vista.

Mabel sonrió tristemente y se retiró al otro extremo del banco.

—Comprendo. Es usted igual que mi padre. Supongo que no se me pueden confiar los asuntos que de veras importan. Me hice la ilusión de que usted era diferente.

Por un momento, Rey sintió demasiada identificación afectiva con Mabel como para replicar.

—Señorita Lowell, éste es un asunto en el que, si se puede, más vale no meterse.

—Pero yo no puedo —concluyó, y devolvió el velo a su lugar, al tiempo que emprendía el camino hacia la estación de tranvías.

El profesor George Ticknor, un anciano en decadencia, instruía a su esposa para que hiciera subir a la visita. Sus instrucciones iban acompañadas de una extraña sonrisa que se dibujaba en su ancho y peculiar rostro. El cabello de Ticknor, en otro tiempo negro, se había vuelto gris en la parte baja de la nuca y a lo largo de las patillas, y era lamentablemente escaso en lo alto del cráneo. Hawthorne dijo una vez que la nariz de Ticknor era lo contrario de aquilina: no del todo respingona ni chata.

El profesor nunca tuvo mucha imaginación, y estaba agradecido por ello, pues lo protegía de los desvaríos que habían aquejado a sus colegas bostonianos, en especial a los escritores, quienes pensaban que en tiempo de reforma las cosas cambiarían. Con todo, Ticknor no podía dejar de imaginar que el sirviente que lo incorporaba y lo ayudaba a levantarse de la butaca, era el vivo retrato de George Junior, fallecido a la edad de cinco años. Ticknor seguía triste por aquella muerte, ocurrida treinta años antes; muy triste, porque ya no podía ver su brillante sonrisa ni oír su alegre voz, ni siquiera en su mente. Por eso volvía la cabeza al percibir algún sonido familiar, y el niño no estaba allí. Por eso aguzaba el oído para captar el leve paso de su hijo, que no llegaba.

Longfellow entró en la biblioteca, llevando tímidamente un regalo. Se trataba de una bolsa con broche, con una orla.

—Por favor, siga sentado, profesor Ticknor —lo apremió.

Ticknor ofreció cigarros, los cuales, por sus envoltorios cuarteados, parecían haber sido ofrecidos y rechazados a lo largo de muchos años de recibir a huéspedes infrecuentes.

—Mi querido señor Longfellow, ¿qué trae usted ahí?

Longfellow colocó la bolsa en el escritorio de Ticknor.

—Algo que he creído le gustaría ver. A usted más que a nadie.

Ticknor se lo quedó mirando con interés. Sus ojos negros eran impenetrables.

—Lo he recibido esta mañana de Italia. Lea la carta que lo acompañaba.

Longfellow se la alargó a Ticknor. Era de George Marsh, de la Comisión del Centenario de Dante, en Florencia. Marsh escribía para asegurar a Longfellow que no debía preocuparse porque la comisión florentina aceptara su traducción del *Inferno*.

Ticknor empezó a leer:

—«El duque de Caietani y la comisión recibirán agradecidos la primera traducción norteamericana del gran poema como la contribución más adecuada a la solemnidad del centenario, y al mismo tiempo como un merecido homenaje del Nuevo Mundo a una de las más altas glorias del país de su descubridor, Colón.» ¿Por qué no se siente usted seguro? —preguntó Ticknor, pensativo.

Longfellow sonrió.

—Supongo que, a su manera amable, el señor Marsh está dándome prisa. Pero ¿no se dice que Colón no era precisamente puntual?

—«Por favor, acepte de nuestra comisión —continuó leyendo Ticknor—, como signo de aprecio por su próxima contribución, una de las siete bolsas que contienen las cenizas de Dante Alighieri, tomadas tardíamente de su tumba de Ravena.»

Esto coloreó con un desvaído tono carmesí, causado por el placer, las mejillas de Ticknor, y sus ojos se dirigieron a la bolsa. Sus mejillas ya no alcanzaban la sombra rojo intenso que, en contraste con su cabello oscuro, hacía que en su juventud la gente lo tomara por español. Ticknor soltó el broche, abrió la bolsa y se quedó mirando lo que podía haber sido polvo de carbón. Pero Ticknor dejó escurrirse un poco entre sus dedos, como el peregrino cansado que por fin alcanza el agua bendita.

—Durante muchos años pareció que yo buscaba por toda la amplitud de la tierra colegas eruditos que estudiaran a Dante, con poco éxito —dijo Ticknor. Tragó saliva con dificultad, mientras pensaba:

¿Durante cuántos años?—. Traté de enseñar a numerosos miembros de mi familia hasta qué punto Dante hizo de mí un hombre mejor, pero fui escasamente comprendido. ¿Se dio usted cuenta, Longfellow, de que el año pasado no hubo un club o sociedad en Boston que no celebrara el tricentenario del nacimiento de Shakespeare? Pero ¿cuántos, fuera de Italia, consideran que este año, el seiscientos aniversario del nacimiento de Dante, merece ser destacado? Shakespeare nos ayuda a conocernos; Dante, con su disección de todos los demás, nos brinda el conocimiento de unos a otros. Hábleme de las incidencias de su traducción.

—Usted puede ayudarnos —dijo Longfellow—. Hoy empieza una nueva fase de nuestra lucha.

—Ayudar. —Ticknor pareció paladear la palabra como pudiera hacerlo con un nuevo vino, y luego rechazarlo con disgusto—. ¿Ayudar a qué, Longfellow?

Longfellow se echó atrás, sorprendido.

—Sería necio tratar de detener algo así —dijo Ticknor sin simpatía—. ¿Sabía usted, Longfellow, que he empezado a regalar mis libros? —Señaló con su bastón de ébano los anaqueles que rodeaban la estancia—. Ya llevo donados casi *tres mil* volúmenes a la nueva biblioteca pública, uno a uno.

—Un magnífico gesto, profesor —comentó Longfellow sinceramente.

—Uno a uno hasta temer que no me quede ninguno para mí. —Empujó la lujosa alfombra con el brillante cetro negro. Su cansada boca hizo una mueca mitad sonrisa, mitad signo de enfado—. El primer recuerdo de mi vida es la muerte de Washington. Cuando mi padre llegó a casa ese día no podía hablar, tan abrumado se sentía por la noticia. Yo estaba aterrorizado porque él se mostrara tan afectado, y rogué a mi madre que enviara en busca de un médico. Durante algunas semanas, todos, incluso los niños más pequeños, llevaron brazaletes negros. ¿Se ha parado a pensar que si mata a una persona es usted un asesino, pero que si mata a un millar es un héroe, como Washington? En otro tiempo, yo pensaba asegurar el futuro de nuestros ambientes literarios mediante el estudio y el aprendizaje, mediante el respeto a la tradición. Dante abogaba porque su poesía tuviera continuidad más allá de él mismo, en un nuevo hogar, y durante cuarenta años yo me afané por él. El sino de la literatura profetizado por el señor Emerson se ha hecho realidad con los acontecimientos que usted describe... La literatura que alienta vida y muerte, que puede castigar y absolver.

—Sé que usted no puede aprobar lo que ha sucedido, profesor Ticknor —dijo Longfellow, pensativo—. Dante desfigurado, utilizado como herramienta para el crimen y la venganza personal.

Ticknor hizo chocar sus manos.

—Longfellow, nos encontramos, en definitiva, con un texto antiguo convertido en un poder actual, ¡un poder capaz de juzgar ante nuestros propios ojos! No; si lo que usted ha descubierto es verdad, cuando el mundo sepa lo que ha ocurrido en Boston (aunque sea dentro de diez siglos), Dante no quedará desfigurado, no se verá manchado ni arruinado. Será reverenciado como la primera auténtica creación del genio norteamericano, ¡el primer poeta que liberó el poder mayestático de toda literatura sobre los incrédulos!

—Dante escribió para apartarnos de los tiempos en que la muerte era incomprensible. Escribió para infundirnos esperanza en la vida, profesor, cuando ya no nos queda; para que sepamos que nuestra existencia y nuestras plegarias no le son indiferentes a Dios.

Ticknor suspiró desmañadamente y apartó la bolsa ribeteada de oro.

—No olvide su regalo, señor Longfellow.

Longfellow sonrió.

—Usted fue el primero en creer que era posible.

Y colocó la bolsa con las cenizas en las viejas manos de Ticknor, que la agarraron codiciosamente.

—Yo ya soy demasiado viejo para ayudar a alguien, Longfellow —se excusó Ticknor—. Pero ¿me permitirá que le dé un consejo? Usted no anda detrás de Lucifer; ése no es el culpable que usted describe. Lucifer permanece completamente mudo cuando Dante por fin se lo encuentra en el helado Cocito, suspirando y sin habla. ¿Sabe? Así es como Dante triunfa sobre Milton. A nosotros se nos antoja que Lucifer es asombroso e inteligente, aunque podemos vencerlo; pero Dante lo pone más difícil. No. Usted anda tras de Dante; Dante decide quiénes deben ser castigados, adónde han de ir y qué tormentos sufren. Es el poeta quien toma esas medidas, aunque, al presentarse como el viajero, trate de hacérnoslo olvidar. Y nosotros creemos que él es otro testigo inocente de la obra de Dios.

Mientras tanto, en Cambridge, James Russell Lowell veía fantasmas.

Acomodado en su poltrona, con la luz invernal fluyendo en el interior de la estancia, tenía una clara visión del rostro de Maria, su primer amor, fielmente retratada. «Con el tiempo —repetía—. Con el tiempo...» Estaba sentada con Walter sobre su rodilla y animaba a Lowell con estas palabras: «Mira qué chico tan hermoso y fuerte se está haciendo.»

Fanny Lowell le dijo que parecía estar en trance, e insistió a su marido para que se acostara. Mandaría en busca de un médico, o del doctor Holmes, si lo deseaba. Pero Lowell la ignoró porque se sentía muy feliz. Abandonó Elmwood por la puerta de atrás. Pensaba en cómo su pobre madre, en el asilo, solía asegurarle que cuando más contenta se sentía era durante sus ataques. Dante dijo que la mayor tristeza la producía rememorar la felicidad pasada, pero Dante se equivocaba en su formulación; estaba *mortalmente equivocado*, pensó Lowell. No hay felicidades comparables en intensidad a nuestras tristezas y pesares. Alegría y tristeza eran hermanas, y muy semejantes entre ellas, como dijera Holmes, y nada arrancaba lágrimas como ambas, que lo hacían por igual. El pobre bebé de Lowell, Walter, el último hijo muerto de Maria, su heredero con todos los derechos, le parecía algo palpable mientras caminaba por las calles tratando de no pensar en nada, en nada más que en la dulce Maria; en nada más. Pero ahora la presencia espectral de Walter no era tanto una imagen como un incierto sentimiento que se proyectaba sobre él como una sombra, que estaba en él, del mismo modo que una mujer encinta siente la presión de la vida en su estómago. También pensó que veía a Pietro Bachi pasar junto a él en la calle y que lo saludaba y se mofaba de él, como diciéndole: «Siempre estaré aquí para recordarle su fracaso.» *Usted nunca luchó por nada, Lowell.*

—¡Usted no está aquí! —murmuró Lowell, y un pensamiento acudió a su cabeza: si inicialmente no hubiera estado tan seguro de la culpabilidad de Bachi, si hubiera compartido mínimamente el nervioso escepticismo de Holmes, habrían encontrado al asesino y Phineas Jennison podría seguir vivo. Y entonces, antes de que le pidiera un vaso de agua a uno de los tenderos de la calle, vio ante sí un brillante abrigo blanco y una alta chistera deslizándose alegremente a lo lejos, con el apoyo de un bastón con guarnición de oro.

Phineas Jennison.

Lowell se restregó los ojos. Tenía bastante conciencia de su estado mental como para desconfiar de su vista, pero podía ver a Jennison chocando con los hombros con algunos transeúntes, mientras otros lo evitaban y le dirigían extrañas miradas. Era corpóreo. De carne y hueso.

Estaba vivo...

Lowell trató de gritar *¡Jennison!*, pero tenía la boca demasiado seca. La visión lo invitaba a echar a correr pero, a la vez, le ataba las piernas. «¡Oh, Jennison!» Al mismo tiempo, recuperó su recia voz y los ojos empezaron a derramar lágrimas. «Phinny, Phinny, estoy aquí. ¡Estoy aquí! Jemmy Lowell, ¿me ve? ¡Aún no le he perdido!»

Lowell corrió entre los peatones y echó el brazo por encima de los hombros de Jennison. Pero el sujeto se volvió hacia él y Lowell se enfrentó a la cruel realidad. Llevaba el sombrero y el abrigo confeccionados por el sastre de Phineas Jennison, empuñaba su brillante bastón; sin embargo, se trataba de un anciano desastrado, con el rostro sucio, sin afeitar y deforme. Al abrazarlo, Lowell sintió que temblaba.

—Jennison —dijo Lowell.

—No me detenga, señor. Necesitaba calentarme...

El hombre dijo ser el vagabundo que había descubierto el cadáver de Jennison, después de nadar hasta el fuerte abandonado desde una isla cercana donde había un asilo de beneficencia. Encontró unos hermosos vestidos cuidadosamente doblados y amontonados en el suelo del almacén donde colgaba el cuerpo de Jennison, y se hizo con algunas prendas.

Lowell recordó y sintió agudamente el gusano que le extrajeron, solo en su escarpado y salvaje camino, devorando su interior. Sintió también el agujero que le había quedado, y que había liberado todo lo que estaba retenido en sus entrañas.

El campus de Harvard estaba silenciado por la nieve. Lowell buscó inútilmente a Edward Sheldon, a quien había enviado una carta la noche del jueves, después de verlo en compañía del fantasma, reclamando la inmediata presencia del estudiante en Elmwood. Pero Sheldon no respondió. Varios estudiantes que lo conocían llevaban unos días sin verlo. Otros, al cruzarse con Lowell, le recordaron su clase, a la que llegaba con retraso. Cuando entró en el aula, en el edificio principal de la universidad, un espacioso local que en otro tiempo albergó la capilla, dirigió su saludo habitual: «Caballeros y estudiantes...» A esta fórmula le seguían las acostumbradas y ensayadas risas de los estudiantes. *Pecadores*: así era como los ministros congregacionalistas de su infancia solían empezar. Su padre, que para un niño era la voz de Dios. También el padre de Holmes. *Pecadores*. Nada podía sacudir tanto la sincera piedad del padre de Lowell como su confianza en un Dios que compartía su fuerza.

—¿Soy yo el tipo adecuado de hombre para guiar a la ingenua juventud? ¡Ni por asomo! —Lowell se oyó a sí mismo decir estas palabras cuando llevaba pronunciado un tercio de una clase sobre el *Quijote*—. Y, por otra parte —reflexionó—, ser profesor no es bueno para mí, moja mi pólvora, como si mi mente, al encenderse, prendiera una involuntaria mecha en lugar de saltar a la primera chispa.

Dos estudiantes preocupados trataron de agarrarlo por el brazo cuando estuvo a punto de caer. Lowell se acercó a trompicones a la ventana y sacó la cabeza fuera, con los ojos cerrados. En lugar de experimentar la fresca caricia del aire, como esperaba, notó un inesperado golpe de calor, como si el infierno le cosquilleara la nariz y las mejillas. Se alborotó los bigotes en forma de colmillos y también los encontró calientes y húmedos. Al abrir los ojos, vio un triángulo de llamas allá abajo. Lowell se arrastró fuera del aula y bajó las escaleras de piedra del edificio principal de la universidad. Una vez en el campus de Harvard, una fogata ardía vorazmente.

Rodeándola, un semicírculo de hombres de porte majestuoso contemplaba las llamas con gran atención. Estaban arrojando al fuego los libros de un gran montón. Eran ministros locales, unitaristas y congregacionalistas, miembros de la corporación de Harvard, y unos pocos representantes de la Mesa de Supervisores de Harvard. Uno tomó un folleto, lo estrujó y lo tiró como si fuera una pelota. Todos aplaudieron cuando dio en las llamas. Lowell echó a correr hasta allí y, apoyándose en una rodilla, rescató el folleto. La cubierta estaba demasiado chamuscada para leerla, así que lo abrió por la portada: *En defensa de Charles Darwin y su teoría evolucionista.*

Lowell no pudo sostenerlo más. El profesor Louis Agassiz estaba frente a él, al otro lado de la hoguera, con el rostro borroso e inclinado a causa de la humareda. El científico agitó amistosamente ambas manos.

—¿Cómo sigue su pierna, señor Lowell? Ah, esto..., esto es para no perdérselo, señor Lowell, aunque es una lástima echar a perder buen papel.

El doctor Augustus Manning, tesorero de la corporación, contemplaba la escena desde una ventana que se distinguía a través del vapor, situada en el Gore Hall, la biblioteca de la universidad, un edificio de granito grotescamente gótico. Lowell se apresuró hacia la maciza entrada y atravesó la nave, agradecido porque a cada zancada recuperaba la compostura y la razón. En el Gore Hall no estaban permitidas las bujías ni las luces de gas, por el peligro de incendio, de modo que las salas y los libros estaban penumbrosos como el invierno.

—¡Manning! —bramó Lowell, contando con una reprimenda del bibliotecario.

Manning acechaba desde la tribuna sobre la sala de lectura, donde estaba reuniendo varios libros.

—Usted tiene ahora una clase, profesor Lowell. La corporación de Harvard no puede considerar una conducta aceptable abandonar a los estudiantes sin vigilancia.

Lowell tuvo que pasarse un pañuelo por la cara antes de subir a la tribuna.

—¡Usted osa quemar libros en una institución de enseñanza!

Las tuberías de cobre del precursor sistema de calefacción del Gore Hall siempre tenían escapes, y llenaban la biblioteca con un ondulante vapor que se condensaba en forma de gotitas calientes en las ventanas, en los libros y en los estudiantes.

—El mundo de la religión nos debe, y debe especialmente a su amigo el profesor Agassiz, gratitud por combatir triunfalmente la monstruosa enseñanza de que descendemos de los monos. Su padre de usted, ciertamente, se hubiera mostrado de acuerdo.

—Agassiz es demasiado listo —dijo Lowell llegando a lo alto de

la tribuna, atravesando la cortina de vapor—. Lo abandonará...,
¡cuente con ello! ¡Nada que eche fuera el pensamiento estará nunca a
salvo del pensamiento!

Manning sonrió, y su sonrisa pareció insertarse en su cabeza.

—¿Sabe usted? He obtenido a través de la corporación cien mil
dólares para el museo de Agassiz. Me atrevería a decir que Agassiz irá
exactamente por donde yo le diga.

—Pero ¿qué es esto, Manning? ¿Qué lo induce a aborrecer las
ideas ajenas?

Manning miró a Lowell de través. Mientras le respondía, perdió
el estricto control que mantenía sobre su voz.

—Hemos sido un noble país, caracterizado por la sencillez en
materia de moral y de justicia; el último huérfano de la gran República
romana. Nuestro mundo está siendo estrangulado y demolido
por infiltrados, por novedades inmorales introducidas por cada extranjero
y por cada nueva idea en contra de los principios sobre los
que se construyó Norteamérica. Usted mismo lo ve, profesor. ¿Cree
usted que hubiéramos podido guerrear entre nosotros hace veinte
años? Hemos sido envenenados. La guerra, nuestra guerra, está lejos
de haber concluido. Justamente está empezando. Hemos dado suelta
a los demonios en el mismo aire que respiramos. Las revoluciones,
los crímenes y los latrocinios empiezan en nuestras almas y se transfieren
a las calles y a nuestras casas. —Esto era lo más cercano a lo
emocional que Lowell había visto nunca en Manning—. El juez presidente
Healey fue condiscípulo mío en la clase de graduación, Lowell;
era uno de nuestros mejores supervisores ¡y ahora se lo ha cargado
alguna bestia cuyo único conocimiento es el conocimiento de la
muerte! En Boston, las mentes sufren continuos asaltos. Harvard es
la fortaleza para la protección de nuestras sublimes esencias. ¡Y ésa
es mi responsabilidad!

Manning contuvo sus sentimientos.

—Usted, profesor, se permite el lujo de la rebeldía sólo en ausencia
de responsabilidad. Es usted un auténtico poeta.

Lowell sintió que erguía el cuerpo por vez primera desde la
muerte de Phineas Jennison. Aquello le infundió renovadas fuerzas.

—Cargamos de cadenas a toda una raza de hombres hace cien
años, y allí empezó la guerra. Norteamérica continuará creciendo sin

importar todas las mentes que usted encadene ahora, Manning. Sé que amenazó a Oscar Houghton diciéndole que, si publicaba la traducción que Longfellow está haciendo de Dante, sufriría las consecuencias.

Manning se volvió a la ventana y contempló el fuego anaranjado.

—Y así será, profesor Lowell. Italia es un mundo en el que reinan las peores pasiones y la moral más laxa. Le daré la bienvenida si dona algunos ejemplares de su Dante al Gore Hall, como cierto científico necio hizo con esos libros de Darwin. Esa hoguera se los tragará: un ejemplo para todos los que traten de convertir nuestra institución en un reducto de ideas de violencia inmunda.

—Nunca se lo permitiré —replicó Lowell—. Dante es el primer poeta cristiano, el primero y único cuyo entero sistema de pensamiento está impregnado de una teología puramente cristiana. Pero el poema está más próximo a nosotros por otras razones. Es la historia real de un hermano nuestro, un hombre, de un alma humana que es tentada, purificada y que, finalmente, sale triunfante. Enseña la benéfica acción mediadora del arrepentimiento. Es la primera quilla que se aventuró en el mar silencioso de la conciencia humana al encuentro de un nuevo mundo de poesía. Mantuvo a raya durante veinte años su angustia y no se permitió morir hasta haber concluido su tarea. Tampoco lo hará Longfellow. Ni yo.

Lowell se volvió y empezó a bajar la escalera.

—Lo felicito, profesor. —Desde la tribuna, Manning permanecía impasible, aunque echaba fuego por los ojos—. Pero quizá no todo el mundo comparte los mismos puntos de vista. Recibí una peculiar visita de cierto policía, un tal patrullero Rey. Indagó acerca de su trabajo sobre Dante. No explicó por qué, y se marchó bruscamente. ¿Puede usted decirme por qué su trabajo atrae a la policía a nuestra reverenciada «institución de enseñanza»?

Lowell se detuvo y se volvió para mirar a Manning.

Manning se apoyó los largos dedos sobre el esternón.

—Algunos hombres sensatos se apartarán de su círculo para traicionarlos, Lowell, se lo aseguro. No hay reunión alguna de insurgentes que pueda permanecer unida por mucho tiempo. Si el señor Houghton no colabora para detenerlos, alguien lo hará. El doctor Holmes, por ejemplo.

Lowell quería marcharse, pero esperó más.

—Le advertí hace muchos meses que se apartara de su proyecto de traducción, pues de lo contrario su reputación se resentiría. ¿Y qué cree que hizo?

Lowell negó con la cabeza.

—Me convocó en su casa y me confió que estaba de acuerdo con mi postura.

—¡Miente, Manning!

—Oh, entonces, ¿el doctor Holmes ha seguido entregado a la causa? —preguntó como si supiera mucho más de lo que Lowell podía imaginar.

Lowell se mordió el labio, que le temblaba.

Manning sacudió la cabeza y sonrió.

—El mísero y pequeño maniquí es su Benedict Arnold* a la espera de instrucciones, profesor Lowell.

—Sepa que cuando soy amigo de un hombre lo soy para siempre, y es muy difícil hacerme volver atrás. Y aunque un hombre pueda gozar siendo mi enemigo, no puede convertirme a mí en el *suyo* mientras yo no quiera. Buenas tardes.

Lowell dio por concluida la conversación, pero el otro necesitaba más de él.

Manning siguió a Lowell hasta la sala de lectura y lo agarró del brazo.

—No comprendo cómo usted se juega su buen nombre, todo aquello por lo que ha luchado su vida entera, en algo como *eso*, profesor.

Lowell se apartó.

—Aunque quisiera entenderlo no podría, Manning.

Regresó a su clase a tiempo para despedir a sus alumnos.

---

* Paradigma del traidor y el renegado para los norteamericanos. Benedict Arnold (1741-1801) fue un héroe en ambos bandos de la guerra de la Independencia estadounidense. Se incorporó a los insurrectos en 1775 y llevó a cabo grandes hazañas que lo convirtieron en uno de los militares más distinguidos de la campaña. A partir de 1780, por ambición, se pasó al bando británico, junto al que combatió con idéntico arrojo. Murió exiliado en Londres. (*N. del t.*)

Si el asesino había estado siguiendo de algún modo la traducción de Longfellow, y los desafiaba a una carrera para concluirla, el club Dante tenía poca elección, salvo completar con la mayor brevedad los trece cantos del *Inferno* que aún quedaban. Acordaron dividirse en dos equipos reducidos: el de los investigadores y el de los traductores.

Lowell y Fields seguirían con la investigación, mientras Longfellow y George Washington Greene se esforzarían con la traducción en el estudio. Fields había informado a Greene, para gran satisfacción del anciano ministro, de que la traducción se había sometido a un estricto calendario, con vistas a su inmediata finalización: quedaban nueve cantos previos aún no revisados, uno parcialmente traducido y dos de los que Longfellow no estaba satisfecho del todo. Peter, el criado de Longfellow, llevaría las pruebas a Riverside a medida que Longfellow terminara, y se encargaría a la vez de sacar de paseo a *Trap*.

—¡Eso no tiene sentido!

—Entonces déjelo, Lowell —dijo Fields, hundido en su sillón de la biblioteca, y que en otro tiempo perteneció al abuelo de Longfellow, un gran general de la guerra de la Independencia. Se quedó mirando a Lowell—. Siéntese. Está usted muy colorado. ¿Ha dormido lo suficiente?

Lowell lo ignoró.

—¿Qué permitiría calificar de cismático a Jennison? En concreto, en ese foso del infierno, cada una de las sombras que Dante escoge para individualizarlas es inequívocamente emblemática de ese pecado.

—Hasta que averigüemos por qué Lucifer escogió a Jennison, debemos entresacar lo que podamos de los detalles del crimen —dijo Fields.

—Bien, el crimen confirma la fuerza de Lucifer. Jennison había hecho escalada con el club Adirondack. Era deportista y cazador, y sin embargo nuestro Lucifer le echa mano y lo hace pedazos con toda facilidad.

—Sin duda se hizo con él amenazándolo con un arma —conjeturó Fields—. Hasta el hombre más fuerte puede sucumbir al temor ante un arma de fuego, Lowell. También sabemos que nuestro asesino es escurridizo. Había patrulleros de guardia en cada calle del distrito, a todas horas, desde la noche en que Talbot fue asesinado. Y la

gran atención puesta por Lucifer en los detalles del canto de Dante...
Eso es bien cierto.

—En cualquier momento mientras hablamos —reflexionó en voz alta Lowell, con aire ausente—, en cualquier momento mientras Longfellow traduce un nuevo verso en la habitación de al lado, podría perpetrarse otro asesinato y nosotros carecemos de poder para impedirlo.

—Tres asesinatos y ni un solo testigo. Coincidiendo con toda precisión con nuestras traducciones. ¿Qué vamos a hacer?, ¿rondar por las calles y esperar? Si fuéramos menos cultos, empezaría a creer que un auténtico espíritu del mal nos domina.

—Podemos concentrar nuestra atención en la relación de los asesinatos con nuestro club —propuso Lowell—. Concentrémonos en seguir la pista de todos los que conozcan el calendario previsto para la traducción.

Mientras Lowell hojeaba rápidamente la libreta donde consignaba sus investigaciones, distraídamente golpeó una de las piezas de colección, una bala de cañón disparada por los británicos en Boston contra las tropas del general Washington.

Oyeron otro golpe en la puerta principal, pero lo ignoraron.

—He mandado una nota a Houghton pidiéndole que se asegure de que ninguna prueba de la traducción de Longfellow salga de Riverside —le dijo Fields a Lowell—. Sabemos que todos los asesinatos se inspiraron en los cantos que por entonces nuestro club aún no había traducido. Longfellow debe continuar llevando las pruebas a la imprenta como si todo fuera normal. Y, por cierto, ¿qué hay del joven Sheldon?

Lowell frunció el ceño.

—Aún no ha contestado, y no ha sido visto en el campus. Él es el único que puede informarnos sobre el fantasma con el que lo vi hablar, tras la partida de Bachi.

Fields se puso en pie y se inclinó junto a Lowell.

—¿Está usted bien seguro de que vio ese «fantasma» ayer, Jamey? —le preguntó.

Lowell estaba sorprendido.

—¿Qué quiere usted decir, Fields? Ya se lo conté... Lo vi observándome en el campus de Harvard, y luego, otra vez, esperando a Bachi. Y de nuevo sosteniendo una acalorada discusión con Edward Sheldon.

Fields no pudo evitar encogerse.

—Se trata sólo de que todos estamos muy aprensivos, ansiosos, querido Lowell. Mis noches transcurren entre incómodos episodios de insomnio.

Lowell cerró de golpe la libreta que estaba revisando.

—¿Está usted diciendo que todo fue imaginación mía?

—Usted mismo me dijo que hoy pensó haber visto a Jennison, y a Bachi, y a su primera mujer, y luego a su hijo muerto. ¡Santo cielo! —exclamó Fields.

Los labios de Lowell temblaron.

—Mire, Fields. Ésta es la última vuelta de tornillo...

—Cálmese, Lowell. No quise levantar la voz. No quise decir eso.

—Yo suponía que usted sabría mejor que nosotros lo que debíamos hacer. ¡Después de todo, no somos más que poetas! ¡Creí que usted sabría con precisión cómo alguien ha ido siguiendo nuestro calendario de traducción!

—¿Y eso qué significa, señor Lowell?

—Sencillamente esto: ¿quién, además de nosotros, conoce de primera mano las actividades del club Dante? Los aprendices de la imprenta, los grabadores, los encuadernadores... Todos los relacionados con Ticknor y Fields.

—¡Ya! —Fields estaba asombrado—. ¡No invierta los papeles a mi costa!

La puerta que comunicaba la biblioteca con el estudio se abrió.

—Caballeros, lamento tener que interrumpirlos —dijo Longfellow, al tiempo que introducía a Nicholas Rey.

Los rostros de Lowell y Fields reflejaron terror. Lowell farfulló una letanía de razones por las que Rey no podía detenerlos.

Longfellow se limitó a sonreír.

—Profesor Lowell —dijo Rey—. Por favor, señores, estoy aquí para pedirles que me permitan ayudarlos.

Lowell y Fields olvidaron al momento su discusión y dieron una emocionada bienvenida a Rey.

—Comprendan que hago esto para detener las muertes —aclaró Rey—. Para nada más.

—No es ésa nuestra única meta —dijo Lowell tras una prolongada pausa—. Pero no podemos completar esto sin alguna ayuda, y usted tampoco. Este criminal ha dejado el signo de Dante en todo cuanto ha tocado, y para usted sería un error garrafal emprender esa dirección sin un traductor a su lado.

Longfellow los dejó en la biblioteca y regresó al estudio. Él y Greene estaban ocupados con el tercer canto del día, habiendo empezado a las seis de la mañana, trabajado y dejado atrás el momento crítico del mediodía. Longfellow escribió a Holmes pidiéndole que ayudara en la traducción, pero no recibió respuesta de Charles, 21. Longfellow preguntó a Fields si se podría convencer a Lowell para que se reconciliara con Holmes, pero Fields recomendó dejar que el tiempo calmara a ambos.

A lo largo del día, Longfellow tuvo que despachar un insólito número de extrañas peticiones de la acostumbrada variedad de gente que se presentaba. Uno del Oeste traía un «pedido» de un poema sobre los pájaros, que deseaba escribiera Longfellow, y por el que pagaría a tocateja. Una mujer, visitante habitual, puso el equipaje en la puerta, explicando que ella era la esposa de Longfellow que regresaba a casa. Un supuesto soldado herido acudía para pedir dinero. Longfellow se sintió apenado y le dio una pequeña cantidad.

—Pero, Longfellow, ¡el «muñón» de ese hombre no era más que su brazo doblado bajo la camisa! —dijo Greene una vez que Longfellow hubo cerrado la puerta.

—Sí, ya lo sé —replicó Longfellow, regresando a su butaca—. Pero, mi querido Greene, ¿quién va a ser amable con él si yo no lo soy?

Longfellow reanudó su tarea con el *Inferno,* canto quinto, que había dejado sin completar hacía muchos meses. Se refería al círculo de los lujuriosos. Allí, vientos incesantes golpean a los pecadores desde todas direcciones, lo mismo que sus lascivos desenfrenos los golpeaban desde todas direcciones en vida. El peregrino pide hablar con Francesca, una hermosa joven a la que dio muerte su marido cuando la encontró abrazada al hermano de él, Paolo. Ella, con el espíritu silente de su amante ilícito al lado, flota hasta colocarse junto a Dante.

—A Francesca no le basta con sugerir que ella y Paolo simplemente sucumbían a sus pasiones, sino que narra su historia, llorando, a Dante —señaló Greene.

—Exacto —confirmó Longfellow—. Ella le dice a Dante que estaban leyendo el episodio del beso de Ginebra y Lancelote, cuando sus ojos se encontraron sobre el libro, y ella dice recatadamente: «Ese día ya no leímos más.» Paolo la toma en sus brazos y la besa, pero Francesca no lo culpa a él por su transgresión, sino al libro que compartían. El autor de la novela es su traidor.

Greene cerró los ojos, pero no porque se durmiera, como solía hacer durante las reuniones. Greene creía que un traductor debería olvidarse de sí mismo y fundirse con el autor, y eso era lo que hacía al tratar de ayudar a Longfellow.

—Y así reciben el castigo perfecto: permanecer juntos para siempre, pero no volver a besarse ni sentir la emoción del cortejo; sólo experimentar el tormento de estar el uno junto a la otra.

Mientras hablaban, Longfellow advirtió las doradas trenzas y el rostro serio de Edith inclinándose al interior del estudio. Tras la mirada de su padre, la niña se escabulló hacia el vestíbulo.

Longfellow sugirió a Greene que hicieran una pausa. Los hombres de la biblioteca también habían abandonado sus debates para que Rey pudiera examinar el diario de investigaciones que llevaba Longfellow. Greene salió al jardín a estirar las piernas.

Mientras Longfellow retiraba unos libros, sus pensamientos viajaban a otros tiempos en aquella casa, tiempos anteriores a él mismo. En su estudio, el general Nathanael Greene, abuelo de su amigo Greene, había tratado de estrategia con el general George Washington cuando los informaron de la llegada de los británicos. Todos los generales reunidos en la habitación se apresuraron en busca de sus pelucas. También en aquel estudio, según una de las historias de Greene, Benedict Arnold hincó una rodilla y juró lealtad. Con este último episodio en mente, Longfellow pasó a la sala, donde encontró a su hija Edith hecha un ovillo sobre un sillón Luis XVI. Había empujado su asiento hasta colocarlo cerca del busto de mármol de su madre. El semblante color crema de Fanny siempre estaba allí cuando la niña la necesitaba. Longfellow nunca podía mirar un retrato de su esposa sin experimentar el estremecimiento de placer que sentía en los primeros días de su torpe noviazgo. Fanny jamás había salido de una habitación sin dejarlo a él con el sentimiento de que se llevaba algo de luz.

El cuello de Edith se curvó como el de un cisne para ocultar su rostro.

—A ver, corazón —dijo dulcemente Longfellow, sonriendo—. ¿Qué le pasa a mi cariño esta tarde?

—Siento haberte espiado, papá. Quería preguntarte algo y no pude evitar escuchar. Ese poema —dijo tímidamente, pero como sondeando— trata de las cosas más tristes.

—Sí. A veces la musa nos inspira eso. El deber del poeta consiste en referirse a nuestros momentos más difíciles con la misma honradez con que celebramos las alegrías, Edie, pues sólo atravesando los momentos más oscuros se alcanza, a veces, la luz. Eso es lo que hace Dante.

—¿Por qué debéis castigar así al hombre y a la mujer del poema por amarse? —y una lágrima brotó de sus ojos azul celeste.

Longfellow se sentó en la butaca, la puso sobre sus rodillas e hizo un trono para ella con sus brazos.

—El poeta que compuso esa obra era un caballero bautizado como Durante, pero cambió este nombre por Dante, como en un juego infantil. Vivió hace unos seiscientos años. Él mismo se enamoró, y por eso escribe así. ¿Te has fijado en la estatuilla de mármol que hay encima del espejo de mi estudio?

Edith asintió.

—Bien, pues es el *signor* Dante.

—¿Ese hombre? Tiene el aspecto de llevar metido el mundo entero en su mente.

—Sí. —Longfellow sonrió—. Y estaba profundamente enamorado de una muchacha a la que conoció mucho antes, cuando ella era..., oh, no mucho más joven que tú, querida (tendría la edad de Panzie), y se llamaba Beatrice Portinari. Tenía nueve años cuando él la vio por primera vez, en una fiesta, en Florencia.

—Beatrice —repitió Edith, imaginando el deletreo de la palabra y considerando las muñecas para las que aún no había encontrado nombre.

—Bice... Así es como la llamaban sus amigos. Pero nunca Dante. Él sólo se refería a ella con su nombre completo, Beatriz. Cuando se le acercaba, tomaba posesión del corazón de Dante tal sentimiento de modestia que no podía levantar la mirada ni devolverle el saludo. En otra época, se mostró dispuesto a hablar y ella se limitó a pasar, sin darse apenas cuenta de su presencia. Oyó susurrar a las gentes de la ciudad, a propósito de ella: «No es mortal. Es uno de los bienaventurados de Dios.»

—¿Eso decían de ella?

Longfellow rió ligeramente.

—Bien, es lo que Dante oyó, pues él estaba muy enamorado de ella, y cuando uno está enamorado, oye a la gente alabar a quien uno alaba.

—¿Pidió Dante su mano? —preguntó Edith, esperanzada.

—No. Ella sólo habló con él una vez, para saludarse. Beatriz se casó con otro florentino. Luego enfermó de unas fiebres y murió. Dante se casó también con otra mujer y fundaron una familia. Pero nunca olvidó su amor. Incluso llamó Beatriz a su hija.

—¿Y su esposa no se enfadó? —preguntó la niña, indignada.

Longfellow tomó uno de los suaves cepillos de Fanny y se puso a cepillarle el cabello a Edith.

—No es mucho lo que sabemos de Donna Gemma. Pero sí que, cuando el poeta se vio envuelto en algunas dificultades hacia la mitad de su vida, tuvo una visión en la que Beatriz, desde su hogar en el cielo, le enviaba un guía para ayudarlo a atravesar un lugar muy oscuro y reunirse de nuevo con ella. Cuando Dante se echa a temblar ante la idea de semejante desafío, su guía le recuerda: «Cuando vuelvas a ver sus bellos ojos, de nuevo sabrás cuál es el viaje de tu vida.» ¿Lo comprendes, querida?

—Pero ¿por qué amaba tanto a Beatriz si nunca habló con ella?

Longfellow continuó cepillando, sorprendido por la dificultad de la pregunta.

—Él dijo una vez, querida, que despertaba tales sentimientos en él que no podría hallar palabras para describirlos. Pues al poeta que era Dante, ¿qué podía cautivarlo más que un sentimiento que desafiaba sus rimas?

Entonces recitó suavemente, acariciándole el cabello con el cepillo:

—«Tú, mi niña, eres mejor que todas las baladas / jamás cantadas o recitadas, / pues eres un poema vivo. / Y todos los demás están muertos.»

El poema provocó la habitual sonrisa en la destinataria, que a continuación dejó que su padre se ensimismara en sus pensamientos. Siguiendo el sonido de los pasos de Edith al subir los peldaños de la escalera, Longfellow permaneció a la cálida sombra del busto de mármol, de color crema, sumergido en la tristeza de su hija.

—Ah, está usted ahí. —Greene apareció en la sala, con los brazos en jarras—. Creo que me he quedado adormilado en el banco de su jardín. No importa. ¡Ahora estoy completamente dispuesto a volver a nuestros cantos! Oiga, ¿dónde se han metido Lowell y Fields?

—Creo que han salido a dar una vuelta.

Lowell se había excusado ante Fields por sentirse acalorado, y salió para tomar el aire.

Longfellow se dio cuenta del mucho tiempo que llevaba sentado. Sus articulaciones crujieron audiblemente cuando abandonó su butaca.

—De hecho —dijo, mirando el reloj que sacó del bolsillo del chaleco—, se han ido por algún tiempo.

Fields trataba de alcanzar a Lowell, que daba grandes zancadas, calle Brattle abajo.

—Quizá deberíamos regresar, Lowell.

Fields agradeció que Lowell se detuviera de repente. Pero el poeta tenía la mirada fija adelante, y su expresión era de temor. Sin previo aviso, arrastró de un tirón a Fields detrás del tronco de un olmo. Le susurró que mirase adelante. Fields dirigió la vista al otro lado de la calle, al tiempo que una alta figura tocada con bombín y vistiendo un chaleco de cuadros doblaba la esquina.

—¡Calma, Lowell! ¿Quién es? —preguntó Fields.

—¡Ni más ni menos que el hombre al que sorprendí vigilándome en el campus de Harvard! ¡Y, luego, reunido con Bachi! ¡Y, de nuevo, sosteniendo una discusión acalorada con Sheldon!

—¿Su fantasma?

Lowell asintió, triunfante.

Lo siguieron subrepticiamente, Lowell dirigiendo a su editor para mantenerse a distancia del extraño, que giraba hacia una calle lateral.

—¡Que Dios nos asista! ¡Se dirige a casa de usted! —exclamó Fields. El desconocido se dispuso a trasponer la blanca cancela de Elmwood—. Lowell, tenemos que ir a hablar con él.

—¿Y concederle ventaja? Tengo reservado un plan mucho mejor para ese bribón —dijo Lowell, llevando a Fields a dar la vuelta por la cochera y el granero, para entrar en Elmwood por la puerta trasera.

Lowell ordenó a su sirvienta que acogiera al visitante que estaba a punto de llamar a la puerta principal. Debía conducirlo a una habitación en concreto del tercer piso de la mansión, y cerrar la puerta. Lowell tomó de la biblioteca su fusil de caza, lo comprobó y llevó a Fields arriba, utilizando la estrecha escalera de servicio, situada en la parte posterior de la casa.

—¡Jamey! En nombre de Dios, ¿qué se propone usted que hagamos?

—Me voy a asegurar de que ese fantasma no se esfume esta vez; no hasta que me sienta satisfecho con lo que lleguemos a saber —puntualizó Lowell.

—No haga locuras. En lugar de eso, mandaremos en busca de Rey.

Los brillantes ojos castaños de Lowell derivaron al gris.

—Jennison era mi amigo. Cenaba en esta misma casa, ahí, en mi comedor, donde se llevaba mis servilletas a sus labios y bebía mis vasos de vino. ¡Y ahora está cortado en pedazos! ¡Me niego a seguir flotando tímidamente en torno a la verdad, Fields!

La habitación en lo alto de la escalera, el dormitorio de Lowell niño, estaba fuera de uso y permanecía sin calentar. Desde la ventana de su desván infantil, la vista en invierno era de algo vacío, a pesar de que comprendía una parte de Boston. Ahora Lowell miraba al exterior y podía ver la familiar y larga curva del Charles y los amplios campos que se extendían entre Elmwood y Cambridge, las llanas zonas pantanosas más allá del río suave y silencioso, con nieve fundiéndose.

—¡Lowell, va usted a matar a alguien con eso! ¡Como editor suyo, le ordeno que deje inmediatamente esa arma!

Lowell tapó con la mano la boca de Fields, e hizo un gesto indicando la puerta cerrada, a fin de que vigilara cualquier movimiento. Transcurrieron varios minutos en silencio antes de que ambos eruditos, apostados tras un sofá, oyeran los pasos de la criada conduciendo al visitante por la escalera principal arriba. Cumplió con lo que se le había mandado, haciendo pasar al recién llegado a la habitación y cerrando inmediatamente la puerta.

—¿Hola? —dijo el hombre una vez estuvo en la vacía y mortalmente fría habitación—. ¿Qué clase de sala es ésta? ¿Qué significa esto?

Lowell se levantó de su lugar tras el sofá, apuntando con su fusil directamente al chaleco de cuadros del hombre.

El desconocido dio un respingo, introdujo la mano en el bolsillo de la levita y sacó un revólver, con el que apuntó al cañón del fusil de Lowell.

El poeta no titubeó.

La mano derecha del desconocido se vio sacudida violentamente al mover el dedo, metido en un guante de cuero demasiado grueso, sobre el gatillo de su revólver.

Lowell, al otro lado de la habitación, levantó el fusil por encima de su mostacho en forma de colmillos de morsa, que aparecía muy negro bajo la escasa luz, y cerró un ojo, fijando el otro directamente en el punto de mira. Habló con los dientes apretados:

—Póngame a prueba y, pase lo que pase, usted saldrá perdiendo. O nos manda usted al cielo —dijo, mientras levantaba su arma— o lo mandamos nosotros al infierno.

XIII

El desconocido sostuvo su revólver un momento más y luego lo dejó caer sobre la alfombra.

—¡Este asunto no merece pasar por unas situaciones tan absurdas!

—Haga el favor de coger la pistola, señor Fields —le dijo Lowell al editor, como si ésa fuera su ocupación diaria—. Ahora, tú, bribón, nos dirás quién eres y a qué has venido. Dinos qué tienes que ver con Pietro Bachi y por qué el señor Sheldon te estaba dando órdenes en plena calle. ¡Y dime por qué estás en mi casa!

Fields tomó la pistola caída.

—Aparte su arma, profesor, o no diré nada —dijo el hombre.

—Escúchelo, Lowell —susurró Fields, para satisfacción del tercero en discordia.

Lowell bajó su arma.

—Muy bien, pero por su bien sea franco con nosotros.

Acercó una butaca a su rehén, que no hacía más que repetir que toda la escena era una «tontería».

—Creo que no tuvimos ocasión de ser presentados antes de que usted me apuntara con su fusil a la cabeza —dijo el visitante—. Soy Simon Camp, detective de la agencia Pinkerton. Me contrató el doctor Augustus Manning, de la Universidad de Harvard.

—¡El doctor Manning! —exclamó Lowell—. ¿Con qué fin?

—Quería que investigara los cursos sobre ese tal Dante, por si podía demostrarse que producían un «efecto pernicioso» sobre los estudiantes. Debo hacer pesquisas sobre el asunto e informar de mis hallazgos.

—¿Y qué ha hallado usted?

—Pinkerton me asigna toda el área de Boston. Este insignificante caso no era mi principal prioridad, profesor, así que me he repartido el trabajo. Llamé a uno de los antiguos profesores, un tal señor Bak-*ee*, para que se reuniera conmigo en el campus. También entrevisté a varios estudiantes. Ese joven insolente, el señor Sheldon, no me estaba dando órdenes, profesor. Me estaba diciendo lo que debía hacer con mis preguntas, y su lenguaje era demasiado hiriente para repetirlo en tan distinguida compañía.

—¿Y qué dijeron los demás? —preguntó Lowell.

Camp replicó sarcásticamente:

—Mi trabajo es confidencial, profesor. Pero consideré que ya era hora de hablar con usted cara a cara y preguntarle su propia opinión acerca de ese Dante. Por esta razón he venido hoy aquí, a su casa. ¡Y vaya bienvenida!

Fields bizqueó, confuso.

—¿Manning lo envió directamente a hablar con Lowell?

—No estoy a *sus* órdenes, señor. Éste es *mi* caso y formulo mis propios juicios —replicó arrogantemente Camp—. Suerte ha tenido de que mi dedo en el gatillo actuara con lentitud, profesor Lowell.

—¡Oh, menuda bronca le voy a armar a Manning! —Lowell dio un salto y se inclinó sobre Simon Camp—. Usted ha venido aquí a ver qué decía, ¿no es así, señor? ¡Pues abandone inmediatamente esta caza de brujas! ¡Esto es lo que digo!

—¡Eso a mí me importa menos que nada, profesor! —dijo Camp, riéndosele en la cara—. ¡Este caso me lo han asignado y no lo abandonaré por nadie, ni por ese pisaverde de Harvard ni por un tipo como usted! ¡Usted puede dispararme si quiere, pero yo llevo mis casos hasta el final! —Hizo una pausa y añadió—: Soy un profesional.

Con la descuidada inflexión que Camp dio a esta última palabra, Fields pareció entender en seguida para qué había venido.

—Quizá podríamos trabajar en algo más —dijo el editor, sacando algunas piezas de oro de su bolsa—. ¿Qué me dice usted de dejar indefinidamente en suspenso este caso, señor Camp?

Fields dejó caer varias monedas en la mano abierta de Camp. El detective esperó pacientemente, y Fields soltó dos más, propiciando una tensa sonrisa.

—¿Y mi arma?

Fields le devolvió el revólver.

—Al parecer, caballeros, de vez en cuando surge un caso que se resuelve a satisfacción de todas las partes.

Simon Camp se inclinó y se marchó escaleras abajo.

—¡Tener que pagar a un hombre como ése! —dijo Lowell—. ¿Cómo supo usted que iba a aceptar, Fields?

—Bill Ticknor decía siempre que a la gente le gusta sentir el oro en las manos.

Con el rostro apretado contra la ventana de la buhardilla, Lowell observó con ira contenida a Simon Camp cruzar el sendero de ladrillos hasta la cancela, muy despreocupado, juagueteando con las piezas de oro y dejando sus huellas en la nieve de Elmwood.

Aquella noche, Lowell, abrumado por el cansancio, se sentó, quieto como una estatua, en su sala de música. Antes de entrar en ella, en la puerta dudó, como si fuera a encontrarse al auténtico dueño de la habitación sentado en su butaca junto al fuego.

Mabel escudriñó el interior desde el pasillo.

—¿Padre? Ocurre algo y quisiera que hablaras de ello conmigo.

Bess, el cachorro de terranova, entró galopando y lamió la mano de Lowell. Éste sonrió, pero luego se entristeció sobremanera recordando los saludos soñolientos de *Argus*, su viejo terranova, que ingirió una cantidad fatal de veneno en una granja cercana.

Mabel apartó a *Bess*, en un intento de mantener cierta seriedad.

—Padre, últimamente hemos pasado muy poco tiempo juntos. Sé...

Se contuvo y no acabó de expresar su pensamiento.

—¿Qué es esto? —preguntó Lowell—. ¿Qué es lo que sabes, Mab?

—Sé que algo te inquieta y que no te deja en paz.

Él tomó amorosamente su mano.

—Estoy cansado, mi querida Hopkins. —Éste era el nombre que Lowell siempre le daba—. Me iré a la cama y me sentiré mejor. Eres muy buena chica, querida. Ahora, saluda a tu progenitor.

Ella condescendió y le dio mecánicamente un beso en la mejilla.

Una vez en su habitación, en el piso de arriba, Lowell enterró la cabeza en su almohada en forma de hoja de loto, sin mirar a su esposa. Pero no tardó en descansar la cabeza en el regazo de Fanny Lowell, donde permaneció llorando sin pausa casi media hora. Todas las emociones que había experimentado cruzaban por su cerebro y rebosaban de él. Podía ver proyectado en los párpados cerrados a Holmes, derrotado, tendido cuan largo era en el suelo del Corner, y al despedazado Phineas Jennison llamando a gritos a Lowell para que lo salvara, para que lo librase de Dante.

Fanny sabía que su marido no hablaría sobre lo que le preocupaba, así que se limitó a pasar una mano por su cálido cabello castaño rojizo, y aguardó a que se arrullara a sí mismo hasta quedar dormido entre sollozos.

Lowell, Lowell, por favor, Lowell. Levántese, levántese.

Cuando Lowell abrió los ojos, con un gruñido, quedó aturdido por la luz del sol.

—¿Qué..., qué es esto? ¿Fields?

Fields estaba sentado en el borde de la cama, agarrando contra su pecho un periódico doblado.

—¿Todo va bien, Fields?

—Todo mal. Es mediodía, Jamey. Fanny dice que lleva durmiendo como un tronco todo el día... sin parar de dar vueltas. ¿Se encuentra indispuesto?

—Me siento mucho mejor. —Lowell se fijó inmediatamente en el objeto que las manos de Fields parecían querer ocultar de su vista—. Ha pasado algo, ¿verdad?

Fields dijo en tono sombrío:

—Yo creía saber cómo manejar cualquier situación. Ahora me siento tan oxidado como una aguja vieja, Lowell. A ver, míreme, haga el favor. He engordado tan terriblemente que mis más antiguos acreedores difícilmente me reconocerían.

—Fields, por favor...

—Necesito que usted sea más fuerte que yo, Lowell. Por Longfellow debemos...

—¿Otro asesinato?

Fields le pasó el periódico.

—Todavía no. Lucifer ha sido detenido.

* * *

El «sudadero» de la comisaría central medía un metro de anchura por dos de longitud. La puerta interior era de hierro. En el exterior había otra puerta, de sólido roble. Cuando se cerraba esta segunda puerta, la celda se convertía en una mazmorra sin el más leve rastro de luz ni esperanza de que lo hubiera. Un prisionero podía ser mantenido allí días seguidos, hasta que ya no soportaba la oscuridad y se mostraba dispuesto a hacer lo que se le pidiera.

Willard Burndy, el segundo mejor reventador de cajas fuertes de Boston, detrás de Langdon W. Peaslee, oyó girar una llave en la puerta de roble, y un plano cegador de luz de gas lo dejó aturdido.

—¡Me tendrás aquí diez años y un día, cerdo, pero yo no voy a cargar con unos crímenes que no he cometido!

—Basta, Burndy —le atajó el agente.

—Juro por mi honor...

—¿Por qué has dicho? —replicó el agente, riendo.

—¡Por mi honor de caballero!

Willard Burndy fue conducido, esposado, a través del vestíbulo. Los que ocupaban las otras celdas, y que observaban con ojos vigilantes, conocían a Burndy de nombre, pero no en persona. Sureño trasladado a Nueva York para hacer su agosto a cuenta de la afluencia hacia el Norte durante la guerra, Burndy había emigrado a Boston tras una larga temporada en la prisión neoyorquina de The Tombs. Burndy se fue enterando de que en el mundo del hampa se había ganado una reputación por echar el ojo a las viudas de los brahmanes pudientes, una etiqueta de la que él mismo ni se había dado cuenta. No tenía mucho interés en ser conocido como asaltante de vejestorios adinerados, pues nunca se consideró un canalla. Burndy prestaba su colaboración de buen grado siempre que se ofrecía una recompensa por recuerdos de familia y por joyas, devolviendo una parte de los objetos a un detective imparcial a cambio de algo del dinero prometido.

Ahora, un agente zarandeaba y daba empellones a Burndy hasta introducirlo en una habitación y, una vez en ella, le hizo sentarse de un empujón en una silla. Era un hombre de rostro enrojecido y cabello alborotado, con tantas arrugas entrecruzándose en su cara, que parecía una caricatura de Thomas Nast.*

* Caricaturista norteamericano (1840-1902), famoso en su tiempo por sus dibujos satíricos de intencionalidad política, sobre todo de denuncia de la corrupción. Aparecieron principalmente en publicaciones de Nueva York. La figura hoy universalmente aceptada de Santa Claus se debe a la pluma de Nast. *(N. del t.)*

—¿Qué juego se trae? —le dijo Burndy, arrastrando las palabras, al hombre que se sentaba frente a él—. Alargaría una mano, pero ya ve que estoy trabado. Ah..., ya he leído sobre usted. El primer policía negro. Héroe militar durante la guerra. ¡Estaba en el reconocimiento cuando aquel vagabundo saltó por la ventana!

Burndy se echó a reír evocando al saltador que se rompió la crisma.

—El fiscal del distrito quiere colgarlo —dijo Rey en tono tranquilo, borrando la sonrisa de la cara de Burndy—. La suerte está echada. Si sabe por qué está aquí, dígamelo.

—Lo mío es reventar cajas fuertes. El mejor de Boston, ¿se entera?, mejor que ese canalla de Langdon Peaslee, ¡de todas, todas! Pero yo no he matado a nadie y tampoco voy a implicar en este lío a ningún colega. He hecho venir a Squire Howe desde Nueva York y ya verá. ¡Arreglaremos esto en los tribunales!

—¿Por qué está aquí, Burndy?

—¡Esos farsantes de detectives, que a cada paso se inventan pruebas!

Rey sabía de qué iba el asunto.

—Dos testigos lo vieron la noche en que robaron en casa de Talbot, el día anterior a su asesinato, inspeccionando el domicilio del reverendo. Decían la verdad, ¿no es así? Por eso el detective Henshaw lo ha escogido. Tiene suficiente pecado como para que le caiga la condena.

Burndy se disponía a refutar lo anterior, pero dudó.

—¿Por qué tendría yo que confiar en un tipo como usted?

—Quiero que vea algo —dijo Rey, observándolo cuidadosamente—. Puede ayudarlo, si es capaz de entenderlo.

Le alargó un sobre sellado a través de la mesa.

A pesar de las esposas, Burndy consiguió abrir el sobre con los dientes, y extender el papel, de buena calidad, doblado en tres. Lo examinó durante unos segundos antes de romperlo violentamente en dos, decepcionado, arrojándolo con rabia y golpeándose la cabeza contra la pared y contra la mesa, en un movimiento pendular.

Oliver Wendell Holmes contemplaba cómo la noticia impresa se curvaba por los bordes y se deshacía lentamente por los lados antes de hundirse entre las llamas.

... dente del Tribunal Supremo de Massachusetts fue hallado desnudo, cubierto de insectos y a...

El doctor arrojó otro artículo, con lo que las llamas aumentaron.

Pensó en el arranque de cólera de Lowell, que no se mostró precisamente ecuánime sobre la creencia ciega de Holmes en el profesor Webster, quince años antes. Era cierto que Boston había perdido gradualmente su fe en el desdichado profesor de medicina, pero Holmes tenía sus razones para no perderla. Vio a Webster al día siguiente de la desaparición de George Parkman y habló con él acerca de aquel misterio. No había el más mínimo signo de duplicidad en el amistoso rostro de Webster. Y la historia de Webster, tal como más tarde salió a la luz, era del todo coherente con los hechos: Parkman había acudido a cobrar su deuda pendiente, Webster se la pagó, Parkman firmó el recibo y se fue. Holmes aportó su contribución para pagar a los defensores de Webster, adjuntando el dinero a cartas de ánimo dirigidas a la señora Webster. Holmes testificó y proclamó la bondad de carácter de Webster y la absoluta imposibilidad de que estuviera envuelto en semejante delito. También explicó al jurado que no existía método alguno que permitiera afirmar rotundamente que los restos humanos hallados en las habitaciones de Webster pertenecieran al doctor Parkman; podían pertenecerle, sí, pero igual podía resultar que no.

No es que Holmes no sintiera simpatía por los Parkman. Después de todo, George había sido el patrón más importante de la escuela de medicina, financió sus instalaciones en la calle North Grove y dotó la cátedra Parkman de Anatomía y Fisiología, la misma que ocupaba el doctor Holmes. Éste incluso pronunció el elogio de Parkman durante la ceremonia fúnebre. Pero Parkman pudo haberse vuelto loco, haberse ido y estar vagando en estado de confusión mental. El hombre podía seguir vivo, ¡y ellos estaban dispuestos a colgar a otro basándose en los más fantásticos indicios! ¿No pudo ser que el portero, temeroso de perder su empleo después de que el pobre Webster lo sorprendiera jugando, se hiciera con unos fragmentos de huesos, tomándolos del amplio surtido de la escuela de medicina, y los repartiera por las habitaciones de Webster, a fin de que pareciese que estaban escondidos?

Al igual que Holmes, Webster se había criado en un ambiente

cómodo antes de asistir a la Universidad de Harvard. Los dos hombres, dedicados a la medicina, nunca habían tenido una amistad íntima. Pero a partir del día de la detención de Webster, cuando el pobre hombre trató de envenenarse, angustiado por la desgracia que se abatía sobre su familia, no hubo nadie a quien el doctor Holmes se sintiera más unido. ¿Acaso él mismo no pudo verse envuelto fácilmente en tan dañinas circunstancias? Con sus cortas estaturas, patillas pobladas y rostros afeitados, ambos profesores eran parecidos físicamente. Holmes tuvo la certeza de que podría desempeñar algún papel, modesto pero digno de atención, en la inevitable declaración de inocencia de su colega de claustro.

Pero acabaron encontrándose al pie del patíbulo. Ese día parecía muy remoto, imposible, alterable, durante los meses de declaraciones y recursos. La mayoría de la buena sociedad de Boston se quedó en casa, avergonzada de su vecino. Acudieron carreteros, estibadores, obreros fabriles y lavanderas. No disimulaban su entusiasmo por la muerte y humillación de un brahmán.

Un J. T. Fields que sudaba copiosamente se deslizó a través del anillo formado por ese público y se acercó a Holmes.

—Tengo a mi cochero esperando, Wendell. Vuelva a casa con Amelia, siéntese con sus hijos.

—¿Ve usted en qué ha venido a parar todo, Fields?

—Wendell —dijo Fields apoyando las manos en los hombros de su autor—. La evidencia.

La policía trató de acotar el área, pero no había llevado cuerdas suficientes. Cada tejado y cada ventana de los edificios que se apretujaban en torno al patio de la cárcel de la calle Leverett, mostraban un desbordamiento humano poseído por una sola idea. En ese momento, Holmes sintió a un tiempo parálisis y urgencia de hacer algo más que mirar. Se dirigiría a la multitud. Sí, improvisaría un poema proclamando la gran estupidez de la ciudad. Después de todo, ¿no era Wendell Holmes el más celebrado orador de sobremesa de Boston? En su cabeza, empezaron a tomar forma unos versos exaltando las virtudes del doctor Webster. Al mismo tiempo, Holmes se puso de puntillas para echar un vistazo a la calzada de carruajes, detrás de Fields, para ser el primero en ver llegar el indulto o a George Parkman, la supuesta víctima del asesino.

—Si Webster debe morir hoy —dijo Holmes a su editor—, no lo hará sin honores.

Se abrió paso en dirección al cadalso, pero cuando llegó ante el dogal del verdugo, se detuvo en seco y emitió un sofocado jadeo. Era la primera vez que veía aquel aterrador lazo desde su niñez, cuando Holmes se escabulló con su hermano menor, John, a Gallows Hill, en Cambridge, en el momento en que un condenado se contorsionaba en su postrer sufrimiento. Holmes siempre creyó que esta visión fue lo que hizo de él a la vez médico y poeta.

Un murmullo recorrió la multitud. Holmes cruzó la mirada con la de Webster, que subía al cadalso tambaleándose, con un guardián agarrándolo fuertemente del brazo.

Cuando Holmes daba un paso atrás, una de las hijas de Webster apareció ante él apretando un sobre contra su pecho.

—¡Oh, Marianne! —exclamó Holmes, y abrazó estrechamente a aquel pequeño ángel—. ¿Del gobernador?

Marianne Webster le tendió el sobre alargando el brazo cuanto éste daba de sí.

—Mi padre quiso que se le entregara esto antes de irse, doctor Holmes.

Holmes se volvió de espaldas al cadalso. A Webster se le colocó una capucha negra. Holmes abrió el sobre.

Mi muy querido Wendell:
No me atrevo siquiera a intentar expresarle mi gratitud con meras palabras por lo que ha hecho. Usted ha creído en mí sin una sombra de duda en su mente, y yo siempre contaré con ese sentimiento para apoyarme en él. Usted es el único que ha permanecido fiel a mi persona desde que la policía me sacó de mi casa, en tanto otros, uno a uno, se han ido apartando de mi lado. Imagine mis sentimientos cuando los de nuestro propio ambiente, con los que se ha compartido mesa en los banquetes y junto a los que se ha orado en la capilla, lo miran a uno horrorizados. Cuando incluso los ojos de mis dulces hijas reflejan involuntariamente reservas mentales sobre el honor de su pobre papá.
Pero por todo eso considero, querido Holmes, que debo confesarle que lo hice. Yo maté a Parkman, lo descuarticé y luego lo incineré en el horno de mi laboratorio. Compréndalo. Fui hijo único,

muy consentido, y nunca fui capaz de mantener el control sobre mis pasiones, que debí haber adquirido tempranamente. Y la consecuencia es ¡todo esto! Todos los procedimientos en mi caso han sido justos, como es justo que deba morir en el cadalso, de acuerdo con esa sentencia. Todo el mundo está en lo cierto y yo estoy equivocado, y esta mañana he enviado relatos completos y veraces del asesinato a varios periódicos, así como al portero al que vergonzosamente acusé. Sería un consuelo para mí que la entrega de mi vida por haber violado la ley me sirva de expiación, aunque sólo sea en parte.

Rompa este papel ahora mismo, sin una segunda lectura. Usted ha venido para contemplar cómo me voy en paz, una paz que no se encuentra en lo que escribo con mano temblorosa porque he vivido en la mentira.

Mientras la nota escapaba flotando de las manos de Holmes, cedió la plataforma metálica que soportaba el peso del hombre encapuchado, golpeando el patíbulo y produciendo un estruendo. Lo que amargaba a Holmes ya no era tanto que hubiera dejado de creer en la inocencia de Webster, cuanto la convicción de que todos hubieran podido ser culpables, de haberse visto en las mismas circunstancias desesperadas. Como médico, Holmes nunca había dejado de considerar lo pésimamente concebido que estaba el género humano.

Además, ¿no podía haber un delito que no fuera un pecado?

Amelia entró en la habitación, alisándose el vestido.

—¡Wendell Holmes! —llamó a su marido—. Te estoy hablando. No puedo entender lo que te pasa últimamente.

—¿Sabes las cosas que me metieron en la cabeza de niño, Melia? —dijo Holmes, mientras arrojaba al fuego un fajo de pruebas que había conservado de las reuniones del club Dante de Longfellow.

Guardaba una caja con todos los documentos relacionados con el club: pruebas de Longfellow, notas recordatorias de éste para que acudiera a las reuniones de los miércoles. Holmes pensó que algún día podría escribir una memoria sobre aquellas reuniones. Una vez lo mencionó de pasada hablando con Fields, quien de inmediato empezó a planear quién podría escribir un elogio de la obra de Holmes. Una vez editor, editor para siempre. Holmes arrojó ahora otro lote al fuego.

—El personal de cocina, criado en nuestro país, me decía que nuestro cobertizo estaba lleno de demonios y diablos negros. Otro chiquillo ingenuo me informó de que, si escribía mi nombre con mi propia sangre, el agente de Satán que merodeaba por allí, si no el propio Maligno, se lo echaría al bolsillo y desde aquel día en adelante me convertiría en su sirviente. —Holmes emitió una risita amarga entre dientes—. Por mucho que eduques a un hombre apartándolo de las supersticiones, siempre pensará en lo que la francesa decía de los fantasmas: *Je n'y crois pas, mais je les crains*: No creo en ellos, pero los temo.

—Tú decías que aquellos hombres iban tatuados según sus especiales creencias, como los isleños de los mares del Sur.

—¿Eso decía, Melia? —preguntó Holmes, y luego repitió para sí mismo—: Es una frase muy gráfica, así que debí haberla dicho. No es la clase de frase que una mujer se inventaría.

—Wendell. —Amelia plantó un pie en la alfombra, frente a su marido, que más o menos era de su estatura cuando se quitaba el sombrero y las botas—. Si tan sólo contaras lo que te preocupa, yo podría ayudarte. Deja que escuche, querido Wendell.

Holmes se molestó y no respondió.

—¿Has escrito versos nuevos, entonces? Espero que me los leas por la noche, ya sabes.

—Con todos los libros que tenemos en las estanterías de nuestra biblioteca —replicó Holmes—, con Milton, Donne y Keats en toda su plenitud, ¿por qué esperas que yo haga algo, querida Melia?

Ella se inclinó hacia delante y sonrió.

—Me gustan más los poetas vivos que los muertos, Wendell. —Lo tomó de las manos—. ¿Y ahora me contarás tus inquietudes? Por favor.

—Perdón por la interrupción, señora. —La criada pelirroja de los Holmes asomó por la puerta.

Anunció a un visitante del doctor Holmes. Éste asintió dubitativamente. La criada salió e introdujo al recién llegado.

—Se pasa el día en su vieja guarida. ¡Bien, pues ahora está en sus manos, señor! —dijo Amelia Holmes levantando sus propias manos y cerrando la puerta del estudio tras ella.

—Profesor Lowell.

—Doctor Holmes. —James Russell Lowell se quitó el sombrero—. No puedo entretenerme mucho. Tan sólo quería agradecerle toda la ayuda que nos ha prestado. Le pido excusas, Holmes, por haberme disgustado con usted. Y por no haberle auxiliado cuando se cayó al suelo. Y por decir lo que dije...

—No hace falta, no hace falta —replicó el doctor arrojando otro fajo de pruebas al fuego.

Lowell miró los papeles de Dante luchar y danzar contra las llamas, despidiendo chispas mientras se reducían los versos a cenizas.

Holmes esperaba fríamente que se pusiera a vociferar ante el espectáculo, pero no fue así.

—Si algo sé, Wendell —dijo Lowell, e inclinó la cabeza en dirección a la pira—, sé que fue la *Commedia* lo que me condujo al escaso conocimiento que poseo. Dante fue el primer poeta que pensó en hacer un poema totalmente ajeno a su propia invención; pensó que no sólo podía escribir la historia de algún personaje heroico, sino también la de *cualquier* hombre, y que la vía hacia el cielo no estaba fuera del mundo sino que pasaba *a través* de él. Wendell, hay algo que siempre quise decir, desde que estamos ayudando a Longfellow.

Holmes arqueó sus enmarañadas cejas.

—Cuando lo conocí, hace tantos años, quizá mi primer pensamiento fue lo mucho que me recordaba usted a Dante.

—¿Yo? —preguntó Holmes, fingiendo humildad—. ¿Dante y yo? —Pero se dio cuenta de que Lowell estaba muy serio.

—Sí, Wendell. Dante se instruyó en todos los campos de la ciencia de su tiempo, fue un maestro en astronomía, filosofía, derecho, teología y poesía. Algunos, como usted sabe, han llegado a decir que frecuentó la escuela médica y que por eso pudo pensar tanto en cómo sufre el cuerpo humano. Al igual que usted, todo lo hizo bien. Demasiado bien, hasta el punto de preocupar a otras gentes.

—Siempre creí haber ganado un premio, al menos uno de cinco dólares, en las apuestas de la carrera intelectual de la vida. —Holmes volvió la espalda a la chimenea y puso algunas pruebas de la traducción en la estantería de su biblioteca, sintiendo el peso del mensaje de Lowell—. Puedo ser perezoso, Jamey, o indiferente o tímido, pero de ningún modo uno de esos hombres... Se trata, sencillamente, de que en este momento no podemos evitar nada.

—Al principio, el ruido vivo de la botella al ser descorchada ejerce gran poder sobre la imaginación —dijo Lowell, y se rió con melancolía contenida—. Supongo que, por unas pocas benditas horas, con todo esto olvidaba que era profesor y me sentía como si yo fuera algo *real*. Confieso que hago bien, aunque invocar que los cielos se vengan abajo es algo admirable hasta que los cielos te toman la palabra. Sé lo que es dudar, mi querido amigo. Pero si usted renuncia a Dante, los demás vamos a hacer lo mismo.

—Si sólo supieran ustedes cómo se clavó en mi mente lo que quedaba de Phineas Jennison... Hecho trizas, despedazado... Las consecuencias de fracasar en eso...

—Pudo ser la mayor de las calamidades, Wendell, y es para asustarse —dijo Lowell, y se encaminó solemnemente a la puerta del estudio—. Bien, ante todo yo quería transmitirle mis excusas; Fields, por supuesto, insistía en que debía hacerlo. Mi pensamiento más feliz es que, pese a los defectos de mi temperamento, no he perdido a un verdadero amigo. —Lowell se detuvo junto a la puerta y se volvió—. Y me gustan sus poesías. Usted lo sabe, mi querido Holmes.

—¿Sí? Bien, pues gracias, pero quizá haya algo demasiado saltarín en ellas. Supongo que mi naturaleza es tratar de arrebatar todos los frutos del conocimiento y tomar un buen bocado del lado bueno... y, después de esto, dejárselo a los cerdos. Soy un péndulo con un brevísimo período de oscilación. —La mirada de Holmes se encontró con los grandes ojos, muy abiertos, de su amigo—. ¿Qué tal le ha ido estos días, Lowell?

Lowell se encogió a medias de hombros, por toda respuesta.

Holmes no le dio tiempo a contestar.

—No quiero decirle que sea valiente, porque los hombres de ideas no se ven disminuidos por las contrariedades de un día o de un año.

—Todos giramos en torno a Dios siguiendo órbitas más o menos amplias, Wendell, unas veces con una mitad de nosotros expuesta a la luz, y otras veces con la otra mitad. Algunas personas parece que siempre permanecen en la sombra. Usted es una de las pocas ante las cuales puedo abrir mi corazón para... Bien. —El poeta se aclaró la garganta ásperamente y bajó la voz—. Tengo que asistir a una importante conferencia en el castillo Craigie.

—Oh. ¿Y qué hay de la detención de Willard Burndy? —preguntó Holmes con cautela y fingido desinterés, cuando Lowell ya se disponía a salir.

—Mientras estamos hablando, el patrullero Rey se ha apresurado a ir a echar un vistazo. ¿Cree usted que es una farsa?

—¡Sin duda! ¡Puro disparate! —declaró Holmes—. Pero según los periódicos el fiscal anda detrás de colgarlo.

Lowell reunió sus indómitas oleadas de cabello dentro de la chistera.

—Entonces, tenemos un pecador más que salvar.

Holmes se sentó con su caja de Dante largo rato después de que las pisadas de Lowell se desvanecieran por la escalera. Continuó arrojando pruebas al fuego, decidido a terminar la penosa tarea, aunque no podía dejar de leer las palabras de Dante conforme pasaban por sus manos. Al principio leía con indiferencia, como cuando uno repasa las pruebas, señalando detalles pero sin dejarse embargar por las emociones. Luego leyó aprisa y codiciosamente, absorbiendo pasajes mientras se ennegrecían para dejar de existir. Su sentido del descubrimiento evocó la época en que oyó por primera vez al profesor Ticknor afirmar, con aquella digna capacidad de predicción, el impacto que el viaje de Dante tendría algún día en Norteamérica.

Los demonios de Malebranche se acercaban a Dante y a Virgilio... Dante recuerda: «Así vi a los otrora temibles infantes salir custodiados de Caprona, viéndose entre tan gran número de enemigos.»

Dante recordaba la batalla de Caprona, contra los pisanos, en la que tomó parte. Holmes pensó en algo que Lowell había omitido de su lista de los talentos de Dante: Dante fue un soldado. *Al igual que usted, todo lo hizo bien.* «Y también a diferencia de mí, también —pensó Holmes—. Un soldado debe afirmar su culpabilidad a cada paso, silenciosa e irreflexivamente.» Se preguntaba si el hecho de ver a sus amigos morir junto a él por el alma de Florencia o por algún estandarte güelfo desprovisto de sentido, habría servido para hacer de Dante un poeta mejor. Wendell Junior fue el poeta de la clase en sus comienzos en Harvard —muchos decían que sólo por el nombre que compartía con su padre—, pero ahora Holmes se planteaba si Junior aún podía conocer la poesía después de la guerra. En el campo de batalla, Junior había visto algo que no vio Dante, y había apartado de sí la poesía —y al poeta—, dejándosela tan sólo al doctor Holmes.

Holmes hojeó las pruebas y leyó durante una hora. Gustaba en particular del segundo canto del *Inferno*, donde Virgilio convence a Dante para iniciar su peregrinación, pero resurgen los temores de Dante por su propia seguridad. Momento supremo de valor: enfrentar el tormento de la muerte de los demás y pensar con claridad cómo cada uno de ellos se sentiría. Pero Holmes ya había quemado la prueba de Longfellow correspondiente a aquel canto. Recurrió a su edición italiana de la *Commedia* y leyó: «*Lo giorno se n'andava...* El día se iba...» Dante retrasa su deliberación mientras se dispone a penetrar en los reinos infernales por vez primera: «... *e io sol uno...* y únicamente yo solo...» ¡Cuán solo debió sentirse! ¡Tiene que repetirlo tres veces! «*Io, sol, uno... m'apparecchiava a sostener la guerra, sì del cammino e sì de la pietate.*» Holmes no podía recordar cómo había traducido Longfellow este verso, así que, inclinándose sobre su obra maestra, lo hizo él mismo, oyendo el comentario deliberativo de Lowell, Greene, Fields y Longfellow con el fondo del zumbido del fuego. Animándolo.

—«Y yo solo, únicamente yo... —Holmes se dio cuenta de que debía hablar en voz alta para traducir— me aprestaba para sostener la batalla...» No, *guerra...*, «... para sostener la guerra... tanto del camino como de la piedad».

Holmes se levantó de un salto de su sillón y corrió escaleras arriba, hasta el tercer piso.

—Yo solo, únicamente yo... —repetía, mientras iba subiendo.

Wendell Junior estaba debatiendo la utilidad de la metafísica con William James, John Gray y Minny Temple, entre ponches de ginebra y cigarros. Mientras escuchaba uno de los discursos de James, llenos de rodeos, hasta Junior llegó el sonido, clip-clop, al principio leve, de su padre subiendo trabajosamente la escalera. Junior se encogió. Por aquellos días, su padre parecía de veras preocupado por algo que no era él mismo; por tanto, algo potencialmente grave. James Lowell apenas había rondado la facultad de Derecho, probablemente en buena parte, según pensaba Junior, porque andaba metido en algo que también mantenía distraído a su padre. Al principio, Junior imaginaba que su padre había ordenado a Lowell apartarse de él, pero Junior sabía que Lowell no le haría caso. Y tampoco su padre tenía un carácter lo bastante firme como para dar órdenes a Lowell.

No debía haberle dicho nada a su padre acerca de su amistad con Lowell. Por supuesto, se había guardado para sí los súbitos elogios que a menudo hacía Lowell del doctor Holmes, y que introducía sin venir a cuento. «No sólo dio nombre a *The Atlantic*, Junior —decía, evocando los tiempos en que el padre sugirió el nombre de *The Atlantic Monthly*—, sino también al *Autocrat*.» El regalo paterno por el bautizo no era sorprendente; era un experto en categorizar la superficie de las cosas. Cuántas veces se había visto obligado Junior a escuchar en presencia de huéspedes la historia de cómo su padre había llamado *anestesia* al invento de aquel dentista. Pese a todo, Junior se preguntaba por qué el doctor Holmes no podía haberle puesto un nombre mejor que Wendell Junior.

El doctor Holmes llamó a la puerta protocolariamente, y luego se asomó con un brillo salvaje en los ojos.

—Padre, estamos un poquito ocupados.

Junior mantuvo una expresión de desagrado ante los saludos excesivamente respetuosos de sus amigos. Holmes exclamó:

—Wendy, ¡debo saber algo ahora mismo! ¡Debo saber si entiendes algo de larvas!

Hablaba tan aprisa que su voz sonaba como el zumbido de una abeja. Junior dio una calada a su cigarro. ¿Es que no se acostumbraría nunca a su padre? Después de pensar acerca de ello, Junior se echó a reír ruidosamente, y sus amigos se le unieron.

—¿Has dicho *larvas*, padre?

—¿Y qué hay de nuestro Lucifer en esa celda, haciéndose el mudo? —preguntó Fields ansiosamente.

—No entendía el italiano, eso lo vi en sus ojos —aseguró Nicholas Rey—. Y lo ponía furioso.

Estaban reunidos en el estudio de la casa Craigie. Greene, que había ayudado en la traducción toda la tarde, regresó a casa de su hija en Boston para pasar la noche.

El breve mensaje contenido en la nota que Rey había pasado a

Willard Burndy —«*a te convien tenere altro viaggio se vuo' campar d'esto loco selvaggio*»— podía traducirse como «a ti te conviene emprender otro viaje si quieres escapar de este lugar salvaje». Eran palabras de Virgilio a Dante, quien estaba perdido y amenazado por unas bestias en un oscuro lugar salvaje.

—El mensaje era simplemente una última precaución. Su historia no concuerda con nada de cuanto tenemos sobre el perfil del asesino —dijo Lowell, sacudiendo su cigarro fuera de la ventana de Longfellow—. Burndy no tiene cultura. Y no hemos hallado otras conexiones en nuestras pesquisas sobre cualquiera de las víctimas.

—Los periódicos presentan el caso como si estuvieran acumulando pruebas —dijo Fields.

Rey asintió.

—Tienen testigos que vieron a Burndy acechar la casa del reverendo Talbot la noche antes de que fuera asesinado, la noche en que robaron mil dólares de la caja fuerte de Talbot. Esos testigos fueron entrevistados por buenos patrulleros. Burndy no quiso decirme gran cosa. Pero eso encaja con las prácticas de los detectives. Echan mano de un mero indicio para construir sobre él su falso caso. No tengo la menor duda de que Langdon Peaslee los tiene bien agarrados. Se quita de delante a su principal rival en Boston en materia de cajas fuertes, y los detectives le deslizan una sustanciosa parte del dinero de la recompensa. Ya trató de llegar a un arreglo así conmigo cuando se anunciaron las recompensas.

—¿Y si estamos olvidándonos de algo? —se lamentó Fields.

—¿Cree usted que ese tal señor Burndy podría ser responsable de los asesinatos? —preguntó Longfellow.

Fields frunció sus hermosos labios y sacudió la cabeza.

—Supongo que sólo quiero unas respuestas que nos permitan regresar a nuestras vidas.

El sirviente de Longfellow anunció que estaba en la puerta cierto señor Edward Sheldon, de Cambridge, y que buscaba al profesor Lowell.

Lowell acudió a toda prisa al vestíbulo principal y condujo a Sheldon a la biblioteca de Longfellow.

Sheldon llevaba el sombrero calado.

—Le pido perdón por venir a molestarlo, profesor, pero su nota parecía urgente, y en Elmwood me dijeron que podría encontrarlo aquí. Dígame, ¿está a punto de reanudarse la clase sobre Dante? —preguntó, sonriendo con ingenuidad.

—¡Pero si yo envié esa nota hace casi una semana! —exclamó Lowell.

—Ah, pues... Yo no la he recibido hasta hoy.

Y se quedó mirando al suelo.

—¡No me diga! ¡Y quítese el sombrero cuando esté en la casa de un caballero, Sheldon!

Lowell le arrancó el sombrero de un manotazo. Entonces pudo ver que tenía una hinchazón roja alrededor de un ojo y la mandíbula contusionada. Lowell se arrepintió inmediatamente.

—Pero, Sheldon, ¿qué le ha pasado?

—Una tremenda tunda, señor. Estaba a punto de contarle que mi padre me envió a recuperarme a casa de unos parientes, en Salem. Quizá como castigo, también para *meditar bien mis acciones* —dijo Sheldon, con una recatada sonrisa—. Por eso no recibí su nota. —Sheldon dio un paso para recoger su sombrero y la luz le dio de lleno. Entonces percibió la mirada de horror en el semblante de Lowell—. Oh, en gran parte ya se me ha ido, profesor. El ojo apenas me duele últimamente.

Lowell se sentó.

—Dígame cómo sucedió, Sheldon.

Sheldon se quedó cabizbajo.

—¡No pude evitarlo! Usted debe saber que ese horrible sujeto, Simon Camp, anda merodeando por ahí. Y si no lo sabe, se lo contaré. Me paró en la calle. Me dijo que estaba haciendo una inspección encargada por la dirección de Harvard sobre si su curso acerca de Dante podía tener repercusiones negativas en el carácter de los estudiantes. Estuve a punto de darle un puñetazo en la cara, ¿sabe?, por semejante insinuación.

—¿Fue Camp quien le hizo eso? —preguntó Lowell con un fiero temblor paternalista.

—No, no, se escabulló, como corresponde a esa clase de tipos. La cosa sucedió a la mañana siguiente con Pliny Mead. ¡Un traidor como jamás conocí otro!

—¿Por qué lo dice?

—Me dijo encantado que se sentó con Camp y le contó los «horrores» de la melancolía que experimentaba Dante. Me preocupa, profesor Lowell, que cualquier indicio de escándalo pudiera resultar peligroso para su clase. Está bastante claro que la corporación no ha cedido en su lucha. Le dije a Mead que lo mejor que podía hacer era llamar a Camp y retractarse de sus pésimos comentarios, pero se negó y me gritó un juramento y, bien, maldijo el nombre de usted, profesor. ¡Me volví loco! Así que allí mismo, en el cementerio viejo, tuvimos una pelea.

Lowell sonrió, orgulloso.

—¿Empezó usted una pelea con él, señor Sheldon?

—La empecé, sí, señor —afirmó Sheldon. Le dio un temblor y se acarició la mandíbula con la mano—. Pero la terminó él.

Después de escoltar a Sheldon al exterior y hacerle abundantes promesas de reanudar pronto sus clases sobre Dante, Lowell volvió corriendo al estudio, pero no tardó en sonar otra llamada en la puerta.

—¡Maldita sea, Sheldon, le he dicho que un día de éstos daremos la clase! —exclamó Lowell abriendo la puerta de par en par.

A causa de la excitación, el doctor Holmes se había puesto de puntillas.

—¿Holmes? —Las carcajadas de Lowell revelaban una alegría tan espontánea que atrajeron a Longfellow al vestíbulo—. ¡Ha regresado al club, Wendell! ¡No tiene ni idea de cuánto lo hemos echado de menos! —Lowell les gritaba a los demás, en el estudio—: ¡Holmes ha vuelto!

—No sólo eso, amigos míos —dijo Holmes, entrando—. Creo que sé dónde encontraremos a nuestro asesino.

XIV

La forma rectangular de la biblioteca de Longfellow había sido un ideal comedor de oficiales para la plana mayor del general Washington, y en años posteriores sirvió como salón de banquetes de la señora Craigie. Ahora, Longfellow, Lowell, Fields y Nicholas Rey se sentaban a la bien pulida mesa, mientras Holmes caminaba a su alrededor y se explicaba.

—Mis pensamientos se me impusieron con gran rapidez. Limítense a escuchar mis razones antes de mostrarse de acuerdo o de disentir a cada paso —dijo, dirigiéndose en particular a Lowell, y todos salvo Lowell así lo entendieron—. Creo que Dante ha estado diciéndonos la verdad todo el tiempo. Describe su sentir mientras se dispone a dar los primeros pasos en el infierno, tembloroso e inseguro. «*E io sol*», etcétera. Mi querido Longfellow, ¿cómo tradujo eso?

—«Y yo solo, únicamente yo me aprestaba para sostener la guerra / tanto del camino como de la piedad / que retratará la mente que no yerra.»

—¡Sí! —exclamó Holmes orgullosamente, recordando su propia traducción, que se asemejaba a aquélla. Pero no era el momento de recrearse en su talento, aunque no dejó de preguntarse qué opinaría Longfellow de su versión—. Hay una guerra, ¡una *guerra*!, en dos frentes para el poeta. En primer lugar, las penalidades del descenso físico al infierno, y también el desafío al poeta de grabarlo en su memoria para transformar la experiencia en poesía. Las imágenes del mundo dantesco se suceden libremente en mi cerebro, sin ningún obstáculo.

Nicholas Rey escuchó cuidadosamente y abrió su libreta de notas.

—Dante no era extraño a las servidumbres físicas de la guerra, mi querido oficial —dijo Lowell—. A los veinticinco años, la misma edad de muchos de nuestros muchachos de azul, luchó en Campaldino con los güelfos y, el mismo año, en Caprona. Dante proyecta esas experiencias en el *Inferno*, para describir sus horribles tormentos. Al final, Dante fue desterrado, pero no por sus rivales gibelinos, sino a causa de una escisión interna de los güelfos.

—Las subsiguientes guerras civiles florentinas le inspiraron su visión del infierno y su búsqueda de redención —prosiguió Holmes—. Piensen también cómo Lucifer toma las armas contra Dios y cómo, en su caída desde los cielos, el otrora ángel más brillante se convierte en la fuente de todo mal a partir de la caída de Adán. La caída física de Lucifer en la tierra, tras ser expulsado de lo alto, es lo que abre un gran abismo en el suelo, el sótano de la tierra que Dante descubre como el infierno. Así pues, la guerra *creó* a Satán. La guerra *creó* el infierno. La elección que hace Dante de las palabras nunca es fortuita. Yo sugeriría que los acontecimientos en nuestras propias circunstancias señalan abrumadoramente hacia una única hipótesis: nuestro asesino es un veterano de guerra.

—¡Un soldado! El juez presidente del Tribunal Supremo de nuestro estado, un prominente predicador unitarista, un rico comerciante —dijo Lowell—. ¡Un soldado rebelde derrotado se venga de lo más representativo de nuestro sistema yanqui! ¡Pues claro! ¡Qué tontos hemos sido!

—Dante no prestaba lealtad mecánicamente a una u otra etiqueta política —observó Longfellow—. Quizá muestra mayor indignación contra los que compartían sus puntos de vista, pero no cumplían sus obligaciones, los traidores... Podría ser el caso de un veterano de la Unión. Recuerden que cada asesinato ha demostrado una familiaridad grande y natural de nuestro Lucifer con el trazado de Boston.

—Sí —admitió Holmes con impaciencia—. Por eso precisamente no pienso en un simple soldado sino en un Billy Yank.* Piensen en nuestros soldados, que todavía visten su uniforme por la calle, y en los mercados. A menudo me he sentido confuso al ver uno de esos grandes especímenes: ha regresado a casa, pero sigue llevando las ropas de un soldado. ¿A qué guerra lo han mandado ahora?

—Pero ¿encaja eso con lo que sabemos de los asesinatos, Wendell? —lo apremió Fields.

—Creo que clarísimamente. Empecemos con el asesinato de Jennison. Bajo esta nueva luz, se me ocurre pensar concretamente en el arma que pudo haberse empleado.

Rey asintió.

—Un sable militar.

—¡Justo! —aprobó Holmes—. Precisamente la clase de hoja que concuerda con las heridas. Ahora bien, ¿quién ha sido instruido en su manejo? Un soldado. Y el fuerte Warren, la elección del escenario para ese crimen... ¡Un soldado que hizo allí la instrucción o que estuvo de guarnición en ese lugar lo conocería bastante bien! Aún hay más: los mortales gusanos de *Hominivorax* que se dieron un banquete a expensas del juez Healey... proceden de algún lugar fuera de Massachusetts, de un lugar cálido y pantanoso, según insiste el profesor Agassiz. Tal vez traídos por un soldado como recuerdo de los más profundos pantanos del Sur. Wendell Junior dice que moscas y larvas eran una presencia constante en el campo de batalla y entre los miles de heridos abandonados a su suerte un día o una noche.

—En ocasiones, los gusanos no afectaban a los heridos —dijo Rey—. Otras veces, parecía que destruían a un hombre, ante lo que los cirujanos se mostraban impotentes.

—Se trataba de *Hominivorax*, aunque los cirujanos militares no sabrían diferenciarlos de una familia de escarabajos. Alguien familiarizado con sus efectos sobre los heridos los trajo desde el Sur y los utilizó contra Healey —continuó Holmes—. Una y otra vez nos hemos maravillado de la gran fuerza física de Lucifer, capaz de transportar al corpulento juez Healey hasta la orilla del río. Pero ¡cuántos camaradas debió cargar en sus brazos un soldado en plena batalla sin pensarlo dos veces! También hemos sido testigos de la facilidad de Lucifer para reducir al reverendo Talbot, y para hacer trizas con no menos aparente facilidad al robusto Jennison.

—¿Ha dado usted con nuestro «ábrete, sésamo», Holmes? —exclamó Lowell.

—Todos los asesinatos son actos cometidos por alguien familiarizado con los trucos para asediar y matar —prosiguió Holmes—. Y
con las heridas y el sufrimiento de la batalla.

—Pero ¿por qué un nordista iba a convertir en objetivo a su propia gente? ¿Por qué convertir en objetivo Boston? —preguntó Fields,
sintiendo la necesidad de que a alguien le correspondiera expresar
dudas—. Nosotros fuimos los vencedores. Y vencedores del lado
justo.

—Esta guerra fue distinta de cualquier otra desde la Revolución
en cuanto a sentimientos confusos —dictaminó Rey.

—No era la batalla de nuestro país contra los indios o los mexi-
canos —apostilló Longfellow—; eso fue poco más que unas conquis-
tas. Los soldados que se preocupaban de pensar por qué luchaban estaban imbuidos de la noción del honor de la Unión, de la libertad de
una raza esclavizada, de la restauración del buen orden del universo.
¿Y qué hacen los soldados cuando regresan a casa? Los logreros que
antes vendían fusiles y uniformes de mala calidad, ahora circulan en
berlinas por nuestras calles y prosperan en mansiones de Beacon Hill
con puertas de roble.

—Dante —dijo Lowell—, que fue expulsado de su hogar, pobló
el infierno con gentes de su propia ciudad, incluso de su familia. Hemos dejado a muchos soldados desamparados mientras agitábamos
poesías que cantaban la moral y los uniformes manchados de sangre.
Ellos son desterrados de sus vidas anteriores, como Dante; se con
vierten en facciones dentro de sí mismos. Y consideren lo pronto que
empezaron estos asesinatos, como pisando los talones al fin de la
guerra. ¡Unos pocos meses! Sí, parece que las cosas encajan, caballeros. La guerra perseguía una abstracción moral, la libertad, pero los
soldados libraron sus batallas por algo muy concreto: campos y frentes, organizados en regimientos, compañías y batallones. Los verdaderos movimientos en la poesía de Dante tienen algo de ligero, de
decisivo, casi de militar en su naturaleza. —Se puso en pie y abrazó
a Holmes—. Esta visión, mi querido Wendell, es celestial.

Cundió en la estancia un sentimiento colectivo de realización, y
todos aguardaron el asentimiento de Longfellow, que llegó en forma
de tranquila sonrisa.

—¡Tres hurras por Holmes! —exclamó Lowell.

—¿Por qué no me dedican tres veces tres? —preguntó Holmes adoptando una postura caprichosa—. ¡Puedo resistirlo!

Augustus Manning se plantó ante la mesa de su secretario, y se puso a tamborilear con los dedos en el borde.

—¿Todavía no ha respondido ese Simon Camp a mi petición de una entrevista?

El secretario de Manning negó con la cabeza.

—No, señor. Y en el Hotel Marlboro dicen que ya no se aloja allí. Cuando se fue no dejó dirección alguna.

Manning estaba lívido. No se había fiado enteramente del detective de Pinkerton, pero tampoco pensó que fuera un tramposo sin más.

—¿No le parece raro que primero se presente un oficial de policía a preguntar sobre la clase de Lowell y luego el hombre de Pinkerton, al que pagué para averiguar más sobre Dante, deje de responder a mis llamadas?

El secretario no contestó, pero luego, al advertir que se esperaba su respuesta, asintió, deseoso de agradar.

Manning se volvió y se puso a mirar por la ventana, desde la que se veía el edificio principal de Harvard.

—Para mí que Lowell ha tenido algo que ver en todo esto. Dígame otra vez, señor Cripps, ¿quién está matriculado en el curso sobre Dante? Edward Sheldon y... Pliny Mead, ¿no es así?

El secretario encontró la respuesta en un montón de papeles.

—Edward Sheldon y Pliny Mead, exacto.

—Pliny Mead. Un buen estudiante —dijo Manning, acariciándose la rígida barba.

—Bien; lo era, señor. Pero en las últimas calificaciones ha dado un bajón.

Manning se volvió hacia él, muy interesado.

—Sí, ha descendido unos veinte lugares en la clase —explicó el secretario, encontrando la documentación y probando orgullosamente los hechos—. ¡Oh, sí, cayó de una manera abrupta, doctor Manning! Principalmente, al parecer, por la calificación del profesor Lowell en francés, correspondiente al último período académico.

Manning tomó los papeles de su secretario y los leyó.

—¡Qué vergüenza para el señor Mead! —dijo Manning sonriendo para sí—. Una terrible, terrible vergüenza.

Avanzada la noche en Boston, J. T. Fields acudió al despacho de abogado de John Codman Ropes, un jorobado que había convertido la guerra en una dedicación profesional, después de que su hermano pereciera en el campo de batalla. Se decía que sabía más sobre combates que los mismos generales que los libraron. Como convenía a un genuino experto, respondió sin ostentación alguna a las preguntas de Fields. Ropes llevaba una lista con muchos hogares de ayuda a los soldados, organizaciones de caridad fundadas, muchas de ellas en iglesias, otras en edificios abandonados o en almacenes, para alimentar y vestir a veteranos pobres o que se esforzaban por reintegrarse a la vida civil. Si uno buscaba a soldados con problemas, esos hogares serían el lugar adonde acudir.

—No hay nada parecido a un directorio con sus nombres, claro, y yo diría que a esas pobres almas no se las puede identificar a menos que ellas quieran, señor Fields —explicó Ropes al término de la entrevista.

Fields caminó con paso vigoroso calle Tremont arriba, en dirección al Corner. Llevaba semanas dedicando sólo una fracción de su tiempo usual a los negocios, y le preocupaba que su buque embarrancara si permanecía ausente del timón mucho más tiempo.

—Señor Fields.

—¿Quién está ahí? —Fields se detuvo y volvió sobre sus pasos hacia un callejón—. ¿Se dirige usted a mí, señor?

No podía ver al que había hablado, a causa de la débil luz. Fields avanzó despacio entre los edificios, en medio de un hedor a cloaca.

—Muy bien, señor Fields. —El hombre, de elevada estatura, salió de las sombras y se quitó el sombrero con su mano enguantada. Simon Camp, el detective de Pinkerton, le dirigió una sonrisa—. Esta vez no tiene usted a su amigo el profesor para que me apunte con su fusil, ¿verdad?

—¡Camp! Deje de molestarme. Le pagué más de lo que hubiera debido. Y ahora, adiós.

—Usted me pagó, sí. A decir verdad, tomé este caso como algo aburrido, una mosca en mi taza, una bobada. Pero usted y su amigo me dieron que pensar. ¿Por qué unos señorones como ustedes se excitaron hasta el punto de soltar oro para que yo no me metiera en el cursito ese de literatura del profesor Lowell? ¿Y qué indujo al profesor Lowell a interrogarme como si yo le hubiera pegado un tiro a Lincoln?

—Me temo que un hombre como usted nunca entendería lo que los hombres de letras aprecian —dijo nerviosamente Fields—. Es lo nuestro.

—Oh, ya lo creo que lo entiendo. Ahora lo entiendo. Recordé algo acerca de esa hormiguita del doctor Manning. Mencionó a un policía que lo visitó para preguntarle sobre el curso de Dante del profesor Lowell. El viejo estaba frenético por eso. Entonces yo empecé a pensar: ¿qué hace la policía de Boston ocupándose de un muerto? Bueno, pues tiene que ver con ese asuntillo de los asesinatos.

Fields trató de no exteriorizar su pánico.

—Debo acudir a una cita, señor Camp.

Camp sonrió beatíficamente.

—Entonces pensé en ese chico, Pliny Mead, que soltó todo lo que tenía en la punta de la lengua sobre los bárbaros y horripilantes castigos contra la humanidad en ese poema de Dante. Y empecé a juntar todas las piezas. Visité de nuevo a su señor Mead y le formulé preguntas más concretas, señor Fields —dijo, inclinándose hacia delante con fruición—. Conozco su secreto.

—Disparates sin sentido. ¡No tengo ni idea de lo que está usted hablando, Camp! —exclamó Fields.

—Conozco el secreto del club Dante, Fields. Sé la verdad acerca de esos asesinatos, y por eso me pagó para que me largara.

—¡Eso es una calumnia aventurada y malévola! —dijo Fields echando a andar para salir del callejón.

—Pues entonces iré a la policía —replicó Camp fríamente—. Y luego, a los periodistas. Y por mi cuenta, volveré a ver al doctor Manning, de Harvard, que anda buscándome. Ya veremos lo que hacen todos ellos con los disparates sin sentido.

Fields se volvió y dirigió a Camp una dura mirada.

—Si sabe lo que dice saber, ¿qué seguridad tiene de que nosotros no seamos los responsables de esas muertes y que no acabemos matándolo a usted, Camp?

Camp sonrió.

—No se tire faroles, Fields. Ustedes son hombres de libros, y eso es lo que seguirán siendo hasta que cambie el orden natural del mundo.

Fields se detuvo y tragó saliva. Miró en derredor para asegurarse de que no había testigos.

—¿Y a cambio de qué nos dejaría usted en paz, Camp?

—Para empezar, tres mil dólares... exactamente dentro de quince días.

—¡Ni hablar!

—Las recompensas ofrecidas a cambio de información son muy superiores, señor Fields. Quizá Burndy no tenga nada que ver con todo esto. Yo no sé quién mató a esos hombres ni me importa. Pero un jurado los consideraría culpables cuando se enterara de que usted me pagó para que me largara cuando fui a preguntar por Dante... ¡y me amenazaron con un arma de fuego!

Fields se dio cuenta de todo en seguida, de que Camp estaba actuando así para vengarse de su propia cobardía frente al fusil de Lowell.

—Usted es un pequeño y sucio insecto —dijo Fields sin poder contenerse.

Camp pareció no tomárselo en cuenta.

—Pero un insecto digno de confianza, puesto que usted contó con él para nuestro acuerdo. Incluso los insectos tienen deudas que saldar, señor Fields.

Fields acordó una cita con Camp en el mismo lugar dos semanas más tarde.

Les contó las novedades a sus amigos. Tras su impresión inicial, los miembros del club Dante decidieron que no tenían medios para evitar que Camp llevara adelante sus planes.

—¿Y qué importa? —dijo Holmes—. Usted ya le dio diez monedas de oro y eso no sirvió para nada. Volverá por más, con la mano extendida.

—Lo que Fields le dio fue un aperitivo —comentó Lowell.

No podían confiar en que una cantidad de dinero asegurase su secreto. Además, Longfellow no querría oír hablar de sobornos para proteger a Dante o a ellos mismos. Dante pudo haber pagado el fin de su destierro y lo rechazó, en una carta que después de transcurridos los siglos conservaba el apasionamiento con que fue escrita. Prometieron olvidarse de Camp. Debían seguir sin descanso la pista militar del caso. Aquella noche, se esforzaron en la revisión de archivos procedentes de la oficina de pensiones del ejército, que Rey había tomado prestados, y visitaron varios hogares de asistencia a soldados.

Fields no regresó a su casa hasta casi la una de la madrugada, para exasperación de Annie. En cuanto penetró en el vestíbulo se dio cuenta de que las flores que enviaba a casa todos los días estaban amontonadas en la mesa junto a la entrada, visiblemente sin colocar en un jarrón. Tomó el ramo más fresco y se reunió con Annie en la sala de recibir. Estaba sentada en el sofá de terciopelo verde, escribiendo en su *Diario de acontecimientos literarios y observaciones sobre personas de interés*.

—Honradamente, querido, ¿podría verte menos aún de lo que te veo?

No levantó la mirada, y su hermosa boca hizo un mohín. Su cabello color jacinto le cubría las orejas.

—Te prometo que las cosas mejorarán. Este verano... Me esforzaré lo mínimo en el trabajo e iremos todos los días a Manchester. Osgood casi está en condiciones de convertirse en socio. ¡Ese día bailaremos!

Ella volvió el rostro y fijó los ojos en la alfombra gris.

—Conozco tus obligaciones. Pero yo gasto mis energías en el gobierno de la casa, sin pasar un momento contigo como recompensa. Apenas he dedicado una hora a estudiar o a leer, excepto cuando estaba demasiado cansada. Catherine ha vuelto a caer enferma, y la lavandera debe de estar en su cama, en la habitación de la criada del piso de arriba...

—Ahora estoy en casa, mi amor...

—No, no estás.

Tomó su abrigo y su sombrero, que sostenía la criada de la planta baja, y se los devolvió.

—¿Querida?

El rostro de Fields se ensombreció. Ella se alisó la bata y empezó a subir la escalera.

—Un recadista del Corner vino a buscarte con la máxima urgencia hace unas horas.

—¿A esta hora de brujas?

—Dijo que debías ir allí o que se temía que la policía llegara antes.

Fields quiso seguir a Annie escaleras arriba, pero se apresuró a acudir a sus oficinas de la calle Tremont, donde encontró a su jefe administrativo, J. R. Osgood, en la habitación de atrás. Cecilia Emory, la recepcionista del vestíbulo, ocupaba un cómodo sillón, sollozando y escondiéndose la cara. Dan Teal, el mozo del turno de noche, estaba sentado tranquilamente, aplicándose un pañuelo al labio ensangrentado.

—¿Qué pasa? ¿Qué le ha ocurrido a la señorita Emory? —preguntó Fields.

Osgood apartó a Fields de la muchacha, presa de la histeria.

—Se trata de Samuel Ticknor. —Osgood hizo una pausa para escoger las palabras—. Ticknor estaba besando a la señorita Emory detrás del mostrador, fuera del horario de trabajo. Ella se resistió, le gritó que se detuviera e intervino el señor Teal. Me temo que el señor Teal hubo de reducir físicamente al señor Ticknor.

Fields se acercó una silla y animó amablemente a Cecilia Emory:

—Puede usted hablar con libertad, querida.

La señorita Emory se esforzó por contener el llanto.

—Lo siento, señor Fields. Necesito este empleo, y él dijo que si yo no hacía lo que me pedía... Bien, él es el hijo de William Ticknor, y ellos dicen que usted pronto deberá nombrarlo socio *junior* debido a su nombre...

Se cubrió la boca con la mano, como si quisiera no haber pronunciado aquellas terribles palabras.

—¿Usted... lo rechazó? —preguntó Fields con delicadeza.

Ella asintió.

—Es un hombre fuerte. Gracias a Dios..., el señor Teal estaba allí.

—¿Cuánto ha durado eso con el señor Ticknor, señorita Emory? —preguntó Fields.

Cecilia respondió entre sollozos:

—Tres meses. —Casi el tiempo que llevaba contratada—. ¡Pero pongo a Dios por testigo de que nunca hubiera querido hacerlo, señor Fields! ¡Debe usted creerme!

Fields le dio unos golpecitos en la mano y le habló paternalmente:

—Mi querida señorita Emory, escúcheme. Dado que es usted huérfana, pasaré por alto esto y le permito conservar su puesto.

Ella asintió valorativamente y le echó los brazos al cuello.

Fields se puso en pie.

—¿Dónde está él? —le preguntó a Osgood.

Estaba furioso. Aquello era una falta de lealtad de la peor especie.

—Lo tenemos en la habitación de al lado, esperándolo, señor Fields. Debo decirle que ha negado la versión que ha dado ella.

—Si algo sé de la naturaleza humana, esa chica era completamente inocente, Osgood. Señor Teal —dijo, volviéndose al mozo—. ¿Ha sido usted testigo de todo cuanto ha dicho la señorita Emory?

Teal respondió hablando muy despacio, con la boca moviéndose arriba y abajo como era habitual en él.

—Estaba disponiéndome a marcharme, señor. Vi a la señorita Emory debatiéndose y pidiéndole al señor Ticknor que la dejara. Así que le pegué hasta que se detuvo.

—Es usted un buen chico, Teal —dijo Fields—. No olvidaré su ayuda.

Teal no supo qué contestar.

—Señor, tengo que estar en mi otro trabajo por la mañana. De día soy conserje en la universidad.

—Oh.

—Este empleo lo es todo para mí —añadió apresuradamente Teal—. Si necesita algo más de mí, señor, por favor, dígamelo.

—Antes de marcharse quiero que escriba todo lo que ha visto y hecho, señor Teal. En caso de que intervenga la policía, necesitamos un informe —dijo Fields. Se dirigió a Osgood para que facilitara a Teal papel y una pluma—. Y cuando ella se calme, hágale escribir también su historia —encargó Fields a su principal empleado.

Teal luchó para escribir unas pocas letras. Fields se dio cuenta de que era semianalfabeto, y pensó en lo extraño que debía de ser trabajar entre libros todas las noches sin conocer algo tan básico como leer y escribir.

—Señor Teal, díctele al señor Osgood, porque eso será oficial.

Teal accedió, agradecido, y devolvió el papel.

A Fields le llevó casi cinco horas de interrogatorio a Samuel Ticknor sonsacarle la verdad. Fields llegó a inquietarse por el aspecto del abatido Ticknor, con la cara golpeada por los puños del mozo. Realmente su nariz parecía descentrada. Las respuestas de Ticknor alternaban entre la vanidad y la ligereza. Acabó por admitir su adulterio con Cecilia Emory y reveló que también se había enredado con otra secretaria del Corner.

—¡Abandonará la casa Ticknor y Fields inmediatamente y a partir de este día nunca más regresará a ella! —dijo Fields.

—¡Ja! ¡Esta empresa la creó mi padre! ¡Lo admitió en su casa cuando usted era poco más que un mendigo! ¡Sin él usted no tendría hoy una mansión ni una esposa como Anne Fields! ¡Lleva usted mi nombre sobre su espalda, señor Fields, por encima del suyo!

—¡Usted ha arruinado la vida de dos mujeres, Samuel! Por no mencionar la destrucción de la felicidad de su esposa y de su pobre madre. ¡Para su padre esto hubiera sido una afrenta mayor que para mí!

Samuel Ticknor estaba al borde de las lágrimas. Cuando se marchaba, gritó:

—¡Señor Fields, volverá a oír hablar de mí, se lo juro por Dios! Con sólo que usted me hubiera tomado de la mano y me hubiera introducido en su círculo social... —Se detuvo un momento, antes de añadir—: ¡A mí siempre se me consideró un joven inteligente en sociedad!

Transcurrió una semana sin avances; una semana sin descubrir a ningún soldado que pudiera ser también un erudito dantista. Oscar Houghton envió un mensaje a Fields tras la demanda de éste de que no se perdiera ninguna prueba. Las esperanzas se desvanecían. Nicholas Rey advirtió que estaba siendo más estrechamente vigilado en la comisaría, pero hizo un nuevo intento con Willard Burndy. El proceso había causado un considerable desgaste en el ladrón de cajas fuertes. Cuando no se movía ni hablaba, parecía desprovisto de vida.

—No saldrá de ésta sin ayuda —dijo Rey—. Yo sé que no es culpable, pero también sé que lo vieron en los alrededores de la casa de Talbot el día que forzaron su caja fuerte. Puede decirme por qué o va a tener que subir la escalerilla.

Burndy estudió a Rey, y luego asintió con desánimo.

—Abrí la caja fuerte de Talbot. Pero, en realidad, no. No me creerá. No... ¡No me lo creo ni yo mismo! Mire, un tipo me dijo que me largaría doscientos si le enseñaba cómo reventar una determinada caja. Pensé que sería un trabajito de nada... ¡y sin correr *yo* el riesgo de que me trincaran! Yo no tenía ni idea de que la casa perteneciera a un clérigo, palabra de caballero. ¡Yo no me lo cargué! ¡Y si lo hubiera hecho, no habría devuelto el dinero!

—¿Por qué fue a casa de Talbot?

—Para reconocer el terreno. El tipo parecía saber que ese Talbot no estaba en casa, así que entré, sólo para ver el plan; para ver cómo era la caja. —Burndy suplicó comprensión con una sonrisa estúpida—. No causé ningún daño con eso, ¿verdad? La caja era sencilla, y sólo me llevó cinco minutos explicarle cómo reventarla. Se lo dibujé en la servilleta de una taberna. Para que lo sepa, el tipo tenía una herida en la cabeza. Me dijo que sólo quería mil dólares..., que no había que coger ni un centavo más. ¿Se imagina una cosa semejante? Entérese: no puede decir que yo haya robado al predicador; de lo contrario, seguro que me toca subir la escalerilla. Quienquiera que fuese el que me pagó por reventar la caja, ¡*ése* es el loco, el que mató a Talbot y a Healey y a Phineas Jennison!

—Entonces dígame quién le pagó —concluyó Rey tranquilamente— o lo colgarán a usted, señor Burndy.

—Era de noche, yo había estado en la taberna Stackpole y andaba un poco achispado, ya sabe. Ahora me parece que todo sucedió muy aprisa, como si lo hubiera soñado, y la verdad sólo se me presentó después. Verdaderamente no podría decir cómo era su cara; al menos no me acuerdo de nada.

—¿No vio usted nada o no puede recordarlo, señor Burndy?

Burndy se mordió el labio, y dijo de mala gana:

—Hay una cosa. Era uno de los suyos.

Rey aguardó un instante.

—¿Un negro?

Los ojos rosados de Burndy llamearon y pareció a punto de sufrir un ataque.

—¡No! Un Billy Yank. ¡Un veterano! —Trató de calmarse—. ¡Un soldado con uniforme de gala, como si estuviera en Gettysburg haciendo ondear la bandera!

En Boston, los hogares de ayuda a los soldados eran gestionados localmente, de manera extraoficial y sin más publicidad que el boca a oreja de los veteranos que recurrían a ellos. La mayoría de los hogares llenaban cestos de comida dos o tres veces por semana para ser distribuidos entre los soldados. A los seis meses de terminada la guerra, el ayuntamiento cada vez manifestaba menos voluntad de seguir financiando los hogares. Los mejores, por lo general vinculados a una iglesia, se proponían la ambiciosa meta de ilustrar a los antiguos soldados. Además de alimento y ropa, se les ofrecían sermones y charlas instructivas.

Holmes y Lowell cubrieron el cuadrante sur de la ciudad. Habían contratado a Pike, el cochero. Mientras esperaba frente a las instalaciones de ayuda a los soldados, Pike daba un bocado a una zanahoria, luego le ofrecía otro a una de sus viejas yeguas y a continuación daba otro bocado él. Se dedicaba a calcular cuántos bocados sumados de caballería y de persona serían necesarios para consumir una zanahoria de tamaño promedio. El aburrimiento no compensaba la tarifa. Además, cuando Pike preguntaba por qué iban de un hogar al siguiente, el cochero —que había desarrollado una astucia propia de quien vive entre caballos— se sentía incómodo ante las falsas respuestas. Así que Holmes y Lowell alquilaron un coche de un solo caballo. Este último y el cochero se quedaban dormidos cada vez que el carruaje hacía una parada.

El último hogar para soldados que recibió su visita parecía uno de los mejor organizados. Estaba instalado en una iglesia unitarista vacía, que resultó dañada durante las prolongadas pugnas con los congregacionalistas. En aquel hogar en concreto, a los soldados locales les proporcionaban mesa a la que sentarse y comida caliente para cenar al menos cuatro noches por semana. La cena había concluido poco antes de la llegada de Lowell y Holmes, y los soldados se dirigían a la iglesia contigua.

—Atestada —comentó Lowell, asomándose a la capilla, cuyos bancos estaban repletos de uniformes azules—. Sentémonos. Al menos descansaremos los pies.

—A fe mía, Jamey, que no puedo entender que esto nos sea de ayuda. Quizá deberíamos pasar al siguiente de la lista.

—Éste *era* el siguiente. Según la lista de Ropes, el otro sólo abre los miércoles y domingos.

Holmes observó cómo un soldado, con un muñón en lugar de pierna, era empujado en una silla de ruedas a través del patio por un camarada. Este último era poco más que un chiquillo, con la boca hundida, pues los dientes se le habían caído a causa del escorbuto. Aquél era el aspecto de la guerra que la gente no podía saber por los informes de los oficiales o las crónicas de los reporteros.

—¿Qué utilidad tiene espolear a un caballo agotado, mi querido Lowell? Nosotros no somos Gedeón observando a sus soldados beber del pozo. Limitándonos a mirar no vamos a llegar a ninguna parte. No encontramos a Hamlet ni a Fausto, no determinamos lo correcto y lo equivocado ni el valor de los hombres haciendo pruebas de albúmina o examinando fibras en un microscopio. Tengo la impresión de que debemos dar con una nueva vía de acción.

—Usted y Pike son tal para cual —dijo Lowell, y sacudió tristemente la cabeza—. Pero juntos encontraremos el camino. De momento, Holmes, limitémonos a decidir si nos quedamos o le decimos al cochero que nos lleve a otro hogar de soldados.

—Ustedes son nuevos hoy —los interrumpió un soldado tuerto, con una piel surcada de arrugas y muy picado de viruelas, con una pipa negra de cerámica saliéndole de la boca.

Como no esperaban mantener una conversación con terceros, los sorprendidos Holmes y Lowell se quedaron sin palabras y aguardaron educadamente a que uno de los dos respondiera a su interlocutor. El hombre vestía un uniforme de gala que al parecer no había conocido un lavado desde antes de la guerra.

El soldado echó a andar hacia la iglesia y sólo miró atrás por un instante para decir, algo ofendido:

—Les pido perdón. Pensé que quizá habían venido por lo de Dante.

Por un momento, ni Lowell ni Holmes reaccionaron. Ambos creyeron haber imaginado la palabra que el otro acababa de pronunciar.

—¡Espere! —exclamó Lowell, que apenas podía hablar con coherencia debido a la emoción.

Los dos poetas se precipitaron en el interior de la capilla, donde había poca luz. Enfrentados a un mar de uniformes, no podían descubrir al inidentificado dantista.

—¡Siéntense! —gritó alguien de mal humor, haciendo bocina con las manos.

Holmes y Lowell buscaron a tientas unos asientos y se situaron en los extremos de sendos bancos. Se contorsionaron desesperadamente en busca de una cara entre la muchedumbre. Holmes se volvió hacia la entrada, por si el soldado trataba de escapar. Los ojos de Lowell repasaban las oscuras miradas y las vacías expresiones que llenaban la capilla, y finalmente se posaron en la cara picada de viruelas y en el único y brillante ojo de su interlocutor.

—Lo he encontrado —susurró Lowell—. He dado con él, Wendell. ¡Lo he encontrado! ¡He encontrado a nuestro Lucifer!

Holmes se volvió, resollando de impaciencia.

—¡No puedo verlo, Jamey!

Algunos soldados chistaron violentamente, dirigiéndose a los dos intrusos.

—¡Allí! —murmuró Lowell, frustrado—. Uno, dos..., ¡el cuarto banco empezando por delante!

—¿Dónde?

—¡Allí!

Una voz temblorosa los interrumpió, flotando desde el púlpito:

—Les agradezco, mis queridos amigos, que me inviten una vez más. Y ahora continuarán los castigos del Infierno de Dante...

Lowell y Holmes dirigieron inmediatamente su atención a la cabecera de la atestada y oscura capilla. Siguieron mirando mientras su amigo, el anciano George Washington Greene, tosía débilmente, corregía su postura y apoyaba los brazos en ambos lados del facistol. Su congregación estaba fascinada por la expectación y la lealtad, aguardando anhelante volver a trasponer las puertas de su infierno.

CANTO TERCERO

XV

—¡Oh, peregrinos: venid ahora al círculo final de esta ciega prisión que Dante debe explorar en su sinuoso recorrido hacia lo profundo, en su predestinado viaje para aliviar a la humanidad de todo sufrimiento! —George Washington Greene alzó los brazos abiertos por encima del pesado facistol, que chocaba con su estrecho pecho—. Pues Dante busca nada menos que eso; su destino personal es secundario en el poema. ¡Es la humanidad lo que quiere elevar a través de su viaje; y así *nosotros* lo seguimos, paso a paso, desde las ígneas puertas hasta las esferas celestiales, mientras limpiamos de pecado este nuestro siglo diecinueve!

»Oh, qué formidable tarea tiene por delante en su desdichada torre de Verona, con la amarga sal del exilio en su paladar. Él piensa: ¿cómo describiré el fondo del universo con esta lengua frágil? Él piensa: ¿cómo cantaré mi canción milagrosa? Pero Dante sabe que debe hacerlo: para redimir su ciudad, para redimir su nación, para redimir el futuro... y a *nosotros*; nosotros que estamos aquí sentados, en esta capilla que ha vuelto a despertar, para revivir el espíritu de su mayestática voz en un Nuevo Mundo, nosotros ¡también somos redimibles! Él sabe que en cada generación habrá unos pocos afortunados que comprendan y vean verdaderamente. Él es una pluma de fuego con sangre del corazón como única tinta. ¡Oh, Dante, que nos traes la luz! ¡Felices las voces de las montañas y de los pinos que siempre repetirán tus cantos!

Greene inspiró profundamente hasta llenarse los pulmones, antes de narrar el descenso de Dante hasta el círculo final del infierno:

un lago de hielo, Cocito, pulido como el cristal, con un espesor que ni siquiera alcanza el río Charles en lo más crudo del invierno. Dante oye una voz airada que vuela hasta él desde esa tundra helada.

—¡Mira dónde pisas! —grita la voz—. ¡Pon atención en no hollar con tus pies nuestras cabezas, fatigados y míseros hermanos!

»Oh, ¿de dónde llegaban esas acusadoras palabras que aguijoneaban los oídos del bienintencionado Dante? Al mirar abajo, el Poeta ve, incrustadas en el lago helado, unas cabezas que asoman del hielo, una congregación de sombras muertas..., un millar de cabezas purpúreas, de pecadores de la más baja naturaleza conocida por los hijos de Adán. ¿Para qué falta se reserva esta llanura glacial del infierno? ¡Para la traición, por supuesto! ¿Y en qué consiste su castigo, su *contrapasso*, para el frío de sus corazones? Ser sepultados enteramente en hielo: desde el cuello abajo, de manera que sus ojos puedan ver para siempre las míseras penalidades acarreadas por sus torpezas.

Holmes y Lowell estaban anonadados, con el corazón retorcido en la garganta. La barba de Lowell colgaba todo lo que le permitía la boca abierta, mientras Greene, resplandeciente de vitalidad, describía cómo Dante agarra por los cabellos la cabeza del vehemente pecador, zarandeándola de forma cruel, y le pregunta su nombre. *¡Aunque me arranques los cabellos, no te diré quién soy!* Otro de los pecadores, inadvertidamente, llama por su nombre a su compañero para poner fin a sus amargos gritos y para satisfacción de Dante. Así pudo dar razón del nombre del pecador para la posteridad.

Greene prometió llegar hasta el bestial Lucifer —el peor de todos los traidores y pecadores, la bestia de tres cabezas que castiga y es castigada— en su próximo sermón. La energía que había acumulado el anciano ministro durante el sermón se disipó rápidamente cuando hubo concluido, dejando tan sólo un círculo de color en sus mejillas.

Lowell se abrió paso entre la muchedumbre, en la oscura capilla, apartando a soldados que se mezclaban y hablaban con voz bronca en las naves laterales. Holmes lo seguía.

—¡Mis queridos amigos! —los saludó jovialmente Greene a la primera señal que le dirigieron Lowell y Holmes.

Empujaron a Greene a una pequeña cámara en la parte posterior de la capilla, y Holmes cerró la puerta. Greene tomó asiento en una tabla junto a una estufa y levantó las manos.

—Yo diría, colegas, que con este pésimo tiempo me he vuelto a resfriar. No me extrañaría que nosotros...

Lowell tronó:

—¡Díganoslo todo, Greene!

—Señor Lowell, no tenía ni la más remota idea de que venían —dijo Greene mansamente, y dirigió una mirada a Holmes.

—Mi querido Greene, lo que Lowell quiere decir... —Pero el doctor Holmes tampoco pudo mantener la calma—. ¿Se puede saber qué demonios estaba usted haciendo aquí, Greene?

Greene pareció sentirse herido.

—Bien, usted sabe, mi querido Holmes, que pronuncio sermones, como predicador invitado, en diversas iglesias de la ciudad y de East Greenwich cuando me lo piden y me es posible. El lecho de un enfermo es, en el mejor de los casos, un lugar aburrido, y el mío me ha traído ansiedad y dolor el último año, de manera que acepto de buena gana siempre que me formulan estas peticiones.

Lowell lo interrumpió:

—Ya sabemos que lo invitan a predicar, pero ¡ahí estaba usted predicando a *Dante*!

—¡Ah, eso! En verdad es un entretenimiento inocente. La experiencia de predicar a estos soldados desmoralizados era un desafío, algo muy distinto de cuanto había conocido. Hablando con los hombres las primeras semanas después de la guerra, en especial cuando Lincoln fue tan traicioneramente asesinado, encontré a gran número de ellos atormentados por la inquietud sobre su propio destino y por las cosas de la otra vida. Una tarde, en algún momento en las últimas semanas del verano, sintiéndome inspirado por la dedicación de Longfellow a su traducción, introduje algunas descripciones dantescas durante mi sermón, y juzgué que su efecto era más bien satisfactorio. Así que empecé a tratar, de modo general, la historia y el viaje espirituales de Dante. Hubo momentos (y perdónenme, ya ven que me ruborizo al confesárselo) en que fantaseé con que yo podía dar una lección sobre Dante y que esos valientes muchachos eran mis alumnos.

—¿Y Longfellow no sabía nada de esto? —preguntó Holmes.

—Mi deseo era compartir las noticias sobre mi modesto experimento, pero, bien... —Greene estaba pálido y fijó su mirada en la llameante tronera de la estufa—. Supongo, queridos amigos, que me sentí un poquito cohibido por presentarme como maestro dantista ante un hombre como Longfellow. Así que no se lo digan, por favor. Eso sólo lo desconcertaría, ya saben que no le gusta considerarse diferente...

—El sermón que acaba de pronunciar, Greene —lo interrumpió Lowell—, se basaba *enteramente* en los encuentros de Dante con los traidores.

—¡Sí, sí! —dijo Greene, como rejuvenecido por el recuerdo—. ¿No es maravilloso, Lowell? No tardé en descubrir que desarrollar un canto o dos en su totalidad mantenía la atención de los soldados mejor aún que un sermón basado en mis frágiles pensamientos, y actuar así me colocaba en buena disposición para nuestras sesiones dantistas de la semana siguiente. —Greene se echó a reír con la vanidad nerviosa de un niño que ha alcanzado un logro que sus mayores no esperaban—. Cuando el club Dante inició el *Inferno*, di comienzo a mi práctica actual, predicando uno de los cantos que íbamos a traducir en la siguiente reunión de nuestro club. ¡Yo diría que ahora me siento bien preparado para emprender ese clamoroso canto que Longfellow ha previsto para mañana! Normalmente, pronunciaba mi sermón el jueves por la tarde, poco antes de tomar el tren de regreso a Rhode Island.

—¿Todos los jueves? —preguntó Holmes.

—Hubo veces en que tuve que guardar cama. Y las semanas en que Longfellow cancelaba nuestras sesiones dantistas, ay, no me sentía con ánimos de hablar sobre Dante. ¡Esta última semana ha sido maravillosa! ¡Longfellow ha estado traduciendo a tal velocidad, a un ritmo tan rápido, que he decidido instalarme en Boston y pronunciar un sermón sobre Dante casi todas las noches durante una semana!

Lowell hizo un movimiento brusco hacia delante.

—¡Señor Greene! ¡Repase mentalmente cada momento de su experiencia aquí! ¿Alguno de los soldados mostró un especial conocimiento del contenido de sus sermones sobre Dante?

Greene se puso en pie y miró en derredor confuso, como si de repente hubiera olvidado lo que se le preguntaba.

—Déjenme pensar. En cada sesión había unos veinte o treinta soldados, ¿saben?, pero no eran siempre los mismos. Siempre quise ser mejor fisonomista. Algunos de ellos, de vez en cuando, expresaban su admiración por mis sermones. Deben ustedes creerme... Si pudiera ayudarlos...

—Greene, si ahora mismo no... —empezó a decir Lowell con voz ahogada.

—¡Lowell, por favor! —dijo Holmes, asumiendo el papel usual de Fields de contener a su amigo.

Lowell espiró ruidosamente e hizo un gesto a Holmes invitándolo a continuar.

—Mi querido señor Greene —empezó Holmes—, usted nos ayudará... extraordinariamente, lo sé. Ahora debe usted pensar con rapidez para hacernos un favor, querido amigo, por Longfellow. Recuerde a todos los soldados con los que pueda haber conversado desde que empezó esto.

—Oh, sí. —Los ojos de media luna de Greene se agrandaron de forma insólita—. Sí, ahora me acuerdo. Un soldado me formuló el deseo específico de leer él mismo a Dante.

—¡Eso! ¿Y qué le respondió? —preguntó Holmes, radiante.

—Pregunté al joven si estaba bien familiarizado con lenguas extranjeras. Vino a decir que era considerado un buen lector desde la niñez, pero sólo en inglés, por lo cual lo animé a que aprendiera italiano. Comenté que estaba colaborando en completar la primera traducción norteamericana, con Longfellow, para lo que habíamos formado un pequeño club en el domicilio del poeta. Pareció muy interesado. Así pues, le recomendé que a principios del próximo año se dirigiera a una librería y preguntara por la publicación de Ticknor y Fields —contó Greene con el detalle de las gacetillas que Fields mandaba insertar en las páginas de rumores.

Holmes dirigió una mirada de esperanza a Lowell, que lo urgió a proseguir. Holmes preguntó despacio:

—Ese soldado, ¿tal vez le dio su nombre? —Greene negó con la cabeza—. ¿Recuerda usted su aspecto, mi querido Greene?

—No, no, lo siento muchísimo.

—Esto es más importante de lo que pueda usted imaginar —intervino Lowell.

—Tengo un recuerdo de la conversación de lo más borroso —dijo Greene, y cerró los ojos—. Creo recordar que era más bien alto, con un bigote del color del heno, en forma de manillar. Quizá cojeaba. Pero muchos de ellos se han convertido en ruinas humanas. Fue hace meses y yo no presté atención especial a aquel hombre. Como digo, no estoy dotado para recordar caras... Precisamente por eso nunca he escrito narrativa, amigos míos. La narrativa es todo caras. —Greene se echó a reír, considerando esta última afirmación ilustrativa. Pero la zozobra en los rostros de sus compañeros se traducía en miradas graves—. Caballeros, por favor, díganme, ¿he contribuido yo a crear algún tipo de *problema*?

Salieron, poniendo el mayor cuidado al atravesar los grupos de veteranos, y Lowell ayudó a Greene a montar en el carruaje. Holmes hubo de despertar al cochero y al caballo, y el primero condujo al segundo, aletargado, lejos de la vieja iglesia.

Mientras tanto, desde detrás de una empañada ventana del hogar de ayuda a los soldados, esta precipitada partida fue seguida en su totalidad por los ojos vigilantes del hombre al que el club Dante llamaba Lucifer.

George Washington Greene estaba instalado en un sillón en la Sala de Autores del Corner. Nicholas Rey se reunió con ellos. Las preguntas desmenuzaron al máximo la información de Greene acerca de sus sermones sobre Dante y de los veteranos que acudían ávidos a escucharlos todas las semanas. Lowell se lanzó entonces a una desnuda crónica de los asesinatos dantescos, ante lo cual Greene apenas pudo articular una respuesta.

A medida que los detalles salían de la boca de Lowell, Greene sentía que le era gradualmente arrebatada su asociación con Dante. El modesto púlpito del hogar de ayuda a los soldados frente a su encandilado auditorio; el lugar especial que la *Divina Commedia* ocupaba en el estante de su biblioteca en Rhode Island; las noches de los miércoles sentado ante la chimenea de Longfellow; todo eso había parecido manifestaciones permanentes y perfectas de la dedicación de Greene al gran poeta. Pero, como todo cuanto alguna vez había sido satisfactorio en la vida de Greene, aquello también iba mucho más allá de lo que pudo concebir. Algo excesivo que ocurría con independencia de su conocimiento e indiferente a su sanción.

—Mi querido Greene —dijo Longfellow con suavidad—. No debe hablar a nadie de Dante fuera de los que estamos en esta habitación, hasta que estos asuntos se resuelvan.

Greene alcanzó a simular un asentimiento. Su expresión era la de un hombre inútil e incapacitado, la imagen de un reloj al que hubieran despojado de las manecillas.

—¿Y nuestra reunión del club Dante prevista para mañana? —preguntó con voz débil.

Longfellow sacudió la cabeza tristemente.

Fields pulsó el timbre solicitando un mozo para que acompañara a Greene a casa de su hija. Longfellow lo ayudó a ponerse el gabán.

—Nunca haga eso, querido amigo —dijo Greene—. Un joven no lo necesita, y un viejo no quiere. —Se detuvo mientras el recadista lo llevaba del brazo, cuando ya caminaban por el vestíbulo; habló pero no se volvió hacia los hombres que seguían en la sala—. Podían haberme dicho lo que sucedía. Alguno de ustedes podía habérmelo dicho. Tal vez yo no sea el más fuerte..., pero sé que pude haberlos ayudado.

Aguardaron a que el sonido de las pisadas de Greene se extinguiera en el vestíbulo, y Longfellow dijo:

—Si sólo se lo hubiéramos dicho. ¡Qué estúpido fui al plantear una carrera contra la traducción!

—¡No lo tome así, Longfellow! —replicó Fields—. Piense en lo que sabemos ahora: Greene predicaba sus sermones los jueves por la tarde, inmediatamente antes de regresar a Rhode Island. Seleccionaría un canto que quisiera seguir repasando, escogiendo de los dos o tres cantos que usted había dispuesto en la agenda para la siguiente sesión de traducción. Nuestro maldito Lucifer oiría el mismo castigo del que nosotros íbamos a ocuparnos... ¡seis días *antes* que nuestro grupo! Y eso le dejaba mucho tiempo a Lucifer para establecer su propia versión del asesinato *contrapasso* un día o dos antes de que lo transcribiéramos sobre el papel. Así que, desde nuestro punto limitadamente ventajoso, todo adquiría la apariencia de una carrera, de algo que se mofaba de nosotros con los detalles de nuestra propia traducción.

—¿Y qué hay de la advertencia grabada en la ventana del señor Longfellow? —preguntó Rey.

—*La mia traduzione* —dijo Fields levantando las manos—. Teníamos prisa por concluir lo que era la obra del asesino. Los malditos chacales de Manning en la universidad seguro que harían lo posible por apartarnos de la traducción.

Holmes se volvió a Rey.

—Patrullero, ¿sabe algo Willard Burndy que pueda ayudarnos a partir de ahora?

—Burndy dice que un soldado le pagó para que le enseñara a abrir la caja del reverendo Talbot —respondió Rey—. Burndy, en vista de que podía sacar un provecho fácil con escaso riesgo, fue a casa de Talbot para explorar el terreno, y allí resulta que lo vieron varios testigos. Tras el asesinato de Talbot, los detectives descubrieron a los testigos y, con la ayuda de Langdon Peaslee, el rival de Burndy, dirigieron el caso en contra de Burndy. Éste es un borrachín y apenas puede recordar más del asesino que su uniforme de soldado. Yo no confiaría en él de no haber descubierto ustedes la fuente del conocimiento del criminal.

—¡Que cuelguen a Burndy! ¡Que los cuelguen a todos! —exclamó Lowell—. ¿No lo ven ustedes? Está delante de nuestros ojos. Estamos tan cerca de la pista de Lucifer que no podemos evitar tropezar con su talón de Aquiles. Piensen en esto: el ritmo errático entre un asesinato y otro ahora cobra todo su sentido. Después de todo, Lucifer no era un erudito dantista... No era más que un feligrés de Dante. Sólo podía matar después de oír predicar a Greene acerca de un castigo. Una semana, Greene predicó el canto undécimo, y su texto presenta a Virgilio y Dante sentados en una muralla para acostumbrarse a la pestilencia del infierno, comentando la estructura de éste con la frialdad de dos ingenieros. Es un canto que no describe ningún castigo específico y, por tanto, no hubo ningún asesinato. La semana siguiente, Greene se puso enfermo, no acudió a nuestro club, no predicó... y tampoco hubo asesinato.

—Así es, y Greene estuvo enfermo una vez antes de eso, también durante nuestra época de traducción del *Inferno*. —Longfellow pasó una página con sus notas—. Y otra vez después de ésa. Tampoco en esos períodos hubo asesinatos.

Lowell prosiguió:

—Y cuando hicimos una pausa en nuestras reuniones del club, cuando decidimos investigar tras la observación de Holmes del cuerpo de Talbot, las muertes pararon en seco... ¡porque Greene había parado! Hasta que dimos por concluido nuestro «respiro» y decidimos traducir lo de los cismáticos, ¡y con ello devolvimos a Greene al púlpito y a Phinny Jennison lo enviamos a la muerte!

—Ahora se hace plenamente la luz sobre el gesto del asesino de colocar el dinero bajo la cabeza del simoníaco —dijo Longfellow, compungido—. Era la interpretación preferida del señor Greene. Debí haber relacionado sus lecturas de Dante con los detalles de los asesinatos.

—No se deprima, Longfellow —lo apremió el doctor Holmes—. Los detalles de los asesinatos eran tales que sólo un experto dantista los hubiera identificado. No había forma de adivinar que Greene era su involuntaria fuente.

—Me temo —replicó Longfellow— que, pese a lo bienintencionado de mi razonamiento, hemos cometido un grave error. Al acelerar la frecuencia de nuestras sesiones de traducción, nuestro adversario ha oído ahora tanto Dante de boca de Greene en una semana como el que le hubiera llevado un mes.

—Propongo que Greene vuelva a esa capilla —insistió Lowell—. Pero esta vez haremos que predique sobre cualquier otro tema que no sea Dante. Observamos a la audiencia, aguardamos a que alguien se muestre agitado y ¡entonces atrapamos a Lucifer!

—¡Es un juego demasiado peligroso para Greene! —dijo Fields—. No es adecuado para eso. Además, ese hogar de ayuda a los soldados está medio cerrado, y los militares es probable que ahora ya estén dispersos por la ciudad. No tenemos tiempo de planear algo así. ¡Lucifer podría golpear en cualquier momento a quien, en su distorsionada visión del mundo, crea que ha cometido una transgresión contra él!

—Pero debe tener una razón para creer tales cosas, Fields —replicó Holmes—. La insania es a menudo la lógica de una mente cuidadosa y sobrecargada.

—Ahora sabemos que el asesino necesitaba al menos dos días, y a veces más, para preparar su crimen después de oír un sermón

—dijo el patrullero Rey—. ¿Hay alguna posibilidad de predecir los objetivos potenciales, ahora que ustedes saben las partes de Dante que el señor Greene ha referido a esos soldados?

—Me temo que no —respondió Lowell—. En primer lugar, carecemos de experiencia que nos permita adivinar cómo va a reaccionar Lucifer a esta reciente andanada de sermones, en lugar de a uno solo. El canto de los traidores que acabamos de oír sería, supongo, el que más impresión podría causarle. Pero ¿cómo seríamos capaces de averiguar qué «traidores» pueden rondar la mente de ese lunático?

—¡Si Greene pudiera recordar mejor al hombre que se le aproximó, y que le preguntó sobre una lectura por su cuenta de Dante! —dijo Holmes—. Llevaba uniforme, tenía un bigote color heno en forma de manillar y cojeaba. Pero sabemos la fuerza física que desplegó el asesino en cada una de las muertes, y su rapidez, pues nadie lo vio ni antes ni después de los crímenes. ¿Eso no hace improbable que se trate de una herida incapacitante?

Lowell se levantó y se dirigió a Holmes cojeando exageradamente.

—Si usted quisiera que el mundo no sospechara su fuerza, ¿podría fingir unos andares como ésos?

—No hemos tenido ninguna prueba de que nuestro asesino se esconda. Pero sí de nuestra incapacidad para verlo. ¡Y pensar que Greene miró a los ojos de nuestro demonio!

—O a los de un caballero cabal, pero golpeado por la fuerza de Dante —sugirió Longfellow.

—Fue notable advertir la emoción con que los soldados aguardaban oír más sobre Dante —admitió Lowell—. Los lectores de Dante se convierten en estudiantes, sus estudiantes, en zelotes, y lo que comienza como un gusto se convierte en una religión. El exiliado sin techo encuentra un hogar en mil corazones agradecidos.

Los interrumpió un ligero golpe y una voz suave procedentes del vestíbulo. Fields sacudió la cabeza, contrariado.

—¡Osgood, por favor, encárguese usted de momento!

Un papel doblado se deslizó bajo la puerta.

—Es sólo un mensaje, si me lo permite, señor Fields.

Fields dudó antes de abrir la nota.

—Lleva el membrete de Houghton. «Respondiendo a su última

consulta, creo le interesará saber que las pruebas de la traducción de Dante por el señor Longfellow parecen haber desaparecido. Firmado, H. O. H.»

Ante el silencio de los demás, Rey preguntó por el significado de aquello. Fields se lo explicó:

—Cuando creíamos, equivocadamente, que los asesinatos iban detrás de nuestra traducción, agente, pedí a mi impresor que se asegurase de que nadie había tenido acceso a las pruebas del señor Longfellow a medida que iban entregándose, y que de algún modo se adelantara a nuestro ritmo de traducción.

—¡Bueno, bueno, Fields! —exclamó Lowell tomando de manos de Fields la nota de Houghton—. Precisamente cuando creíamos que los sermones de Greene lo explicaban todo, ¡el asunto se nos deshace entre las manos!

Lowell, Fields y Longfellow encontraron a Henry Oscar Houghton ocupado, redactando una amenazadora carta a un grabador que no cumplía. Un empleado los anunció.

—¡Usted me dijo que no había desaparecido ninguna prueba del archivo, Houghton!

Fields ni siquiera se quitó el sombrero antes de empezar a gritar. Houghton despidió al empleado.

—Tiene usted mucha razón, señor Fields. Y éstas aún no han sido tocadas —explicó—. Mire usted, yo deposito un juego extra de todos los grabados y pruebas importantes en una cámara de seguridad en el sótano, en previsión de un incendio; así lo hago desde que la calle Sudbury ardió hasta los cimientos. Siempre he creído que ninguno de mis muchachos tenía acceso a la cámara. Nada en ella los puede atraer, pues ciertamente no hay mucho mercado para pruebas de imprenta robadas, y para mis aprendices de taller sería todo un triunfo leer un libro. ¿Quién dijo aquello: «Aunque un ángel lo escriba, deberán imprimirlo los demonios»?* Eso tendré que grabarlo en un sello algún día.

Houghton se cubrió con la mano su digna risita entre dientes.

* Véase nota de la página 87. (N del e.)

—Tomás Moro —apostilló Lowell, el hombre que todo lo sabía, sin aguardar respuesta.

—Houghton —dijo Fields—, le ruego que nos muestre esas otras pruebas que conserva.

Houghton condujo a Fields, Lowell y Longfellow por un estrecho tramo de escaleras hasta el sótano. Al final de un largo corredor, el impresor compuso una sencilla combinación que daba acceso a una cámara acorazada que había adquirido a un banco desaparecido.

—Después de comprobar las pruebas de la traducción del señor Longfellow con las archivadas, las hallé completas. Entonces se me ocurrió mirar en esta cámara de seguridad y, ¡oh, sorpresa!, habían desaparecido varias de las primeras pruebas de la traducción del *Inferno* por el señor Longfellow.

—¿Y quién las hizo desaparecer? —preguntó Fields.

Houghton se encogió de hombros.

—Yo no entro en esta cámara con mucha regularidad, como comprenderán. Esas pruebas pudieron haberse sustraído hace días, o meses, sin que yo me diera cuenta.

Longfellow localizó la caja etiquetada con su nombre, y Lowell lo ayudó a rebuscar entre las pruebas de la *Divina Commedia*. Habían desaparecido varios cantos del *Inferno*.

Lowell murmuró:

—Al parecer se las han llevado al azar. Faltan partes del canto tercero, pero este robo parece ser el único que se corresponde con un asesinato.

El impresor intervino en la conversación de los poetas y dijo, aclarándose la garganta:

—Puedo reunir a todos los que pudieron tener acceso a mi combinación, si ustedes lo creen oportuno. Llegaré al fondo de esto. Si yo le digo a un mozo que me cuelgue el gabán, espero de él que vuelva y me confirme que lo ha hecho.

Los mozos hacían funcionar las prensas, devolvían los tipos fundidos a las cajas y fregaban las sempiternas lagunas de negra tinta cuando oyeron la campanilla de Houghton. Se congregaron en la sala de descanso de Riverside Press.

Houghton dio varias palmadas para acallar la cháchara de costumbre.

—Muchachos, por favor. Muchachos. Hay un pequeño problema que ha reclamado mi atención. Sin duda reconocen ustedes a uno de nuestros visitantes, el señor Longfellow, de Cambridge. Sus obras representan una parte importante, tanto comercial como cívicamente, de nuestras impresiones de literatura.

Uno de los chicos, un pelirrojo de aspecto rústico, con una cara amarilla pálida manchada de tinta, empezó a retorcerse y a dirigir miradas nerviosas a Longfellow. Éste lo advirtió y se lo señaló a Lowell y Fields.

—Parece que algunas pruebas de la cámara del sótano han sido... extraviadas, podríamos decir.

Houghton había abierto la boca para continuar cuando captó la inquieta expresión de su mozo amarillo pálido. Lowell arqueó ligeramente la mano sobre el agitado hombro del aprendiz. Ante la sensación del contacto de Lowell, el aprendiz derribó al suelo a un colega y salió como una flecha. Lowell fue tras él inmediatamente y dobló la esquina a tiempo para oír las pisadas a la carrera, descendiendo por la escalera posterior.

El poeta se lanzó a todo correr hacia la oficina principal y bajó las empinadas escaleras laterales. Se precipitó fuera cortando el paso al fugitivo cuando corría por la orilla del río. Estuvo a punto de asirlo con fuerza, pero el aprendiz lo evitó, deslizándose por el helado talud, y cayó pesadamente en el río Charles, donde algunos muchachos estaban pescando anguilas con arpón. En su caída, rompió la capa de hielo que cubría el río.

Lowell se hizo con el arpón de uno de los muchachos, que protestó, y pescó al aprendiz que había chocado con el hielo, agarrándolo por su delantal empapado, en el que se habían enredado utricularias y herraduras desechadas.

—¿Robaste esas pruebas, tunante? —le gritó Lowell.

—¿De qué me está hablando? ¡Déjeme en paz! —replicó, castañeteándole los dientes.

—¡Me lo vas a decir! —exigió Lowell, con los labios y las manos temblándole casi tanto como los de su cautivo.

—¡Ojalá revientes!

Las mejillas de Lowell ardían. Agarró al chico por los pelos y lo sumergió en el río. El aprendiz escupía y gritaba entre los fragmentos de hielo. Para entonces, Houghton, Longfellow y Fields —y media docena de vociferantes aprendices entre los doce y los veintiún años— se habían congregado a mirar en la puerta principal de la imprenta.

Longfellow trataba de contener a Lowell.

—¡Vendí las malditas pruebas, lo hice! —chilló el aprendiz, dando boqueadas.

Lowell lo puso en pie, sujetando con fuerza su presa con una mano y manteniendo en la otra el arpón contra su espalda. Los chicos que pescaban se habían apoderado de la gorra gris del cautivo y se la iban probando. Respirando salvajemente, el aprendiz se sacudía la mortificante agua helada.

—Lo siento, señor Houghton. ¡Nunca pensé que alguien las echara en falta! ¡Sabía que estaban repetidas!

El rostro de Houghton se puso rojo como un tomate.

—¡A la imprenta! ¡Todo el mundo dentro! —les gritó a los decepcionados muchachos que habían corrido al exterior.

Fields se acercó, con paciente autoridad.

—Sé sincero, chico, y la cosa acabará bien. Dinos inmediatamente a quién le vendiste esas hojas.

—A un chiflado. ¿Está contento? Me paró una noche cuando salía del trabajo. Me dijo que quería que le entregara veinte o treinta páginas o así del nuevo trabajo del señor Longfellow, cualesquiera páginas que pudiera encontrar, las justas para que no las echaran de menos. Me dijo que así me podría ganar un dinerillo.

—¡Maldita sea! ¿Y quién era? —preguntó Lowell.

—Un pez gordo, con sombrero alto, gabán oscuro y capa, con barba. Después de decirle que sí a su plan, me dio palmaditas. Nunca más he vuelto a ver al pájaro.

—Entonces, ¿cómo le entregaste las pruebas? —preguntó Longfellow.

—No eran para él. Me dijo que las llevara a una dirección. No creo que fuera su propia casa... Bueno, ésa era la sensación que daba por la forma en que habló. No recuerdo qué número de la calle era, pero no está lejos de aquí. Dijo que me devolvería las pruebas para que no tuviera que vérmelas con el señor Houghton, pero el fulano ya no volvió.

—¿Conocía a Houghton por su nombre? —preguntó Fields.

—Escucha, buen hombre —intervino Lowell—. Necesitamos saber exactamente adónde llevaste esas pruebas.

—Ya se lo he dicho —respondió el aterido aprendiz—. ¡No recuerdo el número!

—¡No me tomes por estúpido! —le recriminó Lowell.

—¡Que no! Pero me acordaría bastante bien si recorriese a mi manera las calles.

Lowell sonrió.

—Estupendo, porque ahora mismo nos vas a llevar allí.

—¡Ni hablar, a menos que conserve mi trabajo!

Houghton se acercó a la orilla del río.

—¡Jamás, señor Colby! ¡Elige segar la cosecha ajena y pronto sembrarás la tuya propia!

—No tardará en tener otro trabajo, pero encerrado en la cárcel —dijo Lowell, que no había entendido exactamente el axioma de Houghton—. Va usted a conducirnos al lugar donde entregó esas pruebas que robó, señor Colby, o en lugar de nosotros lo llevará allí la policía.

—Reunámonos dentro de unas horas, al caer la noche —replicó el aprendiz, con su orgullo maltrecho después de considerar sus opciones.

Lowell soltó a Colby, que salió a todo correr hacia la estufa de Riverside Press.

Mientras tanto, Nicholas Rey y el doctor Holmes regresaron al hogar de ayuda a los soldados donde Greene había predicado a primera hora de aquella tarde, pero no hallaron a nadie que se ajustara a la descripción del entusiasta de Dante. La capilla no estaba siendo preparada para la usual distribución de la cena. Un irlandés, embutido en un pesado abrigo azul, clavaba con gestos soñolientos tablas en las ventanas.

—El hogar ha agotado toda su asignación en combustible para las estufas, y el ayuntamiento no ha aprobado más fondos para ayudar a los soldados, según he oído. Dicen que esto se cierra, al menos los meses de invierno. Entre nosotros, señores, dudo que se reabra. Estos hogares y sus hombres mutilados son un recuerdo demasiado vivo de los errores que todos hemos cometido.

Rey y Holmes fueron a ver al administrador del hogar. El antiguo diácono de la iglesia confirmó lo que el encargado les había dicho: era por causa del tiempo, según explicó; sencillamente no podían mantener la calefacción del edificio. Les dijo que no se llevaban listas o registros de los soldados que hacían uso de las instalaciones. Era caridad pública abierta a todos los necesitados, de todos los regimientos y ciudades. Y no sólo para los veteranos más pobres, aunque ésa fue una de las finalidades de aquella iniciativa de beneficencia. Algunos de los hombres sólo necesitaban estar rodeados de personas que pudieran comprenderlos. El diácono conocía a algunos soldados por su nombre y a un número reducido, por el número de su regimiento.

—Usted podría conocer al que buscamos. Es un asunto de la mayor importancia.

Rey repitió la descripción que les había dado George Washington Greene.

El administrador negó con la cabeza.

—Con mucho gusto les escribiré los nombres de los caballeros a los que conozco. Los militares actúan en ocasiones como si vivieran en un país aparte. Se conocen entre ellos mucho mejor de lo que nosotros podamos conocerlos.

Holmes no dejaba de moverse atrás y adelante en su silla mientras el diácono mordisqueaba el extremo de su pluma de ave con la mayor parsimonia.

Lowell condujo el carruaje de Fields a través de las puertas de Riverside Press. El aprendiz pelirrojo montaba su vieja yegua pinta. Después de dirigirles toda clase de improperios por hacer correr a su caballería el riesgo de caer enferma, ya que la Oficina de Salud Pública había advertido de que dicho riesgo era inminente tras una inspección de las condiciones del establo, Colby se internó rápidamente por trochas y oscuros prados helados. El recorrido era tan enrevesado e inseguro, que incluso Lowell, gran conocedor de Cambridge desde su infancia, estaba desorientado y sólo pudo mantener la ruta escuchando el machaqueo de los cascos delante.

El aprendiz tiró de las riendas en el patio trasero de una modesta casa colonial. Primero la sobrepasó y luego hizo girar en redondo su montura.

—Es esta casa; aquí es donde traje las pruebas. Las eché por debajo de la puerta de atrás; eso es lo que me dijeron que hiciera.

Lowell detuvo el carruaje.

—¿De quién es esta casa?

—¡Lo demás es cosa vuestra, pájaros! —gruñó Colby, espoleando su yegua, que salió al galope por el terreno helado.

Llevando una linterna, Fields condujo a Lowell y Longfellow a la plazoleta detrás de la casa.

—No hay lámparas encendidas en el interior —dijo Lowell arañando la escarcha de una ventana.

—Demos la vuelta hasta la fachada principal, tomemos nota de la dirección y regresemos con Rey —susurró Fields—. Ese bribón de Colby podría habérnosla jugado. ¡Es un ladrón, Lowell! Podría tener amigos dentro esperándonos para robarnos.

Lowell golpeó repetidas veces la aldaba de latón.

—Tal como nos van las cosas últimamente, si lo dejamos ahora, la casa puede haber desaparecido por la mañana.

—Fields tiene razón. Debemos proceder con cautela, mi querido Lowell —lo urgió Longfellow con voz queda.

—¡Hola! —gritó Lowell, golpeando ahora la puerta con los puños—. Ahí no hay nadie. —Lowell dio un puntapié en la puerta, y quedó sorprendido al advertir que se abría con facilidad—. ¿Lo ven? Esta noche, las estrellas están de nuestra parte.

—¡Jamey, no podemos irrumpir así! ¿Qué pasa si esta casa pertenece a Lucifer? ¡Vamos a ser nosotros quienes acabemos en la cárcel! —dijo Fields.

—Pues haremos nuestra presentación —replicó Lowell tomando la linterna de las manos de Fields.

Longfellow permaneció en el exterior para vigilar que el carruaje no fuera descubierto. Fields siguió a Lowell al interior. El editor se estremecía cada vez que se oía un crujido o un golpe mientras avanzaban por las oscuras y frías estancias. El viento que penetraba por la puerta trasera abierta agitaba las cortinas en espectrales piruetas. Algunas de las habitaciones estaban profusamente amuebladas; otras, vacías por completo. En la casa reinaba la espesa y tangible oscuridad que se acumula con el abandono.

Lowell entró en una habitación oval bien equipada, con un techo abovedado, como el de una capilla. Entonces oyó que Fields, de repente, escupía y se arañaba la cara y la barba. Lowell describió con la linterna un amplio arco.

—Telarañas. A medio tejer. —Colocó la linterna en la mesa central de la biblioteca—. Hace tiempo que aquí no vive nadie.

—O a la persona que vive aquí no le importa la compañía de los insectos.

Lowell se detuvo a considerar esto último.

—Busquemos algo que pudiera explicarnos por qué ese bribón pagaría para que le trajeran *aquí* las pruebas de Longfellow.

Fields empezó a decir algo como respuesta, pero un grito confuso y unos pasos pesados estremecieron la casa. Lowell y Fields intercambiaron miradas de horror, y se aprestaron a defender sus vidas.

—*¡Ladrones!*

La puerta lateral de la biblioteca se abrió de par en par y entró precipitadamente un hombre rechoncho, vestido con un batín de lana.

—¡Ladrones! ¡Dense a conocer o me pongo a gritar «ladrones»!

El hombre adelantó su potente linterna y luego se detuvo, asombrado. Se fijó más en el corte de sus trajes que en sus caras.

—¿Señor Lowell? ¿Es usted? ¿Y el señor Fields?

—¿Randridge? —exclamó Fields—. ¿Randridge, el sastre?

—Pues claro —respondió Randridge, extrañado, arrastrando los pies calzados con zapatillas.

Longfellow había corrido al interior, atraído por las voces procedentes de la habitación.

—¿Señor Longfellow?

Randridge se despojó torpemente de su gorro de dormir.

—¿Vive usted aquí, Randridge? ¿Qué hacía con aquellas pruebas? —preguntó Lowell.

Randridge estaba desconcertado.

—¿Si vivo aquí? Vivo dos casas más abajo, señor Lowell. Pero he oído algún ruido, y pensé echar un vistazo. Temía que estuvieran saqueando. No han embalado ni se han llevado nada. Ya ven que no falta nada de la biblioteca.

—¿Quiénes no se han llevado nada? —preguntó Lowell.

—Sus parientes, claro está. ¿Quién si no?

Fields retrocedió y paseó la luz por las estanterías. Sus ojos se abrieron desmesuradamente ante el insólito número de Biblias. Al menos había treinta o cuarenta. Sacó la mayor de todas. Randridge dijo:

—Vinieron de Maryland para inventariar sus pertenencias. Sus pobres sobrinos estaban muy poco preparados para afrontar semejante trance, puedo asegurárselo. ¿Y quién lo hubiera estado? De todos modos, como les iba diciendo, cuando oí ruidos pensé que algunos sujetos podían tratar de llevarse algún recuerdo... Ya saben, por lo sensacional del caso. Desde que los irlandeses empezaron a mudarse a nuestra vecindad... Bueno, las cosas han empeorado.

Lowell sabía exactamente dónde vivía Randridge en Cambridge. Galopaba con la mente por el barrio, mirando las casas de dos en dos en cada dirección, con el frenesí de Paul Revere.* Ordenó a sus ojos que se adaptaran a la oscuridad de la estancia, para buscar, en los no menos oscuros retratos que se alineaban en la pared, alguna cara familiar.

—No hay paz estos días, amigos míos, puedo asegurárselo —continuó lamentándose el sastre—. Ni siquiera para los muertos.

—¿Los muertos? —repitió Lowell.

—Los *muertos* —murmuró Fields, pasándole a Lowell una Biblia con los cierres abiertos.

La primera página estaba cubierta por un texto escrito con tinta. Era la genealogía completa de una familia, caligrafiada por el difunto ocupante de la casa, el reverendo Elisha Talbot.

* Paul Revere (1735-1818), héroe de la guerra de la Independencia estadounidense, famoso por su frenética cabalgada nocturna, el 18 de abril de 1775, para avisar al pueblo de Massachusetts del envío de tropas británicas. Aunque fue capturado antes de llegar a Concord, su destino, la figura del jinete de medianoche se convirtió en leyenda popular. Longfellow le dedicó un poema. (*N. del t.*)

XVI

Edificio principal de la universidad, 8 de octubre de 1865

Mi querido reverendo Talbot:

Quisiera subrayar una vez más que sigue teniendo en sus competentes manos plena libertad en cuanto a lenguaje y forma de la serie. El señor *xxx* nos ha dado seguridades de que considera un alto honor imprimirla en cuatro partes en su revista literaria, una de las principales y últimas competidoras de *The Atlantic Monthly*, del señor Fields, para el público culto. Recuerde solamente las líneas básicas para alcanzar las humildes metas propuestas por nuestra corporación en las presentes circunstancias.

El primer artículo, al que aportaría su experiencia en estas materias, debería poner al desnudo la poesía de Dante Alighieri en sus aspectos religioso y moral. La continuación debería contener su inatacable exposición de por qué semejante charlatanería literaria, la de Dante y sus iguales (y toda la faramalla extranjera similar, que cada vez nos come más el terreno), no tiene sitio en las bibliotecas de los ciudadanos norteamericanos íntegros, y por qué editoriales con la «influencia internacional» (de la que con frecuencia se enorgullece el señor F.) de T. y F. y Cía deben atenerse a su responsabilidad y han de someterse a las más elevadas exigencias de responsabilidad social. Los dos últimos artículos de su serie, querido reverendo, deberían analizar la traducción de Dante debida a Henry Wadsworth Longfellow y reprobar al otrora poeta «nacional» por intentar introducir literatura inmoral e irreligiosa en las bibliotecas norteamericanas. Con un plan cuidadoso para lograr el mayor impacto, los dos primeros artículos deberían preceder en algunos meses a la aparición de la traducción de Longfellow, a fin de propiciar por anticipado el sentimiento del público a nuestro favor; y el tercero y cuarto artículos deberían publicarse a la vez que la propia traducción, con la finalidad de reducir las ventas entre las personas socialmente conscientes.

Por descontado que no necesito insistir en el celo moral que confiamos y esperamos encontrar en su texto. Sé que es ocioso recordarle su propia experiencia como joven estudioso en nuestra institución; antes bien, sentirá todos los días su peso en su alma, como también nos sucede a nosotros. La corriente bárbara de poesía extranjera contenida en Dante contrasta acusadamente con el bien probado programa clásico defendido por la Universidad de Harvard desde hace unos doscientos años. El derroche de rectitud que saldrá de su pluma, querido reverendo Talbot, aportará medios suficientes para devolver a Italia, y al papa que allí aguarda, el indeseado buque de Dante, vencido en nombre de *Christo et ecclesiae*.

Suyo siempre,

Augustus Manning

Cuando los tres eruditos estuvieron de regreso en la casa Craigie llevaban consigo cuatro cartas del mismo tenor, dirigidas a Elisha Talbot y encabezadas por el blasón de Harvard, así como un fajo de pruebas de Dante, precisamente las que faltaban de la cámara de seguridad de Riverside Press.

—Talbot era la cuña ideal para ellos —dijo Fields—. Un ministro respetado por todos los buenos cristianos, un reputado crítico de los católicos y alguien ajeno a la Universidad de Harvard, de modo que podía contentar a ésta y afilar su pluma contra nosotros con apariencia de objetividad.

—Supongo que no hace falta ser uno de esos adivinos de la calle Ann para saber la cantidad con que fue retribuido Talbot por sus molestias —dijo Holmes.

—Mil dólares —precisó Rey.

Longfellow asintió, mostrándoles la carta dirigida a Talbot en la que esa cantidad se especificaba como pagada:

—Los tuvimos en nuestras manos. Mil dólares por «gastos» diversos relacionados con la redacción e investigación de los cuatro artículos. Ese dinero (ahora podemos decirlo con certeza) le costó la vida a Elisha Talbot.

—Entonces, el asesino sabía la cantidad precisa que debía sacar de la caja de Talbot —concluyó Rey—. Conocía los detalles de ese acuerdo, de esa carta.

—«Guarda tu mal ganada moneda» —recitó Lowell, y añadió—: Mil dólares fue el pago por la cabeza de Dante.

—La primera de las cuatro cartas de Manning invitaba a Talbot a acudir al edificio principal de la universidad para tratar de la propuesta de la corporación. La segunda carta manifestaba el contenido esperado en cada entrega y adelantaba la totalidad del pago, previamente negociado en persona. Entre la segunda y la tercera carta parecía que Talbot se lamentaba a su destinatario de que no podía encontrarse ninguna traducción al inglés de la *Divina Commedia* en las librerías de Boston. Al parecer, el ministro trataba de localizar una versión británica del difunto reverendo H. F. Cary, con el propósito de escribir su crítica. Por eso la tercera carta de Manning, que realmente era más que una nota, prometía a Talbot procurarle una muestra por anticipado de la traducción de Longfellow.

Augustus Manning sabía, cuando hizo esta promesa, que el club Dante nunca le facilitaría prueba alguna, después de la campaña que ya había emprendido para hacerlo descarrilar. Así pues, en vista de la sospecha de los eruditos, el tesorero o uno de sus agentes encontraron a un turbio aprendiz de imprenta en la persona de Colby, y lo sobornaron para sustraer unas páginas del trabajo de Longfellow.

La razón les decía dónde encontrar respuestas a las nuevas preguntas relativas al plan de Manning: en el edificio principal de la universidad. Pero Lowell no podía examinar los archivos de la corporación de Harvard durante el día, cuando sus integrantes se movían por su territorio, y carecía de medios para hacerlo de noche. Una oleada de travesuras y manipulaciones había inducido a instalar un complejo sistema de cerraduras y de combinaciones para sellar los archivos.

Penetrar en la fortaleza parecía un propósito inalcanzable, hasta que Fields recordó a alguien que podría hacerlo por ellos.

—¡Teal!

—¿Quién, Fields? —preguntó Holmes.

—Mi mozo del turno de noche. Durante aquel feo episodio que tuvimos con Sam Ticknor, fue el único que salvó a la pobre señorita Emory. Mencionó que, además de sus noches a la semana en el Corner, tiene un empleo diurno en la universidad.

Lowell preguntó si Fields creía que el mozo estaría dispuesto a ayudar.

—Es un hombre leal a Ticknor y Fields, ¿no es así? —respondió Fields.

Cuando el hombre leal a Ticknor y Fields salió del Corner alrededor de las once de la noche, se encontró, para su gran sorpresa, con J. T. Fields esperándolo frente a la entrada principal. Al cabo de unos minutos, el mozo estaba sentado en el carruaje del editor, donde fue presentado al otro pasajero, ¡el profesor James Russell Lowell! ¡Cuán a menudo se había imaginado en compañía de hombres tan ilustres! Teal no pareció saber muy bien cómo reaccionar a un trato tan extraño. Escuchó, acercándose mucho, sus peticiones.

Una vez en Cambridge, los guió a través del campus de Harvard, dejando atrás el desaprobador zumbido de los globos de gas. Aminoró el paso para mirar por encima del hombro varias veces, como si le preocupara que su pelotón literario pudiera desvanecerse con tanta rapidez como se había formado.

—Vamos. Continúe, hombre. ¡Lo seguimos pegados a usted! —le aseguró Lowell.

Lowell se retorció las puntas del bigote. Estaba menos nervioso ante la perspectiva de que alguien de la universidad se los encontrara en el campus, que por lo que podían hallar en los archivos de la corporación. Razonó que como profesor hallaría un pretexto sensato si lo sorprendía a aquellas horas tardías un empleado residente en el centro: podría explicar que había olvidado algunas notas de clase. La presencia de Fields podía parecer menos natural, pero no cabía prescindir de él, pues era necesario para asegurar la participación del mohíno muchacho, que no parecía contar mucho más de veinte años. Dan Teal tenía mejillas imberbes, de niño, ojos grandes y una hermosa boca, casi femenina, una boca que continuamente se mantenía en movimiento, como la de un roedor.

—No se preocupe en absoluto, querido señor Teal —le dijo

Fields, y lo tomó del brazo, cuando emprendían el ascenso por la imponente escalera de piedra que llevaba a las oficinas y aulas del edificio principal de la universidad—. Sólo necesitamos echar un vistazo rápido a unos papeles y luego seguiremos nuestro camino, sin que nada cambie para peor. Está usted haciendo algo bueno.

—Eso es todo lo que deseo —dijo Teal sinceramente.

—Buen chico —lo animó Fields sonriendo.

Teal tuvo que utilizar el llavero que le habían confiado, para abrir la serie de cerrojos y cerraduras. Luego, una vez franqueada la entrada, Lowell y Fields prendieron unas bujías que llevaban en una caja para la ocasión, sacaron los libros de la corporación de una vitrina y los dispusieron sobre la larga mesa.

—Espere —le dijo Lowell a Fields cuando el editor se disponía a despedir a Teal—. Mire la cantidad de volúmenes que tenemos delante y que debemos revisar, Fields. Tres serán más eficaces que dos.

Aunque estaba nervioso, Teal también parecía encantado con su aventura.

—Desde luego que puedo ayudar, señor Fields. En lo que sea —se ofreció. Miró, confuso, la masa de libros—. O sea, si usted me explica qué quiere encontrar.

Fields se dispuso a hacerlo, pero, recordando el vacilante intento de escribir que hizo Teal, sospechó que su lectura sería poco mejor.

—Ha hecho usted más de lo que le corresponde y podría echar un sueñecito. Pero le llamaré si necesitamos que nos ayude. Ambos le damos las gracias, señor Teal. No lamentará la fe que nos ha demostrado.

A la incierta luz, Fields y Lowell leyeron todas las páginas de actas de las reuniones bisemanales de la corporación. Llegaron a la improvisada condena del curso de Lowell sobre Dante, entre los asuntos universitarios más tediosos.

—Ninguna mención de ese repulsivo Simon Camp. Manning debe de haberlo contratado por su cuenta —dijo Lowell.

Algunas cosas eran demasiado turbias incluso para la corporación de Harvard.

Después de repasar interminables montones de papel, Fields encontró lo que andaban buscando: en octubre, cuatro de los seis miembros de la corporación habían apoyado con entusiasmo la idea de encargar al reverendo Elisha Talbot la redacción de críticas sobre la próxima traducción de Dante, dejando el asunto de la «apropiada compensación por el tiempo y las energías empleados» a la discreción de la comisión de tesorería, esto es, a Augustus Manning.

Fields empezó a sacar los archivos de la Mesa de Supervisores, el órgano de gobierno compuesto por veinte personas elegidas anualmente por el legislativo del estado, más un puesto sacado de la propia corporación. Revisando a toda prisa los libros de los supervisores, encontraron muchas menciones del juez presidente Healey, miembro leal de la Mesa hasta su muerte.

De vez en cuando, la Mesa de Supervisores de Harvard elegía a los que llamaba abogados, a fin de considerar con más rigor asuntos de particular importancia o controvertidos. Un supervisor que recibiera ese encargo debía hacer una presentación del caso ante la Mesa en pleno, aportando al debate sus dotes de persuasión para «convencer» a los circunstantes, en tanto otro supervisor defendía la postura contraria. El supervisor abogado elegido no debía tener interés personal alguno en el asunto, y presentaba ante la Mesa una valoración inteligible y clara, al margen de toda influencia y prejuicio.

En la campaña de la corporación contra las diversas actividades relacionadas con Dante llevadas a cabo por personas destacadamente vinculadas a la universidad —o sea, el curso sobre Dante de James Russell Lowell, y la traducción de Henry Wadsworth Longfellow, con su supuesto «club Dante»—, los supervisores se mostraron de acuerdo en que los abogados debían ser escogidos para presentar claramente ambos aspectos del asunto. La Mesa seleccionó como abogado de la postura pro Dante al juez presidente Artemus Prescott Healey, un concienzudo investigador y bien dotado analista. Healey nunca se presentó como literato y así podría evaluar el caso desapasionadamente.

Habían transcurrido varios años sin que la Mesa hubiera solicitado a Healey que defendiera una postura. La idea de tomar partido en una jurisdicción ajena al tribunal parecía que colocaba al juez presidente Healey en una posición incómoda, y declinó la petición de la Mesa. Desconcertados por su negativa, los miembros de la Mesa dejaron correr el asunto, y aquel mismo día se desentendieron del destino de Dante Alighieri.

La historia del rechazo de Healey ocupaba apenas dos líneas en los libros de actas de la corporación. Habiendo comprendido sus consecuencias, Lowell fue el primero en hablar.

—Longfellow tenía razón —murmuró—. Healey no era Poncio Pilato.

Fields bizqueó por encima de sus gafas de montura de oro.

—El único tibio al que Dante nombra es el Gran Rechazador —explicó Lowell—. La única sombra que Dante elige para individualizarla mientras cruzan la antecámara del infierno. He leído que se trata de Poncio Pilato, quien se lavó las manos a la hora de decidir el destino de Cristo; del mismo modo que Healey se lavó las manos en el caso de Thomas Sims y de los demás esclavos fugitivos que comparecieron ante su tribunal. Pero Longfellow, mejor dicho, ¡Longfellow y *Greene*!, siempre creyeron que el Gran Rechazador era Celestino, que no rechazó a una persona, sino que eludió una responsabilidad. Celestino renunció al solio pontificio para el que había sido designado, cuando más lo necesitaba la Iglesia católica. Esto condujo a la exaltación de Bonifacio y, en última instancia, al destierro de Dante. Healey renunció a una posición de gran importancia cuando rechazó defender a Dante. Y he aquí a Dante desterrado de nuevo.

—Lo siento, Lowell, pero no alcanzo a comparar una renuncia al papado con negarse a una defensa de Dante ante la reunión de un consejo —replicó Fields, en tono de rechazo.

—¿Es que no se da cuenta, Fields? Nosotros no establecemos esa comparación, pero nuestro asesino sí.

Hasta ellos llegaron crujidos en la gruesa capa de hielo del exterior del edificio principal de la universidad. Los ruidos se acercaban. Lowell corrió hacia la ventana.

—¡Maldita sea! ¡Un tutor!

—¿Está usted seguro?

—Bueno, no; no puedo identificar de quién se trata... Van dos...

—¿Han visto nuestra luz, Jamey?

—No podría decirlo... No podría decirlo... ¡Apáguela!

La potente y melodiosa voz de Horatio Jennison se elevó por encima de los sonidos del piano.

¡Deja de temer la hostilidad de los grandes!
¡Has sufrido el golpe del tirano!
¡No cuides más de vestirte y alimentarte!
¡Para ti, tu junco es como el roble!

Era una de las más hermosas interpretaciones de la canción de Shakespeare, pero entonces sonó la campanilla: una más que inesperada interrupción, pues sus cuatro invitados, sentados en torno a la sala, disfrutaban de su actuación con tal intensidad que parecían hallarse al borde del trance más completo. Horatio Jennison había enviado una nota a James Russell Lowell dos días antes, pidiéndole que considerase la posibilidad de editar los diarios y cartas de Phineas Jennison, *in memoriam*, pues Horatio había sido nombrado albacea literario y quería desempeñar esta función lo mejor posible. Lowell era redactor fundador de *The Atlantic Monthly* y ahora redactor jefe de *The North American Review*, y además de eso había sido amigo íntimo de su tío. Pero Horatio no esperaba que Lowell se presentara sencillamente ante su puerta, sin ceremonia alguna, y a una hora tan tardía de la noche.

Horatio Jennison supo inmediatamente que la idea expuesta en su nota había impresionado a Lowell, pues el poeta solicitó con urgencia, o más bien exigió, los volúmenes más recientes del diario de Jennison, e incluso logró que James T. Fields sugiriese que se planteaba seriamente la publicación.

—Señor Lowell, señor Fields. —Horatio Jennison acudió a la entrada principal cuando ambos visitantes se llevaban los diarios, sin más conversación. Éstos traspusieron la puerta y los cargaron en el carruaje que los esperaba—. Espero que resolvamos adecuadamente el asunto de los derechos de autor que resulten de la publicación.

Durante aquellas horas, el tiempo se tornó inmaterial. De regreso en la casa Craigie, los eruditos se sumergieron en los casi indescifrables garabatos de los volúmenes más recientes del diario de Phineas Jennison. Tras las revelaciones relativas a Healey y Talbot, no sorprendió a los dantistas, desde el punto de vista intelectual, que los «pecados» de Jennison castigados por Lucifer guardaran relación con Dante. Pero

James Russell Lowell no podía creerlo —no podía creer algo así de un amigo de tantos años— hasta que la evidencia disipó sus dudas.

A lo largo de los muchos volúmenes de su diario, Phineas Jennison expresaba su ardiente deseo de conseguir un puesto en la Mesa de la corporación de Harvard. Allí, pensaba el hombre de negocios, alcanzaría finalmente el respeto al que no era acreedor por no haber estudiado en Harvard, por no proceder de una familia de Boston. Ser miembro de la corporación significaba la bienvenida a un mundo que había permanecido cerrado para él toda su vida. ¡Y qué sensación inefable de poder parecía hallar Jennison en dominar las mentes más cultivadas de Boston, como ya hiciera con su comercio!

Algunas amistades serían forzadas... o sacrificadas.

En los últimos meses, durante sus repetidas visitas al edificio principal de la universidad —pues era un considerable patrocinador financiero del centro y con frecuencia hizo negocios allí—, Jennison mantuvo contactos privados con los miembros de la corporación para evitar que se enseñara basura como la propagada por el profesor James Russell Lowell y la que pronto extendería entre las masas Henry Wadsworth Longfellow. Jennison prometía a los miembros clave de la Mesa de Supervisores pleno apoyo financiero para una campaña encaminada a reorganizar el departamento de Lenguas Vivas. Al mismo tiempo, Lowell recordó amargamente, mientras leía los diarios, que Jennison lo había estado empujando a luchar contra los crecientes esfuerzos de la corporación por limitar sus actividades.

Los diarios de Jennison revelaron que, desde hacía más de un año, estaba maniobrando para vaciar un sillón en uno de los órganos de gobierno de la universidad. Si atizaba una controversia entre los administradores, habría bajas y dimisiones que deberían ser cubiertas. Tras la muerte del juez Healey, se puso furioso hasta el paroxismo porque un hombre de negocios con la mitad de sus merecimientos y la cuarta parte de su sentido común fue elegido para cubrir el puesto vacante de supervisor, sólo porque era un brahmán, aristócrata por herencia y un insignificante Choate.* ¡Qué desastre! Phineas Jennison sabía que una persona, por encima de todas las de-

---

* Familia de Massachusetts, algunos de cuyos miembros destacaron en los campos del derecho y la política en el siglo XIX y comienzos del XX. (N. del t.)

más, había impulsado aquella designación: el doctor Augustus Manning.

No quedaba claro hasta qué punto exacto Jennison supo de la implacable decisión del doctor Manning de cortar toda relación de la universidad con los proyectos relativos a Dante, pero en aquel momento encontró su oportunidad para asegurarse por fin un asiento en el edificio principal.

—Jamás hubo una diferencia entre nosotros —dijo Lowell tristemente.

—Jennison lo animó a usted para que se enfrentara a la corporación y espoleó a ésta en contra de usted. Una batalla que hubiera desgastado a Manning. Cualquiera que hubiese sido el final, se habrían vaciado algunas poltronas, y Jennison habría aparecido como un héroe al prestar su apoyo a la causa de la universidad. Ése fue su objetivo en todo momento —comentó Longfellow, tratando de asegurar a Lowell que no había hecho nada para perder la amistad con Jennison.

—No me cabe en la cabeza, Longfellow.

—Contribuyó a cortar la relación de usted con la universidad, Lowell, y en contrapartida lo cortaron a él —intervino Holmes—. Ése fue su *contrapasso*.

Holmes había hecho suya la preocupación de Nicholas Rey por los fragmentos de papel encontrados junto a los restos de Talbot y Jennison, y ambos se sentaban juntos durante horas, compartiendo posibles combinaciones. Holmes estaba componiendo ahora palabras o partes de palabras con copias manuscritas de las letras de Rey. Sin duda se habían dejado otras junto al cuerpo del juez presidente Healey pero, en los días comprendidos entre el asesinato y el descubrimiento del cadáver, la brisa procedente del río se llevó los papeles. Esas letras perdidas hubieran completado el mensaje que el asesino quería que ellos leyeran. Holmes estaba en lo cierto. Sin ellas, aquello era como un mosaico roto. *No podemos morir sin esto como im... sobre...*

Longfellow fijó su atención en una nueva página del diario en el que consignaba las investigaciones. Mojó la pluma en tinta pero permaneció mirando hacia delante tanto tiempo que la punta se secó. No podía escribir la necesaria conclusión de todo aquello: Lucifer había impuesto sus castigos en beneficio *de ellos*, en beneficio del club Dante.

La portada de la cámara legislativa del estado, en Boston, se abría en lo alto de Beacon Hill. Más arriba aún se alzaba la cúpula de cobre que remataba el edificio, con su breve y afilada torrecilla vigilando la ciudad como un faro. Corpulentos olmos, desnudos y blanqueados por la escarcha de diciembre, montaban guardia en el recinto.

El gobernador John Andrew, con sus negros rizos sobresaliéndole de la chistera negra, permanecía en pie con toda la dignidad que su forma de pera le permitía, mientras saludaba a políticos, dignatarios locales y militares de uniforme, con la misma distraída sonrisa, propia del político. Las pequeñas gafas, de sólida montura de oro, del gobernador eran su único signo de contemporización con lo material.

—Gobernador. —El alcalde Lincoln se inclinó ligeramente mientras escoltaba a la señora Lincoln por las escaleras de acceso—. Parece que ha reunido a los soldados más apuestos.

—Gracias, alcalde Lincoln. Bienvenida, señora Lincoln. Por favor. —El gobernador Andrew los condujo al interior—. La concurrencia es más prestigiosa que nunca.

—Al parecer, incluso Longfellow se ha sumado a la lista de invitados —dijo el alcalde Lincoln, y le dio al gobernador Andrew una palmadita lisonjera en el hombro—. Es algo hermoso lo que hace usted por esos hombres, gobernador, y nosotros, la ciudad, quiero decir, lo aplaudimos.

La señora Lincoln se sujetó el vestido, que produjo un ligero crujido, y penetró con paso regio en el *foyer*. Una vez en él, un espejo colgado en posición baja le procuró a ella, y a las demás señoras, una vista de los menores detalles de sus vestidos, para el caso de que sus galas hubieran tomado una caída inadecuada durante el camino a la recepción: un marido resultaba totalmente inútil para tales propósitos.

Mezclados en el vasto salón de la mansión con veinte o treinta invitados, había de setenta a ochenta militares de cinco compañías diferentes, espléndidamente ataviados con sus uniformes y capas de gala. Muchos de los más activos regimientos a los que se honraba habían tenido un reducido número de supervivientes. Aunque los consejeros del gobernador Andrew lo presionaron para incluir en la reunión sólo a los más destacados entre el núcleo escogido de los militares —pues algunos soldados, señalaron, estaban *perturbados* a raíz de la guerra—, Andrew insistió en que se les festejara por su hoja de servicios, no por su nivel social.

El gobernador Andrew caminaba por el centro del largo salón con un paso *staccato*, disfrutando de una oleada de vanidad mientras observaba los rostros y sentía el zumbido de los nombres de aquellos con quienes tuvo la buena fortuna de familiarizarse durante los años de la guerra. Más de una vez en aquellos tiempos dislocados, el club del Sábado había enviado un coche de punto a la cámara legislativa del estado para forzar a Andrew a abandonar su despacho y pasar una velada alegre en las cálidas estancias de la casa Parker. Todo el tiempo había sido dividido en dos épocas: antes de la guerra y después de la guerra. En Boston, Andrew pensaba «hemos sobrevivido» mientras se mezclaba sin restricciones con los blancos corbatines y las chisteras, el oropel y los cordones dorados de los oficiales, las conversaciones y los cumplidos de viejos amigos.

El señor George Washington Greene se situó al otro lado de una reluciente estatua de mármol que representaba las Tres Gracias, cada una inclinándose delicadamente hacia las demás, con sus rostros fríos y angélicos y los ojos plenos de tranquila indiferencia.

«¿Cómo podría un veterano de un hogar de ayuda a los soldados que escuchara los sermones de Greene conocer *también* los detalles mínimos de nuestras tensiones con Harvard?»

La pregunta se había planteado en el estudio de la casa Craigie. Se propusieron respuestas, y supieron que encontrar esa respuesta significaría encontrar a un asesino. Uno de los jóvenes cautivados por los sermones de Greene pudo haber tenido un padre o un tío en la corporación de Harvard o en la Mesa de Supervisores que, inocentemente, contara sus historias durante la velada, ignorando el efecto que podían tener en la quebrantada mente de alguien que ocupaba el asiento de al lado.

Los eruditos tendrían que determinar con exactitud quién estaba presente en las diversas reuniones de la Mesa en las que se trató de los papeles de Healey, Talbot y Jennison en la postura de la universidad en contra de Dante. Esta lista se compararía con todos los nombres y perfiles que pudieran reunir de los soldados acogidos a los hogares. Solicitarían una vez más la ayuda del señor Teal para acceder a las dependencias de la corporación. Fields coordinaría el plan con su empleado una vez llegaran al Corner los trabajadores del turno de noche.

Mientras tanto, Fields ordenó a Osgood que confeccionara una lista de todo el personal de Ticknor y Fields que hubiera combatido en la guerra, basándose primordialmente en el *Directorio de regimientos de Massachusetts en la guerra de Rebelión*. Aquella noche, Nicholas Rey y los demás debían asistir a la última recepción del gobernador en honor de los soldados de Boston.

Los señores Longfellow, Lowell y Holmes se dispersaron por el repleto salón de recepciones. Cada uno de ellos mantenía los ojos vigilantes sobre el señor Greene y, con algún pretexto de pasada, entrevistaba a muchos veteranos, en busca del soldado que Greene había descrito.

—¡Se diría que esto es la trastienda de una taberna en lugar de la cámara estatal! —se lamentó Lowell, mientras disipaba con la mano algún humo fugitivo.

—¿Acaso, señor Lowell, no alardeaba usted de fumarse diez cigarros diarios, y a la sensación que eso le procuraba la llamaba musa? —le reprendió Holmes.

—Nunca nos gusta oler nuestros propios vicios en los demás, Holmes. Ah, vamos a ver si nos tomamos una o dos copas —sugirió Lowell.

Las manos del doctor Holmes rebuscaban en los bolsillos de su chaleco de muaré, y sus palabras brotaron de él como a través de una criba:

—Todos los soldados con los que he hablado aseguran no haber conocido a nadie remotamente parecido a la descripción dada por Greene, o han visto a un hombre *exactamente* de esas características el otro día, pero no conocen su nombre ni dónde puedo encontrarlo. Quizá Rey tenga más suerte.

—Dante, mi querido Wendell, era un hombre de gran dignidad personal, y uno de los secretos de su dignidad era que nunca tenía prisa. Nunca lo hallará impropiamente apresurado... Una excelente regla para que nosotros la sigamos.

Holmes emitió una risa escéptica.

—¿Y usted ha seguido esa regla?

Lowell se prestó ayuda a sí mismo con un meditativo trago de clarete. Luego dijo pensativamente:

—Dígame, Holmes, ¿ha tenido usted alguna vez su propia Beatriz?

—Perdone, ¿cómo dice, Lowell?

—Una mujer que haya inflamado las profundidades más pavorosas de su imaginación.

—¡Ah, mi Amelia!

Lowell estalló en unas carcajadas que parecían bramidos.

—¡Oh, Holmes! ¿Es que nunca la ha corrido usted? Una esposa no puede ser su *Beatriz*. Créame, porque yo, al igual que Petrarca, Dante y Byron, estuve desesperadamente enamorado antes de los diez años. Sólo mi corazón sabe las congojas que sufrí.

—¡A Fanny le encantaría esta conversación, Lowell!

—¡Bah! Dante tuvo a su Gemma, que fue la madre de sus hijos, ¡pero no alcanzó su inspiración! ¿Sabe usted cómo se conocieron? Longfellow no se lo cree, pero Gemma Donati es la dama mencionada en la *Vita nuova*, que consuela a Dante por la pérdida de Beatriz. ¿Ve usted a esa joven?

Holmes siguió la mirada de Lowell, dirigida a una joven delgada, de cabello negro y lustroso, que resplandecía bajo las brillantes arañas del salón.

—Aún me acuerdo... Fue en 1839, en la galería Allston. Allí estaba la criatura más hermosa que habían visto mis ojos. No era extraño que aquella belleza tuviera encandilados a los amigos de su marido, allá, en la esquina. Sus facciones eran perfectamente judías. Tenía el cutis moreno, pero el suyo era uno de esos rostros claros en los que cada sombra de sentimiento flota por él como la sombra de una nube sobre la hierba. Desde mi lugar en la estancia, todo el contorno de sus ojos emergía por completo de las sombras de sus cejas y de lo oscuro de su tez, de modo que sólo podía verse una gloria indefinida y misteriosa. Pero ¡qué ojos! Casi me hicieron temblar. Esa visión única de su seráfica hermosura me inspiró más poesía...

—¿Era inteligente?

—¡Santo Dios, no lo sé! Batió las pestañas en mi dirección y no fui capaz de pronunciar una palabra. Sólo hay una manera de actuar con las mujeres coquetas, Wendell: echar a correr. Han pasado veinticinco años y más, y no me la puedo arrancar de la memoria. Le aseguro que todos tenemos nuestra propia Beatriz, ya viva cerca de nosotros o viva sólo en nuestra mente.

Lowell dejó de hablar al acercarse Rey.

—Agente Rey, los vientos han soplado a nuestro favor... Es lo más que puedo decir. Tenemos la suerte de contar con usted a nuestro lado.

—Puede agradecérselo a su hija —dijo Rey.

—¿Mabel? —Lowell se volvió hacia él, espantado.

—Mabel fue a hablar conmigo para convencerme de que los ayudara, caballeros.

—¿Que Mabel habló con usted en secreto? ¿Usted sabía eso, Holmes? —preguntó Lowell.

Holmes negó con la cabeza.

—En absoluto. ¡Pero habría que felicitarla!

—Si se pone severo con ella, profesor Lowell —le advirtió Rey con gesto serio, levantando la barbilla—, lo detendré.

Lowell se echó a reír de buena gana.

—¡Es un buen argumento, agente Rey! Ahora, mantengamos el puchero hirviendo.

Rey asintió con gesto cómplice y continuó su ronda por el salón.

—¿Puede imaginarlo, Wendell? Mabel yendo detrás de mí de esa manera, ¡creyendo que puede cambiar las cosas!

—Es una Lowell, mi querido amigo.

—El señor Greene aguanta —informó Longfellow reuniéndose con Lowell y Holmes—. Pero me preocupa que... —Longfellow se interrumpió—. Ah, ahí vienen la señora Lincoln y el gobernador Andrew.

Lowell puso los ojos en blanco. Su lugar en sociedad demostró ser aburrido para sus propósitos aquella velada, pues estrechar manos y mantener conversaciones animadas con profesores, ministros, políticos y funcionarios universitarios lo distraía de la finalidad que se habían propuesto.

—Señor Longfellow.

Longfellow se volvió para encontrarse con un trío de mujeres de la alta sociedad de Beacon Hill.

—Buenas noches, señoras.

—Precisamente hablaba de usted, señor, durante unas vacaciones en Buffalo —dijo la belleza de cabello negro brillante de aquella trinidad.

—Ah, ¿sí?

—Sí, con la señorita Mary Frere. Habla de usted con mucho cariño, y dice que es una persona exquisita. Por lo que cuenta, pasó ratos maravillosos con usted y su familia en Nahant el verano anterior. Y ahora resulta que me lo encuentro yo aquí. ¡Estupendo!

—Oh, bueno, es muy amable de su parte —respondió Longfellow sonriendo, pero de inmediato dirigió la mirada más allá—. ¿Por dónde anda el profesor Lowell? ¿Lo han visto ustedes?

En las proximidades, Lowell estaba volviendo a contar prolijamente una de sus típicas anécdotas:

—Entonces Tennyson exclamó desde el extremo de la mesa: «¡Sí, maldita sea, me gustaría coger un cuchillo y sacarles las tripas!» ¡Aun siendo un verdadero poeta, el rey Alfred no usaba circunloquios, como «víscera abdominal», para designar esa parte del cuerpo!

Los oyentes de Lowell reían y se chanceaban.

—Si dos hombres trataran de parecerse —dijo Lowell, volviéndose a las tres damas, que permanecían allí de pie, con las orejas de un tono rosado intenso y las bocas muy abiertas—, no podrían conseguirlo mejor que lord Tennyson y el profesor Lovering, de nuestra universidad.

La belleza de cabellos negros brillantes dirigió una mirada agradecida a la rápida huida de Longfellow para alejarse del comentario inapropiado de Lowell.

—Es algo que da que pensar, ¿verdad? —dijo.

Cuando Oliver Wendell Holmes Junior recibió una nota de su padre para que asistiera también al banquete de los soldados en la cámara legislativa estatal, la releyó y lanzó una maldición. No era cuestión de preocuparse por la presencia de su padre, pero tampoco le resultaba agradable. *¿Cómo sigue su querido padre? ¿Continúa con su chapucera forma de dar clase mientras piensa en sus poemas? ¿Es cierto que el doctorcito puede pronunciar xxx palabras por minuto, capitán Holmes?* ¿Por qué tenían que aburrirlo con preguntas sobre el tema favorito del doctor Holmes, a saber, el doctor Holmes?

En un nutrido grupo de miembros de su regimiento, Junior fue presentado a varios caballeros escoceses que formaban parte de una delegación que estaba de visita. Cuando se pronunció el nombre completo de Junior, se produjo la habitual recitación de preguntas relativas a su parentesco.

—¿Es usted hijo de Oliver Wendell Holmes? —indagó un recién incorporado a la conversación, un escocés más o menos de la edad de Junior, quien se presentó como una especie de mitólogo.

—Sí.

—Bien, a mí no me gustan sus libros —dijo el mitólogo sonriendo, y se fue.

En el silencio que pareció rodear a Junior, allí, solo en medio de la charla, se sintió súbitamente airado contra la omnipresencia de su padre en el mundo, y de nuevo lo maldijo. ¿Era deseable extender la propia fama de manera tan indiscriminada, que gusanos como el que Junior acababa de conocer pudieran juzgarlo a uno? Junior se volvió y vio al doctor Holmes en el borde de un corro, junto con el gobernador, y a James Lowell gesticulando en el centro. El doctor Holmes se había puesto de puntillas, tenía la boca abierta y estaba esperando una oportunidad para meter baza. Junior rodeó el grupo y se dirigió al otro lado del salón.

—¡Eh, Wendy!

Junior fingió no oírlo, pero la llamada se repitió, y el doctor Holmes se abrió paso entre unos soldados para acercarse a él.

—Hola, padre.

—Wendy, ¿no quieres venir a saludar a Lowell y al gobernador Andrew? Ven y que te vean, tan apuesto con tu uniforme. Oh, vaya.

Junior se dio cuenta de que los ojos de su padre recorrían el salón.

—Debe de ser la camarilla escocesa de la que hablaba Andrew...

Por cierto, Junior, debería reunirme con el joven mitólogo, el señor Lang, y tratar con él de algunas ideas que tengo sobre Orfeo reuniéndose con Eurídice fuera de las regiones infernales. ¿Has leído algo suyo, Wendy?

El doctor Holmes tomó del brazo a Junior y lo arrastró al otro lado del salón.

—No. —Junior retiró el brazo para detener a su padre. El doctor Holmes se lo quedó mirando, dolido—. Sólo he venido para hacer acto de presencia con mi regimiento, padre. Pero debo reunirme con Minny en casa de los James. Por favor, excúsame ante tus amigos.

—¿Nos has visto? Formamos una feliz hermandad, Wendy. Más y más conforme los años pasan. ¡Disfruta, muchacho, de tu travesía en el navío de la juventud, porque es facilísimo perderse en la mar!

—Padre —dijo Junior mirando por encima del hombro de su padre al mitólogo, que hablaba haciendo muecas—. He oído a ese tipejo de Lang hablar mal de Boston.

La expresión de Holmes se volvió solemne.

—Ah, ¿sí? Pues no merece que perdamos el tiempo con él, chico.

—Como tú digas, padre. Oye, ¿aún estás trabajando en esa nueva novela?

La sonrisa de Holmes se borró ante el interés insinuado por la pregunta de Junior.

—¡Desde luego! Me han retrasado otras tareas, pero Fields promete que ganaré dinero cuando se publique. Tendré que tirarme al Atlántico si no es así; quiero decir al charco propiamente, no a la revista *The Atlantic*, de Fields.

—Darás pie a que los críticos se te vuelvan a echar encima —dijo Junior, dudando si continuar expresando lo que pensaba. De pronto, hubiera deseado ser lo bastante rápido como para ensartar al gusano del mitólogo con su sable reglamentario. Se prometió a sí mismo leer la obra de Lang, aun sabiendo que le produciría satisfacción que tuviera poca entidad—. Quizá encuentre ocasión de leer esa novela, padre. A ver si encuentro tiempo.

—Me gustaría mucho, chico —replicó Holmes tranquilamente, al tiempo que Junior se iba.

Rey había dado con uno de los militares mencionados por el diácono del hogar, un veterano manco que acababa de bailar con su esposa.

—Algunos me lo decían —explicó orgullosamente el soldado a Rey— cuando los movilizaron a ustedes, muchachos: «Yo no estoy haciendo una guerra de negros.» Oh, no tiene ni idea de cómo hacían que me sonrojara.

—Por favor, teniente —dijo Rey—. Ese caballero que le he descrito, ¿cree usted que pudo haberlo visto en el hogar de ayuda a los soldados?

—Seguro, seguro. Bigote en forma de manillar, color de heno. Siempre de uniforme. Blight... Ése es su nombre. Estoy seguro de ello, aunque no absolutamente. Capitán Dexter Blight. Agudo, siempre leyendo. Buen oficial, aunque me parece que no asistía a los cultos religiosos.

—Dígame, por favor, ¿estaba muy interesado en los sermones del señor Greene?

—¡Oh, ya lo creo que le gustaban al viejo pendenciero! Y no crea, esos sermones eran como aire fresco. Eran de lo más osado que he oído. ¡Sí, al capitán le gustaban más que a nadie, o así me lo parece!

Rey apenas podía contenerse.

—¿Sabe usted dónde puedo encontrar al capitán Blight?

El militar se golpeó con el muñón la palma de su única mano y guardó silencio. Luego rodeó con el brazo sano a su esposa.

—¿Sabe usted, señor agente? Aquí, mi chica, tan guapa, debe haberle traído suerte.

—Por favor, teniente...

—Creo que sé dónde puede verlo. Ahí enfrente.

El capitán Dexter Blight, del regimiento 19 de Massachusetts, llevaba un bigote en forma de «U» invertida, de color de heno, tal como le había descrito Greene.

La mirada de Rey, que no duró más de tres segundos, fue discreta pero vigilante. Le sorprendió a él mismo la extrema curiosidad que sintió por cada detalle del aspecto del hombre.

—Patrullero Nicholas Rey, ¿verdad? —El gobernador Andrew

miró el atento rostro de Rey y le extendió ceremoniosamente la mano—. ¡No me dijeron que se le esperaba a usted!

—No había pensado venir, gobernador. Espero que me perdone.

Dicho esto, Rey retrocedió hacia un corro de soldados, y el gobernador que lo había admitido en la policía de Boston se quedó allí, de pie, con gesto de incredulidad.

Su súbita presencia, que al parecer pasó inadvertida a los demás asistentes a la recepción, eclipsó los demás pensamientos de los miembros del club Dante, en cuanto fueron informados, uno tras otro. Fijaron en él una mirada colectiva. Aquel hombre, al parecer mortal y corriente, ¿pudo haber sorprendido a Phineas Jennison y despedazarlo? Sus facciones eran acusadas y le conferían una expresión triste, pero por lo demás no tenían nada de notable, bajo su sombrero de fieltro negro y su guerrera con una sola hilera de botones. ¿Podía ser él? ¿El traductor *savant* que había convertido las palabras de Dante en *acción*, el que se les había anticipado una y otra vez?

Holmes se excusó ante algunos admiradores y corrió a reunirse con Lowell.

—Ese hombre... —susurró Holmes, presa de la sensación de temor de que algo había ido mal.

—Ya lo sé —susurró a su vez Lowell—. Rey también lo ha visto.

—¿Deberíamos hacer que Greene se le acercara? —dijo Holmes—. Hay algo en ese hombre. No parece...

—¡Mire! —urgió Lowell.

En aquel momento, el capitán Blight descubrió a George Washington Greene vagando solo. Las prominentes ventanas de la nariz del soldado se dilataron con interés. Greene, olvidado de sí mismo en medio de las pinturas y las esculturas, continuaba su deambular como si estuviera en una exposición de fin de semana. Blight contempló a Greene por un momento y luego dio unos pasos lentos y desiguales hacia él.

Rey avanzó para situarse cerca pero, cuando se volvió con objeto de vigilar a Blight, se encontró con que Greene estaba conversando con un bibliófilo. Blight había cruzado la puerta.

—¡Maldita sea! —exclamó Lowell—. ¡Se larga!

El aire estaba demasiado en calma para que hubiera nubes o cayera la nieve. El cielo abierto mostraba una media luna tan exacta que parecía haber sido partida con una hoja recién afilada.

Rey distinguió a un uniformado en el Common. Cojeaba y se apoyaba en un bastón de marfil.

—¡Capitán! —lo llamó Rey.

Dexter Blight se volvió y miró con dureza al que lo llamaba, bizqueándole los ojos.

—Capitán Blight.

—¿Quién es usted?

Su voz sonó profunda y resuelta.

—Nicholas Rey. Necesito hablar con usted —dijo, mostrando su placa policial—. Sólo un momento.

Blight clavó su bastón en el hielo, impulsándose con más rapidez de la que Rey hubiera creído posible.

—¡No tengo nada que decir!

Rey agarró a Blight por el brazo.

—¡Si trata de detenerme, le arrancaré sus malditas tripas y las arrojaré al Estanque de las Ranas! —gritó Blight.

Rey temió haber cometido una terrible equivocación. Aquel incontrolado estallido de ira, la emoción no contenida, eran propios de alguien que tiene miedo, no de un hombre intrépido... No del que buscaban. Mirando atrás, hacia la cámara legislativa, donde los miembros del club Dante se apresuraban escaleras abajo, con la esperanza reflejada en sus rostros, Rey vio también las caras de las personas de todo Boston que lo habían llevado a aquella búsqueda. El jefe Kurtz, que con cada muerte disponía de menos tiempo como guardián de una ciudad que se estaba expandiendo con demasiada voracidad para adaptarla a lo que a uno le gustaría llamar hogar. Ednah Healey, con su expresión desvaneciéndose en la luz mortecina de su dormitorio, arrancándose a puñados su propia carne, esperando volver a ser ella misma entera. Sexton Gregg y Grifone Lonza, dos víctimas más, no del asesino exactamente, pero sí del miedo insoportable que crearon las muertes.

Rey intensificó la presa sobre Blight, que se debatía, y se encontró con la amplia y cautelosa mirada del doctor Holmes, que, al parecer, compartía todas sus dudas. Rey pidió a Dios que aún quedara tiempo.

Por fin, rezongó Augustus Manning mientras acudía a la llamada de la campanilla y hacía entrar a su huésped.

—¿Vamos a la biblioteca?

El relamido Pliny Mead escogió el lugar más cómodo para sentarse, en el centro del canapé de piel de topo.

—Le agradezco que acceda a venir a esta hora de la noche, señor Mead, y fuera de la universidad —dijo Manning.

—Siento haberme retrasado. El mensaje de su secretario hacía referencia al profesor Lowell. ¿Se trata de nuestro curso sobre Dante?

Manning se pasó la mano por el cauce desnudo que había entre sus dos mechones de cabello blanco, cual dos penachos.

—En efecto, señor Mead. Dígame, ¿habló usted con el señor Camp sobre el curso?

—Así es. Durante unas horas. Quería saber todo cuanto yo le pudiera contar sobre Dante. Dijo que actuaba por encargo de usted.

—Era cierto. Pero desde entonces no parece querer hablar conmigo. Me pregunto por qué.

Mead arrugó la nariz.

—Y ahora, ¿podría saber qué asunto se trae entre manos?

—Desde luego que no debe saberlo, hijo. Pero he pensado que aun así quizá podría ayudarme. He creído que podríamos reunir nuestra información a fin de entender qué puede haber sucedido para que de pronto se haya producido ese cambio en la conducta del profesor Lowell.

Mead le dirigió una mirada obsequiosa, pero estaba decepcionado porque la reunión le deparaba escaso beneficio y diversión. Sobre la repisa había una caja de pipas. Acarició la idea de fumar junto a la chimenea de un miembro de la corporación de Harvard.

—Ésas parecen A 1, doctor Manning.

Manning asintió complaciente y cargó una pipa para su huésped.

—Aquí, a diferencia de lo que ocurre en nuestro campus, podemos fumar abiertamente. También podemos hablar abiertamente, con palabras que broten de nosotros con tanta libertad como el humo. Hay otros extraños sucesos relacionados con lo anterior, señor Mead, que me gustaría sacar a la luz. Un policía vino a verme y empezó a hacerme preguntas sobre su curso de Dante, pero luego se detuvo, como si hubiera querido decirme algo importante y hubiera cambiado de idea.

Mead cerró los ojos y exhaló humo voluptuosamente. Augustus Manning había mostrado bastante paciencia.

—Me pregunto, señor Mead, si es usted consciente de que su puesto en la clase no hace más que descender.

Mead envaró el cuerpo, como un niño de primaria dispuesto a recibir unos azotes.

—Señor..., doctor Manning, créame que no es por otra razón más que...

—Lo sé, mi querido muchacho —lo interrumpió—, sé lo que sucede. La clase del profesor Lowell en el último período escolar... ¡es para abominar de ella! Sus hermanos de usted siempre han ocupado primeros puestos en sus clases, ¿no es así?

Encrespado a causa de la humillación y la ira, el estudiante apartó la mirada.

—Quizá podamos tratar de hacer algunos ajustes en su número de clase, a fin de situarlo más en la línea del honor de su familia.

Los ojos verde esmeralda de Mead revivieron.

—¿De veras, señor?

—Tal vez ahora fume *yo* también —murmuró Manning, levantándose de su butaca y examinando sus hermosas pipas.

La mente de Pliny Mead se esforzaba en deducir qué podía haber tras aquella proposición de Manning. Evocó su encuentro con Simon Camp momento a momento. El detective de Pinkerton había tratado de reunir datos negativos acerca de Dante para informar al doctor Manning y a la corporación, con objeto de reforzar su postura contra la reforma y apertura del plan de estudios. En el segundo encuentro, Camp pareció excesivamente interesado, según pensaba ahora Mead. Pero ignoraba qué podía haber pensado el detective privado. Tampoco entendía la razón de que policías de Boston hicieran preguntas sobre Dante. Mead pensó en los recientes acontecimientos, la insania de la violencia y el miedo que envolvían la ciudad. Camp pareció particularmente interesado en el castigo de los simoníacos cuando Mead lo mencionó como parte de una larga lista de ejemplos. Mead pensó en los muchos rumores que le habían llegado sobre la muerte de Elisha Talbot; varios de ellos, aunque los detalles diferían, aludían a los pies carbonizados del ministro. Los pies del *ministro*. Y luego estaba el pobre juez Healey, encontrado desnudo y cubierto de...

¡Malditos todos, y Jennison también! ¿Podría ser? Y si Lowell lo sabía, ¿explicaba eso su súbita cancelación del curso sobre Dante sin ninguna explicación convincente? ¿Pudo Mead, sin proponérselo, empujar a Camp a entenderlo todo? ¿Había ocultado Lowell lo que sabía a la universidad, a la ciudad? ¡Podía arrastrársele a la ruina por eso! *¡Malditos!*

Mead se puso en pie de un salto.

—¡Doctor Manning, doctor Manning!

Manning consiguió encender un fósforo, pero luego lo apagó y bajó de pronto su voz hasta convertirla en un susurro.

—¿Ha oído usted algo en la entrada?

Mead prestó atención y negó con la cabeza.

—¿La señora Manning, señor?

Manning se llevó a la boca un dedo largo y torcido y se deslizó del salón al vestíbulo.

Al cabo de un momento, regresó junto a su huésped.

—Imaginaciones mías —comentó, fijando la mirada en Mead con firmeza—. Sólo quiero que esté usted seguro de que nadie en absoluto nos escucha. Presiento que tiene algo importante que compartir esta noche, señor Mead.

—Podría ser, doctor Manning —replicó Mead con sorna, pues había organizado su estrategia durante el tiempo que se había tomado Manning para asegurar la privacidad. *Dante es un maldito asesino, doctor Manning. Oh, sí, algo podría compartir*—. Hablemos primero de mi lugar en la clase. Luego podemos tratar de Dante. Oh, creo que lo que tengo que decirle le interesará grandemente, doctor Manning.

Manning rebosaba de alegría.

—¿Y si sirviese alguna bebida para acompañar nuestras pipas?

—Para mí jerez, por favor.

Manning sirvió el estimulante solicitado, que Mead se bebió de un trago.

—¿Y por qué no otro, querido Auggie? Remojaremos la noche.

Augustus Manning se inclinó sobre su aparador, dispuesto a servir otra bebida. Esperaba, por el bien del estudiante, que lo que tuviera que decir fuese importante. Oyó un fuerte golpe, significativo: supo, sin mirar, que el muchacho había roto un objeto precioso. Manning miró atrás de soslayo, con irritación. Pliny Mead estaba tendido inconsciente en el canapé, con los brazos colgando flojamente a ambos lados.

Manning giró en redondo, y el decantador le resbaló de la mano. El administrador se quedó mirando fijamente a un soldado uniformado, un hombre que había visto casi a diario en los pasillos del edificio principal de la universidad. El soldado también mantenía la mirada fija y mascaba algo esporádicamente. Cuando separó los labios, unos puntos blandos y blancos flotaban sobre su lengua. Escupió, y uno de los puntos blancos aterrizó en la alfombra. Manning no pudo evitar mirar: parecía haber dos letras impresas en el húmedo fragmento de papel: «L» e «I».

Manning corrió al rincón de la estancia, donde un fusil de caza decoraba la pared. Se subió a una butaca para alcanzarlo y tartamudeó:

—No, no.

Dan Teal tomó el arma de las temblorosas manos de Manning y golpeó su rostro con la culata, en un movimiento desprovisto de esfuerzo. Luego permaneció allí, de pie, observando cómo el traidor, frío hasta el centro de su corazón, se agitaba y se desplomaba al suelo.

XVII

El doctor Holmes subió la larga escalera que conducía a la Sala de Autores.

—¿No ha regresado el agente Rey? —preguntó jadeando.

El ceño fruncido de Lowell expresaba su contrariedad.

—Bien, quizá Blight... —empezó Holmes—. Quizá sepa algo, y Rey venga con buenas noticias. ¿Qué hay de su nueva visita al archivo de la universidad?

—Lo siento, pero no ha habido tal —dijo Fields mirándose la barba.

—¿Por qué?

Fields guardó silencio.

—El señor Teal no ha comparecido esta noche —explicó Longfellow—. Tal vez esté enfermo —añadió rápidamente.

—No es probable —dijo Fields cabizbajo—. Los registros demuestran que el joven Teal no ha faltado a un turno en cuatro meses. Le he organizado un lío en la cabeza al pobre chico, Holmes. Y después de que demostrara su lealtad una y otra vez...

—Qué tontería... —empezó a decir Holmes.

—¿Usted cree? ¡No debí haberlo mezclado en esto! Manning ha podido enterarse de que Teal nos ayudó a entrar y lo ha hecho detener. O ese indeseable de Samuel Ticknor puede haber tomado venganza por atajar sus vergonzosos juegos con la señorita Emory. Mientras tanto, he estado hablando con todos mis empleados que participaron en la guerra. Ninguno admite haber recurrido a los hogares de ayuda a los soldados, y ninguno ha revelado algo que remotamente merezca conocerse.

Lowell paseaba arriba y abajo arrastrando los pies exageradamente, inclinando la cabeza hacia la helada ventana y mirando el opaco paisaje de bancos de nieve.

—Rey cree que el capitán Blight era uno más de los soldados que disfrutaban con los sermones de Greene. Es probable que Blight no le diga a Rey nada sobre otros, aun después de haberse calmado. ¡Puede que no sepa nada de los demás militares del hogar! Y sin Teal no tenemos la menor esperanza de entrar en las dependencias de la corporación. ¡Cuándo acabaremos de intentar sacar agua de pozos secos!

Llamaron a la puerta y entró Osgood, quien informó de que dos empleados, veteranos de guerra, aguardaban a Fields en el café. El jefe administrativo le había dado los nombres de doce hombres: Heath, Miller, Wilson, Collins, Holden, Sylvester, Rapp, Van Doren, Drayton, Flagg, King y Kellar. Un ex empleado, Samuel Ticknor, fue movilizado pero, al cabo de dos semanas de vestir el uniforme, pagó los tres mil dólares de cuota para enviar en su lugar a un sustituto.

Predecible, pensó Lowell, quien dijo:

—Fields, déme la dirección de Teal y lo buscaré por mi cuenta. En cualquier caso no podemos hacer nada hasta que vuelva Rey. Holmes, ¿viene usted conmigo?

Fields dio instrucciones a J. R. Osgood para que permaneciera en las dependencias de personal por si se le necesitaba. Osgood se acomodó en un sillón. Su mirada revelaba cansancio. Para ocupar su tiempo, tomó un libro de Harriet Beecher Stowe de la estantería más cercana y, cuando lo abrió, encontró aquellos fragmentos de papel, más o menos del tamaño de copos de nieve, que habían sido arrancados de la portada, donde figuraba una dedicatoria de Stowe a Fields. Osgood hojeó el libro y observó que se había cometido el mismo sacrilegio en otras varias páginas.

—¡Qué extraño!

Abajo, en la cuadra, Lowell y Holmes descubrieron horrorizados que la yegua de Fields estaba retorciéndose en el suelo, incapaz de andar. Su compañera la miraba tristemente y coceaba a cualquiera que osara aproximarse. La epidemia que afectaba a las caballerías había desorganizado por completo los medios de transporte en toda la ciudad, de modo que los dos poetas se vieron forzados a caminar.

El número, meticulosamente escrito en el impreso de solicitud de empleo de Dan Teal, encajaba bien con la modesta casa en el barrio sur de la ciudad.

—¿Señora Teal? —saludó Lowell, apretando el sombrero ante la consternada mujer que acudió a la puerta—. Me llamo Lowell y éste es el doctor Holmes.

—Mi nombre es Galvin —corrigió ella, colocándose una mano en el pecho.

Lowell comprobó el número de la casa consultando el papel que llevaba.

—¿Tiene usted algún huésped llamado Teal?

Se los quedó mirando con ojos tristes.

—Yo soy Harriet Galvin. —Repitió su apellido lentamente, como si sus visitantes fueran niños o cortos de entendederas—. Vivo aquí con mi marido y no tenemos huéspedes. Nunca he oído hablar de ese señor Teal.

—¿Se han mudado recientemente? —preguntó el doctor Holmes.

—Llevamos aquí cinco años.

—Más pozos secos —murmuró Lowell.

—Señora —dijo Holmes—, ¿sería tan amable de dejarnos pasar un momento para aclarar la situación?

Les franqueó la entrada y de inmediato atrajo la atención de Lowell un retrato al ferrotipo, colgado de la pared.

—¿Le importaría traernos un vaso de agua, querida señora? —preguntó Lowell.

Cuando ella hubo salido, salió disparado hacia el retrato enmarcado de un militar, con uniforme nuevo de una talla superior a la suya.

—¡Santo Dios! ¡Es él, Wendell! ¡Con toda seguridad es Dan Teal! Lo era.

—¿Estuvo en el ejército? —preguntó Holmes.

—¡No figuraba en ninguna de las listas de soldados confeccionadas por Osgood, y a los que Fields ha estado entrevistando!

—Y aquí está la explicación: «Alférez Benjamin Galvin» —leyó Holmes en el nombre grabado bajo el retrato—. Teal es un nombre falso. Rápido, mientras ella está ocupada.

Holmes se coló en la habitación contigua, angosta, llena de efectos militares del tiempo de la guerra, cuidadosamente dispuestos, pero un objeto atrajo su atención de inmediato: un sable colgado de la pared. Holmes sintió que una sensación de frío le recorría los huesos y llamó a Lowell. El poeta apareció y todo su cuerpo tembló ante aquella visión.

Holmes espantó un mosquito que volaba en círculo, y que volvió hacia él directamente.

—¡Olvídese del bicho! —dijo Lowell, y lo aplastó.

Holmes retiró delicadamente el arma de la pared.

—Es precisamente la clase de hoja... Éstas eran las galas de nuestros oficiales, recuerdos de las formas de combate más civilizadas del mundo. Wendell Junior tiene un sable y lo acariciaba como a un bebé en aquel banquete... Esta hoja pudo haber mutilado a Phineas Jennison.

—No. Está inmaculada —dijo Lowell aproximándose cautelosamente al reluciente instrumento.

Holmes pasó un dedo por el acero.

—A simple vista no podemos saberlo. Semejante carnicería no se limpia fácilmente al cabo de unos pocos días, ni con todas las aguas de Neptuno.

Entonces sus ojos se posaron en la mancha de sangre de la pared, todo lo que quedaba del mosquito.

Cuando la señora Galvin regresó con dos vasos de agua, vio al doctor Holmes sosteniendo el sable y le pidió que lo dejara. Holmes, ignorándola, atravesó la entrada y salió al exterior. Ella se sintió ofendida y lo conminó a que regresara a la casa y restituyera aquel objeto de su propiedad, amenazándolo con llamar a la policía.

Lowell se interpuso entre ambos. Holmes, oyendo las protestas de la mujer en los recovecos de su mente, permanecía en la acera y levantó el pesado sable frente a él. Un pequeño mosquito voló hasta la hoja, como una limadura de hierro atraída por un imán. Luego, en un abrir y cerrar de ojos, apareció otro, y dos más, y tres juntos formando un desordenado grupo. Transcurridos unos pocos segundos, todo un enjambre estaba barrenando y zumbando sobre la hoja, en la que la sangre había penetrado profundamente.

Lowell se interrumpió a media frase ante aquella visión.

—¡Mande a buscar a los demás en seguida! —gritó Holmes.

Las frenéticas demandas de aquellos hombres de ver a su marido alarmaron a Harriet Galvin. Se quedó anonadada y silenciosa, observando la alternancia de gesticulaciones y explicaciones de Holmes y Lowell, hasta que una llamada en la puerta los dejó en suspenso. J. T. Fields se presentó, pero Harriet fijó su mirada en la delgada y leonina figura detrás de aquella otra, metida en carnes y solícita. Enmarcado en la blancura plateada del cielo, nada era más puro que su mirada perfectamente en calma. Levantó una mano temblorosa, como si fuera a tocar su barba, y, una vez el poeta siguió a Fields al interior, los dedos de la mujer tocaron los bucles de su cabello. Él retrocedió un paso. Ella le rogó que entrara.

Lowell y Holmes se miraron el uno al otro.

—Tal vez aún no nos ha reconocido —susurró Holmes.

Lowell asintió. Ella trató de explicar lo mejor que pudo lo maravillada que estaba: cómo leía la poesía de Longfellow todas las noches, antes de dormirse; cómo, cuando su marido estaba postrado en cama después de la guerra, le recitaba *Evangelina*; y cómo aquellos ritmos suavemente palpitantes, la leyenda del amor fiel pero incompleto, lo calmaban incluso en su sueño... Todavía ahora, a veces, dijo tristemente. Se sabía palabra por palabra «Un salmo de vida», y le había enseñado a su marido a leerlo. Siempre que él se iba de casa, esos versos eran para ella su única liberación del miedo. Pero su explicación se convirtió, sobre todo, en una repetición de la pregunta: «*Por qué*, señor Longfellow...» Se lo rogaba una y otra vez, antes de prorrumpir en sollozos.

Longfellow dijo con suavidad:

—Señora Galvin, necesitamos absolutamente una ayuda que sólo usted puede prestarnos. Debemos encontrar a su marido.

—Esos hombres parecen buscarlo para hacerle daño —dijo, refiriéndose a Lowell y Holmes—. No lo entiendo. Por qué usted... ¿Por qué, señor Longfellow, querría conocer a Benjamin?

—Me temo que no tenemos tiempo de explicárselo satisfactoriamente —replicó Longfellow.

Por vez primera apartó la mirada del poeta.

—Bien, no sé dónde está, y eso me avergüenza. Viene poco por casa, y cuando viene apenas habla. Está fuera días enteros.

—¿Cuándo lo vio por última vez? —preguntó Fields.

—Hoy ha venido un momento, unas pocas horas antes que ustedes.

Fields sacó su reloj.

—Y de aquí ¿adónde ha ido?

—Solía cuidar de mí. Pero ahora soy para él como un fantasma.

—Señora Galvin, es cuestión de... —empezó a decir Fields.

Otra llamada. La mujer se secó los ojos con el pañuelo y se alisó el vestido.

—Seguro que es otro acreedor que viene a humillarme.

Mientras ella pasaba al vestíbulo, el grupo se concentró e intercambió nerviosos susurros.

—Se ha ido hace unas pocas horas —dijo Lowell—, ¡ustedes lo han oído! Y nos consta que no está en el Corner... ¡Sin duda lo hará si no lo encontramos!

—¡Pero podría estar en cualquier lugar de la ciudad, Jamey! —replicó Holmes—. Y aún podemos regresar al Corner para esperar a Rey. ¿Qué podemos hacer por nosotros mismos?

—¡Algo! ¿Longfellow? —dijo Lowell.

—Ahora ni siquiera tenemos un caballo para desplazarnos... —se lamentó Fields.

La atención de Lowell se desvió hacia el vestíbulo, donde oyó algo.

Longfellow se lo quedó mirando.

—¿Lowell?

—Lowell, ¿está usted escuchando? —preguntó Fields.

De la puerta principal escapó un torrente de palabras.

—Esa voz —dijo Lowell, asombrado—. ¡Esa voz! *¡Escuchen!*

—¿Teal? —preguntó Fields—. ¡Quizá ella lo esté previniendo para que escape, Lowell! ¡Nunca lo encontraremos!

Lowell se puso en movimiento. Atravesó el vestíbulo hacia la puerta de la calle, donde aguardaba un hombre de ojos fatigados e inyectados en sangre. El poeta arremetió contra él con un grito, dispuesto a capturarlo.

XVIII

Lowell envolvió al hombre con sus brazos y lo arrastró al interior de la casa.

—¡Lo tengo! —gritó Lowell—. ¡Lo tengo!

—¿Qué está haciendo? —chilló Pietro Bachi.

—¡Bachi! ¿Usted aquí? —preguntó Longfellow.

—¿Cómo me han encontrado? ¡Dígale a su perro que me quite las manos de encima, *signor* Longfellow, o se las verá conmigo! —gruñó Bachi, dando inútiles codazos a su fornido captor.

—Lowell —le dijo Longfellow—. Hablemos en privado con el *signor* Bachi.

Le franquearon el paso a otra habitación, y allí Lowell pidió a Bachi que les explicara qué se traía entre manos.

—No tiene nada que ver con ustedes —dijo Bachi—. Voy a hablar con la mujer.

—Por favor, *signor* Bachi —le rogó Longfellow, moviendo la cabeza—. El doctor Holmes y el señor Fields quieren hacerle algunas preguntas.

Intervino Lowell:

—¿Qué clase de plan ha urdido usted con Teal? ¿Dónde está él? No juegue conmigo. Usted reaparece como una moneda falsa siempre que hay problemas.

Bachi compuso una expresión agria.

—¿Quién es Teal? ¡Yo soy el único al que se le deben respuestas por esta especie de rapto!

—¡Si no me contesta ahora mismo, lo llevaré derecho a la policía y allí ya lo confesará todo! —dijo Lowell—. ¿No se da cuenta, Longfellow? Nos ha estado engañando todo el tiempo.

—¡Ja! ¡Traiga a la policía, venga! ¡Ella me ayudará a recuperar lo que me pertenece! ¿Quieren ustedes saber qué me trae aquí? Vengo a ver si me paga ese mendigo gorrón que vive aquí. —La vergüenza que le causaba el asunto que lo había llevado allí, le hacía subir y bajar su prominente nuez—. Como pueden ustedes ver, sigo incansable con mis clases particulares.

—Clases particulares. ¿Le daba lecciones a ella? —preguntó Lowell.

—Al marido —respondió Bachi—. Sólo tres lecciones, hace algunas semanas... Al parecer creía que serían gratis.

—Pero ¡usted regresó a Italia! —dijo Lowell.

—¡Ojalá, *signore*! Lo más cerca que he estado ha sido para ir a ver, frente a la costa, a mi hermano Giuseppe. Me temo que hay, podríamos decir, facciones adversas que hacen mi regreso imposible, al menos por muchas lunas.

—¡O sea, que vio usted a su hermano frente a la costa! ¡Vaya frescura! —exclamó Lowell—. ¡Usted se lanzó a una loca carrera para tomar una embarcación que lo condujera a un vapor! E iba usted cargado con una bolsa llena de dinero falso. ¡Nosotros lo vimos!

—Pero ¿qué dice? —replicó Bachi, indignado—. ¿Cómo podrían ustedes saber dónde estaba yo aquel día?

—¡Responda!

Bachi señaló acusadoramente a Lowell, pero luego se dio cuenta, por la imprecisión de su dedo extendido, de que estaba débil y bastante bebido.

Sintió que una oleada de náuseas le ascendía por la garganta. Reprimió el vómito, se cubrió la boca y eructó. Cuando fue capaz de volver a hablar, su respiración era ansiosa, pero estaba más calmado.

—Llegué hasta el vapor, sí, pero sin ningún dinero, ni falso ni de ninguna otra manera. Ojalá tuviese una bolsa llena de oro caído sobre mi cabeza, *professore*. Estaba allí ese día para entregar mi manuscrito a mi hermano, Giuseppe Bachi, que había aceptado llevarlo a Italia.

—¿Su manuscrito? —preguntó Longfellow.

—Una traducción al inglés del *Inferno* de Dante, por si quiere saberlo. Supe de su trabajo, *signor* Longfellow, y de su precioso club Dante, ¡y eso me hace reír! En esta Atenas yanqui, ustedes hablan de crear una voz nacional para ustedes. Ustedes animaron a sus compatriotas para que se levantaran contra la hegemonía británica en las bibliotecas. Pero ¿creyeron por un momento que yo, Pietro Bachi, hubiera podido contribuir en algo a su tarea? ¿Que como hijo de Italia, como alguien que ha nacido de su historia, de sus disensiones, de sus luchas contra el pesado dedo pulgar de la Iglesia, pudiera haber algo inimitable en mi amor por la libertad que buscara Dante? —Bachi hizo una pausa—. No, no. Ustedes nunca me llamaron a la casa Craigie. ¿Por el rumor malicioso de que soy un borracho? ¿Por mi infortunio con la universidad? ¿Qué libertad hay aquí, en Norteamérica? Ustedes nos mandan muy felices a sus fábricas, a sus guerras, para esfumarnos en el olvido. Ustedes observan nuestra cultura pisoteada, nuestras lenguas aplastadas y nosotros adoptamos su forma de vestir. Luego, con caras sonrientes, nos roban nuestra literatura de nuestros propios anaqueles. Piratas. Malditos piratas literarios todos ustedes.

—Hemos penetrado más en el corazón de Dante de lo que usted puede imaginar —replicó Lowell—. Es su gente, su país, los que lo han dejado huérfano, ¡permítame que se lo recuerde!

Longfellow hizo un movimiento para contener a Lowell y luego habló:

—*Signor* Bachi, lo observamos en el muelle. Por favor, explíquese. ¿Por qué enviaba usted su traducción a Italia?

—Supe que en Florencia estaba previsto honrar su versión del *Inferno* en el último año de la conmemoración de Dante, pero que usted no había terminado su trabajo, y corría peligro de llegar una vez cerrado el plazo de admisión. Yo había dedicado muchos años a traducir Dante en mi estudio, en ocasiones con la ayuda de viejos amigos como el *signor* Lonza, cuando aún estaba bien. Supongo que creíamos que, si lográbamos demostrar que Dante podía estar tan vivo en inglés como en italiano, también nosotros conseguiríamos prosperar en Norteamérica. Nunca pensé ver publicada la traducción. Pero cuando el pobre Lonza murió atendido por extraños, supe que sólo nuestro trabajo debería sobrevivir. Con la condición de que yo encontrara una manera de imprimirla por mi cuenta, mi hermano accedió a llevar mi traducción a un encuadernador al que conocía en Roma, y luego presentarla personalmente ante la comisión y abogar por nuestro caso. Bien, pues encontré a un impresor de papeletas de juego, y el único en Boston que me imprimía la traducción una semana o así antes de la partida de Giuseppe..., y barato. Pero el idiota del impresor no acabó hasta el último minuto, y probablemente no hubiera terminado de no haber necesitado mis míseras monedas. El muy bribón andaba metido en problemas por falsificar moneda para uso de jugadores locales, y por lo que sé tuvo que echar el cierre a toda prisa.

»Cuando llegué al muelle, tuve que suplicar a un oscuro Caronte en el embarcadero que remara en una barquichuela hasta el *Anonimo*. Una vez dejé el manuscrito a bordo del vapor, regresé directamente a tierra. Todo el asunto quedó en nada; se sentirán ustedes felices al saberlo. La comisión «no estaba interesada en la recepción de nuevos trabajos para nuestro festival».

Bachi hizo una serie de visajes al evocar su derrota.

—¡Por eso la presidencia de la comisión le envió a usted las cenizas de Dante! —dijo Lowell volviéndose hacia Longfellow—. ¡Para dejar sentado que la admisión de su traducción estaba asegurada en los festejos, como la representante norteamericana!

Longfellow se quedó pensativo por un momento y dijo:

—Las dificultades del texto de Dante son tan grandes que dos o tres versiones independientes serían más aceptables para los lectores interesados, mi querido *signore*.

La expresión de dureza en el rostro de Bachi se deshizo.

—Compréndanlo. Siempre tuve en gran estima la confianza que ustedes me demostraron contratándome para la universidad, y yo no pongo en tela de juicio el valor de su poesía. Si he hecho algo de lo que deba avergonzarme debido a mi situación... —De repente se detuvo. Tras una pausa, continuó—: El exilio sólo deja la esperanza más leve. Quizá, sólo quizá, pensaba que para mí hacer vivir a Dante en el Nuevo Mundo, con mi traducción, era una forma de abrir mis horizontes. ¡De qué manera tan diferente me considerarían en Italia!

—¡Usted —lo acusó de pronto Lowell—, *usted* grabó aquella amenaza en la ventana de Longfellow para asustarnos y que Longfellow detuviera su traducción!

Bachi vaciló, pretendiendo no haber comprendido. Sacó una botella negra del abrigo y se la llevó a los labios, como si su garganta fuera un embudo que condujera a algún lugar lejano. Cuando acabó, temblaba.

—No me tomen por un borrachín, *professori*. Nunca bebo más de lo que me conviene, al menos no cuando estoy en buena compañía. El mal consiste en esto: ¿qué puede hacer un hombre solo en las pesadas horas del invierno de Nueva Inglaterra? —Su ceño hizo un gesto sombrío—. Y ahora ¿hemos terminado aquí? ¿O desean ustedes seguir ensañándose con mis frustraciones?

—*Signore* —dijo Longfellow—. Debemos saber qué le enseñó al señor Galvin. ¿Habla y lee italiano ahora?

Bachi echó la cabeza atrás y rompió a reír.

—¡Ese hombre no podría leer inglés aunque tuviera a su lado a Noah Webster!* Vestía siempre su uniforme militar azul, raído, con botones dorados. Quería Dante, Dante, Dante. No se le ocurrió que debía empezar por aprender el idioma. *Che stranezza!*

—¿Le prestó usted su traducción? —preguntó Longfellow.

Bachi negó con la cabeza.

—Yo esperaba mantener esa empresa enteramente en secreto. Estoy seguro de que todos sabemos cómo reacciona su señor Fields frente a alguien que trate de rivalizar con sus autores. De todas maneras, procuré complacer los extraños deseos del *signor* Galvin. Le sugerí que las lecciones introductorias de italiano las lleváramos a cabo leyendo juntos la *Commedia*, línea por línea. Pero era como leer junto a un animal mudo. Entonces quiso darme un *sermón* sobre el infierno de Dante, pero yo me negué por principio: si quería contratarme como profesor particular, debía aprender italiano.

—¿Le dijo usted que no continuara las lecciones? —preguntó Lowell.

—Eso me hubiera proporcionado gran placer, *professore*. Pero un día dejó de llamarme. Desde entonces no he sido capaz de encontrarlo... y aún no me ha pagado.

—*Signore* —dijo Longfellow—, esto es muy importante. ¿Habló alguna vez el señor Galvin de individuos de nuestro tiempo, de nuestra ciudad, que él relacionara con sus ideas sobre Dante? Debe usted

* Noah Webster (1758-1843), lexicógrafo y filólogo estadounidense, autor de gramáticas y diccionarios a los que se reconoció autoridad normativa. *(N. del t.)*

considerar si alguna vez mencionó a alguno. Quizá personas vinculadas a la universidad, interesadas en desacreditar a Dante.

Bachi sacudió la cabeza.

—Apenas hablaba. *Signor* Longfellow, era como un buey mudo. ¿Tiene algo que ver con la campaña actual de la universidad contra su trabajo?

Lowell prestó especial atención.

—¿Qué sabe usted de eso?

—Lo advertí cuando fue a verme, *signore*. Le dije que tuviera cuidado con su curso sobre Dante, ¿no es así? ¿Recuerda cuando me vio en el campus unas semanas antes de aquel encuentro? Yo había recibido un mensaje para reunirme con un caballero y sostener con él una entrevista confidencial... ¡Oh, yo estaba convencido de que los miembros de la corporación de Harvard iban a restituirme en mi puesto! ¡Imagine mi estupidez! La verdad es que aquel tipejo tenía el encargo de demostrar los *perniciosos efectos* de Dante sobre los estudiantes y quería que yo lo ayudara.

—Simon Camp —dijo Lowell apretando los dientes.

—Estuve a punto de darle un puñetazo, se lo aseguro.

—Ojalá se lo hubiera dado, *signor* Bachi. —Y Lowell compartió una sonrisa con su interlocutor—. Con todo esto ya puede acreditar la ruina de Dante. ¿Y qué le contestó usted?

—¿Y qué iba a contestarle? Todo lo que se me ocurrió decirle es «váyase al diablo». Aquí estoy, sin apenas poderme ganar el pan después de tantos años en la universidad, ¿y quién, en la administración, contrata a ese imbécil?

Lowell emitió una risita.

—¿Quién podría ser? El doctor Man... —Se interrumpió bruscamente y giró sobre sí mismo para dirigir una significativa mirada a Longfellow—. El doctor Manning.

Caroline Manning barrió los cristales rotos.

—¡Jane, la mopa!

Llamó a la criada por segunda vez, malhumorada por el charco de jerez que se secaba sobre la alfombra de la biblioteca de su marido.

Mientras la señora Manning abandonaba la habitación, sonó la campanilla de la puerta. Apartó la cortina apenas una pulgada, suficiente para ver a Henry Wadsworth Longfellow. ¿Por qué se presentaba a aquellas horas? Casi no había visto en los últimos años a aquel pobre hombre, salvo unas pocas ocasiones en torno a Cambridge. No comprendía cómo alguien podía sobrevivir a tantas cosas; cómo parecía invencible. Y allí estaba ella, con un recogedor de basura, con un innegable aspecto de ama de casa.

La señora Manning se excusó: el doctor Manning no se encontraba en casa. Explicó que había estado esperando una visita y había reclamado privacidad. Él y su huésped debían haber salido a dar una vuelta, aunque le parecía algo raro con aquel tiempo horrible. Y habían dejado algún vaso roto en la biblioteca.

—Pero usted ya sabe cómo *beben* a veces los hombres —añadió.

—¿Pudieron haber tomado un carruaje?

La señora Manning dijo que la epidemia que afectaba a las caballerías lo hubiera impedido: el doctor Manning había prohibido terminantemente que se movieran lo más mínimo sus caballos. Aun así, accedió a acompañar a Longfellow a la cuadra.

—¡Santo Dios! —exclamó cuando no encontraron rastro del coche ni de los caballos del doctor Manning—. Algo sucede, ¿no es así, señor Longfellow? ¡Santo Dios! —repitió.

Longfellow no respondió.

—¿Le ha ocurrido algo? ¡Debe decírmelo en seguida!

Longfellow habló despacio:

—Debe usted permanecer en casa esperando. Él regresará sin novedad, señora Manning; se lo prometo.

Había aumentado el fragor de los vientos que soplaban sobre Cambridge, y dolían en la piel.

—El doctor Manning —dijo Fields, con los ojos fijos en la alfombra de Longfellow veinte minutos más tarde. Tras abandonar la casa de Galvin, se encontraron con Nicholas Rey, quien se proveyó de un carruaje policial y de un caballo sano, que utilizó para llevarlos a la casa Craigie—. Ha sido nuestro peor adversario desde el comienzo. ¿Por qué Teal no fue a por él antes?

Holmes permanecía de pie, inclinado sobre el escritorio de Longfellow.

—Porque es el peor, querido Fields. A medida que el infierno se hace más profundo, se estrecha y los pecadores se vuelven más flagrantes, más culpables, menos arrepentidos de lo que han hecho. Hasta llegar a Lucifer, que inició todo el mal en el mundo. Healey, como el primero en ser castigado, difícilmente ha sido consciente de su rechazo; ésa es la naturaleza de su «pecado», que permanece como un acto indiferente.

El patrullero Rey se quedó de pie, en toda su estatura, en el centro del estudio.

—Caballeros, deben ustedes revisar los sermones pronunciados por el señor Greene la semana pasada, para que podamos deducir dónde se ha llevado Teal a Manning.

—Greene empezó su serie de sermones con los hipócritas —explicó Lowell—. Luego continuó con los falsarios, incluyendo a los monederos falsos, y finalmente, en el sermón del que fuimos testigos Fields y yo, trató de los traidores.

—Manning no era un hipócrita —dijo Holmes—. Iba tras Dante desde dentro y hacia fuera. Y los traidores contra la familia no se comportan así.

—Entonces nos quedan los falsarios y los traidores contra la propia nación —concluyó Longfellow.

—En realidad, Manning no se comprometió en ningún fraude —intervino Lowell—. Es cierto que nos ocultó sus actividades, pero ése no fue su principal modo de agresión. Muchas de las sombras del infierno de Dante habían sido culpables de carretadas de pecados, pero el pecado que define sus acciones es el que determina su destino en el infierno. Los falsarios deben cambiar de una forma a otra para cumplir su *contrapasso*, como Sinón, el griego, que engañó a los troyanos para que dieran la bienvenida al caballo de madera.

—Los traidores contra la nación socavan el bienestar del propio pueblo —dijo Longfellow—. Los encontramos en el noveno círculo, el más bajo.

—Combatiendo nuestros proyectos sobre Dante, en este caso —añadió Fields.

Holmes consideró esto último.

—Así es, ¿verdad? Hemos sabido que Teal se viste de uniforme cuando actúa a su manera dantesca, tanto si estudia a Dante como si prepara sus crímenes. Esto arroja luz sobre su paisaje mental: en su insania, intercambia la salvaguardia de la Unión y la de Dante.

—Y Teal sería testigo de los planes de Manning —dijo Longfellow— gracias a su puesto de conserje en el edificio principal de la universidad. Para Teal, Manning se cuenta entre los peores traidores a la causa para cuya protección se ha puesto en pie de guerra. Teal se ha reservado a Manning para el final.

—¿Cuál sería el castigo que deberíamos buscar? —se interesó Nicholas Rey.

Todos aguardaron a que Longfellow respondiera.

—Los traidores son introducidos completamente en hielo, del cuello abajo, en un lago que a causa del hielo parecería de cristal y no de agua.

—Todas las charcas de Nueva Inglaterra se han helado en las dos últimas semanas —gruñó Holmes—. Manning podría estar en cualquier lugar, ¡y nosotros no contamos más que con un caballo cansado para ir en su busca!

Rey sacudió la cabeza.

—Ustedes, caballeros, quédense aquí, en Cambridge, y busquen a Teal y a Manning. Yo iré a Boston en busca de ayuda.

—¿Y qué hacemos si vemos a Teal? —preguntó Holmes.

—Usen esto —y Rey les alargó su porra de policía.

Los cuatro eruditos iniciaron su patrulla por las desiertas orillas del río Charles, de Beaver Creek, cerca de Elmwood, y de Fresh Pond. Alumbrándose con los débiles halos de sus linternas de gas, se hallaban en tal estado de alerta mental, que apenas se daban cuenta de la indiferencia con que transcurría la noche sin aportarles el mínimo avance. Se envolvieron en múltiples abrigos, que no evitaban que el hielo se acumulara en sus barbas (en el caso del doctor Holmes, en sus pobladas cejas y patillas). El mundo parecía extraño y silencioso sin el ocasional ruido de los cascos de los caballos al trote. Reinaba un silencio que parecía extenderse por todo el camino al Norte, interrumpido sólo por los bruscos resoplidos de las locomotoras en la distancia, transportando constantemente mercancías de un punto a otro.

Cada uno de los dantistas imaginaba con gran detalle cómo, en aquel *preciso momento*, el patrullero Rey perseguía a Dan Teal por Boston, deteniéndolo y esposándolo en nombre de la comunidad; cómo Teal se explicaría, rabioso, justificándose, pero se rendiría a la justicia, y como Yago nunca volvería a hablar de sus acciones. Varias veces se animaron unos a otros, Longfellow, Holmes, Lowell y Fields, mientras daban vueltas en torno a las heladas vías de agua.

Empezaron a conversar, el doctor Holmes el primero, por supuesto. Pero los demás también se confortaban con un intercambio de susurros. Hablaron sobre escribir versos conmemorativos, sobre nuevos libros, sobre actividades políticas con las que no habían sintonizado hasta poco antes; Holmes volvió a contar la historia de sus primeros años de práctica médica, cuando colgó un cartel —LAS MÁS INSIGNIFICANTES FIEBRES SON GRATAMENTE RECIBIDAS— hasta que su ventana fue rota por unos borrachos.

—He hablado demasiado, ¿verdad? —Holmes meneó la cabeza como censurándose—. Longfellow, me gustaría hacerle hablar más de usted mismo.

—No —replicó Longfellow pensativamente—. Creo que nunca lo hago.

—¡Ya sé que nunca lo hace! Pero una vez usted se me confesó. —Holmes lo consideró dos veces antes de seguir—. Cuando conoció a Fanny.

—No, creo que nunca lo hice.

Cambiaron varias veces de parejas, como si estuvieran bailando; y también cambiaron de conversaciones. A veces caminaban los cuatro juntos, y parecía que su peso iba a romper la costra helada bajo sus pies. Siempre iban tomados del brazo.

Al menos la noche era clara. Las estrellas estaban fijadas en perfecto orden. Oyeron los golpes de los cascos del caballo que traía a Nicholas Rey, quien iba envuelto en el vapor de la respiración del animal. A medida que se aproximaba, cada uno de ellos imaginaba en silencio el aspecto de incontenible triunfo en el llamativo semblante del joven, pero su rostro reflejaba gravedad. Informó de que ni Teal ni Augustus Manning habían sido vistos. Había reclutado a media docena de patrulleros para peinar el río Charles en toda su longitud, pero sólo cuatro caballos más pudieron quedar al margen de la cuarentena. Rey se alejó, no sin advertir cautela a los Poetas Junto a la

Chimenea y prometiéndoles continuar la búsqueda por la mañana.

¿Quién sugirió, a las tres y media, descansar un rato en casa de Lowell? Una vez allí, dos se acomodaron en la sala de música y otros dos, en el estudio contiguo. Ambas estancias eran gemelas en su disposición, con las chimeneas dándose la espalda. Fanny Lowell se retiró arriba debido a los ansiosos ladridos de los cachorros. Les hizo té, pero Lowell no le explicó nada y se limitó a refunfuñar por la epidemia de las caballerías. Ella había enfermado de inquietud por la ausencia de su marido. Éste acabó por darse cuenta de lo tarde que era, y despachó a su criado William para que llevara mensajes a las casas de los demás. Permanecieron adormilados en Elmwood media hora —no más—, junto a las dos chimeneas.

A la hora en que el mundo permanecía inmóvil, el calor daba de lleno en un lado del rostro de Holmes. Todo su cuerpo estaba tan hondamente fatigado que apenas se dio cuenta cuando se vio de nuevo en pie y atravesando con paso quedo una estrecha cancela en el exterior. El hielo que cubría el suelo había empezado a derretirse rápidamente a causa de un brusco aumento de la temperatura, y el fango se aglomeraba en los regueros de agua. El suelo bajo sus botas se había vuelto desigual y formaba pendientes, y Holmes sentía que debía agacharse como si estuviera escalando una ladera. Dirigió una mirada a la comunidad de Cambridge, donde podía distinguir aquellos cañones de la guerra de la Independencia que habían escupido columnas de humo, y el corpulento Olmo de Washington que, con sus miles de ramas, semejantes a dedos, crecía en todas direcciones. Holmes miró atrás y pudo ver a Longfellow deslizarse lentamente hacia él. Holmes se apresuró a su encuentro. No le gustaba que Longfellow permaneciera solo demasiado tiempo, pero un estruendo atrajo entonces la atención del doctor.

Dos caballos con manchas de color fresa y cascos albinos avanzaban tempestuosamente hacia él, ambos arrastrando sendos carruajes destartalados. Holmes se encogió y cayó de rodillas. Se agarró los tobillos y levantó la vista a tiempo para ver a Fanny Longfellow —flores de fuego volaban de su cabello suelto y de su amplio pecho— llevando las riendas de uno de los caballos, y a Junior controlando con mano segura el otro, como si no hubiera hecho otra cosa desde el día en que nació. Cuando las dos figuras pasaron arrolladoramente a ambos lados del pequeño doctor, a éste no le pareció posible conservar el equilibrio y se deslizó hacia la oscuridad.

Holmes se levantó del sillón y permaneció de pie, con las rodillas a unas pulgadas de la chimenea donde crepitaba la leña. Levantó la mirada. Sobre su cabeza, chisporroteaba la lámpara.

—¿Qué hora es? —preguntó, cuando se dio cuenta de que había estado soñando.

El reloj de Lowell le respondió: las seis menos cuarto. Los ojos de Lowell se abrieron como los de un niño adormilado y se agitó en su sillón. Preguntó si sucedía algo. El sabor amargo que le llenaba la boca le hacía difícil abrirla.

—Lowell, Lowell —dijo Holmes, descorriendo todas las cortinas—. Un par de caballos.

—¿Qué?

—Creo haber oído un par de caballos fuera. No; estoy completamente seguro de ello. Corrían frente a su ventana hace sólo unos segundos; han pasado muy cerca y a toda prisa. Sin duda se trataba de dos caballos. El patrullero Rey sólo dispone de uno en este momento. Longfellow dijo que Teal le robó dos a Manning.

—Nos hemos quedado dormidos —replicó Lowell, alarmado, parpadeando y mirando a través de las ventanas cómo había empezado a hacerse de día.

Lowell despertó a Longfellow y a Fields, y luego tomó su catalejo y su fusil, que se echó al hombro. Cuando se dirigían a la puerta, Lowell vio a Mabel, envuelta en su bata, entrar en el vestíbulo. Él se detuvo, aguardando una reprimenda, pero ella se limitó a quedarse quieta, de pie, con la mirada perdida. Lowell volvió sobre sus pasos y la abrazó estrechamente. Cuando se oyó a sí mismo susurrar «gracias», ella ya había pronunciado la misma palabra.

—Ahora debes tener cuidado, padre. Por madre y por mí.

Al pasar del calor al aire frío del exterior, se recrudeció con toda su fuerza el asma de Holmes. Lowell corrió delante, en busca de huellas recientes de cascos, mientras los otros deambulaban con expresión circunspecta entre los despojados olmos, que alzaban al cielo sus desnudas ramas.

—Longfellow, mi querido Longfellow... —decía Holmes.

—Holmes —respondió el poeta amablemente.

Holmes aún podía ver ante sus ojos los vívidos fragmentos soñados, y tembló al mirar a su amigo. Temía que pudiera escapársele: *Acabo de ver a Fanny venir por nosotros. ¡La he visto!*

—Hemos olvidado la porra de la policía en su casa, ¿verdad?

Fields apoyó la mano en el pequeño hombro del doctor, para darle confianza.

—Ahora mismo, una onza de coraje vale por el rescate de un rey, querido Wendell.

Más adelante, Lowell se inclinó, apoyándose en una rodilla. Recorrió con el catalejo el estanque situado enfrente. Sus labios temblaban a causa del temor. Al principio creyó ver algunos muchachos pescando en el hielo. Pero luego, al desplazar el catalejo, pudo ver el lívido rostro de su alumno Pliny Mead: sólo su rostro.

La cabeza de Mead era visible a través de una estrecha abertura practicada en el lago de hielo. El resto de su cuerpo desnudo estaba oculto por el agua helada, bajo la cual tenía los pies atados. Sus dientes castañeteaban violentamente. La lengua estaba vuelta hacia la parte posterior de la boca. Los brazos desnudos de Mead estaban extendidos sobre el hielo y fuertemente amarrados con algún tipo de cuerda, que se prolongaba desde las muñecas hasta el carruaje del doctor Manning, atado en las cercanías. Mead, semiinconsciente, se hubiera deslizado por el agujero abajo y hubiera muerto, de no ser por aquella atadura. En la trasera del carruaje estacionado, Dan Teal, resplandeciente con su uniforme militar, pasaba los brazos bajo otra figura desnuda, la levantó y echó a andar sobre el traicionero hielo. Transportaba el fláccido y blanco cuerpo de Augustus Manning, cuya barba resbalaba de manera forzada sobre su delgado pecho. Las piernas y las caderas estaban atadas, y su cuerpo temblaba mientras Teal cruzaba el liso estanque.

La nariz de Manning se había puesto rojo oscuro, y bajo ella se había formado una gruesa costra de sangre seca de color marrón. Teal deslizó primero los pies en otra abertura del lago helado, a unos treinta centímetros de los de Mead. La impresión causada por el agua gélida devolvió a Manning a la vida: chapoteó y se agitó alocadamente. Entonces Teal desató los brazos de Mead, de tal modo que la única fuerza capaz de evitar que los dos hombres desnudos se deslizaran a sus respectivos agujeros era un furioso intento, instintivamente comprendido e instantáneamente emprendido por ambos, de agarrar las manos extendidas del otro.

Teal trepó por el talud para verlos debatirse, y entonces sonó un disparo. Acertó la corteza de un árbol detrás del asesino.

Lowell volvió a apuntar, agarrando su arma y deslizándose por el hielo.

—¡Teal! —gritó.

Dispuso el fusil para otro disparo. Longfellow, Holmes y Fields avanzaron a gatas hasta colocarse detrás de Lowell.

—¡Señor Teal, debe acabar con esto! —chilló Fields.

Lowell no podía creer lo que vio por encima del cañón de su arma. Teal permanecía perfectamente inmóvil.

—¡Dispare, Lowell, dispare! —lo urgió Fields dando voces.

A Lowell siempre le gustaba apuntar en las expediciones de caza, pero nunca abrir fuego. Ahora el sol se elevaba a una altura perfecta, desplegándose sobre la vasta superficie cristalina.

Por un momento, los hombres quedaron cegados por el reflejo. Cuando sus ojos se hubieron acostumbrado, Teal había desaparecido, y les llegó el eco de los apagados sonidos de su carrera por el bosque. Lowell disparó a la espesura.

Pliny Mead, temblando incontteniblemente, no reaccionaba, mientras su cabeza iba resbalando por el hielo y su cuerpo se hundía poco a poco en las mortíferas aguas. Manning pugnaba por mantener agarrados los escurridizos brazos del muchacho; después, sus muñecas y sus dedos, pero el peso era excesivo. Mead hundió ambos brazos en el agua. El doctor Holmes se lanzó, deslizándose por el hielo. Introdujo ambos brazos en el agujero, agarrando a Mead por los cabellos y las orejas y tiró y tiró hasta que pudo abrazarlo por el tórax. Entonces tiró un poco más hasta que el muchacho quedó tumbado sobre el hielo. Fields y Longfellow tomaron a Manning por los brazos y lo deslizaron hasta la superficie antes de que llegara a caer en el agujero. Le desataron las piernas y los pies.

Holmes oyó el chasquido de un látigo y levantó la mirada, para ver a Lowell en el pescante del carruaje abandonado. Azuzaba a los caballos en dirección a los bosques. Holmes dio un salto y corrió hacia él:

—¡No, Jamey! —gritó—. ¡Necesitamos llevarlos a que entren en calor o morirán!

—¡Teal escapará, Holmes!

Lowell detuvo los caballos y se quedó mirando la patética figura de Augustus Manning, debatiéndose torpemente sobre el estanque helado como un pez fuera del agua. Allí estaba el doctor Manning casi acabado, y Lowell sólo era capaz de sentir compasión por él. El hielo se curvó bajo el peso de los miembros del club Dante y de las víctimas destinadas a ser asesinadas, y el agua brotaba formando burbujas a través de nuevos agujeros que se abrían conforme avanzaban. Lowell saltó del carruaje en el preciso momento en que uno de los chanclos de Longfellow rompía una delgada franja de hielo. Lowell llegó a tiempo de agarrarlo.

El doctor Holmes se quitó los guantes y el sombrero y luego el gabán y la levita, y empezó a amontonarlos sobre Pliny Mead.

—¡Envuélvanlos en lo que tengan! ¡Tápenles la cabeza y el cuello!

Rasgó el corbatín y lo ató al cuello del muchacho. Luego se quitó las botas y los calcetines e introdujo en ellos los pies de Mead. Los otros miraron con atención cómo danzaban las manos de Holmes y lo imitaron.

Manning trató de hablar, pero lo que salió de su boca fue un gruñido entrecortado, como una débil cantilena. Trató de levantar la cabeza del hielo, pero estaba enteramente confuso cuando Lowell le encasquetó su sombrero.

Holmes gritó:

—¡Asegúrense de que los mantienen despiertos! ¡Si caen dormidos, los perdemos!

Con dificultades, transportaron los cuerpos ateridos al carruaje. Lowell, despojado de su ropa hasta quedarse en mangas de camisa, volvió a situarse en el pescante. Siguiendo las instrucciones de Holmes, Longfellow y Fields masajeaban el cuello y los hombros de las víctimas y les levantaban los pies para facilitar la circulación.

—¡Corra, Lowell, corra! —lo animaba Holmes.

—¡Vamos todo lo aprisa que podemos, Wendell!

Holmes se había dado cuenta en seguida de que Mead era el que estaba peor. Una terrible herida en la parte posterior de la cabeza, seguramente inferida por Teal, era una mala complicación que se añadía a la letal exposición al frío. Holmes estimulaba frenéticamente la circulación del muchacho durante su breve trayecto de regreso a la ciudad. A su pesar, resonaba en la mente de Holmes el poema que recitaba a sus estudiantes para recordarles cómo tratar a sus pacientes:

Si a la pobre víctima hay que percutir,
no conviertas en un yunque su busto doliente.
(Hay doctores en cientos de millas a la redonda
que golpean un tórax como martillos pilones.)
En cuanto a tus preguntas, por favor, no trates
de sonsacar a tu paciente y dejarlo completamente seco;
no es un molusco retorciéndose en un plato;
tú no eres Agassiz y él no es un pez.

El cuerpo de Mead estaba tan frío que hacía daño al tocarlo.

* * *

—El chico estaba perdido antes de nuestra llegada al Fresh Pond. No hubo manera de hacer más por él. Debe aceptarlo, mi querido Holmes.

El doctor Holmes deslizaba entre sus dedos, atrás y adelante, el tintero de Tennyson, propiedad de Longfellow. Ignoraba a Fields y las puntas de los dedos se le ennegrecían con manchas de tinta.

—Y Augustus Manning le debe la vida —decía Lowell—. Y a mí, mi sombrero —añadió—. Ahora en serio, Wendell, ese hombre hubiera vuelto a ser polvo sin usted. ¿No se da cuenta? Hemos desbaratado los planes de Lucifer. Hemos arrancado a un hombre de las fauces del diablo. Esta vez hemos *vencido* gracias a que usted se entregó por completo, querido Wendell.

Las tres hijas de Longfellow, primorosamente vestidas para salir, llamaron a la puerta del estudio. Alice fue la primera en entrar:

—Papá, Trudy y las demás niñas están en la colina, deslizándose en trineo. ¿Podemos ir?

Longfellow miró a sus amigos, acomodados en sillones alrededor de la habitación. Fields se encogió de hombros.

—¿Habrá allí otros niños? —preguntó Longfellow.

—¡Todos los de Cambridge! —anunció Edith.

—Muy bien —dijo Longfellow, pero luego las estudió como si lo desbordaran sus propias reservas mentales—. Annie Allegra, quizá deberías quedarte aquí con la señorita Davie.

—¡Oh, por favor, papá! ¡Hoy estreno zapatos! —Annie levantó el pie como prueba.

—Mi querida Panzie —dijo Longfellow sonriendo—. Te prometo que sólo por esta vez.

Las otras dos salieron brincando, y la pequeña se dirigió al vestíbulo, en busca de su niñera.

Nicholas Rey llegó con uniforme militar de gala, con guerrera azul y capote. Informó de que no se había encontrado nada. Pero el sargento Stoneweather había desplegado varios destacamentos en busca de Benjamin Galvin.

—La Oficina de Salud Pública ha anunciado que ha pasado lo peor de la epidemia caballar, y se ha liberado a varias docenas de animales de la cuarentena.

—¡Excelente! Entonces, podremos formar un equipo e iniciar la búsqueda —dijo Lowell.

—Profesor, caballeros... —Rey tomó asiento—. Ustedes han descubierto la identidad del asesino. Ustedes han salvado una vida y, quizá, otras que nunca sabremos.

—Esas vidas estaban en peligro, ante todo, por nuestra causa —puntualizó Longfellow suspirando.

—No, señor Longfellow. Lo que Benjamin Galvin encontró en Dante lo hubiera encontrado en cualquier sitio a lo largo de su vida. Ustedes no han invocado ninguno de esos horrores. Pero lo que han llevado a cabo a su sombra es innegable. Y son afortunados por haber salido con bien de todo esto. Ahora deben dejar a la policía terminar el caso, para seguridad de todos.

Holmes le preguntó a Rey por qué vestía su uniforme militar.

—El gobernador Andrew da hoy otro de sus banquetes para soldados en la asamblea legislativa. Está claro que Galvin ha continuado apegado a su servicio militar. Podría muy bien aparecer.

—Agente, no sabemos cómo responderá al hecho de habérsele malogrado su último asesinato —dijo Fields—. ¿Qué ocurrirá si trata de castigar de nuevo a los traidores? ¿Y si vuelve a intentarlo con Manning?

—Tenemos patrulleros vigilando las casas de todos los miembros de la corporación de Harvard y de los supervisores, incluido el doctor Manning. También montamos guardia en todos los hoteles para proteger a Simon Camp en caso de que Galvin vaya tras él como otro traidor a Dante. Tenemos a varios hombres en el vecindario de Galvin, y vigilamos su casa de cerca.

Lowell caminó hasta la ventana y miró la avenida frente a la casa de Longfellow, donde vio a un hombre con un pesado gabán azul pasar frente a la cancela y luego girar en la dirección opuesta.

—¿También tiene usted un hombre ahí? —preguntó Lowell.

Rey asintió.

—En cada una de sus casas. Por su elección de las víctimas, parece que Galvin se considera a sí mismo el guardián de ustedes. Así que puede pensar en reunirse con ustedes para decidir qué hacer después de este vuelco de los acontecimientos. Si lo hace, lo cogeremos.

Lowell lanzó su cigarro al fuego. De repente, aquella autocomplacencia lo disgustó.

—Agente, creo que es un asunto desagradable. ¡No podemos quedarnos sentados en esta habitación, inermes, todo el día!

—No les sugiero que lo hagan, profesor —replicó Rey—. Regresen a sus casas, pasen el tiempo con sus familias. El deber de proteger a esta ciudad me corresponde a mí, caballeros, pero a ustedes se les echa mucho de menos en todas partes. Su vida debe empezar a recuperar la normalidad a partir de ahora, profesor.

Lowell levantó la vista, contrariado.

—Pero...

Longfellow sonrió.

—En la vida, gran parte de la felicidad no consiste en librar batallas, mi querido Lowell, sino en evitarlas. Una magistral retirada es en sí misma una victoria.

—Reunámonos de nuevo esta noche —dijo Rey—. Con un poco de buena suerte, tendré buenas noticias para ustedes. ¿De acuerdo?

Los eruditos asintieron, con expresiones de contrariedad y de gran alivio.

El patrullero Rey continuó reclutando agentes aquella tarde; muchos de ellos habían evitado en silencio a Rey por prudencia. Pero él ya sabía desde hacía tiempo quiénes eran. Conocía al instante cuándo un hombre lo miraba sencillamente como a otro hombre y no como a un negro o mulato. Su mirada directa a los ojos precisaba poca persuasión adicional.

Apostó un patrullero frente al jardín de la casa del doctor Manning. Mientras Rey estaba hablando con el patrullero, bajo un arce, Augustus Manning salió en tromba por la puerta lateral.

—¡Alto! —exclamó Manning, mostrando un fusil.

Rey se volvió.

—Somos la policía... La policía, doctor Manning.

Manning temblaba como si aún estuviera atrapado en el hielo.

—Vi por la ventana su uniforme del ejército, agente. Pensé que aquel loco...

—No tiene usted por qué preocuparse.

—¿Ustedes..., ustedes me protegerán?

—Mientras sea necesario. Este agente vigilará su casa. Va bien armado.

El otro patrullero se desabrochó la chaqueta y mostró su revólver.

Manning asintió débilmente, como señal de aceptación, y extendió su brazo dubitativamente, permitiendo que el policía mulato lo escoltara al interior.

Luego, Rey condujo su carruaje al puente de Cambridge. Distinguió otro carruaje detenido, bloqueando el paso. Dos hombres estaban inclinados sobre una de las ruedas. Rey se situó en un lado de la calzada, se apeó y caminó hacia los que sufrían la avería, con ánimo de ayudar.

—Detectives, ¿puedo serles útil? —preguntó Rey.

—Creo que deberíamos tener una charla con usted en la comisaría, Rey —dijo uno.

—Me temo que ahora no tengo tiempo.

—Se nos ha informado de que usted interviene en un asunto sin la debida autorización, señor —dijo otro, adelantándose.

—No creo que eso sea de su competencia, detective Henshaw —dijo Rey tras una pausa.

El detective se frotó un dedo contra otro. Un detective se aproximó a Rey amenazadoramente. Rey se volvió hacia él.

—Soy un agente de la ley. Si me golpea, golpea a la comunidad.

El detective dirigió un puñetazo al abdomen de Rey y luego le encajó otro en la mandíbula. Rey se dobló sobre sí mismo, protegiéndose con el cuello de la guerrera. La sangre le brotaba de la boca mientras los otros lo cargaban en la trasera de su carruaje.

El doctor Holmes estaba sentado en su gran mecedora tapizada de cuero, haciendo tiempo para acudir a su cita en casa de Longfellow. Una persiana parcialmente abierta dejaba entrar una pálida y religiosa luz sobre la mesa. Wendell Junior subía corriendo al segundo piso.

—Wendy, muchacho —le llamó Holmes—. ¿Adónde vas?

Junior volvió a bajar lentamente la escalera.

—¿Cómo estás, padre? No te había visto.

—¿Puedes sentarte un minuto o dos?

Junior se acomodó en el borde de una mecedora verde.

El doctor Holmes preguntó sobre la facultad de Derecho. Junior respondió con indiferencia, esperando la acostumbrada invectiva contra los estudios de leyes, pero tal cosa no sucedió. El doctor Holmes admitió que nunca pudo meterse en la piel de la ley, cuando tuvo que escoger una vez terminada la universidad. La segunda edición mejora la primera, suponía.

El tranquilo tictac del reloj ritmaba su silencio en prolongados segundos.

—¿Nunca has pasado miedo, Wendy? —preguntó el doctor Holmes en medio de aquel silencio—. En la guerra, quiero decir.

Junior se quedó mirando a su padre, bajo su oscura frente, y sonrió con calidez.

—Es algo estúpido, papá, ponerse a hacer discursos cada vez que uno puede entrar en combate o caer muerto. No hay poesía en una contienda.

El doctor Holmes permitió a su hijo volver a su trabajo. Junior asintió y volvió a subir la escalera.

Holmes debía ponerse en camino para reunirse con los demás. Decidió armarse con el mosquete de pedernal de su abuelo, que había sido utilizado por última vez en la guerra de la Independencia. Ésa era la única arma que Holmes permitía en su casa, y la guardaba como una pieza histórica en el sótano.

Los tranvías continuaban fuera de servicio. Conductores y cobradores trataron de empujar los coches a fuerza de brazos, sin éxito. El Ferrocarril Metropolitano también trató de utilizar bueyes para arrastrar sus vagones, pero sus cascos eran demasiado tiernos para el duro pavimento. Así que Holmes se desplazó a pie, caminando por las calles sinuosas de Beacon Hill, perdiendo por unos pocos segundos el carruaje de Fields, pues el editor acudió a casa de Holmes con el propósito de acompañarlo. El doctor tomó el puente del Oeste, tendido sobre el Charles parcialmente helado, y atravesó Gallows Hill. Hacía tanto frío que la gente se golpeaba las orejas con las manos, encogía los hombros y corría. El asma hacía sentir a Holmes que el recorrido era el doble de largo que en la realidad. Pasó ante la vieja Primera Iglesia de Cambridge, la del reverendo Abiel Holmes. Se deslizó al interior de la capilla vacía y se sentó. Los bancos eran los de siempre, oblongos, con un saliente delante de los feligreses para apoyar los libros de himnos. Había un fastuoso órgano, algo que el reverendo Holmes nunca hubiera permitido.

Holmes padre perdió la iglesia durante una secesión de su congregación, promovida por miembros que deseaban recibir a ministros unitaristas como ocasionales predicadores invitados a su púlpito. El reverendo se negó, y el reducido número de fieles que se quedó se trasladó con él a otra iglesia. Las capillas unitaristas estaban de moda por aquellos días, pues la «nueva religión» ofrecía amparo frente a las doctrina del pecado innato y la indefensión humana propuesta por el reverendo Holmes y sus hermanos, aún más tremendistas. Fue también en una de esas iglesias donde el doctor Holmes dio la espalda a las creencias paternas y halló otra clase de amparo en la religión razonada antes que en el temor de Dios.

También había amparo bajo los pavimentos de madera, pensaba Holmes, cuando intervinieron los abolicionistas; al menos, eso era lo que Holmes había oído: debajo de muchas capillas unitaristas excavaron túneles para esconder a negros fugitivos cuando el tribunal del juez presidente Healey apoyó la Ley de Esclavos Fugitivos y obligó a los negros huidos a ocultarse. Lo que el reverendo Abiel Holmes hubiera pensado de eso...

Holmes regresaba a la vieja iglesia paterna todos los veranos, al comenzar el curso de Harvard, pues allí se celebraba la ceremonia de apertura. El año de la graduación de Wendell Junior como poeta de la clase, la señora Holmes advirtió a su marido que no acentuara la presión sobre Junior aconsejándolo o criticando su poema. Cuando Junior ocupó su lugar, el doctor Holmes tomó asiento en la iglesia, en la capilla que había sido arrebatada a su padre, y una incierta sonrisa se dibujó en su rostro. Todos los ojos estaban fijos en él, para ver su reacción ante el poema de su hijo, escrito por Junior mientras hacía instrucción para la guerra en la que su compañía pronto iba a participar. *Cedat armis toga*, pensó Holmes: que la toga del escolar ceda el sitio a las armas del soldado. Oliver Wendell Holmes, jadeando con nerviosismo mientras observaba a Oliver Wendell Holmes Junior, deseaba que pudiera sumergirse en aquellos túneles de cuento de hadas que, se suponía, discurrían bajo las iglesias. Pues ¿qué utilidad tenían aquellos cados de conejos ahora que a los traidores secesionistas les iban a enseñar qué hacer con sus leyes esclavistas, con bayonetas y fusiles Enfield?

Holmes fijó su atención en el banco vacío. ¡Los túneles! ¡Así era como Lucifer había eludido ser localizado, incluso cuando la policía tenía desplegada toda su fuerza en el exterior! ¡Por eso la prostituta vio a Teal desaparecer en la niebla cerca de una iglesia! ¡Por eso el inquieto sacristán de la iglesia de Talbot no había visto al asesino entrar ni salir! Un coro de aleluyas levantó el alma del doctor Holmes. Lucifer no camina ni toma coches mientras arrastra Boston al infierno, exclamó Holmes para sí. ¡Está en la madriguera!

*   *   *

Lowell partió ansiosamente de Elmwood para su cita en la casa Craigie, y fue el primero en saludar a Longfellow. Por el camino, Lowell no se dio cuenta de que los policías de vigilancia frente a Elmwood y la casa Craigie ya no se veían por ninguna parte. Longfellow acababa de leer un cuento a Annie Allegra. La envió con la niñera.

Fields llegó poco después.

Pero transcurrieron veinte minutos sin que ni Oliver Wendell Holmes ni Nicholas Rey dieran señales de vida.

—No debimos apartarnos de Rey —murmuró Lowell para su bigote.

—No puedo entender por qué Wendell no ha venido con usted —dijo Fields nerviosamente—. He parado en su casa de camino para acá, y la señora Holmes dijo que ya se había ido.

—No ha pasado mucho rato —dijo Longfellow, pero sus ojos no se movían del reloj.

Lowell hundió el rostro entre sus manos. Cuando miró a través de ellas, habían pasado otros diez minutos. Cuando las cerró de nuevo, fue súbitamente golpeado por un pensamiento que le produjo un escalofrío. Corrió a la ventana.

—¡Debemos ir en busca de Wendell en seguida!

—¿Ocurre algo malo? —preguntó Fields, alarmado por la expresión horrorizada en el rostro de Lowell.

—Wendell —dijo Lowell—. ¡Lo llamé traidor en el Corner!

Fields le dedicó una sonrisa amable.

—Eso hace tiempo que está olvidado, querido Lowell.

Lowell agarró la manga de la chaqueta de su editor para guardar el equilibrio.

—¿No se dan cuenta? Mantuve mi disputa con Wendell en el Corner el día que encontraron a Jennison descuartizado, la noche en que Holmes abandonó nuestro proyecto. Teal, o mejor dicho Galvin, acababa de entrar en el vestíbulo. ¡Debió oírnos todo el tiempo, igual que hizo en las reuniones de la Mesa de Harvard! Yo seguí a Holmes hasta el vestíbulo desde la Sala de Autores, gritándole... ¿No se *acuerdan* de lo que dije? ¿No les siguen sonando las palabras? *Le dije a Holmes que estaba traicionando al club Dante.* ¡Le dije que era un traidor!

—Por favor, cálmese —lo instó Fields.

—Greene predicaba a Teal, y a continuación Teal cometía los asesinatos. Yo condené a Wendell como traidor: ¡Teal fue la atenta audiencia para mi pequeño sermón! —exclamó Lowell—. Oh, mi querido amigo, en qué lo he metido, ¡he asesinado a Wendell!

Lowell echó a correr hacia el vestíbulo, en busca de su abrigo.

—Estará aquí dentro de un momento, tengo la seguridad —dijo Longfellow—. Por favor, Lowell, al menos esperemos al agente Rey.

—¡No, yo me voy ahora mismo en busca de Wendell!

—Pero ¿dónde piensa encontrarlo? Y usted no puede irse solo —decidió Longfellow—. Nosotros también vamos.

—Iré yo con Lowell —dijo Fields, cogiendo la porra de policía dejada por Rey y sacudiéndola para demostrar que servía—. Estoy seguro de que todo va bien. Longfellow, ¿quiere usted quedarse para esperar a Wendell? Enviaremos al agente de patrulla para que traiga a Rey cuanto antes.

Longfellow asintió.

—¡Vamos, pues, Fields! ¡Ahora! —refunfuñó Lowell, al borde del llanto.

Fields trató de alcanzar a Lowell mientras corría por la avenida en dirección a la calle Brattle. Allí no había nadie.

—¿Dónde diablos está el patrullero? —preguntó Fields—. La calle parece completamente vacía.

Al otro lado de la cancela, entre los árboles, algo rechinó. Lowell se llevó un dedo a los labios como una señal dirigida a Fields de que permaneciera quieto, y se acercó sigilosamente al lugar de donde procedía el sonido. Una vez allí se quedó inmóvil, con el ánimo en suspenso.

Apareció un gato a sus pies y echó a correr, disolviéndose en la oscuridad. Lowell emitió un suspiro de alivio, pero precisamente entonces un hombre se precipitó por encima de la verja y descargó un golpe en la cabeza de Lowell, que se desplomó de inmediato, como una embarcación cuyo mástil se hubiera partido en dos: cayó al suelo, y del rostro del poeta caído se borró todo movimiento de manera tan increíble, que Fields casi no podía reconocerlo.

El editor retrocedió y luego levantó la vista para encontrarse con la mirada de Dan Teal. Ambos se movían como si estuvieran sincronizados. Fields hacia atrás y Teal adelante, como en una danza curiosamente amable.

—Por favor, señor Teal —dijo Fields, que sintió como si las rodillas se le doblaran hacia dentro.

Teal permanecía impasible.

El editor tropezó con una rama caída y luego se lanzó a una torpe carrera. Corría calle Brattle abajo dando bufidos, vacilando mientras avanzaba, tratando de llamar la atención, de gritar, pero sólo era capaz de toser, emitiendo un bronco graznido que se perdió en medio de los vientos helados que ululaban en sus oídos. Miró atrás y sacó la porra de policía del bolsillo. Ya no había rastro de su perseguidor. Cuando Fields se volvió para mirar de reojo, sintió que lo agarraban de un brazo, y se encontró volando por los aires. Su cuerpo se derrumbó en la calle, y la porra se deslizó entre los arbustos con un suave cascabeleo, tan suave como el gorjeo de un pájaro.

Fields alargó el cuello en dirección a la casa Craigie, mirándola fijamente. De las ventanas del estudio de Longfellow escapaba un cálido resplandor de luz de gas, y al instante Fields creyó comprender plenamente cuál era el propósito del asesino.

—Sólo le pido que no cause daño a Longfellow. Hoy ha abandonado Massachusetts, le doy mi palabra de honor —balbució Fields como un niño.

—¿Acaso yo no he cumplido siempre con mi deber? —dijo el soldado levantando muy alta su cachiporra sobre la cabeza de Fields y golpeándola.

* * *

El sucesor del reverendo Elisha Talbot había llevado a cabo algunas reuniones con los diáconos de la Segunda Iglesia Unitarista de Cambridge, unas horas antes de que el doctor Oliver Wendell Holmes, armado con su viejo mosquete y con una linterna de queroseno que había adquirido en una casa de empeños, penetrara en la iglesia y se introdujera en la bóveda subterránea. Holmes había debatido consigo mismo si compartir con los demás su teoría, pero decidió confirmarla antes por su cuenta. Si la bóveda subterránea de Talbot estaba, en efecto, comunicada con un túnel abandonado para esclavos fugitivos, podría conducir a la policía directamente al asesino. También explicaría cómo Lucifer había entrado en la bóveda sepulcral con antelación, asesinado a Talbot y escapado sin testigos. La intuición del doctor Holmes había lanzado al club Dante a su investigación criminal, aunque ésta requirió la decisión de Lowell para seguir adelante. ¿Por qué no había de ser él quien le pusiera punto final?

Holmes descendió a la bóveda y deslizó las manos por las paredes del recinto tumbal en busca de cualquier signo de una abertura hacia otro túnel o cámara. No encontró el pasaje con sus manos escrutadoras, sino con la puntera de la bota, que por mera casualidad dio con un hueco. Holmes se inclinó para examinarlo y encontró un espacio angosto. Su menudo cuerpo cabía justamente en el hueco, y arrastró la linterna tras él. Después de un rato de avanzar a gatas, la altura del túnel aumentó, y Holmes pudo ponerse de pie con toda comodidad. Decidió regresar de inmediato a la superficie. ¡Oh, cómo sonreirían los demás ante su descubrimiento! ¡Con qué rapidez su adversario comprendería ahora su derrota! Pero los bruscos recovecos y lo escarpado del laberinto desorientaron al pequeño doctor. Permaneció con una mano en el bolsillo del abrigo, agarrando su mosquete para sentirse seguro, y empezaba a recuperar su equilibrio interior cuando una voz dispersó todos sus sentidos.

—Doctor Holmes —dijo Teal.

XIX

Benjamin Galvin se alistó cuando la primera leva de Massachusetts. A los veinticuatro años ya se consideraba un militar desde hacía tiempo, pues ayudó a conducir esclavos a través de la red de refugios, santuarios y túneles de la ciudad durante los años en que la guerra aún no había llegado hasta ellos. Figuró también entre los voluntarios que escoltaban a los oradores antiesclavistas a la entrada y salida del Faneuil Hall y otros ateneos, sirviendo de escudo humano frente a las turbas que arrojaban piedras y ladrillos.

Es preciso admitir que Galvin no estaba politizado a la manera de otros jóvenes. No sabía leer los densos pliegos ni los periódicos donde se decía si había que votar a este o aquel político sudista, o cómo este o aquel partido o cámara legislativa estatal había clamado en favor de la secesión o de la conciliación. Pero sí comprendió a los oradores de tribuna que proclamaban que debía liberarse a una raza esclavizada y que los partidos culpables habían de recibir un justo castigo. Benjamin Galvin comprendió también, de manera bastante simple, que ya no debía regresar a su hogar de recién casado. Los reclutadores prometían que, si no volvía enarbolando la bandera de las barras y estrellas, lo haría envuelto en ella. Galvin nunca había sido fotografiado con anterioridad, y la única imagen tomada con motivo del alistamiento lo decepcionó. Su gorra y sus pantalones no eran de su talla, y sus ojos parecían inexplicablemente temerosos.

La tierra era cálida y seca cuando la Compañía C del 10º Regimiento fue enviada de Boston a Springfield, a Camp Brightwood.

Nubes de polvo se incrustaron en los nuevos uniformes azules hasta tal punto que los hizo parecer del mismo gris apagado que los del enemigo. El coronel le preguntó a Galvin si quería ser ayudante de la compañía y llevar la lista de bajas. Galvin explicó que podía escribir el abecedario, pero que no era capaz de escribir o leer correctamente. Había tratado de aprender muchas veces, pero las letras y los signos de puntuación se le embrollaban en la cabeza y chocaban y giraban unos con otros en la página. El coronel quedó sorprendido. El analfabetismo no era raro entre los reclutas, pero el soldado Galvin siempre parecía sumido en tan hondas cavilaciones, acogiéndolo todo con unos ojos tan abiertos y tranquilos, y con una expresión tan serena que algunos de los hombres lo llamaban Zarigüeya.

Cuando estaban acampados en Virginia, el primer suceso emocionante se produjo cuando un soldado de sus filas fue hallado un día en los bosques con un disparo en la cabeza y con heridas de bayoneta. La cabeza y la boca las tenía llenas de gusanos como un enjambre de abejas instaladas en su colmena. Se decía que los rebeldes habían mandado a uno de sus negros a matar a un yanqui como entretenimiento. El capitán Kingsley, amigo del soldado muerto, hizo jurar a Galvin y a los demás hombres que no mostrarían la menor compasión cuando llegara el día de batirse con los secesionistas. Parecía que nunca iban a tener la oportunidad de entrar en combate todos los hombres que sentían la comezón de hacerlo.

Aunque Galvin había trabajado a la intemperie la mayor parte de su vida, nunca había visto la clase de criaturas reptantes que llenaban aquella parte del país. El ayudante de la compañía, que se levantaba todas las mañanas una hora antes de diana para peinarse su espeso cabello y redactar las listas de enfermos y muertos, no dejaba a nadie matar a aquellas criaturas. Cuidaba de ellas como si fueran niños, pese a que Galvin vio, con sus propios ojos, a cuatro hombres de otra compañía morir a causa de los gusanos blancos que infestaban sus heridas. Esto sucedió mientras la Compañía C marchaba hacia el siguiente campamento, más próximo, según se rumoreaba, a un campo de batalla en plena actividad.

Galvin nunca imaginó que la muerte pudiera llegar tan fácilmente a las personas de su entorno. En Fair Oaks, en un solo estallido de ruido y humo, seis hombres cayeron muertos ante él, con los ojos fijos como si, por lo demás, estuvieran interesados en lo que sucedía. Lo que más sorprendió a Galvin de aquel día no fue el número de muertos, sino el de supervivientes, pues no parecía posible, ni siquiera justo, que alguien saliera con vida. El inconcebible número de cadáveres de hombres y caballos se amontonaba como leña y se quemaba. Cada vez que Galvin cerraba los ojos para dormir después de aquello, podía oír gritos y explosiones dentro de su cabeza, que le daba vueltas, y era capaz de percibir continuamente el hedor de carne descompuesta.

Una noche, de regreso en su tienda devorado por la congoja, Galvin echó de menos en su macuto una parte de su ración. Uno de sus compañeros de tienda le dijo que había visto cogerla al capellán de la compañía. Galvin no creyó posible semejante perversidad, pese a que a todos les carcomía la misma hambre y todos tenían el estómago igualmente vacío. Pero resultaba duro acusar a un hombre. Cuando la compañía marchaba bajo la lluvia torrencial o bajo un sol ardiente, las raciones disminuían de manera inevitable, reduciéndose a unas pocas galletas infestadas de gorgojos, y casi no había para ellos siquiera. Lo peor de todo era que un soldado no podía pasar una noche sin una «refriega», operación consistente en despojarse de la ropa y sacudir de ella los bichos y garrapatas. El ayudante, que parecía saberlo todo sobre esas criaturas, explicaba la forma en que los insectos los invadían cuando estaban quietos, de modo que debían avanzar siempre, no dejar de moverse.

Las criaturas poblaban también el agua para beber, como resultado de los caballos muertos y de la carne podrida que en ocasiones amontonaban los soldados en los vados. Desde la malaria hasta la disentería, todas las dolencias eran catalogadas como fiebre de campamento, y el cirujano no podía distinguir a los enfermos de los que fingían, por lo que solía decantarse invariablemente por el engaño. Una vez Galvin vomitó ocho veces en un solo día, y en la última ocasión sólo expulsó sangre. Cada pocos minutos, mientras esperaba al cirujano, que le administró quinina y opio, los otros cirujanos arrojaban un brazo o una pierna por la ventana del improvisado hospital.

Cuando estaban acampados siempre había enfermedades, pero al menos había también libros. El cirujano ayudante recogía los que les enviaban a los muchachos desde sus casas y los conservaba en su tienda, de modo que actuaba como un bibliotecario. Algunos de los libros tenían ilustraciones que a Galvin le gustaba mirar; y otras veces el ayudante o uno de los compañeros de tienda de Galvin leían en voz alta una narración o un poema. En la biblioteca del ayudante del cirujano, Galvin encontró un ejemplar, de brillante azul y dorado, de la poesía de Longfellow. Galvin no sabía leer el nombre de la cubierta, pero reconoció el retrato grabado en el frontispicio por uno de los libros de su mujer. Harriet Galvin siempre dijo que en cada uno de los libros de Longfellow encontraba un camino hacia la luz y la felicidad para sus personajes cuando se enfrentaban a la desesperanza. Tal era el caso de Evangelina y su enamorado, separados en su nuevo país y que acababan reencontrándose cuando él se estaba muriendo de fiebres y ella era su enfermera. Galvin imaginaba que eran él y Harriet, y eso le daba seguridad cuando veía a los hombres caer a su alrededor.

Cuando Benjamin Galvin salió de la granja de su tía para ayudar a los abolicionistas de Boston, después de haber oído a un orador, fue golpeado por dos irlandeses vociferantes que lo dejaron sin sentido y que habían ido a reventar el mitin abolicionista. Uno de los organizadores se llevó a casa a Galvin para que se recuperase, y Harriet, su hija, se enamoró del pobre muchacho. Nunca había conocido a nadie, ni siquiera de los amigos de su padre, con una certidumbre tan simple sobre lo justo y lo injusto de las cosas, sin ninguna preocupación corruptora por la política o la influencia. «A veces creo que amas tu misión más de lo que puedes amar a otras personas», le decía durante su noviazgo, pero él era demasiado directo para pensar que lo que hacía era una misión.

Ella se sintió acongojada al saber por Galvin que sus padres habían muerto de fiebre negra cuando él era joven. Le enseñó a escribir el abecedario haciéndoselo copiar en pizarras. Él ya sabía escribir su nombre. Se casaron el día en que decidió irse voluntario a luchar en la guerra. Ella prometió enseñarle lo bastante como para que leyera un libro entero por sí mismo cuando regresara. Por eso le decía que debía regresar *vivo*. Galvin se removía bajo la sábana, tendido en la dura tabla, pensando en la voz de ella, regular y musical.

Cuando empezó el bombardeo, algunos hombres reían incontrolablemente o chillaban mientras disparaban, con los rostros ennegrecidos por la pólvora debido a que tenían que abrir los cartuchos con los dientes. Otros cargaban y disparaban sin mirar al blanco, y Galvin consideraba a esos hombres verdaderamente perturbados. Los ensordecedores cañones atronaban la tierra de manera tan terrible que los conejos escapaban de sus cados, con sus cuerpecillos temblando de terror mientras brincaban entre los muertos, desparramados por todo el campo y de los que, junto con la sangre, escapaba vapor.

A los supervivientes, raras veces les quedaban fuerzas para excavar bastantes tumbas para sus camaradas, de lo cual resultaban paisajes enteros de rodillas, brazos y coronillas sobresaliendo del terreno. La primera lluvia los dejaba al descubierto. Galvin observaba a sus compañeros de tienda garabatear cartas a sus casas, contando sus batallas, y se maravillaba de cómo podían poner en palabras lo que habían visto, oído y sentido, pues aquello excedía a todas las palabras que jamás hubiera escuchado. Según un soldado, la llegada de refuerzos para su última batalla, que había aniquilado casi un tercio de su compañía, respondía a las órdenes de un general que deseaba poner en aprietos al general Burnside, con la esperanza de asegurar su retirada. Más tarde, el general recibió un ascenso.

—¿Es posible? —preguntó el soldado Galvin a un sargento de otra compañía.

—Dos mulos y otro soldado muertos —respondió el sargento LeRoy de mal humor, riendo entre dientes, al todavía bisoño soldado.

A la campaña sólo la excedió en horrores y carnicería humana la de Napoleón en Rusia, según advirtió sagazmente a Benjamin Galvin el ayudante aficionado a los libros.

No le gustaba pedir a los demás que le escribieran cartas, como hacían otros analfabetos totales o parciales, así que, cuando Galvin encontraba cartas en los cadáveres de los soldados rebeldes, las mandaba a Harriet, en Boston, para que ella pudiera saber de la guerra de primera mano. Escribía su nombre al final, con objeto de que pudiera saber de dónde provenía la carta, y él incluía el pétalo de una flor local o una hoja representativa. Todo el tiempo estaban cansados; tan cansados que a menudo Galvin podía colegir, antes de una batalla, por las torpes expresiones de los rostros de algunos hombres —casi como si aún estuvieran dormidos—, quién con toda seguridad no vería la mañana siguiente.

—Con tal de regresar yo a casa, la Unión podría irse al infierno —oyó decir a un oficial.

Galvin no se dio cuenta de la disminución de las raciones que llenaba de ira a tantos hombres, porque ahora gran parte del tiempo no podía gustar ni oler y ni siquiera oír su propia voz. Con un alimento que ya no resultaba particularmente satisfactorio, Galvin contrajo el hábito de masticar piedras y luego trozos de papel tomados de la menguante biblioteca viajera del ayudante del cirujano, y de las cartas de los rebeldes, con objeto de mantener la boca caliente y ocupada. Los fragmentos se volvían más y más pequeños, para que durase todo lo posible lo que podía encontrar.

Uno de los hombres, que se había quedado demasiado cojo para resistir una marcha, fue abandonado en el campamento, y dos días más tarde lo encontraron asesinado para robarle la bolsa. Galvin le contó a todo el mundo que la guerra era peor que la campaña de Rusia de Napoleón. Le administraban morfina y aceite de castor para la diarrea, y el médico le dio unos polvos que le hicieron sentir mareado y frustrado. Sólo tenía un par de calzoncillos, y los vivanderos ambulantes que los vendían en sus carromatos pedían 2,50 dólares por un par que no valía más de treinta centavos. El vivandero dijo que no rebajaría el precio, pero que éste podría subir si Galvin esperaba mucho. Galvin hubiera querido romperle la cabeza al vendedor, pero no lo hizo. Pidió al ayudante que le escribiera una carta a Harriet Galvin encargándole que le enviara dos pares de calzoncillos gruesos de lana. Fue la única carta que escribió durante la guerra.

Se necesitaron zapapicos para retirar los cadáveres fijados al suelo por el hielo. Cuando volvió el calor, la Compañía C encontró un campo de rastrojos lleno de cuerpos insepultos de negros. Galvin se maravilló ante tantos negros con uniforme azul, pero luego comprendió lo que estaba viendo: los cadáveres habían sido abandonados bajo el sol de agosto un día entero, y esa exposición y los bichos que se arrastraban por encima los hacían parecer negros. Los hombres habían muerto en todas las posturas concebibles, y los caballos eran incontables; muchos de ellos parecían arrodillados con sus cuatro patas, como si estuvieran esperando a que un niño los montara.

Poco después, Galvin oyó que algunos generales estaban devolviendo esclavos huidos de sus dueños, y que charlaban con estos últimos como si estuvieran jugando una partida de cartas. *¿Es eso posible?* La guerra carecía de sentido si no se combatía para mejorar la suerte de los esclavos. Durante una marcha, Galvin vio a un negro muerto cuyas orejas habían sido clavadas en un árbol como castigo por intentar huir. Su dueño lo había dejado desnudo, sabiendo muy bien que los voraces mosquitos y moscas intervendrían.

Galvin no podía entender las protestas de los soldados de la Unión cuando Massachusetts formó un regimiento de negros. Un regimiento de Illinois con el que se encontró, amenazó con desertar en masa si Lincoln liberaba un solo esclavo más.

En un avivamiento religioso* de negros que Galvin había presenciado en los primeros meses de la guerra, escuchó una plegaria en la que se bendecía a los soldados que cruzaban la ciudad: «Que el buen Dios tome a los que se quejan y los zarandee sobre el infierno, pero que no permita que vayan allí.»

Y cantaban:

El demonio está enloquecido y yo estoy contento. ¡Gloria, aleluya!
Ha perdido un alma que creía haber ganado. ¡Gloria, aleluya!

—Los negros nos han ayudado, han espiado para nosotros. También necesitan nuestra ayuda —dijo Galvin.

—¡Preferiría ver muerta la Unión antes de que ganara gracias a los negros! —le gritó en la cara a Galvin un teniente de su compañía.

Más de una vez Galvin había visto a un soldado agarrar a una muchacha negra que huía de su amo y arrastrarla a los bosques para refocilarse con ella.

El alimento se había agotado en ambos bandos del frente. Una

---

* El término inglés *revival* designa una práctica característica del protestantismo anglosajón, que consiste en manifestaciones de masas, por lo general al aire libre, en cuyo transcurso se producen fenómenos de entusiasmo colectivo. Éstos los promueve el verbo apasionado de un predicador que trata de «reavivar» el sentimiento religioso de unos fieles que se han vuelto tibios o indiferentes. Hemos elegido la traducción «avivamiento» porque es la palabra que suelen utilizar los protestantes de lengua española. *(N. del t.)*

mañana, tres soldados rebeldes fueron capturados cuando buscaban comida entre los desechos en los bosques, cerca de su campamento. Su aspecto era famélico, con la quijada colgando. Con ellos iba un desertor de las filas de Galvin. A este último le ordenó el capitán Kingsley que lo matara de un tiro. Galvin sintió como si fuera a vomitar sangre si trataba de hablar.

—¿Sin las ceremonias prescritas, mi capitán? —acabó diciendo.

—Marchamos para entrar en combate, soldado. No hay tiempo para un consejo de guerra ni tampoco para ahorcarlo, ¡así que péguele un tiro aquí mismo! Cargue... Apunte... ¡Fuego!

Galvin había presenciado el castigo a un soldado por negarse a cumplir esa misma orden. El castigo se llamaba «corcovear y arquearse», y consistía en atarle a uno las manos a las rodillas con una bayoneta situada entre los brazos y las piernas y otra atada de tal manera que quedara a la altura de la boca. El desertor, esquelético y exhausto, no pareció particularmente afectado.

—Dispárame, pues.

—¡Ahora, soldado! —ordenó el capitán—. ¿Anda buscándose un castigo?

Galvin mató al hombre de un tiro a quemarropa. Los demás corrieron hacia el cuerpo inanimado y lo atravesaron alrededor de una docena de veces con sus bayonetas. El capitán se volvió y, con una mirada fría, ordenó a Galvin que allí mismo disparara contra los tres prisioneros rebeldes. Cuando Galvin dudó, el capitán Kingsley lo empujó a un lado agarrándolo del brazo.

—Usted siempre está observando, ¿verdad, Zarigüeya? Se pasa la vida observando a cada uno como si estuviera convencido de que sabe mejor que nosotros lo que se debe hacer. Bien, pues ahora hará exactamente lo que yo digo. Ahora lo hará, ya lo creo que lo hará.

A los tres rebeldes los pusieron en fila. Después del «cargue, apunte, fuego», Galvin disparó sucesivamente sobre cada uno, en la cabeza, con su fusil Enfield. Mientras lo hacía, pudo experimentar tan poca emoción como al oler, gustar u oír. Aquella misma semana, Galvin vio a cuatro soldados de la Unión, incluidos dos de su propia compañía, que acosaban a dos niñas de las que se habían apoderado en un pueblo. Galvin se lo dijo a sus superiores y, para dar ejemplo, los cuatro hombres fueron atados a una rueda de cañón y se los azotó. Como Galvin fue quien dio parte de ellos, le tocó empuñar el látigo.

En la siguiente batalla, a Galvin no le dio la impresión de que estaba luchando en un bando o en otro, en contra de uno o de otro. Simplemente, combatía. El mundo entero combatía y descargaba su rabia contra sí mismo, y los clamores nunca cesaban. En cualquier caso, apenas podía diferenciar a un rebelde de un yanqui. El día anterior se había rozado con alguna hoja tóxica, y al caer la noche sus ojos estaban casi completamente cerrados. Los hombres se le rieron por eso, mientras que otros tenían disparos en los ojos y las cabezas abiertas. Benjamin Galvin había luchado como un tigre y no tenía una sola herida. Aquel día, un soldado, que más tarde fue trasladado a un asilo, amenazó con matar a Galvin, apuntándole con su fusil al esternón y advirtiéndole de que, si no dejaba de mascar aquel maldito papel, le pegaría un tiro allí mismo.

Tras la primera herida de guerra, una bala en el pecho, y en tanto no estuviera plenamente recuperado, a Galvin se le destinó como guardián en el fuerte Warren, frente al puerto de Boston, donde se mantenía a los prisioneros rebeldes. Allí, los prisioneros con dinero compraban mejores habitaciones y mejor comida, con independencia de su grado de culpabilidad o del número de hombres a los que hubieran matado injustamente.

Harriet rogaba a Benjamin que no volviera a la guerra, pero él sabía que los hombres lo necesitaban. Cuando, ansiosamente, se reincorporó a la Compañía C en Virginia, se habían producido tantas bajas en el regimiento, por muerte o por deserción, que fue ascendido a alférez.

Por los nuevos reclutas supo que los muchachos ricos se quedaban en casa porque pagaban trescientos dólares para eximirse del servicio. Galvin hirvió de indignación. Se sintió débil a causa de la congoja, y por la noche apenas durmió unos minutos. Pero tenía que moverse, mantenerse en movimiento. Durante la siguiente batalla, cayó entre los cadáveres y se durmió pensando en aquellos jóvenes ricos. Por la noche, los rebeldes anduvieron entre los muertos, lo encontraron y se lo llevaron a la prisión de Libby, en Richmond. Permitieron marcharse a todos los soldados porque carecían de importancia, pero Galvin era alférez, y pasó cuatro meses en Libby. Sólo recordaba imágenes borrosas y algunos sonidos de su período como prisionero de guerra. Fue como si continuara durmiendo y soñando todo el tiempo.

Cuando fue enviado a Boston, Benjamin Galvin pasó una revista con el resto de su regimiento en una gran ceremonia junto a la escalinata de la cámara legislativa del estado. La andrajosa bandera de la compañía fue plegada y entregada al gobernador. Sólo quedaban con vida doscientos hombres del millar original. Galvin no lograba entender cómo podía darse por terminada la guerra. Ni se habían acercado siquiera al triunfo de su causa. Los esclavos fueron liberados, pero el enemigo no había cambiado de proceder y no había sido castigado. Galvin no era político, pero sabía que los negros no tenían paz en el Sur, con o sin esclavitud, y también sabía lo que ignoraban quienes no lucharon en la guerra: el enemigo estaba a su alrededor a todas horas y no se había rendido en absoluto. Y nunca, nunca, ni por un solo momento, los enemigos fueron sólo los sudistas.

Galvin sintió que ahora hablaba un lenguaje diferente que los civiles no comprendían. Ni siquiera podían oír. Sólo los compañeros de armas, que habían sido afectados por el cañón y el obús, tenían esa capacidad. En Boston, Galvin empezó a ir de acá para allá con ellos, formando bandas. Su aspecto era macilento y exhausto, como el de los grupos de vagabundos que habían visto en los bosques. Pero esos veteranos, muchos de los cuales habían perdido trabajos y familias y lamentaban no haber muerto en la guerra —pues al menos sus esposas tendrían una pensión—, merodeaban en busca de dinero o de muchachas bonitas, se emborrachaban y armaban alboroto. Ya no se acordaban de vigilar al enemigo y permanecían tan ciegos como los demás.

Mientras Galvin caminaba por las calles, a menudo empezaba a sentir que alguien lo seguía de cerca. Se paraba de repente y giraba sobre sí mismo, con una mirada espantosa en sus grandes ojos, pero el enemigo se había desvanecido en una esquina o entre la multitud. *El diablo está enloquecido y yo estoy contento...*

La mayoría de las noches dormía con un hacha bajo la almohada. En el transcurso de una tormenta se levantó y amenazó a Harriet con un fusil, acusándola de ser una espía rebelde. Esa misma noche permaneció en el patio, bajo la lluvia, con uniforme de gala, patrullando durante horas. Otras veces encerraba a Harriet en una habitación y la custodiaba, explicándole que alguien se proponía capturarla. Ella tuvo que trabajar como lavandera para pagar deudas, y le insistió para que lo vieran los médicos. Un doctor dijo que tenía «corazón de soldado»: palpitaciones rápidas causadas por la participación en batallas. Ella lo convenció para que acudiera a uno de los hogares de ayuda a los soldados, donde, según entendió por lo que le dijeron otras esposas, velaban por los militares con problemas. Cuando Benjamin Galvin oyó a George Washington Greene pronunciar un sermón en el hogar, sintió el primer rayo de luz que podía recordar en mucho tiempo.

Greene habló de un hombre lejano, un hombre que comprendió, un hombre llamado Dante Alighieri. También fue soldado, cayó víctima de una gran división entre los partidos de su mancillada ciudad y llevó a cabo un viaje por el más allá, a fin de devolver la rectitud a la humanidad. ¡De qué increíble orden de la vida y la muerte fue testigo allí! Ningún derramamiento de sangre en el infierno era gratuito; cada persona era divinamente merecedora de un castigo concreto creado por el amor de Dios. ¡Qué perfección se derivaba de cada *contrapasso*, como el reverendo Greene llamaba al castigo, que correspondía a cada pecado de cada hombre y mujer en la tierra, y se prolongaba hasta el día del Juicio Final!

Galvin comprendió cuánta amargura sintió Dante porque los hombres de su ciudad, amigos y enemigos, sólo conocían lo material y físico, el placer y el dinero, y no se daban cuenta de que el juicio les iba pisando los talones. Benjamin Galvin no podía prestar suficiente atención a los sermones semanales del reverendo Greene ni conseguía captar de ellos siquiera la mitad, pero tampoco podía quitárselos de la cabeza. Cuando salía de la capilla se sentía crecido.

Los demás soldados también parecían disfrutar de los sermones, pero notaba que no los comprendían de la misma manera que él. Galvin, demorándose una tarde tras el sermón y mirando al reverendo Greene, alcanzó a oír una conversación entre éste y uno de los militares.

—Señor Greene, permítame que le diga lo mucho que me ha

gustado su sermón de hoy —dijo el capitán Dexter Blight, un hombre con un bigote de color del heno, en forma de manillar, y con una acusada cojera—. Quisiera preguntarle, señor, si podría leer más sobre los viajes de Dante. Me paso muchas noches insomne, así que tengo mucho tiempo.

El anciano ministro le preguntó si podía leer italiano.

—Bien —dijo George Washington Greene tras recibir una negativa como respuesta—, encontrará el viaje de Dante en inglés, con todos los detalles que usted desea, muy pronto, querido amigo. Sepa que el señor Longfellow, de Cambridge, está completando una traducción (no, una *transformación*) al inglés, mediante reuniones semanales con algo así como un consejo de ministros, un *club* Dante que él ha constituido y del que yo soy humilde miembro. El próximo año busque el libro en una librería, buen hombre. ¡Lo publica la incomparable editorial Ticknor y Fields!

Longfellow. Longfellow estaba relacionado con Dante. A Galvin le pareció muy apropiado, pues había oído todos sus poemas de labios de Harriet. Galvin se dirigió a un policía en la ciudad y le dijo: «Ticknor y Fields.» El agente le indicó un enorme edificio en la calle Tremont, esquina a la plaza Hamilton. La sala de exposiciones medía veinticinco metros de longitud por diez de anchura, con un deslumbrante enmaderado, columnas talladas y mostradores de abeto occidental que relucían bajo arañas gigantescas. Un decorativo arco al fondo de la sala de exposiciones albergaba las muestras más hermosas de las ediciones de Ticknor y Fields, con lomos de color azul, dorado y color chocolate. Detrás del arco, en un departamento se mostraban los últimos números de las publicaciones periódicas de la casa. Galvin entró en la sala de exposiciones con la vaga esperanza de que el propio Dante estuviera esperándolo. Avanzó reverentemente, con la cabeza descubierta y los ojos cerrados.

Las nuevas oficinas de la editorial llevaban abiertas unos pocos días cuando Benjamin Galvin hizo su entrada en ellas.

—¿Está aquí por el anuncio? —No hubo respuesta—. Excelente, excelente. Por favor, rellene este impreso. En este ramo, con nadie se trabaja mejor que con J. T. Fields. Este hombre es un genio, un ángel de la guarda para todos los autores, eso es lo que es.

El hombre se identificó como Spencer Clark, administrativo de la firma. Galvin aceptó el papel y la pluma y dirigió una amplia mirada, pasándose el trozo de papel que siempre llevaba en la boca de un carrillo al otro.

—Debe darnos su nombre para que podamos llamarlo, hijo —dijo Clark—. Vamos. Dénos su nombre o tendré que prescindir de usted.

Clark señaló una línea del impreso de solicitud de empleo. Galvin puso allí la pluma y escribió: «D-A-N-T-E-A-L.» Hizo una pausa. ¿Cómo se escribía *Alighieri*? ¿*Ala*? ¿*Ali*? Galvin siguió preguntándoselo hasta que la tinta de su pluma se secó. Clark, que había sido interrumpido por alguien al otro lado de la sala, se aclaró ruidosamente la garganta y le quitó el papel.

—Ah, no sea tímido. A ver qué tenemos —dijo Clark, bizqueando—. Dan Teal. Buen chico.

Clark miró decepcionado el papel. Se dio cuenta de que aquel sujeto no podría ser oficinista, con una caligrafía como aquélla, pero la casa necesitaba todas las manos que pudiera encontrar durante aquella transición a la magna sede del nuevo Corner.

—Ahora, amigo Daniel, le ruego nos diga dónde vive y hoy mismo podrá empezar como mozo de la tienda, cuatro noches por semana. El señor Osgood, el jefe administrativo, le dirá las condiciones antes de irse esta noche. Oh, y felicidades, Teal. ¡Acaba de empezar su nueva vida en Ticknor y Fields!

Teal se sintió emocionado al escuchar que se trataba de Dante cuando pasaba frente a la Sala de Autores, en el segundo piso, mientras empujaba su carro de papeles, que llevaba de una dependencia a otra para que los encontraran los empleados cuando llegaran por la mañana. Los fragmentos de discusiones que escuchó de pasada no eran como los sermones del reverendo Greene, quien hablaba de las maravillas del viaje de Dante. No oía muchas menciones concretas de Dante en el Corner, y la mayoría de las noches los señores Longfellow y Fields y su tropa dantesca ni siquiera se reunían. Aun así, en Ticknor y Fields había hombres aliados en algún sentido a la causa de la supervivencia de Dante, y que hablaban de cómo podrían protegerlo.

La cabeza de Teal daba vueltas, salió del edificio y vomitó en el muelle junto al Common: ¡Dante requería protección! Teal escuchó las conversaciones de los señores Fields, Longfellow y Lowell y del doctor Holmes, y sacó la conclusión de que la Mesa de la Universidad de Cambridge estaba atacando a Dante. Teal se había enterado en la ciudad de que también Harvard necesitaba nuevos empleados, pues la mayor parte de su personal había muerto en la guerra o había quedado incapacitada. La universidad ofreció a Teal un trabajo de día. Al cabo de una semana, consiguió cambiar su puesto de jardinero del campus por el de conserje en el edificio principal. Pues era allí, como supo preguntando a otros trabajadores, donde la Mesa tomaba todas sus decisiones importantes.

En el hogar de ayuda a los soldados, el reverendo Greene pasó de las consideraciones generales sobre Dante a relatos más concretos del viaje del peregrino. El infierno se escalonaba en círculos, cada uno más cerca del castigo del gran Lucifer, el poseedor de todo mal. En la antecámara del infierno, Greene guió a Teal por la tierra de los tibios, donde podía hallarse al Gran Rechazador, el peor de los ofensores allí. El nombre del Rechazador, algún papa, no significaba nada para Teal, pero el haber renunciado a una elevada y meritoria posición, que hubiera asegurado la justicia para millones de personas, encendió la ira de Teal. Éste había oído, tras los muros del edificio principal de la universidad, que el juez presidente Healey había rechazado de plano una posición de gran importancia, una posición que lo inducía a él a defender a Dante.

Teal sabía que el ayudante de la Compañía C, amante de los libros, había recogido millares de insectos durante sus marchas por los estados pantanosos y de clima húmedo, y los había mandado a casa en unas canastas especialmente confeccionadas, a fin de que sobrevivieran al viaje hasta Boston. Teal le compró una caja de mortíferas moscas azules y de larvas, junto con una colmena de avispas, y siguió al juez presidente Healey desde el palacio de justicia hasta Wide Oaks, donde lo observó mientras se despedía de su familia.

A la mañana siguiente, Teal entró en la casa por la puerta trasera, y le abrió la cabeza a Healey con la culata de la pistola. Despojó al juez de su ropa y la dobló cuidadosamente, pues unos atavíos de hombre no correspondían a semejante cobarde. Luego transportó a Healey al exterior, a la parte trasera de la casa, y liberó las larvas y los insectos sobre la herida de la cabeza. Teal clavó una bandera blanca en el terreno arenoso próximo, pues Dante encontró a los tibios bajo esa admonitoria enseña. De inmediato sintió que se había reunido con Dante, que había penetrado en el largo y peligroso sendero de salvación entre las gentes perdidas.

Teal se sintió contrariado cuando Greene faltó una semana al hogar de ayuda a los soldados, por causa de enfermedad. Pero luego Greene regresó y predicó sobre los simoníacos. Teal ya se había sentido alarmado y espantado por el acuerdo entre la corporación de Harvard y el reverendo Talbot, asunto sobre el que había oído hablar en varias ocasiones en el edificio principal de la universidad. ¿Cómo podía un predicador aceptar dinero para enterrar a Dante, sustrayéndolo al público, vender el poder de su ministerio por unos corrompidos mil dólares? Pero nada podía hacer mientras no supiera cómo debía ser castigado.

Teal conoció en cierta ocasión a un ladrón de cajas fuertes llamado Willard Burndy, durante sus noches en las tabernas de los callejones que discurrían tras las manzanas de casas. Teal no tuvo problemas para atraer a Burndy a una de esas tabernas y, aunque furioso por la borrachera del ladrón, le pagó para que le explicara cómo robar mil dólares de la caja fuerte del reverendo Elisha Talbot. Burndy no paraba de hablar sobre cómo Langdon Peaslee le iba arrebatando todas sus calles. ¿Qué mal había en enseñar a alguien más cómo abrir una caja sencilla?

Teal utilizaba los túneles de los esclavos fugitivos para cruzar hasta la Segunda Iglesia Unitarista, y observó al reverendo Talbot, lleno de aprensión, descender cada tarde a la bóveda subterránea. Contó los pasos de Talbot —*uno, dos, tres*— para comprobar cuánto tiempo le llevaba cruzar hasta las escaleras. Estimó la estatura de Talbot e hizo una marca con yeso en el muro una vez que el ministro se hubo ido. Entonces Teal excavó un hoyo, medido con precisión, a fin de que los pies de Talbot pudieran quedar libres en el aire cuando fuera enterrado cabeza abajo, y en el fondo enterró el dinero mal adquirido de Talbot. Finalmente, el domingo por la tarde agarró a Talbot, le arrebató su linterna y le vertió el queroseno en los pies. Después de haber castigado al reverendo Talbot, Dan Teal tuvo una nebulosa certidumbre de que el club Dante estaba orgulloso de su trabajo. Se preguntó cuándo se celebraban las reuniones semanales en casa del señor Longfellow; las reuniones que el reverendo Greene había mencionado. Los domingos, sin duda, pensó Teal: el sabbat.

Teal fue preguntando por Cambridge y halló fácilmente la gran casa colonial amarilla. Pero mirando por la ventana de una fachada lateral, no vio signos de que se celebrara reunión alguna. Se produjo un fuerte alboroto en el interior poco después de que Teal apretara el rostro contra la ventana, pues la luz de la luna se reflejaba en los botones de su uniforme, que ahora brillaban. Teal no quiso estorbar al club Dante, si es que estaba reunido; no quería interrumpir a los guardianes de Dante mientras estaban cumpliendo con su deber.

¡Qué desconcertado se sintió Teal cuando Greene volvió a faltar a su cita en el hogar de ayuda a los soldados, esta vez sin excusarse de antemano por enfermedad! Teal preguntó en la biblioteca pública dónde podría tomar lecciones de italiano, pues la primera sugerencia de Greene al otro militar había sido leer el original en esa lengua. El bibliotecario encontró un anuncio en el periódico, de un tal señor Pietro Bachi, y Teal lo visitó para empezar las lecciones. El profesor presentó a Teal un montoncito de libros de gramática y de ejercicios, la mayoría escritos por él mismo, pero aquello no tenía nada que ver con Dante.

En un momento dado, Bachi ofreció venderle a Teal una edición veneciana, centenaria, de la *Divina Commedia*. Teal tomó en sus manos el volumen, encuadernado en cuero duro, sin tener en cuenta cómo Bachi divagaba sobre su belleza. Una vez más, aquello no era Dante. Por suerte, poco después de esto, Greene reapareció en el púlpito del hogar, y llegó la asombrosa entrada de Dante en el pozo infernal de los cismáticos.

El destino le había hablado a Dan Teal con una voz tan fuerte como un cañonazo. También él había sido testigo de este inolvidable pecado —dividir y causar cismas entre grupos— en la persona de Phineas Jennison. Teal le había oído hablar de *proteger* a Dante en las oficinas de Ticknor y Fields, urgiendo al club Dante a luchar contra Harvard; pero también le había oído *condenar* a Dante en las oficinas de la corporación de Harvard, urgiéndola a parar el trabajo de Longfellow, Lowell y Fields. Y Teal condujo a Jennison, por la ruta de los túneles de los esclavos fugitivos, hasta el puerto de Boston, donde le puso delante la punta de su sable. Jennison rogó, lloró y ofreció dinero a Teal. Éste le prometió hacer justicia, y a continuación lo despedazó. Envolvió cuidadosamente las heridas. Teal nunca pensó que lo que estaba haciendo fuera matar, pues el castigo requería un sufrimiento prolongado, un aprisionamiento de la sensación. Esto es lo que encontró más reconfortante de Alighieri. Ninguno de los castigos que había presenciado era nuevo. Teal los había visto todos en mayor o menor medida a lo largo de su vida en Boston y en los campos de batalla de toda la nación.

Teal sabía que el club Dante estaba emocionado por la derrota de sus enemigos, pues de repente el reverendo Greene ofreció una racha de extáticos sermones: Dante llegaba hasta un lago helado lleno de pecadores, de traidores que se contaban entre los peores pecadores que el viajero descubre y proclama. Así acabaron Augustus Manning y Pliny Mead inmovilizados en el hielo, mientras Teal los observaba a la luz de la mañana, vestido con su uniforme de alférez. Así un uniformado Teal había observado al tibio Artemus Healey contorsionarse desnudo bajo el manto de insectos; había observado al simoníaco Elisha Talbot retorcerse y agitar sus pies llameantes, con su dinero mal adquirido convertido ahora en almohada bajo su cabeza; y había observado a Phineas Jennison estremecerse y sufrir sacudidas mientras su cuerpo colgaba hecho trizas y cortado.

Pero entonces aparecieron Lowell y Fields, Holmes y Longfellow, ¡y no para recompensarle! Lowell le había disparado con su fusil, y el señor Fields gritó a Lowell que volviera a disparar. A Teal se le partió el corazón. Teal daba por descontado que Longfellow, a quien Harriet Galvin adoraba, y los demás protectores que se reunían en el Corner *se identificaban* con el propósito que animaba a Dante. Ahora comprendía que ignoraban la verdadera tarea que precisaba el club Dante. Quedaba mucho por hacer, muchos círculos que abrir con el fin de mejorar Boston. Teal pensaba en la escena desarrollada en el Corner, cuando el doctor Holmes se cayó, y Lowell le seguía desde la Sala de Autores gritando: «Usted ha traicionado al club Dante, usted ha traicionado al club Dante.»

—Doctor —le dijo Teal cuando se encontraron en los túneles de los esclavos—. Vuélvase ahora, doctor Holmes, que he venido a verlo.

Holmes se volvió, dando la espalda al militar uniformado. El brillo apagado de la linterna del doctor iluminó temblorosamente el largo canal, el abismo rocoso que se abría por delante.

—Imagino que el hecho de haberme encontrado es cosa del destino —añadió Teal, quien, a continuación, ordenó al doctor que avanzara.

—¡Santo Dios! —exclamó Holmes en un jadeo—. ¿Adónde vamos?

—Donde Longfellow.

XX

Holmes caminaba. Aunque había visto brevemente al hombre, lo reconoció de inmediato como Teal, una de las criaturas de la noche del Corner, como las llamaba Fields: su Lucifer. Ahora, mirando atrás, se dio cuenta de que el cuello de aquel hombre era tan musculoso como el de un boxeador profesional, pero sus ojos verde pálido y su boca casi femenina parecían infantiles, lo que resultaba una incongruencia. Sus pies, probablemente como resultado de arduas marchas, sustentaban su cuerpo con la postura nerviosa y perpendicular propia de un adolescente. Teal, aquel muchacho, era su enemigo y oponente. Dan Teal. *¡Dan Teal!* Oh, ¿cómo pudo escapársele a un orfebre de la palabra como Oliver Wendell Holmes aquel golpe? ¡DANTEAL..., DANTE AL...! Oh, y en qué sonido hueco se traducía el recuerdo de la tonante voz de Lowell en el Corner cuando Holmes había tropezado con el asesino en el pasillo: «¡Holmes, usted ha traicionado al club Dante!» Teal había estado escuchando, como debió hacerlo también en las oficinas de Harvard. Con toda la sed de venganza almacenada por Dante.

—¡Yo no sigo! —anunció, tratando de protegerse con una voz artificialmente resuelta—. ¡Haré lo que usted quiera de mí, pero no enredaré en esto a Longfellow!

Teal respondió con un silencio llano, compasivo.

—Dos de ustedes deben ser castigados. *Usted* tiene que hacérselo comprender a Longfellow, doctor Holmes.

Holmes se dio cuenta de que Teal no se proponía castigarlo a él como traidor. Teal había llegado a la conclusión de que el club Dante no estaba de su lado, que sus miembros habían abandonado su causa. Si Holmes *fue* un traidor para el club Dante, como Lowell inadvertidamente anunció ante Teal, Holmes era amigo del *verdadero* club Dante: el único que Teal había inventado en su mente; una silenciosa asociación dedicada a traer los castigos de Dante a Boston.

Holmes sacó su pañuelo y se lo pasó por la frente.

En el mismo momento, Teal le dio un manotazo en el codo.

Holmes, en contra de sus expectativas, sin cálculo previo ni plan alguno, apartó aquella mano con tal fuerza que Teal se golpeó contra el muro de piedra de la caverna. Entonces el pequeño doctor se lanzó a la carrera, agarrando la linterna con ambas manos.

Con su respiración trabajosa, se escabulló por los oscuros y ventosos túneles, echando vistazos atrás y oyendo toda clase de ruidos, pero no había forma de diferenciar lo que provenía de dentro de su cabeza y de la creciente pesadez de su pecho, y lo que existía fuera de sí mismo. El asma era una cadena prendida a la pierna de un espectro que lo arrastraba hacia atrás. Cuando llegó a una especie de cavidad subterránea, se introdujo en ella. Allí encontró un saco de dormir forrado de piel, suministrado por el ejército, y algunos trozos de una sustancia dura. Holmes la partió con los dientes: pan seco, como el que los soldados se vieron obligados a consumir para sobrevivir durante la guerra. Aquél era el hogar de Teal. Había un fogón hecho con palos, unos platos, una sartén, una copa de estaño y una cafetera. Holmes estaba a punto de echar a correr cuando oyó un crujido que le hizo dar un salto. Levantando la linterna, pudo ver la parte más alejada de la cámara: Lowell y Fields estaban sentados en el suelo, atados de pies y manos y amordazados. La barba de Lowell caía sobre su pecho y él estaba perfectamente inmóvil.

Holmes despojó a sus amigos de sus mordazas y trató infructuosamente de desatar sus manos.

—¿Están ustedes heridos? —preguntó Holmes—. ¡Lowell! —lo llamó, agarrándolo por los hombros y zarandeándolo.

—Nos golpeó y nos trajo aquí —explicó Fields—. Lowell insultaba a gritos a Teal cuando nos estaba atando. ¡Yo le dije que se callara la maldita boca! Entonces Teal lo dejó otra vez inconsciente. Y así sigue. —Fields añadió en tono suplicante—: Lo está, ¿verdad?

—¿Qué quería Teal de ustedes? —preguntó Holmes.

—¡Nada! ¡No sé por qué seguimos vivos ni qué está haciendo!

—¡Ese monstruo ha planeado algo para Longfellow!

—¡Lo oigo volver! —exclamó Fields—. ¡Dése prisa, Holmes!

Las manos de Holmes temblaban y chorreaban sudor, y los nudos estaban fuertes. Apenas podía ver.

—No. Váyase. ¡Debe usted irse! —dijo Fields.

—Un segundo más... —Pero sus dedos resbalaron otra vez de la muñeca de Fields.

—Es demasiado tarde, Wendell. Está al llegar. No queda tiempo para liberarnos, y tampoco podríamos llevar a Lowell a ninguna parte en estas condiciones. ¡Vaya a la casa Craigie! Olvídese de nosotros de momento; ¡debe usted salvar a Longfellow!

—¡Yo no puedo hacer esto solo! ¿Dónde está Rey? —exclamó Holmes.

Fields sacudió la cabeza.

—No se presentó, ¡y todos los patrulleros que custodiaban las casas se han ido! ¡Se los han llevado! ¡Longfellow está solo! ¡Vaya!

Holmes se precipitó fuera de la cámara, corriendo por los túneles más aprisa de lo que corriera nunca, hasta que, enfrente, vio una distante chispa de luz plateada. El mandato de Fields resonaba, ampliándose, en su cabeza: VAYA VAYA VAYA.

Un detective descendió sin apresurarse los húmedos peldaños que conducían al sótano de la comisaría central. En los calabozos, separados por tabiques de ladrillos, podían oírse gruñidos y ásperos juramentos.

Nicholas Rey saltó del duro suelo de la celda.

—¡No pueden hacer esto! ¡Hay personas inocentes que están en peligro, Dios santo!

El detective se encogió de hombros.

—Tú te crees todo lo que sueñas, ¿verdad, burro?

—Manténganme aquí si quieren. Pero devuelvan a esos patrulleros a las casas que vigilaban, por favor. Se lo ruego. Hay alguien ahí fuera que volverá a matar. ¡Ustedes saben que Burndy no mató a

Healey y a los otros! El asesino sigue libre, ¡y está esperando para actuar de nuevo! ¡Deben detenerlo!

El detective pareció interesado en dejar que Rey tratara de convencerlo. Se golpeó la cabeza como si pensara.

—Sé que Willard Burndy es un ladrón y un embustero. Eso es lo que sé.

—Escúcheme, por favor.

El detective se agarró a dos barrotes y dirigió una mirada incendiaria a Rey.

—Peaslee nos advirtió de que no te quitáramos ojo, para que no te metieras en nuestros asuntos y no te salieras de tu camino. Apuesto a que odias estar aquí encerrado, sin poder hacer nada, sin nadie que te ayude.

El detective sacó el llavero y lo agitó, con una sonrisa.

—Bien, lo de hoy te servirá de lección. ¿No es así, burro?

Henry Wadsworth Longfellow emitió una serie de breves y apenas audibles suspiros mientras permanecía de pie ante su escritorio, en su estudio.

Annie Allegra había sugerido diversos juegos a los que jugar. Pero lo único que él podía hacer era permanecer junto a su mesa de trabajo con algunos cantos de Dante y traducir y traducir, para descargarse de aquel peso y penetrar en aquel mundo, como quien cruza la portada de una catedral. Allí dentro, los ruidos del exterior se apagaban hasta convertirse en un murmullo inaudible, y las palabras adquirían una vitalidad eterna. En las largas naves de aquella catedral, el traductor percibió a su Poeta en la oscuridad, y se esforzó por mantener el ritmo de trabajo. El paso del Poeta es tranquilo y solemne. Lleva una vestidura larga y flotante y se toca con un gorro. Calza sandalias. A través de congregaciones de muertos, a través de ecos que se deslizan por el aire de una tumba a otra, a través de lamentos que llegan de lo alto, Longfellow podía oír la voz de alguien que hacía avanzar al Poeta. Ella se detuvo ante los dos, en la infranqueable y dulce distancia; una imagen, una proyección con un velo blanquísimo y atuendo escarlata como el fuego, y Longfellow sintió que el hielo en el corazón del Poeta se derretía como la nieve en las alturas de la montaña: el Poeta que busca el perfecto perdón y la perfecta paz.

Annie Allegra anduvo por todo el estudio buscando una caja de papel perdida que necesitaba para celebrar adecuadamente el cumpleaños de una de sus muñecas. Así dio con una carta recién abierta de Mary Frere, de Auburn, Nueva York. Preguntó de quién era.

—Oh, la señorita Frere —dijo Annie—. ¡Encantadora! ¿Veraneará este año en Nahant, como nosotros? Es muy agradable tenerla cerca, padre.

—No creo que vaya —y Longfellow trató de sonreír.

Annie se sintió decepcionada.

—Quizá la caja esté en la salita —dijo de repente, y se marchó en busca de la niñera para que la ayudara.

En la entrada principal sonó una llamada impaciente que dejó helado a Longfellow. La llamada creció en intensidad y exigencia.

—Holmes —se oyó decir a sí mismo, exhalando aire.

Annie Allegra, la aburrida Annie Allegra, se separó de su niñera y gritó pidiendo ser ella quien abriera la puerta. Corrió y abrió. El frío intenso del exterior era terrible y lo envolvía todo.

Annie empezó a decir algo, pero Longfellow pudo percibir desde el estudio que estaba asustada. Oyó una voz que murmuraba y que no pertenecía a ninguno de sus amigos. Salió al vestíbulo y se vio frente a un soldado con uniforme de gala.

—Hágala salir, señor Longfellow —pidió Teal con voz tranquila.

Longfellow empujó a Annie al vestíbulo y se arrodilló junto a ella.

—Panzie, ¿por qué no terminas el texto del que hablamos para *The Secret*?

—¿Qué parte, papá? ¿La entrevista...?

—Sí, ¿por qué no terminas ya esa parte, Panzie, mientras yo hablo con este caballero?

Trató de hacerle entender, reflejando en su expresión la orden «¡vete!» dirigida a sus ojos, lo mismo que hacía con su madre. Ella asintió lentamente y se apresuró hacia la parte posterior de la casa.

—Se le necesita, señor Longfellow; se le necesita ahora —dijo Teal mascando furiosamente.

Después escupió ruidosamente dos trozos de papel en la alfombra de Longfellow, tras lo cual mascó otros más. El suministro de fragmentos de papel en su boca parecía inagotable. Longfellow se volvió torpemente para mirarlo, y en seguida comprendió el poder que dimanaba de su violencia interior. Teal volvió a hablar:

—Los señores Lowell y Fields lo han traicionado, han traicionado a Dante. Usted también estaba allí. Usted estaba allí cuando Manning estaba a punto de morir y usted no hizo nada por ayudarme. Debe usted castigarlos.

Teal puso un revólver del ejército en las manos de Longfellow y el frío acero aguijoneó la blanda mano del poeta, cuyas palmas aún conservaban huellas de una herida sufrida unos años antes. Longfellow no había sostenido un arma desde que era niño y se presentó en casa, hecho un mar de lágrimas, después de que su hermano le enseñara cómo disparar contra un petirrojo.

Fanny despreciaba las armas de fuego y la guerra, y Longfellow daba gracias a Dios de que al menos ella no hubiera visto a su hijo Charley irse a combatir y regresar con una bala que le atravesó la paletilla. Para un hombre, ser soldado se reduce a llevar un uniforme bonito, solía decir, y olvida las armas mortíferas que ese uniforme esconde.

—Sí, señor, finalmente vas a aprender a quedarte quieto y a actuar como se te dice, esclavo fugado.

Los ojos del detective reflejaron un chispazo de hilaridad.

—Entonces, ¿por qué sigue usted aquí?

Ahora Rey permanecía de espaldas a los barrotes. El detective se sintió confundido por la pregunta.

—Para asegurarme de que aprendes bien la lección, o te salto los dientes, ¿te enteras?

Rey se volvió lentamente.

—Recuérdeme esa lección.

El rostro del detective era rojo. Se apoyó en los barrotes y frunció el ceño.

—¡Quedarte *quieto* por una vez en tu vida, burro, y dejar hacer a quienes saben más que tú!

Rey bajó tristemente sus ojos veteados de oro. Entonces, sin permitir al resto de su cuerpo traicionar sus intenciones, disparó su brazo y atenazó con sus dedos el cuello del detective, golpeando la frente del hombre contra los barrotes. Con la otra mano obligó a abrir la del detective, que sostenía el llavero. Luego soltó al hombre, que se agarraba la garganta para restaurar la respiración. Rey abrió la puerta de la celda, registró la chaqueta del detective y sacó una pistola. Los presos de las celdas próximas lo vitorearon.

Rey subió las escaleras y accedió al pasillo.

—Rey, ¿usted por aquí? —dijo el sargento Stoneweather—. ¿Se puede saber qué pasa? Yo estaba de plantón, como usted, y vinieron los detectives y me dijeron que usted ordenaba que todos abandonáramos nuestros puestos. ¿Dónde estaba usted metido?

—¡Me encerraron en los calabozos, Stoneweather! ¡Necesito ir a Cambridge inmediatamente!

Entonces Rey vio a una niña, con su niñera, al otro lado del pasillo. Corrió a abrir la puerta de hierro que separaba la entrada de las oficinas policiales.

—Por favor —repetía Annie Allegra Longfellow mientras la niñera trataba de explicar algo a un confuso policía—. Por favor.

—Señorita Longfellow —dijo Ray, acuclillándose junto a ella—. ¿Qué ocurre?

—¡Mi padre necesita su ayuda, agente Rey! —exclamó.

Una horda de detectives irrumpió en el pasillo.

—¡Ahí está! —gritó uno, que agarró a Rey por un brazo y lo lanzó contra la pared.

—¡Hijo de perra! —dijo el sargento Stoneweather, y golpeó al detective en la espalda con su porra.

Stoneweather llamó, y varios oficiales uniformados llegaron corriendo, pero tres detectives inmovilizaron a Nicholas Rey, lo cogieron de los brazos y se lo llevaron, sin que él dejara de debatirse.

—¡No! ¡Mi padre lo necesita, agente Rey! —exclamó Annie Allegra.

—¡Rey! —le llamó Stoneweather, pero una silla que llegó volando lo golpeó, y un puño se estrelló contra su costado.

El jefe Kurtz entró en tromba. Su habitual tez color mostaza se había vuelto purpúrea. Un mozo le llevaba tres maletas.

—Ese maldito tren... —empezó a decir—. ¡Santo Dios! Pero ¿qué es esto? —Sus gritos llenaron el pasillo, repleto de policías y detectives, una vez se hubo hecho cargo de la situación—. ¡Stoneweather!

—¡Han encerrado a Rey en los calabozos, jefe! —protestó Stoneweather, de cuya nariz manaba sangre.

—Jefe —dijo Rey—, ¡necesito ir a Cambridge sin dilación!

—Patrullero Rey... —replicó el jefe Kurtz—. Se supone que usted se dedica a mi...

—¡Ahora, jefe! ¡Debo ir!

—¡Déjenlo libre! —bramó Kurtz a los detectives, que se apartaron de Rey—. ¡Todos ustedes, bribones, a mi despacho! ¡Ahora mismo!

Oliver Wendell Holmes miraba constantemente atrás, por si veía a Teal. El camino estaba depejado. No lo había seguido desde los túneles. «Longfellow..., Longfellow», repetía para sus adentros mientras atravesaba Cambridge.

Entonces vio ante sí a Teal llevando a Longfellow por la acera. El poeta caminaba cautelosamente por la capa de nieve, cada vez más delgada.

Holmes se asustó tanto de momento, que hubo de limitarse a evitar caer desmayado. Tenía que actuar decididamente. Así que gritó con toda la fuerza de sus pulmones:

—¡Teal!

Fue un chillido como para hacer salir a todo el vecindario.

Teal se volvió, como si ya estuviera sobre aviso.

Holmes sacó el mosquete de su abrigo y apuntó con él, con manos temblorosas.

Teal no pareció tomar en cuenta el arma. Su boca se agitó y dejó escapar una empapada huérfana del abecedario, que escupió a sus pies: una «F».

—Señor Longfellow, el doctor Holmes debe ser el primero para usted. Será el primero al que usted castigue por lo que han hecho. Él será nuestro ejemplo para el mundo.

Teal levantó la mano de Longfellow, en la que sostenía el revólver del ejército, y lo apuntó hacia Holmes.

Holmes se acercó, apuntando con su mosquete a Teal.

—¡No dé un paso más, Teal, o usaré esto! ¡Le dispararé! Deje libre a Longfellow y puede llevarme a mí en su lugar.

—Esto es un castigo, doctor Holmes. Aquellos de ustedes que han abandonado la justicia de Dios deben ahora enfrentarse a la sentencia final. Señor Longfellow, haga lo que le ordeno. Cargue..., apunte...

Holmes avanzó, firme, y levantó su arma hasta el nivel del cuello de Teal. No había ni rastro de temor en la expresión de aquel hombre. Era en todo momento un soldado. No le quedaba elección: sólo el indomeñable celo de hacer lo justo, una exigencia que había pasado como una corriente a través de toda la humanidad en una u otra época, por lo general para desinflarse rápidamente. Holmes se estremeció. No sabía si contaba con suficientes reservas de aquel mismo celo para apartar a Dan Teal del destino que se había impuesto a sí mismo.

—Fuego, señor Longfellow —dijo Teal—. ¡Dispare ahora!

Puso su mano en la de Longfellow y cubrió con sus dedos los del poeta.

Tragando saliva con dificultad, Holmes dejó de apuntar con su mosquete a Teal y lo dirigió hacia Longfellow.

Longfellow movió la cabeza. Teal, confuso, dio un paso atrás, arrastrando consigo a su cautivo. Holmes asintió con firmeza.

—Dispararé contra él, Teal.

—No.

Teal meneó la cabeza con rápidos movimientos.

—¡Sí, lo haré, Teal! ¡Entonces no habrá tenido su castigo! ¡Estará muerto, será cenizas! —gritó Holmes levantando el mosquete y apuntando a la cabeza de Longfellow.

—¡No, usted no puede! ¡Debe llevarse a los otros consigo! ¡Eso no se puede hacer!

Holmes mantuvo el arma apuntada a un horrorizado Longfellow, cuyos ojos permanecían fuertemente cerrados. Teal sacudió la cabeza con rapidez, y por un momento pareció a punto de gritar. Luego se volvió como si alguien estuviera esperando detrás de él y, después, a derecha e izquierda. Por último, echó a correr, corrió con furia para alejarse del escenario. Antes de que estuviera demasiado lejos, calle abajo, resonó en el aire un disparo, y luego otro estampido mezclado con un grito de agonía.

Longfellow y Holmes no pudieron dejar de mirar las armas de fuego que llevaban en sus manos. Siguieron la dirección del último disparo. Allí, en un lecho de nieve, estaba Teal. De él manaba un reguero de sangre cálida, que fluía por la nieve intacta que lo acogía de mala gana. Dos manchas rojas gorgoteaban en la guerrera del hombre. Holmes se arrodilló y sus manos brillantes empezaron a trabajar, en busca de la vida.

Longfellow se acercó.

—Holmes.

Las manos de Holmes se detuvieron.

Junto al cuerpo de Teal se encontraba un Augustus Manning de mirada extraviada, tembloroso, con los dientes castañeteándole y los dedos agitándose. Manning dejó caer su fusil en la nieve, a sus pies. Con su barba tiesa por la helada, se dispuso a regresar a su casa y la señaló con el dedo.

Trató de poner en orden sus pensamientos. Transcurrieron unos minutos antes de que dijera algo coherente.

—¡El patrullero que guardaba mi casa se fue hace horas! Luego oí gritar y lo vi desde la ventana. Lo vi, con su uniforme... Todo acudió a mi mente, todo. Me quitó la ropa, señor Longfellow, y, y... me ató..., me dejó sin ropa...

Longfellow le ofreció una mano consoladora, y Manning prorrumpió en sollozos sobre el hombro del poeta, mientras su esposa salía corriendo de la casa.

Un carruaje policial se detuvo detrás del reducido círculo que formaban en torno al cadáver. Nicholas Rey esgrimía su revólver cuando se apeó a toda prisa. Seguía otro carruaje, que transportaba al sargento Stoneweather y a otros dos policías.

Longfellow tomó del brazo a Rey, cuyos ojos miraban brillantes e interrogadores.

—Ella está bien —dijo Rey antes de que el poeta pudiera preguntar—. Tengo a un patrullero vigilándola a ella y a la niñera.

Longfellow asintió, agradecido. Holmes se había agarrado a la valla frente a la casa de Manning, para recobrar el aliento.

—¡Holmes, es maravilloso! Quizá necesite entrar y echarse —dijo Longfellow, sintiendo vértigo y temor—. ¿Por qué ha hecho eso? Pero cómo...

—Mi querido Longfellow, creo que la luz del día aclarará todo lo que la lámpara ha dejado en situación dudosa —dijo Holmes, que condujo a los policías a través de la ciudad, hasta la iglesia y los túneles, a fin de rescatar a Lowell y Fields.

XXI

—¡Aguarda, aguarda un minuto! —escupió el judío sefardí a su mentor en el oficio—. Entonces, lo que yo digo, Langdon: *tú serás* el último de los Cinco de Boston.

—Burndy no fue uno de los Cinco originales, mi lindo judío —respondió Langdon Peaslee, omnisciente—. Los Cinco éramos (benditas sean sus almas a medida que vayan cayendo al infierno, y la mía también cuando me reúna con ellos) Randall, que está a mitad de su condena en las Tumbas; Dodge, que sufrió un colapso nervioso y se ha retirado al Oeste; Turner, machacado por su costilla, con la que llevaba dos años y pico (si esto no es una lección para no emparejarse, es que no me han dado ninguna); y el querido Simonds, que anda escaqueado por la parte del muelle, demasiado trompa para reventar siquiera una hucha de niño.

—Oh, es una vergüenza. Una vergüenza —murmuró uno de los cuatro hombres que escuchaban a Peaslee.

—Vuelve a decirlo —le reprochó Peaslee, levantando una elástica ceja.

—¡Una vergüenza verlo a punto de subir la escalerilla! —continuó el ladrón bizco—. Nunca conocí a ese hombre. Pero he oído que era el mejor reventador de cajas que ha habido en Boston. ¡Dicen que podía hacerlo con una pluma!

Los otros tres oyentes guardaron silencio, y si hubieran estado de pie en lugar de sentados, habrían podido arrastrar nerviosamente las botas sobre las duras cáscaras desparramadas por el suelo del bar, o se habrían ido ante semejante comentario hecho ante Langdon W.

Peaslee. Pero, en aquellas circunstancias, echaron buenos tragos de sus bebidas o dieron caladas con expresión ausente a los cigarros que había repartido Peaslee.

La puerta de la taberna se abrió y una mosca se proyectó a las mamparas ennegrecidas por el humo que dividían el local, y zumbó alrededor de la mesa de Peaslee. Un reducido número de hermanos y hermanas de la mosca había sobrevivido al invierno, y un número aún más reducido había prosperado en ciertas partes de los bosques de Massachusetts, y continuaría haciéndolo. Claro que de haberlo sabido el profesor Agassiz, de Harvard, habría declarado que tal cosa era descabellada. Con una aguda mirada, Peaslee descubrió los extraños ojos de color rojo flameante y el ancho cuerpo azulado. La aplastó, y en el otro extremo de la barra algunos hombres se dedicaron al deporte de cazar moscas.

Langdon Peaslee se tomó su ponche fuerte, la bebida especial de la casa en la taberna Stackpole. Peaslee no tuvo que cambiar de postura en su silla de madera dura para alcanzar el vaso con la mano izquierda, pese a que la silla estaba a alguna distancia de la mesa, a fin de que pudiera dirigirse adecuadamente a su innoble semicírculo de apóstoles. Los brazos de arácnido de Peaslee le permitían alcanzar muchas cosas en la vida sin necesidad de moverse.

—Hacedme caso, colegas: nuestro señor Burndy —Peaslee silbó el nombre por los amplios huecos entre sus largos dientes— era simplemente el reventador de cajas *más pesado* que esta vieja ciudad haya visto.

La audiencia aceptó aquella chanza para fundir el hielo, alzando sus vasos y con una ráfaga de exageradas carcajadas que ensancharon la ya excesiva sonrisa de Peaslee. El judío paró en seco su risa con una mirada tensa por encima del borde de su vaso.

—¿Qué pasa, yidis? —preguntó Peaslee volviendo la cabeza para ver a un hombre de pie junto a él.

Sin decir palabra, los ladrones y carteristas de poca monta que rodeaban a Peaslee se levantaron y se dirigieron a los extremos más alejados de la barra, dejando tras ellos inútiles nubes de humo viciado. Sólo permaneció en su sitio el delincuente bizco.

—¡Largo! —silbó Peaslee, y el cortesano que quedaba desapareció entre el resto de parroquianos.

Peaslee se quedó mirando de arriba abajo a su visitante.

—Vaya, vaya. —Chasqueó los dedos para llamar a la camarera, apenas cubierta por un vestido muy escotado. El ladrón de cajas fuertes preguntó, con una reluciente sonrisa—: ¿Qué va a ser?

Nicholas Rey despidió a la camarera con un gesto simpático de la mano y se sentó frente a Peaslee.

—Venga, patrullero, fúmese uno de éstos.

Rey rechazó el largo cigarro que el otro le tendía.

—¿A qué viene esa cara tan sombría? ¡Éstos no son malos tiempos! —dijo Peaslee, volviendo a sonreír—. Mire ahí, a los colegas, que están a punto de pasar a la trastienda para echar la partida. Lo hacemos todas las noches, ya ve. Estoy seguro de que no les importaría que usted se uniera a nosotros. A menos, claro, que ande mal de pasta para la apuesta inicial.

—Se lo agradezco, señor Peaslee, pero no.

—Bien. —Peaslee se llevó un dedo a los labios y luego se inclinó, como para intercambiar confidencias—. No crea, patrullero, que no se le ha seguido la pista. Sabemos que andaba detrás de cierto sujeto que trató de matar a ese Manning, de Harvard; alguien que, según usted, tiene algo que ver con los demás crímenes de Burndy.

—Exactamente.

—Bien, pues mejor para usted que eso no se sepa. Como a usted le consta, están de por medio las recompensas más gordas desde que se cargaron a Lincoln, y yo no voy a renunciar a ellas. Cuando Burndy suba la escalerilla, mi parte va a ser tan abundante como para ahogar a un cerdo, tal como se lo dije, amigo Rey. Estamos a ver qué pasa.

—Le ha gastado una mala jugada a Burndy, pero no se preocupe por mí, señor Peaslee. Si tuviera pruebas para liberar a Burndy, ya las habría presentado, cualesquiera que fuesen las consecuencias. Y usted se quedaría sin su recompensa.

Peaslee levantó su vaso de ponche, pensativamente, ante la mención de Burndy.

—Es una bonita historia la que han urdido esos abogados: el odio de Burndy hacia el juez Healey por haber liberado a demasiados esclavos antes de la Ley de Esclavos Fugitivos; y que apioló a Talbot y a Jennison por haberle timado unos dineros. Le ha tocado su Waterloo, ya lo creo, y bailará mientras se muere. —Tomó un largo trago y luego adoptó una expresión sombría—. Dicen que el gobernador ha decidido desmantelar la oficina de detectives, después de la que armaron ustedes en la comisaría, y que los concejales están tratando de sustituir al viejo Kurtz y largarlo a usted para siempre. No envidio su suerte. Corra mientras pueda, mi querido blanquito. Se ha creado muchos enemigos últimamente.

—También me he ganado algunos amigos, señor Peaslee —dijo Rey tras una pausa—. Así que puedo decirle que no se preocupe por mí. Pero hay algo más, y por eso he venido.

Las cejas de alambre de Peaslee se le subieron hasta el bombín de color tostado.

Rey se volvió en su asiento y miró a un hombre alto y desgarbado que ocupaba un taburete junto a la barra.

—Ese hombre anda preguntando por todo Boston. Al parecer cree que hay otra explicación para los asesinatos que la que los suyos han presentado. Willard Burndy, según dice él mismo, no tiene nada que ver con eso. Sus preguntas pueden costarle a usted su parte de la recompensa, señor Peaslee, hasta el último centavo.

—Feo asunto. ¿Qué sugiere usted que hagamos al respecto?

Rey se quedó pensativo.

—¿Qué haría yo si estuviera en el lugar de usted? Pues lo convencería para que se marchara de Boston por una larga temporada.

En la barra del Stackpole, Simon Camp, detective de Pinkerton destinado a cubrir el área metropolitana de Boston, releyó la nota anónima que alguien —el patrullero Rey— le había enviado, pidiéndole que esperase allí a aquella hora para una importante cita. Desde su taburete miraba en derredor con creciente frustración e ira a los delincuentes que bailaban con prostitutas baratas. Al cabo de diez minutos, dejó unas monedas en el mostrador y se puso de pie para coger su abrigo.

—¿Adónde va tan deprisa? —le preguntó el judío sefardí, tomándolo de la mano y sacudiéndosela.

—¿Qué? —preguntó Camp apartando la mano del judío—. ¿A qué viene esto? Apártese antes de que me mosquee.

—Querido desconocido. —La sonrisa de Peaslee alcanzó una anchura de una milla mientras apartaba a sus camaradas, como si fueran las aguas del mar Rojo, y se adelantó hasta colocarse frente al detective de Pinkerton—. Sería mejor que pasara a la trastienda y echara una partidita con nosotros. No nos gusta oír que a los visitantes de nuestra ciudad los dejan solos.

Días más tarde, J. T. Fields caminaba por un callejón de Boston a la hora que había fijado Simon Camp. Contó las monedas en su bolsa de gamuza, asegurándose de que el dinero del soborno estaba todo allí. Consultaba una vez más su reloj de bolsillo cuando oyó que alguien se le acercaba. Involuntariamente, el editor contuvo la respiración y se recordó a sí mismo que debía permanecer fuerte. Luego apretó la bolsa contra su pecho y se volvió de cara a la entrada del callejón.

—¡Lowell! —exclamó Fields exhalando el aire.

La cabeza de James Russell Lowell estaba envuelta con una venda negra.

—Fields, por qué... Yo... ¿Por qué está *usted* aquí...?

—Estaba... —balbució Fields.

—¡Acordamos no pagar a Camp, dejarle hacer lo que quisiera! —dijo Lowell al advertir la bolsa de Fields.

—Entonces, ¿por qué ha venido?

—Para evitar que se le pague, y a escondidas, en plena oscuridad. Bien, en cualquier caso usted sabe que yo no tengo a mano ese dinero en metálico. No estoy seguro... Supongo que he venido para, por lo menos, cantárselas bien claras. No podemos dejar que ese diablo arrastre a Dante sin luchar. Quiero decir...

—Sí —admitió Fields—. Pero quizá no deberíamos decírselo a Longfellow.

Lowell asintió.

—No, no debemos decírselo a Longfellow.

Pasaron veinte minutos esperando juntos. Observaban a los hombres, en la calle, encendiendo las farolas con pértigas.

—¿Cómo va su cabeza esta semana, querido Lowell?

—Como si estuviera partida en dos y me la hubieran remendado de cualquier manera —dijo, echándose a reír—. Pero Holmes dice que el dolor desaparecerá en una o dos semanas. ¿Y la suya?

—Mejor, mucho mejor. ¿Le han llegado noticias de Sam Ticknor?

—¿De ese grandísimo imbécil?

—¡Abre una editorial, con uno de sus infelices hemanos, en Nueva York! Me escribió diciéndome que nos va a desbancar en el negocio desde Broadway. Me pregunto qué pensaría Bill Ticknor de que sus hijos trataran de destruir la casa que lleva su propio nombre.

—¡Que lo intenten esos profanadores de tumbas! Oh, le escribiré mi mejor poema de este año precisamente por eso, mi querido Fields.

Al cabo de un rato de espera, Lowell volvió a hablar:

—¿Sabe? Apuesto a que Camp ha recuperado la sensatez y ha renunciado a este jueguecito. Creo que una luna tan celestial y unas estrellas tan serenas bastan para devolver el pecado al infierno.

Fields levantó la bolsa, riéndose al comprobar su peso.

—Si eso es así, ¿por qué no dedicar un poco de este bulto a una cena tardía en Parker's?

—¿Con su dinero? ¡Así volverá a nosotros!

Lowell echó a andar, y Fields le pidió que aguardara, pero Lowell no le hizo caso.

—¡Deténgase! ¡Mi pobre obesidad! Mis autores nunca me esperan —se lamentó Fields—. ¡Deberían tener más respeto por mis grasas!

—¿Quiere perder un poco de cintura, Fields? —dijo Lowell volviéndose—. Pague el diez por ciento más a sus autores y le garantizo que tendrá menos grasa de la que quejarse.

En los meses que siguieron, una nueva hornada de revistas baratas de sucesos, que J. T. Fields aborrecía por su influencia negativa sobre un público ávido, revelaron la historia del detective de segunda Simon Camp, de Pinkerton. Poco después de abandonar a toda prisa Boston tras una larga entrevista con Langdon W. Peaslee, fue acusado por el fiscal general de intento de extorsión a varios funcionarios gubernamentales a propósito de secretos de guerra. Durante los tres años anteriores a su condena, Camp se había embolsado decenas de miles de dólares, fruto de sus chantajes a personas relacionadas con sus casos. Allan Pinkerton restituyó las minutas a todos los clientes que habían trabajado con Camp, aunque hubo uno, el doctor Augustus Manning, de Harvard, que no pudo ser localizado, ni siquiera por la más importante agencia de detectives del país.

Augustus Manning dimitió de la corporación de Harvard y se fue con su familia fuera de Boston. Su esposa dijo que durante meses no habló más que unas pocas palabras seguidas. Algunos contaban que se había trasladado a Inglaterra, y otros oyeron que se había ido a una isla en mares inexplorados. Una subsiguiente reorganización de la administración de Harvard precipitó la inesperada elección del supervisor con menos antigüedad, Ralph Waldo Emerson, una idea promovida por el editor del filósofo, J. T. Fields, y respaldada por el presidente Hill. Así concluyó un exilio de veinte años de Harvard sufrido por el señor Emerson, y los poetas de Cambridge y Boston se congratularon de tener a uno de los suyos en la Mesa de la universidad.

Antes de que finalizara el año 1865, se publicó una edición privada de la traducción del *Inferno* por Henry Wadsworth Longfellow, la cual fue recibida con agrado por la comisión florentina para el año final de la conmemoración del sexto centenario del nacimiento de Dante. Esta circunstancia levantó expectativas en torno a la traducción de Longfellow, que ya había sido anunciada como «excepcionalmente buena» en los más selectos círculos literarios de Berlín, Londres y París. Longfellow entregó un ejemplar en primicia a cada miembro de su club Dante y a otros amigos. Aunque no mencionaba el asunto con frecuencia, reservó el último como regalo de compromiso para enviarlo a Londres, adonde Mary Frere, una joven dama de Auburn, Nueva York, se había mudado para estar cerca de su prometido. Longfellow, por su parte, estaba demasiado ocupado con sus hijas y con su nuevo poema, muy largo, para encontrar para ella un regalo mejor.

Su ausencia de Nahant dejará un hueco como el que en una calle deja una casa derruida. Longfellow se dio cuenta de lo dantescas que se habían vuelto sus figuras de lenguaje.

Charles Eliot Norton y William Dean Howells regresaron de Europa a tiempo para ayudar a Longfellow en una traducción completa y anotada. Aún envueltos en el aura de sus aventuras en el extranjero, Howells y Norton prometieron a sus amigos contarles cosas de Ruskin, Carlyle, Tennyson y Browning. Ciertas cosas era mejor relatarlas de palabra que por carta.

Lowell interrumpió esta opinión riéndose de buena gana.

—Pero ¿no está usted interesado, James? —preguntó Charles Eliot Norton.

—Querido Norton —dijo Holmes glosando la hilaridad de Lowell—, querido Howells, somos nosotros quienes, sin haber cruzado ningún océano, hemos hecho un viaje que no podría contarse en ninguna carta escrita por un mortal.

Entonces Lowell hizo jurar a Norton y Howells que guardarían discreción para siempre.

Cuando el club Dante puso fin a sus reuniones, cuando su trabajo estuvo hecho, Holmes pensó que Longfellow se sentiría incómodo. Así que convenció a Norton para que ofreciera su propiedad de Shady Hill para reunirse los sábados por la noche. Allí tratarían de los avances en la traducción de Norton de la *Vita nuova* de Dante; la historia del amor de éste por Beatriz. Algunas noches, su reducido círculo se ampliaba con Edward Sheldon, que empezaba a elaborar la concordancia de los poemas de Dante con sus escritos menores, con el propósito, según esperaba, de estudiar un año o dos en Italia.

Recientemente, Lowell había accedido a que su hija Mabel viajara también a Italia para una estancia de seis meses. La acompañarían los Fields, que embarcaban en Año Nuevo para celebrar el traspaso de las operaciones diarias de la firma editorial a J. R. Osgood.

Mientras tanto, Fields comenzó a disponer un banquete en el famoso Union Club de Boston, antes incluso de que Houghton empezara a imprimir la traducción de Longfellow de la *Divina Commedia*, en tres volúmenes, que se presentó en las librerías como el acontecimiento literario de la temporada.

El día del banquete, Oliver Wendell Holmes pasó la tarde en la casa Craigie. George Washington Greene se había trasladado desde Rhode Island y también estaba presente.

—Sí, sí —le decía Holmes a Greene, refiriéndose a los muchos ejemplares que se llevaban vendidos de su segunda novela—. Son los lectores individuales los que importan, porque en sus ojos reside el mérito de escribir. Escribir no es la supervivencia de los más dotados, sino la supervivencia de los supervivientes. ¿Qué son los críticos? Hacen todo lo posible por desvalorizarme, para que no cuente... Y si yo no puedo soportar eso, entonces me lo merezco.

—Estos días habla usted como el señor Longfellow —dijo Greene, riendo.

—Supongo que sí.

Agitando un dedo, Greene se despojó de su corbatín blanco, liberando su fláccido cuello.

—Sólo necesito algo de aire. Eso es, sin duda —dijo, mientras se apoderaba de él un acceso de tos.

—Si pudiera hacerle mejorar, señor Greene, volvería a ejercer la medicina.

Holmes fue a comprobar si Longfellow estaba listo.

—No, no, mejor que no vaya —susurró Greene—. Esperemos fuera a que acabe.

A mitad del camino de acceso, Holmes observó:

—Yo suponía que ya había tenido bastante, pero ¿quiere usted creer, señor Greene, que he empezado a releer la *Commedia* de Dante? Me pregunto, después de todas nuestras experiencias, si ha llegado usted a dudar del valor de nuestro trabajo. ¿No ha pensado una sola vez que algo se había perdido por el camino?

Los ojos de Greene, en forma de media luna, se cerraron.

—Ustedes, doctor Holmes, siempre consideraron la historia de Dante la obra de ficción más grande que se ha escrito. Pero yo, yo siempre he creído que Dante hizo ese viaje. He creído que Dios se lo permitió, como también le permitió transformar eso en poesía.

—Y ahora —dijo Holmes— sigue usted creyendo que todo era cierto, ¿no es así?

—Oh, más que nunca, doctor Holmes —respondió sonriendo y volviéndose a mirar la ventana del estudio de Longfellow—. Más que nunca.

La luz de las lámparas en la casa Craigie se hizo menos intensa, y Longfellow bajó las escaleras, pasando ante el retrato de Dante por Giotto, que miraba imperturbable con su único, inútil y dañado ojo. Longfellow pensaba que quizá ese ojo era el futuro, pero que en el otro había permanecido el hermoso misterio de Beatriz, que animó la vida del poeta. Longfellow escuchó las plegarias de sus hijas, y luego observó a Alice Mary arropar a sus dos hermanas menores, Edith y Annie Allegra, y a sus muñecas, que se habían resfriado.

—¿Cuándo volverás a casa, papá?

—Muy tarde, Edith. Para entonces todas debéis estar dormidas.

—¿Te pedirán que hables? ¿Quién más estará allí? —preguntó Annie Allegra—. Dinos quién más.

Longfellow se acarició la barba.

—¿A quiénes he nombrado hasta ahora, querida?

—¡A todos no, papá! —Sacó su cuaderno de debajo de la ropa de cama—. Los señores Lowell, Fields, el doctor Holmes, los señores Norton, Howells...

Annie Allegra estaba preparando un libro que titulaba *Memorias de una personita sobre personas importantes*, que se proponía publicar en Ticknor y Fields, y había decidido empezarlo con una información sobre el banquete de Dante.

—Ah, sí —la interrumpió Longfellow—. Puedes añadir al señor Greene, a tu buen amigo el señor Sheldon, y ciertamente al señor Edwin Whipple, el crítico de la estupenda revista de Fields.

Annie Allegra escribió todo lo que pudo anotar.

—Os quiero, mis niñitas —dijo Longfellow, mientras besaba cada una de las suaves frentes—. Os quiero porque sois mis hijas. Y las hijas de mamá, y porque ella os quería. Y os sigue queriendo.

Las brillantes aplicaciones de las colchas de sus hijas subían y bajaban rítmicamente, y él se marchó, seguro en medio del infinito siseo del silencio de la noche. Miró por la ventana la cochera, donde aguardaba el nuevo carruaje de Fields —siempre parecía tener uno nuevo—, tirado por el viejo bayo, veterano de la caballería de la Unión, recientemente adoptado por Fields, y que se abrevaba en el agua recogida en un charco poco profundo.

Ahora llovía. Era una noche lluviosa, de suave y cristiana lluvia. Debió ser muy molesto para J. T. Fields trasladarse de Boston a Cambridge sólo para regresar a Boston, pero había insistido.

Holmes y Greene habían dejado espacio suficiente para Longfellow entre ellos, en los asientos frente a los que ocupaban Fields y Lowell. Longfellow montó. Esperaba que no le pidieran hablar ante todos los invitados durante el banquete, pero si se daba el caso, daría las gracias a sus amigos por haberlo acompañado.

APUNTE HISTÓRICO

En 1865, Henry Wadsworth Longfellow, el primer poeta norteamericano que alcanzó verdadero reconocimiento internacional, puso en marcha en su casa de Cambridge, Massachusetts, un club para traducir a Dante. Los poetas James Russell Lowell y doctor Oliver Wendell Holmes, el historiador George Washington Greene y el editor James T. Fields colaboraron con Longfellow para completar la primera traducción íntegra de la *Divina Commedia*, realizada en el país. Los eruditos se opusieron tanto al conservadurismo literario, que protegía la posición dominante del griego y el latín en la universidad, como al autoctonismo cultural, que buscaba limitar la literatura norteamericana a obras locales, un movimiento estimulado pero no siempre encabezado por Ralph Waldo Emerson, amigo del círculo de Longfellow. En 1881, el club Dante original de Longfellow se convirtió oficialmente en Dante Society of America, con Longfellow, Lowell y Charles Eliot Norton como sus tres primeros presidentes.

Aunque previamente a este movimiento algunos intelectuales norteamericanos mostraron familiaridad con Dante, conseguida principalmente gracias a traducciones británicas de la *Commedia*, el público en general quedó más o menos al margen de la poesía de Dante. El hecho de que un texto italiano de la *Commedia* no parezca haber sido impreso en Norteamérica hasta 1867, el mismo año en que se publicó la traducción de Longfellow, invita a reflexionar sobre la expansión y el interés del texto. En sus interpretaciones de Dante, esta novela trata de mantenerse históricamente fiel a las figuras representadas y a sus contemporáneos, antes que a nuestras lecturas habituales.

En parte del lenguaje empleado y de los diálogos, *El club Dante* incorpora y adapta fragmentos de poemas, ensayos, novelas, diarios y cartas de los miembros del club y de las personas próximas a él. Mis propias visitas a las propiedades de los dantistas y a sus alrededores se complementaron con varias historias, planos, memorias y documentos relativos al año 1865 en Boston, Cambridge y la Universidad de Harvard. Relatos contemporáneos, en especial las memorias literarias de Annie Fields y de William Dean Howells, abrieron una insustituible ventana a las vidas cotidianas del grupo y permitieron hallar una voz para la textura narrativa de la novela, donde incluso los personajes secundarios están dibujados, siempre que es posible, a partir de personajes históricos que pudieron haber estado presentes en los acontecimientos narrados. Pietro Bachi, el desdichado lector de italiano de Harvard, en realidad representa una mezcla de Bachi y de Antonio Gallenga, otro de los primeros profesores de italiano en Boston. Dos miembros del club Dante, Howells y Norton, contribuyeron en gran medida a enriquecer mi perspectiva gracias a sus relatos sobre el grupo, aunque sólo hayan tenido ocasión de aparecer brevemente en esta historia.

Los asesinatos derivados de Dante no tienen fundamento histórico, pero los expedientes policiales y los archivos municipales documentan un súbito aumento de la tasa de asesinatos en Nueva Inglaterra inmediatamente después de la guerra civil, así como una corrupción muy extendida y alianzas clandestinas entre detectives y profesionales del crimen. Nicholas Rey es un personaje de ficción, pero se enfrenta a los desafíos reales de los primeros policías afroamericanos en el siglo XIX, muchos de los cuales eran veteranos de la guerra civil y procedían de ambientes de mezcla racial. Una visión general de sus circunstancias puede hallarse en W. Marvin Dulaney: *Black Police in America*. La experiencia bélica de Benjamin Galvin deriva de las historias de los regimientos 10 y 13 de Massachusetts, así como de relatos de primera mano de otros soldados y de reportajes. Mi exploración del estado psicológico de Galvin estuvo especialmente guiada por el reciente estudio de Eric Dean, *Shook over Hell*, que insiste en demostrar la presencia de una perturbación causada por estrés postraumático en los veteranos de la guerra civil.

Aunque la intriga que afecta a los personajes de la novela es enteramente ficticia, puede tomarse nota de una anécdota no documentada de una temprana biografía del poeta James Russell Lowell: un miércoles por la noche, se dice, una inquieta Fanny Lowell se negó a permitir que su marido saliera a la calle para acudir a una sesión del club Dante, de Longfellow, a menos que el poeta accediera a llevarse su fusil de caza, justificando su preocupación por una oleada de delitos no especificada que alcanzaba a Cambridge.

RECONOCIMIENTOS

Este proyecto tiene sus orígenes en una investigación académica providencialmente guiada por Lino Pertile, Nick Lolordo y el departamento de Literatura Inglesa y Norteamericana de Harvard. Tom Teicholz fue el primero en animarme a ahondar en este momento único en la historia de la literatura construyendo una trama narrativa.

La evolución de *El club Dante* desde el manuscrito hasta la novela dependió sobre todo de dos profesionales con talento e inspiración: mi agente, Suzanne Gluck, cuya extraordinaria dedicación, visión y amistad pronto se hicieron tan esenciales para el libro como sus personajes; y mi editor, Jon Karp, quien se sumergió completamente en dar forma y guiar el desarrollo de la novela con paciencia, generosidad y respeto.

Entre el origen y la conclusión, muchas personas aportaron su contribución y merecen mi gratitud. Por su fe e ingenio como lectores y consejeros: Julia Green, a mi lado sin reservas para cada nueva idea y cada obstáculo; Scott Weinger; mis padres, Susan y Warren Pearl, y mi hermano Ian, que encontró tiempo y energía para prestarme ayuda en todos los órdenes. Gracias también a los lectores Toby Ast, Peter Hawkins, Richard Hurowitz, Gene Koo, Julie Park, Cynthia Posillico, Lino y Tom; a los consejeros en varias materias Lincoln Caplan, Leslie Falk, Micah Green, David Korzenik y Keith Poliakoff. Gracias a Ann Godoff por su incansable apoyo; también, de Random House, mi reconocimiento a Janet Cooke, Todd Doughty, Janelle Duryea, Jake Greenberg, Ivan Held, Carole Lowenstein, Maria Massey, Libby McGuire, Tom Perry, Allison Saltzman, Carol Schneider, Evan

Stone y Veronica Windholz; a David Ebershoff, de Modern Library; a Richard Abate, Ron Bernstein, Margaret Halton, Karen Kenyon, Betsy Robbins y Caroline Sparrow, de ICM; a Karen Gerwin y Emily Nurkin, de William Morris; y a Courtney Hodell, que animó el proyecto con celo y con sus dotes inventivas.

Mi investigación se vio auxiliada por las bibliotecas de Harvard y Yale, Joan Nordell, J. Chesley Mathews, Jim Shea, y Neil y Angelica Rudenstine, que me permitieron estudiar su casa (antes Elmwood), con Kim Tseko como guía. Por su extraordinaria ayuda en materia de entomología forense, hago extensivo mi agradecimiento a Rob Hall, Neal Haskell, Boris Kondratieff, Daniel Maiello, Morten Starkeby, Jeffrey Wells, Ralph Williams, y a Mark Benecke, en particular, por su asesoramiento y creatividad.

Debo especial reconocimiento a los conservadores de historia de la Casa Longfellow, en cuyas estancias, que en otro tiempo acogieron el club Dante, penetramos; y a la Dante Society of America, descendiente directa del club Dante tanto por legado como en espíritu.

OPINIONES SOBRE

EL CLUB DANTE

de Matthew Pearl

«Un *thriller* culto y muy bien documentado», Manuel Rodríguez Rivero, *ABC*.

«Una narración fascinante, culta y muy entretenida acerca de un momento notable de la historia literaria americana», Iain Pears, autor de *El sueño de Escipión*.

«En *El club Dante*, Matthew Pearl es divertido, agudo y envidiablemente audaz», Darin Strauss, autor de *Chang y Eng*.

«Con este cautivador rompecabezas Pearl parece haber encontrado la mezcla perfecta de erudición y misterio», *The New York Times*.

«Un uso ingenioso de los detalles y motivos de la *Divina Comedia* y un vívido retrato de la cultura literaria de la Nueva Inglaterra de la posguerra civil caracterizan este fantástico misterio histórico», *Kirkus Reviews*.

«Desde *El nombre de la rosa*, de Umberto Eco, no había habido ninguna novela tan documentada que haya logrado un éxito internacional masivo, pero *El club Dante*, un best-seller en Estados Unidos que va a ser publicado en diecinueve países, rezuma investigación, imaginación e historia a partes iguales, y sigue la misma trayectoria...», *The Observer*.

«Un *thriller* literario en la línea de Umberto Eco, lleno de sabiduría y variadas influencias literarias, incluida Donna Tartt... Matthew Pearl, de 28 años, experto en Dante, ha escrito una magistral novela de misterio con rara y extrema fineza literaria... su publicación en 21 países rivalizará con *El nombre de la rosa*, de Umberto Eco», *The Sunday Telegraph*.

«El triunfo de Pearl radica en mezclar dos culturas, la de los hombres cultivados y adinerados frente a la de las misteriosas y sórdidas calles del Boston del diecinueve... un libro del que no puedes desengancharte», *The Wall Street Journal*.

«Desplegando con extraordinaria pericia la ambientación histórica, el estudio de los personajes y un emocionantísimo suspense, Pearl ha escrito un relato único y completamente absorbente», *Booklist Magazine*.

«El deslumbrante debut de Matthew Pearl es justo lo que un *thriller* histórico debe ser: suspense creativo, personajes redondos, ficticios y reales, y una evocativa ambientación muy bien documentada... (...) Inteligente, excitante y muy entretenido», *Bookpage Magazine*.

«Pearl, especialista en Dante, utiliza sus conocimientos para bordar un relato histórico absorbente y dramático... ha demostrado ser un maestro», *Library Journal*.

«La idea de un grupo de poetas despistados actuando como héroes de acción estimula la imaginación... Una novela de misterio divina», *People Magazine*.

«Todo aquel que disfrute y admire una brillante novela histórica recibirá una buena sacudida literaria», *The New York Daily News*.

«*El club Dante* es una novela de misterio cuidadosamente armada, trazada con gran imaginación y un conjunto estilísticamente creíble de habilidad e inteligencia... La escritura resulta apasionante y la narración eficaz», *The Boston Globe*.

«Pearl ha relatado de forma culta y entretenidísima la violenta entrada de Dante en el canon americano... En este *thriller* literario los héroes de Pearl resultan encantadoramente excéntricos», *Los Angeles Times*.

«Una vez que has asumido que Pearl es insultantemente joven, que se ha graduado en Harvard y en Yale, que ha ganado el Premio Dante y que es el editor de una nueva edición del *Infierno*, tienes que admitir que ha escrito una primera novela endiabladamente buena», *The San Francisco Cronicle*.

«*El club Dante* es un debut magistral... una apasionante novela de suspense, impregnada de tradición literaria y detalle histórico... Éste es un *thriller* culto y literario que te obliga a pensar y a morderte las uñas», *The Vancouver Sun*.

«Una obra que atrae por igual a los aficionados a la historia, a la literatura y a los fans de la novela negra», *The Denver Post*.

«Imaginativa y cautivadora... *El club Dante* es una historia de suspense ingeniosa y apetecible. Llena de giros sorprendentes y personajes famosos, es una novela amena y entretenida de un escritor con mucho talento», *The Oregonian*.

«Pearl sintetiza de un modo magistral incontables aspectos de la vida de mediados del diecinueve en un fascinante misterio que invade cada esquina del Boston de la posguerra civil americana», *Time Out* (Nueva York).

«Audaz y fascinante... La cultura de Pearl es admirable», *Esquire* (Libro del mes).

«Pearl, lo más parecido a un fenómeno, sabe exactamente cómo estructurar una novela compleja para que la tensión y el interés del lector aumenten progresivamente. También crea un maravilloso retrato del Boston del diecinueve», *Providente Journal*.

«Ingenio, agudeza y erudición reunidos en el mayor entretenimiento del año», *News and Observer*.

«*El club Dante* es una historia deliciosa, sorprendente y llena de suspense sobre los gigantes literarios de Boston a la búsqueda y captura de un asesino en serie tras la guerra civil americana... una lectura única, ambiciosa, entretenida, un *thriller* histórico con una hermosa vena poética», *The Baltimore Sun*.

«Pearl hace lo que un buen autor de novela histórica tiene que hacer: iluminar el pasado con la imaginación, dar vida a las ideas, los temas y las personalidades de la época (...) No existen demasiados escritores que nos recuerden a Umberto Eco», *San Jose Mercury News*.

«Infernalmente buena... *El club Dante* es una novela para ser consumida a grandes sorbos», *Mobile Register*.

«Una historia para dejarte boquiabierto y un grupo de personajes históricos llenos de misterio son algunos de los peculiares (y múltiples) atractivos de *El club Dante*», *The Hollywood Reporter*.

«Ingeniosa, irónica, sardónica, interesante, entretenida, escalofriante, aguda, magistralmente trazada e inconvencional... Funciona en muchos y distintos niveles y tiene la chispa necesaria para inspirar a los lectores para que la recomienden a sus amigos», *Bookreporter*.

«*El club Dante* es un exquisito estudio sobre la mente criminal... la herencia literaria clásica hace que compense sobradamente su lectura», *World Literature Today*.

«Inusual e inolvidable... incisiva e imaginativa... sus reflexiones acerca de los procesos mentales de figuras históricas son extremadamente eficaces», *The Globe and Mail*.

«Una novela de misterio culta que funde con gran acierto realidad y ficción», *Elle*.

«Una novela apasionante, divertida y llena de suspense», *The Halifax Herald*.

«Pearl ha escrito una novela negra de gran mérito literario... Ni siquiera los especialistas en Dante están preparados para este final», *Yankee Magazine*.

«Un libro excitante, culto y de lo más oportuno... Una brillantísima primera novela», *The Daily Free Press*.

«Superstición e historia, religión y razón, temor y lógica rivalizan en esta magnífica novela escrita con gran pericia», *The Scotsman*.

«Este libro no es sólo una novela histórica de suspense: es una brillante novela literaria que consigue ser académica sin caer en el aburrimiento, combinando erudición con suspense, y que una vez te engancha ya no te suelta», *The Sunday Tribune*.

«Un brillante *thriller* ambientado en la posguerra civil americana. No te lo pierdas», *Word* (seleccionado entre los mejores libros del 2003).